Stephanie Laurens
Ein verführerischer Lord

AF197024

Autorin

Stephanie Laurens begann mit dem Schreiben, um etwas Farbe in ihren wissenschaftlichen Alltag zu bringen. Ihre Bücher wurden bald so beliebt, dass sie ihr Hobby zum Beruf machte.

Stephanie Laurens gehört zu den meistgelesenen und populärsten Liebesromanautorinnen der Welt und lebt mit ihrem Mann und ihren beiden Töchtern in einem Vorort von Melbourne, Australien.

Von Stephanie Laurens bereits erschienen (Auswahl)

Eine Liebe in den Highlands · Schottische Versuchung · Verführt von einer Highlanderin · Eine skandalöse Leidenschaft · Ein verheißungsvolles Abenteuer · Wie zähmt man eine Lady · Der irische Gentleman · Ein reizvolles Spiel · Ein verführerischer Lord

Stephanie Laurens

EIN VERFÜHRERISCHER LORD

Roman

Deutsch von Wolfgang Thon

blanvalet

Die Originalausgabe erschien 2021 unter dem Titel
»The Games Lovers Play« bei Savdek Management.

Penguin Random House Verlagsgruppe FSC® N001967

2. Auflage 2024
Copyright der Originalausgabe © 2021
by Savdek Management Proprietary Limited
Published by Arrangement with Savdek Management Pty Ltd
Dieses Werk wurde vermittelt durch die
Literarische Agentur Thomas Schlück GmbH, 30161 Hannover.
Copyright der deutschsprachigen Ausgabe © 2024 by Blanvalet
in der Penguin Random House Verlagsgruppe GmbH,
Neumarkter Str. 28, 81673 München
Redaktion: Beate De Salve
Umschlaggestaltung: www.buerosued.de
Umschlagmotiv: Trevillion Images
(© ILINA SIMEONOVA; © Lee Avison)
SH · Herstellung: sam·lor
Satz: KCFG – Medienagentur, Neuss
Druck und Bindung: GGP Media GmbH, Pößneck
Printed in Germany
ISBN 978-3-7341-1283-6

www.blanvalet.de

Kapitel 1

5. Oktober 1851
Alverton House, Mayfair

Ich muss gehen. Lord Devlin Cader, Siebter Earl of Alverton, ruhte ermattet im Bett seiner Frau, und die Befriedigung lag wie eine warme, von den Nachwirkungen der Sinnesfreuden gesättigte Decke schwer über seinen Gliedern.

Er wollte sich nicht rühren, weder jetzt noch sonst irgendwann. Aber …

Seine Instinkte ließen sich von dem warmen Körper seiner Frau einlullen, die neben ihm ausgestreckt schlief, und insgeheim war er – ganz egoistisch – davon überzeugt, dass nichts dagegensprach, dort zu bleiben, wo er war, und die Dinge einfach ihren Lauf nehmen zu lassen.

Doch obwohl er schlaff und unbeweglich dalag, war sein Verstand bereits zum Leben erwacht, angetrieben von der Erkenntnis, dass es aufgrund seiner gestrigen unklugen und impulsiven Worte durchaus geboten war, die nächsten Schritte zu planen. Rational zu denken, war jedoch so gut wie unmöglich, wenn er neben Therese lag und der Duft ihres Parfüms, der von ihrem Haar und ihrer warmen Haut aufstieg, seine Sinne umhüllte.

Außerdem wäre sie überrascht, wenn sie erwachte und ihn bei Sonnenaufgang immer noch neben sich vorfand. Sie würde ihm Fragen stellen, auf die er keine rechte Antwort wusste.

Wie hätte er sagen oder erklären sollen, dass er in den letzten fünf Jahren an ihr und allen anderen etwas praktiziert hatte, was man als ultimative Täuschung bezeichnen könnte? Dabei hatte er nicht etwa vorgetäuscht, sie zu lieben, sondern vielmehr alle – sie eingeschlossen – glauben machen, dass er sie *nicht* liebte, obwohl er es tat.

Diese Herausforderung und die Erkenntnis, dass er nicht wusste, wie er darauf reagieren sollte, brachten ihn dazu, von ihr wegzurücken. Zum Glück schlief sie tief und fest.

Er drehte sich auf den Rücken und starrte zu dem dunklen Baldachin des Himmelbetts hinauf, ohne etwas zu sehen. Die Worte, die sie und er gestern Nachmittag beim Hochzeitsbrunch ihres ältesten Bruders gewechselt hatten, klangen noch deutlich in seinen Ohren nach.

»Ich fühle so sehr mit dem lieben Christopher. Ich hatte schon fast die Hoffnung aufgegeben, dass er jemals so vernünftig sein würde, eine Lady wie Ellen zu seiner Braut zu erwählen. Dass er die Möglichkeiten, die Aussichten nicht erkennen würde, selbst wenn sie vor ihm stünden und sich ihm aufdrängten, so wie es nun, wie ich vermute, tatsächlich geschehen ist.«

Es waren weniger die Worte als vielmehr ihr selbstgefälliger Tonfall und die tiefe Genugtuung in ihrem darauffolgenden Seufzer, die ihn unerwartet hart getroffen und zu einer unklugen Erwiderung veranlasst hatten: *»Vielleicht hat dein lieber Christopher endlich die Augen aufgemacht und ist meinem Beispiel gefolgt.«*

Er hatte sich sofort auf die lose Zunge gebissen, aber da war es natürlich schon zu spät.

Sie war verstimmt gewesen und hatte ihn zurechtweisen wollen, indem sie ihn daran erinnerte, dass sie ihn, wie jedermann wusste, zum Altar hatte zerren müssen. Jedenfalls glaubte sie das immer noch.

Er hätte sie beschwichtigen können, indem er ihr lächelnd zustimmte und seinen Fauxpas auf ein unzureichendes Erinnerungsvermögen zurückführte. Das hätte sie erwartet und einen solchen Rückzug nur mit einem hochmütigen Schnauben quittiert. Aber er hatte hinter dem fast spiegelnden Silberblau ihrer bemerkenswerten Augen eine Art von Schmerz erkannt und es sich nicht verkneifen können, darauf zu reagieren.

»Hoppla.«

Es war ein so kleines, unbedeutendes, ja sogar unsinniges Wort. Doch im Kontext seines leicht spöttischen Tonfalls und ihres Charakters war es einer Herausforderung gleichgekommen. Sie würde nachfragen und hartnäckig nachforschen, was er meinte, bis sie alles aufgedeckt und sich davon überzeugt hatte, dass sie ihn wirklich verstand. Ihn und ihre Ehe.

Er war zuversichtlich, dass dieser Köder ihr Interesse unbeirrbar auf ihn lenken und es ihm erlauben würde, sie Schritt für Schritt und mit Bedacht weiter zu führen, bis sie all das aufdeckte, was er verborgen gehalten hatte. Sie würde eher dem vertrauen, was sie selbst herausfand, als ihm, wenn er versuchte, sie davon zu überzeugen.

Jedenfalls hatte er sich das alles so zurechtgelegt, wenn auch erst im Nachhinein.

Als er die gestrigen Ereignisse noch einmal Revue passieren ließ, wurde ihm klar, dass ihre Bemerkung, Christopher habe den Verstand und den Mut aufgebracht, sich zur

Liebe zu bekennen, als er sie gefunden hatte, nur der letzte Anstoß gewesen war, der ihn, Devlin, über die Kante des Abgrunds stieß, an dem er bereits wankte. Therese war die Erste ihrer Generation von Cynsters gewesen, die heiratete, und folglich hatten sie beide in den darauffolgenden Jahren eine ganze Reihe von Cynster-Hochzeiten überall im Land besucht. Therese und er gehörten nun zu einer Gruppe von Paaren, die sich regelmäßig bei Familienfeiern wie der Hochzeit von Christopher und Ellen trafen. Als er mit seiner Scharade begann, hatte er nicht geahnt, welche Auswirkungen es auf ihn haben würde, von Paaren umgeben zu sein, die in einer auf offen eingestandener Liebe basierenden Ehe vereint waren, geschweige denn, dass es seine Vorstellung davon ändern würde, was er sich von seiner Ehe mit Therese wünschte.

Mehr als alles andere hatte ihm die Betrachtung der aktuellen Cynster-Ehen im Vergleich mit denen der älteren Generation vor Augen geführt, dass er mit Therese auf dieselbe Weise alt werden wollte – in einer offen bekundeten Liebesbeziehung. In einer Ehe, die auch offiziell auf gegenseitiger Liebe beruhte.

Obwohl sich sein Sinneswandel schon vor dem gestrigen Tag vollzogen hatte, hatte er noch nicht endgültig entschieden, wie er Thereses Einschätzung ihrer Ehe korrigieren wollte. Monatelang war er unschlüssig gewesen, doch gestern Nachmittag schließlich hatte sein rücksichtsloses inneres Ich, das immer ungeduldiger wurde, die Gelegenheit ergriffen und seine Zunge geführt. Auf diese Weise war es zu seiner impulsiven Pseudooffenbarung gekommen, die so gar nicht typisch für ihn war.

Tief im Inneren wusste er, dass er ohne triftigen Grund

gezögert und so seinem rücksichtslosen Ich die Gelegenheit gegeben hatte, zu seinem eigenen Besten zu handeln. Im Laufe der Jahre war dies in geschäftlichen Angelegenheiten zweimal vorgekommen, und in beiden Fällen hatte sein Gefühl recht behalten. Seine Untätigkeit war auf jeden Fall eine Art von Schwäche. Er wusste, dass er handeln sollte, schob es aber dennoch auf.

Er drehte den Kopf auf dem Kissen, um Therese zu betrachten, ließ seinen Blick auf ihren Zügen ruhen, die sich im Schlaf entspannt hatten.

Er hatte genug angedeutet, um ihre legendäre Wissbegierde zu wecken, sich dann aber auf die Umstände berufen und so ihre Bemühungen vereitelt, auf der Stelle mehr zu erfahren. Sie hatten ihre Kinder dabeigehabt, deshalb hatte sie verkündet, nicht – auch nicht über Nacht – in ihrem Elternhaus, Walkhurst Manor in Kent, bleiben zu wollen. Das Brautpaar hatte beabsichtigt, sich dorthin zurückzuziehen, und das Herrenhaus war nicht sehr groß. Ebenso wie die meisten der anwesenden Cynster-Paare waren sie mit den Kindern in die Stadt zurückgefahren. Wegen der Kinder waren sie auch unter den Ersten gewesen, die aufbrachen. Sie hatten ihre Fahrt unterbrochen, um in Sevenoaks zu speisen, waren später nach London weitergefahren und kurz vor Mitternacht in Alverton House eingetroffen.

Dank der Kinder und des allgegenwärtigen Personals war Therese nicht dazu gekommen, ihn zu seinen – ihrer Meinung nach unerklärlichen – Äußerungen zu befragen, und nachdem sie die Kinder ins Bett gebracht hatten, hatten sie beide sich in ihre jeweiligen Zimmer zurückgezogen. Später hatte er sich zwar, wie er es gewöhnlich tat, zu ihr ins Bett gelegt. Allerdings hatte er dabei mit Nachdruck dafür gesorgt, dass sie von dem Moment an, als er durch die Tür trat, so abgelenkt war, dass sie keine Fragen stellen konnte und später keine Energie und keine Lust mehr dazu hatte.

Er konnte ihre leisen Atemzüge hören, ruhig und stetig, wie es ihrem Charakter entsprach. Kompetent, zuverlässig, unerschütterlich, loyal – all das war sie ... und noch viel mehr.

Als er sie auf der ihm gegenüberliegenden Seite des Ballsaals von Lady Hendricks zum ersten Mal gesehen hatte, war ihm sofort aufgegangen, dass sie alles verkörperte, was er sich von einer Ehefrau wünschte, und dieser Eindruck hatte sich bestätigt. Seit er zum ersten Mal in ihre silberblauen Augen geschaut hatte, bestand für ihn kein Zweifel mehr daran, dass sich sein Leben in diesem Moment unwiderruflich und unausweichlich verändert hatte. Er hatte sich ebenso umfassend und rückhaltlos in sie verliebt, wie sie sich, allen Heiligen sei Dank, auch in ihn verliebt hatte.

Er blinzelte in die Dunkelheit. War es vielleicht überheblich von ihm, sich dessen so sicher zu sein? Weil er so erpicht darauf gewesen war, dasselbe Gefühl im Gegenzug nicht ebenfalls eingestehen zu müssen, hatte er sie nie dazu ermutigt, diese Worte auszusprechen, aber ...

Auch wenn er nicht mit absoluter Sicherheit wissen konnte, was sie gegenwärtig für ihn empfand, kannte er die Frauen gut genug. Er wusste, dass die Wonnen, die sie für gewöhnlich in diesem Bett teilten, ein Ausdruck des Gefühls waren, das in ihnen beiden lebte. Und diesen Grad der Glückseligkeit hatte er trotz seiner zahlreichen früheren Erfahrungen bisher nur mit ihr erreicht – auch wenn er sie hinters Licht führte und sie nichts davon ahnte.

Jetzt hatte er die Tür zu seinem tiefsten Geheimnis auf-gestoßen und sie eingeladen, es zu erforschen. Ursprünglich hatte er seine für gewöhnlich sehr aufmerksame Frau da-von abhalten wollen, seine wahren Gefühle zu erkennen, deshalb musste er die weitere Entwicklung mit Bedacht steuern.

Der erste Schritt bei jedem möglichen Plan war es zwei-fellos, aufzustehen und ihr Bett zu verlassen. Und zwar jetzt, bevor sie aufwachte und ihn dort vorfand.

Um seine Behauptung, dass ihre Ehe für ihn eher eine Pflichterfüllung als eine Liebesbeziehung war, zu unter-mauern, war er nie an ihrer Seite gewesen, wenn sie auf-wachte. Er ließ sie immer schlafen, und soweit sie wusste, verbrachte er den größten Teil der Nacht in seinem eigenen Bett. Da sie tief und fest schlief und er stets dafür sorgte, dass sie ganz weich lag und auf eine angenehme Weise er-schöpft war, bevor sie der Schlummer ereilte, ahnte sie nicht, dass er meistens erst von ihrer Seite wich, wenn der Morgen dämmerte.

Die Sonne war zwar noch nicht aufgegangen, aber die Morgendämmerung war nicht mehr fern. Also zwang er sich, dem Prozedere treu zu bleiben, das er entwickelt hat-te, und erhob sich aus dem Bett. Sofort vermisste er ihre Wärme. Mit zusammengekniffenen Lippen streifte er den Morgenmantel über, band ihn zu und verließ leise das Zim-mer durch die Verbindungstür, die zu seinen Gemächern führte.

In seinem Schlafzimmer angekommen, ging er zum Fens-ter, zog die schweren Vorhänge zurück und blickte über die Park Lane zu den Bäumen im Park dahinter. An den Ästen der alten Eichen hingen noch die Blätter. Der feine Nebel verdichtete sich allmählich und hüllte die fast skelettartig anmutenden Baumkronen in diffuse Schwaden.

Er sah in die kühle Morgendämmerung hinaus und dachte darüber nach, was ihn dazu gebracht hatte, seine Liebe zu verbergen. Da war zum einen die Ehe seiner Eltern und zum anderen auch die seines besten Freundes. Als er Therese geheiratet hatte, war das aus vernünftigen, unwiderlegbaren und einleuchtenden Gründen geschehen. Und er hatte mit Sicherheit die richtige Entscheidung getroffen.

Er bildete sich ein, schon als kleiner Junge unmittelbar miterlebt zu haben, welche Verletzungen selbst einem charakterstarken Mann zugefügt werden konnten, wenn er sich in eine entschlossene Frau verliebte und den Fehler beging, ihr diese Liebe auch zu gestehen. Seinem jüngeren Ich hatte die Ehe seiner Eltern drastisch vor Augen geführt, was einem Gentleman widerfahren konnte, der so unklug war zuzugeben, dass er eine willensstarke Frau mit einer Führernatur liebte. In seiner Wahrnehmung hatte seine Mutter seinen Vater beherrscht, seine Liebe, Wertschätzung und Unterstützung für selbstverständlich gehalten. Wie häufig hatte sie seinen Stolz und sein Ansehen mit Füßen getreten, indem sie ihn vor ihren Angestellten und ihren Kindern herabsetzte und erniedrigte, doch sein Vater hatte nie protestiert oder seine Mutter zurechtgewiesen. Immer wieder hatte Devlin erlebt, wie er seinen Stolz herunterschluckte und sich ihrem Diktat fügte. Tatenlos hatte er dabei zusehen müssen, wie seine Mutter die väterliche Autorität im Laufe der Jahre immer schlimmer und verletzender untergrub – wenn auch nur im engsten Familienkreis. Nach außen hin hatten sich der frühere Earl und die Countess of Alverton als ein hingebungsvolles Paar präsentiert.

Dann hatte Devlins enger Freund James, Viscount Hemmings, eine – gelinde gesagt – sehr eigenständige Frau geheiratet, nur aus Liebe und ohne einen Hehl daraus zu machen. Obwohl alle darin übereinstimmten, dass James und Veronica maßlos ineinander verliebt waren, hörten die beiden nie auf, aneinander herumzumäkeln. Falls es einer weiteren Lektion über die Gefahren einer Liebesheirat zwischen einem Gentleman wie ihm und einer willensstarken Lady bedurft hätte, so hatten die Hemmings sie ihm geliefert.

Die Erfahrungen mit der Ehe seiner Eltern und seine Beobachtungen der Verbindung der Hemmings hätten ihn der Institution Ehe gänzlich entsagen lassen. Aber er war damals zum Earl aufgestiegen, und alle Welt hatte von ihm erwartet, dass er heiratete und die Nachfolge sicherte. Wäre er bis zu seinem Tod Junggeselle geblieben, hätte sein sieben Jahre jüngerer Bruder Melrose den Titel geerbt, doch weder Devlin noch Melrose noch irgendjemand sonst hatte das für klug gehalten. Melrose war jetzt neunundzwanzig Jahre alt und machte noch immer keine Anstalten, sich niederzulassen oder irgendetwas ernsthaft in Angriff zu nehmen.

Als Devlin Therese zum ersten Mal in die Augen sah und erkannte, dass sie all das versprach, was er sich von einer Ehefrau wünschte, hatte er sie für sich beansprucht – und das, obwohl sie bereits damals in dem Ruf stand, willensstark bis hin zur Rücksichtslosigkeit zu sein. Zudem verkörperte sie einen Frauentyp, um den er eigentlich einen großen Bogen machen wollte. Obwohl sie die allerletzte Frau gewesen war, der er einen Antrag hätte machen sollen, hatte sie seine Meinung mit einem einzigen, schicksalhaften Blick geändert.

Dennoch verschwieg er ihr weiterhin seine Liebe zu ihr. Tatsächlich hatte er sie bis gestern nie auch nur einen Hauch seiner wahren Wertschätzung spüren lassen.

Er starrte auf den Nebel, der jetzt den Park bedeckte, und verzog das Gesicht. Er hatte sich für so clever gehalten – und war es auch gewesen. Er hatte sich ihre Selbstüberschätzung zunutze gemacht, um ihre Überzeugungen und ihre Interpretation dessen, was sie sah, subtil zu steuern. Sie war von ihrer eigenen Auffassungsgabe und ihren Fähigkeiten, zu verstehen und zu organisieren, so eingenommen, dass es ihr nie in den Sinn gekommen wäre, in ihm ihren Meister gefunden zu haben. Oder zumindest jemanden, der ebenso geschickt und noch heuchlerischer war.

Jetzt stand er vor der Aufgabe, die Glaubenssätze, zu denen er sie ermutigt hatte, zu entwirren und sie zu einem neuen Grundverständnis zu bringen, auf dem ihre Ehe fußen sollte. Und er musste diese Aufgabe unbedingt bewältigen, ohne das Gebäude ins Wanken zu bringen, das auf den aktuellen Überzeugungen aufbaute. Er wollte das, was sie hatten, nicht gefährden: weder die Leichtigkeit des Umgangs miteinander, die sich im Laufe der Jahre entwickelt hatte, noch die ruhige, geordnete, ausgeglichene Lebensweise, die sie beide, ihre Kinder und ihr Haushalt genossen. Dabei war ihm bewusst, dass Letzteres vor allem Thereses Organisationstalent zu verdanken war. Sie verstand es, dafür zu sorgen, dass alles und jeder reibungslos und effizient funktionierte, und erschuf so die ruhige Atmosphäre, für die er in seinem Umfeld vielfach beneidet wurde.

Er wollte ihre bereits bestehende Beziehung zukünftig weder durch impulsives Verhalten noch anderweitig gefährden. Doch wenn er in all den Jahren des erfolgreichen Investierens in neue Branchen etwas gelernt hatte, dann war es, dass es sich manchmal lohnte, Risiken einzugehen.

Er hatte die Ehen ihrer Cousins und Cousinen erlebt und die Vorteile erkannt, die sich aus gegenseitigen Liebesgeständnissen ergaben. Die Freude, das uneingeschränkte Glück, alles miteinander zu teilen, und die Nähe, die so viel eindrucksvoller und fesselnder war – er hatte das alles so verlockend und verführerisch gefunden, dass er schließlich seinen Stolz heruntergeschluckt hatte. Er hatte sich eingestanden, dass er dafür kämpfen und Opfer bringen wollte, wenn es eine Chance gab, diese Art von Ehe für sich und Therese zu erreichen.

Wie viel er opfern musste – wenn überhaupt –, war ihm überhaupt nicht klar, aber mit seinen unklugen Worten von gestern hatte er den ersten unwiderruflichen Schritt zu einem Eheleben unternommen, wie sie es schon in den letzten fünf Jahren hätten führen können. Wenn er doch nur nicht so große Vorbehalte gehabt hätte, ihr seine Liebe zu gestehen!

Mit zusammengekniffenen Augen starrte er in den Nebel, der den ganzen Park verhüllte.

Er hatte Therese nicht umwerben müssen. Stattdessen hatte er sie dazu gebracht, ihn zum Bund der Ehe zu überreden. Nun lag es an ihm, die Veränderung zu meistern, und wenn er bei diesem heiklen Unterfangen Erfolg haben wollte, brauchte er einen Plan – einen sorgfältig durchdachten Schlachtplan, um seine Frau davon zu überzeugen, dass er sie seit fünf Jahren ebenso liebte wie sie ihn.

*

Der Morgen war schon weit fortgeschritten, als Therese endlich die Augen öffnete. Sie blinzelte, dann drehte sie sich auf den Rücken und stellte fest, dass Devlin wie immer längst gegangen war. Als sie mit einer Hand über das Laken strich, war keine Wärme mehr zu spüren.

Mit einem zufriedenen Seufzer und der Erinnerung an die geteilten Wonnen, die ihr ein Lächeln entlockte, streckte sie die Arme über den Kopf und kuschelte sich dann wieder unter die Decke. Den Blick auf den Betthimmel aus lila-farbener Seide gerichtet, ließ sie die Ereignisse des vergangenen Tages Revue passieren. Ihr Lächeln wurde breiter, als sie sich an Christophers und Ellens strahlendes Glück erinnerte. Es hatte sie sehr gefreut, die beiden so verliebt zu sehen.

Dann fielen ihr Devlins seltsame Bemerkungen wieder ein. Ihr Lächeln verblasste, als sie erneut darüber nachdachte. Am Ende runzelte sie die Stirn.

Auf der Rückreise nach London hatte sie sich diese Bemerkungen unzählige Male durch den Kopf gehen lassen, dennoch hatte sie noch immer keine Ahnung, was er gemeint haben könnte. Sie kannte ihren Mann: Es war nicht seine Art, abstruse Bemerkungen zu machen.

Also, was zum Teufel hat er gemeint?

In ihren Gedanken rekonstruierte sie den Moment, als sie beide am Rande des Ballsaals von Bigfield House gestanden hatten. Gerührt hatte sie beobachtet, wie Christopher und Ellen sich durch die Menge bewegten, und Devlin hatte neben ihr gestanden. Als sie jetzt darüber nachdachte, fiel ihr auf, dass er fast den ganzen Tag an ihrer Seite geblieben war. Er hatte gehört, wie sie glücklich seufzte und Christopher für seinen gesunden Menschenverstand lobte, weil er erkannt hatte, welches Glück er mit Ellen finden konnte, entsprechend gehandelt und sie geheiratet hatte.

Im Nachhinein betrachtet schien es, als hätte entweder ihr Seufzer oder ihr Kommentar Devlin zu der Bemerkung veranlasst: »*Vielleicht hat dein lieber Christopher endlich die Augen aufgemacht und ist meinem Beispiel gefolgt.*«

Mit finsterem Blick runzelte sie die Stirn und starrte weiterhin auf die lilafarbene Seide.

Das ergibt immer noch absolut keinen Sinn.

Nachdem sie die Worte noch einmal seziert hatte, zusammen mit seiner Intonation und jedem anderen kleinen Hinweis, den sie in den letzten fünf Jahren zu deuten gelernt hatte, war sie immer noch völlig ratlos.

Blödsinn!

Sie zog die Decke noch fester um sich und runzelte noch stärker die Stirn. Sie war nicht nur einfach verwirrt, sondern auch verwirrt darüber, dass sie verwirrt war – normalerweise hatte sie keinerlei Schwierigkeit damit, Devlins Äußerungen zu deuten.

Noch verwirrender war seine Reaktion gewesen, als sie eine Erklärung von ihm verlangt hatte. Anstatt lachend zuzugeben, dass er vergessen hatte, dass sie es gewesen war, die ihn zum Altar geschleppt hatte, und nicht umgekehrt, hatte er ihren Blick erwidert und mit einem seltsamen Funkeln in seinen grünbraunen Augen auf eine ziemlich seltsame Weise gelächelt.

»*Hoppla*«, hatte er gesagt – und zwar ganz bewusst.

Therese hörte innerlich den Widerhall dieses einen Wortes, und ihre Augen verengten sich zu schmalen Schlitzen. Abrupt schüttelte sie den Kopf und schlug die Decke zurück. Sie entschied sich, die gewiss absichtlich verwirrenden Äußerungen ihres gut aussehenden Mannes in den dunkelsten Winkel ihres Geistes zu verbannen, und sprang fast aus dem Bett.

Die Kälte des Spätherbstmorgens drang durch die feine Seide ihres Nachthemds, und sie nahm ihren Morgenmantel vom Stuhl. Nachdem sie hineingeschlüpft war, eilte sie über den Teppichboden zur Klingelkordel, zog daran und rief Parker, ihre Kammerzofe, mit dem Waschwasser.

Während sie wartete, verknotete Therese den Gürtel des Morgenmantels und ging zum Fenster. Mit beiden Händen griff sie nach den Vorhängen und zog sie weit auf, bis der Blick auf den Rosengarten an der Seite des Hauses frei wurde. Draußen war es neblig. Sie starrte auf das hinaus, was normalerweise ein beruhigender Anblick war, und hörte in ihrem Kopf ein weiteres Mal: »*Hoppla.*«

Ihre Kinder benutzten das Wort so häufig wie Devlin im Umgang mit ihnen. Er verwandte es nur, um einen Fehler zu bezeichnen, oft einen bewusst begangenen, und sie, wenn sie jemanden scherzhaft auf den Arm genommen hatten.

Therese verschränkte die Arme unter der Brust.

Und an welcher Stelle dieses kurzen Austauschs hat er einen solchen Fehler begangen oder einen Scherz gemacht?

Wollte er etwa eine Parallele zwischen der Art und Weise suggerieren, wie ihre Ehe und die von Christopher zustande gekommen waren?

Nur dem Gesagten nach zu urteilen, schien das die naheliegende Antwort zu sein. Aber wie oft sie auch wiederholte, wie Devlin die Worte ausgesprochen hatte, sie konnte sich selbst nicht davon überzeugen, dass er das gemeint hatte.

Besonders beunruhigte sie, wie er dieses »*Hoppla*« geäußert hatte, mit diesem Funkeln in den Augen.

Jedes Wort, das ihm über die Lippen kam, war eindeutig und überlegt gewesen, und er hatte sie die ganze Zeit über aufmerksam beobachtet. Nein, er hatte etwas anderes als das Naheliegende gemeint, und sie war sich zunehmend sicher, dass sein »Hoppla« kein Hinweis darauf war, dass er einen Rückzieher machen oder das, was er gesagt hatte, zurücknehmen wollte.

Dieser nervtötende Mann!

Außerdem klang dieses »Hoppla«, je öfter sie es wiederholte, in ihrem Kopf immer mehr wie eine spöttische Bemerkung. Eine scherzhafte Provokation, die Einladung, sich auf ein Spiel mit ihm einzulassen. Allerdings wusste sie beim besten Willen nicht, was für ein Spiel das sein sollte, und darüber war sie alles andere als glücklich.

Es klopfte an der Tür, und Parker kam herein, gefolgt von einem Dienstmädchen, das einen Porzellankrug mit heißem Wasser schleppte.

Als Parker schließlich in Thereses Richtung blickte, hatte sich deren Stirn wieder geglättet, und sie nickte der Zofe gleichmütig zu.

»Ich werde heute Morgen auf einem Empfang erwartet und heute Nachmittag auf zweien. Mein Tageskleid aus rosa Seide wäre wohl die beste Wahl.«

Sie verbannte das nervtötende »Hoppla« ihres Mannes aus ihren Gedanken und konzentrierte sich darauf, sich auf den Tag vorzubereiten.

*

Therese betrat den Frühstücksraum und war nicht überrascht, ihn leer vorzufinden.

Portland, der Butler, zog ihr den üblichen Stuhl vor.

»Seine Lordschaft hat vorhin gefrühstückt, Ma'am, und unternimmt gerade einen Ausritt im Park«, murmelte er, als sie sich setzte.

Da sie damit gerechnet hatte, nahm sie ihre Serviette und schüttelte sie auf.

»Danke, Portland.« Sie warf einen Blick auf die üppige Auswahl auf der Anrichte. »Nur Tee und Toast, bitte.« Sie wurde schwach und fügte hinzu: »Und vielleicht etwas von Cooks Erdbeermarmelade.«

»Selbstverständlich, Ma'am.«

Während Portland davoneilte, um ihren Tee zu holen, starrte sie auf Devlins leeren Stuhl. Inzwischen wünschte sie sich, sie hätte an ihrem Vorsatz vom Vorabend festgehalten und ihn sofort befragt, als er ihr Zimmer betreten hatte. Leider war es nicht der richtige Moment gewesen, um ein eheliches Verhör zu beginnen. Abgesehen von allem anderen lenkte ein nackter Devlin sie immer noch maßlos ab, und selbst wenn es ihr gelungen wäre, eine Frage zu stellen, hätte sie sich wahrscheinlich heute nicht mehr an seine Antwort erinnert.

Portland kehrte mit der Teekanne, einem Gestell mit warmem Toast, einer Schale mit weicher Butter sowie einer weiteren mit köstlicher Erdbeermarmelade zurück. Sie bedankte sich lächelnd, schenkte sich eine Tasse Tee ein und bestrich dann eine Scheibe Toast mit Butter und Marmelade.

Während sie die Scheibe an ihre Lippen hob, abbiss und kaute, starrte sie mit leerem Blick über den Tisch und führte sich die Realität ihrer Ehe vor Augen. Obwohl sie von ihrer ersten Begegnung an erkannt hatte, dass Devlin sich zu ihr hingezogen fühlte, hatte sie sich nie der Illusion hingegeben, dass er sie liebte. Sie hatte auch nicht angenommen, dass er im Laufe der Zeit lernen würde, sie zu lieben. Das hatte sie von vornherein für unwahrscheinlich gehalten, und in den letzten fünf Jahren hatte nichts ihre Meinung geändert.

Die Suche nach einem für sie geeigneten Gemahl war sie auf ihre übliche organisierte und methodische Weise angegangen. Von Anfang an hatte sie akzeptiert, dass es für sie als Cynster durchaus möglich, wenn nicht gar sehr wahrscheinlich war, ebenfalls ein Opfer des »Cynster-Fluchs« zu werden. So nannten ihre Brüder und männlichen Cousins den offenbar unausweichlichen Zwang, der dazu führte, dass alle Cynsters aus Liebe heirateten. Seit ihren ersten Ausflügen in die Gesellschaft hatte sie jeden potenziell geeigneten Gentleman, der ihren Weg kreuzte, begutachtet und erwartet, schließlich den richtigen Mann zu finden und sich zu verlieben.

Man ging zwar davon aus, dass der Cynster-Fluch zu einer Heirat aus gegenseitiger Liebe führte, und sie wusste, dass es auch meistens so war, aber soweit sie es verstand, besagten die Worte »Ein/e Cynster heiratet immer aus Liebe« mitnichten, dass diese Liebe erwidert werden würde.

Zunächst war sie unvoreingenommen auf die Suche gegangen, aber als sie mit einundzwanzig Jahren in ihre dritte Saison ging, hatte sie viel über sich selbst gelernt – und darüber, wie die meisten Gentlemen sie sahen. Bis zu diesem Zeitpunkt hatte sie genug Bemerkungen gehört, und im Laufe der Jahre waren diese Bemerkungen nur noch akzentuierter geworden. Alle schienen sich einig zu sein: Sie war zu kratzbürstig, zu willensstark, zu eigenständig und – was am schlimmsten war – zu dominant. Sie wurde in zu vielen Belangen als »zu ...« angesehen, um von durchschnittlichen Gentlemen als begehrenswerte Partnerin betrachtet zu werden. Es war ihr einfach nicht bestimmt, eine pflegeleichte Ehefrau zu sein.

Aber dann hatte sie Devlin getroffen und war von einer Kraft ergriffen worden, die so mächtig war, dass sie nicht eine Minute lang daran gezweifelt hatte, worum es sich dabei handelte. Sie hatte sich innerhalb von einer Minute verliebt, sogar in einem einzigen Augenblick, um die Wahrheit zu sagen, und damit war es geschehen. Und obwohl sie sich nie eingeredet hatte, dass er sie liebte – ganz sicher nicht auf die gleiche manische, unbeherrschte Art und Weise wie sie ihn –, war er in jeder anderen Hinsicht mehr als geeignet gewesen. Von jenem ersten Treffen an hatte sie versucht, ihn davon zu überzeugen, dass sie die perfekte Frau für ihn war.

Es hatte Monate gedauert, ihn zu erobern – sie hatte ihn gejagt, ihm nachgespürt und ihn schließlich bedrängt –, aber schließlich hatte er eingewilligt, sie zu heiraten. Seitdem verstanden sie sich, wie sie es vorausgesagt hatte, sehr gut. Vielleicht liebte er sie nicht, aber er mochte sie und behandelte sie stets mit einer sanften, manchmal leicht amüsierten, aber immer unerschütterlichen Zuneigung, die sie als beruhigend und tröstlich empfand. Mit der Zeit war er für sie zu einem sicheren Hafen im tosenden Meer des Lebens geworden.

So war ihre Ehe zustande gekommen. Warum also hatte Devlin angedeutet, dass Christophers Motivation, Ellen zu heiraten, die gleiche war wie seine eigene, Therese zu ehelichen?

Sie runzelte die Stirn und zerkaute den letzten Rest ihres Toasts.

»Das ergibt keinen Sinn.« Sie blinzelte. »Es sei denn …«

Es sei denn, Devlin verglich Christopher mit sich selbst und bezog sich damit auf eine andere Eigenschaft der Ehe.

»Natürlich!«

In Gedanken spielte Therese noch einmal die Szene beim Hochzeitsfrühstück durch und hörte noch einmal Devlins Worte. Schließlich spürte sie, wie sich die Verärgerung darüber, dass sie nicht wusste, was er gemeint hatte, langsam legte.

»Das ist es!«

Zufrieden nahm sie ihre Teetasse in die Hand, lehnte sich zurück und trank einen Schluck.

Devlin hatte sich auf die unbestreitbaren Vorteile einer Upperclass-Ehe bezogen – eine Gastgeberin zu haben, jemanden, der seinen Haushalt führte, eine Mutter für seine Kinder und so weiter … all die Gründe, die dazu geführt hatten, dass er sie schließlich heiratete. Als verheirateter Gentleman, der nicht durch Liebe motiviert war, hatte er sich natürlich auf diese anderen Annehmlichkeiten bezogen.

Den Blick auf den leeren Stuhl auf der anderen Seite des Tisches gerichtet, nippte sie noch einmal an ihrem Tee und nickte dann zufrieden.

»Das erklärt sein ›Hoppla‹.«

Er hatte sich nicht auf einen Irrtum bezogen, den er gemacht hatte, sondern auf den Fehler, den *sie* gemacht hatte, als sie dachte, sein Kommentar bezöge sich auf Liebe.

Sie ließ sich seine Bemerkungen noch einmal durch den Kopf gehen, studierte sie unter der Prämisse ihrer neuen Erkenntnis und nickte dann entschlossen.

»Das passt.«

Mit dem Gefühl, sich endlich aus einem engen Netz

befreit zu haben, stellte sie die Teetasse ab und richtete ihre Gedanken auf den Tag.

Bei der Durchsicht ihres Terminkalenders musste sie zugeben, dass sie als Devlins Ehefrau, was die materiellen und sonstigen Vorteile der Ehe anging, keinen Grund zur Klage hatte – und er hatte auch nie angedeutet, dass er in irgendeiner Weise unzufrieden wäre. Alles in allem verlief ihr Leben genau so, wie sie es sich vorgestellt hatte, und sie hielt die Zügel fest in der Hand.

Außer natürlich bei Devlin selbst. Irgendwie schaffte er es immer, knapp außerhalb ihrer Reichweite zu bleiben. Sie wusste das, und er wusste es auch. Manchmal überraschte sie ein Ausdruck auf seinem Gesicht, der sie glauben ließ, er betrachte ihre Bemühungen, ihn zu dirigieren – natürlich versuchte sie es immer noch –, mit wohlgesonnener Belustigung. Es war, als ob ihre Versuche, ihn zu lenken, ihn seltsam befriedigten, während er zugleich jeden dieser Versuche vereitelte, außer jenen, mit denen er einverstanden war und denen er sich bereitwillig fügte.

Schnaufend setzte sie sich auf. In den letzten fünf Jahren hatte sie gelernt, dass ihr gut aussehender Mann ein eigenes Kaliber war. Sie war zu dem Schluss gekommen, dass sie ihn einfach nicht gut genug verstand, um ihn richtig zu beherrschen. Aber er behandelte sie, ihre Kinder, das Personal und alle ihre Leute immer gut. Was sein allgemeines Verhalten anging, hatte sie also nicht vor, etwas zu ändern.

Stirnrunzelnd beendete sie ihr Frühstück. Wenn er sich doch nur nicht so kryptisch ausgedrückt hätte! Sie hatte viel Zeit und Energie darauf verschwendet, sich über eine Bemerkung den Kopf zu zerbrechen, die sie, wie sie jetzt begriff, eigentlich keinen Augenblick beunruhigt haben sollte.

Aber das lag nun wenigstens hinter ihr. Als Portland ihren Stuhl zurückzog, erhob sie sich, lächelte dankbar und machte sich auf den Weg in den Salon, um die ersten Pflichten des Tages zu erledigen.

*

Wie so oft gesellte sich Therese zu den Kindern in deren Zimmer, während sie ihr Mittagessen einnahmen. Sie schaffte es nicht jeden Tag, aber die Kleinen freuten sich, wenn sie kam, da sie dann die Aufregungen ihrer morgendlichen Aktivitäten mit ihr teilen konnten, während sie unter der Anleitung ihres Kindermädchens Sprockett versuchten, mit halbwegs akzeptablen Tischmanieren zu speisen.

Therese balancierte die kleine Horatia – benannt nach ihrer Urgroßmutter und von allen nur Horry genannt – auf ihrem Knie und führte sanft die Hand des achtzehn Monate alten Mädchens, das sich hartnäckig abmühte, die Gabel zu beherrschen.

»Mein Reifen war am schnellsten!«, warf sich Spencer, ein kräftiger Vierjähriger, in die Brust.

Rupert, der ein Jahr jünger war als Spencer, lächelte seinen Bruder an.

»Meiner kam gleich dahinter«, erklärte er freundlich.

Therese lächelte ihre Söhne an. Die drei Kinder waren erst vor wenigen Minuten zusammen mit ihren Kindermädchen von einem Ausflug im Park zurückgekehrt. Ihre runden Wangen waren noch rosig von der Kälte, und ihr Haar war durcheinander und vom Wind zerzaust. Die beiden Jungen kamen nach ihrem Vater – haselnussbraune Augen und dunkelbraunes Haar –, während Therese von ihrer Mutter und ihren Tanten hörte, dass Horry eine exakte Kopie von Therese in diesem Alter war, mit noch babyhaften goldblonden Locken, Porzellanwangen und großen blassblauen Augen.

Therese hielt die drei zum Essen an, lauschte ihrem Geplapper und bemühte sich, die Aufmerksamkeit auf ihre Kinder zu richten. Sie durfte nicht zulassen, dass ihre Gedanken abdrifteten und weiter um ihre Schlussfolgerungen Devlins irritierende Bemerkung betreffend kreisten.

Es raubte ihr den Verstand! Sie hatte das Rätsel doch gelöst, warum also konnte sie den ärgerlichen Vorfall nicht einfach vergessen?

Plötzlich sahen die Jungen zur offenen Tür hinüber, und ihre Gesichter leuchteten vor Aufregung. Therese wusste, was – oder vielmehr wer – diesen Blick verursachte. Sie drehte den Kopf und sah, wie Devlin mit einem strahlenden Lächeln, das ihnen allen galt, in den Raum geschlendert kam.

Es war wirklich unfair, aber selbst nach fünf Jahren Ehe zog er noch immer mühelos ihre Aufmerksamkeit auf sich. Sie ließ den Blick über sein Gesicht gleiten – die aristokratischen Züge und die schön geschwungenen Lippen – und dann an seinem großen, schlanken Körper hinunter, um anschließend bei der dezenten Eleganz seines Mantels, seiner Weste und seiner Hose zu verweilen. Sie genoss die raubtierhafte Geschmeidigkeit, die er ausstrahlte.

Er ging hinüber zu dem niedrigen Tisch, an dem sie mit den Kindern und Sprockett saß. Beiläufig nickte er den anderen Kindermädchen zu und zerzauste dann zärtlich das Haar der beiden Jungen, bevor er sich neben sie hockte.

Er grinste Horry an, die auf Thereses Schoß auf und abhüpfte, »Da, da, da!« rief und munter mit ihren pummeligen, klebrigen Händen winkte. Zärtlich strich Devlin mit dem Fingerrücken über die weiche Wange seiner Tochter, bis das kleine Mädchen vor Glück gluckste. Dann wandte er sich an seine Söhne und erkundigte sich, welche Abenteuer sie an diesem Morgen erlebt hatten.

Therese nutzte den Moment, um Horry zu ermutigen, ihr Hühnchen aufzuessen und die letzten Erbsen zu verdrücken.

Nachdem er sich den Bericht seiner Söhne angehört hatte, warf Devlin einen Blick auf Therese und sagte dann zu den Jungen: »Esst jetzt auf. Denn ich wurde ausgeschickt, um eure Mama zu ihrem eigenen Mittagessen zu entführen, und ihr wisst, dass ihr sie glücklich machen könnt, wenn sie eure leer gegessenen Teller sieht, bevor sie geht.«

Die beide Jungen grinsten Therese an und machten sich gehorsam über ihre Hauptgerichte her, bevor sie sich auf den Pudding stürzten.

Therese konzentrierte sich darauf, Horry dabei zu helfen, den zähflüssigen Pudding in ihren kleinen Mund zu löffeln, während sie sich fragte, ob Devlins Worte bedeuteten, dass er mit ihr zu Mittag essen wollte. Sie vermutete es. Er nahm sein Mittagessen nicht oft zu Hause ein, wollte es jedoch heute anscheinend tun.

Sie überlegte, ob sie die Gelegenheit nutzen sollte, um sich ihre Schlussfolgerungen in Bezug auf seine verwirrende Bemerkung und der Gründe für sein »Hoppla« bestätigen zu lassen, aber angesichts ihrer anhaltenden Fixierung auf diese Bemerkung scheute sich etwas in ihr, ihn direkt darauf anzusprechen. Es war, als könnte ihn eine Frage zu diesem Thema auf den Gedanken bringen, dass sie sich erneut über die Grundlage ihrer Ehe Gedanken machte – und darüber, ob sich daran etwas geändert hatte. Aber da sie wusste, dass dem nicht so war, brauchte sie es nicht von ihm zu hören.

Hastig verdrängte sie all diese Gedanken und strahlte Horry an. Die hatte genüsslich den Boden ihrer Puddingschüssel frei gelöffelt und schlug jetzt begeistert mit dem Löffel darauf ein. Therese gurrte, nahm ihr geschickt den Löffel ab und ließ ihn in die Schüssel fallen, dann drückte sie Horry einen Kuss auf die Locken. Als sie den Blick eines der Kindermädchen erhaschte, hob sie Horry hoch und übergab die Kleine, die nun fröhlich quietschte, in deren Obhut.

Während er sich mit seinen Söhnen unterhielt, hatte Devlin Therese genau beobachtet. Er hatte die wechselnden Farbtöne gesehen, die das Silberblau ihrer Augen wie Schatten durchzogen, die über eine spiegelnde Oberfläche liefen. Es verriet, dass sie an andere Dinge dachte, während sie sich mit der Jüngsten beschäftigte. Er hoffte, dass sie über seine gestrige Bemerkung und vor allem über sein »Hoppla« nachdachte.

Über die Köpfe ihrer Söhne hinweg begegnete er ihrem Blick und lächelte. Dann erhob er sich, tätschelte alle kurz und reichte ihr die Hand.

Sie legte ihre Finger in seine, und er erinnerte sich daran, nicht zu fest zuzupacken. Er schloss seine Hand und half ihr auf die Füße, wie es sich für einen Gentleman gehörte. Als sie aufgerichtet war, zog sie ihre Hand zurück, und er musste sie loslassen. Nachdem sie ihre Röcke gerade geschüttelt hatte, verabschiedete sie sich von den Jungen, warf Horry einen Kuss zu und ging dann vor ihm zur offenen Tür.

Er folgte ihr in den Korridor, und Seite an Seite schlenderten sie zur Haupttreppe.

»Portland hat mir versichert, dass die Suppe warm bleibt, aber ich nehme an, er und das Personal warten schon.«

»Ich hatte nicht bemerkt, dass es schon so spät ist. Außerdem hatte ich vergessen, dass ich wegen der Jahreszeit das Mittagessen vorverlegt habe.«

Er schaute sie an und wartete. Als sie keine Anstalten machte, den Moment für eine Befragung zu nutzen, suchte er nach einem unverfänglichen Thema.

»Was planst du für den Rest des Tages?«

Sie erreichten die Treppe und stiegen hinunter.

»Heute Nachmittag muss ich mich auf zwei zwanglosen Veranstaltungen blicken lassen, und danach werde ich wahrscheinlich eine kurze Zeit im Park verbringen – vorausgesetzt, das Wetter hält«, antwortete sie hocherhobenen Hauptes.

»Und heute Abend?«

»Zum Glück geht die Ballsaison zu Ende, aber Lady Walton veranstaltet eine Soirée, zu der sie mich erwartet.«

»Ist sie eine Freundin deiner Mutter?«, spekulierte er.

»Eher eine nahe Bekannte. Aber da Mama in Somersham ist, hat sie vorgeschlagen, ich solle hingehen und sozusagen die Fahne hochhalten.«

»Ich verstehe.« Er erinnerte sich an eine Begegnung mit Lord Walton bei einem Treffen von Eisenbahninvestoren.

Sie erreichten die Eingangshalle, verließen die Treppe und wandten sich dem Esszimmer der Familie zu – ein viel kleinerer, intimerer Raum als der Hauptspeisesaal des Hauses, in dem mühelos fünfzig Personen Platz fanden.

Devlin begleitete Therese zu ihrem Stuhl an dem der Tür näher gelegenen Ende des Sechsertisches und setzte sich dann ans Kopfende. Er hatte kaum Platz genommen, als Portland auch schon mit der Suppenterrine nahte, die er wartend in der Hand gehalten hatte.

Portland war offenbar überzeugt, dass eine Portion für jeden von ihnen ausreichen würde, und machte sich auf, um die Terrine in die Küche zurückzutragen. Somit war nur noch Dennis, der Diener, als Zeuge zugegen.

Devlin blickte auf den Tisch und wartete darauf, dass Therese ihre Gedanken sammelte und mit ihrem Verhör begann. Ihm war bewusst, dass ihre Neugierde grenzenlos war, wenn es um ihn ging.

Sie schwieg so lange, dass er sich zu fragen begann, ob noch etwas anderes nicht stimmte, aber dann sah sie auf und suchte seinen Blick.

»Ich wollte dich schon lange fragen ...«

Na endlich! Er blickte sie einladend an.

»... ob du auf der Messe erfolgreich warst.« Sie setzte den Suppenlöffel ab, verschränkte die Finger und sah ihn fragend an. »Sie soll doch bald zu Ende sein, nicht wahr?«

Er blinzelte kurz irritiert, dann erinnerte er sich, dass die sogenannte Weltausstellung, die gerade den Crystal Palace von Joseph Paxton im Hyde Park füllte, in zehn Tagen ihre Pforten schließen sollte.

»Ich habe gehört, dass sie den Palast abbauen und verlegen wollen. Stimmt das?«, hakte sie nach.

Er nickte. »Nach Sydenham. Paxton hat das Bauwerk so konstruiert, dass es leicht auseinandergenommen und wieder zusammengesetzt werden kann.«

Aber warum diskutierte er mit seiner Frau, die eigentlich auf etwas ganz anderes neugierig sein sollte, über Technik?

Ihr Gesichtsausdruck verriet in keiner Weise, dass sie von persönlicher Neugier überwältigt war.

»Ich wage zu behaupten, dass in den nächsten Tagen im Park viel los sein wird.« Sie neigte den Kopf, als ob sie sich diese Vorhersage durch den Kopf gehen ließ, und schaute dann auf, weil Portland mit einer Platte mit geschnittenem Roastbeef zurückkam. »Ich darf nicht vergessen, Stockton zu erzählen, dass der Palast abgebaut wird. Die Jungs wären bestimmt gern dabei.«

Portland lächelte wohlwollend und hielt Devlin die Platte hin.

Devlin bediente sich sowohl an dem Fleisch als auch an dem Gemüse, das Dennis anschließend anbot. Dann folgte er Thereses Beispiel und widmete sich dem Essen auf seinem Teller. Allerdings fiel es ihm schwer zu verarbeiten, dass seine wissbegierige Frau überhaupt keine Anstalten machte, seiner bewusst provokanten Bemerkungen vom Vortag auf den Grund zu gehen.

Während des Essens lenkte sie das Gespräch durch eine Reihe geschickter Fragen auf verschiedene Aspekte, die mit der Ausstellung zusammenhingen. Er trug seinen Teil zur Konversation bei, fühlte sich aber im weiteren Verlauf des Gesprächs zusehends aus dem Gleichgewicht gebracht.

Er hatte nicht erwartet, dass sie diesen Weg einschlagen würde. Er wusste mit größter Sicherheit, dass sie nicht vergessen haben konnte, was er gesagt hatte. Er hatte nur nicht damit gerechnet, dass er sie womöglich dazu auffordern musste, es anzusprechen.

Ihre Mahlzeit endete, ohne dass er das geringste Anzeichen dafür bemerkte, dass sie auch nur gegen den Drang ankämpfte, ihn auszufragen. Therese erhob sich, er schloss sich ihr an, und gemeinsam schlenderten sie in Richtung Eingangshalle.

»Ich mache mich besser auf den Weg zu meinen Nachmittagsbesuchen«, sagte sie und lächelte so heiter, als ob sie nichts in der Welt betrübte.

Devlin blieb stehen. Als sie das bemerkte, folgte sie seinem Beispiel, sah ihn an und hob ganz sachte und fragend die Augenbrauen.

Mit größter Anstrengung gelang es ihm, dass sich sein Kiefer nicht verkrampfte. »Ich habe gestern beim Hochzeitsfrühstück auf eine deiner Fragen ziemlich einsilbig geantwortet.«

Sie hob ein wenig das Kinn, doch im schwachen Licht des Korridors konnte er ihren Blick nicht deuten.

»Ach, dein ›Hoppla‹?«

Er nickte, und sein Unbehagen wuchs, als ein knappes, ziemlich strenges Lächeln ihre Lippen umspielte.

»Dachtest du etwa, es hätte mich so irritiert, dass es mich unstillbar neugierig macht?« Sie klang immer noch unbeeindruckt, fast ein wenig amüsiert.

Er hatte plötzlich das Gefühl, sich auf unsicherem Terrain zu befinden. Ein Gefühl, das er keineswegs schätzte. »Zumindest neugierig, ja«, gab er nach einem Moment zu.

Auf ihrem Gesicht zeigte sich ein entspanntes Lächeln, dem er nicht so recht traute. Sie streckte die Hand aus und tätschelte beruhigend seinen Arm.

»Ich brauche nicht zu rätseln und zu spekulieren, schon gar nicht über unsere Ehe.« Sie sah ihm in die Augen, und in ihrem Blick lag etwas, was wie echte Gewissheit aussah. »Ich weiß genau, was du gemeint hast.«

Er beäugte sie mit wachsender Besorgnis. »Das weißt du?«

Sie nickte. »Offenbar meintest du, dass Christopher bei seiner Heirat mit Ellen von denselben Gründen getrieben wurde, die dich dazu bewogen haben, mich zu heiraten, nämlich um die allgemein anerkannten Vorteile des Ehestandes zu genießen.« Ihre Wimpern verschleierten ihre Augen, und sie zog die Augenbrauen nach oben. »Da wir beide wissen, wie unsere Ehe zustande gekommen ist, waren meine anschließenden Fragen – meine Mutmaßungen – natürlich das, worauf du dich mit deinem ›Hoppla‹ bezogen hast. Ich hatte das, worauf du anspieltest, als die motivierende Kraft missverstanden, die Christopher zur Heirat trieb.«

Fieberhaft suchte Devlin eine Möglichkeit, seinen ersten Schritt zu retten, doch Therese lächelte erneut.

»Keine Sorge.« Sie beugte sich vertraulich vor. »Du hast mich nicht verwirrt – ich habe herausgefunden, was du meintest.« Sie tätschelte erneut seinen Arm und wandte sich dann ab. »Und jetzt muss ich los, sonst komme ich zu spät zu Lady Ketterings Empfang.«

Völlig entgeistert blieb Devlin im Korridor stehen und sah seiner Frau nach, die mit rauschenden Seidenröcken davoneilte.

*

Devlin schlenderte in sein Arbeitszimmer und schloss vorsichtig die Tür. Nach einem Moment ging er zu dem großen Ledersessel hinter dem Schreibtisch und ließ sich hineinfallen.

Ein wenig verblüfft ließ er Revue passieren, was gerade geschehen war.

»Verdammt!«

Er musste sich seinen Misserfolg eingestehen. Dabei hatte er sich sein Unterfangen als einfachen, wenn auch impulsiven ersten Schritt vorgestellt, der Therese zu der Erkenntnis führen sollte, dass er sie liebte.

»Hm.«

Obwohl ihm ihre Auslegung seiner Worte nicht in den Sinn gekommen war, konnte er verstehen, wie sie zu ihrer Schlussfolgerung gelangt war. Leider machte die Tatsache, dass sie eine andere Erklärung gesucht und gefunden hatte, statt auch nur zu vermuten, was er wirklich gemeint hatte, nur wenig Hoffnung darauf, dass sie zukünftig für subtile Andeutungen seinerseits empfänglicher sein würde.

Hoppla.

Er hatte einen Fehler begangen, das ließ sich nicht leugnen. Er war davon ausgegangen, dieselbe Methode wie vor fünf Jahren anwenden zu können, als er mit einem faszinierend rätselhaften Hinweis ihre Neugierde angestachelt und sie so dazu gebracht hatte, die Wahrheit herauszufinden. Er wusste, dass sie an seine Liebe glauben würde, wenn sie sie selbst entdeckte. Doch dieser Versuch war eindeutig gescheitert.

Nun wurde ihm zum Verhängnis, dass es ihm gelungen war, sie davon zu überzeugen, dass er sie *nicht* liebte.

Vor seinem geistigen Auge ließ er die jüngste Szene noch einmal Revue passieren. Irgendetwas daran hatte ihn beunruhigt. Es vergingen einige Minuten, bis er erkannte, was es gewesen war: ihr Tonfall und der Umstand, dass sie ihm nicht richtig in die Augen gesehen hatte, als sie ihm erklärte, was er mit seinen unklugen, impulsiven Worten gemeint hatte.

»Spröde« war das Wort, das ihm dazu als Erstes in den Sinn kam. Dazu kam eine gewisse Dünnhäutigkeit.

Er veränderte seine Sitzposition. Er mochte sich nicht vorstellen, dass er sie auf irgendeine Weise verletzt haben könnte … Er zwang sich, noch einmal hinzusehen, den Moment ein weiteres Mal zu erleben und auf sich wirken zu lassen.

Dann fluchte er leise und schloss die Augen. Er hatte impulsiv agiert und seine Handlungen nicht durchdacht. Schließlich hatte er sie dazu genötigt, über die Grundlagen nachzudenken, die ihrer Meinung nach das Fundament ihrer Ehe bildeten. Er hatte sie gezwungen, sich dem zu stellen, was sie für die Wahrheit hielt, nämlich dass er sie nicht liebte.

Verwundbar. Er hatte ihr das Gefühl gegeben, verletzlich zu sein. Das war es, was hinter der Sprödigkeit steckte, die er an ihr wahrgenommen hatte.

Er wusste alles über die Verletzlichkeit, die durch die Liebe hervorgerufen wurde, wenn man sich von ihr vereinnahmen ließ. Eigentlich war diese durch die Liebe hervorgerufene Verletzlichkeit der Grund, weshalb er sich so lange geweigert hatte, sich seine Liebe zu ihr einzugestehen.

Das Ganze entbehrte nicht einer gewissen Ironie, aber was nützte ihnen das? Was nützte es ihm?

»Offenbar muss ich viel vorsichtiger vorgehen, um keine negativen Gefühle zu wecken«, murmelte er vor sich hin.

Das würde von ihm ein größeres Maß an Finesse und Aufmerksamkeit für Details erfordern als bisher.

Er verbrachte einige Minuten damit, sich die Ungeschicklichkeit vorzuhalten, mit der er diese unbeabsichtigte Reaktion provoziert hatte. Schließlich fiel ihm auf, wie beruhigend es eigentlich für ihn sein sollte, dass sie sich immer noch verletzlich fühlte, weil sie glaubte, er würde sie nicht lieben.

»Wenigstens liebt sie mich noch«, lautete seine Schlussfolgerung. Denn wenn sie es nicht täte, würde sie nicht so empfinden.

Ein positives Ergebnis meines ersten, desaströsen Versuchs, unsere Beziehung neu zu definieren.

Er überlegte erneut. Obwohl ihn die Zerbrechlichkeit, die er unter ihrem gewohnten stählernen Panzer gespürt hatte, bedrückte, da sie aus ihrer Liebe zu ihm resultierte, wollte er diesen Zustand auch nicht ändern. Es war kein Symptom, das er auslöschen wollte, was nicht hieß, dass er es überhaupt vermocht hätte.

Was er jedoch auslöschen wollte, war die Ursache, nämlich ihre tief verwurzelte Überzeugung, dass er sie nicht liebte. Hatte er das erst erreicht, so hoffte er, würde ihre gegenwärtige Vorsicht und Unsicherheit, ihre Liebe zu ihm offen zu zeigen, verschwinden. Und diese furchtbare Verletzlichkeit gleich mit.

Er hatte sich bereits ausgemalt, wie ein Erfolg aussehen würde: Therese, die sich ihrer Liebe zu ihm sicher war und ihre Liebe zu ihm offen zeigte, gestärkt und unterstützt durch das absolute und unanfechtbare Wissen, dass ihre Liebe voll und ganz erwidert wurde, dass er sie ebenso sehr liebte, wie sie ihn liebte. Es würde im Grunde auf eine Ehe im Cynster-Stil hinauslaufen. Das war das Ziel, das er unbedingt erreichen wollte, für sie beide.

Er blickte in sich hinein und fand nichts als unerschütterliche Entschlossenheit.

Er atmete tief durch und nahm eine bequemere Position ein.

»Also, wie gehe ich es an?«

Theoretisch hätte er sich mit ihr zusammensetzen und ihr seine wahren Gefühle für sie offenbaren können. Denn das war es doch, worum es ihm bei seinem missglückten »Hoppla« gegangen war: Er hatte sie dazu bringen wollen, ihn auszufragen und ihm die Wahrheit zu entlocken.

Wenn er einfach versuchte, ihr die Wahrheit zu sagen ... würde sie ihm vermutlich nicht glauben. Schlimmer noch, ein solcher Versuch würde sie mit ziemlicher Sicherheit dazu verleiten, ihm zu misstrauen. Zweifellos würde sie sich fragen, was er im Schilde führte, und ihm schauderte bei dem Gedanken, was sie daraus ableiten könnte.

Er mochte sie zwar durch all die Dinge, die er ihr verschwiegen hatte, getäuscht haben, aber er hatte sie nie direkt angelogen, und es war ihm außerordentlich wichtig, das beizubehalten.

Zerstreut nahm er einen Bleistift auf und klopfte müßig mit dem Ende auf seine Schreibunterlage.

»Wenn Worte also kein gangbarer Weg sind ...«

Mit zusammengekniffenen Augen dachte er nach und wog alle Möglichkeiten ab. Da er es gewesen war, der ihrer Ehe die jetzige Form gegeben hatte, oblag ihm auch die Pflicht, alles zu tun, was nötig war, um diese Form zu ändern.

»Was immer ich auch tun muss, um ihr die Augen für die Erkenntnis zu öffnen, dass ich sie liebe und immer geliebt habe.«

Die Worte zu hören, half ihm, sich zu konzentrieren. Die etwas belastende Enthüllung, *wann* er sich in sie verliebt hatte, wollte er auf einen späteren Zeitpunkt verschieben. Der erste wichtige Schritt zur Erreichung seines Ziels war, die Frau, mit der er seit fünf Jahren verheiratet war, davon zu überzeugen, dass er sie *jetzt* liebte. Hier und heute.

Eingedenk ihres und seines Charakters konnte er sie nur davon überzeugen, dass sie seine Gefühle falsch einschätzte, wenn er sie ihr demonstrierte – ihr zeigte, dass sie real waren. Sie war sehr aufmerksam und scharfsinnig; sie würde glauben, was sie zweifelsfrei sehen konnte.

Er überlegte mehrere Minuten lang, dann klopfte er entschlossen ein letztes Mal mit dem Bleistift auf die Unterlage und ließ ihn dann fallen.

»Taten sprechen immer lauter und wahrhaftiger als Worte.«

Kapitel 2

Kurz nach einundzwanzig Uhr desselben Abends wurde Therese von Lord und Lady Walton begrüßt und begab sich in deren Salon.

Therese hielt inne und musterte rasch die Anwesenden. Lady Walton war dafür bekannt, dass sie zu ihren Veranstaltungen ein breites Spektrum interessanter Menschen einlud. Man wusste nie, wen man in Walton House treffen würde, von gesellschaftlichen Größen bis zu Parlamentariern, von Kritikern und Blaustrümpfen bis zu Geldmagnaten und Industriekapitänen. Heute Abend gab es nur wenige, denen Therese keinen Namen zuordnen konnte. Die Kronleuchter warfen ein sanftes Licht auf glänzende Gesichter und elegante Kleider, ließen Juwelen funkeln und zahllose Perlen dezent schimmern – und das alles vor dem Hintergrund des strengen Schwarz der Abendgarderobe der Gentlemen. Alles in allem fühlte sie sich bei diesem Anblick wohl und sicher, es war ein einladendes Ambiente.

Es war keineswegs ungewöhnlich, dass Ladys ihres Alters und ihres Standes solche Veranstaltungen ohne ihre Ehemänner oder andere Begleiter besuchten. In ihrem Kleid aus fliederfarbener Seide, mit dem hochgesteckten Haar, das ihr Gesicht sanft umrahmte, und mit den Alverton-Diamanten, die an ihrem Hals und an ihren Ohrläppchen funkelten, war sie völlig eins mit der Menge. Mit einem selbstsicheren Lächeln auf den Lippen glitt sie durch die Gäste, um sich zu einer Gruppe anderer junger Ladys zu gesellen, deren Leben dem ihren ähnelte.

Sie kam gerade noch rechtzeitig, um zu hören, wie Georgiana, Lady Sheldrake, sagte: »Mein Thomas hat gerade das Tauziehen für sich entdeckt. Er läuft umher und zieht an jedem Seil, jeder Schnur, jedem Faden oder jeder Krawatte, die er zu fassen bekommt. Er ist sogar aus dem Kinderzimmer entflohen, um noch mehr Dinge zu finden, an denen er zerren kann. Mein Butler ist verzweifelt. Jedes Mal, wenn er ein Zimmer betritt, muss er feststellen, dass die Gardinenschnüre verschwunden sind.«

»Besser etwas so Harmloses wie Gardinenschnüre«, antwortete Emily, Lady Pritchard. »Ich habe immer noch Albträume von den Monaten, in denen mein Cedric wie besessen an Miedern zerrte und versuchte, in die Dekolletés zu schielen. Sie können sich vorstellen, welche Folgen das hatte, als meine Schwiegermutter ihre Busenfreundinnen mitbrachte, um ihnen ihren ersten Enkel zu präsentieren.«

Die anderen Ladys lachten, was Emily als Kompliment auffasste.

»Ich habe Pritchard gefragt, ob er seinem Sprössling diese schlechte Angewohnheit beigebracht hat, aber er hat es verneint«, fügte sie trocken hinzu.

Alle lachten, und die Unterhaltung plätscherte weiter vor sich hin. Waren es anfangs noch Bemerkungen über ihre Kinder und den Haushalt, verlagerten sich die gemeinsamen Beobachtungen allmählich auf die Mitglieder der höheren Gesellschaft, die noch in London weilten. Man tratschte über politische Ränkespiele und die Frage, ob jemand etwas Neues über den neuesten Skandal gehört hatte, der die Geschäftswelt erschütterte.

Nachdem sie alles erfahren hatte, was ihre engsten Bekannten ihr erzählen konnten, und selbst einige Neuigkeiten beigesteuert hatte, verließ Therese schließlich die Runde und schlängelte sich durch die Gästeschar, um sich einer anderen Gruppe von Bekannten anzuschließen. Neben einer hochgewachsenen Lady mit glänzendem braunem Haar blieb sie stehen und tippte ihr auf den Arm.

Veronica, Viscountess Hemmings, wandte den Kopf. Als sie Therese sah, erhellte sich ihr Gesicht.

»Therese, meine Liebe! Wie schön, dich zu sehen.«

»Ich habe mich schon gefragt, ob ich dich hier antreffen würde«, erwiderte Therese lächelnd, während sie und Veronika einander die Hände reichten.

Der große, gut aussehende Gentleman an Veronicas anderer Seite beugte sich vor, lächelte und verbeugte sich knapp.

»Therese.«

Immer noch lächelnd, erwiderte Therese den Gruß mit einem Nicken. »Mylord.«

James, Viscount Hemmings, war einer von Devlins ältesten Freunden. Und zu Thereses Überraschung – und möglicherweise auch zur Überraschung von James, der mit Veronica Thereses Kindheitsfreundin geheiratet hatte – waren sie, James und Veronica enge Freunde geworden.

James warf einen Blick über die Köpfe hinweg in die Richtung, aus der Therese gekommen war.

»Kein Devlin, nehme ich an?«

»Ich glaube, er ist bei einem Geschäftsessen in der Stadt«, antwortete Therese.

Devlin nahm gelegentlich an gesellschaftlichen Ereignissen teil, meist an ihrer Seite, aber im Großen und Ganzen zog er es vor, ihr die Pflege der gesellschaftlichen Kontakte zu überlassen, was bei Ehepaaren ihres Standes üblich war.

Sie lächelte, als sie die anderen zwei Ladys und drei Gentlemen in ihrem Kreis begrüßte, und schob den hartnäckigen Gedanken beiseite, dass es ihr nichts ausgemacht hätte, wenn Devlin mehr Zeit dafür erübrigt hätte, gesellschaftliche Veranstaltungen zu besuchen. Und dass sie ein wenig eifersüchtig darauf war, dass James nicht von Veronicas Seite zu weichen schien.

James' ständige Präsenz hatte Nebenwirkungen, derer sich Therese sehr wohl bewusst war. Doch eine Beziehung, die einen vernünftigen Kompromiss zwischen übertriebenen Besitzansprüchen und Distanz fand, wäre ihrer Meinung nach recht schön gewesen.

Bei gesellschaftlichen Ereignissen wünschte sie sich oft Devlin an ihre Seite, um ihre Beobachtungen und Einsichten mit ihm teilen zu können. Es war ein wenig sonderbar, es zuzugeben, aber er war die Person, deren Ansichten am ehesten mit den ihren übereinstimmten.

Solch unproduktive Grübeleien gestattete sie sich jedoch nur selten. So funktionierte ihre Ehe eben nicht.

Mit ihrem offiziellen Lächeln wandte sie sich dem Gentleman zu ihrer Rechten zu, der soeben zu ihrem Kreis gestoßen war.

Sie kannte ihn gar nicht, was ungewöhnlich genug war, um ihre besondere Aufmerksamkeit zu erregen. Er war groß – so groß wie Devlin – und hatte auch eine ähnliche Statur, war schlank und kräftig. Seine Gesichtszüge waren unverkennbar aristokratisch, mit einer klassischen Nase, ausgeprägten Wangenknochen und einem markanten Kinn. Sein welliges hellbraunes Haar war modisch geschnitten, und als sich ihre Blicke kurz begegneten, stellte sie fest, dass seine Augen einen merkwürdigen Bernsteinton hatten.

Gut gekleidet, aristokratisch – Therese hatte das Gefühl, dass sie ihn eigentlich kennen sollte.

Der Blick des Fremden war auf James gerichtet. Er nickte, als James in seine Richtung blickte.

»Hemmings.«

Mit einem schwachen, förmlichen Lächeln auf den Lippen, das Therese absolut nichts verriet, neigte James den Kopf.

»Child.«

Therese blinzelte und blickte erneut zu dem Fremden. *Child?* Ihre Gedanken überschlugen sich, als sie alles zusammentrug, was sie über die adlige Familie der Herzöge von Ancaster wusste, deren Stammsitz an die Grafschaft Alverton grenzte.

Als wäre er sich ihres Blicks und der Gründe dafür bewusst, warf Child ihr einen leicht amüsierten Blick zu, während er – an Hemmings gewandt – weiterredete.

»Vielleicht, alter Junge, erweisen Sie mir die Ehre und stellen mich vor?«

»Natürlich.« Ohne eine Miene zu verziehen, nannte James die Namen der Personen in ihrem kleinen Kreis. Er begann mit Therese und Veronica und fuhr fort, bis er schließlich Child erreichte. »Erlauben Sie mir, Ihnen Lord Grayson Child vorzustellen.«

In Thereses Kopf läuteten verschiedene Glocken.

Child nickte den Gentlemen zu und verbeugte sich halb vor Veronica und den beiden anderen Ladys. Dann richtete er seinen ganzen Charme auf Therese und verbeugte sich mit etwas mehr Ehrerbietung vor ihr.

»Countess.«

Therese lächelte huldvoll und reichte ihm die Hand.

»Ich kenne Ihre Eltern«, sagte sie, als er danach griff und sich erneut verbeugte.

Child richtete sich ein wenig schneller auf, als es die Eleganz geboten hätte.

Bevor er sich eine Antwort zurechtlegen konnte, zog sie die Brauen hoch.

»Darf ich annehmen, dass der verlorene Sohn zurückgekehrt ist?«

Veronica spitzte die Ohren, ebenso James. Der Rest ihrer kleinen Gruppe hatte sich bereits einem anderen Thema gewidmet.

Child setzte ein leichtes, selbstironisches Lächeln auf.

»Ich bin mir nicht sicher, ob ich die Bezeichnung ›verlorener Sohn‹ verdiene. Ich habe lediglich grünere Gefilde aufgesucht und bin nach ein paar Jahren in Amerika zu der Erkenntnis gelangt, dass es an der Zeit ist, zurückzukehren.« Er sah sich um. »Ich muss sagen, dass ich trotz meiner langen Abwesenheit mit Erleichterung feststelle, dass ich mich in diesen Kreisen immer noch sehr wohlfühle.«

Therese erwiderte sein Lächeln. »Wie beruhigend für Sie. Ich muss zugeben, dass ich ziemlich neugierig bin zu erfahren, was Sie zu Ihrer Abreise veranlasst hat. Wenn ich mich recht entsinne, ist das mehr als nur ›ein paar Jahre‹ her.«

Nachdem sie nun ganz sicher war, um welchen Child es sich hier handelte, war sie neugierig geworden. Grayson Child war Devlins engster Jugendfreund gewesen. Als adlige

Nachbarn im gleichen Alter waren sie zusammen aufgewachsen, hatten zusammen Eton besucht und waren dann nach Oxford gegangen. Dort waren sie jedoch auf unterschiedlichen Colleges gewesen und hatten sich, so wie sie es gehört hatte, auseinandergelebt. James und Cedric Marshall, jetzt Devlins engste Freunde, waren ebenfalls in Eton gewesen und hatten gemeinsam mit Devlin das Balliol College besucht.

»Nun«, räumte Child ein, »ich glaube, es waren ...« Seine Augenbrauen hoben sich, als ob er nachdächte, dann wirkte er leicht überrascht. »Es ist neun Jahre her.«

Das erklärte, warum Therese ihm nie begegnet war: Sie war vor neun Jahren noch eine Schülerin gewesen.

»Und Sie sind all die Jahre in Amerika gewesen?«

Sie erinnerte sich an das Getuschel, dass Child und Devlin Rivalen gewesen waren, und zwar auch noch nach Erreichen ihres zwanzigsten Lebensjahres, als sie als wohlhabende Junggesellen in der Stadt gelebt hatten. Therese konnte sich sehr gut vorstellen, dass an diesen Gerüchten etwas dran war.

Child sah ihr ins Gesicht, und ein Anflug von Misstrauen schlich sich in seinen Blick.

»Mehr oder weniger«, antwortete er ausweichend.

»Was hat Sie dorthin geführt?« Ihr Tonfall war beiläufig, und sie formulierte ihre Frage so, als handele es sich lediglich um den üblichen gesellschaftlichen Small Talk. »Da Sie so lange geblieben sind, haben Sie vermutlich vieles entdeckt, was Ihr Interesse gefesselt hat.«

Er hielt eine Sekunde inne, dann lächelte er wieder auf seine charmante Art. »Was mich dorthin zog, ist leicht zu beantworten: Abenteuer und die Aussicht auf ganz andere

Aufregungen als die, die man hier kennt. Und interessant fand ich, dass in einem Land, das immer wieder Grenzen sprengt, stets neue Möglichkeiten locken. Ich entdeckte, dass ich mit neuen Herausforderungen sehr gut leben konnte.«

Die letzten Worte hatten einen bedeutungsvollen Unterton, den Therese allerdings geflissentlich ignorierte.

»Da wir gerade von Herausforderungen sprechen … Wie ich sehe, bekleiden Sie jetzt die Rolle der Countess an Devlins Seite?«, erkundigte sich Child beiläufig, bevor sie antworten und weitere Informationen aus ihm herauskitzeln konnte.

Therese hatte nicht vor, ihre Ehe mit einem Gentleman zu diskutieren, der sich womöglich immer noch als Rivale ihres Mannes begriff.

»Allerdings«, erwiderte sie daher abweisend und fuhr dann förmlicher fort: »Der Duke und die Duchess müssen erfreut gewesen sein, Sie wieder zu Hause willkommen heißen zu dürfen. Sind Sie wohlauf?«

Ihr Blick war auf Childs Gesicht gerichtet, und sie bemerkte einen kurzen Anflug von Verärgerung, die er jedoch rasch hinter einer leicht gelangweilten Maske verbarg.

»Ich muss zugeben, dass ich erst seit Kurzem wieder im Lande bin. Zwar bin ich sofort nach Ancaster Park gereist, aber meine Eltern weilen zurzeit in Schottland. Also muss meine Rückkehr noch gebührend gefeiert werden.«

»Und dann sind Sie in die Stadt zurückgekehrt?« Therese machte große Augen. »In Anbetracht der Jahreszeit und Ihrer langen Zeit in Übersee hätte ich erwartet, dass Sie vielleicht den Vergnügungen des Landlebens nachgehen würden – der Jagd, zum Beispiel.«

Sie sah ihm förmlich an, dass er sagen wollte, der Gedanke, zu jagen, sei ihm tatsächlich bereits gekommen.

»Aber vielleicht hat Sie ja die Ausstellung im Crystal Palace zurück in die Stadt gelockt?«, kam sie ihm rasch zuvor.

Kurz riss er die Augen auf, was ihr, noch bevor er den Kopf neigte, verriet, dass sie richtig vermutet hatte.

»So ist es«, bestätigte er. »Es wäre töricht gewesen, die Gelegenheit zu versäumen und nicht zu begutachten, was die Welt an neuen Ideen zu bieten hat. Sehr lobenswert, dass Prinz Albert diese Unternehmung unterstützt hat.«

»Gab es Exponate, die Sie besonders interessant fanden?« Therese war sich ziemlich sicher, dass Devlin interessiert sein würde, davon zu erfahren. Auch James hörte aufmerksam zu.

Mit etwas angestrengter Miene öffnete Child den Mund, um zu antworten, doch dann fiel sein Blick an Therese vorbei, und er stutzte. Eine Sekunde später umspielte ein aufrichtig erfreutes Lächeln seine Lippen.

»Wie ich sehe, ist Devlin gerade gekommen.«

Therese blinzelte. »Tatsächlich?« Sie drehte sich um.

Child hatte sich nicht geirrt; Devlin schlenderte durch den Raum und verharrte hier und da, um die Anwesenden zu begrüßen. Allerdings hielt er sich nicht lange auf, sondern behielt zielstrebig seine Richtung bei, die ihn offenbar direkt zu ihr führte.

Schließlich erreichte Devlin sie, in Begleitung von Cedric Marshall, der ihm in seiner gewohnt trägen Art folgte.

Therese sah ihm in die Augen und neigte den Kopf. »Mylord.«

Er ergriff die ihm dargebotene Hand, hob ihre behandschuhten Finger sanft an seinen Mund und berührte sie leicht mit den Lippen. »Mylady.«

Therese hatte ein halbes Leben damit verbracht, das Verhalten von Männern wie ihrem Mann und seinen Freunden zu studieren. Sie wechselte einen vielsagenden Blick mit Veronica, als Devlin, der ihre Hand nicht mehr losließ, ihren Arm unter seinen zog und sich an ihrer Seite aufbaute, wodurch er Child praktisch aus dieser Position verdrängte.

»Child!« Mit trügerisch liebenswürdiger Miene betrachtete Devlin seinen alten Freund. »Ich hatte keine Ahnung, dass ich dich hier antreffen würde. Was für eine Freude!«

Die letzte Bemerkung äußerte Devlin in seinem gleichgültigsten Tonfall, aber sie vermochte Childs Begeisterung nicht zu dämpfen. Er lächelte weiter offenbar aufrichtig erfreut.

»Devlin, alter Mann. Ich habe mich bereits deiner reizenden Countess vorgestellt, und ich dachte gerade, wie schade es ist, dass du nicht hier bist.«

Therese hob spöttisch eine Augenbraue und wandte sich, Child ignorierend, an Devlin.

»Wie war das Dinner?«

Die Frage zog Devlins Blick von Childs Gesicht auf ihres. Er ließ sich mit der Antwort eine Sekunde Zeit.

»Wie zu erwarten«, erwiderte er dann. »Aber anschließend wurde mir klar, dass ich mit einigen Gentlemen über eines der Probleme sprechen sollte, das sich dabei aufgetan hatte. Da ich sie hier wähnte, wollte ich sie aufsuchen.«

Etwas verwundert stellte Therese fest, dass sie sich nicht sicher war, ob irgendetwas davon stimmte. Sie blickte an ihm vorbei zu Child.

»Lord Child wollte uns gerade verraten, welche Expo-

nate der Weltausstellung er nach seinem langen Amerika-
aufenthalt am interessantesten fand.«

Alle Augenpaare – die von Therese, Devlin, Veronica,
James, Cedric und sogar die zwei der anderen Gentlemen –
richteten sich auf Child. Der Blick, den er seinerseits Therese zuwarf, war nicht gerade wohlwollend, doch als sich
das Schweigen hinzog, sah er sich gezwungen, ihrer Bitte
nachzugeben.

»Ich fand die neuen Maschinen für den Bergbau ziemlich faszinierend«, erklärte er knapp.

Devlins Brauen hoben sich. »Glaubst du, dass sie tatsächlich die versprochenen Resultate liefern können?«

Child blinzelte und richtete seine Aufmerksamkeit auf
Devlin.

»Möglich wäre das, aber ich würde gerne die Zahlen
prüfen, die ihnen angeblich vorliegen. Ohne diese Informationen? Wer weiß, vielleicht sind das alles nur Luftschlösser.«

Devlin nickte. »So sehe ich das auch.« Er blickte Child
etwas weniger abweisend an. »Aber was hat dich zurück
nach England geführt?«

Therese fand diese Frage alles andere als oberflächlich,
aber seltsamerweise antwortete Child mit einem aus-
weichenden »Es schien einfach an der Zeit zu sein«. Das
überzeugte jedoch niemanden, sondern steigerte nur das
Interesse an einer konkreten Antwort.

Therese bemerkte, wie Cedric, der sich auf James' anderer Seite zu ihrer Gruppe gesellt hatte, von Child zu Devlin
und wieder zurückblickte. Dann murmelte Cedric eine Entschuldigung und verabschiedete sich unauffällig.

Veronica übernahm die Aufgabe, Child weiter zu befragen, aber er antwortete konsequent ausweichend.

Unwillkürlich fragte sich Therese, was er so angestrengt zu verbergen suchte. Doch trotz ihrer erst kurzen Bekanntschaft traute sie es ihm durchaus zu, dass er nur ausweichend antwortete, um sich bei den Ladys der Gesellschaft interessant zu machen, die gerne alles über jeden wussten, der in ihren Kreisen verkehrte.

Es wunderte sie nicht, als sich Devlin, der offensichtlich das Interesse an Childs Ausflüchten verloren hatte, bei der Gruppe entschuldigte und sie beim Gehen mit sich zog. Aber sie war überrascht, als er keine Anstalten machte, von ihrer Seite zu weichen. Stattdessen stellte er einige scharfsinnige Fragen über einige der anderen Gäste, sowohl männliche als auch weibliche, und ergänzte ihre Antworten um seine eigenen Beobachtungen, während er sie zu einer Gruppe älterer Gentlemen führte, die sich in der hinteren Ecke des Raumes versammelt hatten.

Die fünf Männer waren sehr erfreut, sie und auch Devlin zu begrüßen. Schnell fand sie heraus, dass zwei von ihnen die Gentlemen waren, die Devlin kontaktieren wollte, um eines der Eisenbahnprojekte zu besprechen, an denen er beteiligt war. Während Devlin und die beiden über Frachtgüter und Margen debattierten, unterhielt Therese die anderen drei Gentlemen.

Nachdem sie ihre geschäftlichen Angelegenheiten besprochen hatten, beteiligten sich Devlin und die beiden anderen Gentlemen an der Diskussion, die Therese über die Theaterstücke der aktuellen Spielzeit angestoßen hatte. Als auch dieses Thema erschöpft war, entschuldigte Devlin sie beide und blieb erneut an ihrer Seite, während sie eher ziellos umherschlenderten, was ihnen zwanglose Begegnungen mit gleichgestellten Personen ermöglichte.

Als sie nach einer dieser Unterhaltungen weiterzogen, schnaubte Devlin leise. »Ich vermute, wir werden bald zu hören bekommen, dass Lord Charleys ältester Sohn eine Ehe mit der Tochter eines Mühlenbesitzers eingegangen ist.«

Um Thereses Mundwinkel zuckte es. Lord Charley war bekannt dafür, dass er sich abfällig über jene Aristokraten äußerte, die sich, um ihre Ländereien zu retten, dazu herabließen, Verbindungen mit wohlhabenden Kaufmannsfamilien einzugehen.

»Die Gerüchte sind also wahr? Er ist bald an dem Punkt, an dem ihm nichts anderes übrig bleibt?«

»Oh, ich vermute, dass er diesen Punkt längst erreicht hat und in eine so tiefe Talsohle gerutscht ist, dass ihn allein eine vorteilhafte Heirat retten kann. Vorausgesetzt natürlich, dass sein Sohn ihm den Gefallen tut, was nach meinem Dafürhalten keineswegs sicher ist.« Devlin machte eine kleine Pause. »Er habe seine letzte große Investition erwähnt«, fuhr er dann fort. »Ich habe es mir angesehen, fand es aber ausgesprochen … zweifelhaft.«

Therese lächelte. Wenn es um Investitionen in die Industrie ging, hatte sie vollstes Vertrauen in Devlins Fähigkeiten.

»Lady Morrissey erwähnte, dass ihr Mann mit dir über Investitionen in eine Dampfschifffahrtsgesellschaft gesprochen hat«, sagte sie und sah ihm ins Gesicht.

Devlin nickte. »Er hat tatsächlich mit mir gesprochen. Ich glaube, er hat sich entschieden zu investieren.«

Sie wurden von Lady Fairchild abgefangen, die es sichtlich freute, dass Devlin sich entschlossen hatte, an der Soirée teilzunehmen. Therese lenkte das Gespräch geschickt auf die Zwillingstöchter der Lady, von denen man munkelte, dass sie beide in naher Zukunft ausgezeichnete Ehen eingehen sollten.

Lady Fairchild war hocherfreut, danach befragt zu werden, reagierte aber zurückhaltend, was die Einzelheiten anbelangte.

»Sie werden bald mehr erfahren, meine liebe Lady Alverton, das versichere ich Ihnen.«

Therese lächelte, und sie schlenderten weiter.

Lady Fairchild blieb geschmeichelt zurück. Allerdings war sie keineswegs schlauer, was die Gründe für Devlins Anwesenheit hier betraf.

Lächelnd neigte Devlin den Kopf.

»Ich danke dir«, murmelte er Therese ins Ohr. »Es ist beruhigend zu wissen, dass Erfolge auf dem Heiratsmarkt immer noch interessanter sind als meine Aktivitäten.«

Therese kicherte, und sie mischten sich weiter unter die Gäste.

Devlin hatte ganz vergessen, wie es war, sich mit Therese durch die Kreise der höheren Gesellschaft zu bewegen und Scherze, Beobachtungen und scharfsinnig-zynische Bemerkungen auszutauschen. Ihre natürliche Beobachtungsgabe und ihr oft recht bissiger Spott entsprachen genau seiner eigenen Persönlichkeit. Er hatte vergessen, dass sie so gut zusammenpassten und sich miteinander auf so angenehme Weise unterhalten konnten.

Fünfzehn Minuten später hatten sie seiner Einschätzung nach ihre Verpflichtung Lady Walton gegenüber erfüllt und waren lange genug geblieben.

Als er beim Eintreten Child neben Therese stehen gesehen hatte, hatte es ihn einige Mühe gekostet, nicht zu hastig zu ihr zu gehen. Er war zugegebenermaßen mit der Absicht gekommen, Zeit mit ihr zu verbringen, um – wagte er es, das zuzugeben? – die Möglichkeiten auszuloten, sie in einer solchen Umgebung zu umwerben. Aber als er entdeckte, dass sein alter Freund ebenfalls zugegen war und sich ihr bereits vorgestellt hatte, sah er noch mehr Anlass, an ihrer Seite zu bleiben.

Er machte sich wenig Illusionen über Childs Fähigkeit – oder seine Bereitschaft –, ihm Knüppel zwischen die Beine zu werfen. Es war durchaus möglich, dass Child auf die Idee kam, so zu tun, als würde er es darauf anlegen, Therese zu verführen. Nicht, dass er das tatsächlich beabsichtigte, aber trotzdem könnte ihm allein der Versuch großes Vergnügen bereiten, nur um Devlin zu ärgern. Das würde genau zu der Art von Beziehung passen, die er und sein alter Jugendfreund schon immer gepflegt hatten.

Doch dass Child ihm in die Parade fuhr, war gerade das Letzte, was er gebrauchen konnte. Dass Child nach neunjähriger Abwesenheit ausgerechnet jetzt – in diesem Moment – nach England zurückgekehrt war, ließ Devlin glauben, dass das Schicksal ihn verspotten wollte. Und wenn Child – Gott bewahre! – auch nur eine Ahnung von der heiklen Mission bekam, auf die sich Devlin begeben hatte, würde er sich zunächst vor Lachen ausschütten. Dann aber würde er sich unweigerlich einmischen, und Gott allein wusste, wo das enden mochte.

Als zweiter Sohn und mit einem viel älteren Bruder, der seinerseits Vater zweier gesunder Söhne war, stand Child in der herzoglichen Erbfolge weit unten. Folglich hatte Child in vielen Bereichen schon immer mehr Freiheiten genossen als Devlin, auf dem die Bürde des Stammhalters und die damit verbundene Verantwortung schwer gelastet hatten. Von klein auf hatte Child es verstanden, geschickt die Zwänge auszunutzen, die Devlins Position ihm auferlegte, um in dem nie endenden Konkurrenzkampf zwischen ihnen zu punkten.

Devlin musste sich eingestehen, dass er nach neun Jahren Trennung nicht sicher sein konnte, wie sich Child jetzt verhalten würde, aber wenn es um Therese und ihre Ehe ging, wollte er kein Risiko eingehen.

Sie hatten gerade eine Seite des Raumes erreicht, als Therese langsamer wurde und schließlich stehen blieb.

Devlin verharrte neben ihr, schaute ihr ins Gesicht und bemerkte ihren skeptischen Blick.

»Was ist los?«

Sie sah ihn an, stützte sich dann etwas stärker auf seinen Arm und senkte ihre Stimme.

»Child – du weißt sicher eine Menge über ihn.«

Devlin musste sich Mühe geben, um nicht zu erstarren.

»Ich wage zu behaupten, dass dem so ist.« Er beäugte sie misstrauisch. »Was willst du wissen?« *Und warum?*

»Ich habe nur gedacht … also, unser Gespräch mit Lady Fairchild hat mich darauf gebracht.« Sie sah ihm in die Augen. »Child ist genauso alt wie du, nicht wahr?«

»Ich bin einen Monat älter – daher seine Bemerkung ›alter Mann‹.«

Sie lächelte wie eine Katze, die einen ahnungslosen Kanarienvogel anvisiert.

»Und er ist unverheiratet.« Sie sah ihn mit hochgezogenen Brauen an. »Meinst du nicht, es ist an der Zeit, dass Lord Child sich eine Frau sucht?«

Einen glorreichen Augenblick lang stellte sich Devlin

vor, was für eine großartige Verbündete und Partnerin Therese sein würde, wenn es darum ging, Child wirksam zu bekämpfen … dann sah er den Abgrund, der sich vor seinen Füßen auftat. Falls er Therese ermutigte, ihre Verkupplungskünste an Child auszuprobieren, war es durchaus möglich, dass Child sowohl ihr Interesse missverstand als auch Devlins Einverständnis …

»Ah …« Er konzentrierte sich wieder auf Thereses Gesicht. »Bei genauerer Betrachtung ist Child, obwohl er aus einer herzoglichen Familie stammt, eigentlich ziemlich weit von der Erbfolge entfernt. Und da er so unerwartet nach Hause gekommen ist … wer weiß, wie es um seine Finanzen bestellt sein mag?« Er hielt inne. Er hütete sich, ihr einfach zu sagen, dass ein solcher Versuch nicht ratsam wäre. »Warte lieber, bis du die Gelegenheit hattest, mit seiner Mutter zu sprechen.«

Das war, wie er erfreut feststellte, die richtige Antwort gewesen. Thereses Miene, die sich bereits verfinstert hatte, hellte sich auf.

»Du hast recht. Ich möchte keine geeignete junge Lady auf ihn ansetzen, nur um dann feststellen zu müssen, dass er mittellos ist.« Sie sah sich im Raum um. »Nach Lord Charleys Erfahrung scheint diese Heimsuchung weitverbreitet zu sein.«

»So ist es.« Devlin atmete auf. Er blickte sich um, dann begegnete er Thereses fragendem Blick. »Ich habe mit allen gesprochen, die ich treffen wollte. Möchtest du noch mit jemandem reden, bevor wir gehen?«

Sie blinzelte, dann glitt ihr Blick über die Gäste. »Nein, ich habe alle getroffen, die ich sehen wollte. Und du hast recht: Wir sind schon lange genug hier.«

Er war erleichtert, ihre Hand zu nehmen, die auf seinem Ärmel ruhte, und Therese dorthin zu führen, wo Lady Walton Hof hielt. Die Lady und ihr Hofstaat registrierten sicherlich, dass er die Gesellschaft mit seiner Frau verließ. Mit ihren Adleraugen hatten sie zweifellos ebenfalls bemerkt, wie viel Zeit er an ihrer Seite verbracht hatte. Doch trotz ihrer Neugier war ihm klar, dass er nicht genug getan hatte, um konkrete Spekulationen anzustoßen.

Childs Rückkehr hatte sein Bedürfnis, Thereses Sicht auf ihre Ehe zu verändern, noch verstärkt. Er war heute Abend nur gekommen, um zu prüfen, welche Möglichkeiten es gab, sein Vorhaben in einem solchen Umfeld voranzutreiben. Leider konnte er nicht viel tun, ohne die Aufmerksamkeit der Klatschbasen auf sich zu ziehen und ihr Geschwätz zu befeuern, was er tunlichst zu vermeiden trachtete.

Es würde nicht nur ihm missfallen, im Mittelpunkt der gesellschaftlichen Aufmerksamkeit zu stehen, auch Therese wäre alles andere als erfreut.

Er musste also vorsichtig sein. Das bedeutete aber keineswegs, dass er Therese, nachdem sie sich von ihrer Gastgeberin verabschiedet hatten und Arm in Arm in den Vorraum hinuntergestiegen waren, nicht in ihren Abendmantel helfen durfte, um ganz beiläufig seine Fingerspitzen leicht über die nackte Haut ihrer Schultern streichen zu lassen.

Nachdem er seinen Hut entgegengenommen hatte, führte er sie die Stufen zum Bürgersteig hinunter, ergriff dann ihre Hand, um ihr in die Kutsche zu helfen, und folgte ihr hinein, ohne ihre Hand loszulassen. Er setzte sich neben sie ins schattige Dunkel, und während die Kutsche in Richtung Mayfair rollte, strich er ihr leicht mit dem Daumen über den Handrücken.

Als sie ihm einen schnellen Seitenblick zuwarf, erkannte er am Aufblitzen ihrer silbrig schimmernden Augen, dass sie seine Taktik sehr wohl durchschaute.

Die Kutsche hielt vor Alverton House, und beim Aussteigen musste er loslassen. Doch sofort griff er wieder nach ihrer Hand, um ihr aus der Kutsche zu helfen, und während sie Seite an Seite die Stufen hinaufgingen, hielt er sie fest umklammert. Als sie die Veranda erreichten, öffnete Portland die Tür und geleitete sie hinein.

Um dem Butler zuvorzukommen, ließ DevlinThereses Hand los und trat ganz dicht hinter sie. Er packte den Kragen ihres Samtumhangs und hob ihn ihr von den Schultern, wobei er sie erneut flüchtig liebkoste. Diesmal stockte eindeutig ihr Atem. Er war klug genug, jetzt nicht selbstgefällig zu lächeln.

Nachdem er seinen Hut abgegeben hatte, umfasste er ihre Hand und zog Therese zur Treppe. Dort musste er sie loslassen, damit sie mit beiden Händen ihre Röcke raffen konnte, aber als sie die Treppe hinaufstiegen, strich er mit der Handfläche besitzergreifend über ihre Taille.

Oben angelangt, blieb sie kurz stehen, ließ ihre Röcke los, hob den Kopf, holte tief Luft und warf ihm einen vielsagenden und verheißungsvollen Blick zu.

Er lächelte und winkte sie weiter. »Nach dir, Mylady.«

Seine Stimme war tiefer geworden. Er hörte ihre etwas unregelmäßig gewordene Atmung, dann führte sie ihn mit hocherhobenem Kopf den Korridor entlang zu ihren Gemächern. Seine Zimmer belegten eine Seite des Korridors, während sich ihre am Ende des Flurs befanden.

Vor ihrer Tür blieb sie stehen und sah ihn aus den Augenwinkeln an.

Er erwiderte ihren Blick, schob sich dann langsam und bedächtig an ihr vorbei, öffnete die Tür und stieß sie auf.

»Nach dir, Mylady«, wiederholte er mit noch tieferer Stimme als zuvor.

Sie ging hinein; er folgte ihr und schloss die Tür hinter sich.

Auf der Kommode brannte eine Lampe, die den Großteil des Zimmers in ein sanftes Licht tauchte – auch das einladend geräumige Himmelbett, das mit Seidenstoffen in Elfenbein- und Fliedertönen bezogen war. Ein kurzer Rundblick verschaffte ihm die Gewissheit, dass ihre Kammerzofe nicht bereits darauf wartete, ihr aus dem Kleid zu helfen. Heute Abend würde er dieses Vergnügen haben.

Sie blieb stehen, drehte sich um und sah ihn an.

Er griff nach ihr, und mit einem flüchtigen Lächeln sank sie ihm in die Arme – bereitwillig, begierig.

Als er seine Lippen auf ihre presste, kam sie ihm eifrig entgegen; sie passte sich ihm an, forderte ihn heraus. Schließlich wirbelte er sie herum, drückte sie mit dem Rücken gegen die Tür, winkelte den Kopf an und küsste sie noch verlangender.

Die Leidenschaft entbrannte. Sie war stets da, glomm zwischen ihnen, jederzeit bereit, auf seinen Ruf hin zu entflammen. Die lodernde Hitze erfasste sie, zwingend und fordernd.

Heißes, brennendes Verlangen leckte gierig über seine und ihre Haut, neckend, fordernd, lockend. In dieser Arena hatte es nie einen Zweifel an der Gegenseitigkeit ihrer Gefühle gegeben. Von Anfang an waren sie da gewesen, real, stark und süchtig machend. Seit er sie zum ersten Mal berührt hatte, war er dieser Leidenschaft verfallen, einem unvergleichlichen Fieber, einer Passion, von der er sich nie wieder erholen wollte.

Schon vor langer Zeit hatten sie gelernt, die Momente auszukosten, die Augenblicke in die Länge zu ziehen und gemeinsam auch noch das letzte Quäntchen Lust aus den lodernden Flammen herauszuholen.

Therese hob die Hände und umfing Devlins Gesicht, um so besser das Verlangen seiner unersättlichen Zunge stillen zu können. Etwas in ihr löste sich, und alle Gedanken und Hemmungen schmolzen dahin, während sie alle ihre Sinne auf diesen Kuss ausrichtete. Sie erforschte ihn, trieb ihn an weiterzumachen, um sich dann an seiner Reaktion zu erfreuen. Bei dem leisen Knurren, das aus seiner Kehle drang, lachte sie innerlich und fühlte sich herrlich wollüstig.

Er war großartig, ihr Ehemann, und sie bezweifelte ernsthaft, dass irgendein Mann es mit ihm aufnehmen konnte. Seine Fähigkeiten und seine Fokussierung auf sie, darauf, ihr Genuss zu bereiten und sein Vergnügen an ihr zu haben, waren unübertrefflich, da war sie sich sicher.

Seine Hände glitten über ihre Kurven und streichelten sie gekonnt. Er umfasste eine Brust und knetete sie so, dass ihr Fleisch heiß wurde und anschwoll. Begierig presste sie ihren schweren Busen in seine Hand, verlangte ungeduldig nach mehr. Seine langen, geschickten Finger gehorchten, suchten, fanden und drückten ihre Brustwarze, wobei seine erregende Berührung durch die jetzt viel zu enge Seide ihres Mieders abgedämpft wurde.

Obwohl ihre Lippen noch immer hungrig waren und sie weiterhin die anregenden Freuden ihres leidenschaftlichen Kusses auskosteten, waren sie sich beide jedes Zentimeters ihrer Körper sehr bewusst. Mit jedem Herzschlag wurde die Hitze unter ihrer Haut weiter angefacht.

Sie rang nach Luft, übernahm die Führung und ließ die Hände auf seine Brust sinken, um ihm danach die Arme um den Hals zu legen. Sie lehnte sich an ihn, drückte sich von der Tür weg – und drängte ihn wortlos zum Bett.

Devlin wich einen halben Schritt zurück und ließ die Hände hinuntergleiten, um besitzergreifend ihr Gesäß zu umfassen. Er zog sie fest an sich und presste seine harte Erektion kühn gegen ihren Bauch. Dann packte er noch einmal zu, bevor er den Griff löste und die Hände zu der Knopfreihe auf dem Rücken ihres Kleides hob.

Er hatte es nicht eilig – natürlich nicht – trotz des eindringlichen Wummerns, das so unwiderstehlich in ihren Adern pochte und, wie sie wusste, auch in seinen. Langsam und bedächtig öffnete er einen Knopf nach dem anderen, bis ihr Kleid auseinanderklaffte und ihre nackte Haut bis zum Rücken ihres leichten Korsetts freilegte.

Die Ungeduld wuchs immer mehr. In dem Moment, in dem der letzte Knopf offen war, löste sie den Kuss, trat zurück, zog die Arme aus den Ärmeln des Kleides, streifte das Mieder ab und schob das Kleid mitsamt den Röcken nach unten. Als die Seide an ihren Beinen herunterglitt, wollte sie nach hinten greifen, um ihre Unterröcke zu öffnen, doch Devlin legte ihr die Hände auf die Hüften und drehte sie herum.

Eine seiner Hände legte sich um ihre Taille, und er zog sie an sich, mit dem Rücken an seine Brust, sodass die Rundungen ihrer Hüfte auf seine kräftigen Oberschenkel trafen. Er senkte den Kopf und verteilte heiße Küsse von ihrer Schulter bis knapp unters Ohr.

»Du gestattest?«, flüsterte er.

Es war mehr Befehl als Bitte. Als sie seine Finger in ihrem Rücken spürte, die geschickt die Schnürung ihres Unterrocks lösten, senkte sie den Blick. Lächelnd streckte sie die Arme nach oben und hinten aus und fuhr mit den Fingern durch sein dichtes Haar, um ihn zu ermutigen und zu bestätigen.

Sekunden später sammelten sich ihre gerüschten Unterröcke zusammen mit ihrem Kleid wie eine Pfütze um ihre Füße. Devlin blieb hinter ihr, stabil und unbeweglich. Sie lehnte sich rückwärts gegen ihn, spürte, wie der Stoff seiner Hose über die feine Seide ihres Slips und ihrer Seidenstrümpfe scheuerte.

Erwartung und Vorfreude stiegen, als seine Hände über ihre Hüften glitten, um die sich ihr Korsett schmiegte, und dann tiefer, wo sie für einen erregenden Moment lang verharrten, wobei seine Hände heiß durch die Seide glühten, die ihre Oberschenkel umhüllte.

Dann fuhr er mit den Händen nach oben, um besitzergreifend ihre Brüste zu umschließen, die unter dem einschnürenden Stoff empfindlich geschwollen waren, und widmete sich danach mit geschickten Fingern den Haken, die ihr Korsett vorne zusammenhielten.

Wegen der Spannung, die der harte Körper in ihrem Rücken erzeugte, und angesichts ihres eigenen heftiger werdenden Verlangens spürte sie nur Erleichterung, als der letzte Haken sich öffnete und das Korsett sich endlich löste. Er ergriff das Kleidungsstück und warf es zur Seite. Sie machte Anstalten, sich umzudrehen, aber ein stählerner Arm umklammerte ihre Taille und hielt sie so, wie sie war.

»Nein. So.«

Er hob die freie Hand und griff nach ihrer Brust, deren erhitzte Haut nur noch von der hauchdünnen Seide ihres Unterhemdes verdeckt wurde. Seine Finger schlossen sich, und er knetete sie.

Therese schloss die Augen und erschauerte. Er spielte mit ihr, geschickt und kraftvoll, wusste genau, wie viel Druck er ausüben musste. Sie bog ihren Kopf mit einem leisen Stöhnen zurück und ließ sich gegen ihn sinken.

Er wusste ganz genau, was er tat, und sie folgte seiner Regie. Als Meister in dieser Sphäre spielte er mit ihren Sinnen, erregte ihre empfindlichen Nerven, ließ ihre Haut erröten und die Leidenschaft wachsen.

Sie schloss die Augen, um das Vergnügen, das er ihr mit seinen Berührungen bereitete, besser genießen zu können. Dabei legte sie eine Hand auf seinen Oberschenkel und versenkte in wortlosem Flehen ihre Nägel darin.

Sie verstanden es, einander zu lesen, hier, umhüllt vom sanften Schein der Intimität. Es war, als ob sich ein Kanal zwischen ihnen öffnete, ein Kanal aus Empfindungen und Vergnügen, aus Lust und Verlangen.

Sie waren von Leidenschaft umfangen, als seine Hände schließlich unter den Saum ihres hauchdünnen Untergewands tauchten und hinaufglitten, aufreizend über ihre seidene Unterhose und höher glitten, Feuer an ihre sensibilisierte Haut legten und ihre Nerven in Brand setzten.

Beinahe träge streichelte und tastete er, erkundete eine Landschaft, mit der er sehr vertraut war und derer er offensichtlich noch nicht überdrüssig geworden war. Mit allen Sinnen war sie unentwegt auf das Spiel seiner Finger konzentriert, die so kundig über ihren Körper glitten. Unweigerlich stieg ihre innere Spannung, das Verlangen, das sich tief in ihrem Inneren bündelte, stärker und stärker wurde.

Unruhig bewegte sie sich hin und her, stemmte ihre Hüften gegen seine Schenkel. Seine Finger hielten für eine Sekunde inne, dann senkte er den Kopf und erforschte mit den Lippen ihren Hals, während seine Hände tiefer wanderten. Mit einer umfasste er ihre Hüfte und hielt sie unbeweglich, während er mit der anderen tiefer griff und mit den Fingerspitzen langsam über ihren Bauch strich. Dann fand er die Öffnung ihrer Unterhose und fuhr durch die weichen Locken am Scheitelpunkt ihrer Schenkel entlang, bevor er nach innen tauchte und noch weiter ging.

Ja! Er berührte sie innig, und sie wölbte sich gegen ihn. Er streichelte sie, wissende Fingerspitzen spielten in der heißen Feuchte, die er hervorgerufen hatte, und sie vergaß zu atmen.

Ihre Nerven spannten sich an, und wenn sie gekonnt hätte, hätte sie sich bewegt, aber er hielt sie fest, eine Gefangene seiner Liebkosungen, während er in sie eindrang und ihre Lust weiter steigerte.

Sie wollte ihn sehen, wollte ihn erforschen, so wie er es bei ihr getan hatte. Sie rechnete fest damit, dass ihr Wunsch noch in Erfüllung gehen würde. Aber jetzt, das hier … das war für sie, und sie gab sich den intensiver werdenden Empfindungen hin, die sich aufbauten und anschwollen und wuchsen, bis ihre Sinne überreizt waren. Der erste, scharfe Gipfel der Ekstase ließ beide explodieren. Keuchend, erhitzt und träge, aber immer noch lüstern, verlangend und bedürftig lag sie in seinen Armen.

Kraftvoll richtete er sie auf und drückte ihr einen sanften Kuss auf die Schläfe. Selbst in ihrem aufgewühlten Zustand nahm sie den Schwung seiner Lippen wahr: Er lächelte zufrieden.

Sie lächelte ebenfalls, als er ihr mit geübter Mühelosigkeit das Hemd, den Schlüpfer und die Strümpfe abstreifte, sie dann hochhob und zum Bett trug. Dort legte er sie auf die Seidendecke und trat zurück.

Therese öffnete die Augen und genoss den Anblick, an dem sie sich nie sattsehen würde – ihr Mann, der sich im matten Lampenlicht entkleidete. Sie ließ ihren Blick auf seinen kräftigen Brustmuskeln verweilen, auf seinen Armmuskeln, die hervortraten, als er sein Hemd auszog. Mit den Augen zeichnete sie die geschwungenen Linien seines schlanken und muskulösen Körpers nach. Eines Körpers, den sie aufs Intimste erfahren hatte, in jeder möglichen Bedeutung des Wortes.

Sie fühlte sich wie eine Katze, als sie sich erwartungsvoll streckte, sich dann zurücklegte und ihn mit den Augen verschlang.

Als ob er ihre erregten Blicke spürte, sah er ihr ins Gesicht, die Augen dunkel vor Verlangen, seine Züge hart, von Leidenschaft gezeichnet. Er knöpfte seine Hose und seine Unterhose auf und ließ sie fallen, und mit einem freudigen Lächeln streckte sie ihre Arme aus.

Seine Mundwinkel hoben sich, dann kniete er sich auf das Bett. Er kam in ihre Arme, und sie umfing ihn kühn und furchtlos. Als er sich auf sie herabsenkte, stockte ihr der Atem in freudiger Erwartung.

Devlin zügelte das machtvolle Drängen des Verlangens und der Begierde. Ihren Höhepunkt in seinen Armen zu erleben, zählte zu den größten Freuden seines Lebens, aber sie zum

Höhepunkt zu bringen, während er tief in ihr vergraben war, stellte selbst das in den Schatten. Er konzentrierte sich voll und ganz darauf, diesen Höhepunkt der Lust zu erreichen, und bereitete diesem Unterfangen sorgfältig die Bühne. Zunächst, indem er ihren Wunsch – ihr Bedürfnis –, ihn zu berühren, erfüllte.

Es war nie leicht gewesen, sein eigenes, heißes Verlangen so weit zurückzuhalten, dass sie das ihre voll und ganz befriedigen konnte, aber er hatte gelernt, es zu kontrollieren. Denn wenn er die unverhohlene Freude und das Entzücken sah, das ihr Gesicht erhellte, wenn sie ihn verführte und ein sinnliches Netz knüpfte, das seine Sinne umgarnte und seinen sexuellen Hunger nährte, sprach das etwas an, was tief in seiner besitzergreifend-leidenschaftlichen Seele vergraben war.

Als Therese es geschafft hatte, dass sie beide vor Verlangen vibrierten und ihre Hände langsamer wurden, übernahm er wieder die Kontrolle und führte sie beide in und durch diesen exquisiten Moment, in dem sie offen und sehnsüchtig dalag und er in ihren glühenden Spalt eindrang. Sie keuchte leise, klammerte sich fest an ihn und hielt ihn tief im Inneren fest.

Dann nahm er wieder die Zügel in die Hand, packte Therese, während er sie ritt, und ergriff lustvoll Besitz von ihrem Körper. Wie immer bäumte sie sich auf und tat es ihm gleich, und als das überfließende Verlangen sie beide zuckend vorantrieb, senkte er seinen Kopf und presste seine Lippen auf ihren Mund. Mit donnernden Herzen rasten sie weiter und weiter, durch die Inbrunst ihrer tobenden Leidenschaft, durch die strahlende, vielschichtige Herrlichkeit einer Ekstase, die so mächtig war, dass sie sie beide ergriff, ihren Atem stocken ließ und schließlich zum Ende trieb.

In eine tiefe Sättigung, in der sie miteinander verschmolzen und in den Armen des jeweils anderen auf dem Meer des Vergessens trieben.

*

Devlin fand schließlich die Kraft, sich von seiner tief schlummernden Frau zu lösen, und ließ sich neben ihr in die weichen Kissen sinken.

Mehr schlafend als wach murmelte sie etwas Unverständliches und drehte sich, um sich an seine Seite zu schmiegen. Er legte sich auf den Rücken, hob den Arm und bettete sie mit der Wange auf seine Brust. Dann senkte er den Arm, um sie dort festzuhalten, und entspannte sich.

Sein Herz schlug schnell und hart. Er wartete, bis es sich beruhigte und sich die Befriedigung in all seinen Muskeln ausbreitete.

Als er wieder ganz bei Sinnen war, dachte er zurück. Seit der Hochzeitsnacht und ihrem ersten Liebesspiel war sie enthusiastisch und willig gewesen. Er hatte ihr gerne alles beigebracht, was sie wissen wollte, und sie hatte sich als eine geschickte und eifrige Schülerin erwiesen. Fünf Jahre später war dieser Aspekt ihrer Ehe so perfekt, wie er nur sein konnte.

Seine Mundwinkel senkten sich resigniert. Es wäre hilfreich gewesen, die Sprache des Liebesspiels nutzen zu können, um zu zeigen, was er wirklich für sie empfand – aber das hatte er schon immer getan. In dieser Arena hatte er seine Gefühle nie verbergen müssen. Es war ihm von Anfang an gelungen, seiner Liebe zu ihr freien Lauf zu lassen.

Er hatte sie in sein Handeln einfließen und sich von ihr leiten lassen, sodass sie alles, was er tat, beeinflusste. Durch ihr gemeinsames Liebesspiel konnte er ungehemmt ausdrücken, was er für sie empfand, ohne befürchten zu müssen, entlarvt zu werden – und ohne das Risiko einzugehen, dass sie die sorgsam verschwiegene Wahrheit spüren und erraten könnte. Er hatte sie immer ermutigt, ihre Liebe zu ihm körperlich rückhaltlos zu demonstrieren, und er hatte auf die gleiche Weise reagiert.

Da er ihr erster und einziger Liebhaber gewesen war, konnte sie nicht wissen, ob das, was sie auf diesem Felde miteinander teilten, in irgendeiner Weise besonders oder außergewöhnlich war. Er war sich so sicher, wie er es nur sein konnte, dass sie das Maß der intimen Verbindung, die sie teilten, für etwas hielt, das alle Ehepaare, alle Liebenden, genossen.

Wie hätte sie es auch besser wissen sollen? Er hatte ja selbst nicht gewusst, dass es einen solchen Zustand gab, bis sie zum ersten Mal miteinander geschlafen hatten.

Das zu erleben, hatte ihn überrumpelt. Er wusste bereits alles, was es über den erotischen Austausch zwischen Mann und Frau zu wissen gab, und hatte diese Kunst jahrzehntelang praktiziert. Dennoch hatte er nicht gewusst, ja nicht einmal vermutet, dass das Hinzufügen von Liebe – gegenseitiger Liebe – eine so dramatische und grundlegende Veränderung bewirken konnte.

Ihr fehlte der Vergleich, um die Tiefe seiner zärtlichen Hingabe an ihr Vergnügen ermessen zu können, die Erfahrung, die ihr die Augen dafür öffnete, dass seine erotische Verehrung ihr gegenüber keineswegs zwischen jedem Mann und jeder Frau vorkam. Doch bereits seit ihrer Hochzeitsnacht empfing sie ihn mit offenen Armen und einem unschuldigen Eifer, der ihm den Atem raubte. Er hatte sich nicht zurückhalten können, das anzunehmen, was sie ihm so freizügig anbot, und im Gegenzug alles zu geben, was er war, alles, was er ihr schenken konnte.

Auch seine Liebe. Sie war immer da gewesen, ein starkes und mächtiges Element in ihrem Liebesleben. Und er würde darum kämpfen, damit es genau so blieb, wie es war, gestand er sich ein, als der Schlaf unaufhaltsam näher rückte.

Seine Lider wurden schwer, und er schloss die Augen. Zumindest in diesem Bereich war er immer völlig offen gewesen. Bei der Neudefinition ihrer Ehe würde sich in dieser Sphäre nichts ändern müssen.

*

Devlins Glieder fühlten sich bleischwer an, als er sich etwa eine Stunde vor Sonnenaufgang zwang, Thereses warmes Bett zu verlassen. Er setzte sich auf die Bettkante, wandte den Kopf und betrachtete sie. Den Schwung ihres seidigen Haares, die zarte, eindrucksvolle Kurve ihres Rückens, der durch die verrutschten Decken teilweise entblößt wurde.

Er schaute sie an und zwang sich dann aufzustehen. Vorgebeugt rückte er die Decke zurecht, damit ihr nicht kalt wurde.

Er wollte bleiben. Nach den letzten Stunden war der innere Drang noch stärker geworden, aber wenn es denn so weit war, wagte er es nicht.

Noch nicht.

Er unterdrückte einen Seufzer, sammelte seine achtlos abgelegte Kleidung zusammen und ging zu der Tür, die ihre Gemächer miteinander verband. Denn bevor er bleiben und den Sonnenaufgang an ihrer Seite genießen konnte, musste er sie davon überzeugen, dass er sie liebte – und um das zu bewerkstelligen, hatte er noch einen langen Weg vor sich.

Kapitel 3

Mit dem Übermantel um die Schultern, dem Hut auf dem Kopf und dem Stock in der Hand wandelte Devlin scheinbar müßig über den Rasen des Hyde Park. Das Glas- und Stahlgebäude des Kristallpalasts im Rücken schlenderte er über die Fläche, als steuerte er auf sein Haus in der Park Lane zu.

James und Cedric schritten neben ihm her und diskutierten die angepriesene landwirtschaftliche Methode eines Ausstellers. James zog in Betracht, sie anzuwenden, um die Erträge seiner Ländereien zu steigern.

Devlin hörte nicht mehr zu, sondern dachte an die unerwartete Chance, die ihm in den Schoß gefallen war, als er die mittlere Reihe der Haupthalle hinuntergeschlendert war. Er war unterwegs gewesen, um mit einem schwedischen Ingenieurbüro über ein Geschäft zu sprechen, das er im Auftrag des Vorstands eines der Unternehmen, an denen er derzeit beteiligt war, abschließen wollte. Dabei war ihm aufgefallen, dass eine Skulptur, die Therese am Eröffnungstag der Ausstellung bewundert hatte, noch zum Verkauf stand.

Kein Wunder bei dem Preis, den der russische Juwelier für die acht Zentimeter hohe Statue aus massivem Gold verlangte, obwohl sie wunderschön emailliert und mit Edelsteinen besetzt war. Auch ohne danach zu fragen, wusste

Devlin, dass Therese verrückt nach dem kleinen Drachen war. Er hatte es an ihrer Miene gesehen und an der Art erkannt, wie sie die zarte Figur berührte. Da die Figur so prominent präsentiert war und er wusste, dass die Ausstellung bald zu Ende ging, hatte er vermutet, dass der Juwelier unbedingt verkaufen wollte. Aus einem Impuls heraus hatte er angehalten und etwas mehr als die Hälfte des geforderten Preises für den Drachen geboten.

Der Inhaber war nicht zugegen gewesen, und Devlin hatte seine Karte zurückgelassen und war weitergegangen. Er hoffte, dass der Juwelier das Angebot annehmen und er die Figur zu Thereses Geburtstag Ende des Monats bekommen würde.

Beschwingt von der Hoffnung auf diesen unvorhergesehenen Glücksfall schwang er seinen Stock, blickte nach vorn und betrachtete die Kutschen, die die Allee säumten, die vom Grosvenor Gate in den Park führte. Als eine der angesehensten und mondänsten verheirateten Ladys der höheren Gesellschaft war Therese um diese Zeit gewöhnlich im Landauer der Alvertons irgendwo auf dem Kiesweg anzutreffen, um mit ihresgleichen und dem Rest der geneigten Hautevolee am Ritual der Nachmittagspromenade teilzunehmen.

Nach seinem Auftritt bei Lady Walton am Vorabend und seiner demonstrierten Vorliebe für die Gesellschaft seiner Frau akzeptierte Devlin, dass er sich Therese in der Öffentlichkeit umsichtiger und raffinierter nähern und unter den Augen der Klatschbasen Zeit mit ihr verbringen musste.

Glücklicherweise hatte er einen völlig legitimen Grund gehabt, an diesem Nachmittag die Ausstellung zu besuchen und deshalb den Park zu durchqueren. Cedric und James hatten sich entschlossen, ihn zu begleiten, und er hatte bereitwillig zugestimmt, weil er glaubte, dass die Anwesenheit der beiden Herren ihm zusätzlichen Schutz bieten würde.

Er sah den Landauer, in dem Therese und zwei weitere Ladys saßen, etwa hundert Meter vor sich, mehr oder weniger in direkter Linie südlich von seinem derzeitigen Standort.

Als er seine Aufmerksamkeit wieder auf das Gespräch zwischen Cedric und James richtete, bemerkte er, dass James sein wiederkehrendes Klagelied über Veronica angestimmt hatte.

»Es ist einfach lächerlich, wie sie mich zu diesem oder jenem Essen drängt.« James' Lippen waren zu einem schmalen Strich verzogen. »Ich schwöre, sie treibt mich noch dazu, einer dieser alten Knacker zu werden, die Tag und Nacht in einem Club herumspuken!«

Devlin biss sich auf die Zunge, um nicht vorzuschlagen, dass James genau das versuchen sollte, um zu sehen, ob Veronica dann ihre zänkischen Tendenzen unterdrückte. Aber das war ein altes Streitthema, und da James Veronica vor über sechs Jahren geheiratet hatte, bezweifelte Devlin, dass er jemals handeln würde, wenn er bisher noch nicht gehandelt hatte.

Cedric murmelte wie immer beruhigende Plattitüden, und Devlin gab eine ausweichende Antwort. Angesichts der Aufgabe, die er sich selbst gestellt hatte, war ein Ehestreit das Letzte, woran er denken wollte. Unauffällig lenkte er ihre Schritte von seinem vermeintlichen Ziel weg in die Richtung des Landauers seiner Frau.

»Hat Veronica jemals gesagt, warum sie möchte, dass du an diesen Veranstaltungen teilnimmst?«, fragte er James, um seine Freunde abzulenken. »Im Moment kommt es mir unwahrscheinlich vor, dass sie deiner gesellschaftlichen Unterstützung bedarf.«

Den Blick auf den Boden vor seinen Füßen gerichtet, schnaubte James mürrisch.

»Sie sagt, ich solle mich politisch mehr engagieren«, gab er nach einigen Sekunden zu. »Ich sitze vielleicht noch nicht im Oberhaus, aber irgendwann werde ich das tun, und sie ist der Meinung, dass ich es darauf anlegen sollte, mir einen Namen zu machen.«

Devlin schluckte die Bemerkung hinunter, dass das alles in allem keine so dumme Idee war; immerhin war James' Vater kein junger Hüpfer mehr.

Cedric, der seinerseits niemals politische Verantwortung übernehmen würde, unterstützte mit wohlwollenden Lauten James' Widerwillen.

Devlin blickte nach vorn und lächelte bei sich. Als sie den Rand der Allee erreichten, blieb er stehen, und James und Cedric stoppten neben ihm. Beide sahen sich etwas überrascht um, und Devlin tat so, als täte er dasselbe.

»Oh, anscheinend sind wir vom Weg abgekommen.« Cedric trat auf den Randstreifen zurück und winkte in Richtung des Grosvenor-Tors, von dem sie sich inzwischen ziemlich weit entfernt hatten. »Sollen wir?«

Devlin und James nickten, und die drei machten sich auf den Weg.

Dann zupfte James an Devlins Ärmel. Als er zu ihm hinübersah, nickte James zu der offenen Kutsche vor ihm.

»Da ist Ihr Landauer, mit Ihrer Frau.«

Devlin schaute hin und war bemüht, sich nichts anmerken zu lassen.

»Tatsächlich.« Er hielt inne, dann senkte er die Stimme. »Unmöglich, einfach vorbeizugehen – wir müssen stehen bleiben.«

Therese unterhielt sich gerade mit Georgiana Sheldrake und Emily Pritchard, die beide auf dem Rasen spazieren gegangen waren und sich zu ihr in die offene Kutsche gesellt hatten, als Devlin, James und Cedric sich näherten.

Lächelnd blieben die drei stehen, lupften die Hüte und verbeugten sich knapp. Da sie sich alle kannten, brauchte man sich nicht vorzustellen, sondern reichte einander sofort die Hände.

Nachdem er die anderen Ladys begrüßt hatte, sah Devlin Therese in die Augen.

»Ich musste mich mit einem der Aussteller beraten und war auf dem Weg nach Hause.« Immer noch lächelnd, richtete er seinen Blick auf Georgiana und Emily. »Haben die Ladys einen angenehmen Nachmittag?«

Georgiana warf Therese einen schelmischen Blick zu.

»Den haben wir in der Tat, Mylord«, erwiderte sie dann fröhlich. »Sie haben gerade Ihren alten Freund Lord Child verpasst. Er hat uns eine ganze Weile unterhalten.«

Emily lächelte Devlin heiter an. »Er war überaus charmant und so voller Geschichten von seinen Reisen, dass die Zeit wie im Flug verging.«

Therese entging nicht, dass sich Devlins Kiefer leicht anspannte, obwohl sie bezweifelte, dass irgendjemand sonst durch die Maske, die er aufgesetzt hatte, eine Reaktion erkennen konnte. Sie bemerkte auch die leicht misstrauischen

Blicke, die James und Cedric ihm zuwarfen. Aber »Ist das so?« war die einzige Antwort, die ihr Mann in einem sachlichen und desinteressierten Tonfall gab.

Therese hielt es für überflüssig, dass Emily und Georgiana den Stier noch weiter reizten.

»Habt ihr gehört, dass Lord Monk droht, seinem Sohn jegliche finanzielle Unterstützung zu entziehen?«, erklärte sie munter.

»Hector?«, fragte James. »Das wird für einigen Wirbel sorgen.«

»Wir haben gehört, dass Hector tief in den Fängen eines Geldverleihers steckt«, erzählte Cedric. »Ist der Zorn seines Vaters vielleicht darauf zurückzuführen?« Er sah alle drei Ladys an. »Oder auf etwas anderes?«

»Wir alle vermuten, dass es ›etwas anderes‹ ist.« Georgiana lächelte verschwörerisch. »Aber was genau ...«

»Oder sollten wir sagen, *wer*?«, warf Emily ein.

»Das weiß keiner.« Georgiana blickte hoffnungsvoll zu den drei Männern.

Devlin lehnte sich mit einer Schulter gegen die Karosse. »Angesichts der weithin bekannten Vorliebe Seiner Lordschaft für Balletttänzerinnen ist das kaum ernst zu nehmen. Eine Krähe hackt der anderen kein Auge aus.«

»In der Tat«, stimmte Therese zu und freute sich, dass es ihr gelungen war, alle vom Thema Child abzulenken. »Aber wenn es sich bei dem betreffenden Gentleman um seinen Erben handelt, sieht Seine Lordschaft das offenbar ganz anders.«

Die Gruppe fuhr fort, sich über eine Reihe von Themen auszutauschen. Als die Glocken vier Uhr nachmittags läuteten, nahmen Emily und Georgiana ihre Pompadours, reichten Therese die Hand und versicherten ihr, dass sie sich am nächsten Tag bei Lady Wicklows Picknick treffen würden.

Cedric hielt die Kutschentür auf, und Devlin gab den beiden galant Hilfestellung, als sie auf die Straße hinabstiegen. Georgiana und Emily verabschiedeten sich von den Gentlemen, winkten Therese zu und eilten dann zu Georgianas kleiner Kutsche, die weiter hinten in der Allee auf sie wartete.

Therese sah, wie Cedric und James Devlin fragend ansahen, aber er winkte sie weiter

»Ich werde in der Kutsche mitfahren«, verkündete er. »Ihr beide seid schneller, wenn ihr weiter in Richtung Stanhope Gate geht.«

James und Cedric stimmten zu. Sie verabschiedeten sich von Therese, überquerten dann die Allee und gingen weiter nach Süden, während Devlin in die Kutsche stieg und sich neben Therese setzte. Therese überraschte das nicht – nicht nach der Erwähnung von Child. Es schien, als ob das Gespenst seines Jugendfreundes die Macht besaß, Devlins Besitzerinstinkte zu wecken.

Die Beobachtung machte sie neugierig, denn bis Child aufgetaucht war, hatte sie diese Seite von Devlin nur selten zu Gesicht bekommen. Andererseits konnte sie sich auch nicht vorstellen, dass er es vor Child für nötig gehalten hätte. Immerhin wusste er, dass sie sich in ihrer Ehe vollkommen wohlfühlte und nie geneigt gewesen war, irgendeinem Gentleman Hoffnungen zu machen.

Doch anscheinend war das auch nicht nötig, um Child in ihrer Gegenwart zu Hochform auflaufen lassen. Sie fragte sich, ob sie in dieser Hinsicht eines Tages ein Machtwort sprechen müsste.

Nachdem er neben Therese Platz genommen hatte, setzte Devlin seinen Hut auf und gab dem Kutscher Munns das Zeichen, nach Hause zu fahren.

Der Landauer rollte sanft vorwärts und reihte sich in die Schlange der eleganten Kutschen ein, die darauf warteten, den Park zu verlassen. Alverton House befand sich an der Ecke Park Lane und Upper Grosvenor Street, mehr oder weniger direkt gegenüber dem Grosvenor Gate.

»Ich muss zugeben, dass ich James' ständiges Gemecker über Veronicas Verhalten ermüdend finde«, murmelte Devlin zur Rechtfertigung dafür, dass er die Gesellschaft seiner Freunde für die ihre aufgegeben hatte.

»Ach?«

Er warf einen kurzen Blick zu Therese und sah, dass sie lächelte, als wüsste sie etwas, was er nicht wusste.

»Wenn James so unglücklich ist, verstehe ich nicht, warum er nichts dagegen unternimmt«, schickte er hinterher, nachdem er kurz nachgedacht hatte. »Er könnte doch wenigstens mit seiner Frau sprechen.«

Thereses Lächeln wurde breiter, und sie kicherte leise in sich hinein.

»Aber James ist nicht unglücklich – zumindest nicht über seine Ehe. Er ist in jeder Hinsicht vollkommen zufrieden, und das ist, so seltsam es auch erscheinen mag, ein großer Teil seines Problems.«

Fasziniert starrte Devlin sie an.

»Was ist deiner Meinung nach sein Problem?«, fragte er nach einem Moment.

»Nun«, sie legte den Kopf schief, »nicht nur seines, sondern auch Veronicas. Bis jetzt hat sich noch keiner von beiden mit der Tatsache abfinden können, dass James in Veronica verliebt ist und sie in ihn.« Ihr Lächeln vertiefte sich. »Offensichtlich war es nicht das, was beide erwartet hatten, als sie geheiratet haben, und ich vermute, dass die Sache mit der ›Verliebtheit‹ beide ziemlich überrumpelt hat, weshalb es ihnen im Laufe der Jahre immer schlechter zu gehen scheint.«

Devlin schwieg, während er das verarbeitete, und dachte dann über James' ewige Nörgelei nach. Schließlich knurrte er und murmelte: »War klar, dass James auf die Füße fallen würde.«

Einen Moment später blickte Therese ihn mit einem leicht verwirrten Gesichtsausdruck an.

»Ich habe Lady Kilroy, Mrs. Marshland und die alte Herzoginwitwe von Larwood auf der Ausstellung gesehen«, versuchte Devlin hastig, sie abzulenken.

Aus den Augenwinkeln beobachtete er, wie Therese darüber nachdachte, ob sie ihn zu seiner Bemerkung über James befragen sollte oder ob sie auf den Köder anspringen sollte, den er für sie ausgelegt hatte.

Schließlich richtete sie den Blick nach vorn.

»Was hatte die Witwe vor?«, fragte sie dann. »Sie muss ziemlich alt sein.«

Prompt erzählte er ihr von dem patentierten Fußwärmer, den die alte Lady inspiziert hatte.

»Was die anderen beiden betrifft, so schienen sie nur zu flanieren, mehr, um gesehen zu werden, als um zu sehen, sozusagen«, schloss er.

»Ich kann mir nicht vorstellen, dass sich eine der beiden für irgendwelche Exponate interessiert«, erwiderte Therese. Nach einem Moment schaute sie ihn an. »Wie ist dein

Geschäft mit dem Aussteller gelaufen? Waren es Ausländer oder Einheimische?«

»Schweden.«

Devlin fuhr fort, ihr die Einzelheiten seiner Verhandlungen mitzuteilen. Schon früh in ihrer Ehe hatte er herausgefunden, dass Therese viele Dinge zu allen möglichen Themen aus allen möglichen Quellen hörte, und manchmal war sie in der Lage, wichtige Informationen beizusteuern.

Therese fand Devlins Bemerkungen über die Schweden und deren Verhandlungsführung sowohl unterhaltsam als auch aufschluss- und lehrreich. Wenn es darum ging, Menschen zu studieren, war sein Auge so scharf wie das ihre, und sein Sinn für das Absurde entsprach ebenfalls genau dem ihren.

Sie lächelte, als sie sich Grosvenor Gate näherten. Den Blick nach vorne gerichtet, sah sie einen Bekannten das kleinere Fußgängertor an der Seite der Kutschenspur passieren. Immer noch lächelnd, richtete sie sich auf und hob eine Hand.

»Da ist Gregory.«

Ihr Bruder hatte innegehalten und offensichtlich nach Kutschen Ausschau gehalten. Er sah sie und kam auf sie zu.

Devlin befahl Munns, an den Rand zu fahren, und Gregory trat an die Seite des Wagens. Er nahm seinen Hut ab, nickte Devlin zu und wandte sich dann an Therese.

»Ich bin froh, dass ich dich erwischt habe. Ich wollte zu dir kommen, um dir mitzuteilen, dass Martin in der Stadt angekommen ist. Sein Schiff hat gestern Morgen angedockt. Ich weiß nicht, wo er im Moment ist, aber ich habe ihn vorhin getroffen. Wir haben zu Mittag gegessen und uns unterhalten.«

Therese betrachtete Gregorys Gesicht; seine Miene verriet ihr wenig.

»Und?«, hakte sie nach. »Was denkst du?«

Gregory presste die Lippen aufeinander und zuckte mit den Schultern.

»Seine Geschichte klingt echt – ich kann mir durchaus vorstellen, dass er alles, was er sagt, auch tatsächlich getan hat. Aber um ganz offen zu sein, halte ich mich mit einem Urteil zurück, zumindest für den Moment.« Gregory warf einen Blick auf Devlin. »Du solltest dir seine Geschichte direkt von ihm anhören und dir selbst ein Urteil bilden.« Dann sah Gregory wieder zu ihr. »Er hat gemeint, er wolle dich aufsuchen, also rechne mit seinem Besuch, vielleicht schon morgen.«

Therese nickte. »Danke für die Warnung.«

Mit einem schiefen Lächeln trat Gregory zurück und salutierte vor den beiden.

»Wozu sind ältere Brüder da?«

Therese schniefte kurz, aber sie und Gregory lächelten beide, als er seinen Hut wieder aufsetzte und mit einem Winken davonging.

Devlin befahl Munns weiterzufahren. Als sich die Kutsche in Bewegung setzte, blickte er Therese an und stellte fest, dass sie nachdenklich geworden war.

»Ich weiß von deinem geheimnisvollen jüngeren Bruder nur das, was ich beim Hochzeitsfrühstück von Christopher und Ellen gehört habe: dass er vor Jahren verschwunden und jetzt erst wieder aufgetaucht ist«, sagte er nach einem Moment. Als sie ihn ansah, fügte er hinzu: »Bis zu diesem

Zeitpunkt wusste ich nicht einmal, dass du einen jüngeren Bruder hast.«

Sie verzog leicht das Gesicht. »Wir haben ihn alle für tot gehalten.« Sie seufzte und lehnte sich zurück, als die Kutsche langsamer wurde und durch das Tor fuhr. »Martin ist im Sommer '43 verschwunden. Er war in seinem letzten Jahr in Eton und sollte in den Ferien nach Walkhurst Manor heimkehren. Aber er kam nie an. Natürlich hat sich die Familie auf die Suche begeben, und schließlich haben wir erfahren, dass er in Begleitung von zwei engen Schulfreunden gewesen ist und alle drei spurlos verschwunden sind.«

Sie stockte kurz.

»Natürlich hat die Familie die Suche nicht aufgegeben, aber keiner hat je einen Hinweis darauf entdeckt, was den dreien widerfahren ist«, fuhr sie dann fort. »Soweit wir gehört haben, ist keiner von ihnen wieder aufgetaucht. Nach ein paar Jahren mussten wir mit dem Schlimmsten rechnen: dass Martin auf irgendeine Weise sein Ende gefunden hatte.« Sie blickte ihn an. »Deshalb hast du nie etwas von ihm gehört – wir haben alle angenommen, dass er gestorben ist.«

»Wie alt war er damals?«

»Siebzehn.«

Die Kutsche schaukelte, als sie in die Park Lane einbog.

»Du kannst dir vorstellen, wie schockiert Mama und Papa gewesen sind, als sie an einer Soirée in Chicago teilnahmen und ihr verlorenes Lamm im Salon entdeckten, wo es als höchst erfolgreicher und begehrter Gentleman umgarnt wurde!«, ergänzte Therese.

Devlin blinzelte. »Das muss deinen Vater sehr gefreut haben. Nicht zu vergessen deine Mutter.«

»In der Tat.« Therese schüttelte den Kopf. »Man kann sich vorstellen, wie es abgelaufen sein muss. Aber nachdem Martin Mama und Papa alles erklärt hatte, haben sie es offenbar verstanden und ihm verziehen. Am nächsten Morgen erfuhren sie von Christophers Hochzeit. Nachdem Martin versprochen hatte, ihnen so schnell wie möglich zu folgen, mussten sie sich sputen, um rechtzeitig nach Hause zu kommen.«

»Martin war nicht auf der Hochzeit?«, fragte Devlin stirnrunzelnd, als Munns in die Einfahrt des Alverton House einbog.

Therese schüttelte den Kopf. »Papa hat gemeint, dass Martin Beteiligungen zu verkaufen und Verbindlichkeiten zu begleichen hatte, bevor er abreisen konnte, aber er hatte versprochen, ihnen so schnell wie möglich nachzureisen.«

Sie hielt kurz inne, als die Kutsche auf dem Kies vor der Treppe, die zur Haustür führte, zum Stehen kam.

»Jetzt scheint er endlich sein Versprechen eingelöst zu haben.« Therese warf Devlin, der an ihr vorbeiging, um die Kutschentür zu öffnen, einen Blick zu. »Da er nicht zur Hochzeit kommen konnte, haben Mama und Papa beschlossen, seine Rückkehr erst nach der Zeremonie bekannt zu geben, aber natürlich mussten sie es Christopher und Ellen vor ihrer Abreise sagen. Da habe ich, genau wie du, zum ersten Mal davon gehört.«

Devlin nickte. Er stieg aus der Kutsche, drehte sich um und reichte ihr die Hand.

Sie legte ihre behandschuhten Finger in seine.

Er sah sie an, als sie zu ihm auf den Kies herunterstieg. »Ich kann mir nicht vorstellen, dass du sein Verhalten billigst – einfach so zu verschwinden.«

»Nein, natürlich nicht.« Sie runzelte die Stirn. Nach kurzem Nachdenken sagte sie: »Aber da ich ihn kenne – zumindest den, der er damals war –, kann ich mir vorstellen, wie es dazu gekommen ist. Er war immer ziemlich … *unsicher*, welche Position er in der Familie hatte, als viertes Kind und dritter Sohn. Es schien, als gäbe es für ihn keine Rolle, die er ausfüllen konnte, nicht wie der Rest von uns, die wir alle …« Sie senkte den Kopf. »… eine Daseinsberechtigung hatten, könnte man wohl sagen.«

Sie stockte und blickte ins Leere.

»Es mag seltsam erscheinen, aber ich kann mir in der Tat vorstellen, dass Martin es mit siebzehn Jahren für eine gute Idee gehalten hat, loszuziehen und seinen eigenen Weg zu gehen, völlig losgelöst von der Familie«, gestand sie dann.

Devlin wusste, dass sie mit »die Familie« den gesamten Cynster-Clan meinte, nicht nur ihren Zweig. Während er ihren Arm nahm und sie die Verandastufen hinaufführte, beobachtete er ihren Gesichtsausdruck und kam zu dem Schluss, dass sie ihren jüngeren Bruder unbedingt wiedersehen wollte – schwarzes Schaf hin oder her. Von ihren drei Geschwistern war Martin ihr altersmäßig am nächsten. Wenn Devlin richtig gerechnet hatte, war der verlorene Bruder nur zwei Jahre jünger als Therese. Da er inzwischen ihren Charakter kannte, vermutete Devlin außerdem, dass Therese von ihren Brüdern Martin am meisten beschützen würde.

Als Portland die Tür öffnete, ließ Devlin Thereses Arm los und folgte ihr über die Schwelle.

Er konnte nur hoffen, dass ihr verlorener jüngerer Bruder sie nicht ablenken oder zu viel von ihrer Zeit in Anspruch nehmen würde.

Portland verbeugte sich vor ihnen, schloss dann die Tür und nahm Devlins Hut und Stock entgegen.

»Sie haben einen Besucher, Mylord, Mylady.«

»Ach?« Therese hatte ihre Haube abgelegt und war dabei, ihr Übergewand aufzuknöpfen. Sie sah Portland mit einem fragenden Blick an.

»Ein Mr. Martin Cynster, Ma'am – nicht der ältere Gentleman, aber ich nahm an, er sei ein Verwandter.« Portland nahm geschickt den Mantel, den sich Devlin von den Schultern schüttelte. »Ich habe ihn im Salon untergebracht.«

Er scheint es ja eilig zu haben. Devlin sah die Vorfreude in Thereses Augen aufblitzen und hob eine Braue.

»Sollen wir?«

Wenigstens konnte Devlin Therese bei dem unerwarteten Wiedersehen begleiten. Das wollte er unbedingt miterleben.

Therese übergab ihren Umhang eilig dem älteren Lakaien Morton und schüttelte dann die Röcke ihres burgunderroten Kutschenkleides aus. Sie warf einen raschen Blick in den Spiegel, steckte sich eine verirrte Haarsträhne in den Haarknoten und eilte dann zielstrebig zur Salontür. Dort wartete Therese, bis Portland sie öffnete, und trat mit erhobenem Kopf hindurch.

Devlin folgte ihr auf dem Fuße. Als er über ihre Schulter sah, erblickte er einen langbeinigen, dunkelhaarigen Gentleman, der sich eilig aufrichtete. Eine schwache Erinnerung regte sich, aber Devlin hatte keine Idee, wo er den viel jüngeren Mann schon einmal getroffen haben könnte. Er schlussfolgerte, dass das Gefühl der Vertrautheit einfach daher rührte, dass Martin so offensichtlich ein Cynster war, mit Gesichtszügen, die ihn eindeutig als einen der Ihren auswiesen.

Unter Devlins Blick richtete sich der etwas schlaksige Martin zu seiner vollen Größe von etwas über einem Meter achtzig auf. Sein Blick war auf Therese gerichtet, und in seinem Gesicht war eine Mischung aus Hoffnung und Unsicherheit zu erkennen.

Therese wurde langsamer und blieb nach fünf Schritten stehen.

Devlin stoppte neben ihr und legte seine flache Hand leicht und unterstützend auf ihren Rücken.

Therese starrte den Mann an, dann spürte Devlin, wie sie tief einatmete. Er blickte sie an und sah, wie sich ein uneingeschränkt freudiges Lächeln in ihrem Gesicht ausbreitete.

»Martin!«, rief sie begeistert. »Du bist es wirklich!«

Dann flog sie förmlich auf ihn zu und schlang die Arme um ihren Bruder.

Sichtlich erleichtert, aber auch leicht amüsiert, gelang es Martin, seine Arme zu befreien und Therese seinerseits sanft zu umarmen. Nach einer Sekunde hob er den Blick und sah Devlin eher zurückhaltend in die Augen.

»Ich wusste nicht, ob ...?«

»Was? Ob ich dich wie ein Fischweib ausschimpfen würde?« Therese drückte ihren Kopf noch immer an seine Brust. Dann schüttelte sie ihn – oder versuchte es zumindest – und schniefte kurz.

»Keine Sorge, das habe ich durchaus noch vor«, erklärte sie. »Aber ich brauche einen Moment, um mich davon zu überzeugen, dass du wirklich hier bist.«

»Es tut mir leid«, entschuldigte sich Martin und blickte

ihr ins Gesicht. Leichte Panik mischte sich in seine Stimme. »Schimpf ruhig mit mir, aber weine nicht, in Gottes Namen.«

»Das tue ich gar nicht.« Therese zog sich so weit zurück, dass sie mit den Fingerknöcheln über ihre Wangen streichen konnte. »Und wenn, dann sind es nur Freudentränen – du brauchst also nicht in Panik zu geraten.«

Sie kannte ihren Bruder offensichtlich gut, denn sowohl in seinem Gesichtsausdruck als auch in seinem Tonfall war ein deutlicher Anflug von Panik zu erkennen.

Dann trat sie zurück, und Martin ließ sie los. Sie betrachtete sein Gesicht.

»Mein Gott, Martin – du hast uns eine so *schreckliche* Zeit zugemutet.«

Er verzog das Gesicht und hob eine Hand mit der Geste eines Fechters, der sich geschlagen gibt.

»Ich weiß … das heißt, ich weiß es jetzt – und es tut mir leid. Ich hätte nie erwartet …« Er brach ab und schnitt eine Grimasse. »Damals habe ich die Dinge nicht gut durchdacht.«

Martin hatte Devlin vergessen, und Devlin hatte es nicht eilig, sich bemerkbar zu machen. Er musterte den jüngeren Mann kritisch, als Martin Therese in die Augen sah.

»Ich wollte nie, dass sich jemand Sorgen um mich macht, aber …« Er machte eine vage Geste. »Je länger ich dort drüben war, desto schwieriger wurde der Gedanke, mit jemandem hier in Kontakt zu treten. Und am Anfang habe ich mich zu sehr geschämt.«

Er klang aufrichtig. Als Devlin die ehrliche Reue in Martins Gesicht sah, empfand er so etwas wie Respekt – schwach, aber unverkennbar. Es war sicher nicht leicht, von den Toten aufzuerstehen und ein Bild von sich zu revidieren, das er durch sein Versäumnis selbst geschaffen hatte.

Devlin wurde bewusst, dass er das aus eigener Erfahrung bestätigen konnte.

»Schön«, sagte Therese, »wenigstens bist du jetzt hier, und da Mama und Papa dir verziehen haben, werden alle anderen es ebenfalls tun.« Sie warf einen Blick zu Devlin, dann verzog sie die Mundwinkel zu einem Lächeln und sah wieder zu Martin. »Da du vor unserer Hochzeit verschwunden bist«, sie winkte Devlin zu sich, »hast du Alverton noch nicht kennengelernt.«

Auf den hoffnungsvollen Blick hin, den sie ihm zuwarf, trat Devlin vor.

Therese lächelte ermutigend. »Devlin, erlaube mir, dir meinen kleinen Bruder, Martin Cynster, vorzustellen.«

Mit einem liebenswürdigen, wenngleich auch etwas reservierten Gesichtsausdruck nickte Devlin. »Cynster.« Er blieb neben Therese stehen und streckte seine Hand aus.

Martin griff danach und verzog ein wenig das Gesicht.

»Bitte – Martin.« Er blickte Therese an. »Wir sind ja schließlich eine Familie.« In dieser Aussage steckte eindeutig eine Frage.

Devlin war nicht überrascht, als Therese beruhigend lächelte.

»In der Tat, das sind wir«, bestätigte sie. »Und du tätest gut daran, dir das von nun an zu merken.«

Martin ließ Devlins Hand los, und während Therese zum Sofa ging und sich setzte, wies Devlin Martin zu dem Sessel gegenüber.

»Und wie du gerade gehört hast, bin ich Devlin.«

Er wartete, bis Therese ihre Röcke zurechtgerafft hatte, und setzte sich dann neben sie. Gespannt erwartete er ihr Verhör.

»Dann erzähle«, begann sie prompt. »Was genau hast du getan? Fang mit dem Zeitpunkt an, als du und die anderen beiden Eton verlassen habt.«

Wie Devlin bereits bemerkt hatte, kannte Martin seine Schwester offensichtlich. Er war offenbar darauf vorbereitet gewesen, ihre Fragen zu beantworten. Wenngleich seine Antworten sehr einstudiert klangen – zweifellos hatte er sie bereits Vane und Patience und wahrscheinlich auch Gregory gegeben –, fand Devlin die Geschichte einleuchtend.

»Ja, ich weiß jetzt, dass es der Gipfel der Dummheit war«, antwortete Martin auf Thereses Ausruf über den Plan, den er und seine Freunde verfolgt hatten, als sie sich, um ihr Glück zu suchen, nach Übersee einschifften. »Aber damals kam es uns wie ein großes Abenteuer vor.«

Er hob die Hände, und Therese schürzte die Lippen.

»Was ist passiert?«, fragte sie nach.

»Statt nach London fuhren wir nach Southampton. Es war kein Problem, als Leichtmatrosen auf einem Schiff nach New York anzuheuern. Wir haben die Kosten für die Überfahrt abgearbeitet – das war gar nicht so schlimm. Doch als wir New York erreichten, wurde Lionel krank. Eric und ich blieben natürlich bei ihm, doch selbst als wir unser Geld zusammenlegten, kam nicht viel zusammen, und wir konnten keinen Arzt finden.«

Martin hielt inne und blickte auf seine fest verschränkten Hände.

»Lionel ist gestorben«, fuhr er schließlich fort. »Danach haben Eric und ich hier und da Arbeit gefunden, aber es war ziemlich hart, und Eric fand irgendwann, dass er genug Abenteuer erlebt hatte, und nahm ein Schiff nach Hause. Wir hatten vereinbart, dass er seiner Familie die Nachricht von Lionels Tod überbringen sollte, aber ...« Martin hielt inne und warf einen flüchtigen Blick zu Therese. »... er musste mir versprechen, niemandem von mir zu erzählen.«

»Warum?«, fragte Therese verblüfft. »Falls du Hilfe brauchtest ...«

»*Das* war der Grund.« Grimmig schüttelte Martin den Kopf. »Zu jener Zeit ... nun, da begriff ich allmählich, was ich getan hatte. Aber der eigentliche Grund dafür, dass ich weglief, war mein Wunsch, ein Leben zu führen, das nicht von der Familie bestimmt war – davon, ein Cynster zu sein.« Er winkte abweisend ab. »Christopher ist der Älteste und wird Walkhurst erben. Gregory ist der Zweitgeborene, und es wird sicher etwas für ihn abfallen. Und du«, er blickte sie an und neigte den Kopf zu Devlin, »bist für die richtigen Verbindungen da. Ihr alle habt eure Rollen, aber ich? Ich bin der überflüssige dritte Sohn, und deshalb habe ich mich auf die Suche nach einem ... eigenen Leben gemacht.«

Er machte eine Pause.

»Als Eric zurückging, wurde mir klar, dass es falsch gewesen war wegzulaufen, aber heimzukehren kam mir sinnlos vor«, fuhr er dann fort. »Was gab es hier für mich? In Eton den Abschluss machen, nach Oxford gehen – und dann? Ruhig in einer Ecke sitzen?«

Devlin konnte sich nicht vorstellen, dass der Mann, der ihm gegenübersaß, so etwas tun würde, und ein Seitenblick auf Thereses Gesichtsausdruck zeigte ihm, dass sie dasselbe dachte.

»Und was hast du stattdessen gemacht?«, fragte sie.

Martin holte tief Luft. »Ich nahm mir vor, es zu versuchen und mir ein erfolgreiches Leben aufzubauen, genug, um allen zu beweisen, dass ich mehr bin als der dritte und unbedeutende Sohn.«

»Mama, Papa und wir anderen haben nie so über dich gedacht.«

Er hielt inne und legte dann den Kopf schief. »Vielleicht nicht, aber damals fühlte es sich so an.« Nach einem Moment fuhr er fort: »Schließlich nahm ich eine Anstellung bei einem Mann an, der ein Import-Export-Geschäft betrieb. Er … sah mein Potenzial, so könnte man das wohl ausdrücken. Er zeigte mir, wie ich das, was er als ›mein gottgegebenes Talent‹ bezeichnete, am besten im Geschäftsleben einsetzen konnte. Wegen meines Akzents, meiner Manieren und der unverkennbaren Vorzüge meiner schulischen Ausbildung machte er mich zu seinem Assistenten und nahm mich zu all seinen Geschäftsterminen mit. Er hat mir alles beigebracht, was man über den Handel mit Waren und Gütern wissen muss. Schließlich nahm er mich als Partner auf, und später ging ich nach Chicago und gründete dort ein Kontor, das mit allen Gütern handelte, die über die Großen Seen transportiert und aus den westlichen Staaten eingeführt wurden.« Seine Mundwinkel hoben sich leicht, und Stolz schwang in seiner Stimme mit, als er sagte: »Ich habe das Unternehmen in Chicago zu einem wichtigen Drehkreuz für alle Arten von Handel gemacht.«

Therese sah ihn an und war sichtlich fasziniert.

»Und dort haben Mama und Papa dich gefunden«, schlussfolgerte sie.

Martins Gesichtsausdruck änderte sich. Einen Moment sah er erschrocken aus, dann nickte er.

»Ja. Ich hatte meinen Namen nicht geändert, obwohl ich ihn auch nie eingesetzt hätte – ich habe auch nie auf meine Verbindung zum Herzogtum angespielt.« Er blinzelte, dann sah er Therese in die Augen. »Mama und Papa nach all der Zeit wiederzusehen …«

Die Emotionen, die diesen Moment bestimmt haben mussten, schienen im Raum zu schweben.

Martin holte tief Luft. »Sie … Ihre Reaktion hat mir vor Augen geführt, wie sehr ich mich getäuscht hatte und dass ich ihnen genauso am Herzen liege wie jeder von euch dreien.«

Er hielt inne.

»Wir haben uns hingesetzt und stundenlang geredet«, sagte er dann und verzog den Mund. »Ohne jede Zurückhaltung. Aber am Ende habe ich eingesehen, dass es das Richtige war, jetzt zurückzukommen. Ich hatte erreicht, was ich erreichen wollte … erreichen *musste*, und«, über seine Miene flog ein selbstironisches Lächeln, »trotz meiner Vorbehalte habe ich England und vor allem die Familie vermisst.« Er begegnete Thereses Blick. »Manchmal erkennt man erst, was wirklich wichtig ist, wenn man es hinter sich lässt.«

»Du bist also endgültig zurückgekommen?«, erkundigte sich Therese und lächelte aufmunternd.

Martin nickte. »Ich habe meine Unternehmensanteile verkauft. Mir gehörten die meisten Anteile an dem Unternehmen in Chicago, das konnte ich also nicht von heute auf morgen erledigen. Es tut mir leid, dass ich Chris' Hochzeit verpasst habe. Abgesehen von allem anderen wäre es eine einfache Möglichkeit gewesen, die ganze Familie auf einmal zu treffen. Aber ich werde ihn besuchen und Ellen in ein paar Wochen kennenlernen, sobald ich mich hier eingelebt habe.«

»Du willst in London leben?«, fragte Devlin.

Martin nickte. »Wenigstens für den Anfang.« Er sah Therese an. »Zurzeit wohne ich in der Arlington Street.«

Während Therese sich nach Martins Lebensumständen erkundigte, wobei Martin den meisten Fragen ziemlich geschickt auswich, dachte Devlin über die Situation nach. Die älteren Mitglieder der Familie Cynster, die zu der Generation von Martins Eltern gehörten – einschließlich des Dukes und der Duchess of St. Ives –, hatten sich bereits aufs Land zurückgezogen und würden voraussichtlich erst in der nächsten Saison zurückkehren. Und da Christopher und Ellen in Kent bleiben würden, musste sich Martin zwangsläufig an Therese halten, damit sie ihm die Wiederaufnahme in die bessere Gesellschaft erleichterte und er sich wieder in den oberen Rängen der Londoner High Society etablieren konnte.

Devlin wusste nicht, was er davon halten sollte. Er war sich nicht einmal sicher, ob es das war, was Martin wollte.

Allerdings hatte er nicht vor, Martin über seine Absichten auszufragen, bevor er ein privates Treffen arrangieren konnte. Doch das brauchte er auch gar nicht.

»Also, wie sehen deine Pläne aus?«, fragte Therese ihren Bruder mit einem sehr direkten Blick.

Devlin schlug die Beine übereinander, faltete die Hände und hörte zu, wie sie Martins Pläne – einen nach dem anderen – zerpflückte, bis er schließlich die Hände in die Höhe streckte.

»Um ganz ehrlich zu sein, so genau weiß ich das wirklich nicht, Tee. Ich werde die Möglichkeiten hier ausloten und bewerten und meine Pläne entsprechend anpassen müssen. Das Geschäftsgebaren ist hier ganz anders, und bevor ich nicht mehr weiß, kann ich nicht einmal erahnen, in welche Richtung es genau gehen soll, geschweige denn, welche gesellschaftlichen Folgen das haben könnte.« Er erwiderte eindringlich ihren Blick. »Ich werde dich auf jeden Fall nach deiner Meinung fragen, sobald ich genug erfahren habe, um überhaupt zu wissen, was ich fragen soll.«

Therese gab einen leisen Laut von sich, wirkte nach dieser Erklärung jedoch besänftigt. »Nur damit du es weißt: Ich würde es dir sehr übel nehmen, wenn du dir nicht von mir helfen ließest.«

Martin schenkte ihr ein Lächeln, das Devlins Gedächtnis anregte. Ein kürzlich gesehenes Bild kristallisierte sich aus seiner Erinnerung heraus.

»Du warst heute in der Ausstellung«, fiel ihm ein. Als Martin ihn ansah, fuhr Devlin fort: »Ich war auch dort und habe gesehen, wie du mit einem Aussteller gesprochen hast ...« Er kniff die Augen zusammen, um sich die Situation genauer ins Gedächtnis zu rufen. »Es war eine amerikanische Firma, die mit Pumpen und Hydraulik zu tun hat.«

Martin nickte. »Sie sind daran interessiert, Maschinen für den Bergbau zu importieren, hatten aber nicht viel Glück damit, hier vor Ort die nötigen Kontakte zu knüpfen.«

Er machte eine Pause.

»Ich kenne mich mit ihren Produkten aus«, fügte er dann hinzu. »Obwohl das Geschäft, in dem ich gearbeitet habe, anfangs rein auf den Im- und Export ausgerichtet war, habe ich schließlich auch direkt in Unternehmen investiert, die neue Produkte herstellten, von denen ich überzeugt war, dass sie Potenzial haben.«

Devlins Interesse wuchs. »Wie lange hast du in diesem Bereich gearbeitet?«

»Mehr als sieben Jahre.« Martin lächelte und demonstrierte seine Zuversicht. »Ich habe in dieser Zeit viel gelernt.«

Das glaubte Devlin langsam auch. Einige weitere geschäftsbezogene Fragen bestätigten, dass Thereses kleiner Bruder seine Lehr- und Wanderjahre nicht vergeudet hatte.

Doch da Therese solche Gespräche langweilten, lenkte sie das Gespräch schon bald wieder auf Martins Leben in New York und Chicago. Devlin hatte den Eindruck, dass sie herausfinden wollte, ob ihr kleiner Bruder irgendwelche gesellschaftlich inakzeptablen Angewohnheiten entwickelt hatte – Glücksspiel und Schürzenjagd standen ganz oben auf ihrer Liste. Doch Martin blieb standhaft bei seiner Behauptung, dass er, wenn auch nicht direkt wie ein Mönch, doch recht asketisch gelebt habe.

»Ehrlich gesagt, Tee, hatte ich kein Interesse daran, in deren Version des Heiratsmarktes verwickelt zu werden, der, das kann ich dir sagen, genauso gefährlich ist wie unserer hier. Ich habe mich zurückgehalten und darauf konzentriert, das zu tun, wofür ich dort hingegangen war – nämlich alles über die Führung eines Unternehmens zu lernen und das Vermögen des Chicagoer Kontors zu mehren.«

Sie sah ihn an. »Mama und Papa sind dir auf einer Soirée begegnet.«

»Ja, das stimmt, aber das war eine der Einladungen, die ich nicht ablehnen konnte. Der Ehemann der Gastgeberin war einer unserer größten Kunden.« Er hielt inne, dann räumte er ein: »Und ja – die Ladys hatten es auf mich abgesehen, aber das hat mich nur noch mehr angespornt, mich von ihnen und ihren Töchtern fernzuhalten, was ich auch gewissenhaft tat.«

»Hmm.« Therese betrachtete ihn mit immer noch zusammengekniffenen Augen. »Ich hoffe, du weißt noch, wie man Walzer tanzt.«

»Es geht da drüben nicht völlig unzivilisiert zu, weißt du?«, sagte Martin resigniert.

Nachdem er fast eine Stunde Zeit gehabt hatte, die Verbindung zwischen Bruder und Schwester zu beurteilen, war Devlin nun sehr sicher, dass die emotionale Bindung zwischen Therese und Martin von einem ganz anderen Kaliber war als die eher vage Beziehung, die sie zu Christopher und Gregory hatte. Therese und Martin standen sich eindeutig sehr nahe, und Martins Wohlergehen – und erst recht seine Wiedereingliederung in die Familie und die Gesellschaft – würde ihr ein echtes Anliegen sein. Was das »Tee« anbetraf, so hatte Devlin noch nie gehört, dass jemand anderes sie so nannte.

Er betrachtete Martin. Auf seine Menschenkenntnis konnte er sich verlassen, und er hatte den Eindruck, dass der jüngere Mann ehrlich und offen über das Leben nach seiner Abreise aus England gesprochen hatte. Alles, was Martin über seine Pläne erzählt hatte, so vage sie auch sein mochten, hatte ehrlich geklungen.

Devlin warf einen Blick zur Uhr auf dem Kaminsims, dann sah er Therese an.

»Ich habe heute Abend keine Verpflichtungen. Hast du welche?«

Durch die unerwartete Frage abgelenkt, blinzelte Therese und sah dann auf die Uhr. Es war fast sechs Uhr abends.

»Nein, ich habe keine.« Sofort richtete sie ihren Blick auf Martin. »Du solltest bleiben und mit uns essen. Du hast doch nichts vor, oder?«

Martin schien von der Einladung überrascht zu sein. Er schaute Devlin an, fast so, als ob er einen Widerspruch erwartete, obwohl es in Wirklichkeit Devlin gewesen war, der die Einladung, wenn auch nur indirekt, vorgeschlagen hatte.

Dann wandte sich Martin wieder an sie. »Ich habe noch nichts vor. Also wenn es passt, bleibe ich gern. Danke.«

»Ausgezeichnet!« Sie strahlte. »Dann sind wir unter uns und du kannst uns mehr über Amerika erzählen. Beim Abendessen könnt du und Devlin euch auch weiter über das Geschäftliche unterhalten, aber jetzt ...« Sie erhob sich und zwang damit beide Männer aufzuspringen. Dann richtete sie ihren Blick auf Martin und teilte ihm mit: »Du musst mit ins Kinderzimmer kommen und deine Neffen und deine Nichte kennenlernen.«

Er lächelte. »Mama und Papa haben es mir erzählt. Du weißt, dass sie sehr stolz darauf sind, die Ersten zu sein, die Enkelkinder haben?«

»Das habe ich schon gehört.« Sie hakte sich bei ihm unter und wandte sich zur Tür. »Und ich prophezeie dir, dass du genauso vernarrt sein wirst. Es sind wirklich sehr nette Kinder.«

Martin lachte, und aus den Augenwinkeln sah sie, wie Devlin nachsichtig lächelte. Das war gut. Er nahm Martins ziemlich dramatische Ankunft in ihrem Leben besser auf, als sie zu hoffen gewagt hatte.

Martin ging beflissen neben ihr her, als sie auf die Tür zuging.

»Ob du es glaubst oder nicht, ich weiß ein bisschen was darüber, was es heißt, ein Onkel zu sein, und habe Geschenke mitgebracht. Ich habe sie bei deinem Butler gelassen. Ich wollte mir nicht anmaßen ...«

Als er den Satz unvollendet ließ, blickte sie rechtzeitig auf, um noch den flüchtigen Ausdruck zu sehen, den er sofort hinter einem Grinsen verbarg. Offenbar war er sich nicht sicher gewesen, ob sie ihn willkommen heißen würde. Offenbar hatte er ihre Vergebung nicht als selbstverständlich angesehen.

Oh, Martin. Sie lächelte beruhigend und tätschelte den Arm, den sie fest in der Hand hielt, als sie ihn in die Eingangshalle zog.

»Komm jetzt mit – keine Widerrede.«

Er lachte leise, und gemeinsam machten sie sich auf den Weg zur Treppe.

Therese hielt auf dem Treppenabsatz inne und warf einen Blick auf Devlin, der ihnen aus dem Salon gefolgt, aber noch nicht die Treppe hinaufgegangen war.

Er fing ihren fragenden Blick auf und winkte sie weiter.

»Ich muss nur noch ein paar Dinge erledigen«, erklärte er. »Ich komme gleich nach.«

Sie lächelte zustimmend, drehte sich um und ging mit Martin die nächste Treppe hinauf.

Devlin sah den beiden nach und schlenderte dann, immer noch lächelnd, zum Arbeitszimmer. Er sichtete die Briefe, die auf seinem Schreibtisch lagen, und warf einen Blick auf die Zeitungen, aber es gab nichts Dringendes, das seine Aufmerksamkeit erforderte.

Also verließ er den Schreibtisch und ging zu seinem Lieblingssessel vor der Feuerstelle. Dort sank er in das bequeme, weiche Leder und ließ alles Revue passieren, was er in der letzten Stunde aufgeschnappt hatte.

Egal, was er selbst davon hielt, Martin würde ein fester Bestandteil von Thereses Leben werden. Für Devlin hatte es keinen Sinn, sich gegen das Unvermeidliche zu wehren. Und was sein eigenes Anliegen, Therese betreffend, anging, so bot ihm die Situation womöglich Gelegenheiten, die er zu seinem Vorteil nutzen konnte. Anstatt eine lästige Ablenkung zu sein, konnte sich Martins Rückkehr als Segen erweisen.

Kritisch betrachtete Devlin noch einmal alles, was er in Martin Cynster gesehen und gespürt hatte. Er musste zugeben, dass er anstelle des skeptischen Misstrauens, das er gegenüber dem jüngeren Mann zu empfinden erwartet hatte, sein Potenzial erkannte – einen potenziell wertvollen Verbündeten in geschäftlicher Hinsicht. Und dazu einen weiteren Gentleman, der Therese zwar nahestand, bei dem man sich aber darauf verlassen konnte, dass ihm ihre Interessen und ihre Sicherheit am Herzen lagen. Mehr noch, einen Mann, der bereits darüber nachgedacht hatte, was es bedeutete, Onkel zu sein.

Devlin ließ sich das durch den Kopf gehen, ebenso Thereses offensichtliche Vorliebe für ihren jüngeren Bruder, dann stand er auf und machte sich auf den Weg zum Kinderzimmer.

In der Eingangshalle hielt er inne, um mit Portland zu

vereinbaren, dass das Abendessen um sieben Uhr serviert werden würde, dann stieg er die Treppe in den dritten Stock hinauf. Wenn er seine Frau dabei unterstützte, Martin wieder in die Gesellschaft einzugliedern, würde ihm das unter anderem einen für Therese höchst akzeptablen Grund geben, ihr bei verschiedenen Veranstaltungen Gesellschaft zu leisten, bei denen er normalerweise nicht erscheinen würde. Und angesichts von Martins Geschäftsinteressen konnte dessen Einführung in britische Geschäftskreise durchaus gewinnbringende Früchte tragen. Vor allem aber würde seine Unterstützung für Martin Devlin in der Gunst seiner Frau aufsteigen lassen.

Lächelnd schlenderte er zur offenen Kinderzimmertür und schaute in den Raum.

Zu seiner Überraschung hockte Martin im Schneidersitz auf dem Boden und erzählte den Kindern eine Geschichte. Sogar Horry, die wie immer auf dem Schoß von Therese saß, schwieg und wirkte völlig gebannt.

Devlin sah mehrere Minuten lang zu, bis die Geschichte zu Ende war, seine Söhne klatschten und jubelten und Spencer eine Frage stellte. Als er die Art und Weise beobachtete, wie Martin antwortete, und sah, wie seine Kinder strahlten, spürte Devlin, wie die letzten Zweifel an dem jüngeren Mann verflogen. Aus Erfahrung wusste er, dass Kinder die Fassade von Erwachsenen meistens schnell durchschauten, und seine drei fanden ihren neuen Onkel eindeutig faszinierend. Ganz offensichtlich sahen sie in ihm nicht die Art von Person, der sie mit Vorsicht zu begegnen hatten.

Dann bemerkte Rupert Devlin und sprang auf, dicht gefolgt von Spencer. Die Jungen kamen herbeigeeilt, um die

Hände ihres Vaters zu ergreifen. Er grinste über ihr aufgeregtes Geplapper und ließ sich von ihnen in den Raum ziehen. Dort ging er in die Hocke und schenkte ihnen seine volle Aufmerksamkeit, während sie die Geschenke präsentierten, die Martin für sie mitgebracht hatte: eine geschnitzte Holzlokomotive und drei Waggons für Spencer; ein Pferd auf Rädern, ebenfalls fein geschnitzt, für Rupert. Horry winkte Devlin mit einer Puppe mit Holzkopf zu, und als er sie nehmen wollte, umklammerte sie die Puppe fest und gluckste – er war sich nicht sicher, ob seinetwegen oder wegen der Puppe.

Er richtete sich auf und lächelte die Versammlung freundlich an, dann wurde seine Miene ernst.

»Ich fürchte, ich muss euch mitteilen, dass es fast Zeit ist, unten das Abendessen einzunehmen.«

Die große Uhr an der Wand zeigte fünfzehn Minuten vor der vollen Stunde, aber er wusste, wie lange eine Verabschiedung dauern würde.

Die Jungen richteten ihre flehenden Blicke sofort auf Therese.

»Ihr durftet schon länger aufbleiben als sonst«, erwiderte sie die unausgesprochene Frage. »Jetzt müsst ihr eurem Onkel Martin Gute Nacht sagen und ihm für eure Geschenke danken, dann solltet ihr eure neuen Spielsachen nehmen und sie sicher im Spielzimmer verstauen, bevor ihr in eure Betten geht.«

Beide Jungen ließen zwar die Schultern hängen, drehten sich aber dennoch pflichtbewusst um und bedankten sich bei Martin – nicht nur für die Spielsachen, sondern auch dafür, dass er ihnen Geschichten erzählt hatte.

Horry, die ihre Brüder beobachtete, war sich nicht sicher,

ob sie mürrisch sein sollte oder nicht. Bevor sie sich entscheiden konnte, nahm Devlin Therese am Arm und half ihr auf die Beine, dann entführte er Horry aus Thereses Händen, warf das kleine Mädchen in die Luft und fing sie wieder auf, was sie zu einem Kicheranfall veranlasste. Danach küsste er sie geräuschvoll auf die Wange, was zu noch mehr hysterischem Kichern führte. Therese drückte sich an sie und küsste die andere flaumige Wange, dann übergab Devlin seine Tochter an Gillian, eines der Kindermädchen.

Sprockett war mittlerweile heraufgekommen, um sich um die Jungen zu kümmern. Devlin ging wieder in die Hocke, und die beiden umarmten ihn. Er erwiderte ihre Umarmung, dann ließ er seine Söhne los und stand auf. Er blickte in ihre Gesichter und zerzauste ihnen das Haar.

»Ab ins Bett mit euch.«

Die Jungen lächelten ihn resigniert an, gaben Therese einen Gutenachtkuss und winkten Martin ein letztes Mal zu, bevor sie ihre neuen Spielsachen umklammerten und sich von Nanny Sprockett an die Hand nehmen und wegführen ließen.

Devlin sah den Kindern hinterher, wobei er sich vage bewusst war, dass er einen leicht verliebten Gesichtsausdruck hatte, und winkte Therese und Martin zur Tür.

Martin ging neben Therese den kurzen Korridor entlang, und Devlin folgte ihnen. Als sie den Kopf der Treppe erreichten und hinuntergingen, übernahm Therese die Führung.

Devlins Blick ruhte auf dem Kopf seiner Frau.

»Hast du vor, morgen an der Veranstaltung von Lady Wicklow teilzunehmen?«, erkundigte er sich.

Therese, die langsam weiter nach unten ging, blickte ihn überrascht an.

»Ich habe gehört, dass es eine ziemlich große Veranstaltung sein soll«, fuhr er fort, als sie nicht sofort antwortete. »Mehrere Mitglieder des Clubs haben davon gesprochen und gesagt, dass sie kommen werden. Ich nehme an, dass sie die Gelegenheit nutzen wollen, um einige der Gesetzesentwürfe, die in der laufenden Parlamentssitzung eingebracht werden sollen, in einem privaten, entspannten und geselligen Rahmen zu diskutieren.«

Thereses Miene hellte sich auf, und sie nickte, den Blick nach vorne gerichtet. »Das kann ich nachvollziehen. Es soll ein Picknick werden, und das Gelände von Wicklow House ist so weitläufig, dass es nicht schwer sein wird, geeignete Orte und Gelegenheiten zu finden, um vertrauliche Gespräche zu führen.«

»In der Tat«, erwiderte Devlin. »Da ich gern die Stimmungslage zu bestimmten Gesetzesentwürfen ausloten würde und Lady Wicklows Veranstaltung ein idealer Ort dafür zu sein scheint, habe ich mir gedacht, dass es sinnvoll sein könnte, ebenfalls daran teilzunehmen.«

»Ach?«

Er konnte sich denken, dass sie sich fragte, warum er nicht das gleiche Ergebnis über seine Clubs erreichen konnte, wie er es sonst tat. Doch bevor sie diesen Gedanken weiterverfolgen konnte, warf er Martin einen Blick zu.

»Ich dachte auch, dass angesichts der Tatsache, dass viele Gentlemen anwesend sein werden, die Veranstaltung von Nutzen sein könnte, um Martin wieder in die Gesellschaft einzuführen – sofern er sich uns anschließen möchte.«

Therese begriff sofort, was ihr Mann meinte.

»Das ist ein ausgezeichneter Gedanke«, befand sie und

sah Martin an. »Bist du abkömmlich? Ich kann dir versichern, dass die Countess sich freuen wird, wenn du mitkommst.«

Martin sah blinzelnd von Therese zu Devlin und dann wieder zurück.

»Tee, ich bin erst gestern in London angekommen«, erinnerte er sie. »Ich hatte noch keine Zeit, gesellschaftliche Verabredungen zu treffen.« Er richtete seine Aufmerksamkeit wieder auf Devlin. »Und dieses Picknick klingt nach einer idealen Gelegenheit, um mich wenigstens zu zeigen.«

»Du bist also frei?«, hakte sie nach.

Er nickte.

Sie war etwas überrascht über den leichten Sieg, den sie errungen hatte. Um ehrlich zu sein, hatte sie erwartet, dass sie ihn überreden müsste.

»Wir können dich mitnehmen«, sagte Devlin, als sie auf die Fliesen der Eingangshalle traten. »Es sei denn, du willst selbst fahren?«

Martin verzog das Gesicht. »Ich wünschte, ich könnte es, aber ich hatte noch keine Zeit, mich um ein Fahrzeug, Bedienstete oder wenigstens einen Gaul zu kümmern.« Er hielt inne und wandte sich an Therese. »Papa hat mir erzählt, dass Onkel Harry und Tante Felicity sich mehr oder weniger aus der Pferdezucht und dem Renngeschäft zurückgezogen haben und dass Pru geheiratet hat und jetzt in Irland lebt. Welchen unserer Cousins sollte ich wohl am besten auf Pferde ansprechen?«

»Oh, dabei kann dir Toby helfen«, antwortete sie. »Er kennt sich am besten mit Pferden und Kutschen aus. Inzwischen konsultiert ihn jeder in der Familie.«

Martin nickte. »Ich werde ihn aufsuchen, aber bis

dahin ...«, er lächelte Devlin an, »... und wenn es keine Umstände macht, nehme ich dein Angebot gern an.«

Therese versicherte ihm, dass sie sich über seine Begleitung freuen würden, und nach weiteren Gesprächen kamen sie überein, dass Martin am nächsten Morgen um zehn Uhr in Alverton House erscheinen sollte.

Nach diesem Entschluss – und da Portland bereits betont wartete – setzte Therese ein strahlendes Lächeln auf und führte ihren Bruder und ihren Mann ins Esszimmer.

Devlin winkte Martin vor und folgte ihm lächelnd. Sein neu gewonnener Schwager erwies sich bereits als nützlich. Mit Martin in der Kutsche, der Therese durch seine bloße Anwesenheit ablenkte, hatte Devlin während der stundenlangen Hin- und Rückfahrt von Surrey von seiner viel zu aufmerksamen und – besonders auf der Rückfahrt – möglicherweise misstrauischen Frau nichts zu befürchten.

Kapitel 4

Es war ein wunderbarer Herbsttag, und die Sonne stand an einem strahlend blauen Himmel, als Therese zur Mittagsstunde an Devlins Arm, mit Martin an ihrer anderen Seite, über die üppigen Rasenflächen am Rand von Wicklow House schlenderte, wo Lady Wicklow darauf wartete, ihre Gäste in Empfang zu nehmen.

Diese besagten Gäste trafen in einem stetigen Strom ein, und nach den Gruppen zu urteilen, die bereits die ausgedehnten Grünflächen auf der Rückseite des Hauses bevölkerten, taten sie das schon seit geraumer Zeit.

»Kein Wunder, dass wir unsere Kutsche so weit unten in der Einfahrt stehen lassen mussten«, murmelte Devlin, den Blick auf die bereits Anwesenden gerichtet.

»Gut, dass wir rechtzeitig in London aufgebrochen sind«, erwiderte Therese.

Sie war es gewesen, die auf den Aufbruch um zehn Uhr bestanden hatte. Beide Männer waren – offensichtlich fälschlicherweise – davon überzeugt gewesen, dass eine spätere Ankunft kein Problem darstellen würde.

Gemeinsam reihten sie sich in die kurze Schlange der Gäste ein, die darauf warteten, die Countess begrüßen zu können, die zu den älteren Gastgeberinnen gehörte und in der vornehmen Gesellschaft viele Bekannte hatte.

In dem Moment, als das Paar vor ihnen weiterging,

lächelte Therese strahlend und trat auf Lady Wicklow zu, um ihr die Hand zu reichen.

»Guten Tag, Lady Wicklow. Was für ein herrlicher Tag!«

Deren Blick glitt von Devlin zu Martin und dann wieder zurück, bevor er zu Martin zurückkehrte – die Lady war offensichtlich unschlüssig, mit welchem der beiden Gentlemen sie am wenigsten gerechnet hatte.

Etwas unkonzentriert griff sie nach Thereses Hand. »Ich freue mich sehr, dass Sie kommen konnten, Countess.«

»Sie erinnern sich sicherlich an Alverton.« Vergnügt deutete Therese auf ihren Mann und löste die Finger aus dem kraftlosen Griff der Countess. Sie wartete kurz, während ihr Mann die üblichen Höflichkeiten mit ihr austauschte, dann wandte sie sich mit einer Geste an Martin. »Meinen Bruder Martin hingegen kennen Sie bestimmt noch nicht. Er war mehrere Jahre in Übersee und ist erst vor Kurzem zurückgekehrt.«

Lady Wicklows etwas vorstehende Augen weiteten sich langsam und leuchteten dann auf.

»Oh! Oh ja – natürlich. *Sie* sind Martin Cynster. Der Cynster, der … nun, ich verstehe.«

Therese hatte Lady Wicklow noch nie so aufgeregt erlebt.

Martin verbeugte sich, bemerkte charmant, dass er von dem weitverzweigten Freundeskreis der Lady gehört habe, und brachte seine Hoffnung zum Ausdruck, dass es ihr keine Unannehmlichkeiten bereiten würde, wenn er ihre Veranstaltung nutzte, um sich zum ersten Mal der Gesellschaft zu präsentieren.

Entzückt und höchst interessiert wedelte Lady Wicklow mit den Fingern. »Natürlich nicht, mein Lieber. Sie sind auf jeden Fall willkommen.«

Therese nahm das als Stichwort. Im Vertrauen darauf, dass ihr Ansehen bei der alten Gastgeberin beträchtlich gestiegen war, weil sie nicht nur einen, sondern gleich zwei sympathische und interessante Gentlemen im Schlepptau hatte, ergriff sie die Hand Ihrer Ladyschaft und drückte sie sanft.

»Vielen Dank, Countess. Wir sollten jetzt weitergehen.«

Lady Wicklow hätte zweifellos gerne mehr erfahren, um die Neugier der nächsten Gäste in der Schlange zu befriedigen, aber Therese verließ sie. Devlin und Martin im Schlepptau, schlenderte sie in Richtung des großen Rasens, auf dem sich die Gäste versammelten.

»Gut gemacht«, lobte sie Martin. »Aber sei froh, dass sie dich nicht festhalten konnte, weil die anderen Gäste auf sie gewartet haben. Sonst hätte sie dir auf der Stelle deine gesamte Lebensgeschichte entlockt.«

Martin schaute sie an. »Soll mich das jetzt beruhigen?«

»Nein. Das soll dich vorsichtig machen.« Sie löste ihren Arm von Devlin und hakte sich bei Martin unter. »Und jetzt komm mit – es gibt hier noch einige andere potenzielle Gastgeberinnen, vor denen du deinen Diener machen musst. Aber keine Sorge, ich lasse dich nicht im Stich.«

Devlin blieb stehen. »Ich schon.« Als die Geschwister innehielten und in seine Richtung blickten, nickte er ihnen zu und sah Therese in die Augen. »Ich stoße später wieder dazu. Amüsiert euch.«

Sie grinste. »Das werde ich.«

Martin seufzte. »Ich wohl eher nicht, aber ich nehme an, ich muss mich wappnen und es hinter mich bringen.« Etwas leiser fügte er hinzu: »Wenigstens ist es ein Picknick und kein verdammter Ball.«

»Komm schon.« Therese zog ihn in Richtung einer Ansammlung von Ladys, die sie bereits bemerkt hatten und, wenn auch verstohlen, anstarrten.

Devlin sah den beiden hinterher und ging dann, immer noch lächelnd, über den Rasen in Richtung einer lockeren Gruppe, darunter einige Lords des Oberhauses, die mit dem Rücken zu einer hohen Hecke standen und sich unterhielten.

Er war nicht unzufrieden darüber, wie sich seine Vorhersage bewahrheitete, dass Martin die perfekte Ablenkung für seine eigenen Aktivitäten darstellte. Nicht nur dass Martins Anwesenheit in der Kutsche sowohl Devlin als auch Therese schier unerschöpflichen Anlass zu Fragen geliefert hatte, was zu einer unterhaltsamen und aufschlussreichen Fahrt geführt hatte, sondern Martins Auftauchen auf dem Rasen hatte es auch vermocht, die Aufmerksamkeit der versammelten Ladys von Devlins unerwartetem Anblick abzulenken.

Als er sich jetzt den anderen Gentlemen näherte, sah sich Devlin um und entdeckte Martin, der sich anscheinend zwanglos mit einer Gruppe älterer Ladys unterhielt, die allesamt an seinen Lippen zu hängen schienen.

Therese, bemerkte Devlin, beobachtete das mit einem zufriedenen Lächeln. Er wiederum freute sich, dass Martin anscheinend das Beste aus Thereses Bemühungen für ihn herausholte.

Als er seinen Blick wieder auf die Gentlemen richtete, die sich an der Hecke versammelt hatten, stellte Devlin fest, dass darunter tatsächlich mehrere waren, mit denen er gerne ein ruhiges Gespräch geführt hätte. Sein Vorwand, warum er Therese begleitete, war nicht gänzlich erfunden gewesen.

Schließlich hielt er sich eine halbe Stunde unter den Gentlemen auf, tauschte sich aus und bildete sich eine Meinung zu Themen wie den aktuellen Diskussionen über das Zensuswahlrecht für Parlamentsmitglieder und die jüngsten Unruhen in Frankreich. Die Weltausstellung, insbesondere die möglichen Folgen für die britische Industrie, beschäftigte viele.

Er stand gerade in einer Gruppe und hörte Lord Carmichael zu, der die Möglichkeiten für einen schnelleren Ausbau des Eisenbahnnetzes erläuterte, als Devlin ein braun gebranntes Gesicht ins Auge fiel.

Child. Devlin war sofort abgelenkt und beobachtete Child, der – der Richtung nach zu urteilen, aus der er kam – erst vor Kurzem eingetroffen war und sich zwischen den Gästen hindurchschlängelte. Obwohl er hier und da kurz anhielt, um jemanden zu begrüßen, ließ er sich nicht aufhalten, sondern ging tiefer in die Menge hinein. Seine entschlossene Miene verriet, dass Child jemanden im Visier hatte, und Devlin hätte eine beträchtliche Summe darauf gewettet, dass er wusste, um wen es sich dabei handelte.

Ohne Child aus den Augen zu lassen, entschuldigte er sich und ging langsam an der Hecke entlang, wo eine große Buche ihre Äste über die beschnittene grüne Wand ausbreitete und einen dunklen Schatten warf.

Child hätte sich sicher niemals vorstellen können, dass Devlin eine solche Veranstaltung besuchen würde, und ebenso wenig hatte Devlin mit Child gerechnet. Er blieb im Schatten stehen und folgte dem alten Rivalen mit seinen Blicken – bis Child schließlich sein Ziel fand.

Devlin biss die Zähne zusammen, als Child neben Therese stehen blieb. Sie und Martin unterhielten sich mit drei Ladys, die zusammen vier Töchter im heiratsfähigen Alter im Schlepptau hatten. Devlin kniff die Augen zusammen, als er sah, wie Child die Aufmerksamkeit von Therese auf sich zog. Sie lächelte und grüßte ihn, dann stellte sie ihn sofort den anderen in der Runde vor.

Das brachte Devlin zum Grinsen. Child wurde sofort in die Defensive gedrängt. Wegen seines Alters und dem Umstand, dass er der zweite Sohn eines Herzogs war, rangierte Child in der Rangfolge der infrage kommenden Ehemänner weitaus höher als ein vornehmer Fünfundzwanzigjähriger, der gerade aus Amerika zurückgekehrt war.

Child war gezwungen, an der Seite von Therese zu verweilen, während sie ihre Aufmerksamkeit auf Martin richtete, der anscheinend die Ladys, ob jung oder alt, mit einer seiner Geschichten über seine Zeit im Ausland unterhalten hatte.

Offensichtlich war Child Therese in dieser Situation mehr als ebenbürtig, und so blieb Devlin, wo er war, sichere zwanzig Meter entfernt im Schatten, und beobachtete, wie sein Freund aus Kindertagen immer unruhiger wurde.

Geh weiter, Gray – sie ist nichts für dich.

Dann sah Devlin, wie Therese Child einen Seitenblick zuwarf, den Devlin kannte. Sie gab Child kurz Zeit, sich zurückzuziehen. Als er hartnäckig an ihrer Seite verharrte, ließ sie Martin stehen, entschuldigte sich bei den Ladys und verließ die Gruppe. Child tat es ihr natürlich nach.

Durch Devlin ging ein Ruck. Er wollte aus dem Schatten treten, seine Frau retten und sie wieder für sich beanspruchen, doch dann sah er ihr Gesicht und hielt inne.

Hätte Child ihren Gesichtsausdruck deuten können, hätte er sich nach allen Regeln der Kunst losgerissen und das Weite gesucht, aber der Idiot schien fest entschlossen, Therese zu umgarnen. Jedenfalls plauderte er auf eine gewiss charmante Art, ohne darauf zu achten, wohin sie ihn führte.

Devlin entspannte sich und blieb stehen, um Thereses Einsatz der ihr zur Verfügung stehenden gesellschaftlichen Waffen zu beobachten und zu würdigen.

Sie kam neben einer Schar von Ladys an – allesamt hochwohlgeborene Adlige der vornehmen Gesellschaft. Devlin und andere seines Kalibers hätten die Gefahr erkannt, aber Child, der gerade erst nach London zurückgekehrt war, tat es nicht. Die Ladys lächelten erfreut, als Therese ihn vorstellte, und Child antwortete mit seinem üblichen Getue ...

... nur um dann festzustellen, dass von allen Ladys der Gesellschaft ausgerechnet diese Gruppe Gentlemen wie ihn als Freiwild betrachtete. Man munkelte, dass sich jedes Mitglied der Gruppe mit erstaunlicher Regelmäßigkeit einen Geliebten nahm, ihn genoss und sich seiner dann rasch entledigte. Innerhalb von Sekunden hatten sich zwei aus der Gruppe bei Child untergehakt, sodass er in der Falle saß.

Therese erwiderte seinen verdatterten Blick mit einem erfreuten Lächeln, empfahl ihn, so schien es Devlin, der Obhut der Ladys und machte sich dann fröhlich von dannen. Devlin hatte fast Mitleid mit Child, der seine Ehre gegen eine Handvoll der unersättlichsten Ladys der Gesellschaft verteidigen musste.

Therese ging inzwischen weiter und machte einer Gruppe

von Grandes Dames ihre Aufwartung – Ladys, die selbst Child erkennen und um jeden Preis meiden würde.

In der Gewissheit, dass seine Gemahlin in diesem Umfeld nichts auf sich kommen ließ, warf Devlin einen letzten, amüsierten Blick auf Child, lächelte über dessen Bemühungen, sich zu lösen, und suchte Martin.

Thereses kleiner Bruder war immer noch bei der Gruppe von Ladys und ihren Töchtern, mit denen Therese ihn zurückgelassen hatte. Er behauptete sich nach Kräften, doch inzwischen hatte sein Aussehen etwas Gehetztes angenommen. Devlin erkannte die Anzeichen und kam zu dem Schluss, dass es angebracht war, seinen Schwager zu retten.

Aus dem Schatten der Buche tretend, schlenderte er scheinbar müßig durch die Schar der Gäste und blieb schließlich neben Martin stehen.

Er begrüßte die Matronen, die ihm bekannt waren, und sie stellten ihre Töchter vor. Nach einem distanzierten Nicken – da er bereits verheiratet war, interessierte er sich für keine der Ladys in dieser Gruppe – tauschte er die üblichen Bemerkungen über das Wetter und ihre Umgebung aus.

»Ladys, zu meinem Bedauern bin ich hier, um meinen Schwager zu entführen«, verkündete er dann und sah zu Martin, der redlich bemüht war, sich seine Erleichterung nicht anmerken zu lassen. »Es gibt hier ein paar Geschäftsfreunde von mir, die du sicherlich gern kennenlernen möchtest.« Er warf einen Blick auf die Ladys und lächelte. »Wenn Sie uns entschuldigen würden?«

Die Matronen tauschten kurz Blicke aus, dann versicherte ihm eine schnell: »Natürlich, Mylord.«

»Es ist ermutigend zu sehen, dass jüngere Gentlemen

solchen Dingen mehr Aufmerksamkeit schenken«, fügte eine andere hinzu.

Martin verabschiedete sich gebührend höflich, dann zog Devlin ihn ohne weitere Umstände mit sich und manövrierte ihn an den Rand der Menge.

»Puh!« Als sie aus dem Trubel heraustraten und außerhalb der Reichweite anderer Ohren waren, blickte Martin zurück. »Danke – das wurde ein bisschen anstrengend.«

Devlin lachte leise. »Ich bin noch nicht so lange verheiratet, dass ich nicht mehr weiß, wie sich das anfühlt.«

Martin runzelte leicht die Stirn und betrachtete die Gruppe, der er gerade entkommen war. »Eigentlich bin ich angesichts der Richtung, die das Gespräch gerade nahm, ziemlich überrascht, dass sie so bereitwillig zugestimmt haben, dass du mich wegbringst.«

»Ah. Das war, weil ich das magische Wort gesagt habe.«

»Ach?« Martin sah ihn fragend an. »Und was war das?«

»Für diese Ladys war es das Wort ›Geschäftsfreunde‹ und die Andeutung, dass ich dich ihnen vorstellen will.«

Martins Stirnrunzeln vertiefte sich. »Warum hat das geklappt?«

»Weil du – und vor allem dein Vermögen – noch eine unbekannte Größe seid, weshalb sie jede Aussicht darauf, dass du von einem Geschäft finanziell profitieren könntest, für unterstützenswert halten.« Devlin erwiderte Martins Blick mit amüsierter Resignation. »Sie wissen, dass deine Familie gut situiert ist, aber auch, dass du erst kürzlich ins Land zurückgekehrt bist. Für ihre Interessen ist es besser, wenn du dir ein eigenes Einkommen schaffst, und heutzutage verdient man vor allem Geld mit Geschäften.«

Martin verzog das Gesicht. »Ich verstehe.« Nach einem

Moment fuhr er zynisch fort: »Ich hatte ganz vergessen, welchen Stellenwert Geld in unseren Kreisen hat.«

»Geld und der Name, mögen sie ererbt oder erworben sein.« Devlin überlegte kurz und fügte dann hinzu: »Und, ob du es glaubst oder nicht, heutzutage zählen auch Talent und Leistung.« Er musterte Martin. »Wenn ich dich nicht ganz falsch einschätze, verfügst du zweifellos über wenigstens eine der ersten beiden Voraussetzungen, aber auch mindestens über eine der beiden letzteren.«

Martin verzog den Mund, aber obwohl er die Richtigkeit von Devlins Einschätzung nicht leugnete, bestätigte er sie auch nicht sofort, was Devlins Respekt ihm gegenüber noch weiter steigerte.

»Wenn du nicht willst, dass dir die Kuppler die Tür einrennen«, fuhr Devlin fort, »würde ich dir dringend raten, deine finanziellen Angelegenheiten so lange wie möglich diskret zu behandeln – oder zumindest vor denen zu verbergen, die auf dem Heiratsmarkt aktiv sind.«

Martin nickte grimmig. »Das habe ich vor.«

Devlin neigte den Kopf und deutete auf eine Gruppe von Gentlemen, die sich am Rande des Rasens versammelt hatten.

»Der Gentleman dort drüben, der im blauen Mantel, ist Lord Randolph Cavanaugh«, erklärte er. »Er vertritt eine sehr große Investorengruppe und ist die Art von Geschäftspartner, die du kennen solltest. Zufälligerweise ist er auch ein Verwandter von dir.«

Martin runzelte die Stirn, als ob er sich an etwas erinnerte. »Über Marys Ehemann?«

Devlin nickte. »Ja, Raventhorne. Rand ist der Halbbruder von Ryder. Komm, ich stelle dich ihm vor.«

Mit Martin im Gefolge schloss sich Devlin der Gruppe an. Da er im Laufe der Jahre als erfolgreicher Investor in Eisenbahn- und Industrieunternehmen bekannt geworden war, wurde er mit Interesse empfangen. Als Devlin Martin vorstellte, sagte er lediglich, dass er vor Kurzem aus Amerika zurückgekehrt sei. Er fügte nur hinzu, dass der jüngere Mann die örtlichen Gepflogenheiten kennenlernen wolle, und überließ es ansonsten Martin, wie viel er preisgeben wollte.

In dieser Hinsicht war Devlin nicht überrascht, dass Martin seine Jugend nutzte, um wenig zu sagen, und stattdessen aufmerksam zuhörte. Devlin vereinbarte, sich später in der Woche mit Rand zu treffen, um über mehrere Firmen zu sprechen, an denen sie ein gemeinsames Interesse hatten. Als er sich und Martin dann entschuldigte und weiterging, stellte Thereses Bruder sogleich eine Reihe von sachkundigen und nützlichen Fragen zu den Unternehmen und Fonds, die in dem Kreis besprochen worden waren.

Devlin antwortete, so gut er konnte, und prägte sich einige der von Martin angesprochenen Punkte ein, um sie weiterzuverfolgen.

Neugierig geworden wiederholte Devlin die Prozedur und stellte Martin einer anderen Gruppe ausgewählter Investoren vor – mit demselben Ergebnis. Martin hörte zu und beobachtete, und als er und Devlin die Gruppe verließen, stellte er Fragen und machte Bemerkungen, die bestätigten, dass Thereses jüngerer Bruder genauso aufmerksam und intelligent war wie sie und außerdem einen guten Geschäftssinn hatte. Zudem war er offensichtlich wirklich bestrebt, sein Verständnis für die Verbindungen zwischen den Gentlemen und ihren Investitionen zu verbessern. Devlin konnte förmlich vor sich sehen, wie Martin für sich auflistete, wer seine Finger in welchen Geschäften hatte.

Schließlich machte Devlin Martin mit Somersby bekannt, der einer der Sekretäre der Handelskammer war. Als er erfuhr, dass Martin vor Kurzem aus Amerika zurückgekehrt und dort im Import-Export-Geschäft tätig gewesen war, wurde Somersby recht lebhaft. Gestenreich erläuterte er die aktuellen Ansichten der Kammer zum Handel mit Amerika und versuchte zu erfahren, wie Martin das Ganze einschätzte.

Devlin hielt sich derweil zurück. Er beobachtete und hörte zu. Dabei war er einmal mehr von Martins Geschick beeindruckt, gerade so viel von seinen eigenen Gedanken preiszugeben, dass Somersby engagiert blieb und bereit war, selbst mehr zu erzählen.

Als sie sich schließlich von Somersby trennten, wobei dieser Gentleman deutlich machte, dass er mit Martin und Devlin in Verbindung bleiben wollte, wartete Devlin, bis sie außer Hörweite waren.

»Ich habe den Eindruck«, sagte er dann zu Martin, »dass du bereits eine recht genaue Vorstellung davon hast, in welchem Bereich du in deinem neuen Leben tätig sein willst.«

Martin warf ihm einen kurzen, eindringlichen Seitenblick zu und sah dann zu Boden. Einen Moment lang schlenderten sie am Rand der Menge entlang, dann neigte Martin zustimmend den Kopf.

»Maschinen. Die Herstellung von Maschinen.«

Devlin legte den Kopf schief. »Für welche Branche?«

Martin lächelte. »Jede Branche, die Maschinen benötigt.« Er erwiderte Devlins verwirrten Blick. »Nehmen wir zum

Beispiel die Fabriken, die die britischen Eisenbahnwaggons herstellen. Sie verwenden Maschinen, um die Waggons herzustellen, aber woher kommen diese Maschinen?«

Devlin runzelte die Stirn. »Das weiß ich nicht genau.«

»Das meiste wird entweder aus Amerika oder Deutschland importiert, und das gilt für die meisten Fabriken, für fast alle Fabrikate. Aber«, Martin hob die Hände, »die Kosten für den Import solch schwerer Maschinen sind beträchtlich, ganz zu schweigen von der Zeit, die das in Anspruch nimmt. Es gibt wirklich keinen Grund, warum wir nicht vieles von dem, was wir brauchen, selbst herstellen sollten. Vor Jahrzehnten wurden hier die ersten dampfbetriebenen Webstühle und einige der ersten Lokomotiven produziert, und in vielen Industriezweigen sind die effizientesten Konstruktionen für alle Arten von Maschinen jene, die vor Ort entstehen.«

Martin machte eine Pause.

»Eine der Binsenweisheiten, die ich in Amerika gelernt habe, ist, dass oft jene den größten Profit aus einem neuen Produkt ziehen, die auch die Mittel zu seiner Herstellung bereitstellen«, sagte er dann. »Sie gehen viel kleinere Risiken ein, erhalten aber einen großen und sicheren Anteil des Gewinns.«

Devlin fühlte sich, als hätte er eine Erleuchtung gehabt.

»Ich verstehe, was du meinst.« Nach einem Moment sagte er: »Rand hat sich schon immer für Automobile interessiert. Obwohl ich nicht glaube, dass die Regierung ihre Haltung dazu in nächster Zeit ändern wird, bist du, wenn ich dich richtig verstehe, nicht an der Herstellung der Automobile selbst interessiert, sondern an der Lieferung der Maschinen, die für ihre Herstellung erforderlich sind?«

Martin nickte. »Genau.«

Devlin blieb stehen und sah seinen Schwager an. »Was meinst du, wie ein solcher Maschinenbaubetrieb organisiert sein könnte?«

»Nun ...« Martin holte tief Luft. »Erstens brauchte er ...«

Devlin ignorierte alle einladenden Blicke, die in ihre Richtung gerichtet wurden, und schenkte Martin seine volle Aufmerksamkeit, als der jüngere Mann ihm beschrieb, was offensichtlich sein Traum war.

*

Therese hatte sich unter die Gäste gemischt und ihre Pflicht erfüllt, indem sie den anwesenden älteren Ladys ihre Aufwartung machte und sich mit ihren Freunden und engen Bekannten austauschte.

Nachdem sie eine Gruppe eleganter, etwa gleichaltriger Ladys verlassen hatte, hielt sie am Rande des Rasens inne, um über ihre Möglichkeiten nachzudenken. Sie schätzte, dass ihr noch mindestens zwanzig Minuten Zeit blieben, bevor Lady Wicklow erklärte, dass es Zeit sei für das »Picknick«. In Anbetracht der schmiedeeisernen Tische und Stühle, die Therese auf dem östlichen Rasen entdeckt hatte, wäre es wohl richtiger gewesen, die Veranstaltung als ein Mittagessen im Freien zu bezeichnen. Sie betrachtete die Gäste vor ihr und fragte sich, wie es Devlin und Martin ergehen mochte.

»Da sind Sie ja.«

Sie drehte sich um und entdeckte Child, der an ihre Seite trat. Als sie sah, wie er sie anlächelte, beschloss sie, sofort das Kommando zu übernehmen.

»Ich nehme an, Mylord, dass Sie die Gesellschaft unterhaltsam finden?«

Er winkte unverbindlich. »Ich gebe zu, ich habe mein Wissen über die Ladys aufgefrischt, die derzeit die Gesellschaft zieren. Aber keine weckt mein Interesse so sehr wie Sie.«

Sie hob die Brauen. »Weil ich die Countess von Alverton bin?«

Child blinzelte. Er hatte nicht erwartet, dass sie so direkt sein würde. »Nun …«

»Sagen Sie, Mylord, wie lange kennen Sie meinen Mann schon?«

Er schien über die Frage nicht gerade erfreut zu sein.

»Seit wir Kleinkinder waren, also im Grunde unser ganzes Leben lang«, erwiderte er knapp.

»Aber im Laufe der Jahre ist der Kontakt natürlich abgebrochen.« Sie warf Child einen fragenden Blick zu. »Wie würden Sie die Beziehung zwischen Ihnen und Devlin jetzt beschreiben?«

Childs Gesichtsausdruck wurde zunehmend ausdrucksloser. »Warum fragen Sie?«

Sie lächelte und ließ eine Spur ihrer eigenen Absicht in ihren Augen erkennen. »Ganz offensichtlich, weil ich es gerne wissen würde.«

Sie wartete und richtete ihren Blick auf sein Gesicht.

Nervös trat er von einem Fuß auf den anderen. »Ich nehme an, dass man uns immer noch als Freunde bezeichnen könnte«, sagte er dann. »Sicherlich eher als Freunde denn als enge Bekannte.«

Wieder hob sie die Brauen. »Vielleicht die Art von Freunden, die sich ohne Worte verstehen?«

Er nickte zögernd. »Wir standen uns einst sehr nahe – sozusagen während unserer prägenden Jahre.«

»In der Tat. Und Freundschaften, die in der Kindheit geschmiedet wurden, sind meist von Dauer, nicht wahr?« Bevor er antworten konnte, fuhr sie fort: »Da Sie noch nicht die Gelegenheit hatten, mit Ihren Eltern zu sprechen, haben Sie vielleicht noch nicht gehört, wie sehr ich Devlin zugetan bin. Daher habe ich ein echtes und natürliches Interesse an der Rückkehr eines sehr alten Freundes.« Darin konnte er lesen, was er wollte. Immer noch lächelnd, legte sie den Kopf schief und musterte ihn. »Sie sind zurückgekommen, um zu bleiben, nicht wahr?«

Der plötzliche Themenwechsel ließ ihn erneut blinzeln.

»Das ist meine Absicht«, bestätigte er.

»Ausgezeichnet! Wenn das so ist …« Kühn nahm sie seinen Arm und wandte sich den anderen Gästen zu. »Dann erlauben Sie mir, Ihnen dabei zu helfen, wieder Anschluss an die Gesellschaft zu finden. Das ist das Mindeste, was ich für einen so alten Freund meines Mannes tun kann.«

Sie spürte, wie die Spannung in dem Arm wuchs, unter den sie ihren Arm geschlungen hatte, aber sie gab Child keine Gelegenheit, auszubrechen und davonzulaufen. Zielstrebig und mit einem strahlenden Lächeln führte sie ihn zu einer Gruppe von fünf unverheirateten jungen Ladys, die alle mindestens in ihrem zweiten Jahr in der Gesellschaft waren und von denen daher nicht mehr erwartet wurde, dass sie an der Seite ihrer Mütter blieben.

Die jungen Adligen sahen sie und Child auf sich zukommen und machten bereitwillig und lächelnd Platz, um sie bei sich aufzunehmen. Fröhlich stellte Therese Child vor, der gezwungen war, seine charmante Miene aufzusetzen, als sie die Namen der jungen Ladys nannte. Sie hatte bereits bemerkt, wie mühelos er die lockere, unterhaltsame Persönlichkeit annahm, die sie als Maske betrachtete.

»Lord Child ist gerade erst von einem fast zehnjährigen Auslandsaufenthalt zurückgekehrt und hat keinen blassen Schimmer von den Zerstreuungen, die London zu bieten hat«, verkündete Therese, nachdem sie sich von seinem Arm befreit hatte und bevor Child auch nur daran denken konnte, sich aus dem Staub zu machen. »Ich bin sicher, dass er für jeden Tipp dankbar wäre, den Sie, Ladys, ihm geben könnten.«

Auf diese Weise ermutigt, waren alle fünf Ladys schnell bei der Sache, und innerhalb weniger Augenblicke war Child in eine Diskussion über die Annehmlichkeiten Londons im Vergleich zu New York und Boston verwickelt, wo er einige Jahre verbracht zu haben einräumte.

Therese hörte zu und erfuhr selbst etwas über Childs Reisen. Unter dem grellen Licht der Aufmerksamkeit der jüngeren Ladys wurde er sichtlich unruhig, aber die fünf ließen mit ihren Fragen nicht nach und ließen ihm so keine Gelegenheit, sich zu entziehen.

Sie hörte ihnen zu, wie sie Child über seine Vorlieben in Sachen Theater und den Stil und die Qualität der Aufführungen, die er in Amerika besucht hatte, ausfragten, als ihre Sinne – die stets wachsam waren, was Devlin anging – ihr mitteilten, dass ihr Ehemann sich näherte.

Sie warf einen Blick über ihre rechte Schulter und sah ihn auf sich zukommen. Als sein Blick auf ihrem Gesicht haften blieb, lächelte sie erfreut und ließ ihre Zufriedenheit durchblicken.

Devlin erahnte den Hintergrund von Thereses Lächeln und spürte, wie der Unmut abflaute, der ihn ergriffen hatte. Er verlangsamte seinen entschlossenen Schritt zu einem annehmbareren, lockeren Tempo und ließ seine Gesichtszüge – die bis dahin eher steinern gewesen waren – wieder weicher werden.

Ihr Lächeln vertiefte sich, und sie streckte ihre Hand aus, die er prompt ergriff und besitzergreifend in seine Armbeuge legte. Er wartete nicht darauf, dass sie ihn vorstellte, sondern nickte den jungen Ladys zu, von denen er vage vermutete, dass er sie alle schon einmal getroffen hatte.

»Myladys.«

»Lord Alverton« und »Mylord« murmelnd, knicksten die fünf.

Leider verschaffte die kurzzeitige Ablenkung Child, der offensichtlich verzweifelt zu entkommen versuchte, eine Gelegenheit.

»Hier steckst du also, Alverton«, sagte er, bevor Devlin auch nur einen Blick in seine Richtung werfen konnte.

Als Devlin seine Aufmerksamkeit auf Child richtete, lächelte sein alter Peiniger in die Runde. »Nun, da der Earl gekommen ist, um seiner Gemahlin Gesellschaft zu leisten, muss ich mich bedauerlicherweise bei den Ladys entschuldigen.«

Mit einer halben Verbeugung vor den jüngeren Adligen, einem kurzen, aber eleganten Nicken zu Therese und einem flüchtigen, triumphierenden Blick auf Devlin trat Child zurück und entfernte sich rasch – oder besser gesagt, er floh. So bewertete Devlin jedenfalls den überstürzten Rückzug. Aber durch seine Verabschiedung und vor allem durch seinen Tonfall hatte Child es geschafft anzudeuten, dass es in seinem Umgang mit Therese etwas gegeben hatte, an dem Devlin Anstoß nehmen könnte.

Den Blick auf Childs Rücken gerichtet, gab sich Devlin alle Mühe, nicht mit den Zähnen zu knirschen. Aus den Augenwinkeln sah er, dass die Andeutung in Childs Worten den jungen Ladys nicht entgangen war. Mehrere Augenpaare hatten sich geweitet, und wenigstens eine Anwesende versuchte erfolglos, ein Kichern zu unterdrücken.

Was, zum Teufel, führt der verdammte Idiot im Schilde?

Therese ignorierte das Gekicher und starrte zuerst auf Childs Rücken, dann auf das Gesicht ihres Mannes. Wie immer war Devlins Gesichtsausdruck nicht genau lesbar, aber der Muskel, der sich in seinem Kiefer anspannte, ließ seine Laune erkennen.

Was spielen die beiden da? Und warum stehe ich dazwischen?

Child hatte eingeräumt, dass er sich als Devlins Freund betrachtete – als einen Freund, der alt und nah genug war, um ihn zu verstehen, ohne dass es der Worte bedurfte. Sie wusste, dass die beiden in gewisser Weise alte Rivalen waren, aber Devlin hatte sie bereits für sich gewonnen. Child konnte doch nicht so verblendet sein zu glauben, dass er sie zu einer heimlichen Liaison verführen konnte?

Sie war sich ziemlich sicher, dass das nicht der Fall war. Aber warum reagierte Devlin dann mit ... so einer mühsam unterdrückten Aggression? Plötzlich wusste sie mit großer Sicherheit, dass es das war, was sie an ihm verspürte.

Mit gemurmelten Entschuldigungen machten sich die jungen Ladys auf den Weg. Therese machte keine Anstalten, sie aufzuhalten, und Devlin, der Child immer noch im Blick hatte, neigte kaum den Kopf in ihre Richtung.

Kaum waren die fünf außer Hörweite, richtete Devlin den Blick aus seinen haselnussbraunen Augen auf sie.

»Was wollte Child von dir?«

Er hatte sich bemüht, seinen Tonfall so zu halten, dass er auf eine Frage aus reinem Interesse schließen ließ, doch Therese spürte einen gewissen besorgten Unterton. Sie lächelte und ließ ihre aufrichtige Freude darüber erkennen, dass sie Child in den Griff bekommen hatte.

»Ich habe keine Ahnung, denn anstatt mir anzuhören, was es war, habe ich die Gelegenheit ergriffen, meine gute Tat für den Tag zu tun und ihn diesen jungen Ladys vorzustellen.«

Devlin betrachtete sie eine Sekunde lang, dann spürte sie, wie die Spannung, die ihn ergriffen hatte, nachließ.

»Ich nehme an, alle fünf sind unverheiratet?«

Sie riss die Augen auf und hakte sich bei ihm unter.
»Aber natürlich.«

Dann lächelte er sie an, auf jene träge und verheerende Weise, bei der sie nach wie vor weiche Knie bekam.

»Wie nett von dir. Ich bin sicher, dass Child deine … Hilfe sehr zu schätzen weiß.«

»Nun«, sie legte den Kopf schief, »bei ihm weiß ich es nicht, aber bei den jungen Ladys schon.«

Devlin beobachtete Thereses Gesichtsausdruck und genoss die Befriedigung, um nicht zu sagen Schadenfreude, die in ihren hellen Augen glänzte. Er war in mehrfacher Hinsicht erleichtert. Mit etwas Glück konnte die Neigung seiner Frau zum Ehestiften – sie war bei Child offensichtlich bereits tätig geworden – dazu beitragen, seinen ehemaligen Rivalen von ihnen fernzuhalten.

Nun fühlte er sich deutlich entspannter und legte ihre Hand auf seinen Ärmel.

»Was hast du als Nächstes vor?«, fragte er sanft.

Sie schaute sich um und deutete dann auf eine gemischte Gruppe von Ladys und Gentlemen in ihrem Alter. Bereitwillig begleitete er sie zu diesem Kreis.

Keine fünf Minuten später klatschte Lady Wicklow in die Hände und verkündete, dass der Lunch serviert wurde. Devlin ergriff die Gelegenheit und blieb an Thereses Seite, als sie sich in die langsame Schlange einreihte, die zu dem langen Büfett führte, das auf der Seitenterrasse des alten Hauses aufgebaut war. Es war schon einige Jahre her, dass er ihr beim Füllen ihres Tellers geholfen hatte, aber er stellte fest, dass er ihre Vorlieben und Abneigungen nicht vergessen hatte.

Als er ihr – wohl wissend, dass dies eine ihrer Lieblingsspeisen war – zwei Krabbenpasteten auf den Teller legte, schaute sie ihn etwas seltsam an. Schließlich wendeten sie sich mit den Tellern in der Hand vom Tisch ab und stiegen die Stufen zum Rasen hinunter. Nachdem sie einen freien Tisch im Schatten einer hohen Eiche entdeckt hatten, führte er sie dorthin.

Sie erreichten den Tisch, stellten ihre Teller ab, und er hielt ihr einen der sechs schmiedeeisernen Stühle hin. Als sie sich niedergelassen hatte, erblickte er einen umherlaufenden Diener und nahm zwei Gläser Champagner vom Tablett des Mannes. Nachdem er ein Glas vor ihr abgestellt hatte, nahm er einen Schluck, dann zog er den Stuhl neben dem ihren hervor und setzte sich.

Sie hatte ihn während der gesamten Choreografie beobachtet. Jetzt lehnte sie sich näher zu ihm und murmelte: »Du weißt doch, dass es bei einer Veranstaltung wie dieser als *äußerst* unmodern gilt, seiner Gemahlin aufzuwarten.«

Er sah sie an und hob die Brauen. »Und wann hat es mich jemals interessiert, was die Gesellschaft über mein Verhalten denkt?«

Als er diese Worte aussprach, wurde ihm klar, dass sie der Wahrheit entsprachen. Die einzige Person, deren Meinung ihm jemals etwas bedeutet hatte, war sie.

Sie lehnte sich zurück, als ob sie sehr erstaunt wäre. Dabei betrachtete sie ihn, als sähe sie ihn zum ersten Mal.

»Jetzt, da du es sagst ...« Sie nickte langsam. »Du hast es dir tatsächlich zur Gewohnheit gemacht, nach deinen eigenen Regeln zu leben.« Dann lächelte sie und gluckste. »Bitte denk nicht, dass ich mich beschwere.« Sie deutete mit der Gabel auf den Teller, den er ihr aufgefüllt hatte, und zog dann einen größeren Kreis, der auch ihr Glas Champagner einbezog. »Von jemandem bedient zu werden, dem ich keine Anweisungen geben muss, ist ziemlich angenehm.«

Gut. Mit dem Gefühl, einen Etappensieg erreicht zu haben, erwiderte er ihr Lächeln, und sie ließen sich die Köstlichkeiten schmecken, die Lady Wicklows viel gepriesener französischer Chefkoch zubereitet hatte.

Sie verglichen gerade die Geschmäcker verschiedener Kanapees, von denen Therese dachte, dass ihr eigener Koch sie nachmachen könnte, als Martin mit einem vollen Teller und einem Glas in der Hand auf sie zukam.

»Darf ich mich zu euch setzen?«, fragte er und deutete mit einer Geste auf die leeren Stühle.

»Natürlich!« Therese winkte ihn zu dem Stuhl auf ihrer anderen Seite, aber Martin rührte sich nicht, bis auch Devlin lächelte und nickte.

Martins Ansehen bei Devlin stieg weiter.

Ein paar Minuten später gesellte sich ein weiteres Paar aus ihrem Bekanntenkreis zu ihnen, und nachdem Martin vorgestellt worden war, wurde das Gespräch allgemeiner. Da an ihrem Tisch noch ein Stuhl frei war, erwartete Devlin, dass Child auftauchen und sich zu ihnen setzen würde, aber obwohl er den Blick über die Tische ringsum schweifen ließ, konnte er seinen Erzrivalen nicht entdecken.

Dadurch fühlte er sich der Welt gegenüber etwas versöhnlicher. Alles in allem war der Tag bisher ein Erfolg gewesen. Wie er gehofft hatte, hatten die vielen Gäste seine Anwesenheit entschuldigt, sodass er sich stundenlang mit Therese unterhalten und sie mehr oder weniger so umwerben konnte, wie er es zuvor nicht getan hatte.

Sobald die Teller leer waren, erhoben sich die Gäste wieder und schlenderten auf Lady Wicklows Empfehlung hin über die vielen Wege, die tiefer in den weitläufigen Garten führten.

Devlin hatte inzwischen Zeit gehabt, sich zu überlegen, wie er am besten vorgehen sollte. Nachdem er Therese aufgeholfen hatte, trennten er, sie und Martin sich von dem anderen Paar.

Bevor Martin auf die Idee kommen konnte, sich zu entfernen, wechselte Devlin einen Blick mit seiner Frau.

»Die Grüppchen, die durch die Gärten spazieren, werden etwas kleiner sein als die auf dem Rasen, und der Austausch ist weniger formell. Vielleicht sollten wir beide Martin etwas herumführen. Du könntest dich um die weibliche Hälfte der Gesellschaft kümmern, während ich ihm den Weg zu den Männern ebne, sowohl in gesellschaftlicher als auch in geschäftlicher Hinsicht.«

»Was für eine wunderbare Idee!« Thereses Gesicht erhellte sich, und sie verschränkte ihren Arm mit seinem. »Dies ist wirklich ein hervorragender Ort, um deine Wiederauferstehung in der Gesellschaft voranzutreiben«, sagte sie an ihren Bruder gewandt. »Wir sollten das Beste daraus machen.«

Martin schaute von einem zum anderen, dann neigte er lächelnd den Kopf. »Wenn es darum geht, meine Rückkehr in die Gesellschaft zu organisieren, begebe ich mich gern in eure Hände.«

Therese strahlte. »Ausgezeichnet. Also!« Sie betrachtete die Gäste, die sich auf die verschiedenen Wege verteilten. »Ich vermute, dass der Weg zum See am ergiebigsten sein wird. Kommt mit!«

Martin grinste und bedeutete Devlin und Therese, ihm vorauszugehen. Lächelnd geleitete Devlin seine Frau, die sich offensichtlich anschickte, ihre nächste gesellschaftliche Schlacht zu schlagen, und Martin reihte sich hinter ihnen ein.

Kapitel 5

Am nächsten Morgen verließ Devlin Alverton House und machte sich zu Fuß auf den Weg nach St. James. Er war zu erfahren, um rund um die Uhr an Thereses Seite zu bleiben. Ihre Blindheit hatte ihre Grenzen, vor allem, wenn es um ihn ging, und er war noch nicht bereit, seine Karten in dem Spiel der Enthüllung offenzulegen, das er mit ihr spielte, auch wenn sie gar nichts davon wusste.

Obwohl ihm Child in die Quere gekommen war, war der gestrige Tag alles in allem sehr gut verlaufen. Auf der Rückfahrt hatte Martin seine Schwester mit Fragen über die Menschen abgelenkt, die er getroffen hatte, und Devlin hatte die Zeit genutzt, um zu sich überlegen, was er sonst noch anstellen konnte, um seine Sache voranzubringen – und bei welchen Gelegenheiten. Er wollte seine Frau umwerben, ohne dass die ganze bessere Gesellschaft davon erfuhr. Als Konsequenz seiner Überlegungen hatte er später am Abend mehrere Briefe verfasst und trotz fortgeschrittener Stunde Lakaien entsandt, um sie zu überbringen.

Mit diesen Eisen im Feuer war er zu dem Schluss gekommen, dass er seine Zeit am sinnvollsten einsetzte, wenn er seine Bemühungen auf Bereiche konzentrierte, von denen er wusste, dass sie ihr gefielen. Er war deshalb auf dem Weg zu Martin, um die Einführung seines Schwagers in die bessere Gesellschaft weiter voranzutreiben.

Sie hatten sich um elf Uhr vor dem White's in der St. James Street verabredet. Als Devlin das Eingangsportal dieses ehrwürdigen Clubs sehen konnte, stellte er zu seiner Befriedigung fest, dass Martin an der Wand des Gebäudes neben dem Club lehnte. Während er unverkennbar auf jemanden wartete, nutzte der jüngere Mann die Zeit, um zu beobachten, wer in dem Club ein und aus ging, und um sich die vorbeischlendernden Gentlemen anzusehen.

Als Devlin näher kam, richtete sich Martin an der Wand auf. Er nickte zur Begrüßung, als Devlin neben ihm stehen blieb, und deutete dann mit dem Kopf zur Tür des Clubs.

»Ist es noch so steif wie früher?«, erkundigte er sich.

Devlin tat so, als würde er darüber nachdenken, dann nickte er. »Mindestens.« Er sah Martin an. »Dein Vater wird bestimmt deinen Namen eintragen, damit du aufgenommen wirst, aber für deine Zwecke wird es kaum etwas bringen, hier Mitglied zu sein.« Er blickte die Straße hinunter. »Deshalb schlage ich vor, dass ich dir die nützlicheren Orte zeige.«

Da Martin sich auf den Aufbau eines Maschinenbauunternehmens konzentrierte und Devlin sich für Investitionen in Unternehmen interessierte, wusste er, welche Clubmitgliedschaften am besten geeignet waren, um die richtigen Kontakte zu knüpfen.

»Unbedingt. Geh voran.« Martin deutete die Straße hinunter. »Wohin zuerst?«

Devlin zeigte mit seinem Stock auf die andere Straßenseite. »Zum Boodle's.«

Devlin war selbst Mitglied und führte Martin hinein. Er stellte ihn dem Pförtner und dem Concierge vor und gab ihm dann eine kurze Führung durch die Räumlichkeiten.

Von dort aus gingen sie die St. James Street hinunter und stoppten beim Brook's für einen ähnlichen Rundgang, bevor sie das Arthur's betraten. Als er Martin in die Bibliothek des Clubs führte, sah sich Devlin in dem Saal um. Nur wenige der bequemen Ledersessel, die in Dreier- und Vierergruppen im Raum verteilt standen, waren besetzt.

»Wir sind etwas zu früh für die üblichen Gäste«, erklärte er leise. »Aber unter allen Clubs in der Stadt wird dieser von den meisten meiner Bekannten und vielen deiner Schwäger bevorzugt, zumindest von denen unserer Generation.«

Martin schaute Devlin prüfend an. »Ist das dein Lieblingsclub?«

»Ja.« Er machte eine Pause, dann fuhr er fort: »Ich bin Mitglied in sechs Clubs, und wie du meinen Ausführungen bei Boodle's und Brook's entnehmen konntest, hat jeder Club eine ganz eigene ... Note, könnte man wohl sagen. Ich nutze jeden Club für das, was er bietet. Wenn ich Informationen über Politik brauche, gehe ich in den Reform's Club und neuerdings vielleicht auch ins White's. Für bestimmte Geschäfte ist der Oriental Club am besten geeignet, aber auch das Boodle's und das Brook's können nützlich sein. Zu fast jedem Thema, das dich interessiert – sei es Gesellschaft, Wirtschaft, Politik oder Verwaltung –, stehen die Chancen gut, im Arthur's etwas zu erfahren. Vielleicht nicht so fundiert wie in einem der anderen Clubs, aber es wird reichen, um dich auf den richtigen Weg zu bringen.«

Martin sah sich um und nickte. »Das ist also ein zentraler Umschlagplatz für Informationen aller Art.«

»Was unsere Interessen anbelangt, ja.« Devlin deutete in

den Flur. »Schauen wir uns das Raucherzimmer an. Das ist der Ort für Gespräche und Debatten. Selbst um diese Stunde könnten wir dort weitere Mitglieder antreffen.«

Tatsächlich waren in dem langen Raum, der eigentlich aus drei Räumen bestand, die durch mehrere Durchgänge auf beiden Seiten miteinander verbunden waren, mehrere Gruppen von Gentlemen verstreut. Wie um Devlins Worte zu bestätigen, saßen Henry und Jason Cynster sowie George Rawlings in einer der Nischen und unterhielten sich. Die ersten beiden waren so etwas wie Cousins von Martin, George war ein Bekannter und alle drei waren in seinem Alter.

George blickte zufällig auf, sah Devlin und nickte, dann fiel sein Blick auf Martin. Er blinzelte kurz und setzte sich aufrechter hin.

»Alverton, ist das nicht …?«

Die beiden anderen sahen auf, erkannten Martin und begrüßten ihn. Devlin, der seinen Schwager hinüberbegleitete, verfolgte amüsiert, wie Henry, Jason und George Martin die Hand drückten, darauf bestanden, dass er sich zu ihnen gesellte, und ihn mit Fragen bombardierten. Alle wollten wissen, wo er gewesen sei und warum, vor allem aber, was er jetzt vorhabe.

Als er weiter hinten im Raum James und Cedric entdeckte, klopfte Devlin seinem Schwager auf die Schulter und unterbrach seine Antwort.

»Ich möchte dort drüben ein paar Worte wechseln. Hol mich ab, wenn du weiterziehen möchtest.«

Lächelnd nickte Martin und widmete sich dann wieder der Neugier seiner Freunde aus längst vergangenen Tagen.

Devlin schlenderte durch den Raum. Noch bevor er die

Sessel erreichte, in denen James und Cedric saßen, erkannte er an Cedrics Gesichtsausdruck, dass James, der angeregt sprach, die neueste Episode in der scheinbar nicht enden wollenden Saga seiner Ehe zum Besten gab. Die Melodramatik, die die Zwistigkeiten von James und Veronica notorisch durchzog, hätte einer Boulevardbühne zur Ehre gereicht.

Als Devlin näher kam, sah Cedric auf, und als James seinem Blick gefolgt war, unterbrach er seinen Monolog.

»Du bist früh unterwegs«, stellte er fest.

»Das Gleiche könnte ich von euch beiden sagen.« Devlin ließ sich in den dritten Sessel fallen.

»Ich bin mir sicher, dass du wenigstens nicht aus deinem Haus vertrieben wurdest«, ereiferte sich James. »Meine Frau macht mich wahnsinnig!«

Von James unbemerkt verdrehte Cedric die Augen.

Devlin wusste, was von ihm als gutem Freund erwartet wurde, deshalb fragte er: »Ach?«

Er machte es sich bequem und stellte sich darauf ein, dass er die folgenden zehn Minuten so tun musste, als ob er der Litanei von James' Beschwerden zuhörte. Doch da kam ihm wieder in den Sinn, was Therese auf der Fahrt vom Park nach Hause über die Ehe der Hemmings gesagt hatte. Er ertappte sich dabei, dass er etwas aufmerksamer zuhörte und nach Anzeichen dafür suchte – und sie auch in großer Zahl entdeckte –, dass Therese, wie immer in solchen Angelegenheiten, richtiggelegen hatte.

James beklagte sich eigentlich gar nicht, auch wenn er seine Besorgnis und sein Unbehagen darüber, dass seine Frau liebte, in solche Worte kleidete. Es hatte James überrumpelt, und seither haderte er damit, die Tatsache zu akzeptieren und sich daran zu gewöhnen, dass er Gefühle für seine Frau hegte. Er musste sich erst noch damit auseinandersetzen, musste seine Erwartungen neu abstecken und Wege finden, mit einer Situation umzugehen, die für ihn persönlich gänzlich unerwartet gewesen war.

Zum ersten Mal, seit James damit begonnen hatte, sich über seine Ehe zu ereifern, begriff Devlin den Ursprung seines Problems. Da es sich nicht um ein Problem handelte, von dem er anderen erzählte, war seine bisherige Blindheit nicht sonderlich überraschend. Als er Therese kennengelernt hatte, hatte er vom ersten Moment an gewusst und akzeptiert – innerlich, wenn auch nicht äußerlich –, dass er sie liebte. Das hatte er vom ersten Augenblick an getan und selbst zu jenem Zeitpunkt hatte er nicht daran gezweifelt und es nicht infrage gestellt. Ebenso wenig hatte er das Ausmaß der Kraft, die in ihm erwacht war und die ihn ergriffen hatte, unterschätzt. Nicht eine Minute lang hatte er daran gedacht, sich gegen diese alles verzehrende Leidenschaft zu wehren. Er war nie auf die Idee gekommen, dass es möglich sein könnte, sie aus seiner Seele zu verbannen. Stattdessen hatte er das Gefühl akzeptiert – ganz und gar. Zwar hatte er seinen Zustand vor allen anderen verborgen, insbesondere vor Therese, aber er hatte nie versucht, das Gefühl, das jetzt ein so grundlegender Teil von ihm war, zu verleugnen oder ihm zu trotzen oder so zu tun, als wäre es unbedeutender, als es war.

Letzteres versuchte James immer noch mit Nachdruck und vorhersehbar ohne Erfolg.

Devlin hätte James raten können, er möge seine Zeit nicht verschwenden und sich nicht in einem solch sinnlosen Unterfangen verausgaben. James zu sagen, dass es unmöglich sei, gegen die Liebe anzukämpfen, war etwas, was Devlin auf der Zunge brannte, aber er schluckte den Einwand hinunter. Solange James leugnete, dass er in seine Frau verliebt war, würden seine Empfehlungen ohnehin auf taube Ohren stoßen. Es hatte erst Sinn, mit James zu reden, wenn er bereit war, wirklich zuzuhören.

Schließlich hatte sich James wie üblich verausgabt und starrte etwas niedergeschlagen auf seine Stiefelspitzen. Dann hob er den Blick und richtete ihn auf Cedric.

»Aber genug von mir und dem traurigen Zustand meines Lebens. Devlin ist wie immer damit beschäftigt, seine Familie, sein Geschäft und die Politik unter einen Hut zu bringen, aber was ist mit dir, alter Junge? Was hast du vor?«

»Nun.« Cedric lehnte sich im Stuhl zurück und verschränkte die Hände vor dem Bauch. »Ich überlege, ob ich der jährlichen Einladung meines Onkels Maxwell zur Moorhuhnjagd in Schottland folgen soll. Außerdem gibt es eine Auktion bei Tattersalls, an der ich gerne teilnehmen würde.«

James und Devlin hörten zu, als Cedric die Ereignisse schilderte, die in den kommenden Monaten seinen Kalender füllen würden. Obwohl Devlin nach außen hin entspannt blieb, fühlte er sich anstelle seines Freundes unruhig und ungeduldig. Ein Leben wie das von Cedric würde – wie James es ausgedrückt hatte – Devlin in den Wahnsinn treiben. Zugegebenermaßen war er von klein auf dazu erzogen worden, ein großes und prosperierendes Besitztum zu verwalten und die Verantwortung zu übernehmen – nicht nur für seine Familie, sondern auch für all jene, die von dem Adelsgeschlecht der Alvertons abhingen.

Sich ohne ein sinnvolles Ziel durch das Leben treiben zu lassen, wie Cedric es tat … Devlin hätte eine solche Existenz als lähmend empfunden.

Er warf einen Blick auf James, dann wandte er sich wieder Cedric zu und sandte einen stummen Dank gen Himmel für sein gegenwärtiges Leben und seinen derzeitigen Kurs. Die Aussicht, mit Therese aus den Bausteinen, die er geerbt hatte, etwas Dauerhaftes und Sinnvolles aufzubauen, war die Basis von Devlins Entschlossenheit, der Motor, der ihn antrieb. Ohne sie wäre er nicht er selbst – nicht der Mann, der er war, und auch nicht der Mann, der er zu werden hoffte.

Der brodelnde Morast in James' Leben und Cedrics Ziellosigkeit bestärkten Devlin darin, dass sein neues Vorhaben nicht nur lohnenswert war, sondern dass er es erfolgreich abschließen musste. Sich an Thereses Seite die Kraft nutzbar zu machen, die einer Liebesehe innewohnte, war ohne Frage der richtige Weg für ihn.

Cedric war noch dabei, seine wenig inspirierenden Pläne für die kommenden Wochen durchzugehen, als Martin auftauchte. Cedric verstummte, und Devlin stellte seinen jüngsten Schwager vor, wobei er Martins Rückkehr aus Amerika so beiläufig erwähnte, als sei sie in keiner Weise bemerkenswert.

Martin schüttelte James und Cedric die Hand und Devlin erhob sich. Nachdem er sich mit James und Cedric zum Abendessen im Boodle's verabredet hatte, verabschiedete er sich von ihnen und verließ mit Martin den Club.

Devlin rückte seinen Hut zurecht, dann winkte er mit seinem Stock die Straße hinunter.

»Gut – gehen wir zum Reform Club in der Pall Mall, und

auf dem Weg dorthin können wir auch noch im Carlton Club vorbeischauen.«

Martin nickte zustimmend und sie gingen die Straße hinunter.

Nachdem er einen aufmerksamen, interessierten und aufmerksamen Martin durch die beiden bekanntesten Clubs in der Pall Mall geführt hatte, nahm Devlin eine Droschke, und sie fuhren in Richtung Norden zum Hanover Square und dem Oriental Club.

Auf dem Bürgersteig vor dem Club betrachteten sie die imposante Fassade.

»Der Club wurde ursprünglich für jene gegründet, die in Indien und Ostindien gedient oder es besucht hatten und dort geschäftliche Interessen hatten«, erklärte Devlin. »Auf die meisten Mitglieder trifft diese Beschreibung immer noch zu, aber andere, wie ich selbst, sind dem Osten nur durch geschäftliche Interessen verbunden.« Devlin blickte Martin an. »Heutzutage ist das Oriental ein hervorragender Ort, um Gentlemen mit Erfahrung im Importgeschäft zu treffen.«

Martin sah Devlin in die Augen. »Aus dem Osten und aus dem Westen?«

Devlin lächelte und legte den Kopf schief. »Durchaus. Der Club ist außerdem für seinen ausgezeichneten Koch und einen hervorragenden Weinkeller bekannt.« Er wies auf die Tür. »Komm! Ich lade dich zum Essen ein.«

Während er Martin durch den Club führte, wurde Devlin von drei verschiedenen Gentlemen angehalten. Zwei von ihnen wollten geschäftliche Informationen weitergeben und der dritte bat Devlin um Ratschläge für ein Mühlengeschäft in den Midlands.

Martin schwieg und hörte zu.

»Deshalb bist du hier Mitglied«, murmelte er, als sie sich von dem dritten Gentleman trennten.

»Genau.« Devlin deutete in Richtung eines Torbogens. »Der Speisesaal ist dort drüben.«

Der Butler des Clubs empfing sie und führte sie zu einem Tisch in einer Nische. Sie ließen sich nieder und genossen ein ausgezeichnetes Ziegencurry, das mit verschiedenen seltsamen, aber schmackhaften Beilagen serviert wurde.

Devlin winkte mit der Gabel über die Gerichte. »Die Küche ist eher orientalisch geprägt. Ich vermute, sie soll angenehme Erinnerungen wachrufen.«

Martin schnaubte etwas spöttisch, gab dann aber zu: »Das kann ich verstehen.« Er beschrieb einige der ungewöhnlichen Speisen, die er in Amerika kennengelernt hatte, und Devlin erfuhr, dass sein Schwager zwar die meiste Zeit in New York und Chicago verbracht hatte, aber auch in Städte gereist war, die weiter südlich lagen.

Das Gespräch wandte sich unweigerlich dem Geschäftlichen zu, und es wurde deutlich, dass Martin viel Zeit und Gehirnschmalz darauf verwendete, seine Idee der Gründung einer Maschinenfabrik auszuarbeiten.

Devlin wusste zwar wenig über Maschinen an sich – Getriebe und so weiter –, erinnerte sich aber daran, dass Rands Schwager William John Throgmorton ein brillanter Erfinder dampfgetriebener Maschinen war. Er erzählte Martin von dieser Verbindung.

»Du könntest William John aufsuchen …« Er brach ab und fuhr dann fort: »Mir ist gerade etwas eingefallen. Du solltest mit Felicia, Rands Frau, sprechen. Ihr verstorbener Vater – und der von William John – war der brillante Wissenschaftler und Erfinder, den Rand ursprünglich unterstützt hat. Was den Erfindungsreichtum angeht, sind sowohl Felicia als auch William John vom selben Schlag, aber ob du es glaubst oder nicht – sie ist diejenige, die dafür sorgt, dass die Dinge auch zu Ende gebracht werden. William John ist zweifelsohne brillant, aber auch exzentrisch. Man redet mit ihm und denkt, man habe sich auf etwas geeinigt, um dann festzustellen, dass er in Wirklichkeit über ein Rädchen oder ein Ventil nachgedacht und nicht aufgepasst hat.« Devlin konzentrierte sich wieder auf Martin. »Bei deinen Interessen würde ich dir dringend empfehlen, mit Felicia Cavanaugh zu sprechen.«

Martin nickte langsam. »Beim Picknick hat mir Rand seine Visitenkarte gegeben und gemeint, ich solle ihn anrufen, falls ich Ratschläge zur sicheren Finanzierung benötige. Ich werde dem nachgehen, mein Interesse an Maschinen erklären und ihn bitten, mich seiner Frau vorzustellen.«

Devlin grinste. »Seltsamerweise wird er das gerne tun. Felicia ist immer auf der Suche nach neuen Erfindungen oder, wie ich es verstehe, nach industriellen Fertigungsprozessen, bei denen Optimierungsbedarf besteht.«

Martin nickte entschlossen. »Es klingt, als wäre sie die Art von Person, die ich kontaktieren sollte. Ich muss herausfinden, welche Branchen den größten Modernisierungsbedarf haben und wie die Aussichten für völlig neue Verfahren sind.«

Sie sprachen weiter über seine Ideenfindung und verließen den Club in gegenseitiger Sympathie.

Devlin machte einen Umweg über die Oxford Street, um Martin den Portland Club an der Ecke Stratford Place zu zeigen. Auf dem Bürgersteig vor dem Club blieben sie stehen.

»Es ist der akzeptabelste Ort für Liebhaber des Karten-spiels, aber du wirst in diesen Räumlichkeiten nicht viel anderes zu diskutieren finden.«

Martin schaute ihn an. »Ein Ort rein für gesellschaft-liche Vergnügungen?«

Devlin nickte. »Ich war nicht oft dort, aber es kann gut sein, dass du davon hörst oder von jemandem dorthin ein-geladen wirst. Deshalb solltest du es wissen. Es geht hier oft um hohe Einsätze. Dagegen wirst du dort schwerlich auf einen Entdeckungsreisenden stoßen.«

»Verstehe.«

Gemeinsam wandten sie sich von dem Gebäude ab. Devlin deutete mit seinem Stock auf die andere Straßen-seite und sie überquerten die Davies Street in Richtung Süden und schlenderten in das Herz von Mayfair.

»Damit ist dein Rundgang durch die besten Londoner Gentlemen's Clubs beendet.« Devlin blickte Martin an. »Bestimmt werden dir deine Cousins und alle Freunde, denen du in der Hauptstadt begegnest, sagen, dass es in Londons Straßen noch unzählige andere Etablissements gibt, die alle möglichen Laster bedienen, aber du brauchst den Rat von jemandem in deinem Alter, damit du weißt, welche du getrost besuchen kannst.« Er machte eine Pause und fügte dann hinzu: »Ich würde dir davon abraten, diese Einschätzung selbst vornehmen zu wollen. Der Schein kann trügen, vor allem wenn es sich um etwas handelt, das mit den höheren Kreisen zu tun hat.«

»Das habe ich auch schon gemerkt.« Martin schnaubte. »Ich bin dir dankbar, dass du mich eingewiesen hast, nicht nur in Bezug auf die Clubs, sondern auch, was das Ge-schäftliche angeht. Also nimm mir die Frage bitte nicht übel, doch du bist bereits gut etabliert und erfolgreich in deinen geschäftlichen Unternehmungen, wohingegen ich der verschollene kleine Bruder deiner Frau bin – das verirrte schwarze Schaf. Warum bist so hilfsbereit?«

Devlin schlenderte weiter, während er darüber nachdachte. Es war eine berechtigte Frage und die Antwort war nicht allzu schwer zu finden. Er hielt für einen Augenblick inne und überlegte, wie ehrlich er sein sollte, dann erwiderte er Martins Blick.

»Ich könnte sagen, dass ich mich verpflichtet fühle oder dass es mich interessiert zu sehen, wie du deine Ideen weiterentwickelst.«

Martins Blick wurde schärfer. »Aber?«

Devlin legte den Kopf schief und blieb stehen; sie hatten die Ecke Brooks Street erreicht. Er drehte sich zu Martin um, der ebenfalls stehen geblieben war.

»Aber die zutreffendste Antwort ist, dass Therese dich glücklich sehen will. Das heißt, dass es *sie* glücklich macht, wenn du in der Gesellschaft Fuß fasst und geschäftlich erfolgreich bist. Folglich bin ich gerne bereit, dich bei der Erreichung deiner Ziele zu unterstützen, wo immer ich kann.«

Martin musterte seinen Gesichtsausdruck, doch Devlin lächelte unbeirrt.

»Deine Schwester hätte dich nicht in den Clubs herumführen können, und Gregory hätte es zwar vermocht, aber er ist nicht auf die Geschäftswelt fokussiert, und er ist auch nicht so gut vernetzt, weder gesellschaftlich noch geschäftlich, wie ich es bin.« Dann sah Devlin Martin in die Augen und sagte leise: »Vergiss nicht, dass es mir dabei vor allem darum geht, Therese glücklich zu sehen.«

In den einfachen Worten klang deutlich an, dass er sehr *unglücklich* sein würde, wenn Therese nicht mehr zufrieden wäre.

Martin las die Warnung aus Devlins Blick und senkte den Kopf.

»Ich werde das im Hinterkopf behalten«, versprach er. Nach einer Sekunde fügte er hinzu: »Danke, dass du es mir so offen gesagt hast.«

Liebenswürdig neigte Devlin den Kopf und erkundigte sich nach Martins Plänen für den Rest des Tages.

Er erfuhr, dass der jüngere Mann beabsichtigte, in das Haus in der Arlington Street zurückzukehren, in dem er derzeit untergekommen war, und später einen der Geschäftsleute zu besuchen, die er auf der Ausstellung kennengelernt hatte.

»Danach treffe ich mich mit Henry, Jason und einigen ihrer Freunde zum Abendessen.« Martin warf Devlin ein verschmitztes Lächeln zu, das ihn unweigerlich an Therese erinnerte. »Ich vermute, sie werden mich in einige der anderen Clubs einführen wollen, die du erwähnt hast.«

Devlin schnaubte. »Sehr wahrscheinlich.« Zu seiner eigenen Überraschung war er zuversichtlich, dass Martin mehr als genug Verstand hatte, um sich aus Schwierigkeiten herauszuhalten. »Vergiss nicht, was ich gesagt habe.«

Martin gluckste. »Das werde ich bestimmt nicht.«

Damit trennten sie sich, und Devlin ging an der Nordseite des Grosvenor Square nach Westen, während Martin weiter auf Piccadilly und Arlington Street zusteuerte.

*

Fünf Minuten später betrat Devlin die Eingangshalle von

Alverton House. Portland trat vor, um ihm Hut, Stock und Übermantel abzunehmen.

»Ich nehme an, die Post ist bereits angekommen?«, erkundigte sich Devlin, nachdem er alle drei Dinge in die Obhut seines Butlers gegeben hatte.

»In der Tat, Mylord, vor einigen Stunden. Mylady hat alles eingesammelt, was für sie bestimmt war, und dann habe ich die restlichen Briefe auf Ihren Schreibtisch gelegt.«

»Danke.« Devlin ging in sein Arbeitszimmer und schloss die Tür. Dann ging er zum Schreibtisch, setzte sich dahinter, nahm seinen Brieföffner zur Hand und machte sich daran, den kleinen Haufen Briefe zu öffnen, der auf seiner Schreibunterlage aufgeschichtet war.

Er war gerade damit beschäftigt, die von seinen verschiedenen Verwaltern übermittelten Informationen über den Fortgang der Ernten zu analysieren, als Portland klopfte. Auf Devlins gemurmeltes »Herein« trat er ein.

Devlin blickte auf und entdeckte einen dicken Umschlag in der Hand des Butlers.

»Eine Kurierlieferung, Mylord.«

»Ausgezeichnet!« Devlin schob die Briefe seiner Verwalter beiseite und streckte den Arm vor. Offenbar hatte einer seiner Bekannten das scheinbar Unmögliche vollbracht.

Er nahm das Päckchen, schwenkte den Brieföffner und brach das Siegel. Als er den Inhalt des Päckchens auf seiner Schreibunterlage ausschüttete, entdeckte er einen Brief und einen verzierten Gutschein. Der Anblick von Letzterem entlockte ihm ein Lächeln.

»Gibt es sonst noch etwas, Mylord?«

Devlin warf einen Blick auf die Uhr auf dem Kaminsims, dann sah er Portland an.

»Hat Mylady den Landauer genommen?« Obwohl der Himmel bewölkt war, hatte es nicht geregnet.

»In der Tat, Mylord. Ich habe gehört, wie die Countess Munns den Befehl gab, in den Park zu fahren.«

Es war schon nach halb vier.

»Sehr gut.« Devlin stapelte die Schreiben der Verwalter wieder aufeinander und warf einen kurzen Blick auf die anderen Briefe, die eingetroffen waren. Keiner erforderte seine dringende Aufmerksamkeit und so legte er alle beiseite. Anschließend öffnete er die oberste Schublade zu seiner Rechten, legte den Brief und den Gutschein hinein, schloss die Schublade und stand auf.

Immer noch lächelnd, sah er dem Butler in die Augen. »Ich werde wohl einen Spaziergang machen, Portland.«

*

Wie er gehofft hatte, entdeckte Devlin Therese in ihrer offenen Kutsche, die am Bordstein der Allee stand. Lady Finlay und ihre unverheiratete Tochter saßen mit Therese darin. Eine Gruppe von drei Ladys und zwei Gentlemen hatte auf dem Rasen neben der Kutsche haltgemacht, und die fünf unterhielten sich angeregt mit den drei Insassen.

Therese war die Erste, die ihn kommen sah. Eine Sekunde lang starrte sie ihn an, doch dann war sie gezwungen, ihre Aufmerksamkeit wieder auf das Gespräch zu richten, das sie gerade führte.

Devlin war sich beim Heranschlendern durchaus bewusst, dass sie ihn aus den Augenwinkeln beobachtete, allerdings hatte er keinen Grund, zu verbergen, dass er hier war, um sich ihr anzuschließen. Immerhin hatte er einen ausgezeichneten Vorwand, um mit ihr zu sprechen.

Dennoch sah er keinen Anlass, ihre Unterhaltung zu unterbrechen. Er wusste sehr wohl, dass es ihr Spaß machte, jüngere Ladys durch die Untiefen des Heiratsmarktes zu führen.

Als er also bei der Kutsche stehen blieb und Therese, immer noch leicht überrascht, den Kopf in seine Richtung neigte und »Mylord« sagte, nickte er entspannt zurück und bat sie mit einem freundlichen Lächeln in Richtung der kleinen Versammlung, ihn bekannt zu machen.

Nachdem sich alle vorgestellt hatten, entschuldigte er sich höflich dafür, das Gespräch unterbrochen zu haben.

»Lassen Sie sich von mir nicht stören«, bat er. »Machen Sie weiter.«

Nach einem kurzen Zögern fügte sich die Gruppe, wenn auch zunächst etwas misstrauisch. Doch als er keine Anzeichen machte, etwas anderes zu tun, als zuzuhören, kehrte ihre Lebhaftigkeit zurück und sie setzten ihre Diskussion über ihre gesellschaftlichen Termine und die Ereignisse fort, die sie als Höhepunkte der kommenden Wochen erwarteten.

Da Devlin wenig Interesse an diesem Thema hatte, nutzte er den Moment, um Therese in ihrem Element zu beobachten. Fasziniert beobachtete er, wie sie souverän die Zügel der Konversation in die Hand nahm. Um ehrlich zu sein, war es erregend, ihr zuzusehen. Es war, als würde man einem Meister der sozialen Manipulation bei der Ausübung seiner Magie zuschauen.

Aber die Schatten wurden länger, und es kam ein frischer Wind auf, der einige Ladys frösteln ließ. Als einer der Gentlemen auf seine Uhr schaute und feststellte, dass es fast vier Uhr war, verabschiedete sich die Gruppe in aller Eile und ging davon.

Lady Finlay warf einen kurzen Blick auf Devlin und wandte sich dann an Therese.

»Dulcinea und ich sollten uns besser auch auf den Weg machen, liebe Lady Alverton. Vielen Dank für Ihren weisen Rat – Dulcinea wird sich Ihre Worte bestimmt zu Herzen nehmen.«

Devlin winkte Dennis, seinen jungen Lakaien, zurück, öffnete die Kutschentür und hielt sie auf. Er reichte Lady Finlay und ihrer Tochter die Hand und half ihnen beim Aussteigen.

»Ich danke Ihnen, Mylord.« Lady Finlay wartete, bis Dulcinea einen Knicks machte, dann legte sie den Arm um ihre Tochter. Anschließend blickte sie Devlin an und lächelte milde. »Auch dafür, dass Sie so geduldig waren.« Sie warf einen Blick auf Therese und neigte gnädig den Kopf. »Wir überlassen Sie nun der Gesellschaft Ihrer reizenden Gemahlin.«

Damit drehten sich die beiden um und machten sich auf den Weg über den Rasen.

Devlin beobachtete sie, bis sie außer Hörweite waren, dann stieg er die Treppe hinauf und setzte sich zu Therese in den Wagen.

Sie betrachtete ihn, während er sich elegant auf dem Sitz neben ihr niederließ und Dennis die Kutschentür schloss.

»Mylord?«, fragte Munns, ohne sich umzusehen.

»Nach Hause, Munns.« Devlin sah Therese an und vergewisserte sich in einem leiseren Tonfall: »Ich nehme an, das war deine Absicht?«

Sie betrachtete ihn immer noch mit einer gewissen Faszination.

»War es.« Sie wartete, bis sich die Kutsche in Bewegung

setzte, dann holte sie Luft und fragte: »Welchem Umstand verdanke ich dies unerwartete Vergnügen, wenn ich fragen darf?«

Er lächelte; er hatte darauf gewartet, dass sie nachfragte.

»Erstens ist mir eingefallen, dass dieses relativ schöne Wetter wahrscheinlich nicht mehr lange anhalten wird. Außerdem werden wir Anfang nächsten Monats unsere Zelte abbrechen und ins Priorat fahren. Ich habe mir überlegt, ob wir die Zeit nicht nutzen sollten, um die Kinder zu verwöhnen und mit ihnen in den Zoo zu gehen. Sie waren seit April nicht mehr dort, und du weißt ja, wie gerne sie ihre Lieblingstiere sehen.«

Sie nickte bereits. »Das ist eine ausgezeichnete Idee. Zumal wir nach unserer Abreise nicht vor Anfang März zurück sein werden, wenn nicht sogar später.«

»In der Tat. Und da die Weltausstellung in ihre letzte Woche geht, strömen die meisten Besucher dort hin, sodass der Zoo mit etwas Glück nicht überfüllt sein wird.«

»Ganz deiner Meinung.« Sie drehte sich um und sah ihn an. »Wann wolltest du denn gehen?«

Er zuckte leicht mit den Schultern und erwiderte ihren Blick. »Hast du morgen früh schon etwas vor?«

»Donnerstagmorgen ...« Sie runzelte die Stirn, als würde sie in Gedanken einen Terminkalender durchgehen, dann hellte sich ihr Gesicht auf. »Da wäre nichts, was ich unbedingt erledigen muss.« Nach einer Sekunde fügte sie hinzu: »Wir könnten früh gehen – sagen wir um zehn Uhr – und zu einem späten Mittagessen zurück sein. Auf diese Weise könnten wir noch unsere Nachmittagstermine wahrnehmen.«

»Gut, dann ist das geklärt. Wir fahren um zehn Uhr ab.«

Er nickte und fuhr dann sanft fort: »Und das andere Thema, zu dem ich dich befragen wollte, war, ob du am Freitagabend in die Oper gehen möchtest.«

Sie starrte ihn an. »*Diesen* Freitag?«

Er nickte erneut. »Ich bin für diesen Abend an eine Loge gekommen und habe mich gefragt, ob du Interesse daran hättest, die aktuelle Produktion zu sehen.«

Der Ausdruck verblüfften Staunens auf ihrem Gesicht war alles und mehr, als er sich erhofft hatte.

Therese traute ihren Ohren kaum.

»Du meinst die Wiener Inszenierung der *Wilhelm-Tell-*Oper, die im Royal Italian Opera House in Covent Garden aufgeführt wird?«, fragte sie sicherheitshalber noch einmal nach. »Meinst du die Aufführung, die von der ersten Minute an ausverkauft war?«

»Ich glaube, ja – Freitagabend im Royal Italian Opera House in Covent Garden.«

Sie stieß den Atem aus, den sie angehalten hatte. »Großer Gott! Wie in aller Welt hast du es geschafft, Karten zu bekommen, geschweige denn eine Loge? Die meisten Ladys in London würden für eine Loge töten.«

Ihr aufgeregter Ehemann grinste sie an. »Ich nehme an, das ist ein Ja?«

»Das ist ein Ja, allmächtiger Gott!« Sie starrte ihn immer noch fassungslos an. »Ich kann nicht glauben, dass du eine Loge ergattert hast. Wie hast du das geschafft?«

»Ein Freund eines Geschäftsfreundes hat ein Interesse daran, mich gewogen zu stimmen.« Er zuckte leicht mit den Schultern und blickte nach vorn. »Du weißt ja, wie das läuft.«

Ja, das tat sie. Sie lehnte sich zurück und freute sich über diese bemerkenswerte Fügung des Schicksals. Während die Kutsche gemächlich durch das Parktor rollte und in die Park Lane einbog, lächelte sie unentwegt.

Dann warf sie einen neugierigen Blick auf Devlin.

»Willst du mitkommen?«, erkundigte sie sich.

Opernbesuche waren keineswegs seine Lieblingsbeschäftigung. Gelegentlich begleitete er sie zwar, aber mehr, um sein Gesicht zu zeigen und mit anderen Gentlemen in Kontakt zu treten, als aus dem Wunsch heraus, eine Aufführung zu erleben.

Er legte den Kopf schief und schien die Sache abzuwägen, dann nickte er langsam. »Da wir diese Gelegenheit einem Geschäftspartner zu verdanken haben, halte ich es für höflich, selbst anwesend zu sein und so zu zeigen, dass ich die gebotene Chance zu schätzen weiß.«

Das klang einleuchtend. Als sie durch die offenen Tore von Alverton House fuhren, wurde Therese bewusst, dass die Aussicht, ihn an ihrer Seite zu haben, ihre ohnehin schon hohen Erwartungen an den Abend noch weiter steigerte – ganz unabhängig von seinen Beweggründen, sie zu begleiten.

*

Der nächste Morgen war schön und klar, und eine frische Brise wirbelte das Laub im Regent's Park auf.

Als Devlin und Therese ihre Kinder durch die verzierten schmiedeeisernen Tore des Zoologischen Gartens geleiteten, schien schon seit einiger Zeit die Sonne. Zusammen mit der schwachen Brise hatte sie es geschafft, den Kies und die Rasenflächen zu trocknen, die die Wege säumten.

Wie immer liefen Spencer und Rupert voraus, dicht, aber unauffällig gefolgt von Dennis, dem Lakaien. Zusätzlich zu Sprockett und Patty, einem der Kindermädchen, hatten sie auch Dennis mitgenommen, um die Kinder zu hüten.

Die kleine Horry hatte darauf bestanden, selbst zu laufen, und watschelte an Thereses Hand. Devlin schlenderte neben seiner Tochter her und lächelte, als er sah, wie seine Söhne zum Kamelgehege stürmten.

Der Zoo war erst vor vier Jahren eröffnet worden, doch seitdem hatten Devlin und Therese es sich zur Aufgabe gemacht, die Kinder mindestens zweimal im Jahr dorthin zu bringen. Es zählte für die Jungen zu den Ausflügen, denen sie am meisten entgegenfieberten. Es gab etwa dreißig Tierarten, aber die Jungen hatten natürlich ihre Favoriten. Die Kamele, die Löwen und Tiger, die Giraffen und die Elefanten standen immer ganz oben auf ihrer Liste.

Nachdem sie sich genügend Zeit genommen hatten, um die Kamele zu bewundern, gingen sie weiter, vorbei an dem großen Gehege, in dem eine Kolonie Pelikane lebte.

Abrupt blieb Horry stehen, zog ihre Hand aus der von Therese und klatschte aufgeregt, dann gluckste sie und drückte ihr kleines Gesicht an die Gitterstäbe.

Therese hockte sich neben Horry und betrachtete den entrückten Blick des kleinen Mädchens.

Horry zeigte auf die Pelikane. »Vögelchen! Vögelchen!«

»Ja, mein Schatz«, bestätigte Therese lächelnd. »Große weiße Vögel.«

Devlin beugte sich vor und lächelte ebenfalls, als Horry ihn aufgeregt ansah.

»Man nennt sie Pelikane«, erklärte er.

Horry verzog ihren kleinen Mund und brachte »Pelikan« heraus. Als sich Devlins Lächeln vertiefte, schaute sie wieder zu den Vögeln und zeigte auf sie.

»Pelikan! Pelikan!«

Therese lachte, erhob sich und reichte ihm die Hand. »Ja, in der Tat. Aber du kannst sie dir auch noch ansehen, während wir weitergehen, denn wir müssen deine Brüder einholen.«

Horrys rosige Lippen formten ein O, und sie ließ sich gehorsam von Therese an die Hand nehmen und weiterführen. Die Kleine suchte die Wege ab, die vor ihr lagen, ganz klar auf der Suche nach ihren Geschwistern.

»Wo?«

Devlin, der die Jungen im Auge behalten hatte, griff nach unten und nahm Horrys andere Hand.

»Sie sehen sich die Löwen und Tiger in ihren Käfigen an.« Er zeigte zu ihnen. »Kannst du sie sehen?«

Horrys kleines Gesicht wirkte besorgt, doch dann entdeckte sie Spencer und Rupert, und ihre Miene hellte sich auf. Sie blieb stehen, riss die Hände los, wandte sich Devlin zu und hob die Arme.

»Hoch! Hoch!«

Lächelnd hob er sie hoch und nahm sie in die Arme. Er hatte gewusst, dass es kommen würde. Einerseits konnte sie von dort aus besser sehen, anderseits war Horry auch nicht gerade begeistert von den Löwen und Tigern, die gelegentlich so laut brüllten.

Während er sie trug, zappelte sie in seinen Armen, aber als sie sich den Käfigen näherten, beruhigte sie sich und schmiegte sich an seine Brust.

Einige Meter hinter seinen Söhnen blieb er stehen. Die

Jungen standen einige Schritte vom gemauerten Sockel des Hauptkäfigs entfernt und starrten verwundert auf das große Löwenmännchen, das auf der anderen Seite der Gitterstäbe hin und her lief.

Während Horry ihren Kopf unter sein Kinn legte, blickte Devlin zu Therese.

Sie lächelte, tätschelte Horry und ging dann nach vorne, um sich zwischen Spencer und Rupert zu hocken und mit ihnen über die Großkatzen zu reden.

Mit der süßen Last seiner Tochter im Arm beobachtete Devlin Therese und seine Söhne und fühlte sich sehr zufrieden. Er hatte den Ausflug vorgeschlagen, damit Therese nicht allzu viel über die Oper morgen Abend nachdachte – insbesondere darüber, wie es ihm wohl gelungen war, so spät noch an eine Loge für eine Veranstaltung zu kommen, die schon lange ausverkauft war und für die viele in der Gesellschaft immer noch eifrig versuchten, Karten zu ergattern.

Therese stand auf und ging mit den Jungen zum nächsten Käfig, in dem ein Tiger döste, der kaum ein Auge öffnen mochte. Devlin lächelte, als Rupert – Tiger waren seine Lieblingstiere – begann, Therese etwas zu erklären, und sie mit ermutigendem Interesse zuhörte. Er freute sich, dass sein Ablenkungsmanöver funktionierte, und auch, weil der Ausflug eine angenehme Abwechslung zum sonst so strukturierten gesellschaftlichen Leben bot.

Im Zoo waren die Kinder freier und konnten rennen, schreien und herumzeigen. Auch er selbst fühlte sich frei von den Blicken der anderen. In dieser Umgebung musste er nicht nach Child oder anderen Personen Ausschau halten und konnte weitgehend ungeniert er selbst sein.

Schließlich ließen die Jungen den Tiger hinter sich und gingen zum Giraffengehege. Therese begleitete sie.

Devlin sah Horry an und hob fragend die Augenbrauen, woraufhin sie lächelte und mit den Schultern zuckte. »Runter.«

Gehorsam bückte er sich und stellte sie auf die Füße, dann folgte er ihr, als sie ihren Brüdern hinterherlief.

Horry eilte an Therese vorbei, fasste Ruperts Arm und hielt sich daran fest, dann starrte sie mit ihren Brüdern auf die langbeinigen, braun gefleckten Tiere, die auf ihren gespaltenen Hufen hinter dem Geländer über den Platz staksten.

Nachdem sie sich vergewissert hatte, dass alle drei Kinder gebannt die Giraffen beobachteten, blickte Therese sich um und lächelte, als Devlin sich neben sie stellte. Sie sah, wie sein Blick auf den Kindern ruhte, registrierte den Ausdruck der Zufriedenheit, der seine markanten aristokratischen Züge erweichte, und fühlte sich wohl.

Sie erlebte dieses Gefühl der Freude und Dankbarkeit sehr oft, wenn sie mit ihm und den Kindern unterwegs war. Als Mitglied der Gesellschaft wusste sie sehr gut, dass nur wenige seiner Altersgenossen jemals auf die Idee gekommen wären, ihre Kinder zu solchen Ausflügen zu begleiten. Kinder sollte man sehen und nicht hören – und selbst dann waren die Begegnungen befristet und reglementiert. Andere Gentlemen wie Devlin bezahlten ihre Bediensteten dafür, dass sie die Kinder erzogen, doch zu ihrer großen Erleichterung hatte er nie diesen Standpunkt eingenommen.

Er hatte sich nie als distanzierter Vater gegeben, obwohl

sie fest davon ausging, dass sein eigener Vater einer gewesen war. Von dem Moment an, als die Kinder als schreiende Neugeborene in seine Arme gelegt worden waren, hatte er sie umarmt, als wären sie ihm geschenkt worden. Geschenke, die zu beschützen und durchs Leben zu führen seine Pflicht und Freude war. Und für Geschenke hielt sie sie selbst.

Als die Kinder von den stattlichen Giraffen gelangweilt waren, liefen sie weiter zu den beiden Elefanten, die in ihrem Gehege mit Heu um sich warfen. Es war nicht klar, ob die Tiere in ein Spiel oder einen Streit verwickelt waren, aber die Jungen applaudierten und feuerten die Tiere an, und Horry sprang auf und ab und stimmte begeistert in den Chor mit ein.

Devlin lachte leise, und Therese lächelte. Dann hakte sie sich bei ihm unter, und sie schlenderten hinter ihren Sprösslingen her.

Obwohl sich Sprockett, Patty und Dennis in der Nähe hielten, um bei Bedarf zu helfen, übernahmen Therese und Devlin die Aufgabe, die Kinder über die Wege und an den Gehegen vorbeizuführen. Sie waren kurz nach Öffnung der Gärten angekommen und im Laufe des Vormittags strömten immer mehr Familien hinzu.

Als sie bei den Affen ankamen, nahm Devlin die Jungen an die Hand und hielt sie zurück, bis die anderen weggingen und etwas Platz frei wurde. Dann ging er mit ihnen nach vorn, während Therese Horry hochhob und sie dorthin trug, wo sie über die Köpfe ihrer Brüder hinweg in die Käfige schauen konnte.

Die Affen schnatterten laut, und die Jungen grinsten, dann fragte Rupert, ob Affen nur Affennüsse aßen.

»Und warum«, fügte Spencer hinzu, »werden sie ›Affennüsse‹ genannt, wenn wir sie auch essen?«

Therese tauschte einen kurzen Blick mit Devlin und überließ ihm die Antwort. Er erklärte, dass andere Menschen die Nüsse anders nannten, zum Beispiel Erdnüsse, aber dass sich der Name »Affennuss« in ihrem Land durchgesetzt habe, als die Briten erfahren hatten, dass die Nüsse das Lieblingsessen der Affen waren.

»Und was die Ernährung von Affen anbetrifft« – Devlin sah Rupert an – »ich weiß, dass sie auch Bananen und andere Früchte essen.«

»Aber keine Eier, Speck oder Würstchen?«, fragte Rupert.

Devlin zerzauste Rupert das Haar. »Ich bin mir nicht sicher, ob ihnen jemals jemand Eier, Speck oder Würstchen angeboten hat, aber ich vermute, sie würden sie nicht mögen. Ich glaube, sie sind Pflanzenfresser, also Tiere, die nur Blätter, Früchte, Nüsse und Gemüse fressen.«

»Wir sind keine Pflanzenfresser«, erklärte Spencer. Dann sah er leicht verwirrt zu Devlin hoch. »Was sind wir?«

»Ich glaube …« Devlin schaute zu Therese und weitete die Augen zu einem Hilferuf. Sie hatten festgestellt, dass sich falsche Antworten manchmal auf unerwartete Weise und in wenig wohlmeinender Gesellschaft rächen konnten. »… dass wir Fleischfresser sind, da wir alle Arten von Fleisch essen.«

Therese schaltete sich sofort ein. »Da wir aber auch unser Gemüse essen – und du weißt ja, dass eure Nanny Sprockett immer sagt, wie wichtig das ist –, sind wir eigentlich Omnivoren.«

Devlin nickte. »*Omni* bedeutet auf Latein ›alles‹, und *voren* kommt von dem lateinischen Verb *vorare*, was bedeutet« – er sah die Jungen mit großen Augen an und hob beide Hände wie Krallen – »›verschlingen‹! Arrgh!«

Die Jungen kreischten und kicherten, als Devlin sich auf sie stürzte und wie ein Tier brüllte.

Therese konnte sich ein Lächeln nicht verkneifen. Sie konnte sich keinen anderen Earl vorstellen, der sich in der Öffentlichkeit zum Narren gemacht hätte, nur um seine Kinder zum Lachen zu bringen.

Schließlich winkten sie den Affen zum Abschied zu. Als alle drei Kinder Ermüdungserscheinungen zeigten, suchte Therese Devlins Blick und neigte ihren Kopf in Richtung Ausgang, woraufhin er nickte und ihre Kinderschar in diese Richtung lenkte.

Sprockett, die sich mit kleinen Kindern auskannte, hatte Kekse mitgebracht und verteilte sie an die drei. Solange sie sich daran gütlich taten, gingen die Kinder etwas langsamer, was es den Erwachsenen ermöglichte, etwas gemächlicher zu schlendern.

Ihren Arm unter Devlins gehakt, folgte Therese dem Trio und stellte fest, wie zufrieden sie mit dem Verlauf des Vormittags war. Sie genoss die Momente wirklich, die solche Ausflüge mit sich brachten. Das Miteinander ebenso wie die oft wortlose Verständigung. Das Gefühl, gemeinsam zu handeln, um die drei kleinen Menschen, die ihnen beiden so am Herzen lagen, zu schützen und zu fördern.

Im Umgang mit ihren Kindern waren sie und Devlin immer so etwas wie ein Team gewesen, aber heute schien diese Partnerschaft irgendwie … noch reibungsloser zu sein. Leichter. Instinktiver und geübter. Die Nähe und das Gefühl der Zusammengehörigkeit, das der Vormittag hervorgebracht hatte, erinnerten sie daran, wie sie zusammengearbeitet hatten, als sie Martin zwei Tage zuvor auf Lady Wicklows Veranstaltung wieder in die Gesellschaft eingeführt hatten. Auch dort hatte sie eine Annäherung gespürt, zumindest was das Verständnis füreinander anging, das Wissen darum, wie der andere dachte und sich verhalten würde.

Unabhängig davon, ob es sich um eine subtile Veränderung handelte oder um eine Vertiefung von etwas, was bereits existiert hatte, schien Devlin ebenso gewillt zu sein, sich darauf einzulassen, wie sie selbst.

Sie schaute ihn an; er beobachtete die Kinder, und sie nutzte den Moment, um seinen entspannten, gelassenen Gesichtsausdruck auf sich wirken zu lassen. Als sie wieder nach vorne blickte, revidierte sie ihre Einschätzung: Er nahm die Veränderung, die sie gespürt hatte, nicht passiv hin, sondern ging aktiv darauf zu und förderte sie.

Inzwischen waren sie seit über fünf Jahren verheiratet. Sie nahm an, dass eine solche Veränderung – eine sich vertiefende Verbindung – bei einer reifenden Beziehung zu erwarten war.

Da sie keine vergleichbare Beziehung kannte, war sie sich nicht sicher, aber sie nahm sich vor, bei den bevorstehenden gemeinsamen Unternehmungen die Augen offen zu halten, um zu sehen, welche anderen Anzeichen der Entwicklung sie entdecken konnte.

Ihre Gedanken kehrten zu der Stunde zurück, die sie mit Devlin verbracht hatte, nachdem Lady Wicklows Picknick verzehrt worden war, als sie sich zusammengeschlossen hatten, um Martins Sache zu fördern. Wenn sie ehrlich zu sich selbst war, musste sie sich eingestehen, dass sie diese Augenblicke mehr genossen hatte, als sie erwartet hätte.

Jedenfalls hatte sie mehr Befriedigung aus diesen Momenten geschöpft als aus irgendeinem ähnlichen Spielchen bei gesellschaftlichen Ereignissen.

Und ihr Entzücken war nicht nur darauf zurückzuführen, dass sie sich freute, Martin zu helfen. Vielmehr war sie fasziniert von dem, was sie über Devlin und seine verschiedenen Interessen erfahren hatte, während er sich mit ihr am Arm durch die Gäste geschlängelt und versucht hatte, ihren Bruder bei denjenigen bekannt zu machen, die Martin dabei nützlich sein konnten, wieder seinen Platz in der höheren Gesellschaft einzunehmen.

Zu ihrer Überraschung war auch ihr dabei eine Rolle zugefallen. Mehrmals hatte Devlin ihr einen bestimmten Blick zugeworfen, den sie – wie sich herausstellte, zu Recht – als Aufforderung interpretiert hatte, einen oder mehrere Gentlemen abzulenken, während er und Martin sich mit einem anderen unterhielten. Sie hatte festgestellt, dass ihr jahrelanger Umgang mit den besten Kreisen sie durchaus befähigte, sich mit solchen Männern zu unterhalten und deren Aufmerksamkeit von Devlins und Martins privateren Gesprächen abzulenken.

Das war ... eine neuartige Herausforderung und die Bewältigung dieser Herausforderung beflügelte sie.

Sie ließ diese Momente Revue passieren, dachte über ihre tiefer werdende Verbindung mit Devlin nach und überlegte, was die Zukunft für sie bereithalten mochte. Die Kinder wurden größer und sie hatte die verschiedenen Alverton-Haushalte im Griff. Als nächster Schritt dieser Entwicklung zeichnete sich für sie ab, dass sie ihre Rolle als Countess an Devlins Seite weiter ausbauen würde: auf das Geschäftsleben und womöglich auch auf die politische

Bühne. Sie brannte geradezu darauf, das gestand sie sich jetzt ein.

Je länger sie über all das nachdachte, was sie in den letzten Tagen gespürt und empfunden hatte, desto mehr schien es ihr, als sei Devlin bereit, willens und sogar erpicht darauf, sie tiefer in sein Leben hineinzulassen.

Die Vorstellung ließ Hoffnung, Vorfreude und Eifer in ihr aufsteigen. Sie war definitiv bereit, diese Herausforderung anzunehmen.

»Mama! Mama!« Rupert zeigte auf sie, dann sah er ihr mit großen Augen ins Gesicht. »Hast du gesehen, wie der Gorilla sich gekratzt hat?«

Sie hatte die Vorstellung verpasst, warf aber beim Vorbeigehen einen Blick in den Gorillakäfig.

»Und jetzt wisst ihr, warum man sagt, dass Gentlemen, die sich so benehmen, nicht besser sind als Menschenaffen!«, sagte sie dann zu ihren erwartungsvollen Söhnen.

Aus den Augenwinkeln sah sie, dass Devlin sich ein Lachen verkneifen musste. Sie warf ihm einen unschuldigen Blick zu, dann lächelte sie, kicherte und berührte mit dem Kopf leicht seine Schulter. Anschließend drehte sie sich wieder nach vorne und hakte ihren Arm bequemer bei ihm unter, während sie den vorauslaufenden Kindern nach gemeinsam zum Ausgang gingen.

Kapitel 6

Am Freitagabend saß Devlin im Dunkel neben Therese in einer der besten Logen des Royal Italian Opera House und beobachtete das Gesicht seiner Frau. Auf der Bühne trug der Tenor mit Leidenschaft und Verve eine Arie vor, aber für Devlin war der Ausdruck, der über Thereses feine Gesichtszüge huschte, unendlich faszinierender.

Selbst der Regenguss draußen – ein sintflutartiges Unwetter, das sie über sich hatten ergehen lassen müssen, bevor sie das Foyer des Opernhauses erreichten – hatte Thereses Laune und ihre unübersehbare Vorfreude nicht getrübt. Ihre Augen hatten gestrahlt und ihr ganzes Antlitz erhellt.

Auf dem Weg nach Covent Garden hatte sie gestanden, dass sie in Erwägung gezogen hatte, andere Bekannte in ihre Loge einzuladen. Doch da eine solche Einladung recht kurzfristig gewesen wäre, hatte sie sich schließlich dagegen entschieden.

Auf diese Möglichkeit war er gar nicht gekommen, und er wusste es zu schätzen, dass sie sich zurückgehalten hatte. Dass er ihr Mienenspiel genießen konnte, ohne jemand anderen in der Nähe zu haben, der seine Hingerissenheit bemerkte, entsprach seiner Vorstellung von einer gerechten Belohnung.

Das Geschehen auf der Bühne nahm er nur schemenhaft

wahr, denn seine Aufmerksamkeit blieb auf Therese gerichtet. Auf das Wechselspiel der Gefühle, die von Anspannung bis Begeisterung reichten, als die Musik anschwoll und sich steigerte und die Stimmen der Solisten sich zu einem Duett vereinten.

Sie hatte schon immer eine Vorliebe für musikalische Darbietungen gehabt. Das hatte er kurz nach ihrer ersten Begegnung erfahren. Damals hatte er sich gezwungen gesehen, einer seiner Tanten eine Einladung zu einer musikalischen Soirée zu entlocken, die von der engsten Freundin der Tante veranstaltet wurde, indem er vorgab, sich für das Talent eines italienischen Tenors zu interessieren. Und das alles nur um eine weitere Gelegenheit zu haben, Miss Therese Cynster über den Weg zu laufen ...

Allerdings war es schon einige Jahre her, dass er sie in eine Oper begleitet hatte; er hatte vergessen, wie sehr die dramatische Musik sie fesseln und mitreißen konnte. Während sie der Darbietung lauschte, war ihr Bewusstsein aus dieser Welt entrückt und ihre Reaktionen wurden für jedermann sichtbar.

Natürlich waren die meisten Ladys und sogar die Gentlemen in den Logen jeweils neben ihnen ähnlich ergriffen, sodass er den Anblick von Thereses wechselnden Gesichtsausdrücken genießen konnte, ohne befürchten zu müssen, dabei beobachtet zu werden.

Im Banne einer Faszination, der er nur selten frönen konnte, rührte er sich nicht und wandte seinen Blick erst ab, als der Vorhang sich schloss und die Bediensteten eilig das Gaslicht für die Hauptpause hochdrehten.

Die Wiener Hofoper hatte eine gekürzte Fassung von Rossinis *Wilhelm Tell* auf dem Spielplan, die drei Akte umfasste. Die Pause zwischen den ersten beiden Akten war nur wenige Minuten lang, gerade genug, um einen Kulissenwechsel vorzunehmen und denen, die sich für die mit Spannung erwartete Aufführung einen Platz gesichert hatten, die Möglichkeit zu geben, sich umzuschauen. In diesen Minuten konnten sie feststellen, wer es sonst noch geschafft hatte, ihnen zulächeln und -nicken sowie die Blicke jener auf sich ziehen, die sie mit ihrer Anwesenheit beeindrucken wollten.

Devlin hatte die Gelegenheit genutzt und Therese gefragt, wie ihr die Inszenierung bisher gefallen hatte. Gerne hatte er ihr zugehört, bis das Licht wieder gedämpft wurde und sich erwartungsvolle Stille über den Saal legte.

Jetzt seufzte Therese und wandte sich zu Devlin.

»Bisher war das eine Meisterleistung.« Sie sah an ihm vorbei zu den Besuchern in der nächsten Loge, dann ließ sie ihren Blick über den Saal schweifen. »Offenbar gibt es mehr Diplomaten unter den Besuchern als bei normalen gesellschaftlichen Veranstaltungen.«

Elegant löste Devlin seine langen Beine, die er während der Vorstellung übereinandergeschlagen hatte.

»Das liegt vermutlich daran, dass sich in der letzten Woche der Ausstellung viele ausländische Würdenträger in der Stadt versammelt haben«, mutmaßte er.

Er stand auf, als ein Bediensteter die Tür zur Loge öffnete und einen Wagen mit einer großen Platte mit Kanapees, Gläsern und einem Eiskübel, in dem sich eine frisch geöffnete Flasche Champagner befand, hereinrollte. Nachdem er die Tür geschlossen hatte, stellte der Mann den Wagen an der Rückwand ab und schenkte auf Devlins Zeichen hin zwei Gläser ein.

Devlin nahm die Gläser und bot Therese eines an.

Noch immer sitzend, nahm sie es mit einem fragenden Blick entgegen.

»Ist das dein Werk oder das unseres Wohltäters?«, erkundigte sie sich.

Er trank einen Schluck und schaute den Bediensteten an, der den Teller mit den Kanapees vorbereitete.

»Meins.« Er sah sie an und lächelte. »Da mir die Loge in den Schoß gefallen ist, schien es mir das Mindeste, was ich tun konnte, um zum Ambiente beizutragen.«

Er erhob sein Glas in ihre Richtung, sie erwiderte lächelnd den Gruß und nippte am Champagner.

Die Bedienung trat vor, um die Kanapees anzubieten, und sie wählte ein kleines Gebäckstück. Sie hatte kaum Zeit, es zu probieren, als es zum zweiten Mal an der Tür der Loge klopfte.

Auf Devlins Nicken hin öffnete der Diener die Tür und erfragte die Namen der Personen, die Einlass begehrten. Dann trat er zurück und verkündete: »Lord und Lady Hardcastle, Lady Poulson und Miss Nagley.«

Therese erhob sich, als Lady Hardcastle, eine verheiratete Lady, mit der sie nur flüchtig bekannt war, in die Loge stürmte und sich, ohne einen Blick auf Devlin zu werfen, auf sie stürzte.

»Meine liebe Countess, ich hätte wissen können, dass Sie hier sein würden! Was für ein großartiger Auftritt, finden Sie nicht auch?«

Therese fiel wieder ein, dass sich Lady Hardcastle für eine Art Musikkennerin hielt.

»In der Tat«, bestätigte sie. »Ich kann mich nicht erinnern, jemals etwas Besseres gehört zu haben. Vor allem der Tenor war großartig.«

»Eine wunderbare Darbietung! Aber natürlich, sie sind Ausländer, und man muss zugeben, dass sie die italienische Sprache besser zu beherrschen scheinen als unsere einheimischen Darsteller.«

Lord Hardcastle hatte Devlin begrüßt, der dafür sorgte, dass auch den Gästen ein Glas Champagner eingeschenkt wurde.

»Verdammt gutes Zeug, meine Liebe«, urteilte Lord Hardcastle und hielt seiner Frau ein Glas unter die Nase. »Aber es ist ja auch Alverton, natürlich. Er hatte schon immer einen hervorragenden Geschmack.«

Lady Hardcastle nahm leicht verärgert das Glas entgegen.

»Danke, mein Teuerster.« Sie drehte sich um und grüßte Devlin. »Mylord.«

Devlin deutete eine Verbeugung an und drehte sich dann um, um Lord und Lady Cremorne zu begrüßen, die alte Freunde seiner Familie waren.

Lady Poulson nutzte den Umstand, dass Lady Hardcastle abgelenkt war, um nach vorne zu drängen.

»Meine liebe Lady Alverton, Sie müssen mir erlauben, Ihnen meine Nichte vorzustellen.« Sie deutete auf die braunhaarige junge Lady, die in ihrem Schatten schwebte. »Miss Frances Nagley.«

Lady Poulson mochte ein bedauerlich pferdeähnlich längliches Gesicht und eine etwas ungehobelte, ungestüme Art haben, doch Therese wusste, dass sie ein Herz aus Gold besaß. Ja, sie hatte eindeutig eine Schwäche für die ältere Lady. Therese wusste mit Sicherheit, dass Miss Nagley – die gar nicht so jung aussah – nicht während der diesjährigen Ballsaison präsentiert worden war. Und das wiederum deutete darauf hin, dass es sich bei der jungen Frau um eine jener Adelstöchter niederen Rangs und mit geringerem Vermögen handelte, die sich in den Wochen, in denen ein ausgewählter Teil der Gesellschaft zur Herbstsitzung des Parlaments in die Hauptstadt zurückkehrte, mit der Hoffnung trugen, von ruhigeren gesellschaftlichen Zeiten zu profitieren und mit etwas Glück einen geeigneten Gentleman auf sich aufmerksam zu machen.

»Miss Nagley.« Therese lächelte aufmunternd und reichte ihr die Hand. »Sind Sie schon lange in der Stadt?«

Miss Nagley berührte die Finger und knickste, eine Spur tiefer als nötig, aber mit beneidenswerter Anmut.

»Lady Alverton. Ich bin erst seit Kurzem hier.« Sie schenkte Lady Poulson ein süßes Lächeln. »Meine Tante hat mir freundlicherweise angeboten, mich ein wenig herumzuführen.«

»Ja, gut.« Lady Poulson nahm ein Glas von dem Diener entgegen, während Miss Nagley es ablehnte. »Frances sollte eigentlich schon Anfang September zu mir kommen, aber meine Schwester wurde krank, und so ist das arme Ding erst letzte Woche angekommen. Seitdem haben wir die Modisten besucht.« Sie sah sich in der Loge um. »Dies ist Frances' erster richtiger Ausflug in die Gesellschaft.«

»Ich verstehe.« Therese richtete ihre Aufmerksamkeit auf Miss Nagley. »Gefällt Ihnen die Vorstellung bis jetzt?«

Miss Nagleys Augen hatten einen schönen kornblumenblauen Farbton und ihr direkter Blick war erfrischend frei von Arglist.

»Um ganz ehrlich zu sein, Lady Alverton, ist dies die erste Oper, die ich besuche«, gestand sie. »Ich finde sie außerordentlich interessant, aber auch ein wenig überwältigend.«

Therese lachte. »Mit dem Auftritt einer so hochgelobten Truppe im Covent Garden zu beginnen, ist in der Tat ein ambitionierter Einstieg.«

Miss Nagley lächelte und ließ dabei kleine Grübchen erkennen.

Lord und Lady Cremorne warteten offensichtlich darauf, das Wort an Therese richten zu dürfen.

Lady Poulson bemerkte es und trat näher an Therese heran.

»Meine liebe Countess, ich hatte gehofft, Sie um Rat fragen zu können«, sagte sie mit gesenkter Stimme. »Wie präsentiere ich Frances am besten der Gesellschaft, da die Saison doch schon so weit fortgeschritten ist?«

Therese erwiderte Lady Poulsons Blick und kam zu dem Schluss, dass es unterhaltsam sein könnte, Miss Nagley zu helfen. In Anbetracht der Umstände stellte es eine Herausforderung dar, einen geeigneten Ehemann für das Mädchen zu finden – und in solchen Dingen war sie sehr erfolgreich.

Sie blickte zu Miss Nagley. »Vielleicht könnten Sie beide mich morgen besuchen? Sagen wir … um vierzehn Uhr?«

»Danke, meine Liebe.« Lady Poulson tätschelte Thereses Hand. »Wie ich Frances schon sagte, brauchen wir einen guten Plan für unser Unterfangen, und ich wüsste niemanden, den ich lieber fragen würde.«

Therese lächelte. »Ich werde meine Denkkappe aufsetzen.« Sie nickte zum Abschied. »Wir können morgen besprechen, welche Möglichkeiten bestehen.«

Dankbarkeit leuchtete in Miss Nagleys Augen. Sie machte einen hübschen Knicks und zog sich dann mit ihrer Tante zurück. Doch Lady Poulson blieb am hinteren Ende der Loge stehen und sprach den großen Gentleman an, der gerade eingetreten war.

Child.

Obwohl Therese Miss Nagley schätzte, bezweifelte sie, dass sich Child für die junge Lady interessierte. Dessen ungeachtet wünschte sie Lady Poulson viel Erfolg; denn wer nicht wagte, konnte auch nicht gewinnen.

»Guten Abend.« Sie lächelte Lord und Lady Cremorne an. »Haben Sie die Aufführung genossen?«

Zwei weitere Gentlemen waren eingetreten und führten mit Devlin auf der anderen Seite der Loge ein ernstes Gespräch. Therese konnte kaum auch nur ein paar flüchtige Worte mit den Cremornes austauschen, denen sie oft bei musikalischen Soireén begegnete, als sich auch schon Child vor ihr aufbaute. Mit elegantem Schwung beugte er sich über ihre Hand und setzte sich dann zu der Gruppe.

Lady Cremorne, Ende vierzig und auf ihre Weise durchaus beeindruckend, sah Child etwas spöttisch an.

»Ich wage zu behaupten, Mylord, dass Ihre Eltern erfreut sein werden, Sie wiederzusehen. Beabsichtigen Sie, in England zu bleiben, oder ist dies nur ein Besuch?«

Child war offensichtlich unempfindlich gegen solche Angriffe und lächelte charmant.

»Ich habe gemerkt, dass ich von fremden Gefilden genug habe, also ja, ich bin endgültig heimgekehrt.« Mit einem angedeuteten Rundumblick fuhr er fort: »Es ist erfrischend, wieder in der Zivilisation zu sein – ich hatte gar nicht bemerkt, wie sehr ich sie vermisst habe.«

Etwas besänftigt erkundigte sich die Lady, wie ihm die Inszenierung gefallen habe.

Therese war nicht überrascht, als Child geschickt eine klare Antwort vermied und sich stattdessen auf das Urteil von Lady Cremorne verließ. Dann lenkte er den weiteren Fortgang des Gesprächs, indem er die Lady zu ihrem kunstvollen Kopfschmuck und ihrem dunkelbronzenen Seidentaftkleid beglückwünschte, was ihm natürlich den Weg ebnete, um Therese zu ihrem lavendelfarbenen Seidenkleid mit Spitzenbesatz am Dekolleté zu beglückwünschen.

»Und ...« Kühn hob er eine Hand und tippte mit dem Finger auf den großen Stein, der unter der Spitze in der Mulde ihres Halsansatzes glitzerte. »... man muss sagen, dass die Alverton-Diamanten das Ganze perfekt ergänzen.« Mit einem offen anerkennenden Funkeln in den Augen nickte er ihr zu. »Ziemlich atemberaubend, liebe Countess.«

Als unverschämt kokette Schmeichelei war das hart an der Grenze, verletzte sie jedoch nicht.

Lady Cremorne nahm das schnaubend zur Kenntnis. »Vorsicht, Child, oder Sie machen sich Feinde.« Als Child sie ansah, deutete sie mit dem Kopf quer durch die Loge auf Devlin.

Child lächelte erfreut. »Damit rechne ich immer, müssen Sie wissen.«

Lady Cremorne schnaubte erneut und schüttelte den Kopf. »Sie sind also wieder ganz der Alte, ich verstehe. Manche Dinge ändern sich nie.«

Therese hätte die Lady gern zur Seite gezogen und sie gefragt, was sich vermutlich – und zwar besonders zwischen Child und Devlin – nicht geändert hatte, aber es drängten immer mehr Leute in die Loge, die sich langsam füllte.

Child an ihrer Seite stand sie mit dem Rücken zum Balkongeländer in einer vorderen Ecke, während Devlin, umgeben von Gentlemen, auf der anderen Seite des kleinen Raumes Hof hielt. Lady Poulson und Miss Nagley unterhielten sich mit dem jungen Lord Swan. Der Mittzwanziger, der sich einen guten Ruf als Musikkenner erworben hatte, war einer von Thereses Favoriten, und sie wollte unbedingt mit ihm sprechen. Lady Poulsons Sohn Jonathon war vermutlich auf der Suche nach seiner Mutter und ihrem Schützling dazugestoßen, hatte sich aber, als er Devlin sah, zu der Gruppe gesellt, die ihn umgab.

Lady Cremorne bemerkte Swan und schloss sich mit einem Nicken zu Therese und Child dem Gespräch mit dem jungen Lord an, während Lord Cremorne sich mit einem ähnlichen Nicken zu der Gruppe um Devlin gesellte.

Bevor ein Neuankömmling ihre Aufmerksamkeit beanspruchen konnte, wandte sich Child an Therese und hob eine Braue.

»Und was halten Sie von der Vorstellung, Mylady?«

Ihre oder die der Darsteller?, hätte Therese gern gefragt, antwortete aber stattdessen: »Ich genieße die Oper außerordentlich. Sagen Sie, wie lange ist es her, dass Sie eine Oper besucht haben?«

Child winkte ab. »Ein paar Jahre.«

»Ein musikalisches Ereignis?«

Child kniff die Augen zusammen, und sein bemühter Gesichtsausdruck ließ vermuten, dass er sich nicht recht erinnern konnte.

Trotz der Menschen um sie herum spürte Therese Devlins Blick. Sie blickte in seine Richtung und sah, dass er den Bemerkungen der Gentlemen um ihn herum zwar zuzuhören schien, sein Blick aber tatsächlich auf sie gerichtet und so intensiv und konzentriert war, dass es ihr einen leichten, aber angenehmen Schauer über den Rücken jagte.

Als sie ihre Aufmerksamkeit wieder auf Child richtete, lächelte sie wissend. »Alverton nimmt nur unter Zwang oder aus anderen Gründen an Musikveranstaltungen teil. Vielleicht liegt Ihre Gedächtnisschwäche daran, dass Ihre ›Jahre‹ in Wirklichkeit Jahrzehnte sind?«

Child tat, als verletzte ihn diese Bemerkung.

»Sie tun mir weh, Countess. Sie müssen wissen, dass ich übermäßig zivilisiert bin. Zumindest dort«, ergänzte er mit einem provozierenden Glitzern in den Augen, »wo es drauf ankommt.«

Sie lachte. »Das mag wohl zutreffen, aber ich muss Ihnen mitteilen, dass ich Musik sehr mag. Apropos – haben Sie schon Miss Conningham kennengelernt?«

Sie lächelte Lady Conningham und ihre hübsche, wenn auch leider sommersprossige Tochter einladend an, die nur darauf gewartet hatten, näher zu kommen.

»Lord Child ist leider seit schon vielen Jahren aus den Salons und noch mehr aus den Konzertsälen verschwunden«, erwähnte Therese beiläufig, nachdem sie Child vorgestellt und er sich nach der Verbeugung über Miss Julia Conninghams Hand wieder aufgerichtet hatte. »Gerade habe ich ihm gesagt, dass er sein Verständnis für musikalische Darbietungen verbessern muss, und da kommt auch schon Julia, die so eine versierte Pianistin ist.«

Lady Conningham brauchte keine weitere Ermunterung. Sie erkundigte sich sofort bei Child, welche Pläne er nach seiner Rückkehr in die englische Heimat verfolgte.

Therese hielt sich zurück und sah zu, ohne ihm zu Hilfe

zu kommen. Child warf ihr einen heimlichen, fast verletzten Blick zu, dann eiste er sich mit einer Geschicklichkeit, die sie widerwillig bewundern musste, los, eilte durch die Loge und suchte neben ihrem Mann Zuflucht.

Therese hatte keine Ahnung, wie Child einschätzte, was zwischen ihm und Devlin vor sich ging, aber sie ärgerte sich ein wenig darüber, dass er auf die Idee gekommen war, sie zu benutzen, um ihren Mann in irgendeiner Weise zu ködern. Sie war doch kein Spielball, den Child benutzen konnte, um Devlin zu provozieren!

Von Childs Anwesenheit befreit, lächelte sie Miss Conningham und ihre Mutter an und zog beide mit sich, um sich dem immer größer werdenden Kreis um Lord Swan anzuschließen.

Devlin hatte Childs Geplänkel mit Therese genau beobachtet und war resigniert zu dem Schluss gekommen, dass Child durch seine Aufmerksamkeiten ihr gegenüber auf seine unnachahmliche – und ziemlich vorhersehbare – Art und Weise bewusst versuchte, ihn zu provozieren. Im Geiste hatte er applaudiert, als Therese Child in aller Gelassenheit den Conninghams vorgestellt hatte – eine eindeutigere Abfuhr war kaum vorstellbar. Schon bald würde Child dämmern, dass Thereses einziges Interesse an ihm darin bestand, eine passende Verbindung zwischen ihm und irgendeiner jungen Lady zu fördern. Devlin konnte sich keine Situation vorstellen, die Child eher dazu bringen würde, Abstand zu halten.

Durch diese Einsicht beruhigt, quittierte er Childs Nicken eher mit milder Neugier als mit dem Zorn, den Child auszulösen gehofft hatte, als dieser sich, nachdem er unterwegs ein Glas Champagner geholt hatte, zu der Gruppe um Devlin gesellte.

Von Kindheit an hatte Child als Reaktion auf Devlins ernstere Natur den Hofnarren gegeben. Child hatte es immer genossen, ihn zu ärgern, nur um ihn zu einer Reaktion zu provozieren. Obwohl sie sich fast ein Jahrzehnt lang nicht begegnet waren, hatte sich offenbar keiner von ihnen verändert.

Devlin und die anderen Gentlemen, darunter auch Cremorne, hatten über das Schießen und die Jagd geplaudert, die sie in den kommenden Monaten genießen wollten. Child nahm einen Schluck und hörte zu, aber da er gerade erst nach England zurückgekehrt war, erwartete niemand, dass er etwas zu der Unterhaltung beitragen würde – und das tat er auch nicht.

Kurz darauf rief Lady Cremorne ihren Ehemann zu sich und verließ die Loge und auch die anderen Gentlemen verabschiedeten sich. Poulson nickte Devlin und Child zum Abschied zu und ging hinüber zu seiner Mutter und ihrem Schützling.

Devlin nutzte den Moment, um Child anzusehen und dabei eine Braue hochzuziehen.

»Du magst die Oper genauso wenig wie ich«, stellte er fest und neigte den Kopf in Richtung seiner Frau. »Ich bin ihretwegen hier. Welchen Grund hast du?«

Er konnte nicht glauben, dass die Aussicht, ihn zu ärgern, ausgereicht hatte, um Child durch die Türen des Opernhauses zu bringen.

Child blickte nachdenklich quer durch die Loge und nippte an seinem Glas.

»Meine Tante väterlicherseits, Lady Matcham. Sie hat

eine Loge und bestand darauf, dass ich mein Gesicht zeige«, murmelte er dann und zuckte leicht mit den Schultern. »Irgendwo muss man ja anfangen, und immerhin ist dies ein recht exklusives Ereignis.«

Lady Matcham war eine begeisterte Liebhaberin des Musiklebens.

Devlin folgte Childs nachdenklichem Blick auf Therese.

»Dir ist schon klar, dass du meine Frau auf Ideen bringst?«

Child blinzelte. Augenscheinlich hatte er diese Offenheit, die er als einen direkten Angriff interpretierte, nicht erwartet.

»Ich … habe keine Ahnung, was du meinst.«

»Oh, ich glaube, das hast du.« Devlin behielt seinen beiläufigen Tonfall bei. Er war versucht, Childs Unbehagen noch weiter in die Länge zu ziehen. Doch er wusste sehr wohl, dass Child – trotz aller Freude an den Neckereien – niemals ernsthaft versuchen würde, ihm oder seiner Ehe zu schaden. Die Bestürzung, die er in Childs Augen erblickte, ließ ihn schwach werden, und er ließ ihn vom Haken. »Therese ist eine der prominentesten verheirateten Ladys der Gesellschaft. Ich habe gehört, wie andere Ladys sie als eine werdende Grande Dame beschrieben haben. Schon allein weil du eben du bist und dich in ihre Nähe drängst, weckst du ihre Neigung, Ehen zu stiften.« Er sah Child in die Augen und wölbte eine Braue. »Zum Beispiel mit Miss Conningham.«

Child erschauderte und nahm einen Schluck Champagner. »Um Gottes willen, ermutige sie nicht.«

Devlin konnte ein Grinsen nicht unterdrücken und versuchte es auch gar nicht. »Glaub mir, wenn ich sage, dass sie eine unaufhaltsame Naturgewalt ist – sogar ihre Familie nennt sie so.«

»Sie hat es gerade eben und vorher bei diesem verdammten Picknick versucht«, brummte Child und trank einen weiteren Schluck Champagner. Dann klagte er: »Weshalb halten verheiratete Ladys wie deine Countess nur so hartnäckig an der Vorstellung fest, dass Junggesellen wie ich eine Gemahlin brauchen?«

Devlin tat für zehn Sekunden so, als würde er ernsthaft über die Frage nachdenken.

»Möglicherweise, weil es wahr ist«, meinte er dann.

Interessanterweise löste die deutliche Aussage kein »Bah« oder eine vergleichbare Ablehnung aus. Stattdessen wirkte Child, den Blick auf Therese gerichtet, zunehmend unsicher.

Und *das* weckte Devlins Aufmerksamkeit. *Oho!* Es schien, als hätte sein Jugendfreund einen vorhersehbaren persönlichen Scheideweg erreicht. Bei dem Gedanken, dass es mit Sicherheit sehr unterhaltsam sein würde, Child bei der Suche nach einer Frau zu beobachten, entspannte sich Devlin noch mehr.

In dem Moment betrat Cedric Marshall die Loge. Sein erster Blick galt Therese, die immer noch mit Lord Swan und der Poulson-Gruppe plauderte. Nachdem er sie einige Augenblicke lang beobachtet hatte, wandte Cedric den Blick ab, entdeckte Devlin, lächelte und kam zu ihm.

Child leerte sein Glas, murmelte einen Abschiedsgruß und ging, nachdem er Cedric zugenickt hatte, davon.

Devlin begrüßte Cedric mit einem Lächeln. »Ich bin überrascht, Sie hier zu sehen. Ich hätte nicht gedacht, dass Sie die Oper mehr schätzen als ich.«

Cedric zog eine leichte Grimasse und stellte sich neben

Devlin. »Ich habe schon von so vielen Leuten von diesem Ereignis gehört, dass ich mich gefragt habe, was der ganze Wirbel soll. Da dachte ich, ich komme mal vorbei und schaue es mir an.« Cedrics Blick war durch die Loge gewandert und ruhte wieder auf der Gruppe, die sich auf der anderen Seite angeregt unterhielt. Er verzog das Gesicht. »Leider musste ich mich wegen des späten Zeitpunkts ins Parkett quetschen.«

Devlin deutete auf die zusätzlichen Stühle in der Loge. »Sie können sich gerne für den Rest der Aufführung zu uns setzen, wenn Sie möchten.«

Cedrics Blick war auf die junge Lady gerichtet, die neben Lady Poulson stand; daher dauerte es einige verräterische Sekunden, bis Cedric registrierte, was Devlin gesagt hatte.

Zu Devlins Belustigung blinzelte Cedric und schüttelte sich leicht.

»Oh. Ja.« Er schaute sich um und bemerkte die erstklassige Lage der Loge sowie den Blick auf die Bühne und das Publikum, den sie bot. »Ich danke Ihnen. Das wird …«, Cedrics Blick kehrte zu der anderen Gruppe zurück, diesmal zu Therese, »… helfen.«

Fasziniert beobachtete Devlin Cedric. Cedric war zwar genauso an Frauen interessiert wie jeder andere Mann, vermied es aber entschieden, sich mit der vornehmen Sorte einzulassen.

Im ganzen Theater läuteten die Glocken, das Zeichen für die Zuschauer, auf ihre Plätze zurückzukehren.

Devlin schlenderte zu Therese, um sich von Lord Swan und der Poulson-Gruppe zu verabschieden. Cedric hielt sich jedoch zurück und nickte ihnen lediglich zu.

Nachdem die anderen gegangen waren, verbeugte sich

Cedric über Thereses Hand und rückte mit Devlin die Stühle zurecht.

Die drei saßen vorne in der Loge, Devlin links von Therese, Cedric rechts von ihr. Als das Licht gedimmt wurde, sah Devlin aus den Augenwinkeln, wie Cedric, dessen Blick auf Therese gerichtet war, zögerte und sich dann näher zu ihr beugte.

»Diese junge Lady, die mit Lady Poulson hier war …«, flüsterte er.

Therese drehte sich um und betrachtete Cedric mit erwachendem Interesse. »Miss Nagley?«

Cedric nickte. »Ich habe mich gefragt, ob Sie mehr über sie wissen. Mir war, als hätte ich sie schon einmal gesehen. Woher kommt sie?«

Devlin, dem klar war, dass ein solch schwacher Vorwand für sein Interesse keine Chancen hatte, Thereses scharfen Blick zu täuschen, grinste und lehnte sich in der Erwartung zurück, den Rest der Aufführung noch mehr zu genießen, als er es erwartet hatte.

Als das leise Gemurmel von Thereses Antwort und Cedrics anschließenden Fragen weiterging, während das Orchester seine Instrumente stimmte, fühlte sich Devlin rundum zufrieden. Wenn es irgendetwas gab, das die Freude seiner Frau an diesem Abend noch steigern konnte, dann hatte sein guter Freund Cedric gerade dafür gesorgt.

*

Es regnete immer noch, als sie das Opernhaus verließen, und als sie die nassen Straßen zurück zur Park Lane fuhren, trommelte der Regen so laut auf das Kutschendach, dass es unmöglich war, sich zu unterhalten.

Therese brauchte keine Worte, um ihre Freude aus-zudrücken. Ihr Gesicht glühte geradezu, als sie sich freude-strahlend neben Devlin setzte.

Entsprechend groß fiel seine Zufriedenheit aus.

Als die Kutsche schaukelnd vor Alverton House anhielt, eilten Lakaien mit Regenschirmen herbei, um sie vor dem Regenguss zu schützen, während sie aus der Kutsche klet-terten und die Treppe hinaufstiegen.

Im Haus schüttelten sie lachend die Regentropfen von ihren Umhängen und übergaben sie dann einem lächelnden Portland.

»Ich nehme an, der Abend ist gut verlaufen, Mylady?«

»In der Tat, Portland.« Thereses Miene sagte alles. »Die Aufführung war großartig!« Sie wirbelte herum und sah Devlin an. »Selbst du musst zugeben, dass die Schlussszene absolut ergreifend war, mit so vielen Stimmen, die sich in solcher Harmonie miteinander verwoben haben.«

Lächelnd schlenderte Devlin zu ihr. »Ich gebe zu, ich bin fasziniert.« Sein Lächeln wurde breiter und er sah ihr in die Augen. »Zufrieden?«

Sie neigte nachdenklich den Kopf. »Für den Moment.«

Mit leuchtenden Augen und einem einladenden Blick zog sie ihn mit sich, als sie sich auf den Weg zur Treppe machte.

Von einer Welle ungetrübten Glücks getragen, ver-schränkte Therese ihren Arm mit dem von Devlin. Gemein-sam stiegen sie nach oben und ließen das geschäftige Trei-ben in der Halle hinter sich. Es kam ihr vor, als ob die Musik immer noch in ihrem Kopf wirbelte, eine mitreißen-de Harmonie, die durch ihre Adern floss.

Sie erreichten das Ende der Treppe, und als sie in den

Korridor zu ihren Gemächern einbogen, drückte sie ihren Kopf an seine Schulter.

»Danke.« Sie hob den Blick und sah ihm in die Augen. »Dieser Abend wird mir als eines meiner schönsten Erlebnisse in Erinnerung bleiben.«

Er lächelte. »Es freut mich, dass du es genossen hast.«

Sie näherten sich der Tür zu seinem Zimmer. Sie betrachtete die Wandtäfelung und stieß einen gespielt enttäuschten Seufzer aus.

»Devlin, ›genossen‹ ist ein viel zu schwaches Wort.« Sie löste ihren Arm von seinem, ergriff seine Hand und zog ihn weiter, an seiner Tür vorbei zu ihrer Tür am Ende des Flurs. Als sie über die Schulter sah, bemerkte sie seinen Blick und grinste schelmisch. »Ich habe es nicht nur genossen – ich habe *geschwelgt.*«

Sie wandte sich nach vorne, öffnete die Tür zu ihrem Zimmer, zog ihn hinein und hielt inne. Sie wartete nur, bis er, seinen Blick auf sie gerichtet, hinter sich griff und die Tür zudrückte, bevor sie sich ihm in die Arme warf.

Er fing sie auf und wich zurück, um sein Gleichgewicht zu halten, wobei seine Schultern gegen das Türblatt schlugen. Darauf hatte sie gehofft. Sofort presste sie ihren Körper an seinen, griff nach oben und umrahmte mit beiden Händen sein Gesicht, dann lächelte sie völlig hemmungslos.

»Nun, Mylord, lass mich dir zeigen, wie sehr ich die Musik genossen habe«, lockte sie verführerisch.

Sie drückte ihren Mund auf seinen und bemerkte, dass seine Lippen zunächst genauso geschwungen waren wie die ihren, doch als sie ihm einen unverhohlen lustvollen Kuss gab, wurden seine fester, da – wie immer – ihr Verlangen das seine entflammte. Sie spürte, wie das Feuer unbestreitbar seinen Körper erfasste und ihren eigenen Körper entsprechend reagieren ließ.

Herausfordernd öffnete sie die Lippen, und er nutzte die Gelegenheit. Liebkosend drang seine Zunge in ihren Mund ein und nahm ihn in Besitz.

Die Lust loderte auf und schwoll dann an, ein berauschendes, mitreißendes und doch so vertrautes Gefühl. Begierde und Leidenschaft waren immer da, wesentliche Elemente ihres Liebesspiels – kraftvoll, lüstern und unwiderstehlich.

Mit verschmolzenen Mündern steigerten sie sich in einen zunehmend ekstatischen Tanz des Gebens und Nehmens. Beinah konnte sie in ihrem Kopf den anschwellenden Rhythmus ihres gemeinsamen Tanzes hören und die wirbelnden, beschwörenden Spannungen spüren, als sie beide sich ganz und gar dem Augenblick hingaben.

Sie wusste nicht, wie er es geschafft hatte, die Loge zu ergattern, und es war ihr auch völlig egal. In diesem Moment ging es ihr nur darum, ihm deutlich zu machen, wie sehr sie die Wunder des bisherigen Abends zu schätzen wusste.

Indem sie Wunder anderer Art erschuf.

Zur Belohnung, als Ermutigung.

Sie hatte das schon einmal getan und aus demselben Grund bei einer Begegnung die Initiative ergriffen. Und wie beim letzten Mal ließ er es nicht nur zu, sondern ermutigte sie – mit seinen Händen auf ihrem Körper und seinen Lippen auf ihren – aktiv dazu, ihr Bestes zu geben.

Oder ihr Schlimmstes, wenn man es so sehen wollte.

Durch den glühenden, berauschenden Kuss machte sie ihre Absichten deutlich. Dann bemühte sie sich, die aufflammenden Gefühle zu ignorieren, die die Berührung seiner festen, besitzergreifenden Hände in ihr auslösten, zog ihre Hände von seinem Gesicht und richtete ihre Aufmerksamkeit darauf, seinen Gehrock aufzuknöpfen. Nachdem sie dies getan hatte, öffnete sie geschickt die großen Knöpfe seiner Weste und griff dann nach seiner geknoteten Seidenkrawatte.

Bis die Seide gelöst war, hatte er es geschafft, ihr die Kontrolle über den Kuss zu entreißen und mit seinen kundigen Händen ein Feuer unter ihrer Haut zu entfachen. Die betörende, erhebende Melodie, die in ihrem Kopf erklang, drohte sie mitzureißen.

Aber sie war nicht gewillt, die Zügel loszulassen. Sie rieb ihre mit Seide verhüllten Rundungen an den muskulösen Flächen seines Körpers und fesselte so seine Aufmerksamkeit. Für einen Moment hielt sie sie fest, während sie, so schnell sie konnte, die Knöpfe seines Hemdes öffnete.

Sie zerrte ihm den Hemdensaum aus dem Hosenbund, fand den letzten Knopf und öffnete ihn. Dann zog sie sich triumphierend aus dem feurigen Kuss zurück, ergriff die klaffenden Seiten des Hemdes und riss sie auf.

Ihr Blick fiel auf seine männliche Brust und ihr Atem stockte. Dann schnappte sie nach Luft, hob ihren Blick und sah ihm in die Augen, ließ die Zunge über die Lippen gleiten und legte beide Hände flach auf seine erhitzte Haut.

Auch er hielt den Atem an – nur für einen Augenblick –, dann flackerten seine Augen dunkel auf. Als sie die Hände weit ausstreckte, den Kopf senkte und die Lippen auf die Mitte seiner Brust presste, griff er nach ihr.

Seine Arme schlossen sich um sie, aber sanft – als ob er sie ergreifen, aber nicht ablenken wollte. Als sie fortfuhr, ihm mit Berührungen und der Spur ihrer Lippen und dem vorsichtigen Lecken und Zungenschlägen zu huldigen, verstummte er. Langsam lehnte er sich gegen die Tür, legte den Kopf zurück und presste die Kiefer aufeinander in dem vergeblichen Versuch, ein Stöhnen zu unterdrücken, als sie an seiner Brustwarze saugte.

Sie nahm das Geräusch als Ermutigung und steigerte die Intensität und Intimität ihrer sinnlichen Berührungen.

Sie hatte immer gewusst, dass er unter seiner modischen und unaufdringlich eleganten Kleidung der Adonis der Frauenträume war. Die Wahrheit schimmerte durch seine mühelose und doch gebändigte Kraft, wurde verraten durch die unaussprechliche Geschmeidigkeit und Eleganz, mit der er sich bewegte. All das hatte sie in der Hochzeitsnacht enthüllt und erforscht.

Schließlich hob sie den Kopf, streckte sich Devlin entgegen und drückte, als er den Kopf senkte, um sie anzusehen, ihre Lippen erneut auf seine. Währenddessen streifte sie ihm mit den Händen Mantel, Weste und Krawatte ab. Nacheinander ließ sie jedes Teil auf den Boden fallen und schob ihm das Hemd von den Schultern. Während er sich weiterhin voll auf den Kuss einließ, griff er um sie herum, um seine Hände von den Hemdmanschetten zu befreien, und erlaubte ihr dann, das Kleidungsstück auszuziehen.

Blindlings warf sie es beiseite, griff nach dem Bund seiner Hose und öffnete die Knöpfe mit einem Ruck.

Nach fünf Jahren war sie mit jeder Kontur seines Körpers vertraut, aber es gab einen Teil, der sie nach wie vor faszinierte ... Als sie in seine gelockerte Hose griff und die Finger durch den Schlitz in seiner Unterhose schob, sprang ihr der heiße, steife Stab förmlich entgegen.

Liebevoll schloss sie die Finger darum, und Devlin zog

sich mit einem gedämpften Stöhnen aus dem Kuss zurück. Sie hörte ein leises Donnern, als sein Hinterkopf auf die Tür traf, und wenn ihre Aufmerksamkeit nicht bei dem dicken, prallen, samtweichen Glied in ihrer Hand gewesen wäre, hätte sie gelächelt. Wie immer fasziniert von seiner Reaktion, streichelte sie es und fuhr dann mit dem Daumen über die wulstige Eichel, die mit Sicherheit von der weichsten Haut umschlossen war, die sie jemals erfühlt hatte.

Ihre Hand war zu klein, um ihn ganz zu umschließen, aber sie wusste, wie sie ihre Nägel am besten einsetzen konnte. Als er wieder stöhnte, beschloss sie, nicht zu lange dabei zu verharren – sie wollte ihn nicht verleiten, vorschnell das Kommando zu übernehmen.

Sie vermutete, dass er – wie die meisten Gentlemen seiner Klasse – annahm, dass sie sich scheute, Einzelheiten über das, was in ihrem Ehebett geschah, mit anderen verheirateten Frauen zu besprechen. Doch wie die meisten Vermutungen, die Männer über ihre Frauen anstellten, entsprach auch diese nicht der Wahrheit. Solche Gespräche mochten zwar auf einen kleinen und vertrauten Kreis beschränkt sein, aber tatsächlich hatte sie von ihren weiblichen Cousinen und den Ehefrauen ihrer männlichen Cousins eine Menge gelernt, Aufklärung und Ideen gesucht und erhalten. Wenn sie experimentierte und von Devlin gefragt wurde, woher sie diese Variante kenne, behauptete sie natürlich, dass sie in einem Buch darauf gestoßen sei.

Was sie heute Abend vorhatte, war etwas, das sie schon einige Male und immer mit ausgezeichneten Ergebnissen angewandt hatte. Sie hatte experimentiert und dazugelernt und war völlig überzeugt von ihrer Fähigkeit, ihn bis an den Rand der Kapitulation zu befriedigen. Ihn darüber hinaus zu drängen, versagte er ihr, aber sie war mit diesem Ergebnis vollkommen zufrieden, und die darauffolgende Vereinigung war unweigerlich atemberaubend befriedigend für sie beide.

Sie ließ ihre andere Hand auf seine Hüfte gleiten und wich ein kleines Stück zurück.

Er durchschaute ihre Absicht. Während sich eine seiner Hände um ihr Handgelenk schloss, hob er den Kopf und sah sie an.

»Therese ...«

Er hielt sie nie auf, aber er stellte immer Fragen, ließ ihr immer die Chance, ihre Meinung zu ändern, obwohl sie wusste, wie sehr er den Akt genoss. Schon vor geraumer Zeit hatte sie akzeptiert, dass er beruhigt werden musste. Wie einige ihrer Vertrauten ihr erklärt hatten, schienen einige Gentlemen zu glauben, dass ihre Frauen nicht wirklich dazu bereit waren, ihren Wünschen auf diese Art und Weise nachzugeben. Dabei lief ihr schon das Wasser im Munde zusammen.

Sie schluckte, sah auf, erwiderte seinen Blick und leckte sich dann über die erhitzten Lippen.

»Ich will ...« Wo war ihre Schlagfertigkeit, wenn sie sie brauchte?

»Was?«

Die Worte lagen ihr auf der Zunge. »Ich möchte dir so viel Freude bereiten, wie die Musik, die Oper, mir bereitet hat.«

Mit angespannter Miene suchte er in ihrem Blick, dann lockerte er seinen Griff.

»Wenn das so ist, stehe ich dir mit meinem armen Körper zur Verfügung«, knurrte er.

Sie lachte, dann beugte sie sich vor und drückte ihm einen schnellen, festen und lüsternen Kuss auf die Lippen.

»Danke«, hauchte sie, dann schob sie ihre Röcke aus dem Weg und sank auf die Knie.

Es dauerte nur einen Augenblick, bis sie ihm die Hose heruntergestreift hatte und seine pralle Erektion zwischen die Hände nahm. Sie drückte einen Kuss auf die gerötete Spitze, fuhr mit ihrer Zunge um den Rand herum, leckte dann von der Basis aus langsam nach oben und hörte, wie sein Atem stockte.

Dann öffnete sie ihre Lippen und nahm ihn in sich auf, tief und noch tiefer. Dann saugte sie und spürte, wie seine Finger durch ihr Haar glitten und sich an ihrem Kopf festkrallten – allerdings ganz und gar nicht, um sie zu entmutigen.

Sie lächelte und machte sich daran, ihn in jenen willenlosen Zustand zu versetzen, in den er sie so oft trieb. Es war für sie der Moment, ihm Vergnügen zu bereiten, und sie nutzte ihn mit allen Mitteln.

Devlin fühlte sich, als würde ein Schraubstock um seine Brust gelegt und immer fester zugedreht; er konnte kaum atmen, als Therese saugte, leckte, streichelte und ihn kundig mit den Fingern liebkoste. Im Laufe der Jahre hatte sie gut aufgepasst und wusste nur zu gut, wovon er weiche Knie bekam. Er war dankbar für die solide Tür in seinem Rücken, als sie ihm mit ihrer üblichen zielstrebigen Entschlossenheit mehr und mehr Lust bereitete.

Sie war hingebungsvoll und geschickt. Selbst als er die Augen schloss, den Kiefer zusammenpresste und versuchte, seine tobende Libido zurückzuhalten, als er den Impuls unterdrückte, ihren Kopf mit beiden Händen zu packen und in das heiße Paradies ihres Mundes zu stoßen, bereitete sie seinen bereits überreizten Nerven ein immer größeres sinnliches Vergnügen.

Dann neigte sie ihren Kopf, nahm ihn noch tiefer in sich auf, und er sah Sterne.

Seine Hände krampften sich um ihren Kopf, dann holte er tief Luft, nahm alle Kraft zusammen, die er aufbringen konnte, um sich zurückzuhalten, und zwang sich, sein nun quälend pochendes Glied aus ihrem Mund zu ziehen.

Sie blinzelte etwas benommen zu ihm hoch. »Schon?«

Er hätte schwören können, dass Enttäuschung in diesem Wort mitschwang. Als Antwort nahm er ihre Schultern in die Hände, hob Therese auf die Füße, schloss sie in die Arme und trug sie quer durch den Raum zu ihrem Bett, nachdem er seine Füße von Hose, Unterhose und Schuhen befreit hatte.

Auf dem Weg dorthin zog sie ihre hochhackigen Abendschuhe aus, die klappernd auf die polierten Dielen fielen.

»Ich weiß nicht, wie es dir geht ...« Er blieb neben dem Bett stehen und warf sie auf die lilafarbene Überdecke. »Aber ich bin definitiv mehr als bereit.«

Mit einem entzückten Lachen landete sie in einem Wust aus Seidenröcken und gerüschten Petticoats.

Wie eine reißende Bestie stürzte er sich auf sie und schälte sie mit ihrer Hilfe aus ihrem Kleid und ihren Unterröcken, dann kümmerte er sich um ihr Korsett, ihr Hemd und ihren Schlüpfer. Doch als er ihre Strumpfbänder und Strümpfe erreichte, hielt er inne.

Er hob seinen Blick und sah ihr in die Augen, dann breitete sich langsam ein Lächeln auf seinem Gesicht aus.

»Leg dich zurück«, murmelte er, »und schließ die Augen.«

Sie tat, was er von ihr verlangte, aber er wusste, dass sie am Ende linsen würde; das tat sie immer.

Er ließ sich neben ihr nieder, seine Schultern auf gleicher Höhe mit ihren Schenkeln, und legte seine Hand flach auf ihren Bauch. Die Muskeln unter der feinen Haut flatterten unter seiner Berührung, und sein Lächeln wurde noch intensiver.

Er machte sich daran, ihre Kurven zu erkunden, erst mit seinen Fingern, dann mit den Lippen und seiner Zunge. Er hatte es nicht eilig. Eile war etwas für Männer, die es nicht besser wussten. Da er wusste, wie die Vorfreude auf seine nächste Berührung ihre sexuelle Spannung immer mehr steigerte, genoss er lieber die langsame Erkundung.

Nachdem er ihre Hüften und die Oberseiten ihrer Oberschenkel liebkost hatte, wandte er sich ihren Strumpfbändern und Strümpfen zu. Er zog sie aus und legte dabei langsam ihre Knie und die langen, geschmeidigen Kurven ihrer Waden frei. Ihre zarten Knöchel hatten ihn schon immer fasziniert, und er verbrachte Minuten damit, sie zu streicheln und zu liebkosen, während sie immer unruhiger und bedürftiger wurde.

Im gleichen, quälend langsamen Takt fuhr er dann fort und kehrte die Richtung um, arbeitete sich von den perfekten Fußgewölben aufwärts. Ihr Atem kam stoßweise, umso heftiger, je weiter er fortschritt. Als er ihr die Hände auf die Knie legte und die Schenkel spreizte, hob und senkte sich ihre Brust dramatisch, und unter dem Arm, den sie über ihr Gesicht gelegt hatte, konnte er das Glitzern ihrer Augen erkennen.

Er lächelte sie an. »Du kannst zusehen, wenn du willst.«

Dann senkte er seinen Kopf und leckte sie. Therese versuchte krampfhaft, ihren Schrei zu unterdrücken, als ihr Körper reagierte und bebend zuckte.

Er hielt sie fest und gab ihr jedes Quäntchen Lust zurück, das sie ihm zuvor geschenkt hatte.

Als sie sich krümmte, schluchzte und stöhnte, klangen ihre Laute wie Musik in seinen Ohren. Musik, die er weit mehr schätzte als alles andere, was er jemals gehört hatte.

Er setzte alle Erfahrung ein, die er in den letzten Jahren gesammelt hatte, um ein einziges Ziel zu erreichen: ihr die größte Freude und das größte sinnliche Vergnügen zu schenken, das er ihr bereiten konnte.

In diesen hitzigen Momenten, als er sie vorantrieb, sie festhielt, während er sie mit seiner Zunge zum Höhepunkt brachte, als er nach oben griff und schließlich seine Hand um eine ihrer geschwollenen Brüste schloss und ihre Brustwarze umkreiste und dann drückte, was ihr einen weiteren atemlosen Schrei entlockte, zählte für ihn nur noch die Lust, ihre Bedürfnisse zu befriedigen.

Ihre Anspannung strebte ihrem Höhepunkt entgegen, dann explodierte sie, und ihr Höhepunkt rollte in einer langen, ausgedehnten Welle über sie hinweg. Er hob sie höher und trieb sie weiter in den Wahnsinn; mehr von ihrem Nektar, dem herrlichsten Ambrosia, traf auf seine Zunge. Langsam leckte er und wartete.

Schließlich ebbte die Welle ab und ließ Therese vorübergehend erschöpft, schlaff und ausgestreckt auf dem Bett liegen.

Er zog sich zurück und betrachtete mit großem Stolz, was er bewirkt hatte. Das Vergnügen, das er bei diesem Anblick empfand, war unermesslich.

Schließlich regte sie sich und streckte eine Hand aus. Ihre Augen funkelten unter den schweren Lidern.

»Komm.«

Der gemurmelte Wunsch war der Befehl einer Gottheit, der er huldigen wollte.

Er krabbelte an ihr höher und legte sich auf sie, wobei er seine Hüften zwischen ihre weit gespreizten Schenkel schob, die sie bereitwillig bog, um es ihm leichter zu machen.

Er drückte die Spitze seiner steinharten Erektion an ihre schlüpfrige Pforte, dann hielt er inne und sah ihr in die Augen.

»Ich mag vielleicht kein Musikinstrument beherrschen, aber ich liebe es, deinen Körper zum Klingen zu bringen.«

Als er sah, wie sich ihre Augen weiteten, stieß er in ihre heiße Spalte und sah, wie ihre Lider fielen und ihre Lippen bei einem lustvollen Keuchen weich wurden. Zufrieden und beruhigt schloss er die Augen und ließ alles heraus, während sie sich fest an ihn klammerte.

Einige Herzschläge lang hielt sie ihn fest, als wollte sie den Moment auskosten, dann lockerte sie ihre Muskeln, und er zog sich zurück. Dann stieß er wieder zu, fest und sicher, und sie begannen nach der Musik zu tanzen, die sie so gut kannten. Die Analogie überflutete seinen Verstand, als ihre Leidenschaft und ihr Verlangen immer größer wurden und der Rhythmus ihrer Vereinigung sich zu einem Crescendo steigerte.

Aber er und sie waren keine Neulinge; er wurde langsamer, und gemeinsam ließen sie sich zurückfallen, änderten das Tempo und begannen einen zweiten Akt, in dem sie vereint und als Einheit eine wirbelnde Sinfonie ihrer Sinne erlebten.

Schließlich senkte er den Kopf, und sie hob ihren; ihre Lippen trafen sich wieder und blieben verschmolzen. Sie bewegten sich zusammen, glitten übereinander, griffen und hielten sich, von Lust erfüllt, ihre Haut immer heißer und schlüpfriger.

Er dirigierte das Zwischenspiel, so gut er konnte, und suchte nach verschiedenen Elementen, verschiedenen Noten, um sie dem Leitmotiv hinzuzufügen. Sie beugte ein Knie und legte ihre Wade über seine Hüfte, veränderte den Winkel; beide keuchten und machten immer weiter.

Die Hitze steigerte sich, das Verlangen schwoll an, und das Begehren bekam Krallen und zerrte an ihnen. Schließlich trieben die Leidenschaft und eine Lust, die zu verzweifelt war, um sie zu leugnen, sie zur Raserei. Völlig zügellos stürmten sie den Gipfel hinauf und darüber hinweg und stürzten sich in jenen Moment der Ekstase, der sowohl Körper als auch Geist verbrennen ließ.

Ein Vergnügen, so hell wie jeder Stern, überflutete seine Sinne und löschte jede Fähigkeit, zu denken, aus.

Der Moment hielt an und dehnte sich wie gesponnenes Gold in ihren Köpfen aus. Dann wurden die Fäden dünner und verblassten und die Auflösung aller Spannung ließ sie hilflos von den Höhen ins Meer der Sättigung trudeln.

*

Es regnete immer noch; wenn Devlin genau hinhörte, konnte er das ferne Prasseln auf den Dächern hören. Er lag ermattet neben Therese und genoss die tiefe Zufriedenheit, die ihn erfüllte.

Nach langen Minuten, in denen er einfach nur in seinen Erinnerungen schwelgte, hob er den Kopf und blickte zum

Fenster. Als er sich vorhin gerade genug bewegt hatte, um sein Gewicht von der erschöpft eingeschlafenen Therese zu heben, war ihm aufgefallen, dass sie eine Lampe hatten brennen lassen. Er war aus dem Bett gestiegen und hatte die Flamme heruntergedreht. Nachdenklich war er dann zum Fenster gegangen und hatte die Vorhänge zurückgezogen, bevor er in die Wärme des Bettes und neben seine befriedigte Frau zurückgekehrt war.

Wo er hingehörte.

Als er sich vergewissert hatte, dass es noch tiefste Nacht war, der Mond aber schon ein gutes Stück über den Himmel gezogen war, seufzte er innerlich. Er dachte über den Abend nach und über das, was nach ihrer Rückkehr geschehen war. Wenn es eine Erkenntnis gab, die man aus der Art und Weise ziehen konnte, wie sie zusammengefunden hatten – wie sie beide darauf aus gewesen waren, den anderen mit Vergnügen zu überhäufen –, dann war es sicherlich die, dass sie bereits ein Liebespaar waren, in all den Belangen, auf die es wirklich ankam. Sie waren es immer gewesen und würden es immer sein. Egal was er sie glauben ließ, das war ihre Realität – und eine Wahrheit, zu der er sich offen bekennen musste. Das war es, worauf er hinarbeitete.

Wenn er an die letzten Tage zurückdachte und die Ereignisse des Abends Revue passieren ließ, musste er sich eingestehen, dass es ihm noch nicht hinreichend gelungen war, ihre Wahrnehmung zu verändern. So konnte er nicht riskieren, ihr die Wahrheit zu offenbaren. Noch nicht. Er war schon einige Schritte vorangekommen, aber noch weit von seinem Ziel entfernt.

Obwohl ihm dieser Umstand nicht behagte, fand er sich

damit ab und zwang sich, Thereses Wärme aufzugeben, sich von ihr zu lösen und aus dem Bett zu rutschen – obwohl er durchaus versucht war, länger zu bleiben.

Er sammelte seine beiseitegeworfenen Kleider ein, dann ging er durch den Raum und blieb vor der Tür zu seinen Gemächern stehen. Noch einmal schaute er zu Therese, die in ihr Bett gekuschelt dalag, dann zwang er sich, sich umzudrehen, die Tür zu öffnen und zu gehen.

Bald, aber jetzt noch nicht.

Kapitel 7

Auf Devlins Vorschlag hin unternahmen sie am folgenden Nachmittag mit den Kindern einen Spaziergang durch den Park, wobei ihr eigentliches Ziel der Serpentine war. An dem See wollten sie die Enten füttern.

Arm in Arm mit ihrem Mann, folgte Therese den Kindern über den Rasen. Die wurden von ihren Kindermädchen Gillian und Patty sowie Dennis, dem jüngsten Diener des Hauses, begleitet.

»Bist du als Junge auch hierhergekommen, um die Enten zu füttern?«, fragte sie Devlin.

Ein Lächeln umspielte seine Mundwinkel. »Nicht so oft, wie ich es mir wünschte, aber zumindest alle paar Wochen.« Er hielt inne, dann fügte er hinzu: »Nachdem Marcella ins Wasser gefallen war, wurden meine Besuche natürlich eingeschränkt, und dann wurde ich zu alt, um das Entenfüttern als einen erstrebenswerten Ausflug zu betrachten.«

Marcella war seine Schwester, fünf Jahre jünger als er.

Therese musterte ihn. »Wie alt war Marcella damals?«

Er verzog nachdenklich das Gesicht.

»Ungefähr drei«, sagte er dann.

»Großer Gott! Ist ihr was passiert?«

»Natürlich nicht! Ich habe sie sofort herausgefischt, aber da ich nachweislich nahe genug dran war, hat das meine Unschuldsbeteuerungen leider nur abgeschwächt.«

»Und, warst du unschuldig?«, hakte sie nach.

Er nickte. »Bei dieser Gelegenheit ganz und gar. Was ihren Sturz in den See beim Priorat angeht – du musst bedenken, dass das Wasser dort nur etwa einen Meter tief ist und sie damals sieben Jahre alt war –, hatte ich meine Gründe.« Er runzelte spöttisch die Stirn und schüttelte den Kopf. »Sie war schon damals eine Nervensäge, und als Melrose dazukam, wurde sie noch schlimmer.«

Melrose war Devlins neunundzwanzigjähriger Bruder. Therese betrachtete ihn als den Müßiggänger in der Familie. Er schien überhaupt keine Interessen oder Ziele zu haben. Marcella wiederum war mit Lord Corncrake verheiratet und lebte mit ihren vier Kindern in Schottland. Marcella und Melrose schauten gelegentlich bei Devlin und Therese vorbei, und Marcella und ihre Familie besuchten das Alverton-Priorat jedes Jahr Anfang Januar, wenn sich in Perthshire der Schnee auftürmte.

Mit einem Mal wurde ihr klar, dass sie nur wenig über Devlins Kindheitserlebnisse wusste.

»Welche anderen Ausflüge hast du in deiner Kindheit in London unternommen?«, fragte Therese aus diesem Gedanken heraus.

Da sein Vater Earl gewesen war und sich – ebenso wie Devlin – in der Politik engagierte, hatte er vermutlich einen Großteil des Jahres im Haus in der Park Lane verbracht.

»Wenn du eine bestimmte Freizeitaktivität genossen hast, ist es wahrscheinlich, dass deine Söhne – und vielleicht auch deine Tochter – das auch tun«, fügte sie hinzu, als er sie fragend ansah.

Ein hoher Schrei lenkte ihre Blicke dorthin, wo Spencer und Rupert herumtollten. Der frustrierte Schrei stammte von Horry, die auf ihren viel kürzeren Beinen nur mühsam mithalten konnte.

Dennis stürzte hinzu und hob Horry auf. Dann rannte er mit ihr bis fast zu der Stelle, an der ihre Brüder stehen geblieben waren, und stellte das kleine Mädchen, das nun strahlte, wieder auf die Beine. Die Jungen grinsten, drehten sich um und liefen erneut los, während Horry glucksend die Verfolgung fortsetzte.

Devlin fragte sich, ob Child etwas gesagt hatte, was Therese dazu brachte, sich über seine Kindheit Gedanken zu machen. Trotzdem war er bereit, sich auf sie einzulassen. Er wollte sehen, wohin es führen und was es ihnen vielleicht bringen würde.

»Damals gab es natürlich noch nicht den Zoo im Regent's Park, aber wir haben die königliche Menagerie im Tower besucht. Dann war da in den wärmeren Monaten das Gunter's für Eis und natürlich, sobald ich alt genug war, der Spielzeugladen in High Holborn.«

»Hmm. Ich würde Horry zwar noch nicht zu Noah's Ark mitnehmen wollen – das würde sie überwältigen –, aber vielleicht können wir die Jungs nächstes Jahr dorthin führen. Sie werden dann alt genug sein, meinst du nicht?«

Wenn sie im kommenden Jahr nach London zurückkehrten, würde Spencer fast fünf Jahre alt sein und Rupert bald vier.

Devlin nickte. »Wir sollten sie nach unserer Rückkehr unbedingt mitnehmen. Dann können sie sich Geschenke für ihre Geburtstage aussuchen.«

»Das ist eine ausgezeichnete Idee! Das habe ich früher auch gemacht, als ich noch ein Mädchen war.«

»Zu meinen schönsten Erinnerungen gehört, wie ich mit großen Augen durch die Gänge von Noah's Ark gelaufen bin und nicht wusste, wo ich als Nächstes hinschauen sollte«, verriet er grinsend.

Lachend nickte sie. »So geht es mir auch.«

Sie lächelten sich an und blickten dann nach vorn, dorthin, wo sich ihre Kinder rasch dem Ufer des Serpentine näherten. Als ihn die Emotionen überrollten, die von den Erinnerungen hervorgerufen wurden, erkannte Devlin, wie glücklich seine frühen Kindheitsjahre gewesen waren. Er hatte nie daran gezweifelt, dass seine Eltern alle ihre Kinder liebten. Wenn man mal von ihrer Beziehung zueinander absah, die er inzwischen als ziemlich vergiftet empfand, waren sowohl sein Vater als auch seine Mutter liebevoll und behütend gewesen, wenn es um ihre Nachkommen ging. Jetzt, da er seine eigene Familie hatte, konnte er das wertschätzen, wenn er zurückblickte.

»Als du noch klein warst – und wenn deine Eltern hier in Alverton House waren –, bist du also meistens auf dich allein gestellt gewesen?«

»Ja und nein. Es waren noch andere Jungen dabei, Child zum Beispiel. Söhne aus dem Adel. Unsere Mütter kannten sich und sorgten dafür, dass unsere Ammen zur selben Zeit mit uns im Park spazieren gingen.« Weitere Erinnerungen wurden wach, und seine Mundwinkel strebten unaufhaltsam nach oben. »Als wir etwas älter waren, haben einige der anderen Jungen und ich zusammen mit unseren Kindermädchen und Lakaien Tagesausflüge nach Greenwich unternommen. Das hat immer Spaß gemacht – all die Boote zu sehen und im Park Drachen steigen zu lassen. Du kannst dir ja vorstellen, wie manche dieser Ausflüge verliefen. Junge

Burschen, die meisten von ihnen junge Lords, die frei herumlaufen dürfen, können wirklich ...«

»... wie kleine Barbaren sein?«

Er lächelte und bewegte seinen Kopf bestätigend auf und ab. »Diese Beschreibung kann bisweilen zutreffend gewesen sein.«

Wenn er jetzt daran zurückdachte, waren es glückliche Zeiten gewesen.

Devlin blickte in Thereses Richtung. »Aber was ist mit dir? Du hast doch jedes Jahr wenigstens einen Teil der Zeit in London verbracht, oder?«

»Ja, aber nicht annähernd so viel wie du. Die längste Zeit des Jahres sind wir in Walkhurst geblieben. Mama und Papa fuhren natürlich in der Ballsaison nach London, aber uns haben sie nur mit in die Stadt genommen, als wir beide noch sehr jung waren. Sobald wir alt genug waren, ließen sie uns in Walkhurst, da wir dort Erzieherinnen, Gouvernanten, Pferde und vieles mehr hatten, um uns zu beschäftigen.« Sie legte den Kopf schief. »Das galt auch für die Jahre, in denen ich zur Schule gegangen bin, weshalb ich London in dieser Zeit nur selten besucht habe.«

Therese dachte an die vergangenen Jahre zurück.

»In Walkhurst lebten wir fast wie der Landadel, weitgehend frei von Zwängen«, erinnerte sie sich. »Ich weiß noch, dass ich oft in Christophs und Gregorys Gefolge über die Felder und Wege streifte, ohne dass ein Stallknecht oder eine Gouvernante in Sicht war.«

Sie hob den Kopf und dachte an das Gefühl der Sonne auf ihrer Haut.

»Wir hatten eine sehr aktive Kindheit und verbrachten

so viel freie Zeit wie möglich draußen.« Sie blickte nach vorn, entdeckte die Kinder, die jetzt am Ufer des Sees entlangstapften, und grinste. »Ich war eher wie Horry, oder besser gesagt, sie kommt nach mir. Ich habe immer gern etwas unternommen. Ich habe nie nur herumgesessen und mit Puppen gespielt.«

»Daher rührt also Horrys Unerschrockenheit.«

Thereses Lächeln wurde noch breiter. »Wir wanderten überall hin, später ritten wir. Alle Nachbarn kannten uns, besonders Ellens Onkel und Tante in Bigfield House. Sie hatten keine Kinder, aber sie liebten es, wenn wir sie besuchten, und ihr Onkel hatte schon damals seine Ziegen, die immer für Unterhaltung sorgten.«

Sie spürte, wie Devlins sanfter Blick neugierig über ihre Züge glitt.

»Es fällt mir schwer, mir vorzustellen, dass du Unfug treibst, selbst als junges Mädchen«, murmelte er.

Sie lächelte und gab ihm mit einem Kopfnicken recht. »Von klein auf habe ich gelernt, mich zurückzuhalten und Christopher und Gregory die Führung bei allen Unternehmungen zu überlassen, die uns in Schwierigkeiten bringen könnten.« Etwas verschämt gestand sie: »Ich habe vielleicht ein- oder zweimal etwas vorgeschlagen, aber wenn es Ärger gab, habe ich sie alle Schuld auf sich nehmen lassen. Was sie, da sie Jungs waren, auch stets getan haben. Normalerweise glaubten sie selbst daran, dass die Sache von Anfang an ihre Idee gewesen war. In ihren Augen war ich lediglich die kleine Schwester, die ihnen hinterherlief.«

Er lachte. »Haben sie es jemals gemerkt?«

»Soweit ich weiß, haben sie das bis heute nicht durchschaut.«

Lächelnd blickte er zu den dreien, die sich am Ufer versammelt hatten und damit beschäftigt waren, einem Schwarm gieriger Enten Brotkrümel zuzuwerfen.

»Vielleicht sollte ich Spencer und Rupert vorwarnen, was sie zu erwarten haben«, überlegte er laut.

Sie drückte seinen Arm. »Nein, das solltest du nicht. Das gehört zu den Dingen, die sie selbst lernen müssen.« Ihr Blick ruhte auf Horry, die sich nach Kräften bemühte, die Enten mit Brotkrümeln zu bewerfen. »Vielleicht aber auch nicht.«

Sie gesellten sich zu den Kindern. Devlin hockte sich zwischen die Jungen und verwickelte sie in eine Diskussion über das Verhalten einzelner Enten, während Therese sich über Horry beugte und sich bemühte, ihrer Tochter dabei zu helfen, ihre Wurftechnik zu verbessern.

Wegen der Jahreszeit, des bedeckten Himmels und der Uhrzeit waren nur wenige andere Menschen in diesem Teil des Parks unterwegs. Hauptsächlich handelte es sich dabei um Kindermädchen und Kinder sowie einige Paare, die nur Augen füreinander hatten. Niemand störte ihren friedlichen Familienausflug und er verlief ohne Dramen.

Während Therese und Devlin sich die Aufgabe teilten, Fragen zu beantworten und strahlende Augen und Aufmerksamkeiten zu lenken, spürte sie wieder einmal, dass ihr Umgang miteinander lockerer geworden war. Es herrschte eine entspannte Nähe zwischen ihnen, nicht so sehr körperlich, sondern eher auf geistiger Ebene, die vor einigen Monaten noch nicht da gewesen war.

Nachdem die Kinder alle mitgebrachten Krümel an die hungrigen Enten verfüttert hatten, verloren die Tiere das Interesse und paddelten davon. Zufrieden sahen die Kinder ihnen nach, und als Therese sagte, dass es Zeit sei, nach Hause zu gehen, wandten sich die drei bereitwillig dem Haus zu.

Lächelnd nahm Therese den Arm, den Devlin ihr anbot. Langsam schlenderten sie im Schlepptau ihrer erschöpften Kinder weiter, wobei die Hausangestellten die Kinder auf beiden Seiten flankierten.

Weil sie wieder Zeit zum Nachdenken hatte, kehrte Therese zu dieser seltsamen Nähe zurück. Wenn sie jetzt darüber nachdachte, war das Gefühl nicht mehr so neu, nur neu in dieser Umgebung. Sie erkannte das Gefühl des Miteinanderteilens – gemeinsame Ziele, gemeinsame Gefühle – als das gleiche Gefühl, das sie mit Devlin in ihrem Schlafzimmer, in ihrem Bett erlebte. So kam sie auf den Gedanken, dass es eher mit seiner subtilen Reserviertheit zu tun haben musste. In der Intimität des Schlafzimmers hielt er diesen Schutzschild zwischen ihnen nicht aufrecht und das färbte nun auf andere Situationen ab.

Ein weiteres Indiz für unsere reifende Beziehung.

Sie war damit sehr einverstanden und hielt Devlins Arm fester. Als er sie anschaute, schenkte sie ihm ein Lächeln.

»Ich habe gerade darüber nachgedacht, dass du als Kind zwar mehr Zeit in London verbracht hast als ich und unsere Kindheitserlebnisse daher recht verschieden waren, diese Erlebnisse aber etwas gemeinsam hatten: Wir haben immer etwas unternommen.«

Devlin überdachte ihre Bemerkung und hob dann die Brauen.

»Du meinst, wir waren eher aktiv als passiv?«

»Genau«, bestätigte Therese und sah die Kinder an. Die

Jungen hielten jeweils eine von Horrys Händen, und das Trio unterhielt sich leise. »Und diese drei sind auch so.«

Devlin grunzte. »Wir sollten das in den kommenden Jahren im Hinterkopf behalten.«

Sie nickte, und sie schlenderten weiter, wobei sie einen direkteren Weg zum Grosvenor Gate nahmen als jenen, den sie zum Serpentine gegangen waren.

Devlin warf einen verstohlenen Blick auf Therese und bemerkte das kleine, zufriedene Lächeln, das ihre Mundwinkel umspielte. Er registrierte, dass sie entspannt war, dass sie sich wohlfühlte und dass sie, weil sie seinen Arm fester umklammert hatte, ein bisschen näher an ihm ging, als es in der Öffentlichkeit üblich war.

Er hatte Martin gesagt, dass seine Hauptmotivation, ihm dabei zu helfen, seinen Platz in der Gesellschaft einzunehmen, der Wunsch war, Therese glücklich zu machen. Mit ihr in die Oper zu gehen, hatte sie auch glücklich gemacht, ebenso wie dieser Ausflug, so unbedeutend er auch gewesen sein mochte. Und wie er gehofft hatte, kam sie näher und wandte sich ihm offener zu.

Seine Strategie funktionierte also, doch zu diesem Zeitpunkt ging es immer noch darum, einen kleinen Schritt nach dem anderen zu machen.

Als sie sich dem Grosvenor Gate näherten, blickte er voraus und betrachtete durch die Bäume hindurch die elegante Fassade von Alverton House. Sie hatten über ihre Kindheit gesprochen. Bot sich ihm hier eine Gelegenheit, die Ehe seiner Eltern zu erwähnen? Vielleicht konnte er Therese erzählen, wie seine Sicht darauf seine eigenen Erwartungen an den Ehestand geprägt hatte …

Er betrachtete ihr Gesicht und sah die entspannte Freude,

die ihre Züge erfüllte. Auf einmal fand er, dass eine solche Enthüllung zu schwierig, zu persönlich war, um sie zu diesem Zeitpunkt vorzubringen.

Da ich die Liebesheirat meiner Eltern für eine Katastrophe hielt, zumindest für meinen Vater, war ich der Überzeugung, dass eine solche Ehe die letzte Beziehung war, auf die ich mich jemals einlassen würde. Aber ...

Er spitzte die Lippen und blickte nach vorn. Nein, das war definitiv nicht der richtige Zeitpunkt.

Seine bisherigen Fortschritte, stetig und sicher, bestätigten ihm, dass er sich am besten auf die Gegenwart und seine Wünsche für ihre Zukunft konzentrieren und die Vergangenheit, zumindest vorerst, ruhen lassen sollte.

*

Das Abendessen im Fortescue House an diesem Abend war für Devlin und Therese ein Pflichttermin. Als Devlin neben Therese in dem überladen dekorierten Salon der Fortescues stand und mit halbem Ohr den Gesprächen der Gruppe folgte, zu der sie beide sich gesellt hatten, war er hauptsächlich damit beschäftigt, seinen Blick durch den Raum schweifen zu lassen und das gesellschaftliche und – noch wichtiger – politische Gewicht der Anwesenden abzuschätzen.

Zum Glück waren weder der Premierminister noch sein Erzfeind Palmerston anwesend. Russells Kabinett stand auf wackeligem Grund, und meistens war es der ehrgeizige und eigensinnige Palmerston, der die Beben verursachte.

Der Marquess of Lansdowne, Ratspräsident und Sprecher des Oberhauses, unterhielt sich mit Innenminister Grey und Auckland, dem Ersten Lord der Admiralität. Lansdowne bemerkte, dass Devlin auf ihn aufmerksam geworden war, und nickte. Devlin nickte zurück und willigte subtil ein, sich alsbald mit dem Marquess zu unterhalten. Inzwischen in die Jahre gekommen, gehörte Lansdowne zu den dienstältesten Parlamentariern und hatte als einer der ranghöchsten Whigs ein Auge auf die jüngeren Kollegen wie Devlin, die vergleichbare rechtliche Bedenken hatten.

Es waren noch einige andere Kabinettsminister sowie mehrere Staatssekretäre anwesend. Devlin war sich bewusst, dass seine und Thereses Aufnahme in Lady Fortescues Gästeliste sowohl auf ihren gesellschaftlichen Rang als auch auf seinen Ruf als Adliger mit einem aufrichtigen Interesse an den politischen Fragen der Zeit und deren Beantwortung zurückzuführen war. Auch wenn er noch keine Ambitionen hatte, unmittelbar Macht auszuüben – zumindest nicht in absehbarer Zukunft –, hielten es viele Mitglieder der verschiedenen Parteien und Fraktionen für wichtig, um seine Stimme zu werben. Es schadete auch nicht, dass andere Parlamentarier sowohl im Oberhaus als auch im Unterhaus auf seinen Rat hörten.

Zwar war er bereit, aktiv zu unterstützen, was er für erstrebenswert hielt, zum Beispiel die Volksbildung, aber er war nicht bereit, sich einer der etablierten Fraktionen anzuschließen. Stattdessen zog er es – ebenso wie Lansdowne – vor, sich eine unabhängige Meinung zu bilden.

Darin wurde er, was vielleicht nicht überraschend war, von Therese stark unterstützt. Devlin bezweifelte, dass sie in ihrem Leben jemals etwas anderes getan hatte, als sich ihre eigene Meinung über eine Sache zu bilden. Daher stand sie ihm zur Seite und unterstützte ihn dabei, alle Gesprächspartner auszuloten und ihnen ihre Meinung zu entlocken.

Das hatte sie schon früher in ähnlichen Situationen getan, doch heute Abend schien sie dabei … konzentrierter zu sein. Transparenter und deutlicher in dem Bestreben, seine Interessen zu fördern.

Nachdem sie sich von einer Gruppe getrennt hatten und bevor sie sich der nächsten anschlossen, neigte sie den Kopf in seine Richtung.

»Wann gedenkst du, mit Lansdowne zu sprechen?«, murmelte sie und blickte ihn an. »Das willst du doch bestimmt tun.«

Er sah ihr in die Augen und nickte. »Aber es wäre vielleicht sinnvoller, wenn wir ihn nach dem Abendessen ansprechen. Bis dahin wird er Zeit gehabt haben, zu verdauen, was er von Grey und Auckland erfahren hat.«

Sie nickte zustimmend, dann überraschte sie ihn, indem sie sich an ihn lehnte und leise fragte: »Wird Palmerston Russell zu Fall bringen?«

Hatte sie das etwa aufgeschnappt?

»Ich würde sagen, es ist sehr wahrscheinlich«, flüsterte Devlin zurück.

»Und die einzige Frage ist nicht ob, sondern wann?«, hakte sie nach. »Das ist jedenfalls das, was ich bei den meisten, mit denen wir heute Abend gesprochen haben, gespürt habe.«

Interessant. Aber er nickte nur, als sie sich einer anderen Gruppe von politisch und gesellschaftlich Kundigen näherten.

Am anderen Ende des Raumes angekommen, warf Devlin einen Blick über die Köpfe derer, mit denen sie bereits Zeit verbracht hatten, und stellte ebenso überrascht wie ein wenig neugierig fest, dass Child sich zu der Versammlung gesellt hatte. Soweit er wusste, hatte sein Jugendfreund und heutiger Erzfeind nie das geringste Interesse an Politik gehabt. Nun, vielleicht hatte Child während der jahrelangen Abwesenheit ein größeres Verständnis dafür entwickelt.

Devlin wandte seine Aufmerksamkeit wieder der laufenden Diskussion über das Übel der fortbestehenden Sklaverei in einigen weit entfernten Teilen des Empires zu.

»Und soweit ich von meinem Bruder erfahren habe«, sagte Lord Kennedy gerade, »gibt es auf irgendeiner Insel vor der Küste Sierra Leones einen Verbrecher, der immer noch aktiv mit Sklaven handelt!«

»Die Regierung muss entschlossener handeln«, erklärte Devlin. »Die Sklaverei sollte eigentlich schon '33 verboten werden, als das Parlament das Gesetz verabschiedete. Schlimm genug, dass es bis '43 dauerte und ein weiteres Gesetz nötig war, um die abscheuliche Praxis zu beenden, die unter der East India Company weiterhin fortbestand. Aber achtzehn Jahre später immer noch Sklaven im britischen Herrschaftsbereich zu dulden, wirft kein gutes Licht auf die Regierung, gleich welcher Couleur.«

Die anderen im Kreis nickten, und einige murmelten: »Hört, hört.«

Lord Kennedy rückte näher an Devlin heran und suchte seinen Blick. »Ich nehme an, Sie werden mit Lansdowne sprechen. Versuchen Sie ihm ein paar Worte über die Lage in Sierra Leone zu entlocken, ja? Mein Bruder hält sie für ziemlich ernst, und sie könnte sich durchaus auf unsere Möglichkeiten auswirken, mit einigen der dortigen Volksgruppen Handel zu treiben, nicht wahr?«

Lord Kennedys Bruder war der Gouverneur von Sierra Leone.

Devlin nickte. »Ich werde sehen, was ich tun kann.«

»Guter Mann.« Seine Lordschaft lächelte Therese an, die an Devlins anderer Seite stand. »Schön, Sie hier zu sehen, meine Liebe. Sie sind ja sehr aufmerksam und scheinen sich alles zu merken. Ich nehme an, Sie wollen Alverton lenken, ja?«

Therese lächelte charmant. »Ich denke, wir sollten ein wenig weiterschlendern.« Sie neigte huldvoll den Kopf. »Bis später, Mylord.«

Mit einem Nicken zu Kennedy und den anderen in der Gruppe trat Devlin gehorsam zurück und ließ sich von Therese zur nächsten Gästegruppe führen. Schon früh in ihrer Ehe hatte er die Erfahrung gemacht, dass ihr gesellschaftliches Timing tadellos war, und das bewahrheitete sich einmal mehr, als sie sich einem Kreis anschlossen, zu dem auch die Duchess von Lewes gehörte, eine einflussreiche politische Wortführerin.

Die Duchess lächelte ihnen wohlwollend zu, und sie beteiligten sich an dem Gespräch, das sich um die Einrichtung von Schulen für Arbeiterkinder in den Midlands drehte, eine von Devlins Herzensangelegenheiten, für die sich Therese besonders eingesetzt hatte. Bald darauf verkündete Lady Fortescues Butler jedoch, dass das Dinner serviert werde. Sie ordnete ihre Gäste rasch in die richtige Reihenfolge und führte sie dann in das Speisezimmer.

Als Devlin die alternde Lady Morpeth, eine seiner Favoriten, durch die Eingangshalle begleitete, hörte er, wie zwei Ladys vor ihm Thereses Verhalten anerkennend kommentierten.

»Von Tag zu Tag scheint sie entschlossener, die herausfordernde Rolle der Countess von Alverton anzunehmen.«

Lady Kilgardie fuhr fort: »Das ist ermutigend, da keiner von uns jünger wird. Wir brauchen mehr Menschen ihres Alters und ihres Standes, die bereit sind, vorzutreten und in den kommenden Jahren unseren Platz einzunehmen.«

»Sehr richtig«, murmelte Lady Finchley. »Und in Anbetracht ihrer ausgezeichneten Beziehungen ist die Countess auf jeden Fall jemand, den wir unterstützen sollten.«

Devlin verbarg ein zufriedenes Lächeln und nahm sich vor, Therese von dieser Unterhaltung zu berichten.

Als sie von Lord Cromwell an den Tisch geführt wurde, stellte Therese fest, dass Lady Fortescue Child zu ihrer Linken platziert hatte. Devlin saß derweil schräg rechts von ihr, auf der anderen Seite des Tisches. Da es in einer solchen Umgebung erlaubt war, über die Tafel hinweg zu sprechen, kam ihr das sehr gelegen.

Nachdem sie sich während der Suppe mit Lord Cromwell unterhalten hatte, wandte sie ihre Aufmerksamkeit nun pflichtbewusst Child zu.

»Ich muss gestehen, dass ich überrascht bin, Sie bei einer Veranstaltung wie dieser zu sehen, Mylord.« Therese nahm einen Schluck ihres Weins und begegnete Childs charmantem Lächeln über den Rand ihres Glases hinweg mit angemessener Skepsis. Sie senkte das Glas und murmelte: »Ich hätte gedacht, dass eine solche Unterhaltung für Ihren Geschmack zu ernst ist.«

Child legte sich die Hand auf die Brust und lehnte sich mit gespielter Bestürzung zurück.

»Sie verletzen mich, Countess«, behauptete er, doch dann grinste er. »Die Wahrheit ist, dass mein Vater mir geschrieben und mich gebeten hat, ihn heute Abend zu vertreten. Ich vermute, dass er und meine Mutter hoffen, dass mir der Kontakt mit dieser Seite des gesellschaftlichen Lebens etwas von der Ernsthaftigkeit vermitteln kann, von der«, er schwenkte sein Glas in ihre Richtung, »so viele glauben, dass es mir daran mangelt.«

Therese bemerkte einen Unterton von Bitterkeit in Childs absichtlich unernstem Tonfall.

»Halten Sie das für wahrscheinlich?«

Er ließ den Blick über den Tisch schweifen, wobei er einen Moment lang auf Devlin verweilte.

»Wenn dieses Treffen mehr mit Investitionen zu tun hätte, könnte ich vielleicht ein gewisses Interesse aufbringen«, fuhr Child dann fort. »Aber da ich der zweite Sohn bin und der politische Stab an meinen Bruder weitergegeben wird, sehe ich wenig Sinn darin, mich für diese Dinge zu interessieren.«

Sie neigte den Kopf und versuchte sich einen Reim auf das zu machen, was sie in Childs bernsteinfarbenen Augen gesehen hatte.

»Sie könnten jederzeit einen eigenen Sitz beanspruchen.«

Er blinzelte ihr zu, dann starrte er sie an, als ob er gerade in der Ferne etwas wahrnehmen würde. Nach einem Moment kehrte er in die Gegenwart zurück und hob sein Glas noch etwas neckischer.

»Vielleicht.« Er trank einen Schluck, dann sagte er entschlossener: »Wenn ich mir erst alles wieder vergegenwärtigt habe, was ich über das gesellschaftliche Leben vergaß, werde ich mich vielleicht politisch orientieren.«

Sie beschloss, ihn mit diesem Gedanken allein zu lassen und nicht weiter in ihn zu dringen. Geschickt lenkte sie das Gespräch auf die Oper, indem sie ihn fragte, wie ihm der letzte Akt gefallen habe. Bald schon stellte sie fest, dass Child, wie sie vermutet hatte, noch weniger von Opernaufführungen verstand als Devlin; und als die Lady an Childs anderer Seite sich vorlehnte, um ihn anzusprechen, wich Therese zurück und wandte ihre Aufmerksamkeit ihrem Mann zu.

Während die Gänge kamen und gingen, widmete sie ihr beträchtliches Geschick der Leitung der Gespräche, die diesen Teil des Tisches beschäftigten, und ermutigte diejenigen, von denen sie wusste, dass Devlin sie aushorchen wollte, ihre Ansichten zu verschiedenen Themen zu äußern.

Devlin begriff offenbar sofort, was sie vorhatte, und war schnell bereit, ihr mit Fragen zur Seite zu stehen. Zur Freude von Therese bildeten er und sie ein gutes und effektives Team.

Ihre Freude verdoppelte sich, als sie bemerkte, dass Child sich nach vorn gebeugt hatte und dem Gespräch sichtlich interessiert zuhörte.

Anlässlich einer Bemerkung Lord Philpotts murmelte Child Therese zu: »Ich kann mich nicht entscheiden – ist Ihre Aufmerksamkeit für solche Themen von persönlichem Interesse geleitet, oder legen Sie sich für Devlin ins Zeug?«

Die Frage überraschte sie.

»Kann es nicht beides sein?«, antwortete sie nach einer Sekunde des Nachdenkens. Dann räumte sie ein: »Obwohl ich bezweifle, dass ich so interessiert wäre – beziehungsweise genug wüsste, um so interessiert zu sein –, wenn ich nicht in Devlins Nähe gewesen wäre und zugehört hätte, wie er die Probleme mit anderen diskutiert hat.«

Eine Bemerkung lenkte ihre Aufmerksamkeit zurück auf Lord Cromwell, der sich ernsthaft mit Devlin und den ihn flankierenden Personen unterhielt. Die Lady an Lord Cromwells anderer Seite trug ebenfalls zum Gespräch bei.

Als einige Minuten später eine laute Diskussion weiter oben am Tisch alle Blicke auf sich zog, zupfte Child Therese am Ärmel.

»Mir ist vorhin aufgefallen, dass Sie in dieser Gesellschaft häufiger an Devlins Seite bleiben als zum Beispiel bei einer gesellschaftlichen Veranstaltung«, sagte er, als er ihre Aufmerksamkeit hatte.

»Bei rein gesellschaftlichen Anlässen ist wahrscheinlich keine Begegnung von großer Bedeutung für unser Leben«, erklärte sie schulterzuckend. »Hier ist es … man könnte wohl sagen, eine Art Geschäft, und manchmal sehe und höre ich Dinge und erhalte Einblicke, die Devlin als Mann einfach nicht wahrnimmt. Wenn ich ihn damit unterstützen kann, dass ich bei ihm bin und mir eine Meinung bilde, dann tue ich das.«

Erneut zog das Gespräch zu ihrer Rechten ihre Aufmerksamkeit auf sich.

Child lehnte sich zurück und dachte über das nach, was sie ihm geantwortet hatte, gerade eben und auf seine vorige Frage.

Angestrengt versuchte er zu begreifen, was zwischen seinem alten Jugendfreund und dessen Frau vor sich ging. Weil er Devlin kannte, war Childs Neugier, seit er Therese kennengelernt hatte, immer größer geworden. Doch er wurde aus den beiden einfach nicht schlau, und je häufiger er sie zusammen erlebte, desto faszinierter war er.

Er warf einen Blick auf Therese, schaute dann über den Tisch zu Devlin und beobachtete nicht zum ersten Mal, wie die beiden sich im Gespräch geschickt die Bälle zuwarfen. Alles, was er an diesem Abend zu Gesicht bekommen hatte, sprach für eine funktionierende Partnerschaft, die auf den Stärken beider Parteien beruhte, und doch war er überzeugt, dass zwischen Devlin und Therese irgendetwas nicht ganz in Ordnung war.

Lady Fortescue schlug leicht mit einem Löffel an ihr Glas. Als alle in ihre Richtung blickten, lächelte sie und erhob sich, was alle Gäste aufstehen ließ. Nachdem sie die Gentlemen freundlich ermahnt hatte, nicht zu lange zu trödeln, führte sie die Ladys aus dem Raum und überließ es den Männern, einander die Karaffen zu reichen und ihre Gespräche fortzusetzen.

Völlig zufrieden mit der Unterstützung, die sie Devlin bisher geben konnte, ging Therese mit den anderen Ladys und hörte mit ehrlichem Interesse Mrs. Holbrook zu, die eine entschiedene Verfechterin der Schulbildung für die Massen war. Therese und Devlin hatten auf den Alverton-Gütern bereits Schulen für die Dorf- und Arbeiterkinder eingerichtet.

Als eine der jüngeren Anwesenden stellte sie sich neben den Kamin. Andere Ladys blieben ebenfalls stehen und überließen die Stühle denen, die sie brauchten. Therese plauderte mit zwei Ladys ihres Alters, die noch etwas unerfahren bei solch politischen gesellschaftlichen Veranstaltungen waren. Doch abgesehen davon, dass sie ihre politisch etablierten Ehemänner begleitet hatten, verstand keine der beiden Ladys viel von Politik und Politikern.

Therese fand das enttäuschend und ziemlich merkwürdig. Sie konnte sich nicht vorstellen, nicht alle Einzelheiten von Devlins Position zu jedem aufkommenden Thema zu kennen. Wie sollte sie ihm wirksam helfen, wenn sie seine Ansichten nicht kannte und verstand?

Schließlich trennte sie sich von den Ladys und ging hinüber zur alten Lady Morpeth, die Therese praktisch seit ihrer Geburt kannte.

Nachdem sie sich nach Thereses Eltern und der Familie erkundigt hatte, tätschelte Lady Morpeth Thereses Hand.

»Du machst dich sehr gut, meine Liebe. Mach weiter so!«

Obwohl ihr nicht ganz klar war, zu welchem Verhalten Lady Morpeth sie ermutigen wollte, lächelte Therese und versprach ihr, damit weiterzumachen. Sie wollte sich gerade zum Rand der Versammlung treiben lassen, als sich ihr überraschenderweise Lady Kilgardie und Lady Finchley in den Weg stellten.

Beide waren Witwen, hatten aber zu ihrer Zeit hoch angesehene politische Salons unterhalten. Therese blieb stehen und grüßte die beiden höflich.

Lady Kilgardie nickte wohlwollend, fasste sie aber scharf ins Auge.

»Meine liebe Countess, ich wollte nicht unerwähnt lassen, wie ermutigend es ist, dass Sie sich so aktiv mit politischen Angelegenheiten beschäftigen.«

»An der Seite Ihres Mannes«, fügte Lady Finchley hinzu.

»In der Tat«, fuhr Lady Kilgardie fort. »Die Regierung, ja das Land braucht frisches Blut, frische Ideen und Menschen mit Energie, um die Politik voranzutreiben.«

»Wir müssen dafür sorgen, dass die richtigen politischen Maßnahmen ergriffen werden, damit unser Land gedeiht«, erklärte Lady Finchley.

Therese war sich nicht sicher, was da von ihr verlangt wurde, falls überhaupt, neigte aber dennoch den Kopf.

»Ich bin sicher, dass es Devlins Bestreben ist, die hilfreichste Politik zu unterstützen, und als seine Frau werde ich natürlich an seiner Seite stehen.«

Offenbar hatte sie die richtige Antwort gegeben, denn beide Ladys strahlten.

»Ausgezeichnet, meine Liebe!« Lady Kilgardie klopfte bekräftigend mit ihrem Stock auf den Boden. »Sie können sich darauf verlassen, dass wir Ihre Fortschritte mit Interesse verfolgen werden.«

Lady Finchley tätschelte Thereses Arm, so wie es Lady Morpeth getan hatte. »Vergessen Sie nie, meine Liebe, dass alle Gentlemen mit politischen Ambitionen den Beistand einer hingebungsvollen Lady benötigen, die sie dabei unterstützen, den größeren Zusammenhang zu erkennen.«

»Sehr gut.« Lady Kilgardie deutete mit ihrem Stock nach vorne. »Komm jetzt, Emma. Wir müssen noch mit deiner Patentochter sprechen.«

Mit einem Nicken zu Therese gingen die beiden weiter durch den Raum. Etwas verdutzt beobachtete sie, wie die beiden Damen eine der jüngeren Ladys, mit der sie zuvor gesprochen hatte, in die Zange nahmen.

Dann erregte eine Bewegung an der Tür ihre Aufmerksamkeit, und sie gewahrte mit einer gewissen Erleichterung, wie die Gentlemen hereingeschlendert kamen, um sich wieder den Ladys anzuschließen.

Sie entdeckte Devlin und lächelte.

Wie von einem sechsten Sinn geleitet, fiel Devlins Blick beim Überschreiten der Schwelle sofort auf seine Frau. Er registrierte ihr warmherziges Lächeln, reagierte auf dieses Willkommenszeichen, korrigierte seinen Kurs und ging zu ihr.

Sie hakte sich sofort bei ihm unter und beugte sich näher zu ihm.

»Einige der älteren Ladys hatten die Güte, mir Mut zuzusprechen«, vertraute sie ihm an und lächelte. »Ich betrachte das als einen kleinen Triumph.«

Er erwiderte ihr Lächeln. »Das solltest du. Du weißt ebenso gut wie ich, dass sie mit ihrem Zuspruch für gewöhnlich alles andere als freigiebig sind.«

Das Strahlen in ihrem Gesicht erfreute ihn. Dann blickte sie sich im Raum um.

»Wer ist der Nächste?« Sie entdeckte Lansdowne. »Der Marquess?«

Devlin betrachtete den älteren Politiker. »Ich glaube, du hast recht.«

Gemeinsam traten sie an Lansdowne heran, und wie Devlin vermutet hatte, wollte der Sprecher des Oberhauses von ihm in Erfahrung bringen, wie er abzustimmen gedachte.

Zu diesem Zweck trennte sich Lansdowne von den anderen, mit denen er sich unterhalten hatte, und stellte sich mit Devlin und Therese etwas abseits, um für ein wenig Privatsphäre zu sorgen. Es waren Gespräche wie dieses, die durch die Abendessen in Häusern wie dem der Fortescues ermöglicht und gefördert werden sollten.

»Nun denn, Devlin.« Lansdownes Blick ging an ihm vorbei zu Therese, und Seine Lordschaft neigte den Kopf. »Countess.«

Ohne weitere Umschweife begann der Marquess, ihnen einen Überblick über mehrere anstehende Gesetzesentwürfe und die bereits vorgeschlagenen Änderungen zu verschaffen.

Devlin hörte aufmerksam zu. Die geplanten Gesetzesentwürfe beinhalteten Änderungen, die mehr als nur oberflächlich in die Mechanismen des Kapitalverkehrs eingriffen und deshalb wahrscheinlich Auswirkungen auf sein Familienvermögen sowie das der meisten anderen Oberschichtfamilien haben würden. Letzten Endes gefährdeten sie den Wohlstand all jener, die von den Alverton-Gütern und allem vergleichbaren Grundbesitz abhängig waren.

Während Devlin aufmerksam zuhörte, beruhigte ihn die Gewissheit, dass die Lady neben ihm sich mit Sicherheit an alles erinnern würde, was er verpassen oder vergessen könnte. Geschult durch die Übung, alle weit verstreuten Zweige der Stammbäume der Adelshäuser, aus denen sich die höhere Gesellschaft zusammensetzte, richtig im Kopf zu behalten, war Thereses Gedächtnis seiner Meinung nach unübertroffen.

Als Lansdowne seine Ausführungen beendet hatte, stellte Devlin mehrere Fragen. Es amüsierte ihn, dass Therese sich von Lansdowne nicht einschüchtern ließ. Allerdings war sie darauf bedacht, den Erwartungen des älteren Mannes entgegenzukommen, anstatt eigene Fragen zu stellen. Dabei formulierte sie ihre Gedanken und Überlegungen so, dass die dem Marquess dennoch die gewünschten Informationen entlockten.

Devlin fragte sich, ob Lansdowne überhaupt bemerkte, dass er manipuliert wurde. Dessen ungeachtet war er den ganzen Abend über äußerst dankbar und froh, Therese an seiner Seite zu haben.

*

Am nächsten Morgen beschloss Devlin, seine Frau zum Sonntagsgottesdienst in der St. George's Church am Hanover Square zu begleiten. Angenehm entspannt saß er neben Therese und ließ die Predigt auf sich wirken.

Er war zwar kein regelmäßiger Kirchgänger, aber wie die meisten Gentlemen seines Schlages ließ er sich gelegentlich blicken – in seinem Fall immer dann, wenn er die übliche Zusammenkunft nach dem Gottesdienst auf dem Vorplatz der Kirche nutzen wollte, um mit seinen politisch oder geschäftlich interessierten Standesgenossen in Kontakt zu treten. Auch wenn diese nicht immer anwesend waren, so war der Treffpunkt doch ein nützlicher Ort, um Informationen auszutauschen, die in einem formelleren Rahmen nicht besprochen werden konnten.

Heute jedoch war er nur dort, um mehr gesellschaftlich akzeptierte Zeit mit seiner Frau zu verbringen. Außerdem konnte er sich darauf verlassen, dass er hier weder von Child noch von Martin abgelenkt werden würde, denn beide erschienen üblicherweise nicht in diesem Gotteshaus.

Der Gottesdienst verlief auf gewohnte Weise, und Devlin befolgte die Aufforderungen des Pfarrers, ohne darüber nachzudenken. Als sich die Gemeinde erhob, um das letzte Lied zu singen, lächelte er beim Aufstehen Therese an und lauschte dann ihrer klaren Altstimme, die mit der Orgel, dem Chor und den Stimmen der anderen Gemeindemitglieder zu einem würdevollen Lobgesang auf den Herrn verschmolz.

Nachdem der letzte lange Ton verklungen war, hob der Pfarrer die Hände, und die Gemeinde verneigte sich für die Segnung. Nach dem Segen ging der Pfarrer als Erster den Gang entlang, und Devlin raffte sich aus seinem zufriedenen, fast schläfrigen Zustand auf und begleitete Therese im Gefolge des Pfarrers den Gang hinunter.

Therese war froh, Devlin an ihrer Seite zu haben. Während sie und Devlin im üblichen gemächlichen Gang das Kirchenschiff durchmaßen, lächelte und nickte sie so mancher Lady und manchem Paar freundlich zu. Sie schätzte es immer, wenn sie seinen Arm zum Anlehnen hatte und seine schützende Anwesenheit an ihrer Seite spürte, doch viele verheiratete Ladys besuchten den Sonntagsgottesdienst ohne ihre Ehemänner. Besonders während der Saison und jetzt, im Oktober, da sich die Hälfte der Oberschichtfamilien bereits aufs Land zurückgezogen hatte, hatte sich die Gemeinde von St. George, der bevorzugten Kirche der besseren Gesellschaft, ausgedünnt. Therese war froh über Devlins Gesellschaft, obwohl sie ernsthaft bezweifelte, dass seine Anwesenheit in irgendeiner Weise mit seinen spirituellen Bedürfnissen zu tun hatte.

Als sie sich dem Haupteingang und dem Seelsorger näherten, neigte sie den Kopf zu ihm hinüber.

»Gibt es jemanden, den du hier zu treffen hoffst?«, murmelte sie.

Sie nahm an, dass dies der Grund für seine Anwesenheit war, und nach der Ermutigung, ihr Interesse an seiner politischen Karriere weiter zu vertiefen, die sie am Abend zuvor von allen, vor allem aber von ihm erhalten hatte, brannte sie darauf, diesen Weg weiterzuverfolgen und mehr zu erfahren.

Zu ihrer Überraschung erwiderte er ebenso *sotto voce*: »Eigentlich nicht.«

Sie warf ihm einen leicht erschrockenen Blick zu.

»Aber wenn wir auf einen meiner Kollegen aus dem Oberhaus treffen, wäre das ein zusätzlicher Bonus«, fügte er, den Blick nach vorne gerichtet, leise hinzu.

Inzwischen hatten sie die Tür erreicht und waren an der Reihe, den Seelsorger zu begrüßen. Sie musste nach vorne blicken, lächeln, die Hand ausstrecken und die üblichen Höflichkeitsfloskeln austauschen, auch wenn ihr die Frage »*Wieso ein* zusätzlicher *Bonus?*« durch den Kopf ging.

Devlin unterbrach sein zufriedenes Schwelgen und konzentrierte sich, während er dem Pfarrer die Hand schüttelte und ihn für seine Predigt lobte, wieder voll und ganz auf seinen Feldzug.

Mit einem höflichen Lächeln wandte er sich von dem Seelsorger ab, nahm Therese am Ellbogen und führte sie an den Rand des Portikus. Rasch ließ er den Blick über die Menge schweifen.

»Da ist Kilroy mit seiner Frau«, murmelte er dann mit geneigtem Kopf. »Ich würde gerne mit ihm über einige von Lansdownes Ideen sprechen.«

In der Annahme, sie würde die Gelegenheit nutzen wollen, um sich mit einigen ihrer weiblichen Bekannten zu unterhalten, ließ er sie los. Doch wider Erwarten legte sie ihm ihre Hand auf den Ärmel und begleitete ihn dorthin, wo Lord und Lady Kilroy mit zwei anderen Ladys plauderten.

Die drei Damen kannten Therese, sodass es für sie ein Leichtes war, die Begrüßung kurzzuhalten, dann die Führung zu übernehmen und sie in eine Diskussion über die neuesten Frisuren zu verwickeln. Mit einem kurzen Blick in Richtung Devlin gab sie ihm zu verstehen, dass sie den Weg frei machte, damit er Kilroy für sich allein hatte.

Devlin verbarg ein Grinsen, als Kilroy sich, wie vorherzusehen gewesen war, erleichtert zu ihm umdrehte.

»Mein Kompliment an Ihre Gemahlin, Devlin«, sagte er leise. »Ich weiß einfach nicht, worüber ich mit all diesen Ladys reden soll.«

Devlin lächelte verständnisvoll und begann mit dem kurzen Abriss eines Themas, das Lansdowne angesprochen hatte.

»Die Frage ist, ob wir für oder gegen die Abschaffung des obligatorischen Nachweises von Immobilienbesitz sind, die der Wahl ins Unterhaus vorausgeht«, schloss er schließlich.

»Hmm.« Kilroy runzelte die Stirn. »Das war eine der Forderungen der Chartisten, nicht wahr?«

Die beiden anderen Ladys hatten sich gerade verabschiedet, doch Therese und die etwas ältere Lady Kilroy wandten sich ihren Männern zu, sodass sie Kilroys Frage hören konnten.

»Was fordern die Chartisten?«, erkundigte sich Lady Kilroy.

Devlin erklärte es kurz.

»Niemand tritt dafür ein, auf sämtliche Forderungen einzugehen, aber man meint, dass die Regierung zumindest die Reformvorschläge prüfen sollte, deren Wert sich nicht von der Hand weisen lässt«, fuhr er dann fort und lächelte schief. »Es heißt schließlich nicht umsonst Russell, der Reformer.«

Kilroy schnaubte. »Trotzdem kann ich den Sinn einer Repräsentanz im Unterhaus verstehen. Ich kann nicht erkennen, dass uns im Oberhaus das beeinträchtigen würde.«

»Stimmt. Ich gehe davon aus, dass die meisten von uns unentschlossen sind – ein Votum dafür hat auf uns schließlich nicht die geringsten Auswirkungen. Das einzige Problem, das ich dadurch aufkommen sehe, ist die Frage, was eine solche Änderung für die Führungsrolle im Unterhaus bedeuten könnte.«

Darauf Bezug nehmend fragte Therese, was denn, nach Ansicht von Devlin und Seiner Lordschaft, rein hypothetisch zu einer Gefahr werden könnte.

»Sofern der obligatorische Besitznachweis überhaupt aufgehoben wird«, fügte sie ergänzend hinzu.

Zu Devlins Überraschung entzündeten die Antworten darauf unter den vieren eine lebhafte und weitreichende Diskussion. Lady Kilroy war seit mehr als einem Jahrzehnt eine scharfe Beobachterin der Politik und neigte nicht zur Zurückhaltung, wenn es darum ging, ihre Ansichten darzulegen.

Lord Compton und Lord Gisborne, die einige Bemerkungen mitbekamen und neugierig wurden, schlossen sich der Gruppe an. Therese ermutigte die beiden ebenfalls, ihre Ansichten zu äußern, und so war die Gruppe innerhalb kürzester Zeit viel größer, als Devlin es ursprünglich vorgesehen hatte.

Er musste zugeben, dass dieses Gespräch viel weitreichender war, als es das gewesen wäre, wenn die vier nur unter sich geblieben wären. Die Ladys, und zwar beide, steuerten Gesichtspunkte und Einschätzungen bei, welche die Gentlemen nicht gleich erkannt hatten.

Als Lady Compton und Lady Gisborne herbeieilten, um ihre Gatten zurückzufordern, gehörte ihre Gruppe zu den letzten, die noch unter dem Portikus standen, und keiner von ihnen hatte bemerkt, wie die Zeit vergangen war.

Sie dankten einander aufrichtig für ihre Zeit, dann trennten sie sich. Arm in Arm mit Therese ging Devlin in Richtung der Kutsche, die um die Ecke auf dem Platz wartete.

»Das war anregend«, bemerkte Therese.

Er betrachtete ihr Gesicht, das sie in die leichte Brise hielt, und lächelte.

»Das war es«, bestätigte er. »Und danke – du warst eine große Hilfe.«

Das Lächeln, das sie ihm schenkte, war voller Zufriedenheit.

Verdientermaßen. Er konnte nicht verstehen, warum er sie nicht schon viel früher dazu ermutigt hatte, ihn in der Sphäre der Politik zu unterstützen. Ihr ausgeprägtes gesellschaftliches Geschick machte es ihr leicht, Gespräche zu lenken, und oft vollbrachte sie diese Aufgabe, ohne dass ihre Gesprächspartner es bemerkten.

Vor allem dank ihrer Hilfe – und der von Lady Kilroy – hatte er nun ein viel tieferes Verständnis für die Probleme, die bei der Vorlage einiger der vom Premierminister befürworteten Gesetzesvorlagen auftreten konnten. Wenn er das nächste Mal mit Lansdowne sprach, würde er einiges zu berichten haben ...

Sie erreichten die Kutsche, wo ihnen Dennis, der Lakai, würdevoll die Tür aufhielt. Schwungvoll reichte Devlin Therese die Hand. Mit einem strahlenden Lächeln, das verriet, dass sie mit ihrem Vormittag rundum zufrieden war, legte sie ihre Finger in seine, und mit einem sehr ähnlichen Lächeln half er ihr beim Einsteigen, um ihr dann zu folgen.

*

In den frühen Morgenstunden des nächsten Tages lag Devlin ausgestreckt neben Therese in ihrem bequemen, zerwühlten Bett.

Dem leisen, gleichmäßigen Atmen und der Schlaffheit

ihrer Glieder nach zu urteilen, war sie immer noch tief im selbstvergessenen Schlaf erschöpfender Befriedigung versunken. Ein Zustand, in den auch Devlin eingetaucht war, bis eine hartnäckige, quälende Frage durch den erfüllten Dämmerzustand gedrungen war, die ihn seither wach hielt.

Er wusste nicht, was ihn darauf gebracht hatte oder warum es ihm so wichtig erschien, aber plötzlich flammte die Frage »Liebt sie mich?« in seinem Kopf auf.

Er konnte nicht verhindern, dass er darauf reagierte. In Gedanken ließ er ihre gemeinsame Vergangenheit Revue passieren, vor allem ihre gemeinsamen Unternehmungen der letzten Wochen, und da insbesondere die Aktivitäten der letzten Stunden.

Während er die Ereignisse rekapitulierte, löste sich die quälende Spannung, die ihn so plötzlich ergriffen hatte, und fiel von ihm ab. Wenn man sich vergegenwärtigte, wie sie sich in den letzten Stunden verhalten hatte, hätte nur ein äußerst unsicherer Mann daran gezweifelt, dass sie ihn liebte – und so ein Mann war er ganz bestimmt nicht.

Sie liebte ihn. Sie hatte es in dieser Nacht getan, in den letzten Wochen, in den letzten Monaten, in den letzten fünf Jahren und darüber hinaus. Sie hatte ihm von Anfang an ihre Liebe geschenkt, und er hatte das immer gewusst. Warum also die Frage?

Er wusste es wirklich nicht, und das machte ihn ein wenig unruhig.

In der Hoffnung, so das beunruhigende Gefühl zu vertreiben, konzentrierte er sich auf die Fortschritte, die er auf seinem Feldzug gemacht hatte. Er hatte sich ihr gesellschaftlich angenähert und Wege gefunden, mehr Zeit an ihrer Seite zu verbringen. Er hatte ihr mit Martin geholfen, und sie freute sich unverkennbar darüber, wie gut er und ihr jüngerer Bruder miteinander auskamen. Und – zugegebenermaßen etwas zu seiner Überraschung – fiel es ihm leicht, sie für die geschäftlichen und politischen Aspekte seines Lebens zu interessieren. Er konnte sich sogar vorstellen, dass sie in diesen Bereichen von nun an eine viel engere Partnerschaft eingehen würden.

All diese kleinen, aber zielgerichteten Schritte hatten noch besser funktioniert, als er es sich erhofft hatte. Als er es ihr ermöglicht hatte, in der Oper eine besondere Aufführung zu sehen, war es ihm gelungen, ihr ein unerwartetes Geschenk zu machen, und das hatte sie außerordentlich glücklich gemacht.

Sie glücklich zu machen, war nun der Maßstab, an dem er jedes potenzielle Geschenk, jeden Ausflug und jede Veranstaltung maß. Wenn es sie glücklich machte, ausgezeichnet. Und wozu sollte es gut sein, wenn es sich anders verhielt?

Wenn er auf die letzten Wochen zurückblickte, empfand er eine unverkennbar tiefe Erleichterung darüber, dass es ihm gelungen war, das zu erreichen, was er erreicht hatte, ohne ihre bereits bestehende Beziehung in irgendeiner Weise zu stören oder zu beschädigen. Er hatte darauf aufbauen können, ohne sie in irgendeiner Weise zu beeinträchtigen.

Er wandte den Kopf und sah Therese an. Sie schlief noch immer, ihr Gesichtsausdruck – entspannt und unberührt von der elementaren Energie ihres Bewusstseins – war der einer sanften Madonna, ihr Gesicht umrahmt von dem goldenen Gespinst ihres zerzausten Haares.

Er atmete langsam ein und spürte die Gefühle, die in

ihm wuchsen – vertraut und doch stärker, tiefer, kraftvoller. Diese Gefühle waren schon immer da gewesen, wenn sie ihre Lust miteinander geteilt hatten, aber in den letzten Wochen war ihre andauernde Intimität und das, was sie dadurch miteinander teilten, noch wertvoller geworden, zumindest für ihn. Mehr durchdrungen von Bedeutung und Gefühlen, die tief in seine Seele reichten.

Er hoffte, dass sie dasselbe empfand.

Er sah sie an, fragte sich und hoffte, ließ die Frage zu, die in seinem Kopf herumschwirrte. War er bereit, den letzten Schritt zu tun und ihr die Augen zu öffnen?

Wie?

Er dachte darüber nach, wie er es anstellen konnte. Die einzige Möglichkeit, die ihm realistisch erschien, war so etwas wie eine Erklärung.

Er versuchte es sich vorzustellen, die Worte zu formulieren, mit denen er erklären wollte, was er getan hatte und wie er seinen Fehler wiedergutmachen wollte. Doch an diesem Punkt sträubte sich sein Verstand und stockte, ähnlich einem Pferd, das vor einem Hindernis scheute.

Er runzelte die Stirn. Offensichtlich war er noch nicht so weit.

Er verzog das Gesicht. Zwar verstand er sich hervorragend darauf, spontan zu reagieren und im Dienste seiner unmittelbaren Interessen Situationen zu seinem Vorteil zu nutzen, wenn sie sich ergaben, aber langfristige Planung gehörte nicht zu seinen Stärken. Tatsächlich hatte diese Schwäche wesentlich zu seinem derzeitigen Dilemma beigetragen: Er hatte nicht damit gerechnet, dass er seine Meinung ändern würde, wenn er sich eingestand, dass ihre Ehe tatsächlich eine echte Liebesheirat war.

Und jetzt ...

Wahrscheinlich wäre es klug von ihm gewesen, seine Stärken auszuspielen und davon auszugehen, dass ihm die erforderlichen Worte und Handlungen einfallen würden, sobald er bereit war, Therese seine Liebe zu erklären, und sich eine entsprechende Situation einstellte. Auf diese Weise erzielte er in der Regel die besten und wünschenswertesten Ergebnisse.

Er konzentrierte sich wieder auf ihre Gesichtszüge, dann seufzte er leise und zwang sich, aus dem Bett zu steigen.

Nachdem er seinen Morgenmantel angezogen hatte, ging er zu der Verbindungstür, die in sein Zimmer führte, öffnete sie und trat ein. Vorsichtig schloss er die Tür, ging dann zu seinem kalten und einsamen Bett und kroch zwischen die kühlen Laken.

In einem Punkt war er sich zumindest ganz sicher: Er war es langsam leid, den Sonnenaufgang allein zu erleben.

Kapitel 8

Da sie morgens keine Verpflichtungen hatte, entschied sich Therese, ihren Morgentee mit den Kindern im Kinderzimmer einzunehmen.

Der große, L-förmige Raum nahm einen großen Teil des Dachbodens ein, wobei der lange Arm über eine ganze Länge des Hauses verlief und der kleinere Arm sich über die Hälfte der Vorderseite erstreckte. Der Unterrichtsraum, in dem die Kinder die meiste Zeit des Tages verbrachten, befand sich in dem kleineren Arm, dessen große Fenster einen wunderbaren Blick auf die Wipfel der Bäume im Park boten. Therese schaute in diese Richtung und sah in der Ferne die Glasscheiben des bald abzubauenden Kristallpalastes in einem verirrten Strahl der Herbstsonne blinken.

»Siehst du, Mama?« Die Jungen hatten gezeichnet und Spencer hielt stolz sein Werk in die Höhe. »Das ist Nobbin auf dem Rasen des Priorats.«

Nobbin war Spencers Pony. Therese betrachtete die seltsam geformte, knubbelige braune Gestalt mit aller Bewunderung, die ihr ältester Sohn erwarten mochte.

»Es ist sehr gut getroffen, mein Schatz«, lobte sie. »Bald wirst du so gut zeichnen können wie dein Großonkel Gerrard.«

Spencer strahlte. Therese schlug ihm vor, das Blatt beiseitezulegen und es später seinem Vater zu zeigen.

Rupert, der ebenfalls an dem niedrigen Tisch saß, neben dem sich auch Therese niedergelassen hatte, beugte sich über seine künstlerische Arbeit und stieß einen missmutigen Seufzer aus. Als Spencer seine Zeichnung nahm, um sie auf dem breiten Fenstersims abzulegen, blickte Rupert mit müder Resignation zu Therese auf.

»Ich habe versucht, Pippin zu zeichnen, aber ich kriege ihn einfach nicht hin.«

Pippin war natürlich Ruperts Pony.

Therese lächelte beschwichtigend. »Lass mich mal sehen.«

Widerwillig richtete sich Rupert auf, nahm sein Blatt in die Hände und hielt es ihr hin.

Therese nahm die Zeichnung und betrachtete sie genauer als die von Spencer. Obwohl er ein Jahr jünger war, hatte Rupert ein besseres Gespür für Linien und Perspektiven als Spencer.

»Du hast ein gutes Auge, auch wenn es sich erst noch entwickelt«, sagte Therese zu ihrem zweiten Sohn. Insgeheim nahm sie sich vor, Ruperts künstlerische Fortschritte weiterhin zu beobachten – schließlich lag das Zeichnen in ihrer Familie –, und gab ihm das Blatt zurück. »Das ist jetzt schon gut genug. Leg es zu dem von Spencer, damit dein Vater es später sehen kann, und dann«, sie schloss Spencer in ihren Blick ein, »habe ich noch eine Aufgabe für euch zwei.«

Spencer eilte zurück an den Tisch und setzte sich. Während sie darauf wartete, dass Rupert seine Zeichnung zu der von Spencer legte und zurückkehrte, blickte Therese auf Horry hinunter. Ihre Tochter saß auf dem Boden neben Thereses Stuhl und wurde von Gillian, einem der Kindermädchen, beaufsichtigt.

Mit ihren achtzehn Monaten konnte Horry kaum einen Buntstift halten. Dennoch hatte sie ein großes Blatt Papier vor sich auf dem Boden ausgebreitet und verzog ihr kleines Gesichtchen, wild entschlossen, ihr Zeichen zu setzen. Konzentriert stocherte sie auf dem Papier herum.

Therese lächelte, und weil Rupert zu seinem Stuhl zurückkehrte, richtete sie ihre Aufmerksamkeit wieder auf ihre Söhne.

»Jetzt nimmt sich jeder von euch ein neues Blatt Papier.« In der Mitte des Tisches lag ein Stapel weißer Blätter, und sie wartete, bis jeder sich eines genommen hatte. »Also gut, ich möchte, dass ihr mir einen Baum malt.« Sie hielt einen Finger hoch, um sie aufzuhalten. »Ihr sollt nichts anderes als einen Baum zeichnen, aber ich möchte, dass ihr zuerst die Augen schließt und euch den Baum vorstellt, bis ihr ihn deutlich in eurem Kopf sehen könnt. Ihr sollt genau wissen, was für eine Art von Baum das ist – ihr kennt inzwischen genug verschiedene Bäume. Stellt euch vor, wie die Äste vom Stamm abstehen und wie die Blätter an den Zweigen hängen. Wenn ihr euch absolut sicher seid, wie euer Baum aussieht, könnt ihr die Augen wieder öffnen und anfangen zu zeichnen.«

Beide Jungen hatten ihre Augen geschlossen. Rupert runzelte leicht die Stirn, doch als sie Spencer ansah, hellte sich dessen Miene auf. Er öffnete die Augen und nahm seinen Stift zur Hand, Rupert jedoch hielt seine Augen noch eine ganze Minute lang geschlossen, bevor er sie öffnete und, immer noch mit leicht gerunzelter Stirn, zu zeichnen begann.

Hm. Therese nahm sich vor, ihren Onkel Gerrard Debbington zu fragen, welche Übungen er empfehlen würde, um ein Kind zu fördern, das womöglich das Talent zum Zeichnen hatte.

Während die Jungs arbeiteten und Horry pikste und auf ihrem Blatt herumwütete, schenkte sich Therese eine Tasse Tee ein. Sie lehnte sich zurück und nippte daran. Ihr Blick schweifte zum Fenster, und sie merkte, wie ihre Gedanken von ihren Kindern zu deren Vater wanderten.

Sie war sich nun sehr sicher, dass sich in ihrer Beziehung etwas verändert hatte. Nicht als Folge eines Reifeprozesses, wie sie zunächst angenommen hatte, sondern tatsächlich verändert, wenn auch auf subtile Weise.

Sie erinnerte sich an ihre frühere Vorstellung von einem Schild, der sich senkte, von einer Barriere, die weggenommen wurde. Ja, es war etwas in dieser Richtung, und ja, es war Devlin, der sich verändert hatte, nicht sie. Er war derjenige, der eine unsichtbare Barriere verschwinden ließ.

Aber was würde dahinter zum Vorschein kommen?

Und noch wichtiger war vielleicht die Frage: Warum? Oder warum jetzt? Hatte es etwas damit zu tun, dass Child wieder in Devlins Leben aufgetaucht war?

Sie dachte darüber nach, doch obwohl Child als Ursache zeitlich gesehen passte, konnte sie sich nicht vorstellen, warum Devlins Kindheitsfreund ein Katalysator dafür sein sollte, dass Devlin, der Child praktisch seit seiner Geburt kannte, sein Verhalten ihr gegenüber veränderte. Sie konnte sich jedenfalls nicht vorstellen, dass es etwas mit Eifersucht zu tun hatte. Devlin wusste sehr wohl, dass sie sich nie für einen anderen Mann interessiert hatte, nicht in dieser Hinsicht. Nicht einmal für einen so unbestreitbar gut aussehenden, weltgewandten und charmanten Mann wie Child.

Sie ließ alles, was sie in den letzten Nächten gespürt hatte, vor ihrem inneren Auge Revue passieren und war sich ziemlich sicher, dass Devlin genau wusste, welchen Stellenwert er für sie hatte, dass er der Mittelpunkt ihrer Welt war. Sie hatte nie einen Hehl daraus gemacht, geschweige denn zu verbergen versucht, was sie für ihn empfand. Er war der Mann, den sie liebte, und weder sie noch er – und darauf hätte sie die Alverton-Diamanten gewettet – hatte das jemals ernsthaft infrage gestellt.

Als die Jungen verkündeten, dass sie ihre Bäume fertiggestellt hatten, trank Therese ihren Tee aus, stellte die Tasse beiseite und bewunderte das Ergebnis ihrer Bemühungen. Sie lobte beide gleichermaßen, obwohl Ruperts Baum, wie sie bereits im Vorfeld vermutet hatte, viel baumähnlicher war als der von Spencer.

Sie trug den beiden auf, die Bäume zu ihren Ponybildern zu bringen, und stand auf. Als ihre Söhne stürmisch zu ihr zurückkehrten, beugte sie sich zu ihnen hinunter und umarmte sie, dann ließ sie die beiden los und richtete sich auf.

»Ich muss nach unten, aber Gillian, Patty und Sprockett werden euch bei jedem Spiel helfen, das ihr spielen wollt.«

Sie schaute sich um, als die mütterliche Sprockett herbeigeeilt kam und gutmütig lächelte.

»Bald gibt es Mittagessen«, informierte Sprockett ihre Schützlinge. »Wir können bis dahin Mikado spielen.«

»Juhu!« Die Jungs rannten los, um ihr derzeitiges Lieblingsspiel zu holen.

Therese tauschte ein verständnisvolles Lächeln mit der Nanny und machte sich auf den Weg.

Als sie in der Eingangshalle ankam, stellte sie fest, dass Portland wie üblich die Post des Tages auf einem silbernen

Tablett aufgestapelt hatte, das auf dem Tisch in der Halle stand. Sie ging nach vorne, um die Einladungen herauszunehmen, doch dann sah sie oben auf dem Stapel einen Umschlag mit dem Namen »Alverton«, der mit schwarzer Tinte fett auf die Vorderseite gekritzelt war, mit dem dreimal unterstrichenen Wort »Dringend« in einer Ecke.

Therese streckte den Arm aus und nahm das Schreiben zur Hand, wobei sie beiläufig die schlechte Papierqualität registrierte. Normalerweise wäre es ihr im Traum nicht eingefallen, einen an Devlin adressierten Brief zu öffnen, aber … auch wenn es lange her war, dass sie Martins Handschrift gesehen hatte, so war sie sich ziemlich sicher, dass die Anschrift aus seiner Feder stammte.

Sie starrte auf den Brief, dann machte sie auf dem Absatz kehrt und ging zu Devlins Arbeitszimmer. Devlin war nicht da, was sie nicht anders erwartet hatte, sonst hätte Portland die Briefe nicht in der Halle liegen gelassen.

Sie ging zur Klingelkordel und zog daran, dann stellte sie sich an den Schreibtisch. Als Portland kam, winkte sie mit dem Brief, damit der Butler sehen konnte, um welchen es sich handelte.

»Hat Seine Lordschaft gesagt, wann er zurück zu sein gedenkt?«

»Nein, Mylady. In der Tat sagte der Earl, dass er nicht sagen könne, wann er nach Hause kommt, nur dass er beabsichtige, mit Ihnen zu Abend zu essen.«

»Ich verstehe.« Sie klopfte den Brief gegen ihre Fingerspitzen. »Ich nehme an, er hat nicht erwähnt, wohin er gehen wollte?«

Falls er zu einem seiner Clubs gegangen war, könnte sie ihm den Brief von einem Lakaien überbringen lassen.

»Er sagte, er gehe zu einem Geschäftstreffen, Mylady. Leider hat er nicht erwähnt, wo.«

Sie verzog das Gesicht. Ein Geschäftstreffen konnte überall in London stattfinden. Zunehmend besorgt starrte sie auf den Brief und runzelte die Stirn.

Portland räusperte sich. »Ich nehme an, der Brief gibt Anlass zu einer gewissen Besorgnis, Mylady.«

Es war nicht wirklich eine Frage, dennoch antwortete sie: »Ich habe den dringenden Verdacht, dass er von meinem Bruder Martin ist.«

»Jener, der erst kürzlich nach England zurückgekehrt ist, Madame?«

Sie konnte sich bei Portland darauf verlassen, dass er stets den Finger auf den Punkt legte, der sie am meisten beunruhigte.

»Genau.« Langsam sprach sie weiter: »Es ist nicht auszuschließen, dass Martin in irgendwelchen Schwierigkeiten steckt. Ich kann mir wirklich nicht vorstellen, warum er sonst ›Dringend‹ auf den Brief an Alverton schreiben sollte.«

Portland streckte die Brust vor. »Ich verstehe, was Sie meinen, Madame.« Die Stimme des Butlers wurde sanfter. »Da solche besonderen Umstände möglich sind, wäre es vielleicht am besten, wenn Sie den Brief öffnen würden. Nur für den Fall.«

Mit jedem Wort, das sie miteinander wechselten, wuchs Thereses Unruhe. Kurzerhand nahm sie Devlins Briefmesser, drehte den Umschlag um, schob die Messerspitze unter das anonyme rote Wachssiegel und brach es mit einer Drehung aus dem Handgelenk auf.

Anschließend legte sie das Messer weg, entfaltete den Brief und las. Sie überflog den Text bis zur Hälfte, dann holte sie tief Luft, kehrte zum Anfang des Schreibens zurück und zwang sich, jedes Wort zu lesen.

Aber davon wurde es nicht besser. Als sie das Ende des Briefes erreicht hatte, war sie völlig verwirrt.

Sie senkte den Brief und konnte die darin enthaltene Nachricht kaum fassen.

»Martin schreibt, dass er vom Besitzer eines Etablissements namens Gentleman Jim's festgehalten wird, das sich in einer Gasse abseits der Pall Mall befindet, gleich hinter dem Waterloo Place. Da sie ihn nicht vom Sehen kennen, wollen der Besitzer und seine Mitarbeiter offenbar nicht glauben, wer Martin ist. Der Besitzer weigert sich, Martins Schuldschein zu akzeptieren, und besteht stattdessen darauf, dass er alle offenen Zahlungen leistet, bevor sie ihn freilassen!«

Sie hob ihren Kopf und starrte Portland an.

»Irgendwelche Schurken halten meinen kleinen Bruder in London fest und verlangen Lösegeld!«, fasste sie zusammen und wiederholte noch einmal: »*Lösegeld!*«

Ihr Temperament kochte hoch, und sie verzog den Mund.

»Dummes Zeug!« Sie kniff die Augen zusammen. »Das werden wir ja sehen.«

Sie blickte Portland an.

»Bitte lassen Sie sofort die Stadtkutsche vorfahren. Und ich brauche meine Pelisse, meine Haube und meinen Pompadour – und zwar sofort!«

»Ah ...«

Als Portland zögerte, wurde Thereses Stimme stahlhart.

»*Sofort*, Portland! Ich kann es nicht riskieren, auf die Rückkehr von Alverton zu warten. Wer weiß, was diese Schurken tun, wenn niemand auf Martins Bitte reagiert?«

Darauf wusste der Butler keine Antwort. Er verbeugte sich und eilte davon.

Therese las den Brief noch einmal. »Geld – wir brauchen vielleicht Geld, um die Schulden zu bezahlen.«

Sie nahm den Brief an sich und rannte zur Treppe. Glücklicherweise war Devlin schon immer großzügig gewesen, wenn es um Geld ging. Sie eilte in ihr Zimmer und ging zu ihrem Frisiertisch. Dann warf sie Martins Brief darauf, holte einen Schlüssel aus seinem Versteck hinter dem Spiegel, schloss die mittlere Schublade auf und durchwühlte den Inhalt. Sie nahm ein Bündel Geldscheine heraus, die mit einem Band gesichert waren, und drehte sich um, als sich Parker mit ihrer Pelisse und ihrem Pompadour näherte.

Therese griff nach dem Beutel und stopfte die Geldscheine hinein, dann legte sie die kleine Geldbörse neben Martins Brief ab und schob ihre Arme in die Ärmel der Pelisse. Danach ergriff sie die Handschuhe, die Parker ihr hinhielt, streifte sie über, nahm den Pompadour und den Brief, schlang die Schnüre des Beutels um ein Handgelenk, steckte den Brief in die Tasche der Pelisse, nahm die Haube und eilte zur Haupttreppe.

Sie war gerade dabei, ihre Mützenbänder zu binden und die letzte Treppe hinunterzueilen, als jemand an der Haustür klingelte.

Mit der gebundenen Haube und Martins Brief in der Hand stand Therese hinter Portland, als er nach dem Riegel griff und die Tür aufschwang.

Sie hatte gehofft, dass es Devlin sein würde, aber ...

»Child.« Die Enttäuschung klang in ihrem Tonfall mit.

Child zuckte zusammen, und sein Blick streifte ihr Gesicht.

»Was ist los?« Er schaute an ihr vorbei in die Halle. »Alverton?«

»Geschäftlich unterwegs, und wir wissen nicht, wann er zurückkommt.« Sie wich zur Seite aus. »Wenn Sie mich jetzt entschuldigen würden?«

Anstatt zur Seite zu treten und sie die Treppe hinuntergehen zu lassen, blieb Child unverwandt stehen.

»Was ist hier los?«, verlangte er zu erfahren. »Gibt es Ärger?«

Er war gekommen, um herauszufinden, ob er Devlin durch seine üblichen Neckereien einen Hinweis auf die Hintergründe von seiner Ehe entlocken konnte, zumindest genug, um feststellen zu können, ob er mit seiner Vermutung tatsächlich recht hatte. Doch wenn es nun Probleme gab, die Therese in irgendeiner Weise bedrohten ... Trotz ihrer langen Rivalität hatten er und Devlin sich immer beigestanden, wenn es um Probleme ging, die sie einander nicht selbst bereitet hatten. Wenn Therese in Schwierigkeiten steckte und Devlin nicht da war ...

»Sagen Sie es mir!«, forderte er.

Sie sah ihn wütend an. »Ich habe keine Zeit zu vergeuden! Bitte treten Sie zur Seite.«

»Ich tue es, wenn Sie mir sagen, was Sie so aufregt.«

»Child!« Sie sprach den Namen mit zusammengebissenen Zähnen aus.

Child registrierte den verstohlenen Blick, den Portland ihm zuwarf, danach schaute der Butler auf Thereses Hand und zu dem Brief, den sie in ihren behandschuhten Fingern hielt.

Child riss ihr den Brief aus der Hand.

»Was ...? Geben Sie das sofort zurück!«

Als sie versuchte, den Brief zu ergreifen, drehte Child ihr die Schulter zu und überflog die kurze Nachricht.

»Großer Gott!«

»Genau!«, rief Therese. »Martin wird festgehalten und Devlin ist nicht hier, also gehe ich an seiner Stelle. Ich werde nicht im Salon sitzen und Däumchen drehen, während mein kleiner Bruder von ein paar Rüpeln als Geisel festgehalten wird!« Sie machte kaum eine Atempause. »Lösegeld! Er wird wegen Geld gefangen gehalten! Das ist ungeheuerlich – und das werde ich dem unmöglichen Besitzer dieses Etablissements auch sagen.«

Erneut versuchte sie, sich an ihm vorbeizudrängen. Child hatte gehört, wie die Kutsche auf der Kiesauffahrt in seinem Rücken vorfuhr, und blieb auch diesmal standhaft.

Als sie ihn wütend anstarrte, sah er ihr in die Augen. »Sie dürfen nicht in diese Spielhölle gehen.«

»Eine Spielhölle? Das ist Gentleman Jim's also?« Sie blinzelte kurz, dann konzentrierte sie sich wieder auf sein Gesicht. »Kennen Sie es?«

»Ich bin gerade erst nach London zurückgekehrt, also nein, genau weiß ich es nicht. Dennoch lege ich bei einem solchen Namen und in dieser Gegend meine Hand dafür ins Feuer, dass es sich um ein solches Etablissement handelt. Und«, fuhr er so kategorisch fort, wie er konnte, »es ist kein Ort, wo Sie einfach hereinplatzen können.«

Sie schnaubte abweisend. »Vielleicht nicht am Abend, aber am helllichten Tag? Und ob ich da hereinplatzen kann. Jetzt gehen Sie mir bitte aus dem Weg.«

Als er sich nicht rührte, tat sie näher an ihn heran und sah ihm in die Augen.

»Sie gehen zu weit, Sir!«, sagte sie leise, aber deutlich und bedrohlich.

Child las in ihren glänzenden Augen das Versprechen schrecklicher Vergeltung. Nach einer Sekunde schnellen Kalkulierens trat er zur Seite, da es ihm ohnehin nicht gelingen würde, sie aufzuhalten.

»In Ordnung«, gab er sich geschlagen. »Aber ich begleite Sie.«

Therese hielt nicht inne, als sie zur Kutschentür eilte, sondern gab ihm ein Zeichen, ihr zu folgen. »Wenn Sie das tun wollen, dann beeilen Sie sich!«

Child nutzte den Moment, um Portland den Brief zuzustecken. »Sorgen Sie dafür, dass Alverton ihn liest, sobald er zurückkommt, und richten Sie ihm aus, dass ich mit ihr gegangen bin.«

»Sehr wohl, Mylord.«

Child drehte sich wieder um und ging die Verandastufen hinunter, während ein Lakai Therese in die Kutsche half.

Therese setzte sich auf die Sitzbank und rutschte weiter, um Child Platz zu machen. In Wahrheit war sie sehr erleichtert, dass er sich entschlossen hatte, sie zu begleiten. Er war groß und körperlich fast so beeindruckend wie Devlin. Außerdem konnte er als Sohn eines Dukes zweifellos genauso einschüchternd sein wie ihr vornehmer Ehemann, wenn die Situation es erforderte.

Sie hätte es vorgezogen, Child nicht miteinzubeziehen, aber wenn seine Anwesenheit ihre Chancen, Martin zu retten, verbesserte, wollte sie die Konsequenzen auf sich nehmen.

Child saß kaum, da schloss der Lakai schon die Tür und

die Pferde trabten los. Eine Sekunde später öffnete sich die Klappe im Kutschendach.

»Wohin, Madame?«

Bevor sie antworten konnte, gab Child Munns die Anweisung, so schnell wie möglich zum Waterloo Place zu fahren. Als die Klappe fiel, schaute Child sie an.

»Wenigstens ist Waterloo Place eine Straße, auf der es für Ladys schicklich ist, spazieren zu gehen. Von dort aus können wir weitersehen.«

Sein grimmiger Blick ließ Therese annehmen, dass er sie in der Kutsche warten lassen wollte, sobald sie Waterloo Place erreichten, während er die Spielhölle aufsuchte.

Das würde nicht funktionieren, aber das würde er noch früh genug erfahren.

Mit aller Geduld, die sie aufbringen konnte, starrte sie vor sich hin, während die Kutsche schnell die Park Lane hinunterratterte.

*

Devlin verließ das Grosvenor Gate gerade noch rechtzeitig, um seine Kutsche in die Park Lane einbiegen zu sehen.

Er verzog das Gesicht. Er hatte gehofft, dass Therese zum Mittagessen zu Hause sein würde; aber daraus wurde anscheinend nichts. Er hatte gerade einen kleinen Triumph errungen, weil er einen Großauftrag für ein Stahlwerk einholen konnte, dessen Vorstandsvorsitzender er war, und hatte gehofft, seinen Erfolg bei einem nahrhaften Mahl mit seiner Frau teilen zu können.

Als er die Straße überquerte, fragte er sich, zu welcher Veranstaltung sie streben mochte. Sie war die Einzige, die um diese Zeit mit der Kutsche unterwegs sein konnte, doch obwohl er sich den Kopf zerbrach, konnte er sich nicht daran erinnern, dass sie eine Verabredung zum Mittagessen erwähnt hatte.

Er bog in die Einfahrt zum Alverton House ein, und Sekunden später schritt er die Treppe hinauf. Er öffnete die Haustür, trat in die Eingangshalle und sah sofort Portland, der ihm entgegeneilte.

»Mylord! Dem Himmel sei Dank, dass Sie hier sind!«

Devlin blinzelte überrascht, dann schloss er die Tür hinter sich. Kälte breitete sich in seiner Brust aus.

»Was ist los, Portland?«

Sein sonst so unerschütterlicher Butler war augenscheinlich in heller Aufregung.

Portland blieb vor ihm stehen, kramte ein gefaltetes Papier aus seiner Tasche und reichte es ihm.

»Mylady hat diesen Brief geöffnet, Mylord. Weil dort stand, dass die Angelegenheit dringend sei und sie die Handschrift ihres Bruders erkannte, wurde sie unruhig und musste ihn lesen ...«

Devlin nahm das Papier, und Portland machte eine schwache Geste.

»Nun, Mylady glaubte, sofort aufbrechen zu müssen, aber zum Glück kam Lord Child gerade rechtzeitig vorbei.«

»Child?« Devlin blickte auf und sah, wie Portland in die Richtung des Briefes nickte.

»Seine Lordschaft hat das bei mir zurückgelassen und darauf bestanden, dass ich es Ihnen sofort nach Ihrer Rückkehr zeige. Dann hat er Mylady begleitet.« Devlin richtete seine Aufmerksamkeit wieder auf das Schreiben, während Portland fortfuhr: »Obwohl Lord Child sein Bestes tat, war die Countess nicht aufzuhalten.«

Als Devlin das Ende des Briefes erreicht hatte, schnaubte er. »Das kann ich mir vorstellen.«

Das Verlangen, Therese nachzurennen – *jetzt und sofort!* –, zerrte an ihm und drohte ihn zu überwältigen. Er schloss die Augen und zwang sich, ruhig durchzuatmen. In Panik zu geraten, half selten. Therese würde es sicher nicht helfen und Martin schon gar nicht.

Seine Gedanken kreisten um die Fakten, die er bisher kannte.

»Als ich den Park verließ, sah ich die Stadtkutsche wegfahren«, sagte er und sah Portland an. »Child und Mylady saßen darin?«

»Ja, Mylord. Und ich habe dafür gesorgt, dass auch Morton mitfuhr.«

Morton war ihr erfahrenster Lakai.

Devlin nickte. »Gute Idee.«

Er musste nachdenken. Therese war sicher genug. Er wusste, dass er unter solchen Umständen auf Child zählen konnte und ihr nichts zustoßen würde. Aber was die Situation anging, in die sie sich begaben … Devlin war nicht gerade zuversichtlich, auch nicht, was Martins Sicherheit anbelangte.

Stirnrunzelnd studierte er den Zettel. Er war sich nicht sicher, was hier tatsächlich vor sich ging. Martin war ein Cynster. Allein der Name Cynster hätte ausreichen müssen, um jedermann von seiner Zahlungsfähigkeit zu überzeugen, und Martin sah seinem Vater und seinen Cousins so ähnlich, dass seine Behauptung, der Familie anzugehören, nicht bezweifelt werden konnte.

Devlin kniff die Augen zusammen, steckte den Brief in seine Manteltasche und ging in sein Arbeitszimmer.

»Mylord?« Portland folgte ihm auf den Fersen.

»Besorgen Sie mir eine schnelle Droschke, Portland.«

Devlin schritt in das Arbeitszimmer. Er umrundete den Schreibtisch und klappte das Gemälde zurück, das die Wand dahinter zierte, sodass der große Safe zum Vorschein kam. Dann wandte er sich dem Schreibtisch zu, drückte den Knopf, um die verborgene Schublade zu öffnen, und holte den schweren Schlüssel des Tresors hervor. Er steckte den Schlüssel ein und drehte ihn in dem massiven Schloss. Als er den Drücker betätigte, schwang die dicke Tür auf.

Ein Stapel Geldscheine lag in einer Ecke des unteren Regals. Er nahm ein paar davon aus dem Stapel, faltete sie zusammen und steckte sie in seine innere Manteltasche. Dann griff er noch tiefer in den Tresor und holte die Pistole heraus – einen jener neuen Revolver –, die er dort aufbewahrte. Er vergewisserte sich, dass die Waffe geladen war, bevor er sie in seine Manteltasche steckte, dann schloss er den Tresor wieder, verriegelte ihn, schob das Gemälde zurück an seinen Platz und legte den Schlüssel in die versteckte Schublade.

Auf dem Weg zur Tür fiel es ihm schwer, seine aufwallenden Emotionen zu unterdrücken und nicht an sich heranzulassen. Seine Miene war wie versteinert.

Er erreichte die Eingangshalle, wo Portland bereits wartete und ihm die Tür öffnete.

»Die Droschke wartet, Mylord.«

Devlin nickte, ging hinaus und eilte die Treppe hinunter. Auf der Stufe der Droschke hielt er kurz inne und blickte zu dem Kutscher hinauf, einem jungen, sehr zufrieden dreinblickenden Mann.

»Ecke Pall Mall und Waterloo Place. So schnell Sie können.«

Der Kutscher grinste und legte die Hand an die Mütze.
»Wie Sie wünschen, Chef.«

Devlin warf sich auf den Sitz, und der Kutscher hielt
Wort: Er ließ die Peitsche knallen und die Kutsche schoss
die Einfahrt hinunter.

*

Als die Stadtkutsche den Waterloo Place erreichte, war
Therese zwiegespalten, was Childs Anwesenheit betraf.
Einerseits konnte er ihr bei den Verhandlungen mit dem
Besitzer des Gentleman Jim's nützlich sein. Andererseits
ging er ihr mit seinem Vorschlag, sie solle in der Kutsche in
Sicherheit bleiben, während er herausfand, was hier eigent-
lich vor sich ging, auf die Nerven.

Doch anstatt herumzustreiten, sagte sie einfach: »Nein.«

Verärgert starrte Child sie an und musterte schmallippig
ihre Miene.

»Falls Sie es vergessen haben sollten: Ich bin erst kürzlich
nach fast zehn Jahren Abwesenheit in dieses Land zurückgekehrt. Das bedeutet, dass ich nicht nur nichts über dieses
spezielle Etablissement weiß, sondern auch nicht sicher sein
kann, ob ich verstehe, wie man heutzutage an solchen Orten
die Dinge regelt. Ich werde vorsichtig agieren müssen.«

»Sie müssen das vielleicht.« Therese streckte das Kinn
vor. »Aber ich ganz sicher nicht.«

Childs Kiefer krampfte sich so stark zusammen, dass sie
glaubte, er würde brechen.

Die Kutsche schaukelte, dann hielt sie an und die Klappe
an der Decke hob sich.

»Wollen Sie hier anhalten, Mylady?«, fragte Munns.

Therese spähte aus dem Fenster.

»Können wir von hier aus laufen?«, fragte sie Child.

»Wenn Sie unbedingt hineinwollen, lassen Sie uns sehen, ob die Kutsche näher heranfahren kann«, erwiderte er stirnrunzelnd. Dann erhob er die Stimme und befahl: »Fahren Sie links um den Block. Links in die Pall Mall und dann so schnell wie möglich wieder links. Dort sollte es eine Gasse geben. Der Ort, den wir suchen, ist ein Club namens Gentleman Jim's. Halten Sie so nah wie möglich an der Tür.«

»Sehr wohl, Mylord.«

Die Klappe schloss sich, und der Wagen rollte unbeirrt weiter. Er bog nach links ab und schwenkte fast sofort wieder nach links in eine Gasse, die so schmal war, dass sie kaum zwei Kutschen gleichzeitig passieren konnten.

Die Gebäude, die die Gasse säumten, waren zwar nicht gerade schäbig, aber sie hatten nicht den Glanz der Gebäude in den breiteren Straßen. Die Fassaden waren definitiv weniger gut gepflegt.

Therese und Child schauten zu beiden Seiten hinaus. Obwohl die Bürgersteige nicht besonders bevölkert waren, liefen doch Händler, Botenjungen, Lieferanten und sogar drei Blumenverkäufer die Gasse entlang. Die Kutsche rollte an zwei Gentlemen vorbei, die sich ernsthaft über etwas zu unterhalten schienen, während sie zügig in Richtung Pall Mall gingen.

»Da ist es.« Child deutete durch das Fenster neben ihm. »An der Ecke einer noch schmaleren Gasse, die Richtung Haymarket führen muss.«

Therese beugte sich vor, um hinauszusehen. Das Schild –

goldene Buchstaben auf einer schwarzen Tafel – war flach an der kahlen Backsteinmauer über einer unscheinbaren, schwarz gestrichenen Tür angebracht. Munns musste es auch entdeckt haben, denn der Wagen verlangsamte sein Tempo und fuhr an den Bordstein, um dort zu halten.

Ihr Lakai stieg ab und öffnete die Kutschentür.

Therese nahm ihren Schnürbeutel und Childs Hand landete auf ihrem Ärmel.

»Therese – bitte!«

Sie warf ihm einen verärgerten, deutlich warnenden Blick zu, schob seinen Arm weg und stieg aus der Kutsche.

Child folgte ihr, aber sie wartete nicht. Hocherhobenen Hauptes eilte sie über die Straße.

Hinter ihr fluchte Child leise und versuchte, mit ihr Schritt zu halten.

Sie blieb vor der schwarz gestrichenen Tür stehen, griff nach dem schweren Türklopfer und klopfte beherzt an.

Dann ließ sie den Klopfer los und lauschte. Schon nach wenigen Sekunden näherten sich auf der anderen Seite der Tür schwerfällige Schritte.

»Lassen Sie mich bitte wenigstens …«, murmelte Child hinter ihr.

Die Tür schwang auf, und Therese starrte in die unschöne Visage eines Mannes, den sie wegen seines Blumenkohlohrs und seiner unförmigen Nase für einen pensionierten Faustkämpfer hielt. Die Muskeln dafür hatte er auf jeden Fall.

Der große Mann betrachtete sie mit unverhohlener Überraschung.

»Ich bin Countess Alverton«, erklärte sie in herrischem Ton, bevor er sich fassen konnte. »Wie ich hörte, befindet sich mein Bruder, Mr. Martin Cynster, derzeit unter diesem Dach.«

Entschlossen machte sie einen Schritt nach vorn und der Türsteher wich erschrocken zurück.

Mit grimmiger Entschlossenheit fegte sie über die Schwelle und zwang den Mann, sich mit dem Rücken gegen die Wand des langen Ganges hinter der Tür zu drücken. Als sie weiterlief, sah sie rechts und links schummrige, unbeleuchtete Empfangsräume, die allesamt unbewohnt wirkten. Sie wurde langsamer.

»He!« Der Rausschmeißer hatte seine Stimme wiedergefunden. »Sie können hier nicht einfach reinplatzen!«

»Das habe ich bereits getan.« Sie drehte sich zu ihm um. »Bringen Sie mich sofort zu meinem Bruder!«

Sie war es gewohnt, Personal zu führen, und hatte keine Mühe, ihre Worte mit peitschenartiger Autorität zu äußern.

Der Türsteher sah sie an und blickte dann zu Child, der in ihrem Gefolge durch die Tür hereingekommen war. Der große Mann schüttelte den Kopf, schloss die Tür und stapfte weiter.

»Ich werde nicht dafür bezahlt, mich mit Lords und Ladys herumzuschlagen«, murmelte er. »Das soll der Chef gefälligst selbst erledigen.«

Therese nickte zustimmend. »Eine sehr weise Entscheidung.« Als er mit ihr auf Augenhöhe war, fragte sie: »Und jetzt, bitte, wo ist mein Bruder?«

Mit einer unerwartet anmutigen halben Verbeugung deutete der Türsteher den Korridor hinunter. Dann schritt er an ihr vorbei und übernahm die Führung.

Therese folgte ihm. Child, der seit dem Eintreten brav geschwiegen hatte, bildete das Schlusslicht.

Am Ende des Korridors führte eine mit Teppich ausgelegte Treppe in den ersten Stock hinauf. Dort gab es einen weiteren langen Korridor, der dem darunter liegenden entsprach.

Der Faustkämpfer führte sie zu einer Tür ganz am Ende. Er klopfte an, öffnete die Tür und sah hinein.

»Besuch, Chef. Countess Alverton – sagt sie jedenfalls – und ein weiterer Gentleman.«

Dann öffnete der große Mann die Tür einen Spaltbreit und trat beiseite, woraufhin Therese in den Raum stürmte.

Ihr Blick fiel auf einen ihr unbekannten Mann, der hinter einem Schreibtisch saß. Sie sah sich weiter um und entdeckte einen fassungslos dreinblickenden Martin, der auf einem Stuhl mit gerader Lehne in der Ecke hinter dem Schreibtisch gesessen hatte und nun aufstand.

Therese erfasste ihn mit einem schnellen Blick, erkannte, dass ihr Bruder unversehrt war, und fühlte sich zutiefst erleichtert. Sie und ihre Familie hatten ihn gerade erst zurückbekommen – die Vorstellung, dass er ausgerechnet jetzt von irgendwem attackiert werden könnte, war einfach nicht zu ertragen.

Ein anderer Aufpasser, offensichtlich ebenfalls ein ehemaliger Faustkämpfer, der hinter Martins Stuhl gestanden hatte, klatschte Martin seine kräftige Hand auf die Schulter.

»He!«, protestierte der Schläger.

Martin ignorierte ihn und blieb stehen.

»Therese!« Sichtlich entsetzt starrte Martin sie aus weit aufgerissenen Augen an. »Was, zum Teufel, machst du denn hier?«

Therese beachtete ihn nicht, sondern blieb in der Mitte des Raumes stehen und richtete ihren strengen und unnachgiebig missbilligenden Blick auf den Mann hinter dem Schreibtisch, der bisher nicht aufgestanden war.

Er hatte ein Durchschnittsgesicht und wirkte auch sonst in jeder Hinsicht durchschnittlich – jene Sorte Mann, an der man auf der Straße vorbeigeht und die einem nicht auffällt. Seine Kleidung war ordentlich und sauber und von hinreichend passablem Schnitt. Hätte man ihn ihr gezeigt, hätte Therese ihn für einen wohlhabenden Kaufmann gehalten.

Ein paar Meter hinter ihm stand ein weiterer ehemaliger Faustkämpfer, der dritte, den sie bisher ausgemacht hatte. Doch auch ihn ignorierte sie und demonstrierte dem noch immer sitzenden Mann ihren großen Unmut.

Sie sagte nichts, sondern wartete einfach.

Alle warteten.

Schließlich räusperte sich der Mann hinter dem Schreibtisch und richtete sich langsam auf. Dann zögerte er, sichtlich unsicher, verneigte sich aber schließlich vor ihr.

»Countess.«

Sein harter Blick aus braunen Augen glitt an ihr vorbei zu Child, der seitlich und leicht hinter ihr stehen geblieben war, und kehrte dann, unsicher und auch nervös, zu ihrem Gesicht zurück.

Der Mann räusperte sich erneut, aber sie ließ ihn nicht zu Wort kommen.

»Wer sind Sie?«, fragte sie in ihrem hochmütigsten Tonfall, entschied dann aber, dass es sie nicht interessierte. »Ich nehme an, Sie sind der Besitzer dieses Etablissements?«

»Äh, nein. Ich bin der Geschäftsführer. Ich führe den Laden für die Eigentümer.« Er nickte erneut. »Lester Biggs, Ma'am.«

Aus den Augenwinkeln sah Therese, wie Martin die Stirn runzelte und Biggs ansah. Martin hatte geschrieben, dass er von dem Besitzer festgehalten wurde.

»Es heißt ›Mylady‹«, antwortete Therese. Als ihr auffiel, dass das Licht auch in diesem Raum eher schwach war, warf sie einen Blick zu den Fenstern und stellte fest, dass sie noch verhängt waren. Stirnrunzelnd deutete sie auf den Mann hinter Martin und zeigte dann zu den Fenstern. »Um Himmels willen! Machen Sie die auf, und lassen Sie etwas Licht herein. Es ist fast Mittag, nicht Mitternacht.«

Unsicher blickte der große Mann zu Biggs, der zögernd nickte.

Therese verschränkte die Arme vor der Brust und tippte mit dem Fuß.

Als die Vorhänge geöffnet wurden und Tageslicht in den Raum fiel, winkte Biggs sie zu einem der beiden Stühle, die vor dem Schreibtisch standen.

»Bitte, Mylady. Wollen Sie nicht Platz nehmen?«

Solange sie nicht saß, konnte er es nicht.

»Nein.« Sie sah Biggs direkt in die Augen. »Ich habe nicht vor, lange an diesem unschönen Ort zu bleiben. Und jetzt …« Im Licht konnte sie sein Gesicht deutlicher erkennen. »… möchte ich die Namen der Besitzer dieses Etablissements erfahren.«

Biggs' Nervosität nahm sichtlich zu. »Ah … ich weiß nicht, ob sie wollen, dass Sie erfahren, wer sie sind.« Er setzte ein schwaches Lächeln auf. »Deshalb haben sie ja auch einen Geschäftsführer, wissen Sie – Anonymität.«

Immer noch mit verschränkten Armen zog sie skeptisch eine Braue hoch.

»Tatsächlich?« Dann schüttelte sie den Kopf und ließ

die Arme sinken. »Sie wissen ebenso gut wie ich, dass es für meinen Mann oder für Lord Child hier …«, sie deutete auf Child und konnte Biggs' erschrockenem Blick entnehmen, dass Childs Name zum ersten Mal gefallen war, »… oder sogar für Martin ein Leichtes wäre, die Besitzer dieses Etablissements zu ermitteln, indem sie einfach an der richtigen Stelle fragen.«

Sie nahm sich eine Sekunde Zeit, um Biggs' wachsendes Unbehagen zu beobachten, und verzog dann den Mund zu einem ausgesprochen kalten Lächeln.

»Oder ist es vielleicht so, dass die Besitzer gar nicht ahnen, dass Sie meinen Bruder – einen Cynster – gegen Lösegeld festhalten?«

»*Was?*« Biggs reagierte, als ob sie ihn geschlagen hätte. Er starrte sie an. »Lösegeld?« Seine Stimme wurde bei diesem Wort lauter. Er schluckte und winkte ab. »Nein, so ist es nicht! Darum geht es hier überhaupt nicht.«

Sie riss die Augen auf. »Ach ja?« Obwohl sie weder ihren Bruder noch Child angesehen hatte, war sie sich bewusst, dass beide nun aufmerksam und konzentriert auf Biggs blickten. Ruhig fuhr sie fort: »In dem Fall möchten Sie mir, seiner Lordschaft und meinem Bruder vielleicht erklären, was das hier zu bedeuten hat.«

Biggs zauderte – es gab kein anderes Wort dafür. Seine Finger wanderten unruhig über den Schreibtisch. Er verlagerte sein Gewicht und wollte sich auf seinen Stuhl setzen, aber ihre Anwesenheit hielt ihn aufrecht.

Therese beobachtete ihn scharf und wartete.

Biggs holte tief Luft und behielt sie einen Moment lang in der Lunge.

»Es ist so«, begann er dann, den Blick auf Martin

gerichtet. »Dieser Gentleman hier, der behauptet, er wäre Martin Cynster ...«

»Er ist Martin Cynster«, erklärte sie ohne Umschweife.

Biggs legte den Kopf schief, als wollte er andeuten, dass es so sein könnte oder auch nicht.

»Wie dem auch sei, wir«, er gestikulierte in Richtung seiner Männer, »ich und meine Jungs, wir erkennen unsere Kunden. In diesem Geschäft muss man das, nicht wahr?«

Sie sah ihn kalt an. »Davon verstehe ich nichts.«

Biggs blinzelte, dann atmete er tief durch.

»Nun, als das Spiel gestern Abend zu Ende ging, hat uns dieser Gentleman ...«

»Martin Cynster«, unterbrach sie ihn ungnädig.

»Am Ende schuldete er dem Haus eine *ton*.«

Therese runzelte die Stirn.

»Hundert Pfund«, murmelte Child hinter ihr.

Biggs nickte. »Wie der Gentleman sagt.« Er deutete auf Martin. »Dieser Gentleman hier schuldete dem Haus hundert Pfund, und er konnte nicht zahlen.«

»Ich glaube«, sagte sie, »er hat Ihnen einen Schuldschein angeboten. Ist das nicht die gängige Praxis?«

Biggs legte den Kopf schief. »Ja, das ist es, und ja, er hat es angeboten, aber sehen Sie ...« Er blickte Martin an und es kam ihr fast vor wie ein Appell von Mann zu Mann. »... keiner von uns hier weiß, wer er ist.«

Als ob er sich endlich auf festerem Boden fühlte, richtete Biggs seinen Blick wieder auf Therese.

»Wenn wir nicht genau wissen, dass er tatsächlich der ist, der er vorgibt zu sein, müssen wir ihn festhalten, bis jemand, den wir kennen, für ihn bürgt. Wie könnten wir sonst sicher sein, dass wir das Geld bekommen?«

»Mr. Biggs«, sagte Therese und starrte ihn an. »Ich bin Lady Therese Cader, Countess of Alverton, und dieser Mann ist mein Bruder, Mr. Martin Cynster. Brauchen Sie noch mehr Beweise für seine Identität?«

Der Stahl in ihrer Stimme war kalt genug, um Biggs erstarren zu lassen. Er starrte sie an, dann zwang er sich zu einem schwachen, nervösen Lachen.

»Aber wer sagt mir denn, dass Sie diejenige sind, die Sie zu sein vorgeben?« Sein Blick wanderte zu Child. »Oder er?«

Mit wachsender Empörung starrte Therese Biggs an.

»Ich weiß, ich weiß.« Er wand sich und streckte beschwichtigend die Handflächen hoch. »Aber Sie müssen verstehen, Mylady ...«

»Was ich verstehe, Mr. Biggs, ist, dass dies die lächerlichste Situation ist, in die ich jemals geraten bin!«

Therese wusste, dass sie mindestens hundert Pfund in ihrem Schnürbeutel hatte, aber sie war keineswegs darauf erpicht, sie Biggs auszuhändigen. Abgesehen davon, dass ein solcher Akt den Wert von Martins Schuldscheinen in ein schlechtes Licht rücken konnte, wenn seine Schwester einwilligte, als Bürgin einzuspringen ... Nein, sie hatte nicht die Absicht, sich in eine potenzielle Zwickmühle zu begeben.

Doch obwohl sie nur wenig Ahnung von den Abläufen in den Spielhöllen hatte, in denen die Herren der Schöpfung verkehrten, war sie sich zunehmend sicher, dass hier etwas Merkwürdiges vor sich ging. Sie warf einen Blick auf Martin, dann drehte sie den Kopf zu Child. Beide Männer hatten verschlossene, aber zugleich auch entschlossene Mienen aufgesetzt, was sie vermuten ließ, dass sie dasselbe dachten, nämlich dass das alles keinen Sinn ergab.

Vielmehr fehlten einige wichtige Informationen, die die Situation verständlich machen würden.

Angestrengt überlegte sie, wie sie die Identität wenigstens einer Person belegen konnte, denn sie wollte diesen Ort verlassen und war fest entschlossen, Martin mitzunehmen. Da erinnerte sie sich an den Brief.

»Mr. Biggs, Lord Child und ich sind hierhergekommen, um auf die Nachricht zu reagieren, die mein Bruder« – sie deutete mit dem Kopf auf Martin – »heute Morgen von hier abgeschickt hat, in der er meinen Mann, Lord Alverton, um Hilfe bat. Dieser Brief wurde in Alverton House abgegeben.« Sie warf einen Blick auf Child. »Der Brief?«

Child sah ihr kurz in die Augen. »Ich habe ihn für Devlin hinterlassen.«

Sie schaffte es, die Augen nicht zu verdrehen. Dann richtete sie ihren Blick wieder auf Biggs.

»Wie dem auch sei, offensichtlich hat mich dieser Brief erreicht. In Alverton House. Sagen Sie mir bitte, Mr. Biggs, wenn ich nicht Lady Alverton wäre, wie hätte ich Zugang zu diesem Brief haben und wissen können, dass ich hierher zu Gentleman Jim's kommen muss, um meinen Bruder zu finden?«

Alle sahen Biggs an, auch die drei Schläger ... Sie schaute sich um und stellte fest, dass es nur noch zwei waren. Der Türsteher hatte sich offenbar auf seinen Posten zurückgezogen.

Sie wandte ihren Blick wieder zu Biggs und sah, wie konsterniert er wirkte. Dann verhärtete sich seine Miene.

»Vielleicht gehören Sie zum Personal von Alverton House, zusammen mit Ihrem Bruder ...« Biggs sah Child an. »... und auch ihm. Möglicherweise haben Sie sich gedacht, was für ein tolles Stück es doch wäre, sich als Ihre eigenen Dienstherren auszugeben und einen Laden wie Gentleman Jim's aufs Kreuz zu legen«, spekulierte er fast verzweifelt.

Therese traute ihren Ohren kaum. Child und Martin schauten gleichermaßen fassungslos drein. Ihr Blick wurde fest und sie fixierte Biggs.

»Wollen Sie ernsthaft behaupten, dass ich ein Dienstmädchen in den Kleidern meiner Mistress bin?«, fragte sie dann mit gleichmäßiger und kontrollierter Stimme.

»Nun ...« Biggs runzelte die Stirn. »Sie müssen zugeben, dass es möglich ist.«

»Nein«, sagte Therese. »Das ist es nicht! Wie können Sie es *wagen,* so etwas zu unterstellen?«

Eine Bewegung ließ alle zur Tür blicken.

Mit wehendem Umhang kam Devlin in den Raum gestürmt.

Therese verging fast vor Erleichterung. Er war gekommen. *Gott sei Dank!* Trotz ihrer festen Überzeugung, dass sie mit fast jeder gesellschaftlichen Situation zurechtkam, war sie mit diesem Vorfall überfordert.

Ruhig trat Devlin an ihre Seite, nahm ihre Hand und führte sie an seine Lippen. »Mylady.« Dann legte er ihre Hand auf seinen Arm und sah Child an, dann Martin.

»Worum geht es hier?«, fragte er, ohne Biggs und seine Männer auch nur eines Blickes zu würdigen.

Mit seinem trägen, leicht gelangweilten aristokratischen Gebaren erlangte er mühelos und schlagartig absolute Kontrolle über den Raum und alle Anwesenden.

Es war wenig überraschend, dass Therese am wenigsten eingeschüchtert wurde.

»Mr. Biggs«, sie deutete mit einer Handbewegung auf den Geschäftsführer, »arbeitet für die Eigentümer dieses Etablissements.« Sie hielt diesen Punkt immer noch für wichtig, auch wenn sie noch nicht wusste, warum. »Mr. Biggs will nicht glauben, dass Martin derjenige ist, für den er sich ausgibt, und hat sich aus diesem Grund geweigert, Martins Schuldschein zu akzeptieren. Er – Biggs – besteht darauf, Martin so lange gefangen zu halten, bis seine Identität von jemandem bestätigt wird, den Biggs oder seine Mitarbeiter kennen.« Sie holte tief Luft und fuhr fort: »Anstatt mein oder Childs Wort in dieser Angelegenheit zu akzeptieren, hat Mr. Biggs stattdessen meine und Childs Identität infrage gestellt, mit der Begründung, dass weder er noch seine Leute uns erkennen.«

»Ich verstehe.« Anstatt beruhigend zu klingen, klangen die leise gesprochenen Worte in der Stille wie der Auftakt zu einem Gewaltakt.

Devlin sah den Geschäftsführer – Biggs – an und stellte erfreut fest, dass der Mann blass geworden war. Immerhin schien er also einen gewissen Selbsterhaltungstrieb zu haben.

Die Situationen, die er sich während der kurzen Anfahrt hierher ausgemalt hatte, waren schon schlimm genug gewesen. Doch als er sich dem Raum genähert und Thereses empörten Tonfall gehört hatte, hatte die Kontrolle über seine instinktiven Impulse spürbar nachgelassen.

Devlin, der sich sehr bewusst war, wie dicht er vor einer Handlung stand, die er hinterher möglicherweise bereuen würde, sah Biggs an.

»Erkennen Sie – oder Ihre Handlanger – mich?«, fragte er leise.

Biggs schluckte und nickte. »Ja, Mylord.«

»Ausgezeichnet. Wenn das so ist, darf ich Ihnen mitteilen, dass der Gentleman zu Ihrer Linken tatsächlich Mr. Martin Cynster aus dem Walkhurst-Zweig dieser Familie ist.« Devlin sah Biggs mit erhobener Braue an. »Ich gehe davon aus, dass Sie deshalb kein weiteres Hindernis für die Annahme von Mr. Cynsters Schuldschein sehen?«

Biggs brachte ein kümmerliches Lächeln zustande.

»Natürlich nicht, Mylord.« Er warf einen Seitenblick auf Martin und nickte vorsichtig. »Einem Cynster gebe ich immer gerne Kredit.«

Devlin widerstand dem Drang, mit dem Kopf zu schütteln. An der ganzen Situation war etwas – genauer gesagt: vieles – ausgesprochen seltsam. Ihm kam eine Frage in den Sinn, die er sich bereits auf dem Weg von Alverton House gestellt hatte.

»Übrigens, wie hoch waren die Schulden?«

Biggs wurde blass und blasser. Er warf Martin einen Blick zu, als ob es ihm plötzlich wichtig wäre, Martins Privatsphäre zu schützen.

»Einhundert Pfund«, sagte Martin mit steinerner Miene. *Einhundert Pfund?* Devlin schluckte seine Überraschung hinunter, aber seine Instinkte hatten ihn nicht getäuscht. Da musste noch viel mehr dahinterstecken.

»Ein letzter Punkt, bevor wir gehen …«, sagte Devlin und gab seiner Stimme einen bedrohlichen Unterton. »Nur für den Fall, dass sich die Frage jemals stellen sollte, erlauben Sie mir zu bestätigen, dass dieser Gentleman«, er deutete mit einem lässigen Wink auf Child, »in der Tat Lord Grayson Child ist, der Sohn des Dukes of Ancaster. Und diese Lady«, seine Gesichtszüge wurden weicher, als er

Therese anlächelte, »ist definitiv Lady Alverton, meine Gemahlin.«

Devlin richtete seinen Blick auf Biggs, der nun ziemlich angeschlagen wirkte.

Immerhin war der Mann klug genug, sich tief und andauernd zu verbeugen. »Ich bitte um Verzeihung, Mylady. Mylords.«

Er richtete sich auf und biss sich auf die Lippen, wohl wissend, dass er sich besser nicht darauf berufen sollte, dass er es nicht hatte wissen können.

Nach Devlins Ansicht hätte der Mann Bescheid wissen müssen, und zwar nicht nur über Therese und Child. Aber sein unmittelbares Ziel war es, Therese, Martin und Child aus dem Gebäude herauszubekommen.

»Jetzt, da Ihre Unkenntnis beseitigt ist, Biggs, werden wir uns verabschieden. Martin?« Devlin sah dem jüngeren Mann in die Augen.

Martin nahm sich einen Moment Zeit, um seinen Mantel zu richten – eine subtil verächtliche Geste, die Devlin innerlich zum Lächeln brachte. Dann ging er, ohne einen einzigen Blick auf Biggs oder seine bulligen Schergen zu werfen, zu einem Beistelltisch, hob den Hut und den Stock auf, die dort gelegen hatten, und gesellte sich in aller Ruhe zu Devlin und Therese.

Mit ihrer freien Hand griff Therese nach dem Ärmel ihres Bruders.

Geschmeidig löste Devlin seinen Arm von ihrem, drehte sich um, kehrte Biggs den Rücken zu und winkte Therese und Martin zur Tür.

Therese wollte sofort von Martin wissen, wie es ihm in Biggs' Gewahrsam ergangen war. Child hingegen gesellte sich zu Devlin, und gemeinsam folgten sie den Geschwistern aus dem Raum.

Im schummrigen Korridor sah Child Devlin an und hob skeptisch eine Braue.

Devlin schüttelte den Kopf und murmelte: »Warte, bis wir draußen sind.«

Kapitel 9

Therese und Martin übernahmen auf dem Weg zur Eingangstür die Führung. Dann traten sie ins Freie und blieben auf dem schmalen Bürgersteig stehen.

Devlin und Child gesellten sich zu ihnen, und Devlin legte Therese eine Hand auf den Rücken.

»Lass uns zur Kutsche gehen.«

Child und Martin folgten ihm, als er sie über die Gasse und auf die andere Seite der Kutsche führte, wo der Aufbau des Wagens sie vor Blicken aus den Vorräumen der Spielhölle abschirmte.

Therese blieb stehen und lehnte sich mit dem Rücken an die Kutsche. Devlin gesellte sich neben sie und Child und Martin stellten sich vor ihnen auf.

»Was zum Teufel hatte das alles zu bedeuten?«, fragte Child.

»In der Tat.« Devlin sah Martin an. »Das alles hätte nie passieren dürfen. Schon gar nicht wegen einhundert Pfund. Dein Mantel ist mehr wert als das und Biggs und seine Männer hätten das wissen müssen.«

Therese runzelte die Stirn. »Tatsächlich?«

Devlin blickte sie an. Jetzt, da sie endlich neben ihm stand, konnte er fast lächeln.

»Man wird in dieser Gegend nicht als Geschäftsführer eines Spielsalons eingestellt, der speziell auf die Aristokra-

tie ausgerichtet ist, wenn man es nicht versteht, Männer –
und Frauen – nach dem Schnitt ihrer Kleidung und der
Gewähltheit ihrer Sprache zu beurteilen«, erklärte er. »Biggs
und seine Männer hätten euch drei sofort als die erkennen
müssen, die ihr seid.« Er sah wieder zu Martin. »Also ging
es überhaupt nicht darum.«

Martin runzelte die Stirn und nickte. »Ich habe mich
auch gewundert. Ich war siebzehn, als ich England verließ.
Ich hatte noch nie einen solchen Ort besucht, zumindest
nicht in England, also wusste ich nicht genau, was hier normal ist.«

»Aber ... warum?« Child deutete über die Straße. »Warum sollte man sich die Mühe machen, das alles zu insze-
nieren? Was hatte Biggs davon?«

»Das ist die entscheidende Frage«, stimmte Devlin ihm
zu. Dann wandte er sich an Therese. »Du hast betont, dass
Biggs der Geschäftsführer und nicht der Besitzer ist. Warum?«

»Als ich vorhin nach den Namen der Eigentümer gefragt
habe, kam es mir vor, als wolle Biggs auf keinen Fall, dass
an die Eigentümer durchsickert, dass er Martin festhält«,
antwortete sie prompt. »Er hat versucht, es so aussehen zu
lassen, als ob er die Interessen der Eigentümer schützen
wollte, aber ich hatte den Eindruck, dass er selbst etwas im
Schilde führt.«

»Dem stimme ich zu«, warf Child ein. »Ich habe diesen
Austausch auch so interpretiert.«

»Ich ebenfalls«, sagte Martin.

Devlin dachte einen Moment nach und sah dann Martin
an. »Erzähl mir genau, was passiert ist, nachdem du gestern Abend in dieses Etablissement gegangen bist. Wer hat

dich dorthin gebracht? Ich vermute doch richtig, dass es jemanden gab?«

Martin ließ seine Hände in die Taschen gleiten. »Meine Cousins, Henry und Jason Cynster, sowie einige ihrer Freunde. Wie ihr wisst, bin ich Henry und Jason letzte Woche begegnet, und wir haben uns gestern zum Abendessen getroffen. Dann ging es weiter zu …« Martin deutete mit dem Kopf über die Gasse, »… Gentleman Jim's.«

Er stockte kurz.

»Nachdem ich an den Tischen herumgeführt worden war, habe ich Poker gespielt. Dann wollten Henry und die anderen zu einem Ball gehen, und ich beschloss zu bleiben«, fuhr er gedankenverloren fort und zuckte mit den Schultern. »Ich hatte eine Glückssträhne. Bis zur letzten Runde.«

Seine Gesichtszüge wurden hart, und er sah Devlin in die Augen.

»Ich spiele seit acht Jahren Poker, aber bei dieser letzten Hand bin ich mir absolut sicher, dass der Geber von unten ausgeteilt hat.«

»Er hat betrogen?« Therese war entsetzt. »Und du hast nichts gesagt?«

Martin blickte sie resigniert an. »Ich hatte es gerade erst registriert und konnte mir nicht sicher sein, also kam es mir sinnlos vor, die Sache an die große Glocke zu hängen. Es war schon spät, und es war niemand mehr am Tisch – jedenfalls niemand, der sich auf meine Seite stellen konnte oder wollte. Außerdem war ich trotz des Verlustes nur einen Hunderter im Minus und nahm an, dass sie einen Schuldschein akzeptieren würden.« Er warf einen Blick auf Devlin. »Ich war gewarnt worden, nicht zu viel Bargeld in den Taschen zu haben, also hatte ich nicht so viel dabei.«

Devlin nickte verständnisvoll. »Es ist klug, nicht viel Bargeld mitzunehmen. Und wenn deine Cousins dich dorthin gebracht haben, konnte vermutlich niemand sonst wissen, dass du den restlichen Abend dort verbringen würdest. Deshalb ...« Er kniff die Augen zusammen und konzentrierte sich wieder auf Martin. »Als du in den Spielsälen warst, hast du da jemanden gesehen, den du wiedererkannt hast? Abgesehen von deinen Cousins und ihren Freunden?«

Therese beobachtete, wie ihr Bruder nachdenklich die Stirn runzelte. Er schüttelte langsam den Kopf, um dann plötzlich innezuhalten. Seine Augen verengten sich zu schmalen Schlitzen.

»Keine Bekannten, aber da waren drei Deutsche, die ich auf der Ausstellung getroffen hatte«, erinnerte er sich. »Wir haben uns zugenickt, also weiß ich, dass sie mich gesehen und erkannt haben. Und ich weiß auch, dass sie eine holländische Erfindung aufkaufen wollen, in die zu investieren ich eingeladen wurde.«

Als Devlin lächelte, erinnerte er die anderen an ein Raubtier, das Beute erspäht.

»Und falls du dich einkaufst, können die Deutschen die Erfindung nicht erwerben?«, hakte er nach.

Martin nickte. »Ich glaube, das ist der Fall.«

»Stand wegen dieser Investition heute bei dir etwas auf dem Programm?«, fragte Devlin.

Martin begriff sofort und sah Devlin in die Augen. »Ich sollte den Vertrag noch heute unterschreiben. Glaubst du, die Deutschen haben Biggs dafür bezahlt, dass er mich in der Spielhölle festhält, bis der Termin verstrichen ist?«

Devlin lächelte süffisant. »Darauf würde ich eine beträchtliche Summe wetten. Was geschieht, wenn du das Treffen verpasst und einfach nicht erscheinst?«

»Der holländische Erfinder ist ... nicht gerade verzweifelt, aber er muss das Geschäft abschließen«, erwiderte Marin. »Wenn ich nicht unterschreibe, wird er sich mit ziemlicher Sicherheit an die Deutschen wenden müssen, was er lieber vermeiden würde.«

»Deshalb war Biggs auch so nervös«, schlussfolgerte Therese und sah Child an. »Haben Sie das auch bemerkt?« Sie warf einen Blick auf Martin. »Sobald Child und ich auftauchten, reagierte er ...«

»... als ob sich ein Plan vor seinen Augen auflösen würde.« Child wechselte einen Blick mit Martin. »Devlin hat recht. Die Deutschen werden Biggs großzügig dafür bezahlt haben, dass er eine Situation schafft, die es ihm ermöglicht, Sie bis nach Ihrem Treffen wegzusperren.«

»Biggs war sicher unschlüssig, ob er deine Nachricht überbringen sollte«, überlegte Devlin mit hochgezogenen Augenbrauen.

Martin schnaubte leise. »Dein Titel hat ihn – und noch mehr seine Männer – nervös gemacht, aber Biggs war sichtlich erleichtert, als ich darum gebeten habe, dass sie die Nachricht zu dir nach Hause bringen. Und zwar so sehr, dass ich mich schon gefragt habe, ob es besser gewesen wäre, eine andere Adresse zu nennen.«

»Sie sind davon ausgegangen, dass ich den Tag in der Stadt verbringe und erst am frühen Abend, lange nach deinem Termin, nach Hause kommen und die Nachricht erhalten werde«, stellte Devlin fest.

Und das wäre mit ziemlicher Sicherheit der Fall gewesen, wenn ich mich nicht aktiv um meine Frau bemüht hätte.

Martin nickte. »Sie sagten etwas in dieser Richtung – ich solle mich damit abfinden, dort den Tag über festzusitzen. Deshalb habe ich ›Dringend‹ auf den Umschlag geschrieben.«

Devlin blickte Therese an und lächelte. »Wie gut, dass du so reagiert hast.«

Das »Dringend« auf dem Umschlag in der Handschrift ihres Bruders hatte sie dazu veranlasst, den Brief zu öffnen und so zu reagieren, wie sie es getan hatte. Da seine eigenen Beschützerinstinkte ähnlich ausgeprägt waren, konnte er sich kaum darüber beschweren. Sein Lächeln wurde breiter.

»Aber Biggs hatte bestimmt nicht damit gerechnet, dass dein Brief solche Folgen haben würde.« Er sah Therese in die Augen. »Deinetwegen hat er es bereut, sich auf den Plan eingelassen zu haben – davon bin ich überzeugt.«

Sie erwiderte sein Lächeln und hakte sich bei ihm unter. »Aber deinetwegen noch viel mehr. Ich hatte den Eindruck, er war richtig froh, als wir gegangen sind.«

»Stimmt.« Child lachte leise. »Aber ich mochte auch Ihre Idee mit den Vorhängen sehr. Und dass Sie von Lösegeld geredet haben, war ein geschickter Schachzug.«

Martin grinste. »Ganz zu schweigen von dem Argument, dass dich meine Nachricht nicht erreicht hätte, wenn du nicht Lady Alverton wärst. Und dann musste er behaupten, du seist ein Dienstmädchen! Ich dachte schon, du würdest ihn in der Luft zerreißen.«

»Ah.« Jetzt ging Devlin ein Licht auf. »Das war also Briggs' Unterstellung und das, was dich so wütend gemacht hatte, als ich hereinkam.«

»Allerdings.« Therese blickte spöttisch drein. »Ich hoffe,

die Deutschen kommen wieder und verlangen ihr Geld zurück. Das würde Biggs recht geschehen.«

»So wie die Dinge stehen, habe ich heute Nachmittag mein Treffen, und die Deutschen werden ihr Geld los sein, ohne etwas erreicht zu haben – schließlich waren sie es, die hinter diesem Plan standen.« Martin lächelte Therese, Devlin und Child an. »Ich danke euch – euch allen –, dass ihr mir zu Hilfe gekommen seid.«

Therese streckte die Hand aus und tätschelte Childs Arm.

»In der Tat«, schloss sie sich an. »Danke, dass Sie mich begleitet haben. Ich weiß die Unterstützung zu schätzen und freue mich darauf, mich bei der nächsten gesellschaftlichen Veranstaltung, die wir beide besuchen, angemessen zu revanchieren.«

»Nein, nein, Sie müssen Ihre Talente nicht für mich einsetzen.« Child wirkte leicht beunruhigt und fügte hastig hinzu: »Es wäre mir sogar lieber, wenn Sie zur Belohnung darauf verzichten würden.«

Dieses Eingeständnis brachte die anderen zum Lachen.

Danach trennten sie sich, und Child, der wissen wollte, was Martin in den Jahren in Amerika gemacht hatte, in denen er selbst dort gewesen war, lud Martin zu einem gemeinsamen Mittagessen ein. Sie nickten den anderen zu und schlenderten davon.

Devlin winkte Morton herbei, öffnete den Kutschenschlag und ließ Therese einsteigen. Dann folgte er ihr und setzte sich neben sie.

Mit einem zufriedenen Seufzer ließ sich Therese auf dem feinen Leder nieder. Sie wartete, bis die Kutsche frei über die Pall Mall rollte, dann drehte sie den Kopf und sah ihren Mann an.

»Danke, dass du uns zu Hilfe gekommen bist. Weder Child noch Martin oder ich wussten genug, um der Sache auf den Grund zu gehen.« Sie winkte mit einer Hand. »Wer weiß, wozu Biggs noch imstande gewesen wäre? Er hatte ja diese drei ehemaligen Faustkämpfer zu seiner Unterstützung.«

Devlin ergriff ihre Hand, führte sie an seine Lippen und drückte ihr einen leichten, aber lang anhaltenden Kuss auf den Handschuhrücken.

»Ich bezweifle ernsthaft, dass Biggs es riskiert hätte, dir, Child oder sogar Martin etwas anzutun. Egal, was er gesagt hat, er wusste, dass ihr drei die seid, für die ihr euch ausgegeben habt, und ich gehe davon aus, dass du dir irgendwann Respekt verschafft hättest. Was meinen Beitrag betrifft, so kann ich euch dreien nur dankbar sein.« Er lächelte. »So ein Abenteuer habe ich schon lange nicht mehr erlebt.«

Sie gluckste und lehnte sich entspannt in den Sitz. Auf der weiteren Fahrt ließ Devlin ihre Hand nicht mehr los. Es war beinah, als wüsste er gar nicht mehr, dass er sie genommen hatte. Therese machte keine Anstalten, sie ihm zu entziehen.

Als sie die Ereignisse des Morgens Revue passieren ließ, wurde ihr klar, dass er, kurz nachdem sie und Child das Haus verlassen hatten, zurückgekehrt sein musste. Er konnte keine Minute gezögert haben, ihnen zu folgen. Sie dachte darüber nach und gestand sich ein, wie beruhigend es war, dass ihn ihre Notlage sofort alarmiert und zum Handeln getrieben hatte.

»Ein Glück, dass dein Geschäftstermin früher zu Ende war«, murmelte sie nach einer Weile und blickte ihn an. »Denn das war er ja wohl. Ist es gut gelaufen?«

»Sehr gut«, bestätigte er lächelnd, sah ihr in die Augen und drückte sanft ihre Hand. Offenbar hatte er doch nicht vergessen, dass er sie noch immer hielt. »Bis jetzt war der Tag ein kleiner Triumph.«

Sie sah ihn aus großen Augen an und freute sich, als sein Lächeln breiter wurde und er von dem Vertrag erzählte, den er am Morgen unterzeichnet hatte. Mit dem Wissen, das sie in letzter Zeit bei Gesprächen in verschiedenen Salons erworben hatte, konnte sie Fragen stellen, die ihm weitere Details entlockten – Details, die er ihr gerne mitzuteilen schien.

Als die Kutsche in die Einfahrt von Alverton House einbog, wusste sie genug, um seinen Erfolg am Vormittag aufrichtig zu würdigen. Im Gegenzug bedankte er sich mit einer anmutigen Neigung seines Kopfes für ihren Beitrag, denn sie hatte bei Lady Wicklows Picknick eine kritische Diskussion angestoßen.

Gut gelaunt stiegen sie aus der Kutsche und betraten das Haus, wo Portland sie erleichtert empfing.

Der Butler gab sich Mühe, die Freude darüber, sie beide wohlbehalten zu sehen, hinter seiner gewohnt unerschütterlichen Maske zu verbergen, und hob Therese den Umhang von den Schultern.

»Sprockett erwähnte, dass sie sich über ein kurzes Gespräch freuen würde, wenn Sie hereinkämen, Mylady.«

»Danke, Portland.« Therese reichte ihm ihre Haube. »Ich gehe direkt nach oben.«

»Das Mittagessen wird gleich fertig sein, Mylady.«

Sie lächelte Devlin an, als sie sich auf den Weg zur Treppe machte. »Ich bin in zehn Minuten unten.«

Er neigte den Kopf. »Wir sehen uns später.«

Als sie die Treppe hinaufstieg, blickte sie zurück und sah ihn den Korridor hinunter zu seinem Arbeitszimmer gehen.

Therese blickte nach vorne. Sie lächelte schon seit einer ganzen Weile unentwegt, weil zwischen ihnen einfach alles so war, wie es sein sollte. In Anbetracht dessen, was alles hätte passieren können, war es in der Tat deutlich besser als nur gut.

*

Als Therese und Devlin an diesem Abend an einer Dinnerparty teilnahmen, die von ihren alternden Nachbarn Lord und Lady Warkworth ausgerichtet wurde, waren sie mit deutlichem Abstand das jüngste Paar unter den Anwesenden.

Da sie jünger als die meisten Kinder der Gäste war, fiel es Therese schwer, auch nur so zu tun, als interessiere sie sich für die Themen, die die Ladys besprachen. Allerdings versuchte sie auch nicht, eigene Themen einzubringen, denn das wäre unklug gewesen. Der Umgang mit diesem Kreis erforderte das ganze Fingerspitzengefühl, das sie mit ihren siebenundzwanzig Jahren in der besseren Gesellschaft erworben hatte.

Im Salon der Warkworths verbrachte sie quälend lange Zeit am Esstisch, wo sie von Gentlemen eingerahmt wurde, die zwar älter als ihr Vater, dafür aber weniger interessant waren. Später hockte sie auf der Kante eines unbequemen Stuhls mit gerader Rückenlehne und trank mit der weiblichen Hälfte der Gesellschaft lauwarmen Tee, während sie auf die Rückkehr der männlichen Gäste warteten. Immer wieder wanderte ihr Blick zur Tür des Salons, weil sie inständig hoffte, dass sie sich endlich blicken ließen.

Sie war sich bewusst, dass sie nervlich etwas beansprucht war, und ihre Sinne waren angespannt, als ob sie auf etwas – irgendetwas – wartete, ohne zu wissen, was es sein könnte. Nachdem sie mit Sprockett über Horrys jüngste Kinderkrankheit gesprochen hatte, war sie in der freudigen Erwartung heruntergekommen, sich zu Devlin an den Mittagstisch setzen zu können, um dann aber von Portland zu erfahren, dass Seine Lordschaft das Haus verlassen hatte. Seitdem hatte sie ihr inneres Gleichgewicht verloren und war auch ein bisschen verärgert.

Portland zufolge hatte Devlin geschäftliche Angelegenheiten zu erledigen und war zum Mittagessen in einen seiner Clubs gegangen. Aus irgendeinem Grund hatte diese Nachricht, die sie noch vor ein paar Wochen völlig unauffällig gefunden hätte, ihre Stimmung getrübt.

Danach war sie Devlin erst wieder begegnet, als er in seiner gewohnt tadellosen Abendgarderobe, in der er wie ein aristokratischer Adonis aussah, gerade noch rechtzeitig zu ihr in die Eingangshalle gekommen war, um sich mit ihr auf den Weg zu den Warkworths zu machen. Der kurze Fußweg um die Ecke und die Upper Grosvenor Street entlang hatte ihnen nicht einmal Zeit für ein kurzes Gespräch gelassen.

Sie wollte nach Hause und irgendwie ergründen, ob sie ihre gegenseitige Annäherung, die ihr wie eine tiefere Verbindung vorgekommen war, falsch interpretiert hatte oder ob sie zu Recht glaubte, dass sie sich tatsächlich näherkamen, und Devlins Entscheidung, das Haus zu verlassen, anstatt mit ihr zu Mittag zu essen, eher von der Notwendigkeit als von seinem Wunsch bestimmt gewesen war.

»Also, meine liebe Lady Alverton.« Auf dem Sofa sitzend, drehte sich Lady Carmichael um und beugte sich näher, um Therese anzusprechen. »Welche Universität haben Ihre Söhne besucht – Sie haben zwei, glaube ich? War es Oxford oder Cambridge?«

Therese setzte ein unschuldiges Lächeln auf. »Ich fürchte, meine Söhne sind noch im Kinderzimmer.«

Lady Carmichaels Augen weiteten sich und sie lehnte sich zurück.

»Ach ja?« Sie musterte Therese schnell und schien endlich ihr Alter zu registrieren. »Ja, nun, das ist wohl nicht verwunderlich, oder? Ich kann mir nicht vorstellen, dass Ihr Gatte Ihnen die Kinder aus der Wiege rauben würde, auch wenn er zweifellos ein Teufel ist.«

Therese lächelte schwach und betete, dass sich die Gentlemen endlich in Bewegung setzten.

Zwei Minuten später kündigten Geräusche auf dem Flur die Rückkehr der Männer an. Sie stieß verstohlen einen Stoßseufzer aus und wartete. Sie war sogar bereit, sich auf Kopfschmerzen zu berufen – etwas, was sie noch nie in ihrem Leben getan hatte –, falls das nötig sein sollte, um Devlin zu einem schnelleren Aufbruch zu bewegen.

Die Gentlemen strömten herein, und schließlich entdeckte sie Devlin im hinteren Teil der Gruppe. Er bewegte sich auf die lässige Art und Weise, die zu dem entspannten Bild gehörte, das er in solcher Gesellschaft von sich zeichnete.

Sie hatte damit gerechnet, aufstehen und zu ihm gehen zu müssen, aber stattdessen kam er unvermittelt direkt auf sie zu. Sie beobachtete ihn leicht überrascht.

Beim Näherkommen schaute er sie an und warf ihr einen Blick zu, in dem sie unschwer die Frage »*Können wir bitte nach Hause gehen?*« erkannte.

Es kostete sie einige Mühe, sich ihre Freude nicht anmerken zu lassen. Vorsichtig stellte sie ihre Teetasse ab, als er neben ihr stehen blieb und sich mit einer gewissen Vertraulichkeit zu ihr herunterbeugte, als ob er mit ihr sprechen wollte.

»Horry bekommt Zähne, und es geht ihr furchtbar schlecht«, teilte sie ihm sofort mit, wohl wissend, dass Lady Carmichael und zwei weitere Personen nahe genug standen, um das Gespräch mitzuhören. Therese sah Devlin mit einem besorgten Mutterblick an. »Ich denke wirklich, wir sollten nach Hause zurückkehren.«

Devlin verbarg seine Erleichterung und formte seine Gesichtszüge so, dass sie angemessene Besorgnis widerspiegelten, sowohl für seine Tochter als auch für seine Frau. Anschließend richtete er sich auf und reichte Therese die Hand.

»Dann komm. Lady Warkworth wird bestimmt Verständnis dafür haben, dass wir gehen müssen.«

Therese legte ihre Hand in seine und ließ sich von ihm auf die Beine ziehen. Er hakte sich bei ihr unter und führte sie zu dem anderen Sofa, wo Lady Warkworth Hof hielt. Die alte Lady zeigte sich mitfühlend, und Devlin war dankbar, dass die unvermeidlichen Fragen nach Horrys Zähnen und ihrem allgemeinen Wohlbefinden an Therese gerichtet wurden. Er wusste, dass Horry Zähne bekam, er wusste nur nicht, wie viele.

Er wollte mit Therese allein sein, aber nicht, um über

Horrys Zähne zu sprechen. Oder die von Spencer oder Rupert.

Er wollte ... seine Frau. Es war tatsächlich so einfach.

Seit seiner Rückkehr aus der Spielhölle wurde er von der unvermeidlichen Folge der morgendlichen Aufregungen geplagt. Sein geschäftlicher Erfolg trug weniger dazu bei, obwohl dieser kleine Triumph zweifellos zu den Gelüsten beitrug, die in seinen Adern brodelten. Ihm war schon vorher bewusst gewesen, dass Therese einen Beschützerinstinkt in ihm wachrief, den er kaum beherrschen konnte. Er hatte aber nicht bedacht, dass sein Drang, ihr seine Liebe zu gestehen, diese Beschützerinstinkte in neue Höhen treiben und zugleich ein unstillbares Verlangen in ihm wecken würde.

Als sie mittags in die Eingangshalle gekommen waren, hatte er die ungebührlichen Forderungen seines plumpen Egos unterdrücken müssen, nur um ihr zu erlauben, die Treppe hinauf- und wegzugehen. Er war nicht sicher, ob ihm das gelungen wäre, wenn sie nicht das Kinderzimmer angesteuert hätte. So aber hatte er sich in sein Arbeitszimmer zurückgezogen und war unruhig hin und her gegangen, weil er nicht hatte stillsitzen können.

Hin und her.

Es hatte nichts gebracht.

Seine ritterliche Tat, sie aus dieser Spelunke herauszuholen, hatte seinen Beschützerinstinkt sowie auch manches andere geweckt, was sich daraus ergab, und seinen Hunger entfacht, wenn auch nicht auf Essen. Die Vorstellung, ein Mittagessen durchhalten zu müssen, während das Objekt seiner Begierde in Reichweite war ...

Er vermochte es nicht einzuschätzen, was passieren

konnte – welche möglicherweise verfrühten Enthüllungen ihm in der Hitze einer ausufernden Begegnung herausrutschen könnten –, und so hatte er sich schweren Herzens auf den Weg gemacht, um sowohl den Nachmittag als auch den frühen Abend in seinen Clubs zu verbringen.

Nachdem er ein Abendessen von fast unvorstellbarer Eintönigkeit hinter sich gebracht hatte, war ihm jetzt, als hätte er sich wieder halbwegs unter Kontrolle. Zumindest genug, um voranzuschreiten und seine dringendsten Gelüste zu stillen – oder wenigstens zu lindern.

Schließlich entließ Lady Warkworth die beiden. Mit einem Nicken an den Rest der Gesellschaft gingen sie in die Eingangshalle, holten Thereses Abendmantel und seinen Mantel sowie Hut und Stock und verließen das Haus.

»Bekommt Horry wirklich Zähne?«, fragte er, als sie Arm in Arm auf den Bürgersteig traten und sich in Richtung Park Lane und Alverton House wandten. »Und selbst wenn – gibt es einen Grund für dich, zu ihr zu gehen?«

»Ja und nein.« Therese betrachtete sein Gesicht. »Sie zahnt, aber das Schlimmste ist überstanden, und in diesem Moment schläft sie sicher tief und fest.«

»Gut.« Sein Lächeln fühlte sich geradezu lüstern an. Er vergrößerte seine Schritte, und Therese erhöhte zuvorkommend ihr Tempo, als sie um die Ecke bogen und dann in die Einfahrt von Alverton House einbogen.

Sekunden später ließ Portland sie ins Haus.

Devlin übergab seinen Hut und seinen Stock, dann trat er hinter Therese und hob ihr den schweren Samtmantel von den schmalen Schultern. Sie trug ein kornblumenblaues Abendkleid und der breite Ausschnitt ließ ihre Schultern frei. Das sanfte Lampenlicht im Saal legte einen perlmuttartigen Schimmer auf ihre Haut, von der er wusste, dass sie sich wie feinste Seide anfühlte.

Ihm lief das Wasser im Mund zusammen.

Nachdem er Portland ihren Umhang übergeben hatte, überließ er dem Lakaien seinen Mantel und ging dann schnell, um Therese einzuholen, die sich bereits auf den Weg zur Treppe machte.

»Gute Nacht, Mylord, Mylady«, rief Portland.

»Gute Nacht, Portland«, riefen sie im Chor.

Während sie die Treppe hinaufgingen, ergriff er Thereses Hand. Sie warf ihm einen leicht fragenden Blick zu, aber da er nicht wusste, was sie in seinen Augen sehen würde, hielt er seinen Blick nach vorne gerichtet.

Die Vorfreude brachte wieder hoch, was er für unterdrückt gehalten hatte. Sie erreichten gerade den Treppenabsatz und wandten sich zur zweiten Treppe, als er die Fassung verlor und seine schwelende Leidenschaft aus ihm hervorbrach.

Da er Thereses Hand ohnehin im Griff hatte, zog er sie an sich heran, bis ihre Gesichter ganz nah beieinander waren. Dann kam er ihr noch näher und drückte sie mit dem Rücken gegen die getäfelte Wand des Treppenhauses, beugte seinen Kopf und presste seine Lippen auf ihre.

Sie waren außer Sichtweite von Portland und den Lakaien, die dabei waren, das Haus abzuschließen, und da Therese in dieser Hinsicht keine Hemmungen mehr hatte, reagierte sie instinktiv auf den heißen Kuss, auf das Verlangen und das Begehren, das sie dahinter spürte.

In diesem Augenblick, mit diesem einen brennenden Kuss, beantwortete Devlin alle ihre Fragen und fegte ihre neu entdeckten Unsicherheiten hinweg. *Das war es*, was jetzt zwischen ihnen lebte – dieser herrliche, beseelende Rausch der Leidenschaft, der Lust, der Bedürftigkeit und des Verlangens, alles konzentriert auf den anderen.

Sie erwiderte seinen Kuss ebenso leidenschaftlich und entflammt, wie er sie geküsst hatte. Dann packte sie ihn im Nacken, grub die Fingerspitzen in seine Schulter und hielt ihn so fest, wie er sie um ihre Hüften hielt.

Er nahm sich ihren Mund, und sie traktierte seinen Rücken, ebenso ausgehungert, gierig und lüstern wie er.

Keuchend löste er den Kuss. Sie waren beide erhitzt und fast atemlos. Ihre Blicke trafen sich und verschränkten sich ineinander. Seine Augen waren dunkle Seen sündiger Verlockung. Sie hatte keine Ahnung, was er in ihren sah.

Er holte tief Luft und trat zurück. Dann zog er sie von der Wand weg, schlang einen stählernen Arm um ihre Taille und drängte sie die Treppe hinauf.

»Dein Zimmer.« Seine Stimme war ein kehliges Grollen.

Sie grinste von einem Ohr zum anderen, raffte ihre Röcke und eilte nach oben.

Er hielt mühelos mit ihr Schritt und gab ihr Halt, als sie in ihrer Eile fast gestolpert wäre.

Gemeinsam erreichten sie die Galerie, durchmaßen sie und eilten in den Korridor, der zu ihren Zimmern führte. Aber es war nicht leicht, in dem gut geschnürten Mieder zu laufen und gleichzeitig zu atmen. Als sie keuchend zur Seite taumelte, sich an die Flurwand lehnte und Luft holte, stürzte er sich auf sie und küsste sie wieder, unersättlich und mit zunehmender Gier, die ihre Krallen in sie versenkte und sie nicht mehr losließ.

Sie umklammerte sein Gesicht mit den Händen und hielt

ihn fest, während sie den Kuss erwiderte, während sie all die Leidenschaft, die sie durchströmte – viel mehr, als sie je zuvor gefühlt hatte –, in den Kuss einfließen ließ. Kein Zweifel, er verzehrte sich nach ihr, und die Macht dieser Lust, dieses Begehrens, schien so viel größer zu sein als je zuvor.

Ich will, ich will. Mit jedem Pulsschlag ihres Herzens gingen die Worte durch sie hindurch. Dabei war sie sich nicht sicher, ob sie von ihr oder von ihm kamen.

Oder von beiden. Als ihre Hände über ihre noch immer bekleideten Körper fuhren, gab es keinen Unterschied zwischen ihnen, was die Besessenheit, das Begehren und die schiere Lust anging.

Er löste seine Lippen von ihren und knurrte eindringlich: »Dein Zimmer.«

Ja. Das Verlangen verlieh ihr die Kraft, sich von der Wand wegzudrücken.

Er trat zurück und stützte sie, als sie schwankte.

Sie erwiderte seinen Blick, dann grinste sie und machte sich auf den Weg zu ihrer Tür.

Er folgte ihr nach, als sie die Tür aufstieß und fast in den Raum stürzte.

Ein kurzer Blick bestätigte, dass Parker nirgends zu sehen war und die Lampe neben dem Bett noch brannte.

Dann trat Devlin die Tür hinter sich zu und zog Therese in seine Arme. In diesem Moment vergaß sie alles andere. Sie konnte an nichts anderes mehr denken als an ihn, an sie beide, an die Befriedigung ihrer gierigen Lust.

Ihre Lippen vereinigten sich, lösten sich und verschmolzen dann hungrig in einer langen Serie brennender Küsse. Sie fielen übereinander her, und ihre Hände streichelten sich wissend, suchend, besitzergreifend, während sie sich, getrieben von diesem unerbittlichen Begehren, gegenseitig ihrer Kleidung entledigten, jedes Kleidungsstück abstreiften, um die Beute darunter zu enthüllen.

Als er sie, bereits nackt, herumwirbelte, um ihre Schnürung anzugehen, warf sie den Kopf in den Nacken und versuchte, Luft in ihre leer gepumpte Lunge zu bekommen. Ihn zu küssen, hatte immer Vorrang vor dem bloßen Atmen.

Mit offenen Augen starrte sie nach oben, konnte sich aber nicht auf die Decke konzentrieren. Ihr Verstand war nicht beschäftigt, doch die Worte sprangen ihr auf die Zunge.

»Als du nicht geblieben bist, um mit mir gemeinsam zu Mittag zu essen, dachte ich schon, ich hätte die Dinge – *das*«, sie zeigte auf das, was zwischen ihnen lag, »falsch gedeutet.«

Seine Aufmerksamkeit war auf die dringend zu lösende Aufgabe gerichtet, ihre Schnürung, und Devlin blinzelte. Eine Sekunde lang wurden seine Finger langsamer, dann schnaufte er.

»Ich habe es nicht gewagt, mit dir auch nur im selben Raum zu sein.« Er ließ seine Finger noch einmal hektisch arbeiten, dann blickte er ihr ins Gesicht, um den Ausdruck sehen zu können. »Ich wusste nicht, wie sehr du an diesem Kleid hängst.«

Ihre Gesichtszüge verzogen sich zu einem erfreuten Lächeln. Sie lachte, ein klirrendes Geräusch reinen Glücks, und etwas in seiner Brust wurde heiß und schwoll an.

»Nicht so sehr.« Sie hielt inne, drehte den Kopf und blickte über ihre Schulter. »Nächstes Mal ... sag es mir.«

In ihrem Tonfall lag so viel Aufreizendes, was er in diesem Moment wirklich nicht hören musste. Er war schon so steinhart, dass es wehtat.

»Ich verspreche dir, dass ich das tun werde«, erwiderte er, während er mit dem letzten Knoten an ihrer Taille kämpfte. »Aber ich hoffe auch inständig, dass du es künftig nicht wieder nötig finden wirst, einen Ausflug zu Orten wie Gentleman Jim's zu machen.«

Endlich war auch der letzte Verschluss gelöst. Er zog ihr das leichte Korsett aus und warf es achtlos beiseite, als sie sich, nur mit einem hauchdünnen Seidenhemd bekleidet, ihm zuwandte.

Das Lampenlicht beschien ihre Augen, deren silbriges Blau sich durch die Leidenschaft zu einem stählernen Farbton verdunkelte, als sie kühn auf ihn zutrat. Die Seide, die ihre Kurven verdeckte, umschmeichelte verführerisch die erhitzten Flächen seines Körpers, dann drückte sie sich näher an ihn heran, und die Berührung ihres kaum verdeckten Fleisches sandte einen Hitzeschub in seine Leistengegend, als sie ihre Arme über seine Schultern legte und ihn mit diesen hypnotisierenden Augen anschaute.

»Also ... wenn das dabei herauskommt, dann weiß ich nicht, ob ich so weit gehen würde, irgendwelche festen Zusagen zu machen«, hauchte sie, und ihre Lippen bogen sich aufreizend. Dann senkte sie die Wimpern und flüsterte verführerisch: »Ich kann für nichts garantieren.«

Herr, ich bin auf dem besten Weg, ein Monster zu erschaffen.

Aber das bereitete ihm keine Sorge.

Ganz im Gegenteil.

Er wartete, bis sie, um die Wirkung ihrer Neckerei

abzuschätzen, den Blick zu seinem Gesicht hob, dann ließ er das wahre Ausmaß seiner Besitznahme in die Geste einfließen. Lächelnd schloss er die Arme fest um sie, beugte seinen Kopf und küsste sie, zügellos und unbeherrscht.

Was dann folgte, war nichts Geringeres als eine Explosion der Leidenschaft.

Er riss ihr das Unterhemd weg und sie drängte ihn weiter. Sie drängte ihn, sie selbst zu nehmen, während sie ihn sich nahm.

Mit zielstrebiger Entschlossenheit schürten sie das Feuer des jeweils anderen. Ihre Hände fuhren über die bereits erhitzte Haut, streichelten, betasteten, liebkosten, packten zu. Nahmen in Besitz.

Sie fielen auf das Bett, Körper an Körper, Haut an Haut, und der einzige Gedanke, der ihnen durch den Kopf ging, war das überwältigende Bedürfnis, sich noch näher zu kommen.

Unerträglich begierig wanden und wälzten sie sich, neckten und reizten die Sinne des jeweils anderen, bis hungrige, gierige Flammen loderten und sie verzehrten.

Atemlos und lüstern vereinigten sie sich, und in diesem Augenblick drohte zu vergehen, was ihnen noch an Selbstkontrolle geblieben war.

Beiden.

Therese hatte noch nie solch glühende Leidenschaft erlebt. Niemals war sie so tief in die Intimität eingetaucht, dass es keine Grenze, keine Hemmungen mehr zwischen ihnen beiden zu geben schien.

Sie waren eins. Völlig verschmolzen, ihr Bewusstsein von

gegenseitigem Verlangen überwältigt. Von einem Begehren, das zu elementar war, um es zu verleugnen.

Kaum kontrolliert stieß er kraftvoll in ihren willigen Körper und sie schlang ihre Schenkel um seine Flanken und ritt mit ihm. Selbst als sie sich auf diesem vertrauten Terrain bewegte, die ihre Sinne berauschte, konnte sie einfach nicht glauben, wie intensiv sie sich jeder Facette, jedes prickelnden Gefühls ihres Zusammenseins bewusst war.

Wie konnte es nach fünf und mehr Jahren noch *so* viel *mehr* geben?

Sie wusste es nicht, aber sie spürte diese Realität bis in die Knochen.

Selbst als in ihrem Kopf alles durcheinanderwirbelte, gab sie sich Mühe, noch genug Verstand aufzubringen, um sich auf ihn zu konzentrieren, während er, auf seine gewinkelten Arme gestützt, über ihr schwebte. Der gleichmäßige Rhythmus seiner Hüften zwischen ihren Schenkeln, das wiederholte Anspannen der langen Muskeln seines Rückens unter ihren gespreizten Händen verankerten sie im Hier und Jetzt, als sie ihre Augenlider schließlich so weit anhob, dass sie zu ihm aufblicken konnte.

Seine Augen waren geschlossen. Sie starrte auf sein Gesicht, das aus markanten, von der Leidenschaft geprägten Flächen bestand – doch selbst in diesen unnachgiebigen Gesichtszügen konnte sie erkennen, dass da mehr war. Eine tiefere Hingabe an ihr Vergnügen, ein größeres Streben nach ultimativer Nähe.

Wäre sie jemals gefragt worden, hätte sie mit absoluter Sicherheit gesagt, dass sie von Anfang an die tiefste körperliche Verbindung geteilt hatten. Dass es noch mehr gab, hatte sie damals noch nicht gewusst. Niemals hätte sie sich auch nur vorstellen können oder träumen lassen, dass es eine so intensive Verbindung gab.

Die Leidenschaft hatte sie schon lange in Beschlag genommen, sich in ihrem Inneren gesammelt und geballt. Jetzt veränderte er die Position, den Winkel seiner Stöße, und sie keuchte erneut, bäumte sich auf und klammerte sich an ihm fest.

Jeder Gedanke, alles klare Denken, verschwand im heißen Nebel der Lust, während sie gemeinsam immer schneller und härter zur Vollendung stürmten. Sie überließ sich der treibenden Besessenheit, stürzte sich in die unbeschreibliche Hitze und stürmte mit ihm, als er sie auf den unausweichlichen Gipfel und geradewegs in einen nervenzerfetzenden, besinnungslosen Höhepunkt lenkte.

Die strahlende Ekstase und die Hitzewallung, die mit ihrem Abklingen einherging, waren ihr sehr vertraut und doch so viel tiefgründiger. Als sie bereitwillig in die wohltuende Befriedigung sank, murmelte er etwas, dann stieg er von ihr herunter.

Sie war bereits fast eingeschlafen, als er sie, auf dem Rücken liegend, an sich zog.

Unwillkürlich wölbten sich ihre Lippen, und sie drückte ihm einen warmen Kuss auf die Brust.

»Ich hätte nie gedacht, dass wir noch mehr haben könnten«, gestand sie schläfrig, als sie sich in seine Arme bettete. »Aber jetzt haben wir *das* und es ist *herrlich*.«

Devlin hörte sie, aber im Nachbeben ihrer Leidenschaft brauchte er einige Augenblicke, um die Bedeutung ihrer Worte zu erfassen. Als er es schließlich tat, drehte er seinen Kopf und linste zu ihr hinunter, doch sie schlief bereits.

Er überlegte, ob er sie sanft wecken und fragen sollte, was sie gemeint hatte, aber er war sich auch so ziemlich sicher, dass er es wusste.

Mit zufriedener Genugtuung über die Gefühle, die ihn durchströmten, legte er sich zurück, ließ die Lider sinken und schwelgte in der Wärme, in dem Gefühl, ihren befriedigten Körper in seinen Armen zu halten. In dem entspannten Zustand völliger Vollendung, der sich in seinen Gliedern ausgebreitet hatte.

Angesichts ihrer letzten Bemerkung schien die Zeit reif, die Initiative zu ergreifen und über die neue Entwicklung zu reden.

Doch obwohl sein Verstand von Lust umnebelt war, gemahnte er sich selbst streng, dass er sich nur so lange hingeben konnte, bis es an der Zeit war, aufzustehen und sich in sein eigenes Bett zurückzuziehen.

Trotz dieses ersten Hinweises darauf, dass sie vielleicht das sah, was er ihr zeigen wollte, war er entschlossen, nicht überstürzt zu handeln und keinen Fehler zu riskieren. Er wollte sich gedulden, bis er ganz sicher wusste, dass der Zeitpunkt für ein Gespräch gekommen war.

Kapitel 10

Am folgenden Abend besuchten Devlin und Therese den Ball von Lady Cassington. Obwohl er so spät im Jahr stattfand, galt der Cassington-Ball als ein bedeutendes gesellschaftliches Ereignis, nicht zuletzt, weil die Gästeliste sehr erlesen war.

Devlin schlenderte mit Therese durch den langen Ballsaal. Sie trug heute Abend ein auffälliges Kleid in Mitternachtsviolett, das die Alverton-Diamanten, die um ihren Hals und an ihren Ohren funkelten, perfekt zur Geltung brachte. Sie grüßten und wurden begrüßt, und er war fürs Erste dankbar, dass es aufgrund der Exklusivität der Veranstaltung kein sensationslüsternes Gedränge gab.

Dann stellte er fest, dass der Raum, in dem sich die Gäste frei bewegen konnten, auch die zahlreichen anwesenden Grandes Dames in die Lage versetzte, ihn zu bemerken und insbesondere seine ständige Anwesenheit an Thereses Seite zur Kenntnis zu nehmen. Und das taten sie mit Sicherheit.

Bei einer Veranstaltung dieser Art war die Anwesenheit von Therese als Countess Alverton zu erwarten gewesen, ebenso, dass sie auch den größten Teil des Abends dort verbrachte. Bei ihm jedoch hätte sich niemand vorstellen können, dass er sie in den Ballsaal begleitete und sich dort blicken ließ, dann aber nicht zu einem Plausch mit Gleichgesinnten in den Kartenraum verschwand oder sogar ging, sobald er seine Pflicht erfüllt zu haben meinte.

Ein solches Verhalten wäre schön und gut gewesen, aber die Ereignisse des gestrigen Tages, jene des Morgens wie auch die des Abends, waren noch nicht aus seinem Gedächtnis verschwunden. Sie vermochten es weiterhin, jedes Mal heftige Reaktionen in ihm hervorzurufen, wenn sich die intensivsten Momente, zumeist ungerufen, in seinem Kopf wiederholten.

Als er sich vorgenommen hatte, das Fundament ihrer Verbindung offenzulegen, hatte er nicht bedacht, welche Auswirkungen es haben würde, wenn er seine wahren Gefühle für Therese hervorkehrte und das mächtigste aller Gefühle zur wichtigsten Triebfeder seines Verhaltens machte.

Er hatte nicht erwartet, so zu empfinden … was auch immer dieses Gefühl sein mochte. Es war eigentlich keine Eifersucht, denn es gab niemanden, auf den er eifersüchtig sein konnte, aber in gewisser Weise fühlte es sich an, als stünde er kurz davor, sich diesem Gefühl hinzugeben. Der Begriff »primitiver Besitzanspruch« kam dem Zwang, der ihn an Thereses Seite hielt, wohl am nächsten. Er hatte erwartet, dass die Befriedigung seiner eskalierenden Besessenheit – wie sie von ihr und ihm am gestrigen Abend so gründlich betrieben worden war – das Gefühl, das durch ihren Ausflug in die Spielhölle zu neuen Höhen getrieben worden war, wenn nicht verringern, so doch zumindest etwas abschwächen würde. Aber der hartnäckig anhaltende Druck war allenfalls noch größer geworden.

Thereses nächtliche Worte klangen in seinem Kopf nach.

»Ich hätte nie gedacht, dass wir noch mehr haben könnten. Aber jetzt haben wir das und es ist herrlich.«

Er hatte nicht widersprochen. Das Problem war nur, dass er gierig war und noch mehr wollte.

Während er sie durch die Schar der versammelten Gäste lenkte, hielt er hier und dort kurz inne, um zu plaudern und Beobachtungen und Neuigkeiten über ihre Familien auszutauschen. All das beanspruchte seinen Geist nicht übermäßig, sodass er parallel über den Ursprung seiner stets präsenten Gefühle nachdenken konnte.

Es war einfach so, dass er Therese am liebsten alles beichten wollte. Irgendetwas trieb ihn unaufhaltsam Schritt für Schritt weiter dahin, sich ihr zu offenbaren.

Die Anstrengung, sich zurückzuhalten und Grenzen zu setzen, war es, die ihn so in Spannung versetzte. Er wollte nicht vorschnell sprechen und so womöglich seine Chancen ruinieren.

Von Gruppe zu Gruppe zu schlendern und sich von den anderen nicht allzu lange vereinnahmen zu lassen, schien den Druck etwas zu lindern. Als er und sie einen weiteren Kreis von Ladys und Gentlemen verließen und er sie durch das Gedränge weiterführte, blickte sie zu ihm hoch.

Als er spürte, wie ihr Blick kurz sein Gesicht abtastete, sah er nach unten, schaute ihr in die Augen und wölbte eine Braue.

Sie wandte sich ihm zu und legte die Finger flüchtig auf seinen Arm.

»Nur damit du es weißt: Ich bin froh, dich an meiner Seite zu haben«, murmelte sie.

Er wusste nicht recht, was er davon halten sollte, aber noch bevor er fragen konnte, schenkte sie ihm ein koboldhaftes Lächeln.

»Die Grandes Dames beobachten uns wie Falken«, fuhr

sie, den Blick wieder nach vorne gerichtet, fort. »Sie spekulieren zweifellos und machen sich falsche Vorstellungen, aber ich möchte nicht, dass du dich von ihrer Wachsamkeit abschrecken lässt.«

Therese sah zu ihm auf, und in ihren Augen lag eine Wärme, wie er sie schon lange nicht mehr gesehen hatte.

»Übrigens gefällt mir die Art und Weise, wie wir in den letzten Wochen miteinander umgegangen sind, und auch der Umstand, dass ich dir bei geschäftlichen Angelegenheiten und in der Politik etwas mehr als früher geholfen habe.« Sie hielt inne, richtete dann ihren Blick wieder auf den Kreis, dem sie sich näherten, und griff wie zur Betonung sanft nach seinem Ärmel. »Ich mag diese neue und verbesserte Version von uns.«

Devlin musste einen Moment lang durchatmen. Glücklicherweise sah sie ihn nicht an. Vermutlich stand ihm sein Dilemma ins Gesicht geschrieben.

Sag es ihr! Sag es ihr!

Der Impuls übermannte ihn. Genau jetzt wünschte er sich nichts sehnlicher, als den Moment zu nutzen, aber das Zentrum eines exklusiven Ballsaals war der letzte Ort, den ein vernünftiger Gentleman gewählt hätte, um sein Herz auszuschütten.

Dennoch durfte er sich die Gelegenheit nicht entgehen lassen, er musste etwas sagen.

Die Worte sprangen ihm auf die Zunge.

»Gut«, hörte er sich sagen. Das hätte gereicht, aber da er die Gelegenheit hatte, konnte er nicht umhin hinzuzufügen: »Und wer weiß? Vielleicht sind die Vermutungen der Grandes Dames gar nicht so abwegig.«

Gleich nachdem ihm die Worte über die Lippen gekommen waren, hätte er am liebsten die Augen geschlossen und laut aufgestöhnt. Dank seiner stümperhaften Übereifrigkeit hatte er es schon wieder getan – das Äquivalent zum Sprechen in fremden Zungen.

Therese hörte Devlins Bemerkung, und obwohl sie mit einem angemessenen Lächeln auf den Lippen die nächste Gruppe von Gästen ansteuerte, stutzte sie und versuchte, seine Worte zu verstehen. Ihr Herz – ein zunehmend empfindliches Organ, wenn es um ihn ging – schien zunächst zu stottern, dann zu rasen. Was hatte er gemeint? Sein Tonfall hatte unbeschwert geklungen, fast leichtfertig. Und doch …

Noch während sie die drei Paare, zu denen sie sich gesellt hatten, begrüßte und mehr oder weniger automatisch auf ihre Bemerkungen antwortete, drehte und wendete sie Devlins Worte in ihrem Kopf und ermahnte sich dann streng, nicht so dumm zu sein.

Zweifellos dachte er, dass die *Grandes Dames* aufgrund seiner jüngsten Gewohnheit, mehr Zeit an ihrer Seite zu verbringen, vermuteten, dass er ihr immer mehr zugetan sei. Nichts weiter. Für jemanden, der die beteiligten Ladys nicht kannte, war das eine durchaus naheliegende Schlussfolgerung.

Aber sie kannte jede anwesende Grande Dame und war bereit, die Alverton-Diamanten, die derzeit ihren Hals zierten, darauf zu verwetten, dass es *nicht* das war, was diese Riege alter Ladys dachte.

Nein. Die *Grandes Dames* dachten – und hofften –, dass Devlin sich nach fünf Jahren Ehe endlich in sie verliebte.

Aus irgendeinem unerfindlichen Grund fühlte sie sich nach dieser Erkenntnis bloßgestellt. Verwundbar.

Sie sagte sich, dass sie die Bemerkung nicht weiter beachten sollte, aber ihre Ehe war das Herzstück ihrer Existenz, und sie konnte kein Ereignis ignorieren, das sich darauf auswirkte.

Als sie zur nächsten Gästegruppe weitergingen, warf sie einen Blick auf Devlins Gesicht, aber seine Mimik war, wie stets und erst recht in geselliger Runde, nicht zu deuten. Allerdings erinnerte sie sich an den Vorfall bei Christophers Hochzeitsfrühstück und die stundenlange Aufregung, in die es sie versetzt hatte, nur weil sie Devlin damals nicht zu einer Erklärung gedrängt hatte.

In ihren Gedanken spielte sie seine Worte noch einmal durch.

»*Und wer weiß? Vielleicht sind die Vermutungen der Grandes Dames gar nicht so abwegig.*«

Sie gestand sich ein, dass sie es einfach wissen musste, und zwang sich, seinen Blick zu erhaschen.

»Was deine Bemerkung von vorhin angeht, als es um das ging, was die *Grandes Dames* denken könnten, meintest du doch bestimmt, dass unmöglich festzustellen sei, welche Vermutungen sie hegen könnten?«, fragte sie leise.

Er schaute nach vorne und zögerte nur einen Augenblick lang. Dann spannte sich ein Muskel in seinem Kiefer an, und er senkte den Kopf.

»Ganz recht«, bestätigte er.

Therese starrte ihn an und zwang sich dann, ebenfalls nach vorne zu schauen. Weit davon entfernt, ihre Frage zu beantworten, hatte er ihre Verwirrung nur noch vergrößert, denn sie war sich so sicher, wie sie nur sein konnte, dass er … vielleicht nicht *gelogen*, aber ganz bestimmt mit seinem »Ganz recht« nicht die ganze Wahrheit gesagt hatte.

Womöglich nicht einmal einen Teil der Wahrheit. Sie lernte gerade, seinen Söhnen anzusehen, wenn sie ihr auszuweichen versuchten – jetzt wusste sie, von wem sie diese Fähigkeit gelernt hatten.

Zu ihrem Ärger drängten sich die Hemmings auf dem Weg zu ihnen durch die immer größer werdende Menschenmenge, und sie war gezwungen, ihre gesellschaftliche Rolle auszufüllen, obwohl sie Devlin am liebsten in einen Vorraum gezerrt hätte, um zu verlangen, dass er ihr genau darlegte, was er gemeint hatte …

Oh Gott! Noch während sie mit James und Veronica Begrüßungsfloskeln austauschte, stieg eine neue Flut von Unsicherheiten in ihr auf und überschwemmte sie. Sie musste immer wieder daran denken, wie sie Devlins Worte auf Christophers Hochzeit gedreht, gewendet und überinterpretiert hatte. Zehn zu eins, dass sie auch seiner letzten Bemerkung zu viel Gewicht beimaß.

Sie musste sich zwingen, nicht mit den Zähnen zu knirschen. Es war schon das zweite Mal, dass er sie mit einer zweideutigen Bemerkung in Aufregung versetzte.

Fest entschlossen, die letzte Episode zu verdrängen, konzentrierte sie sich auf die Geschichte, die Veronica von einem Ausflug in ein Stofflager erzählte, wo sie Vorhänge für ihre jüngsten Renovierungsbemühungen einkaufen wollte. Veronica schien von dem Zwang getrieben zu sein, mindestens jedes zweite Jahr umzudekorieren. Therese vermutete stark, dass Veronica dafür andere Beweggründe hatte als den Wunsch, mit der neusten Mode Schritt zu halten.

Devlin hörte einigermaßen aufmerksam zu, während James wie immer äußerst gelangweilt und ein wenig gereizt wirkte – was vielleicht Veronicas Absicht war.

Therese hielt ihre gesellschaftliche Fassade aufrecht und konzentrierte sich auf ihre Aufgabe. Sie nahm sich vor, sich so zu verhalten und so zu reagieren, wie es von der Countess Alverton erwartet wurde.

Devlin warf einen Seitenblick auf Therese und versuchte sich einzureden, dass alles in Ordnung sei, aber er wusste, dass das nicht der Fall war. Abgesehen von allem anderen klopfte sein Herz unter seiner beherrschten, undurchdringlichen Fassade weiterhin zu schnell – ob aus Angst, aus falscher Hoffnung oder vor Erwartung, vermochte er nicht zu sagen.

Wieder einmal hatte er die Dinge zwischen ihnen verkompliziert. Er wusste genau, dass die Grandes Dames, so scharfsinnig sie auch waren, spekulierten, dass seine Aufmerksamkeiten für Therese darauf hinwiesen, dass er dabei war, sich in sie zu verlieben. Da der Cassington-Ballsaal keineswegs der geeignete Ort für eine solche persönliche Enthüllung war, hätte er nach seinem »Gut« den Mund halten sollen. Dann wäre in der Tat alles gut gewesen.

Stattdessen hatte er nebulös und mehrdeutig durchblicken lassen, dass die *Grandes Dames* recht haben könnten, ohne dabei irgendetwas einzuräumen.

Warum er so unklug gewesen war, sich nicht auf die Zunge zu beißen, konnte er nicht begreifen. Es war schon das zweite Mal, dass er impulsiv und unüberlegt gesprochen hatte. Er wusste, dass der Fehler bei ihm lag – in ihm, um genau zu sein.

Als er seine Frau kennengelernt hatte, war ihm vom ersten Moment an bewusst gewesen, dass am besten mit ihr umzugehen war, wenn man Tatsachen nur andeutete und Therese sie selbst »aufdecken« ließ. So war er für gewöhnlich mit ihr umgegangen. Und obwohl er nach seinem ersten, erfolglosen Versuch eingesehen hatte, dass eine solche Vorgehensweise in dieser Situation nicht funktionierte, hatte ihn sein zunehmender Drang, das zu erreichen, was er sich vorgenommen hatte, dazu verleitet, in alte Verhaltensmuster zu verfallen.

Es verwirrte ihn ein wenig, dass sein impulsives Ich auch nach sorgfältigster Planung immer noch das Kommando übernehmen und ihn dazu bringen konnte, solche Sätze von sich zu geben. Im Geschäftsleben oder in der Politik war er glücklicherweise von solchen Problemen bisher verschont geblieben. Selbst wenn er in diesen Sphären impulsiv gehandelt hatte, war das, was er sagte, immer überlegt, klar und prägnant gewesen. Nur bei Therese hatte er sich vergessen.

Er blickte sie wieder an, konnte aber ihrer Miene nicht entnehmen, was sie tatsächlich dachte. Sie benahm sich in der Öffentlichkeit ebenso kontrolliert wie er. Niemand, der sie beobachtete, hätte vermutet, dass sie über den Genuss des Balls hinaus irgendetwas beschäftigte.

Cedric Marshall traf ein und gesellte sich zu ihrer Gruppe, außerdem zwei weitere Paare, die mit den Hemmings, aber auch mit Devlin und Therese bekannt waren. An Thereses Seite plauderte Devlin und gab mit seiner gewohnt unaufgeregten Leichtigkeit Anekdoten zum Besten. Doch währenddessen beobachtete er sie weiterhin aufmerksam und stellte schließlich fest, dass sie unter der Oberfläche nachdenklich geworden war.

Offensichtlich dachte sie immer noch über seine Worte nach. Jede Hoffnung, dass sie das Gesagte abtun würde, erlosch.

Bei ihrer Ankunft hatte noch alles gut ausgesehen, sie waren beide gut gelaunt gewesen. Aber jetzt ... Ganz gleich, wie sie auf andere wirken mochte – er wusste, dass es in ihr arbeitete und dass sie keine Freude mehr an dem Ball hatte.

Er wurde wütend auf sich selbst, weil er wieder einmal ihren Seelenfrieden zerstört hatte.

Es reichte! Er hatte zugelassen, dass die Worte über seine Lippen kamen – nun wollte er es als ersten, unwiderruflichen Schritt zu seinem Liebesgeständnis betrachten. Er würde seinen Drang bezwingen, um die Wahrheit herumzutanzen, und es ihr einfach sagen. Heute Abend. Er durfte nicht zulassen, dass eine Situation, die sie in Bedrängnis brachte, fortbestand.

Bedauerlicherweise konnte er nicht an Ort und Stelle mit ihr reden, und zum Aufbruch war es für sie beide noch zu früh.

Zwei Minuten später trafen die Musiker ein und begannen, sich in einer nahen Ecke einzurichten. Cedric flüsterte Therese etwas zu, dann drehte sie sich um und legte eine Hand auf Devlins Arm.

»Ich werde mit Lady Poulson sprechen.«

Mit ihrer Ankündigung folgte sie Cedrics Wunsch, dass Therese ein Treffen mit dem Schützling Ihrer Ladyschaft, Miss Nagley, vermitteln möge.

Devlin nickte, ergriff Thereses Hand und verschränkte sanft ihren Arm mit seinem. Mit gewohnter Nonchalance entschuldigte er sie bei den anderen Paaren und überließ es Cedric, ihnen zu folgen.

Devlin warf Therese einen fragenden Blick zu. »Wo geht's lang?«

Sie betrachtete ihn mit leichtem Misstrauen, deutete aber mit dem Kopf zur Tür des Ballsaals. »Weiter hinten an der Wand.«

Höflich lächelnd lenkte er sie in diese Richtung, während Cedric mit ihnen Schritt zu halten versuchte.

Devlin atmete tief durch. Mit einem Mal fühlte er sich voller Zuversicht und Gewissheit und fand auch sein Selbstvertrauen wieder. Heute Abend wollte er seiner Frau seine Seele ausschütten und dann würde wirklich alles gut werden.

*

Als der Ball eine halbe Stunde später in vollem Gange war, stand Grayson Child an einer Seite des Saals und sah zu, wie Devlin mit seiner Frau im Arm über die Tanzfläche kreiste.

Bei seiner Rückkehr nach London – und damit zwangsläufig auch in die Kreise der besseren Gesellschaft – hatte Gray vorausgesehen, dass eine der größten Gefahren, die ihm drohten, die der Heiratsfalle war. Bis zu seiner Ankunft in der Stadt hatte er kaum Zeit darauf verwendet, über das Heiraten nachzudenken, aber die Erfahrung hatte ihn gelehrt, jede aufziehende größere Bedrohung einzuschätzen. Und unversehens in eine ungewollte Ehe zu stolpern, stand auf seiner Skala möglicher Katastrophen ganz oben.

Trotz ihres Konkurrenzgehabes waren er und Devlin einander in vielerlei Hinsicht ähnlich. Deshalb hatte Gray, seit er erfahren hatte, dass sein Jugendfreund schon seit fünf Jahren verheiratet war, Devlin und Therese – vor allem aber Devlin – beobachtet. Von wem hätte er besser etwas über die Vor- und Nachteile des Ehelebens lernen können?

Zunächst hatte es ausgesehen, als sei Devlins Ehe der

Inbegriff jenes bewährten Modells, das in der besseren Gesellschaft am beliebtesten war: eine Ehe, die auf gegenseitigem Respekt und, falls das Paar Glück hatte, auf einer Zuneigung beruhte, wie sie zwischen engen Freunden bestand. Doch je länger Gray den beiden zugesehen hatte, desto weniger hatte er daran geglaubt, bis er schließlich zu der verblüffenden Erkenntnis gelangt war, dass Devlins Ehe keineswegs konventioneller Natur war.

Obwohl er Devlin bestens kannte, hatte Gray eine ganze Weile gebraucht, bis er selbst glauben konnte, was er sah und was sich daraus ableiten ließ.

Er kannte die Frauen – seiner Meinung nach – ziemlich gut und hatte sich deshalb zuerst ein Bild von Thereses Haltung gemacht. Dass sie Devlin liebte, stand für Gray inzwischen außer Frage, auch wenn sie die Tiefe ihrer Hingabe in Gesellschaft nur selten oder gar nicht durchblicken ließ.

Das sagte natürlich noch nichts über Devlins Gefühle aus, hatte aber – zumindest für Gray, der Devlin sehr gut kannte – etwas Erstaunliches in den Bereich der Möglichkeiten gerückt.

Dann hatte Gray mit eigenen Augen Devlins Gesicht gesehen, als er in das Büro des Geschäftsführers des Gentleman Jim's gestürmt war. So schockierend Gray es auch fand: In diesem Augenblick war die Wahrheit ans Licht gekommen.

Was er gesehen oder gehört hatte, seit sie die Spielhölle verlassen hatten – wozu auch das zählte, was er Thereses jüngerem Bruder entlocken konnte –, trug nur dazu bei, Grays Einschätzung von Devlins Zustand zu bestätigen. Doch als er dies mit allem, was er in den letzten Wochen beobachtet hatte, zusammenbrachte, stellte sich ihm eine weitere, noch erstaunlichere Frage: Devlin war in seine Frau verliebt, aber wusste Therese das auch?

Je eingehender er analysierte, was er an den beiden beobachtet hatte, desto größer wurde seine Überzeugung, dass die Antwort Nein lautete. Da er Devlins Ehe studieren wollte, um zu erfahren, wie Devlin die Beziehung führte, hatte diese Erkenntnis Grays Interesse nur noch angestachelt.

Der Walzer endete, und Gray beobachtete, wie Devlin Therese aus ihrem Knicks aufrichtete und mit einer eleganten Fürsorglichkeit, die seinen Besitzanspruch nicht ganz verbarg, ihren Arm mit dem seinen verschränkte. Nachdem er sie nach ihren Wünschen gefragt hatte, begleitete er sie zu einem Kreis anderer Paare.

Gray betrachtete die beiden skeptisch. Er war bereits im Ballsaal gewesen, als Devlin und Therese eingetroffen waren. Zwar hatte er sich zurückgehalten, allerdings war er in Sichtweite geblieben, um weiter zu beobachten, was er bei sich als den »Stand der Dinge« zwischen den beiden bezeichnete.

Zuerst war er sich sicher gewesen, dass Devlin etwas gesagt haben musste, um Therese die Augen zu öffnen – ihr Gesicht hatte geleuchtet, und ihr Gesichtsausdruck hatte eine weibliche Zuversicht ausgestrahlt, wie Gray sie noch nie gesehen hatte.

Er war bereits dabei gewesen, näher an sie heranzurücken, um Devlin auf seine übliche Art zu necken und vielleicht mehr zu erfahren. Allerdings war der Ball trotz der Jahreszeit gut besucht, und Gray hatte sich Zeit damit gelassen, sich seinen Weg durch die Menge zu bahnen.

Als er dann nur wenige Meter von seiner Beute entfernt

gewesen war, hatte er beobachten können, wie Therese aufblickte und etwas zu Devlin sagte. In jenem Moment war ihre Liebe zu dem alten Knaben so deutlich wie nie zu sehen gewesen. In der Annahme, dass ihr Devlin endlich seine Gefühle gestanden hatte, hatte Gray ehrlich beglückt gegrinst und sich bereits darauf gefreut, Devlin diese Schwäche immer wieder unter die Nase zu reiben …

Doch dann hatte Devlin etwas erwidert und Thereses Strahlen war verblasst und schließlich erloschen. Ihre Miene hatte sich verfinstert, und damit war auch alle Wärme verschwunden, die sie so überreich ausgestrahlt hatte.

Gray war zwei Schritte von ihnen entfernt stehen geblieben und hatte sie angestarrt. Aber da keiner der beiden auf ihn aufmerksam geworden war, hatte er sich schließlich umgedreht und sich durch die Menge davongeschlichen.

Devlin, der verdammte Narr, hatte es vermasselt!

Während er seine gesellschaftlichen Umgangsformen trainierte, indem er sich mit zahlreichen Gästen unterhielt und den Ladys, die ihn aufhalten wollten, geschickt auswich, rekapitulierte Gray noch einmal alles, was er jetzt über Devlins Ehe wusste. Er versuchte sich zu vergegenwärtigen, dass es ihn nichts anging – es stand ihm nicht zu, sich einzumischen –, aber irgendwie konnte er die Sache auch nicht auf sich beruhen lassen.

Als er sich dabei ertappte, wie er den Rand des Saals verließ und wie von einem unwiderstehlichen Lockmittel angezogen auf Devlin und Therese zusteuerte, gab Gray auf und ergab sich dem Unvermeidlichen. Wie oft hatte er schon für Devlin die Kastanien aus dem Feuer geholt? Zugegebenermaßen nicht so oft wie Devlin für ihn, aber die Gewohnheit hatte sich schon vor langer Zeit festgesetzt.

Er richtete seine Annäherung zeitlich so aus, dass er neben Therese ankam, als die Musiker den Bogen auf die Saiten legten. Als sie sich umdrehte und ihn höflich anlächelte, schenkte er ihr ebenfalls ein charmantes Lächeln und verbeugte sich.

»Lady Therese, darf ich um diesen Tanz bitten?«

Therese war etwas überrascht – Child hätte eine ganze Reihe anderer Ladys auffordern können statt der verheirateten Frau seines ältesten Freundes –, aber sie erinnerte sich an die Pläne, die sie für ihn hegte, und kam zu dem Schluss, dass es nicht schaden könnte, wenn sie seine Walzerkenntnisse überprüfte. Also ließ sie ihr Lächeln breiter werden und reichte ihm die Hand.

»In der Tat, Mylord, Sie dürfen.«

Childs Gesichtsausdruck verriet, dass er sich geehrt fühlte, aber Therese entging nicht der betonte Blick, den er Devlin zuwarf, als die beiden ein äußerlich freundliches Nicken austauschten.

Was hatte das zu bedeuten?

Ihr war bewusst, dass Child möglicherweise nur um den Tanz bat, weil er Devlin provozieren wollte. In gewisser Hinsicht schienen die beiden eine Beziehung zu haben, in der sie sich wie Schuljungen gegenseitig zu übertrumpfen suchten. Vielleicht war das auch verständlich.

Während sie sich von Child zu dem freien Platz in der Mitte des Saals führen ließ, warf sie Devlin einen amüsiert-resignierten Blick zu – und sah, wie seine Anspannung ein wenig nachließ. Er war im Laufe des Abends immer verspannter geworden, und sie hatte keine Ahnung, weshalb.

Child erreichte die Lücke und drehte sich zu ihr um. Sie

hob eine Hand, damit er sie ergreifen konnte, und legte die andere auf seine Schulter, während seine Handfläche über ihren Rücken strich. Dann setzte die Musik ein, und sie taten die ersten Schritte. Sekunden später waren sie Teil der wirbelnden Schar, und nach einer Minute war sie hinreichend davon überzeugt, dass Child einen Walzer zu tanzen vermochte, der sich sehen lassen konnte.

Er sah sie an und zog eine Braue hoch. »Genügen meine armseligen Fähigkeiten Ihren Anforderungen?«

»Sie wissen genau, dass sie das tun«, stellte sie lachend fest.

Bevor sie ihn fragen konnte, wie alt er gewesen war, als er England verlassen hatte, damit sie seine gesellschaftliche Erfahrung besser einschätzen konnte, sagte er: »Sie haben vorhin ziemlich nachdenklich gewirkt.« Sein Gesichtsausdruck war alles andere als verspielt oder scherzhaft, sondern ernst, als er die Brauen leicht anhob und fortfuhr: »Wenn es etwas mit Devlin zu tun hat, kann ich vielleicht helfen. Schließlich kenne ich ihn seit meiner Kindheit.«

Therese spürte, wie sie die Augen instinktiv verengte. Es war schwer, nicht zu hinterfragen, was hinter einem solchen Angebot steckte, doch sie spürte, dass Child es vollkommen aufrichtig meinte. Und je öfter sie ihn und Devlin zusammen erlebte, desto mehr wirkte ihre Beziehung – trotz all ihrer Schuljungen-Momente – wie eine lange, immer noch enge und erprobte Freundschaft. Eine Freundschaft, die sich aus gemeinsamen Erfahrungen speiste und die Jahrzehnte überdauert hatte.

Ohne bewusst darüber nachzudenken, ließ sie sich von Child führen. Die Welt drehte sich weiter um sie, während er geduldig auf ihre Entscheidung wartete.

Sie atmete langsam ein. Wegen der Unsicherheit, die an ihr nagte, wollte sie wissen, ob Child etwas Erhellendes zu sagen hatte.

»Wie nahe standen Sie und Devlin sich als Kinder, bevor Sie beide nach Eton gingen?«, fragte sie und konzentrierte sich auf seine Mimik.

Er grinste, und an seinem Gesichtsausdruck konnte sie erkennen, dass er sich an diese Zeit erinnerte.

»Wir waren die einzigen Jungen unseres Alters und Standes in der Gegend, also haben unsere Eltern unsere Verbindung gefördert, und wir verbrachten unsere freien Stunden gemeinsam, wann immer sich die Gelegenheit bot. In unserer frühen Kindheit bedeutete das einen Großteil unserer wachen Stunden. Wir sind gewandert und später geritten und haben die Gegend so eifrig erkundet, wie es Jungen zu tun pflegen.« Er sah ihr in die Augen und zuckte leicht mit den Schultern. »Wir waren mehr oder weniger unzertrennlich.«

Sie nickte. »Und dann kam Eton.«

Er bestätigte es und erzählte, dass sie nicht nur demselben Jahrgang angehört, sondern auch im selben Haus gewohnt hatten.

»Und natürlich besuchten wir dieselben Seminare«, schloss er.

»Wieder einmal mehr oder weniger unzertrennlich?«

Sein Lächeln wurde fast liebevoll, als er nickte. »Wir hatten mehr Spaß, als wir es erwartet hatten, und obendrein haben wir auch noch den größten Teil unserer Ferien zusammen verbracht.« Er gab einige ihrer Heldentaten zum Besten und bestätigte damit Thereses Eindruck, dass es zwischen den beiden immer darum gegangen war, einander auszustechen – eine Gewohnheit, die sich anscheinend bis zum heutigen Tag erhalten hatte. Als sie ihn darauf ansprach, gab Child es zu. »Wir waren zwar eng befreundet – und sind es vielleicht noch –, aber zwischen uns herrschte auch immer ein unterschwelliger Konkurrenzkampf.«

Er blickte ihr in die Augen.

»Dennoch würden wir niemals etwas tun, was den anderen verletzen könnte«, versicherte er ihr. »Unsere Rivalität ist etwas, was nur aus einem tiefen und nachhaltigen Verständnis füreinander erwächst – wir wissen, was den anderen antreibt. Wir fordern einander heraus, aber nur in dem Sinne, dass wir uns gegenseitig dazu anstacheln, weiterzugehen und besser zu werden.«

Sie betrachtete ihn für einen Moment.

»Meine Brüder sind ein bisschen so«, sagte sie dann. »Bei ihnen ist immer Rivalität im Spiel, aber sie würden sich bei einer Auseinandersetzung jederzeit gegenseitig den Rücken stärken.«

Child nickte. »Dann verstehen Sie es ja. Devlin und ich sind keine Blutsbrüder, aber wir sind sehr wohl Brüder, was unsere Erfahrung angeht.« Er blickte sich um, während er sie durch die schnellere Kurve am Ende der langen Tanzfläche führte, und konzentrierte sich dann wieder auf ihr Gesicht. »Und deshalb muss ich gestehen, dass ich unendlich neugierig bin, wie Sie und Devlin sich kennengelernt haben.« Er hob die Brauen. »War es bei einem gesellschaftlichen Ereignis, auf einem Ball wie diesem?«

Sie gestand es ein, worauf er fragte, wie lange es gedauert habe, bis Devlin um ihre Hand anhielt. Da der Antrag mehr oder weniger von ihr ausgegangen war, umging sie diesen Punkt und fragte, ob sein Interesse darauf zurückzuführen sei, dass er die Möglichkeit einer Heirat für sich selbst in Betracht ziehe. Obwohl er eine direkte Antwort auf diese Frage vermied, widersprach er ihrer Vermutung auch nicht.

Der Rhythmus der Musik verlangsamte sich, dann endete der Walzer. Child ließ sie los und verbeugte sich, und Therese machte einen Knicks.

Als sie sich wieder aufrichtete, nickte Child in die Richtung des Torbogens, durch den es zu dem Zimmer mit den Erfrischungen ging, und blickte dann durch den nun überfüllten Raum dorthin, wo sie Devlin zurückgelassen hatten, näher zum anderen Ende.

»Wollen wir schauen, was es gibt, um unseren Durst zu stillen, bevor wir den Rückweg antreten?«, schlug er vor.

Da sie ihm die Frage, die sie unbedingt loswerden wollte, noch nicht gestellt hatte, neigte sie den Kopf.

»Unbedingt – ich bin ziemlich ausgedörrt.«

Er reichte ihr den Arm, und sie schlenderten in einen großen Vorraum. Dort stand Lady Cassingtons Personal hinter einem langen Tisch und war eifrig damit beschäftigt, durstige Gäste mit Getränken zu versorgen.

Child zog sie an die Seite des Raumes. »Champagner?«

»Bitte.« Sie wartete, während er zu dem Tisch ging. Nach kurzer Zeit kam er mit zwei schlanken Flöten zurück. Sie nahm das Glas, das er ihr anbot. »Danke.«

Sie trank einen Schluck, dann noch einen; sie war wirklich ausgedörrt. Anschließend senkte sie das Glas und richtete den Blick auf Childs Gesicht.

»Was können Sie mir über die Ehe von Devlins Eltern erzählen?«, erkundigte sie sich unvermittelt.

Danach zu fragen, war ihr bisher nicht in den Sinn gekommen, aber sie hätte es tun sollen. Immerhin war es sehr wahrscheinlich, dass die Beziehung von Devlins Eltern seine Ansichten über das Eheleben geprägt hatte.

Child musterte sie einige Sekunden lang.

»Das kann ich aus eigener Erfahrung gar nicht sagen«, antwortete er dann, ohne sich auch nur die geringste Überraschung über die Frage anmerken zu lassen. »Ich habe sie nur gelegentlich gesehen, und oft war es der eine oder die andere, nicht beide zusammen.« Er verzog leicht das Gesicht. »Und als ich alt genug war, um über ein gewisses Urteilsvermögen zu verfügen, war Devlins Vater bereits verstorben.« Child blickte ihr fest in die Augen. »Sie wissen, dass es geschah, als Devlin sein Studium in Oxford beendete?«

Sie nickte. »Und seine Mutter starb im folgenden Jahr.«

Child neigte zustimmend den Kopf. »Ich hatte also wenig Gelegenheit, ihre Ehe unmittelbar zu erleben.« Über den Rand seines Glases hinweg hielt er ihren Blick. »Aber ich weiß, wie Devlin ihre Ehe betrachtet hat.«

Das war genau das, was sie wissen wollte. »Oh? Wie?« Sie achtete darauf, dass ihr Gesichtsausdruck und ihr Tonfall nur ein mildes Interesse verrieten.

»Als eine Liebesheirat natürlich.« Child sah sie etwas seltsam an und fügte dann hinzu: »Das war, soweit ich weiß, auch der allgemeine Konsens.«

Therese runzelte die Stirn. Das war nicht das, was sie erwartet hatte. Vielmehr war sie davon ausgegangen, dass Devlin mit seinem starren Festhalten am Konstrukt der konventionellen Ehe – einer Ehe, die auf Respekt, Zuneigung und vielleicht Zärtlichkeit, aber nicht auf Liebe beruhte – in die Fußstapfen seiner Eltern getreten war. Auf einem Weg, den sie vorgezeichnet hatten, den er billigte und mit dem er sich wohlfühlte.

Aber falls es nicht so war ... Sie runzelte noch stärker die Stirn. Was hatte Devlin davon abgehalten, auch nach einer Liebesbeziehung zu streben? War sie es gewesen?

Der Gedanke brachte sie ins Grübeln.

Child hatte sie beobachtet.

»Er hat es Ihnen noch nicht gesagt«, stellte er jetzt verblüfft fest, »und Sie haben es auch noch nicht erkannt.«

Er sagte das so, als ob er es kaum glauben konnte, aber dessen ungeachtet absolut überzeugt davon war.

»Mir was gesagt?«, fragte sie stirnrunzelnd. Er verstand es ebenso wenig wie Devlin, sich klar auszudrücken. Sie wurde schmallippiger. »Und was habe ich noch nicht erkannt?«

Immer noch ihre Miene betrachtend, schüttelte er mit unverhohlener Verwunderung den Kopf.

»Für zwei Menschen, die normalerweise so aufmerksam sind und so sehr auf alles achten, was mit Ihnen zu tun hat ...« Er brach ab und fuhr dann fort: »Ihnen ist doch klar, dass Sie und er sich in dieser Hinsicht auffallend ähnlich sind, oder?«

Das wusste sie.

»Kommen Sie zur Sache«, forderte sie. Es war fast ein Knurren.

Er wollte den Mund öffnen, schloss ihn dann aber wieder und schaute sich um, wobei sein Blick den Raum abfuhr, in dem sie standen.

»Das werde ich tun, aber nicht hier.«

Er streckte die Hand aus und nahm ihr das halb leere

Glas aus den Fingern, ging damit los und stellte es zusammen mit seinem Glas auf eine Ecke des langen Tisches. Dann kehrte er schnell zu ihr zurück und schaute sich noch einmal um. Im Ballsaal wurde gerade wieder Walzer getanzt, und der Erfrischungsraum hatte sich mehr oder weniger geleert.

»Kommen Sie mit.« Child ergriff ihre Hand. »Wir brauchen dafür einen etwas privateren Ort.«

Er zog sie zu einer kleinen Tür in der Nähe der Zimmerecke.

Therese zögerte nur den Bruchteil einer Sekunde, bevor sie ihren Füßen erlaubte, seiner Anweisung zu folgen. Sie musste herausfinden, was Child wusste, was ihr entgangen war, und sie bezweifelte ernsthaft, dass er auf eine unerlaubte Tändelei aus war – oder dass er ausgerechnet sie ins Visier nehmen würde, wenn es so wäre.

Sie glaubte ihm, als er sagte, dass es etwas an Devlin gab, was sie nicht verstanden hatte – sie *wusste,* dass es stimmte –, und so folgte sie ihm, als er sie durch die Tür in einen Seitenkorridor führte, der neben dem Ballsaal verlief.

Der Korridor war schwach beleuchtet und eindeutig nicht für die Gäste bestimmt. Dennoch fing Child an, die Türen auszuprobieren, an denen sie vorbeikamen.

»Hier muss es doch so etwas wie einen Salon geben ...«

*

Während Child und Therese gemeinsam Walzer tanzten, hatte Devlin mit mehreren Gentlemen geplaudert. Als die Musik aufhörte und sich die Tanzfläche leerte, hatte er natürlich nach Therese und Child Ausschau gehalten, sie aber nicht entdeckt.

Dann sah er den Torbogen, der zum Erfrischungsraum am anderen Ende des Ballsaals führte. Er beruhigte sich damit, dass Therese und Child noch früh genug auftauchen würden, und wartete so geduldig, wie es ihm möglich war.

Als die Musiker die Tänzer zum nächsten Walzer aufriefen und er weder seine Frau noch Child zu Gesicht bekam, entschuldigte sich Devlin zähneknirschend bei denen, mit denen er geplaudert hatte. Dann schlenderte er so lässig wie möglich in Richtung des Erfrischungsraums. Obwohl er den Drang unterdrückte, die Tanzfläche zu überqueren, musste er hier und da innehalten, um den herumwirbelnden Paaren auszuweichen.

Er bildete sich keineswegs ein, dass zwischen Therese und Child etwas Unerwünschtes passierte. Er kannte seine Frau und wusste, dass sie in ihn verliebt war, und trotz allem war Child jemand, dem er grundsätzlich vertraute – besonders wenn es etwas anbetraf, von dem Child wusste, wie wichtig es war.

Nein, es war die heikle Situation – der kritische Punkt, an dem er bei seiner so überaus wichtigen Initiative angelangt war –, die seine Nerven strapazierte und ihm das Gefühl gab, auf Messers Schneide zu stehen. Etwas Dunkles, Mächtiges und nicht ganz Kontrollierbares brodelte in ihm.

Er erreichte den Erfrischungsraum, der fast menschenleer war, und schaute sich um – gerade noch rechtzeitig, um zu sehen, wie ein Hauch dunkelvioletter Seide durch eine schmale, kleine Tür flog. Die Tür blieb einen Spalt offen. Devlin betrachtete sie mehrere Sekunden lang, dann klappte ihm der Kiefer herunter. Er machte einen Schritt darauf zu, hielt dann aber inne und suchte den Raum erneut ab.

Vielleicht war Therese auf dem Weg zur Damentoilette. Aber falls ja, wo war dann Child?

Jedenfalls nicht im Erfrischungsraum und auch nicht im Ballsaal.

Mit noch fester zusammengebissenen Zähnen marschierte Devlin entschlossen auf die Tür in der Ecke zu, um seine Frau zu finden.

*

Nachdem er um mehrere Ecken gebogen war, entdeckte Child schließlich einen kleinen Salon, der glücklicherweise leer war. Mit einiger Erleichterung zog er Therese hinein.

Dabei war er nicht glücklich darüber, dass sie so weit gehen mussten, um einen Platz zu finden, der ihnen eine angemessene Privatsphäre bot. Allerdings hatte er auch nicht geahnt, dass bereits so viele Gäste die näheren Räume mit Beschlag belegt hatten.

Sobald er einen Blick in die Zimmer geworfen hatte, waren die meisten Gäste sofort verstummt. Er fand die Situation nahezu skandalös – offenbar hatte er sich zu lange von der besseren Gesellschaft ferngehalten.

Sobald Therese eingetreten war, schloss er die Tür.

Sie löste ihre Hand aus seinem leichten Griff, ging vier Schritte in den Raum hinein, drehte sich dann um und warf ihm einen fordernden Blick zu.

»Was hat Devlin mir nicht gesagt?«, fragte sie. »Und was habe ich nicht gesehen?«

Das Mondlicht strömte durch zwei Fenster zu seiner Rechten und leuchtete ihr Gesicht so gut aus, dass er ihre entschlossenen Züge erkennen und bewundern konnte. Es war wirklich schade, dass Devlin sie zuerst entdeckt hatte.

Andererseits …

Er erwiderte ihren Blick, der durch das Mondlicht noch silbriger wirkte.

»Dass er Sie liebt«, antwortete er dann schlicht.

Nicht in ihren kühnsten Träumen hatte Therese erwartet, dass Child so etwas sagen würde. Der Sturm der Gefühle, den seine Worte auslösten, war so stark, so überwältigend, dass sie buchstäblich ins Schwanken geriet.

Er riss erschrocken die Augen auf. Mit zwei schnellen Schritten überbrückte Child die Distanz zwischen ihnen, fasste Therese an den Schultern und hielt sie fest.

»Großer Gott!«, rief er bestürzt. »Werden Sie nicht ohnmächtig.«

Angesichts seiner offenbar aufrichtigen Besorgnis fand sie die Kraft, ihr Kinn anzuheben und den Rücken durchzudrücken.

»Ich habe nicht vor, in Ohnmacht zu fallen«, versicherte sie.

Dennoch schlug ihr Herz immer noch auf eine beunruhigende Weise Purzelbäume. Beinahe verzweifelt griff sie nach ihrem gesellschaftlichen Rüstzeug und sah Child aus schmalen Augen ins Gesicht.

»Ich gebe zu, dass Sie Devlin in vielerlei Hinsicht besser kennen als ich. Aber was seine Gefühle mir gegenüber angeht, schätzen Sie ihn falsch ein.« Sie traf diese Aussage mit fester Entschlossenheit und reckte dabei ihr Kinn etwas höher. »Die Grundlage unserer Ehe war für uns immer ganz klar. Er hat mich nicht geheiratet, weil er mich liebt.« Bevor sie sich auf die Zunge beißen konnte, fuhr sie fort: »Wir haben geheiratet, weil ich ihn liebte.«

Child spitzte die Lippen und schüttelte unwillig den Kopf.

»Ich gebe zu, dass es so gewesen sein mag, als Sie beide geheiratet haben. Ich weiß es natürlich nicht – ich war damals nicht hier. Aber was auch immer zwischen Ihnen war oder nicht, als Devlin Ihnen den Ring an den Finger steckte ...« Er neigte den Kopf so, dass sich sein Blick direkt in ihre Augen bohrte. »Glauben Sie mir, wenn ich Ihnen sage, dass er jetzt Hals über Kopf in Sie verliebt ist.«

Therese betrachtete Childs Augen, seinen Gesichtsausdruck und wusste nicht, was sie sagen oder tun sollte. Sie wusste nicht einmal, was sie fühlte. Wenn Child recht hatte, dann war ihr kostbarster Traum wahr geworden, aber ...

Sie runzelte die Stirn und ließ ihren Blick von Childs Gesicht gleiten.

»Er hat nie gesagt ...«, murmelte sie dann mehr zu sich selbst als zu ihm.

Oder etwa doch?

Sie musste an die beiden jüngsten Vorfälle denken, bei denen sie unerklärliche, nicht zu interpretierende Äußerungen ihres früher so wortgewandten Mannes gehört hatte.

Aber er hatte beides erklärt ...

Nein, das hatte er nicht. In beiden Fällen hatte er nicht klargestellt, was er meinte. Stattdessen hatte er abgewartet, wie sie seine Worte interpretierte, und dann ihre Vermutung gelten lassen, was völlig untypisch für ihn war.

Hatte er abgewartet, um zu sehen, ob sie ... *was*?

Therese starrte ausdruckslos auf Childs Schulter, während sie versuchte, die genauen Worte und vor allem den Kontext von Devlins seltsamen Bemerkungen zu rekonstruieren.

Obwohl Child direkt vor ihr stand, hatte sie ihn völlig vergessen – bis er sie leicht schüttelte.

Sie konzentrierte sich wieder auf sein Gesicht und sah seine Frustration.

»Sie sind wahrhaftig eine enervierende Frau. Warum beharren Sie nur so darauf, nicht zu erkennen, was Sie direkt vor der Nase haben?« Als sie wieder nur die Stirn runzelte, zischte er verärgert und sagte klipp und klar: »Alles, was er für Sie tut, entspringt nur einem einzigen Gefühl – der Liebe.«

Beim letzten Wort öffnete sich die Tür hinter ihm.

Therese schaute nach und Child drehte sich ebenfalls um.

Devlin kam herein, sein Gesicht eine finstere Maske aus Wut und Rachsucht.

Unterdrückt murmelte Child: »Oh, ver...!«

Kapitel 11

Aus Devlins Kehle drang ein Knurren, und er schlug die Faust in Childs Gesicht.

Child taumelte rückwärts, stolperte und fiel zu Boden.

»Au!«

Mit offenem Mund starrte Therese ihren Mann an, dann stürzte sie sich auf ihn, ergriff seinen rechten Arm und schloss ihre Hände um etwas, das sich wie lebendiger Stahl anfühlte.

Seine Miene und seine Gesichtszüge waren so hart, dass Granit im Vergleich dazu weich gewirkt hätte, als er, körperlich eindeutig zu weiterer Gewalt bereit, auf Child herabblickte.

»Das war nicht das, wonach es aussah«, versicherte sie hastig.

Er hatte die Tür rechtzeitig geöffnet, um ein Wort zu hören – Liebe – und um zu sehen, wie Child sie an den Schultern festhielt. Wenn es stimmte, was Child ihr erzählt hatte, dann war Devlins Reaktion nicht verwunderlich.

»Er hat mir von dir erzählt!«, erklärte sie noch energischer, als er keine Anstalten machte, ihr seine Aufmerksamkeit zu schenken.

Das drang durch. Nach einer Sekunde richtete Devlin seinen Blick auf sie und seine kampfbereite Anspannung ließ nach. Er suchte ihre Augen, ihr Gesicht, dann blinzelte er. Sie konnte fast sehen, wie der Schleier roter Wut abebbte und sich legte.

»Verdammt noch mal!« Child saß auf dem Boden und tastete vorsichtig seine Nase ab. Entrüstet blickte er Devlin an. »Wenigstens hast du sie dieses Mal nicht gebrochen.« Child schüttelte den Kopf. »Ich würde einen Witz darüber machen, dass du völlig danebenliegst, aber …«

Mit einer ungeduldigen Geste scheuchte Child die beiden zurück und stand wieder auf. Dann drückte er die Schultern durch und zupfte seine Jacke zurecht, drehte sich zu Therese um und blickte sie an.

»Bitte sagen Sie, dass Sie mir jetzt glauben.« Er deutete auf Devlin. »Was denken Sie denn, warum er, Ihr so untadeliger Ehemann, sich so verhalten hat?« Child richtete seinen Blick auf Devlin und schnaubte. »Und du, was glaubst du eigentlich, wer du bist?«

Als Devlin nur blinzelte, riss Child die Hände hoch und ging um Devlin herum zur Tür.

»Ich wasche meine Hände in Unschuld, was euch beide anbetrifft. Ihr habt einander verdient – viel mehr, als ihr ahnt. Ihr beide überlegt und plant bis ins kleinste Detail und denkt über alles nach. Ihr denkt, ihr könnt jeden kontrollieren, auch euch selbst. Wenigstens kann sich jetzt keiner von euch mehr verstellen. Ich habe meine einzige gute Tat des Jahres vollbracht. Ich überlasse es euch, die Dinge zwischen euch beiden zu klären, aber tut mir und allen anderen einen Gefallen und erledigt das bald!«

Von Neuem verblüfft beobachtete Therese, wie Child, als er die Tür erreichte und die Hand auf den Knauf legte, innehielt, sich umdrehte und Devlin einen Finger entgegenstreckte.

»Vergiss nicht – nach dieser Sache bist du mir was schuldig. Und zwar eine ganze Menge!«

Mit diesen Worten öffnete Child die Tür. Therese erhaschte einen flüchtigen Blick auf sein Gesicht, als er, sichtlich zufrieden mit sich selbst, hinausging und die Tür hinter sich schloss.

Nachdem er gegangen war, herrschte mehrere Augenblicke lang Schweigen. Dann sah sie Devlin an.

»Was hat das alles zu bedeuten?« Als er nicht sofort antwortete, stellte sie die viel wichtigere Frage: »Und warum hast du ihn niedergeschlagen?«

Wahrscheinlich hätte sie auf diesen Gewaltausbruch auf eine angemessene weibliche Art und Weise reagieren sollen. Aber sie hatte drei Brüder und Rangeleien zwischen Männern waren für sie nichts Neues.

Als Devlin sie ansah, als ob er sich fragte, wo er anfangen sollte, beschloss sie, das Offensichtliche zu sagen.

»Du musst wissen, dass weder Child noch ich in irgendeiner Weise unangemessen für den anderen empfinden.«

Devlin verzog das Gesicht, dann seufzte er und sah weg.

»Das weiß ich«, versicherte er ihr.

Therese schaute ihm ins Gesicht. »Worum ging es denn?«

»Ich kam herein und sah, wie er dich im Arm hielt, dir ins Gesicht sah und das Wort ›Liebe‹ sagte …« Er kniff sich in den Nasenrücken und schloss die Augen. »Da habe ich wohl überreagiert.«

Als er sich an diesen Moment zurückerinnerte, presste er den Kiefer zusammen und öffnete dann die Augen.

»Nennen wir es einfach eine vorübergehende Umnachtung«, schlug er vor.

Keine unpassende Beschreibung für die blinde Wut, die ausgebrochen war und von ihm, seinem Körper und seinem Geist Besitz ergriffen hatte.

Er schaute Therese an und blickte ihr in die wachsamen Augen mit dem abwartenden Blick. Er war sich ziemlich sicher, dass Child ihn direkt in die Sache hineingestoßen hatte. Er wusste nur nicht, ob das gut war oder …

»Was hat er dir gesagt?« Er musste wissen, welche Möglichkeiten Child ihm gelassen hatte oder ob es für ihn jetzt nur noch den Weg nach vorn gab. Als sie nicht sofort antwortete, erinnerte er sich an Childs Worte und fügte hinzu: »Was solltest du ihm glauben?«

Sie betrachtete sein Gesicht und verschränkte dann die Arme vor der Brust.

»Er hat mir gesagt, dass du mich liebst, und er hat darauf insistiert, dass er recht hat«, erwiderte sie mit festem Blick.

Obwohl sie die Worte in einem ruhigen Tonfall ausgesprochen hatte, wie eine sachliche Feststellung, hörte er die Frage dahinter, die verbleibende Unsicherheit, die sie in sich trug. Ganz offensichtlich war sie sich immer noch nicht sicher, ob sie ihm glauben sollte. Vermutlich erwartete sie halb, dass er Childs Erkenntnis verneinen und die Idee lachend abtun würde …

Während er ihre Miene musterte, krallte sich etwas in sein Herz und drückte zu. Hinter dem Silberblau ihrer Augen lauerte eine Verletzlichkeit, an der er ganz allein die Schuld trug. Ohne darüber nachzudenken, nahm er ihre Hände in seine.

»Er hatte recht. Ich liebe dich wirklich.«

Emotionen – zerbrechliche Hoffnung – flammten in ihren schönen Augen auf, aber sie hielt sie zurück. Ihre Finger lagen passiv in seinen, während sie mit einem Anflug von Verzweiflung seine Augen, seine Miene studierte.

Kein Wunder, schließlich hatte er jahrelang hervorragende Arbeit geleistet, um sie vom Gegenteil zu überzeugen. Jetzt gab er sich einen Ruck und ließ den letzten emotionalen Schutzschild fallen, den er zwischen ihnen errichtet hatte.

»Ich weiß nicht, wie oder warum es passiert ist, nur dass es passiert ist«, sagte er leise, den Blick fest in ihre Augen gerichtet und in der verzweifelten Hoffnung, dass sie die Wahrheit sehen würde.

Zärtlich führte er ihre Hand an seine Lippen und küsste sie sanft, fast etwas reumütig.

»Wenn ich dich ansehe, spüre ich einfach meine Liebe zu dir. Sie ist ein unausweichlicher Teil meiner selbst. Sie beeinflusst alles, was ich tue und was irgendwie mit dir zu tun hat. Wenn es um dich geht, ist und bleibt die Liebe mein Leitstern.«

Er sah es an ihrem Blick, spürte es an der plötzlichen Spannung ihrer Finger, dass sie zuhörte, beobachtete, analysierte – sie wollte glauben und war doch noch unsicher und misstrauisch. Ihre Reaktion spornte ihn an.

»Ich weiß, was ich wirklich für dich empfinde, und ich wollte, dass du es auch weißt«, fuhr er fort. »Aber ich hatte Angst, dass du mir nach all der Zeit nicht glauben würdest, wenn ich es einfach ausspreche.«

Ein Gesichtsausdruck, der wohl so viel bedeutete wie *»Was hast du erwartet?«*, umspielte ihre feinen Gesichtszüge.

»Wir sind seit fünf Jahren verheiratet«, erinnerte sie ihn.

»Ganz genau. Und in der Annahme, dass Worte nicht ausreichen würden, habe ich in den letzten Wochen versucht, dir die Augen zu öffnen, und nach Wegen gesucht, um dir unmissverständlich zu zeigen, was ich für dich empfinde.« Er hielt inne und schaute ihr in die Augen. »Um dir zu zeigen, dass ich dich liebe.«

Sie ließ seine Gesichtszüge nicht aus den Augen, während ihre eigene Miene verriet, dass sie sich danach sehnte, ihm zu glauben, aber noch zögerte.

Nun, er hatte gewusst, dass es nicht einfach werden würde.

Er holte tief Luft und fuhr fort: »Nur damit du es weißt – mein Liebesbekenntnis macht das Leben mit mir nicht einfacher.« Er deutete mit dem Kopf auf die Stelle, wo Child zu Boden gegangen war. »Du hast es gerade gesehen. Als ich Child hörte und sah, ist es sofort aus mir herausgebrochen – unvernünftig und unkontrollierbar. Obwohl ich es rational besser wusste, habe ich keine Sekunde nachgedacht, sondern auf das reagiert, was ich in jenem Augenblick als unerträgliche Bedrohung empfand. Eine Bedrohung für mich, für uns, für unser gemeinsames Leben – für das, was ich mir für dieses Leben wünsche.«

Er drückte ihre Finger fester und senkte den Kopf, um ihr aus nächster Nähe tief in die Augen zu sehen.

»Du und ich – wir haben uns in den letzten fünf Jahren so gut ergänzt. In vielerlei Hinsicht sind wir perfekt füreinander. Du bist meine Frau, meine Countess, die Mutter meiner Kinder, meine Gefährtin und so vieles mehr. Aber in Wahrheit bist du meine Geliebte, in jeder Hinsicht, die das Menschsein umfasst.« Er hielt kurz inne, dann wurde seine Stimme tiefer. »Du bist die einzige Frau, die ich in meinem Leben will oder brauche, weil du jeden Winkel meiner Existenz ausfüllst.«

Therese sah, dass er aufrichtig war, sie spürte die unverstellte, tiefe Ehrlichkeit in seinen Worten und hörte vor allem die Emotionen, die seine Worte unterstrichen. Mit einem Mal wusste sie ohne jeden Zweifel, dass er – ihr stets überlegt und gesammelt wirkender Ehemann – aus seinem Herzen sprach.

Bitte glaub mir, stand in seinen Augen geschrieben. Die unausgesprochene Bitte eines Aristokraten, der fast alles andere in seinem Leben beherrschte.

Etwas regte sich in ihr. Es war, als würde ein Schutzgitter beiseitegeschoben. Sie löste ihre Finger aus seinen, hob fast zaghaft die Hände und legte sie an seine markanten Wangen. Sie starrte in seine Augen, wie gebannt von der unerschütterlichen Stetigkeit seines haselnussbraunen Blicks. Schließlich legte sie ihre Vorsicht, ihr Zögern ab und erlaubte sich zu glauben … alles, was er gesagt hatte.

»Du liebst mich.« Sie flüsterte die Worte, auch wenn sie diese Wahrheit in seinen Augen bestätigt sah. »Du *liebst* mich.«

Es war wie ein Wunder, und sie spürte, wie ihr Herz, befreit von den Ketten, von denen sie nicht einmal gewusst hatte, dass sie da waren, emporstieg und zu schweben begann.

Er las die Antwort in ihren Augen und in ihrem Gesicht: Sie glaubte ihm. Die unversöhnliche Härte, die bis zu diesem Moment seine Gesichtszüge geprägt hatte, schwand dahin.

»Das tue ich«, versicherte er noch einmal.

Er zog sie näher zu sich heran, und sie sank gegen ihn. Er sah in ihr Gesicht, als ob er sich jedes Detail einprägen wollte, dann neigte er den Kopf.

»Ich liebe dich, Therese, und werde es immer tun«, hauchte er, kurz bevor ihre Lippen sich berührten.

Dann kam er noch näher, ihre Münder berührten sich, pressten sich aneinander und verschmolzen. Eine Sekunde später öffnete sie die Lippen und lud ihn ein, in sie einzudringen. So kühn und herausfordernd wie immer stieß er vor, streichelte und forderte.

Zu ihrer zunehmenden Verwunderung konnte sie den Unterschied spüren, den sein Liebesschwur bewirkt hatte, selbst bei etwas so Einfachem wie einem Kuss. Hatte sie früher die Absenkung eines Schutzschildes wahrgenommen, so war dieser Schutzschild jetzt vollständig weggefallen, und es gab nichts mehr, was das unbestreitbare Versprechen von etwas Kostbarem und Wunderbarem oder die sehnsüchtige Freude einer eingestandenen Liebe – einer Liebe, die sich vollständig offenbarte – dämpfen oder verschleiern konnte.

Einer Liebe, die vollständig erwidert wurde.

Ihr Herz schlug schneller, und ihre Sinne frohlockten. Sie legte ihm beide Hände um den Nacken und ließ ihre eigene Liebe in sich aufsteigen, damit sie seiner begegnete und mit ihr verschmolz.

Er reagierte darauf, indem er den Kuss vertiefte. Er wollte unverkennbar mehr, und sie gab es ihm eifrig und freudig, ließ all ihre Liebe in den immer leidenschaftlicheren Austausch strömen.

Und so ging es weiter. Keiner von ihnen wollte eine Pause einlegen, zu sehr waren sie in die Erkundung dieser neuen, vertrauten und doch so viel strahlenderen und faszinierenderen Landschaft vertieft, die von einem neu entdeckten goldenen Licht erhellt wurde.

So eine Veränderung hatte sie nicht erwartet, doch sie hieß sie willkommen. Sie freute sich von ganzem Herzen darüber, und er tat es auch.

Ihre Zungen umkreisten sich. Ihre Lippen befahlen und forderten, immer und immer wieder.

Sein Griff wurde fester, dann umschlang er sie mit den Armen, umklammerte sie und drückte sie an sich.

Es war ein schwindelerregendes Triumphgefühl, als sie, sogar durch die Schichten von Kleid und Korsett hindurch, den Schaft seiner Erektion hart an ihrem Bauch spürte. Noch aufreizender, noch provozierender ließ sie sich gegen ihn sinken, presste ihren Körper schamlos und lüstern an seinen.

Zitternd und keuchend löste er seinen Mund von ihrem und fuhr dann, als könnte er nicht anders, mit den Lippen an ihrer Wange entlang.

»Gott, wie sehr ich dich will! Aber ...« Er hob den Kopf und schloss die Augen.

Die Leidenschaft stand ihm ins Gesicht geschrieben, und Therese kam wieder zur Besinnung.

»Aber wir sind doch kein frisch verliebtes Liebespaar«, vollendete sie seinen Satz.

Wenn man sie entdeckt oder ein solches Intermezzo zwischen ihnen hier, und nach fünf Ehejahren, auch nur vermutet hätte ...

Sie holte tief Luft, dann löste sie ihre Arme von seinem Hals und klammerte sich an seine Schultern, um ihren wirbelnden Verstand zu beruhigen. Ihre Lippen kribbelten.

»Wir sind nicht mal ein älteres Liebespaar bei einem Seitensprung.«

Spürbar bemüht, seinen Atem zu verlangsamen, nickte er.

»Es wäre ein gefundenes Fressen für die Klatschbasen.«
Er atmete tief ein, dann öffnete er die Augen und sah sie
an. Seine Augen waren dunkel vor Verlangen. »Können wir
gehen?«

Sie brauchte eine halbe Sekunde, um sich an das zu erinnern, was zuvor geschehen war, dann lächelte sie mit
unverhohlener Vorfreude.

»Ja, lass uns gehen ... es ist spät.« Es musste mindestens
Mitternacht sein. Sie trat einen Schritt zurück, sah ihm in
die Augen und ergriff seine Hand. »Jetzt.«

Das Lächeln, mit dem er ihr antwortete, war voller Entschlossenheit.

Glücklich lachend zog sie ihn zur Tür.

Ganz wie das heimliche Liebespaar, das sie nicht waren,
mieden sie in gegenseitigem Einvernehmen den Ballsaal
und gelangten über kleine Gänge und Nebentreppen in die
Eingangshalle. In dem Versuch, ihre gewohnte würdevolle
Fassade aufrechtzuerhalten, legten sie ihre Abendmäntel
an, und Devlin ließ sich seinen Hut geben. Die Kutsche
wurde gerufen und sie warteten in kaum verhohlener Ungeduld, voller Verlangen und mit angespannten Nerven.
Sobald die Kutsche vor den Stufen von Cassington House
vorfuhr, führte Devlin Therese über die Veranda, die Stufen
hinunter und in die Kutsche.

Er stieg gleich nach ihr ein.

Sie wartete nur, bis er sich neben sie gesetzt hatte und
die Tür zufiel, dann stürzte sie sich auf ihn.

Er nahm sie in die Arme, sie küsste ihn, und er umfasste
ihren Kopf und hielt sie fest, während er ihre Lippen liebkoste.

Der Kuss entflammte und entfachte ihre schwelenden

Begierden. Innerhalb von Sekunden leckten gierige Flammen über ihre Haut. Sie ergriffen einander, begehrten, forderten und nahmen sich. Das Bedürfnis erglühte, entzündete sich und flammte auf.

Durch die feine Seide ihres Mieders hindurch umfassten seine geschickten Finger ihre Brust, fanden dann die harte Knospe und pressten sie so, dass Therese unwillkürlich aufstöhnte. Sie packte ihn am Revers und zog ihn zu sich, um ihn zu küssen, bis sie mit einem erstickten Schrei das Gleichgewicht verlor und mit dem Rücken auf dem gepolsterten Sitz landete, während er über ihr schwebte.

Er lachte leise und dunkel, voller Verlangen. Dann senkte er den Kopf und legte seine Lippen auf ihr Schlüsselbein, um mit der Zunge die zarte Wölbung nachzufahren.

Therese drückte ihn an sich, erschauderte und schloss die Augen. Sie spürte, wie ihre Lust größer wurde und sie immer leidenschaftlicher auf seine Berührungen reagierte.

Sie spürte jede erregende Liebkosung, die er ihren geschwollenen, bereits schmerzenden Brüsten zukommen ließ. Ihre Nervenenden knisterten, als würde ein Blitz darüber tanzen. Dann strich er mit einer Hand über die lange Linie ihres angewinkelten Beins, raffte die Seide ihrer Röcke und Unterröcke und fuhr mit seiner harten, heißen Handfläche an ihren Seidenstrümpfen nach oben ... bis er über ihrem Strumpfband auf den Saum ihrer seidenen Unterhose und darunter auf nackte Haut traf.

Sie zitterte und spürte seinen Wunsch, sie weiter zu erforschen, als wäre es ihr eigener. Die Vorfreude stieg. Doch dann schwankte die Kutsche, als sie um eine Ecke fuhr, und Therese erstarrte.

Cassington House stand am südlichen Ende der South

Audley Street. Während sie so eifrig beschäftigt gewesen waren, war die Kutsche gemächlich nach Norden gerollt, vermutlich vorbei an der verdunkelten Weite des Grosvenor Square ... Sie war gerade nach links in die Upper Grosvenor Street abgebogen.

Es dauerte nur wenige Minuten, bis die Kutsche vor der Tür von Alverton House anhielt und der Diener die Tür öffnete.

Devlin fluchte, seine Stimme war ein kehliges Grollen. Therese wusste genau, wie er sich fühlte. Er zog seine warme Hand unter ihrem Rock hervor, lehnte sich zurück und setzte sie aufrecht hin.

»Schnell«, murmelte er und blickte aus dem Fenster auf die vorbeiziehenden Häuser, während er hastig sein Halstuch, den Mantel und den Umhang zurechtrückte.

Sie strich ihre Röcke glatt und lachte leise, dann griff sie an den oberen Rand ihres Mieders und ruckelte daran, um ihre Brüste wieder an ihren Platz zu bringen.

»Ich hatte vergessen, wie ... kurz solche Momente sein können.«

Es hatte einige solcher Vorfälle gegeben, als sie umeinander buhlten, aber damals hatte sie noch nicht gewusst, was das endgültige Ziel auf ihrem sinnlichen Weg war. Jetzt wusste sie es und das gierige Verlangen brodelte in ihren Adern. Hätte ihre Tour länger gedauert ... Nun, sie hätte Devlin bestimmt nicht lange bitten müssen, damit er ihr gegenseitiges Bedürfnis stillte. Sie stellte sich vor, wie das vonstattengegangen wäre, und warf ihm unter gesenkten Wimpern einen Blick zu.

Er musste ihren Blick gespürt haben, denn er wandte sich vom Fenster ab und betrachtete ihr Gesicht.

»Verdammt, hör damit auf«, knurrte er dann. »Es fällt mir schon schwer genug, meine Lust zu zügeln, auch ohne dass du dein Bestes gibst, um sie noch anzuheizen. Wir müssen zuerst an Portland vorbeikommen. Bei seinem Alter dürfen wir nicht riskieren, dass er unseretwegen einen Herzinfarkt bekommt.«

Sie lachte, auch wenn etwas in ihr schnurrte, als er seine Lust erwähnte.

»Vergiss nicht«, murmelte er, als die Kutsche in die Einfahrt von Alverton House einbog, »Portland kennt mich, seit ich ein Junge war.«

Sie beugte sich dicht vor und flüsterte ihm ins Ohr: »Genau. Deshalb kann ich mir überhaupt nicht vorstellen, dass er schockiert wäre.«

Er sah sie an und schnaufte dann ironisch.

Die Kutsche hielt, und noch bevor sie aufhörte zu schaukeln, war Morton schon vom Kutschbock abgestiegen und hatte die Tür schwungvoll geöffnet.

Devlin erhob sich und kletterte auf den Kies hinunter, dann drehte er sich um und reichte ihr die Hand. Sie ergriff sie und stieg hinunter, dann ließ sie ihre Röcke los, und nahm den Arm, den Devlin ihr anbot. An seiner Seite ging sie die Treppe hinauf und streckte dabei den Kopf in dem üblichen selbstbewussten, leicht hochmütigen Winkel hoch.

Noch bevor sie die Veranda erreichten, hatte Portland die Tür geöffnet. Als sie sich wieder schloss, hörte Therese, wie die Kutsche anfuhr und zu den Stallungen ratterte.

Portland trat heran, um ihr den Umhang abzunehmen.

»Ich hoffe, der Abend ist gut verlaufen, Mylady?«

»Das ist er, Portland«, bestätigte sie. »Außerordentlich gut sogar.«

Es kostete sie Mühe, ihre überschwängliche Freude über den Ausgang des Abends aus ihrem Gesicht und ihrer Stimme herauszuhalten. Was ihre Erwartungen dessen, was noch kommen sollte, anbetraf, so war die prickelnde Vorfreude, die durch ihre Adern sprudelte, immer schwerer zu bändigen.

Portland hob den schweren Samtmantel von ihren Schultern. Aus dem Augenwinkel sah sie im Spiegel, wie der Blick des Butlers auf ihr Haar fiel und einen Moment lang dort verweilte. Erst dann erinnerte sie sich an den gefiederten Kopfschmuck – solcher Zierrat war gerade der letzte Schrei –, der über ihrem Dutt festgesteckt war. Er befand sich jetzt in einem bedauernswerten Zustand; vermutlich hatten sie und Devlin ihn bei dem Gerangel in der Kutsche zerdrückt.

Da ihr keine plausible Ausrede einfiel, tat sie fröhlich so, als sei nichts geschehen, und machte sich mit ihrer gewohnten Sicherheit und einem verhaltenen »Gute Nacht« auf den Weg zur Treppe.

Nachdem Morton ihm den Mantel abgenommen hatte, verabschiedete sich auch Devlin mit einem freundlichen »Gute Nacht« vom Personal und folgte ihr.

Therese stieg die Treppe so schnell hinauf, wie sie sich traute. Sie spürte Devlin in ihrem Rücken wie ein sinnliches Raubtier und konnte es kaum erwarten, von ihm angefallen zu werden.

In dem Moment, in dem ihr Fuß den Boden der Galerie berührte, riss ihr der Geduldsfaden, und sie rannte, die Röcke gerafft und mit Mühe und Not ihr Lachen unterdrückend, den Korridor hinunter in ihr Zimmer.

Er erwischte sie, bevor sie die Tür erreichte, drehte sie

um, drückte sie mit dem Rücken gegen die getäfelte Wand und küsste sie wie ein Rasender.

Sie gab zurück, was sie bekam. Devlin packte und hielt sie, und sie schlang die Arme um seinen Hals, klammerte sich an den Kuss und an ihn.

Nach einem sekundenlangen wilden Austausch nahm er sie, ohne den Kuss zu unterbrechen, in seine Arme, hob sie hoch und ging die wenigen Schritte bis zu ihrer Tür. Er schaffte es, sie zu öffnen, und schritt hindurch, dann trat er die Tür hinter ihnen zu.

Warmes, weiches und goldenes Lampenlicht umfing sie.

Devlin blieb in der Mitte des Raumes stehen und brach mit einem Keuchen den gierigen Kuss ab. Dann hob er den Kopf, ließ Thereses Beine los und ließ sie nach unten schwingen.

Sobald sie den Boden berührte und wieder auf den eigenen Füßen stand, hob er beide Hände, fuhr ihr durchs Haar, nahm ihr Gesicht, zog sie auf die Zehenspitzen, legte seine Lippen auf ihre und verschlang sie förmlich.

Heute Abend hatte sein Verlangen neue Höhen erklommen. Er neigte den Kopf und lenkte den Kuss mit ihrem offenen und eifrigen Entgegenkommen in noch tiefere, noch turbulentere Gewässer. Gewässer, in denen eine tiefere Sehnsucht brodelte, ein größeres Begehren als alles, worauf ihn seine bisherigen Erfahrungen vorbereitet hatten.

Er wollte, begehrte, *brauchte* so viel mehr. Die Intensität, die Sehnsucht, das wilde Verlangen, das seine Seele durchzog, übertraf bei Weitem alles, was er bisher erlebt hatte.

Der einzige Unterschied war die Liebe – er hatte ihr gestanden, dass er sie liebte. Und folglich musste er seine tief verwurzelten, unbändigen Gefühle nicht mehr kontrollieren, so wie er es zuvor getan hatte.

Seine stärksten Emotionen.

Obwohl er nie viel darüber nachgedacht hatte, wusste er intuitiv, dass die Liebe – jene wahre und reine Liebe, wie er sie für Therese empfand – das größte und mächtigste Gefühl von allen war. Alles andere beugte sich ihr, was auch der Hauptgrund dafür gewesen war, dass er sie versteckt hatte.

Heute Abend hatte er endlich unwiderruflich seinen Schutzschild gegen all das eingetauscht, was Liebe, eine offen eingestandene Liebe, ihm geben konnte. Bis zu diesem Moment – mit Thereses gierigen Lippen an seinem Mund, während sie beide vor Leidenschaft entflammt waren – war ihm nicht klar gewesen, dass er bei diesem Tausch auch die Kontrolle abgegeben hatte.

Es gab keine Möglichkeit, die Feuersbrunst, die sie beide erfasste, aufzuhalten. Nicht, dass er das wollte, aber selbst das Lenken, Verlangsamen oder Leiten stand nicht mehr in seiner Macht. Er kannte nur noch das unstillbare Verlangen, sich mit ihr zu vereinen, sie im wahrsten Sinne des Wortes *zu lieben*.

Er fühlte sich getrieben und, als die Leidenschaft wuchs und das Begehren zunahm, fast wie besessen.

Er zog ihr das Mieder aus, ihre Röcke und Unterröcke und ließ die Kleidungsstücke fallen, wohin sie wollten. Der gefiederte Kopfschmuck löste sich aus ihrem Haar, als er mit den Fingern durch die langen, seidenen Locken fuhr und sie in einem kurvigen Wasserfall über ihre entblößten Schultern glitten.

Offenbar war sie ebenso besessen davon, ihm die Kleidung auszuziehen, denn sie zerrte ihm die Krawatte ab und warf sie beiseite. Dann stürzte sie sich auf die Knöpfe seines Hemdes und riss sie fast auf.

Kurzerhand streifte er Mantel, Weste und Hemd ab. Als ihre Handflächen seine Brust berührten, atmete er zischend ein. Lange Sekunden presste er seinen Kiefer zusammen und ließ zu, dass Therese ihn streichelte. Dann holte er geräuschvoll Luft, drehte sie herum und stürzte sich mit der Begierde eines Mannes, der kurz davor stand, völlig die Kontrolle zu verlieren, auf die Schnürung ihres Korsetts.

Nachdem sich auch die letzte Schlinge unter seinen Fingern geöffnet hatte, zog er die Stäbchen heraus und ließ sie fallen. Bevor Therese sich umdrehen konnte, griff er um sie herum, löste den Kordelzug ihrer Unterhose an der Taille und ließ den seidigen Stoff an ihren immer noch bestrumpften Beinen hinuntergleiten.

Sie stieg aus der Seide und drehte sich zu ihm um; er griff nach dem Saum ihres hauchdünnen Unterhemdes und zog es ihr über den Kopf. Gehorsam hob sie die Arme, doch kaum hatte sie die Hände frei, stürzten sie sich auf die Knöpfe seiner Hose. Mit einem schnellen, geübten Ruck hatte sie alle geöffnet.

Dann schoben sich ihre begierigen kleinen Hände durch den klaffenden Stoff und fanden ihn. Er stöhnte auf, als sie ihre schlanken Finger um seine Erektion schlang und ihn geschickt streichelte, bevor sie zupackte und ihn in Besitz nahm.

Mit zusammengebissenen Zähnen warf er den Kopf in den Nacken, während sie mit ihm spielte.

Seine Augenlider waren unwillkürlich gesunken; er öffnete sie bloß noch weit genug, um ihr Gesicht zu sehen.

Was er dort sah, ließ die Lust in ihm aufkochen und die Leidenschaft durch seine Adern pulsieren. Sie sah so gebannt aus, so sehr auf den Moment fixiert.

Diesmal war alles anders. Als sie ihn mit der Hand bearbeitete, bis er sich aufbäumte, war ihre Hingabe an seine Lust so deutlich und vorbehaltlos wie noch nie. Es schien, als hätte seine Liebeserklärung eine Tür zu einer anderen Ebene ihrer Leidenschaft geöffnet. Eine andere Ebene des gemeinsamen Vergnügens.

Er biss die Zähne zusammen und genoss es ...

Bis er den treibenden Puls seines Blutes nicht mehr ignorieren konnte.

Ohne sie zu unterbrechen, streifte er sich die Hose über die Schenkel, und sie passte ihren Griff so an, dass er sich seiner Unterhose entledigen konnte.

Er zog die Schuhe aus und stieg aus der abgelegten Kleidung und Therese bewegte sich mit ihm. Bevor er reagieren konnte, sank sie auf die Knie und schob mit geübtem Geschick sein pochendes Glied zwischen ihre Lippen.

Er erstarrte, dann biss er die Zähne wieder zusammen und warf den Kopf wieder in den Nacken, während sie ihn mit unverkennbarer Hingabe mit den Lippen, der Zunge und der Hitze ihres Mundes verwöhnte.

Sie war gründlich und sie hatte viel von ihm gelernt. Mit langsamem Reiben und ausgiebigem Lecken, die den starken Sog unterstrichen, mit dem sie ihn tief in sich hineinsaugte, schmeichelte sie seinen Sinnen mit wollüstiger Hingabe. Unfähig, sich ihr zu verweigern, griff er nach ihr, fuhr mit den Fingern durch ihr dichtes Haar und umfasste ihren Kopf, während sie die Spannung immer weiter steigerte.

Immer mehr.

Er ließ sie so lange spielen, wie er es sich zutraute, dann verlagerte er sein Gleichgewicht, hob einen Fuß, winkelte das Bein an und streifte die Socken ab. Für das, was er vorhatte, brauchte er das Gefühl, mit nackten Füßen auf den polierten Dielenbrettern zu stehen.

Sobald er wieder mit beiden Füßen auf dem Boden stand, stabilisierte er sich und gab sich Mühe, nicht von den Gefühlen fortgerissen zu werden, die durch ihre Berührungen hervorgerufen wurden. Dann nahm er jedes Quäntchen Willenskraft zusammen, das er aufbringen konnte, holte schnell Luft, zog seine pralle Erektion aus ihrem Mund und ging in die Hocke. Dort legte er seine Hände auf ihre Hüften und packte sie. Er richtete sich wieder auf und hob sie dabei hoch – stellte sie aber nicht auf ihre Füße, sondern hob sie an seine Brust.

Sie quietschte überrascht auf und schlang instinktiv die Arme um seine Schultern. Ermutigt durch seinen Griff, wickelte sie ihre langen, geschmeidigen Beine um seine Hüften.

Er nahm sich einen Moment Zeit, um ihren Gesichtsausdruck auf sich wirken zu lassen – einen Gesichtsausdruck, in dem sich genauso viel heißes Verlangen widerspiegelte, wie er es selbst in sich aufsteigen spürte. Im gelben Lampenlicht schaute sie auf ihn herab, während sich ihre Brüste nur wenige Zentimeter vor seinem Gesicht hoben und senkten.

Er lächelte entschlossen und doch herausfordernd, wobei er sich absichtlich ansehen ließ, was ihm durch den Kopf ging. Sie sah und verstand es. Ihr Atem ging stoßweise, noch ein wenig schneller, noch ein bisschen flacher.

Er ließ sie nicht mehr aus den Augen, während er seinen Griff veränderte und eine Hand befreite. Dann beugte er seinen Kopf so weit nach vorne, dass er die Zunge vorstrecken und über eine der geschwollenen roten Brustwarzen lecken konnte.

Sie keuchte und schloss die Augen.

Er stützte ihr Gewicht auf einen Arm und streichelte mit der anderen Hand ein perfektes Halbrund ihres Hinterns, dann glitt er mit den Fingern nach innen, zwischen ihre weit gespreizten Schenkel, und fand sie weich, einladend feucht und erwartungsvoll.

Er spielte für ein paar Sekunden, und sie zitterte in seinen Armen.

Nein, er konnte nicht länger warten. Mit beiden Händen umfasste er ihre Hüften und richtete ihre Körper so aus, dass die Spitze seiner Erektion ihr schlüpfriges Fleisch berührte. Dann stieß er in sie hinein, packte sie fester und zog sie nach unten, während er in sie eindrang.

Der Laut, der über ihre Lippen kam, war halb Stöhnen, halb lustvoller Schrei.

Er hob sie hoch und ließ sie dann nach unten sinken, wobei er sich über den heißen, festen Griff ihrer inneren Muskeln um sein steinhartes Glied wunderte.

Er wollte es langsam angehen lassen und das Gefühl auskosten, aber die Lust, der Zwang, sie zu haben, zu nehmen und zu besitzen, wuchs immer mehr und trieb ihn zur Raserei.

Was folgte, war ein kaum kontrollierter Ausbruch. Er hob sie hoch und drang in ihre glühende Hitze ein; sie wiederum benutzte ihre starken Schenkel, um sich hochzuziehen und ihn zu reiten, wobei sich ihre inneren Muskeln zusammenzogen und wieder lösten und ihn zu immer schnelleren und kraftvolleren Stößen anspornten.

Irgendwann nahm sie sein Gesicht zwischen die Hände und küsste ihn, was einen heftigen Austausch auslöste, der sie wie Feuer durchströmte und sie unaufhaltsam vorantrieb, bis ihre Körper schweißnass waren und ihre Muskeln zitterten.

Doch sie hatten immer noch nicht genug voneinander.

Keuchend klammerte sie sich an ihn und trieb ihn an – verlangend, fordernd und unendlich hingebungsvoll.

Nach Atem ringend ging er die wenigen Schritte zu einer freien Wand, drückte ihren Rücken gegen die seidene Wandverkleidung und stieß in sie.

Sie hob ihren Kopf und rang verzweifelt nach Luft. Als er sie hochdrückte und weitermachte, krallte sie sich an ihm fest und bohrte ihm die Fingernägel in die Schultern.

Durch schwere Augenlider beobachtete er ihr Gesicht, während er sich tiefer und tiefer zwischen ihre Schenkel drängte und härter und schneller stieß.

Schließlich gab sie keuchend und mit einem Schrei nach und flog davon.

Der Ausbruch ekstatischer Freude, der über ihre Züge strömte, brachte ihn fast um den Verstand.

Entschlossen, zu warten und den Augenblick zu verlängern, stieß er mit einem bebenden Atemzug tief in sie hinein – und hielt dann still. Er beugte den Kopf und drückte das Gesicht in die duftende, seidige Masse ihres wild zerwühlten Haares.

Sein Atem kam in keuchenden Zügen. Als er tief durchatmete, wurde die Schwellung seiner Brust von den festen Hügeln ihrer geschwollenen Brüste aufgefangen. Jeder Muskel seines Körpers blieb starr wie Eisen. Begehrend. Wartend.

Sie lag fast ermattet in seinen Armen. Er riss sich zusammen und plante seinen nächsten Schritt.

Devlin war sich ziemlich sicher, dass man nach der gängigen Auffassung nicht so unbeherrscht mit seiner Frau umgehen sollte. Glücklicherweise scherte er sich nicht um Konventionen, nicht bei ihr und nicht bei dieser Sache.

Dann holte sie tiefer Luft, und ihre Hände, die bis dahin locker auf seinen Schultern gelegen hatten, streichelten ihn sanft.

Er unterdrückte seine Begierde und nahm sich vor, die Befriedigung nicht mehr lange auf sich warten zu lassen. Er packte Therese fester, richtete sich auf und hob sie von der Wand weg.

Sie murmelte etwas Unverständliches und schob die Arme weiter über seine Schultern, um ihm zu helfen, ihr Gewicht auszugleichen, während er sie zum Bett trug.

Die Matratze war hoch; er hatte vor langer Zeit dafür gesorgt, dass sie genau die richtige Höhe hatte.

Er setzte ihre Hüften auf die Kante, dann griff er nach ihren Armen und zog sie von seinen Schultern.

Leise und lustvoll schnaubend, ließ sie sich zurückfallen und streckte sich auf der seidenen Decke aus. Ein leichtes, wissendes Lächeln der Vorfreude umspielte ihre geschwollenen Lippen, und er sah ihre Augen unter den langen Wimpern silbern aufblitzen.

Er umfasste ihre Hüften und hielt sie fest, während er mit den Hüften rollte und sich noch tiefer zwischen ihre gespreizten Schenkel schob. Ihr Lächeln vertiefte sich. Sie wollte einen Arm heben, um ihn zu sich zu locken, doch er zog sich aus ihrer Hitze zurück und stieß erneut so zu, dass sie sich auf die Unterlippe biss.

Dann wiederholte er die Bewegung, kraftvoll und sicher. Ihre Hand fiel schlaff auf die Matratze zurück, und ihre Gesichtszüge entspannten sich, als ihre Lust von Neuem aufflammte und sie sich ihm entgegenbäumte.

Bei allen bisherigen Begegnungen hatte er sich, so gut es ging, gezügelt, aber heute Abend gab es keine Zügel. Er hatte sich eingebildet, ihr Spiel zu planen, aber als der Instinkt von ihm Besitz ergriff und sein Körper reagierte, wurde ihm klar, dass er bereits mitgerissen worden war. Sein Wille war einer Macht unterworfen, die er nicht mehr zu kontrollieren vermochte.

Dem Verlangen gehorchend, das ihn durchströmte, beugte er sich vor, legte die Hände auf beide Seiten ihrer Schultern und stützte sein Gewicht auf seine angewinkelten Arme. Von ihr abgestützt tauchte er tief und rhythmisch in sie ein. Therese wand sich, hob die Knie, schlang die Beine um seine Hüften, legte die Hände auf seine Brust und trieb ihn mit hemmungsloser Hingabe weiter.

Das Gefühl überflutete ihn, und er hatte Mühe, durch den Schraubstock zu atmen, der sich um seine Brust legte.

Das Verlangen wuchs, die Leidenschaft loderte, peitschte ihn voran und forderte immer mehr.

Nie war der Moment – der unausweichliche Drang zur Vollendung – intensiver gewesen. Bedeutsamer. Allumfassender.

Er warf den Kopf in den Nacken und gab sich dem hin, was jetzt in ihm lebte. Unter ihm tanzte ihr Körper im Rhythmus seiner Stöße.

Fasziniert beobachtete Therese, wie die Leidenschaft seine Züge zeichnete, seinen Verstand und seinen Geist beherrschte. Seine Hingabe war ihm ins Gesicht geschrieben, Therese hatte sie unübersehbar vor Augen, und er machte auch keine Anstalten, sie zu verbergen.

Ihre Augenlider waren zu schwer, um sie weiter als einen Spalt zu öffnen. Durch ihre Wimpern hindurch sah sie zu und staunte, selbst als ihre Lust immer mehr wuchs und ihren Körper in Zuckungen versetzte. Sie hatten schon so viele leidenschaftliche Spiele miteinander gespielt, dass sie geschworen hätte, es könnte nichts Neues mehr geben, nichts Unbekanntes, was sie mit ihm noch erleben konnte.

Doch heute Abend … war es anders.

Sie hatte die körperlichen Aspekte ihres Ehelebens immer genossen, hatte stets die Intimität dieser Momente geliebt. Doch obwohl sie zunächst angenommen hatte, dass seine Liebeserklärung nichts verändern würde, hatte sie sich geirrt.

Seine Worte hatten ihr Selbstbewusstsein gestärkt, sie fühlte sich sicherer an seiner Seite – und auf diesem Gebiet hatte ein solches wachsendes Selbstvertrauen Konsequenzen. Ihre Gefühle hatten sich gesteigert, erweitert, vertieft und verstärkt, bis sie auf eine höhere Ebene vorgedrungen waren.

Und offenbar hatte seine Erklärung auch ihn verändert. Noch nie hatte sie ihn so tief in den Moment versunken erlebt, so ungehemmt und hingegeben an alles, was der Akt sein konnte. So engagiert, dass es das letzte Quäntchen an Zweisamkeit und gegenseitigem Vergnügen herauskitzelte.

Als sie mit ihm auf dem Gipfel der Empfindungen ritt, die er gekonnt hervorrief, einem sich aufbauenden Crescendo der Sinne, der Verzückung und der Freude, die in ihrem Herzen aufstieg, ließ sie sich auf die Veränderung ein und genoss sie. Leidenschaft und Begierde durchströmten sie, und als wären diese Emotionen greifbare Kräfte, prallten sie aufeinander und stürmten in wütendem Verlangen aufeinander ein, um dann in einem Feuersturm zu explodieren, der jeden noch so kleinen Gedanken erstickte und sie beide von Neuem aufbrausen ließ, in leidenschaftlicher Harmonie miteinander verbunden und verzweifelt bestrebt, den endgültigen Höhepunkt zu erreichen. Auf der Suche nach dem körperlichen Trost, den nur der andere geben konnte.

Dann war der Moment gekommen, und sie hielten sich aneinander fest, während sie die Welt um sich herum vergaßen. Die Erleichterung erreichte beide, erst sie, dann ihn, und sie keuchten und stöhnten, als die Realität zerbarst und stattdessen die Ekstase über sie hereinbrach.

Mit klopfendem Herzen, erschöpft und ausgelaugt, sank sie tiefer in die Matratze. Devlin gab ihrem wortlosen Drängen nach und sackte auf ihr zusammen.

Freude und Frieden stiegen in ihr auf und breiteten sich unter ihrer Haut aus, durchdrangen jedes Glied mit der unbeschreiblichen Wärme, die sich unweigerlich nach dem ultimativen Genuss ausbreitete.

Zutiefst befriedigt, gesättigt bis in die Knochen, freute sie sich an der schweren, reglosen Last ihres Mannes. Sie schlang ihre Arme um ihn und hielt ihn fest, während ihre Herzen klopften und ihr Atem allmählich ruhiger wurde.

Langsam sickerten Gedanken in ihren Kopf, die eher von einer angeborenen Neugierde als von etwas anderem herrührten. Diese Begegnung war so weit von ihrer ersten entfernt – fünf und mehr Jahre aktiven Ehelebens entfernt –, und doch verglich sie unweigerlich frühere Begegnungen mit dem, was gerade geschehen war. Was die Intensität und die Tiefe der seelischen Vollendung anbetraf, die sie erreicht hatten, war dieses Liebesspiel wie ein erstes Mal gewesen.

Ein erneuertes Liebesspiel.

Oder war es eine erneuerte Liebe?

Durch Liebe erneuert?

Dennoch sah sie, als der Schlaf sie übermannte, eine Tatsache klar vor Augen.

Trotz all der Jahre, in denen sie sich eingeredet hatte, dass sie mit einer einseitigen, halben Liebesbeziehung glücklich und zufrieden war, war heute Abend das geschehen, was sie sich im tiefsten Inneren ihres Cynster-Herzens immer gewünscht und erhofft hatte.

Heute Abend war ihr größter Herzenswunsch in Erfüllung gegangen.

Heute Abend hatte sich ihr Traum erfüllt.

Kapitel 12

Therese erwachte, als eine große, warme Handfläche sanft über ihre nackte Hüfte glitt.

Sie blinzelte mit weit aufgerissenen Augen und starrte quer durch den Raum zum Fenster, wo das Tageslicht durch die Vorhänge drang.

Verblüfft drehte sie den Kopf und schaute über ihre Schulter, um sich zu vergewissern, dass der große männliche Körper, der sich hinter ihr ausstreckte, während der Morgen graute, tatsächlich der ihres Mannes war. Dann blinzelte sie erneut.

»Du bist immer noch hier«, stellte sie fest.

Er hatte seiner Hand zugesehen, als er träge ihren Körper streichelte. Jetzt schaute er sie aus haselnussbraunen Augen an.

»Ich dachte ...« Er senkte kurz den Blick, dann legte er die Hand wieder auf ihre Hüfte, neigte den Kopf und drückte ihr einen warmen Kuss auf die nackte Schulter. Seine Lippen bewegten sich weiter nach oben, dann murmelte er: »... dass du vielleicht das hier ausprobieren möchtest.«

Ihr Körper erwachte zum Leben. »Was *das*?«

Sie spannte die Muskeln an, weil sie sich umdrehen wollte, aber er beugte sich näher und verhinderte es.

»Nein. So. Ich zeige es dir ...«

Und er zeigte ihr, wie schön es war, gemeinsam aufzuwachen und den Morgen gemeinsam zu erleben.

Er überschüttete sie mit Empfindungen – scharf, süß und lusterfüllt. Jede seiner Berührungen empfand sie deutlicher, ihre Reaktionen wurden stärker, kraftvoller, intensiver. Ihre Wahrnehmungen erweiterten sich und sie genoss die Wonnen seiner Liebkosungen.

Als er sich in der Löffelchenstellung mit ihr vereinigte und tief in sie eindrang, stockte ihr Atem, überwältigt von so viel Glück, von der strahlenden Unermesslichkeit dessen, was sich da zwischen ihnen bildete. Mit einem Mal war da so viel mehr als zuvor.

Sie bewegten sich gemeinsam, weniger getrieben als vielmehr hingebungsvoll. Sie wussten genau, wer und was sie waren und wohin sie wollten.

Gemeinsam folgten sie dem Weg zur Ekstase. Er liebkoste sie mit seinem Körper – ein anderer Begriff fiel ihr nicht ein, um die Konzentration zu beschreiben, mit der er den Akt vollzog.

Dies hier war real – ihre neue Realität. Mit jeder Berührung, jedem wogenden, rollenden Stoß versicherte er es ihr.

Als wortlose Antwort zog sie sich um ihn zusammen und hielt ihn einen Herzschlag lang fest, bevor sie die Muskeln lockerte und ihn zurückweichen ließ.

Sie liebten sich weiter, beharrlich, ohne Eile, mit Leidenschaft und Verlangen und Bedürfnis und Lust, davon begleitet, aber ausnahmsweise nicht davon überwältigt.

Doch als die Kraft, die sie vorantrieb, schließlich ein Ausmaß erreichte, dem sie sich nicht entziehen konnten, gaben sie sich dem hin, ließen sich von der Welle mitreißen, die sie selbst erschaffen hatten. Sie zerschellten an den

Klippen einer herrlichen Leidenschaft und lagen ermattet da, während Ekstase, Freude und Wonne, Sättigung und Vollendung über sie hinwegrollten.

Als Therese unter der Welle versank, wusste sie, dass sie lächelte. Hingabe, Engagement und Anbetung – ein aktiver Ausdruck ihrer gefestigten Liebe.

*

Irgendwann regte sich Devlin. Er zog sich zurück, beugte sich über sie und presste seine Lippen auf ihren Mundwinkel.

»Ich liebe dich«, hörte sie ihn flüstern.

Die Augen noch immer geschlossen, die Lider zu schwer, um sie zu heben, lächelte sie.

»Und ich liebe dich«, murmelte sie.

Obwohl sie ihn nicht sehen konnte, spürte sie seine Freude in seiner Berührung, als er ihr ein letztes Mal über die Schulter streichelte.

»Ich muss gehen. Wir sehen uns später.«

»Hmm.«

Sie spürte, wie er das Bett verließ und sich dann im Zimmer bewegte. Sie regte sich, streckte sich und sah, wie er sich – herrlich nackt – bückte, um seinen Mantel und seine Weste aufzuheben. Bewundernd beobachtete sie, wie sich die Muskeln unter seiner Haut bewegten, als er damit fortfuhr, seine verstreute Kleidung zusammenzusuchen und dann schließlich die Tür ansteuerte, die zu seinen Gemächern führte.

Im Türrahmen hielt er inne und warf ihr einen wissenden Blick zu.

Sie lächelte entzückt.

Er salutierte mit zufriedener Miene, und sie winkte ihm zum Abschied.

Dann drehte er sich um, ging hinaus und zog die Tür hinter sich zu.

Seufzend hob Therese die Arme über den Kopf, reckte sich ein letztes Mal und entspannte sich. Während sie zum Baldachin hinaufsah, hallte sein »Ich liebe dich« in ihrem Kopf wider.

Sie erinnerte sich an die Selbsterkenntnis, die sich unmittelbar nach ihrem nächtlichen Stelldichein eingestellt hatte. Jetzt überprüfte sie den Gedanken und die Schlussfolgerung noch einmal und fand nichts zu beanstanden.

Als sie Devlin heiratete, hatte sie sich damit abgefunden, niemals geliebt zu werden – jedenfalls nicht auf die gleiche, alles verzehrende Weise, wie sie ihn liebte. Sie hatte ihre mädchenhaften Hoffnungen auf den Stapel unrealistischer, verworfener Träume gelegt, die sich niemals verwirklichen ließen.

Doch in der vergangenen Nacht waren diese mädchenhaften Träume auferstanden und ihr zurückgegeben worden. Ihr Intermezzo an diesem Morgen hatte es bestätigt.

Ihr tiefster, ältester, persönlichster Traum – den zu verfolgen sie sich nicht zugestanden hatte – war wahr geworden. Irgendwie hatte die Liebe ihre Magie verströmt und ihr alles gegeben, was ihr Herz so lange heimlich begehrt hatte. Dieses herrliche Gefühl durchströmte sie und hinterließ die tiefste Freude, die sie jemals empfunden hatte.

Therese lächelte weich und spürte, wie ihr die Freude in die Knochen fuhr, eine greifbare und beruhigende Präsenz. Sie schob die Decke zurück und stand auf, um sich dem Tag zu stellen. Ihr erster Tag im wahren Eheleben.

*

Später an diesem Morgen saß Devlin hinter dem Schreibtisch in seinem Arbeitszimmer und arbeitete konzentriert die Berichte von seinen Gütern durch. Der größte Teil der Ernten war eingebracht, und er musste sich ein genaues Bild vom erwirtschafteten Ertrag machen, bevor er mit seinen Gutsverwaltern an den Plänen für das nächste Jahr arbeiten konnte.

Selbst während er abrechnete und zusammenzählte, musste er immer wieder lächeln. Er war vernarrt. Das war wirklich nicht seine Art – oder zumindest war es das früher nicht gewesen. Jetzt war es das anscheinend doch, und das, obwohl er Therese nicht mehr gesehen hatte, seit er eine Stunde nach Tagesanbruch aus ihrem Zimmer gegangen war.

Seine Hand, die den Stift hielt, verharrte und schwebte über seinem Kalkulationsblatt, als die Erinnerungen ihn überrollten. Endlich – endlich – hatte er die Freude erleben können, seine Frau auf die angenehmste Art und Weise zu wecken.

Sie hatte das außerordentlich genossen, was seine Freude noch verstärkt und sein Glück besiegelt hatte.

Das Wort ließ ihn innehalten. War er wirklich glücklich? War er glücklich in seiner Ehe?

Er hatte sich nie vorstellen können, das Wort auf diese Weise zu verwenden, aber er musste zugeben, dass es passte. Die stille Freude, die durch seine Adern strömte und ihm ein Gefühl gab, als würde er glühen, war in der Tat Glück.

Inzwischen war die Tinte an der Feder eingetrocknet. Er legte das Schreibwerkzeug beiseite, gestand sich ein, dass er völlig abgelenkt war, lehnte sich zurück und ließ seine Gedanken durch die neu gestaltete Landschaft ihrer Ehe wandern.

Was könnte sich in ihrem täglichen Leben ändern?

Natürlich würde er von nun an jede Nacht neben ihr schlafen, aber abgesehen davon gab es eine Grenze dafür, wie lange ein seit fünf Jahren verheiratetes Paar ununterbrochen zusammen sein konnte, ganz gleich, wie viel Lust es darauf hatte. Und er wollte auf keinen Fall das Personal schockieren, zumal das reibungslose Funktionieren des Haushalts im Allgemeinen in Thereses Verantwortung lag, nicht in seiner.

Sobald sie in das Priorat umgezogen wären, würden sich die Erwartungen an ihr Verhalten etwas abschwächen. Er würde dort einige Änderungen vornehmen, bevor sie im Frühjahr nach Alverton House zurückkehrten. Bis dahin ...

Er hatte gefrühstückt, wie er es gewöhnlich tat, weit früher, als Therese sich unten zeigte. Die Ladys brauchten immer ewig für die Morgentoilette, und er begann seinen Tag gern mit einem Ausritt im Park, am liebsten, bevor zu viele andere dort waren.

An diesem Morgen war er eine halbe Stunde lang durch die Rotten Row galoppiert, dann war er ins Haus zurückgekehrt und hatte sich in sein Arbeitszimmer zurückgezogen, um sich um die Angelegenheiten der Güter zu kümmern.

Er warf einen Blick auf die Uhr auf dem Kaminsims. Es war erst kurz nach elf Uhr. Eilig überflog er die Briefe, die vor ihm lagen; er wollte rechtzeitig fertig werden, um mit Therese zu Mittag zu essen – vielleicht sogar rechtzeitig, um ins Kinderzimmer zu gehen und sich daran zu ergötzen, sie mit den Kindern zu beobachten, während die kleinen

Kobolde aßen. Glücklicherweise hatte er an diesem Tag keine Verabredung mit James und Cedric oder einem seiner anderen Freunde, aber im Laufe der Woche würde er sich bei einer ausreichenden Zahl von Gentlemen-Treffen blicken lassen müssen, damit nicht getuschelt wurde. Seiner Erfahrung nach waren die Clubs für Gentlemen entgegen der allgemein verbreiteten Überzeugung ebenso Brutstätten des Klatsches wie die Salons der *Grandes Dames*.

In letzter Zeit hatte er Geschäftstermine bevorzugt am Vormittag oder am späten Nachmittag angesetzt, um mehr Zeit mit Therese verbringen zu können, wenn sich die Gelegenheit bot. Er beschloss, diese Praxis beizubehalten und seine Termine mehr oder weniger mit ihren abzustimmen.

Er dachte über diesen Plan nach und kam zu dem Schluss, dass es ein vernünftiger Anfang war. Es war besser, nicht zu viel Druck zu machen, solange er nicht wusste, was Therese davon hielt, dass er mehr Zeit mit ihr verbrachte.

Sein Blick kehrte zu der noch nicht abgeschlossenen Berechnung des auf seinen Gütern produzierten Getreides zurück. Er verzog das Gesicht, nahm die Feder in die Hand, säuberte sie, tauchte sie in das Tintenfass und setzte seine Kalkulationen fort.

Einige Zeit später klopfte Portland an, trat ein und überbrachte auf einem silbernen Tablett die Morgenpost.

»Ah – danke, Portland.« Devlin legte seinen Stift weg und griff nach dem kleinen Stapel Briefe, den Portland auf die Schreibunterlage gelegt hatte. »Ich muss mich um mehrere Angelegenheiten kümmern, die ich aber hoffentlich in den nächsten Tagen abschließen kann.«

»Nach dem Ende der Ausstellung, Mylord?«

Devlin nickte. »Genau das.«

»Ich hoffe, es sind gute Neuigkeiten, Mylord.« Damit verbeugte sich Portland und verließ das Haus.

Der erste Brief stammte von dem Verwalter, der seine Jagdhütte betreute und ihn an eine frühere Diskussion über die Vergrößerung seines dortigen Stallgebäudes erinnerte. Devlin legte das Schreiben zur Seite, um weiter darüber nachzudenken.

Dann nahm er die anderen Briefe in die Hand und blätterte sie durch. Als er einen einfachen Umschlag entdeckte, knurrte er zufrieden und schob die anderen Briefe beiseite. Er griff nach seinem Briefmesser, drehte das gefaltete Papier um und brach das unscheinbare Siegel.

Nachdem er das einzelne Blatt aufgeklappt hatte und die knappen Zeilen, die von ungeübter Hand geschrieben waren, gelesen hatte, breitete sich ein Lächeln in seinem Gesicht aus.

»Ausgezeichnet!« Immer noch lächelnd, lehnte er sich in seinem Stuhl zurück. »Der Zeitpunkt könnte nicht besser sein.«

Er klopfte mit dem Rand des Blattes auf die Schreibunterlage. Alles fügte sich zusammen.

»Ich kann nach dem Mittagessen bei der Bank vorbeigehen und danach weiterplanen.«

Er überflog den Brief ein weiteres Mal, faltete ihn zusammen und steckte ihn in seine Tasche. Dann überflog er kurz die anderen Briefe, vergewisserte sich, dass keiner von ihnen seine unmittelbare Aufmerksamkeit erforderte, und widmete sich mit frischem Interesse seinen Berechnungen und den Geschäftsberichten.

Nachdem sie eine Stunde lang am Mittagstisch die Gesellschaft ihres Mannes genossen hatte, beschloss Therese am frühen Nachmittag bestens gelaunt, dass sie unbedingt anfangen sollte, Weihnachtsgeschenke für die Kinder zu besorgen.

Da sie der Meinung war, dass sich die Waren von Noah's Ark erst in den kommenden Jahren für die Jungen eignen würden, rief sie die Stadtkutsche und wies Munns an, in die *Strand* zu fahren. Auf der Südseite der Straße, an der Ecke zur Beaufort Street, befand sich der Laden eines Spielwarenherstellers, dessen Holzprodukte die Jungen begeisterten.

Als die Kutsche die Park Lane hinunterratterte, war Therese ziemlich erleichtert, dass niemand sie oder das strahlende Lächeln sah, das sie nur mit Mühe unterdrücken konnte.

Bevor sie ihr privates Mittagessen genossen hatten, war Devlin – sehr zur Freude der Kinder – im Kinderzimmer erschienen. Das hatte er schon früher gelegentlich getan, aber in den letzten Wochen war er immer häufiger aufgetaucht und hatte sie anschließend in den Speisesaal begleitet.

Wenn sie an die letzten Tage zurückdachte, fiel ihr auf, welchen Erfindungsreichtum er an den Tag gelegt hatte, um mehr Zeit mit ihr zu verbringen – Spaziergänge im Park, Ausflüge in den Zoo, sogar Opernbesuche. Alles Unternehmungen, die er, wie sie vermutete, so arrangiert hatte, um ihnen Zeit und Gelegenheit zu verschaffen, sich näherzukommen.

Nicht, dass sie sich beschwert hätte – ganz im Gegenteil!

Sie freute sich, ihn in ihrem Leben willkommen zu heißen und zusehends mehr an seinem Leben teilzuhaben, wie sie es, wie sie jetzt erkannte, unter seiner Anleitung bei den gesellschaftlichen Ereignissen getan hatte, die sie in letzter Zeit gemeinsam besucht hatten, den Kirchgang eingeschlossen.

Noch mehr aber wurde ihre Stimmung von der Erkenntnis aufgehellt, dass dem weiteren Ausbau der täglichen Nähe, die sie in den letzten Tagen zu genießen begonnen hatten, nichts mehr im Wege stand, nachdem sie beide sich – frei, offen und in einfachen, unmissverständlichen Worten – ihre gegenseitige Liebe gestanden hatten.

Die Erkenntnis, dass er sie liebte, hatte Devlin eindeutig von den konventionellen Einschränkungen gemeinsam verbrachter Zeit befreit, und so konnte sie sich auf eine Zukunft freuen, die noch erfüllter und befriedigender sein würde, als sie es sich erhofft hatte. Ihre Erwartungen an ihr gemeinsames Leben waren in einem Maße gestiegen, das sie freudig gespannt und fast schwindlig vor Hoffnung machte.

Diese Art von Hoffnung war einfach wunderbar. Da war es kein Wunder, dass sie immerzu strahlen musste.

Die Kutsche wurde langsamer, als Munns sich durch den Verkehr auf dem Trafalgar Square schlängelte. Therese konzentrierte sich wieder auf ihre Erledigungen und schaute sich die Fassaden an, während die Kutsche schaukelte, dann schneller in die *Strand* abbog und schließlich die Straße hinunterrollte.

Anstatt den Versuch zu unternehmen, inmitten des ununterbrochenen Verkehrs auf der *Strand* zu halten, bog Munns vernünftigerweise in die Cecil Street ab und hielt dort am Bordstein an. Dennis half Therese auf den Bürgersteig, und sie wies ihn an, ihr zu folgen, während sie um die Ecke bog und die *Strand* hinunter zum Geschäft des Spielzeugmachers ging.

Als sie den höhlenartigen Laden betrat, der bis unter die Decke mit Holzspielzeug gefüllt war, wurde ihr klar, dass es eine gute Idee gewesen war, Dennis als Begleiter mitzunehmen, denn obwohl er inzwischen erwachsen war, hatte er sich genug jungenhaften Enthusiasmus bewahrt, um hier ein nützlicher Berater zu sein. Gemeinsam verbrachten sie und Dennis eine kurzweilige halbe Stunde damit, Spielzeug für die drei Kinder auszusuchen.

Nachdem sie mit dem Spielzeugmacher – einem älteren Mann deutscher Abstammung – geplaudert und ihm ein Kompliment für seine Waren gemacht hatte, wies Therese ihn an, die beträchtliche Summe ihrer Tageseinkäufe vom Alverton-Konto abzubuchen, das sie zuvor eingerichtet hatte. Dann trat sie, gefolgt von Dennis, der nun mit in braunes Papier eingewickelten Paketen beladen war, aus der Tür, die der Spielzeugmacher ihnen aufhielt.

Es war Nachmittag, und auf den Bürgersteigen herrschte reges Treiben. Dennoch fiel ihr der Gentleman, der sich an die Wand neben der Tür gelehnt hatte und sich nun aufrichtete, sofort ins Auge, und Therese erwiderte sein Lächeln.

»Child.« Als er zu ihr schlenderte, sah sie zu dem Schild des Spielzeugmachers auf, das über ihrem Kopf hing. Dann senkte sie den Blick wieder und sah ihm in die Augen. »Was in aller Welt hat Sie hierhergeführt, Mylord?«

Child grinste und deutete mit dem Kopf zu dem Laden neben dem Spielzeugmacher.

»Mein Uhrmacher«, erklärte er. »Er hat eine alte Uhr von mir repariert. Ich wollte sie abholen, habe auf dem Weg dorthin einen Blick in den Spielwarenladen geworfen und Sie entdeckt.«

Mit Dennis im Schlepptau, der mit Paketen jonglierte und hinter ihr herschwebte, störten sie den Fußgängerstrom.

»Gehen Sie voran«, wandte sich Therese daher an den jungen Lakaien. »Ich bin sicher, dass mich Lord Child zur Kutsche begleiten wird.«

Child verbeugte sich halb und murmelte, dass es ihm ein Vergnügen sei.

Mit einem entschuldigenden Nicken schickte Therese Dennis weiter, dann nahm sie den Arm, den Child ihr anbot, und gemeinsam schlenderten sie gemächlich hinter Dennis her.

Child betrachtete ihr Gesicht. Eingedenk der Situation, in der sie sich das letzte Mal getrennt hatten, war sie nicht im Geringsten überrascht, als er, obwohl er seine Neugierde unter einer Schicht höflichen Desinteresses verbarg, fragte: »Und, wie kommen Sie und Devlin miteinander aus?«

Sie legte den Kopf schräg und ließ ihr strahlendes Lächeln sehen.

»Sehr gut, ja sogar *außerordentlich* gut«, versicherte sie und schaute Child in die Augen. »Ich danke Ihnen für Ihre ...«

»Intervention?« Er hob eine Braue. »Den klugen und weisen Rat?«

Sie lachte und neigte anerkennend den Kopf. »All das und mehr.« Sie und Devlin verdankten ihm gleichermaßen viel.

Child betrachtete unverwandt ihr Gesicht. Sie war sich sicher, dass er ihre Antwort in ihrem Gesichtsausdruck bestätigt finden würde ...

Plötzlich wurde ihr klar, dass ihre und Devlins einander ergänzenden Geständnisse Devlin die Freiheit gegeben hatten, seine Liebe zu ihr offener zu zeigen, und dass die neue Realität, die durch diese Geständnisse entstanden war, auch sie befreit hatte.

Jetzt, da er und sie sich ihre Liebe gestanden hatten, konnte sie ihre Liebe zu ihm offen und ungehemmt zeigen.

Sie sah Child in die Augen und sagte schlicht: »Ich bin glücklicher, als ich es je zu hoffen gewagt hätte.«

Childs aristokratische Gesichtszüge wurden weicher, und er blickte nach vorne.

»Das freut mich«, versicherte er.

Angesichts der angeblich bestehenden Rivalität zwischen ihm und Devlin hätte sie eigentlich überrascht sein müssen, doch das war sie nicht. Kurz dachte sie über diesen Umstand nach, dann akzeptierte sie, dass Child, abgesehen davon, dass er ein Nachbar auf dem Land war, wahrscheinlich auch weiterhin eine Rolle in ihrem und Devlins Leben spielen würde.

»Sie scheinen sich über Devlins Erfolg fast genauso zu freuen wie er«, stellte sie fest.

Child schürzte die Lippen, sah ihr in die Augen und hob in der Manier eines Fechters eine Hand, als quittierte er einen Treffer.

»Sie haben meine Maske durchschaut. Die Wahrheit ist, dass ich ihm nur das Beste wünsche, und unter unserem unablässigen Geplänkel ...«

»Ihrem Hickhack?«

Er legte den Kopf schief. »Wie auch immer Sie unser übliches Sparring beschreiben wollen – ich weiß, dass er dasselbe für mich wünscht.«

Therese erinnerte sich an ihr früheres Gespräch. »Sie beide sind wirklich wie Brüder.«

Child zuckte leicht mit den Schultern. »Er steht mir näher als mein Bruder, und ich stehe ihm näher als seiner. Es liegt an unserem ähnlichen Alter und – wie ich vermute – an unseren ähnlichen Charakteren und Veranlagungen. Natürlich bringt diese Kombination auch ein gewisses Konkurrenzdenken mit sich, und wenn ich eine Gelegenheit sehe, ihn in den Allerwertesten zu zwicken, werde ich das natürlich tun.« Er grinste. »Was, unter uns gesagt, gar nicht schwer ist, da er meistens vorangeht.«

Bei dem Versuch, ihr Lächeln zu unterdrücken, markierte sie scherzhaft Missbilligung und machte einen Buckel, was ihn zum Lachen brachte.

Langsam näherten sie sich der Ecke und Therese deutete die Nebenstraße hinunter.

»Da drüben wartet meine Kutsche«, informierte sie Child.

Als sie den Blick wieder auf ihren Begleiter richtete, bemerkte sie einen Gentleman, der auf der gegenüberliegenden Seite der *Strand* aus einer Droschke stieg. Sie blieb stehen und ihr strahlendes Lächeln erblühte von Neuem.

»Sehen Sie nur!«, rief sie erfreut. »Da ist Devlin.«

Child blieb gehorsam stehen. »Tatsächlich.«

Es war zu viel Verkehr in der *Strand*, um Devlin zu begrüßen, außerdem hatte er sich bereits abgewandt und ging die Southampton Street hinauf in Richtung Covent Garden und Blumenmarkt.

Beflügelt von ihren neu entdeckten Gefühlen, die durch den Anblick des Objekts ihrer Liebe noch verstärkt wurden, zog Therese impulsiv ihren Arm aus Childs.

»Ich werde ihm nachgehen.« Der Gedanke, ein oder zwei unerwartete Stunden mit Devlin zu verbringen – oder mehr über seine geschäftlichen Interessen zu erfahren –, war eine starke Versuchung, der zu widerstehen sie keinen Grund sah. Dennoch offerierte sie aus Gewohnheit eine Ausrede: »Das Haus könnte ein paar frische Blumen gebrauchen.«

Der Blick, den Child ihr zuwarf, verriet, dass ihn ihr plötzliches Interesse an Blumen nicht täuschen konnte.

»Ich nehme an, ich komme besser mit Ihnen«, murmelte er und schloss seine Hand um ihr Handgelenk. »Erlauben Sie mir, Sie auf die andere Straßenseite zu geleiten.«

Therese vermutete, dass Child – abgesehen von seiner angeborenen Ritterlichkeit – herausfinden wollte, ob ihm die Situation eine Gelegenheit bot, Devlin in den Allerwertesten zu zwicken, wie er es ausgedrückt hatte.

Es war ihr einerlei. Devlin war Child und seinen Ränkespielen mehr als gewachsen, und sie war aufrichtig dankbar für Childs Hilfe beim Überqueren der belebten Durchgangsstraße.

Als sie den gegenüberliegenden Bürgersteig erreichten und die Southampton Street hinaufgingen, war Devlin schon ein gutes Stück voraus.

»Kommen Sie.«

Wieder bei Child untergehakt, schritt Therese zügig aus. Child hielt klaglos Schritt.

Vor ihnen erreichte Devlin gerade das Ende der Southampton Street. Der Markt mit seinen langen Reihen von

Ständen und Karren lag direkt vor ihm und dehnte sich nach rechts aus.

Ohne eine Pause einzulegen, wandte sich Devlin nach links. Weg vom Markt.

Child wurde langsamer.

Neugierig geworden, löste Therese ihre Hand von seinem Arm und ging weiter.

»Ich frage mich, wo er hingeht?«

Child holte sie ein, aber sein Blick war auf das Ende der Straße fixiert, und er bestand darauf, langsamer zu gehen.

»Er muss auf dem Weg zu einem Geschäftstreffen sein. Ich glaube, wir sollten ihn nicht stören.«

Therese überlegte einen Moment und runzelte dann die Stirn.

»Das ist ein seltsamer Ort für ein Geschäftstreffen.« Sie warf einen Blick zurück in Richtung *Strand*. »Aber er hat die Droschke weggeschickt, also hat er vermutlich vor, eine Adresse in der Nähe aufzusuchen.«

Sie blickte nach vorne und ging weiter.

Inzwischen hatten sie fast das Ende der Straße erreicht. Sie schaute Child an, doch dessen Blick war ausdruckslos geworden.

Abrupt hielt er inne. Er streckte die Hand aus und ergriff ihren Arm.

»Therese, ich finde wirklich, wir sollten Devlin seinen … Geschäften überlassen. Er wird nicht damit rechnen, uns zu sehen, und im Geschäftsleben kann man nie wissen, wie so eine unerwartete Überraschung ausgehen wird.«

Er zog sie behutsam, aber eindringlich zurück.

Therese seufzte und drehte ihren Arm, um sich aus seinem Griff zu lösen.

»Nun gut, wir werden nicht weiter als bis zur Ecke gehen«, gab sie sich geschlagen. »Aber ich würde gerne sehen, wohin er geht.«

Nach drei schnellen Schritten blieb sie im Schatten des Gebäudes zu ihrer Linken stehen und schaute die Straße hinunter in die Richtung, in die Devlin gegangen war.

Die berühmte Inigo-Jones-Kirche St. Paul befand sich auf der anderen Straßenseite gegenüber den Marktständen. Kein Wunder, dass Devlin dort nicht stehen geblieben war. Er war weiter die Straße entlanggegangen und hatte die Nordseite überquert bis zu einer langen Reihe alter Stadthäuser.

Während Therese zusah, hielt Devlin vor einem solchen Haus inne, stieg die drei Stufen zu der schmalen Veranda hinauf und schlug mit seinem Stock mehrmals an die Tür. Dann trat er zurück, richtete den Mantel und wartete.

Child zupfte an ihrem Ärmel. »Therese …«

»Einen Augenblick noch. Ich will sehen …«

Die Tür öffnete sich. Eine wunderschöne, schwarzhaarige Frau erschien, und ihr Gesicht strahlte zur Begrüßung.

Selbst aus dieser Entfernung konnte Therese das charmante, fast freudige Lächeln sehen, mit dem ihr Mann die Lady bedachte. Sie wechselten ein paar Worte, dann trat die Lady in ihrer entzückenden Fürsorglichkeit vor, hakte Devlin unter und führte ihn hinein.

Er folgte ihr ohne das geringste Zögern, und die Tür schloss sich hinter ihm.

Therese hätte nicht gedacht, dass Herzen tatsächlich brechen könnten, aber in diesem Augenblick geschah genau das mit ihrem. Eine riesige klaffende Wunde tat sich auf, und Eis strömte hinein, gletscherkalt, bis sie – mitsamt all ihrer Gefühle – eingefroren war.

Sie konnte nichts mehr fühlen – nicht ihre Hände, nicht ihre Füße, nichts von ihrem Körper oder gar ihrem Geist. Ihre Gedanken hatten sich abgeschaltet. Sie konnte nicht denken.

Neben ihr fluchte Child leise. Ihr Gehör funktionierte also noch.

Vorsichtig, weil sie fürchtete, sie könne stürzen, wenn sie sich zu schnell bewegte, drehte sie sich um und ging mit bedächtigen Schritten die Southampton Street hinunter.

Child lief neben ihr her. Sie spürte, wie er ihr Gesicht musterte. Als sie sich der *Strand* näherten, druckste er herum, als ob er etwas sagen wollte, doch aus den Augenwinkeln sah sie, dass er stattdessen die Lippen grimmig schürzte, und als sie am Rande des Bürgersteigs anhielten, schüttelte er den Kopf.

Ohne ein Wort zu sagen, bot er ihr seinen Arm an.

»Lassen Sie sich wenigstens über die Straße und zu Ihrer Kutsche bringen«, bat er, als sie ihn nur stumm anstarrte.

Zögernd, als ob sie an der Berührung eines Mannes zerbrechen würde, legte sie ihre Finger leicht auf seinen Ärmel.

Er sagte nichts weiter, sondern begleitete sie über die Straße und zu ihrem wartenden Gefährt, half ihr beim Einsteigen und wies Munns an, zur Park Lane zu fahren. Dann kletterte Child zu ihrer Überraschung ebenfalls hinein und setzte sich neben sie.

Sie brachte nicht die Kraft auf, zu protestieren. Stattdessen schwieg sie und zum Glück tat er das Gleiche.

*

Als die Kutsche vor den Stufen von Alverton House anhielt, wusste Therese, was sie zu tun hatte.

Sobald Dennis die Tür öffnete, kam sie Child zuvor und stieg ohne fremde Hilfe aus. Den Kopf hocherhoben, das Gesicht eine sorgfältig kontrollierte Maske mit versteinerten Zügen, ging sie zügig die Stufen hinauf und durch die Tür, die von Portland schwungvoll geöffnet wurde.

Im Flur blieb sie stehen und begann, ihre Handschuhe auszuziehen.

Schritte waren ihr aus der Kutsche gefolgt.

»Lord Child.«

»Guten Tag, Portland.«

»Es ist mir eine Freude, Sie wiederzusehen, Mylord.«

»Danke.«

Trotz des Gesprächs zwischen Child und Portland wusste Therese, dass Childs Blick auf ihr ruhte. Er war besorgt, wusste aber nicht recht, was er tun sollte. *Gut.*

Nachdem es ihr gelungen war, ihre Handschuhe und ihre Mütze auszuziehen, wandte sie sich an die beiden Männer.

»Portland, bitte informieren Sie das zuständige Personal, dass ich sofort mit dem Abendzug in das Priorat fahren werde.«

Ihr Tonfall ließ Portland aufhorchen. »Mylady?«

Die Überraschung und die aufkeimende Besorgnis des Butlers ignorierend, reichte sie ihm ihre Mütze und ihre Handschuhe.

»Die Kinder werden natürlich mit mir reisen«, fuhr sie in gleichmäßigem, ungekünsteltem Tonfall und mit eiserner Entschlossenheit fort. »Bitte informieren Sie sofort ihre Nanny, Sprockett.« Sie warf einen Blick auf die Uhr an der nahen Wand. »Schicken Sie einen Lakaien, um ein Abteil zu reservieren. Außer den Kindern nehme ich Sprockett und beide Kindermädchen sowie Parker, Morton und Dennis mit – weisen Sie denjenigen, den Sie schicken, an, uns allen Fahrkarten zu besorgen. Und ich nehme an, Cook sollte besser einen Korb mit Essen für die Kinder vorbereiten – wir werden während ihrer Essenszeit reisen.«

Portland warf einen Blick auf Child, dann wandte er sich wieder ihr zu.

»Mylady, vielleicht ...«

»*Sofort*, Portland.«

Niemand – niemand – *widersprach ihr*, wenn sie in diesem Ton Befehle gab.

Portlands Miene verfinsterte sich und er verbeugte sich.

»Natürlich, Mylady.« Auch er warf einen Blick auf die Uhr.

»Ich möchte das Haus um fünf Uhr verlassen«, erklärte sie. »Ich möchte rechtzeitig am Bahnsteig sein, um unser Abteil finden und die Kinder unterbringen zu können.«

Die Konzentration auf die praktischen Aspekte der Reise half ihr, die stürmischen, turbulenten Emotionen, die in ihr tobten, unter Kontrolle zu halten. Sie konnte sich nicht damit befassen, nicht jetzt, nicht solange sie nicht einmal an das denken konnte, was sie gesehen hatte, ohne sich hilflos und angeekelt und so *verletzt* zu fühlen. So dumm.

So verraten.

Sie riss ihren Verstand vom Rand des Strudels zurück, der darauf wartete, sie in den Abgrund zu reißen. Wenn sie sich hineinfallen ließe, würde sie schimpfen und toben, aber sie hatte Kinder und einen Haushalt zu führen; sie konnte es sich nicht leisten, schwach zu werden.

Zumindest nicht, bis ich sicher in meinem Zimmer im Priorat bin, außer Sicht- und Hörweite von allen.

»Sagen Sie Parker, dass ich mich nicht umziehen werde – ich werde so gehen, wie ich bin. Sie wird wissen, was gepackt werden muss.«

»Ja, Mylady.« Portland verbeugte sich.

Ohne Child eines Blickes zu würdigen, drehte sich Therese um und ging in das kleine Empfangszimmer, das sie als ihren privaten Salon nutzte.

Hinter ihr hörte sie, wie Child Portland etwas zuraunte, dann kam er hinter ihr her.

Die Lippen unnachgiebig zusammengepresst, erreichte sie ihr Refugium, öffnete die Tür, ging hinein und warf die Tür hinter sich ins Schloss. Dann ging sie auf den Schreibtisch zu, auf dem ihr Kalender lag, aufgeschlagen auf der Seite für die laufende Woche.

Child folgte ihr ins Zimmer und schloss die Tür.

»Therese …«

»Ich würde es vorziehen, nicht über das zu sprechen, was wir gesehen haben.« Sie umrundete den Schreibtisch, blieb stehen und fügte in demselben streng kontrollierten und distanzierten Tonfall hinzu: »Und Sie haben weder die Erlaubnis noch das Recht, sich in das einzumischen, was ich zu tun gedenke.«

»Nein, das habe ich natürlich nicht.« Child holte tief Luft und sagte dann vorsichtig: »Ich kann Sie nur bitten, die Dinge zu überdenken.«

Sie schaute auf ihren Kalender und überflog die Einträge für die nächste Woche.

Er trat näher heran. »Bitte. Sie sollten die Möglichkeit bedenken …«

»Ich kann nicht.« Antwortete sie, ohne aufzublicken. Als sie es dann doch tat, sah sie Childs Stirnrunzeln.

»Was können Sie nicht?«, fragte er.

»Ich kann nicht *denken*.« Sie senkte wieder den Blick und stellte fest, dass sie für die kommende Woche keine Termine zugesagt hatte, für die sie nicht einfach eine Entschuldigung schreiben konnte. Sie klappte den Kalender zu, nahm ihn von der Platte und wandte sich an Child. »Ich kann nicht nachdenken, nicht darüber. Wenn ich es tue, werde ich …« Der Sturm in ihrem Inneren ließ sich nicht mehr kontrollieren. Sie holte schnell Luft, hielt sie an und drückte die aufgewühlten Emotionen weg. Dann wedelte sie mit einer Hand und sagte mit schwacher Stimme: »… explodieren. In eine Million Stücke zerplatzen.«

Child sah sie besorgt an. Er musterte ihre Miene und presste die Lippen aufeinander.

»Dann lassen Sie mich für Sie denken«, schlug er schließlich vor. »Was wir gesehen haben …« Er holte tief Luft. »Es muss eine rationale Erklärung geben. Etwas anderes als die Schlussfolgerung, zu der Sie offensichtlich gelangt sind.«

»Nur wenn es jetzt üblich sein sollte, Geschäfte mit schönen Frauen zu machen, die in Häusern am Covent Garden wohnen …« Sie brach ab, legte den Kopf schief und räumte ein: »Nun, man könnte wohl sagen, dass es zumindest *ein* Gewerbe gibt, das schöne Frauen seit Langem in den Häusern am Covent Garden betreiben. Sie verstehen, was ich meine?«

Child biss die Zähne zusammen. »Ich kenne Devlin schon mein ganzes Leben. Leichte Mädchen und Ballettmädchen waren nie sein Stil.«

»Tatsächlich?« Sie zog die Brauen hoch. »Aber Sie kennen ihn schon seit zig Jahren nicht mehr. Jetzt ist er verheiratet, wer weiß, welchen *Stil* er nun hat?« Erregt sah sie Child in die Augen. »*Sie* wissen das ganz sicher nicht.«

Child schloss den Mund und presste die Lippen zusammen.

Sie nickte. »Eben.« Sie trat um den Schreibtisch herum und ging an ihm vorbei. »Wenn Sie mich jetzt entschuldigen würden ...!«

Er drehte sich um und ergriff ihren Ärmel. »Therese, ich bitte Sie ...«

»Nein!« Sie hielt inne, schloss die Augen und kämpfte mit zusammengebissenen Zähnen darum, ihr Temperament im Zaum zu halten. Sie scheiterte. Aber dies war eine andere Art von Wut, eine ohne Hitze. Es war eine kalte, rasende Wut, die ausbrach und jeden Winkel ihres Geistes erfüllte. Sie war verletzt, *verwundet*, und es kümmerte sie nicht mehr, ob man es ihr ansah.

Sie öffnete die Augen und stürzte sich auf Child. Was er in ihrem Gesicht, in ihren Augen sah, ließ ihn verzagen und einen Schritt von ihr zurücktreten. Aus schmalen Augen sah sie ihm ins Gesicht.

»Gestern hat mein Mann mir gesagt, dass er mich liebt. Zum ersten Mal. Er hat es mir gesagt, und er hat mich dazu gebracht, es zu glauben. Heute Morgen hat er dieses Versprechen wiederholt und mich davon überzeugt, dass ich endlich ...« Ihre Stimme brach, aber sie fuhr fort: »... etwas Kostbares haben könnte, von dem ich nicht einmal wusste, dass ich mich jahrelang danach gesehnt habe.«

Sie holte tief Luft und hielt den Atem an. Ihre Beschreibung war treffend gewesen: Sie fühlte sich, als würde sie innerlich in scharfe, zerklüftete, gefrorene Stücke zerbrechen. Die aufgewühlte Wut in ihrem Kopf trieb ihr eine einzige brennende Frage in den Mund, und sie spießte Child mit ihrem Blick auf.

»Kann ein Mann wirklich zwei Frauen gleichzeitig lieben?«

Angesichts dieser glühenden Wut und der instinktiven Erkenntnis, dass er sie nicht erreichen konnte, antwortete Child mit verzweifelter Offenheit: »Fragen Sie mich nicht. Ich habe mich nicht einmal in eine Frau verliebt, geschweige denn in zwei.«

»Selbst wenn er glaubt, dass er mich liebt, wünschte ich, er hätte es mir nicht gesagt, denn was er mit Liebe meint, ist offensichtlich nicht das, was ich geglaubt habe! Ich hätte lieber in seliger Unwissenheit weitergemacht.« Ihre Augen funkelten. »Was erwartet er von mir? Dass ich ihn teile?«

Darauf gab es keine brauchbare Antwort. Er fühlte sich völlig hilflos – und war froh, dass sie nicht seine Frau war –, als ein Klopfen an der Tür sie dazu brachte, sich umzudrehen.

»Ja?«, fragte sie mit eisiger Stimme.

Portland trat ein, gepanzert mit der unerschütterlichen Unerschrockenheit eines erfahrenen Butlers.

»Mylady, Sprockett möchte wissen, wie lange Sie voraussichtlich im Priorat bleiben werden. Außerdem ist Dennis mit den nötigen Fahrkarten zurückgekehrt und hat bestätigt, dass der Zug um fünf nach sechs abfahren soll.«

Therese nickte knapp. »Ich danke Ihnen. Bitte sagen Sie Sprockett, dass sie sich auf mindestens zwei Wochen auf dem Lande einstellen soll. Rufen Sie mich, wenn alle in der Halle und bereit zur Abreise sind.«

»Ja, Mylady.« Portland verbeugte sich und zog sich zurück.

Child hätte sich am liebsten ebenfalls zurückgezogen, aber der Drang, sich für seinen alten Freund einzusetzen, ließ nicht nach. Als Therese sich wieder zu ihm umdrehte, versuchte er es erneut.

»Therese, begreifen Sie doch – es ist durchaus möglich, dass Sie zu einem völlig falschen Schluss gekommen sind. Und ja, ich gebe zu, dass ich Ihnen keine andere Erklärung für das, was Devlin getan hat, anbieten kann. Aber warten Sie wenigstens, bis er nach Hause kommt, und geben Sie ihm die Chance, es zu erklären.«

Ihre Augen, die bis dahin hart wie Eis gewesen waren, schimmerten nun besorgniserregend.

»Wenn er zurückkommt, nachdem er bei ihr war?«

Der Schmerz, der hinter diesen Worten steckte, durchbohrte ihn, und er holte tief Luft.

»Sie beide müssen lernen, miteinander zu reden«, presste er dann hervor. »Das scheint Ihnen bisher nicht besonders gut gelungen zu sein.«

Sie schien sich zu sammeln. Er konnte fast sehen, wie sie ihre Emotionen zügelte und fesselte, sie zu einem Panzer verschmolz, einem gehärteten Schutzschild, der ihr Innerstes umgab. Dann hob sie den Blick zu seinem Gesicht.

»Wenn Devlin mit mir sprechen möchte, weiß er, wo er mich findet. Aber jetzt muss ich gehen, um Raum zwischen uns zu schaffen, damit ich mich beruhigen und nachdenken kann.« Sie schickte einen kalten Blick in seine Richtung. »Das ist es doch, was Sie von mir erwarten: Ich soll nachdenken?«

»Ja, aber ...«

Ihr Temperament flammte wieder auf; er sah es in ihren Augen.

»Können Sie mir eine andere Erklärung für das geben, was wir gesehen haben?« Als er zögerte, fuhr sie wütend fort: »Und kommen Sie mir jetzt nicht mit ›geschäftliche Verabredung‹. Ich habe genug über seine Geschäftsinteressen erfahren, um zu wissen, dass keines der Unternehmen, mit denen er zu tun hat, Büroräume in Covent Garden unterhält.«

Wieder gab sie ihm das Gefühl, hilflos zu sein.

»Es wird eine vernünftige Erklärung geben«, versicherte er dennoch. Als sie ihm einen abweisenden Blick zuwarf und sich verärgert abwandte, platzte er heraus: »Ich weiß ganz genau und ohne jeden Zweifel, dass er nicht gelogen hat, als er sagte, dass er Sie liebt.«

Therese wandte sich halb von ihm ab und erstarrte.

Sie schloss die Augen, atmete tief ein und versuchte, ihr Bewusstsein von dem brodelnden Tumult in ihrem Inneren loszureißen. Angestrengt bemühte sie sich, das zu tun, was Child von ihr verlangt hatte – zu denken –, aber wie sie bereits gestanden hatte, konnte sie es einfach nicht. Sie stand unter Schock und ihr Schmerz hatte jedes rationale Denken ausgeschaltet. In diesem Moment konnte sie nur noch fühlen. Und alles, was sie fühlte, verstärkte nur den instinktiven Drang, zu fliehen – zu der Sicherheit, die sie im Priorat stets gefunden hatte.

Ihr war bewusst, dass sie davonlief, aber mehr konnte sie zu diesem Zeitpunkt nicht tun.

Wenn sie erst einmal die Gelegenheit gehabt hatte, ihre Verletzungen genauer zu betrachten und ausreichend starke Mauern um ihr Herz zu errichten, würde sie es vielleicht über sich bringen, Devlin zu treffen und ihn anzuhören. Doch jedes Mal, wenn sie an ihn dachte, tauchte in ihrem Kopf das Bild auf, wie er die Frau in Covent Garden so charmant anlächelte, und sie sah den Gesichtsausdruck der Frau vor sich. Das vergrößerte ihren Schmerz nur noch. Sie musste hier weg.

»Hören Sie.« Child war näher herangetreten. »Ich weiß, ich bin erst vor Kurzem zurückgekehrt, aber es ist sonnenklar, dass Sie und Devlin die Chance auf etwas Besonderes in Ihrem Leben haben. Etwas, das nicht allen von uns vergönnt ist. Ich will nur sagen, werfen Sie das nicht einfach weg.«

Sie holte tief Luft, dann öffnete sie die Augen und schaute Child an.

Ein Klopfen an der Tür lenkte sie ab.

»Alle sind bereit, Mylady«, rief Portland, »und die Kutschen stehen vor der Tür.«

»Danke.« Ohne Child eines weiteren Blickes zu würdigen, ging sie zur Tür.

Er stieß einen resignierten Seufzer aus und folgte ihr mit hängenden Schultern.

Therese betrat die Halle und sah alle warten. Ihre Miene wurde weicher, als die Kinder sie erwartungsvoll anblickten. Für sie rang sie sich ein Lächeln ab.

»Wir fahren ins Priorat, meine Lieblinge.«

Mit einem Nicken in Richtung Sprockett ließ sich Therese von Parker ihre Haube geben und setzte sie auf, dann zog sie ihre Handschuhe an.

Sie wandte sich an die Kinder und lächelte wieder. »Sind wir alle bereit?«

»Ja!«, antworteten die Jungen und stürzten vor, um sie an den Händen zu fassen.

Sie schenkte auch Horry, die sicher auf Sprocketts breiter Hüfte thronte, ihr Lächeln und ließ sich dann von den Jungen vorwärtsziehen.

Während ihr Tross sich hinter ihr aufbaute, wandte sie sich zur Tür und warf einen Blick auf Child.

Er war weiter hinten im Flur stehen geblieben. Seine Miene verriet seine Frustration, zudem wirkte er beunruhigt. Offensichtlich glaubte er, dass sie einen Fehler beging.

Nun, das mochte sein. Dennoch schaute Therese nach vorne und ließ sich von ihren Söhnen aus dem Haus, über die Veranda und hinunter zu den Kutschen führen.

Im Schatten der Halle beobachtete Child, wie die Gruppe die Kutschen bestieg, die sie zum Bahnhof bringen sollten. Widerwillig akzeptierte er, dass es keine Möglichkeit gab, Thereses Abreise zu verhindern, obwohl alles, was er in seinem Leben über Devlin gelernt hatte, darauf hindeutete, dass es sich hier nur um ein schreckliches Missverständnis handeln konnte.

Er war der festen Überzeugung, dass Devlin einen absolut vernünftigen und akzeptablen Grund für den Besuch bei einer schönen Frau in Covent Garden gehabt hatte. Zumal er mitten am Tag dort gewesen war.

Innerlich konnte er nur den Kopf schütteln und musste sich eingestehen, dass er mit Spannung darauf wartete, zu erfahren, wie diese Erklärung wohl lauten mochte.

Er sah zu, wie sich die kleine Kavalkade in Bewegung setzte.

Als Portland zurücktrat, die Tür schloss und sich

dann zu Child umdrehte, hob dieser niedergeschlagen die Hände.

»Ich warte in der Bibliothek. Wenn Alverton eintrifft, sagen Sie ihm bitte sofort, dass ich da bin.«

Portland verbeugte sich. »Sehr wohl, Mylord. Rufen Sie bitte, falls Sie etwas benötigen sollten.«

Child nickte und wandte sich zur Bibliothek.

Es hatte sich nur wenig verändert, seit er das letzte Mal in diesem Haus gewesen war. Damals war er viel jünger gewesen, und Devlin auch.

Damals waren sie unbekümmerte Gentlemen in der Stadt gewesen. Und jetzt …

Der Tantalus stand an derselben Stelle, an der er immer gestanden hatte. Child schenkte sich einen anständigen Schluck von Devlins Whisky ein, dann ging er zu einem der großen Ledersessel, die vor dem Kamin standen, und ließ sich darin nieder.

Er nippte an seinem Drink, wartete und grübelte über die Lage seines alten Freundes nach.

Dramen dieser Art trieben ihn normalerweise in die Flucht. Aber hier ging es um Devlin, und er musste zugeben, dass er Therese und ihre oft bissigen Bemerkungen trotz ihrer offenkundigen Versuche, ihn mit einer geeigneten Lady zu verkuppeln, ziemlich lieb gewonnen hatte.

Im Grunde glaubte er nicht an die Liebe, aber er hatte Therese die Wahrheit gesagt – er wollte nicht, dass sie und Devlin sinnlos die Chance vergeudeten, eine auf Liebe basierende Ehe zu führen.

Er dachte einige Minuten lang darüber nach und sagte dann mürrisch: »Verdammt will ich sein, wenn ich sie jetzt im Stich lasse.«

Child hob das schwere Kristallglas und trank einen großen Schluck. Er weigerte sich kategorisch, diese Ehe schei-
tern zu lassen, solange er auch nur die geringste Chance
sah, es zu verhindern.

Kapitel 13

Um zwanzig Minuten nach fünf Uhr stand Devlin vor seiner Haustür. In der Hand hielt er das gut verpackte Paket, von dem er überzeugt war, dass es das perfekte Geschenk für Thereses Geburtstag in zehn Tagen sein würde.

Er zückte seinen Schlüsselbund, schloss auf und schlich ins Haus. Nachdem er die Tür vorsichtig geschlossen und alles getan hatte, um keinen seiner Angestellten zu alarmieren, ging er leise den Flur hinunter und schlüpfte in sein Arbeitszimmer.

Er schloss die Tür zum Arbeitszimmer und atmete aus. Amüsiert über seine Bemühungen, das Paket absolut geheim zu halten, ging er an seinem Schreibtisch vorbei zu der Wand dahinter und schwenkte das Bild, das dort hing, beiseite, um den Safe freizulegen.

Nachdem er den Schlüssel von seinem Schreibtisch geholt, eingesteckt und das Schloss geöffnet hatte, betätigte er den Riegel und zog die schwere Tür auf. Er legte das Paket hinein, dann trat er einen Schritt zurück und betrachtete es.

Er konnte nicht anders, als mit sich selbst zufrieden zu sein. Alles passte perfekt.

Nach einem Moment schloss er die schwere Klappe, zog den Riegel nach unten, verschloss den Tresor und zog den Schlüssel ab. Dann drehte er sich zum Schreibtisch um und legte den Schlüssel in die Geheimschublade zurück. Als er sie zuschob, ließ ihn ein Geräusch aufblicken, das wie ein Schnauben klang.

Die Tür zwischen dem Arbeitszimmer und der Bibliothek stand offen und Child lümmelte im Türrahmen. In einer Hand hielt er ein Glas mit einer Flüssigkeit, bei der es sich nur um seinen Lieblingswhisky handeln konnte.

Bevor er sich erkundigen konnte, was er dort zu suchen hatte, stieß Child sich vom Türrahmen ab und wedelte mit seinem Glas.

»Ich habe Neuigkeiten, die dir nicht gefallen werden, alter Mann. Deine Frau hat dich verlassen.«

Devlin starrte Child an, als er auf ihn zuschlenderte.

»Wie viel hast du getrunken?«, fragte er dann gefasst.

»Glaub mir, nicht annähernd genug.« Child ließ sich in einen der Sessel vor dem Schreibtisch fallen, und Devlin sah, dass die Miene seines alten Freundes ungewöhnlich ernst und sein Blick aus bernsteinfarbenen Augen fest und fast anklagend war. »Lass mich erzählen, was passiert ist.« Child deutete mit einem langen Finger auf den Stuhl hinter dem Schreibtisch. »Ich schlage vor, du setzt dich vorher hin.«

Devlin musterte Child noch einen Moment lang, dann gab er langsam nach. Er sah Child konzentriert ins Gesicht.

»Was soll das heißen, meine Frau hat mich verlassen?«

»Ich meine damit, dass sie die Kinder genommen hat und in das Priorat geflüchtet ist.«

»Was?« Devlin erstarrte. Er konnte es nicht fassen. Ein ungutes Gefühl machte sich in seiner Magengegend breit, aber ... Verwundert schüttelte er den Kopf. »Warum?«

»Erlaube mir, das aufzuklären«, antwortete Child geflissentlich. »Ich habe meinen Uhrmacher in der *Strand* aufgesucht und Therese im Spielzeugladen nebenan bemerkt. Kurz darauf kam sie heraus, wir trafen uns und unterhielten uns. Natürlich ist sie neugierig auf dich und mich. Dann sahen wir dich auf der anderen Straßenseite aus einer Droschke steigen.«

Stirnrunzelnd nickte Devlin. »Ich war bei der Bank.«

»Nun, der Punkt, der deine Frau interessierte, war nicht, wo du warst, sondern wohin du gingst. Sie sagte etwas davon, dass sie dich einholen und außerdem noch ein paar Blumen für das Haus besorgen wolle, aber es war auch für den Dümmsten offensichtlich, dass das ›dich einholen‹ für sie das Wichtigste war. Ich half ihr, sich den Weg durch den Verkehr zu bahnen, und schlenderte neben ihr her. Weiter oben in der Southampton Street hatten wir dich im Blick, aber anstatt in Richtung der Marktstände abzubiegen, bist du links abgebogen.«

Devlin schob den Kiefer vor, sein Blick war unverwandt auf Child gerichtet.

Er nickte. »Sprich weiter.«

»Ich habe versucht, sie aufzuhalten, aber sie wollte nicht. Sie bestand darauf, zu sehen, wohin du gehst.«

»Und?«

»Sie hat gesehen, wie du an die Tür eines Stadthauses geklopft hast und wie dich eine hübsche, dunkelhaarige Lady wie einen lang vermissten Freund begrüßt hat.«

»Ich habe die Frau doch gerade erst kennengelernt!«

»Wie dem auch sei, es schien, als sei sie erfreut, dich zu sehen. Überaus erfreut, wenn ich das so sagen darf. Nun, du hast charmant gelächelt, hast ihr erlaubt, in einer sehr freundlichen, um nicht zu sagen vertrauten Weise deinen Arm zu nehmen, und bist mit ihr hineingegangen.«

»Natürlich war sie verdammt erfreut, mich zu sehen! Ich hatte einen Wechsel über tausend Pfund für sie in meiner Tasche.«

Verblüfft starrte Child ihn an. »Tausend?« Er blinzelte. »Ich weiß, dass ich schon lange nicht mehr in London war, aber das scheint mir doch ein bisschen viel für die Dienste einer solchen Lady.«

Devlin schloss die Augen, dann hob er eine Hand und kniff sich in den Nasenrücken. Sein Leben geriet aus den Fugen und natürlich war Child in so einem Moment nicht fern.

Nach einer Sekunde ließ Child seine Fassade fallen.

»Sprich mit mir, alter Mann«, forderte er. »Was war da los?«

»Sie war nicht diese Art von Frau«, stieß Devlin zähneknirschend hervor.

»Davon gehe ich aus.«

Er riss die Augen auf. »Und du hast es Therese nicht gesagt?«

»Ich habe es versucht.« Child setzte eine grimmige Miene auf. »Der Himmel stehe mir bei, das habe ich – mehrmals! –, doch sie wollte nichts davon hören.«

Devlin wusste, dass seine Frau ein stürmisches Temperament hatte, aber er hatte sie noch nie so außer sich erlebt, dass sie vernünftigen Argumenten nicht mehr zugänglich war.

»Ich habe es ihr gesagt … erst heute Morgen habe ich ihr gesagt, dass ich sie liebe.« Unwillkürlich verhärteten sich seine Gesichtszüge. »Und Stunden später sieht sie, was du beschrieben hast, und unterstellt mir sofort das Schlimmste.«

Child legte nachdenklich den Kopf auf die Seite. »Sie hat dein Geständnis erwähnt, aber soweit ich das verstanden habe, hat sie es eher so interpretiert: ›Er hat mir gesagt, dass er mich liebt, aber in Wirklichkeit liebt er sie mehr – oder mindestens genauso sehr.‹«

Ein Schraubstock hatte sich um Devlins Brust gelegt und schien sich mit jedem Atemzug zu verengen.

»Sie dachte, ich würde sie betrügen.«

Verrat an ihrer Liebe. Wie hatten die Dinge nur so aus dem Ruder laufen können?

Child beobachtete ihn über den Rand des Glases hinweg.

»Du hast mir immer noch nicht gesagt, wer die reizende Lady war«, stellte er fest.

»Das ist Madame Fabergé, die Frau eines der russischen Juweliere, die ihre Waren auf der Ausstellung gezeigt haben.« Devlin erläuterte kurz, warum er in das Stadthaus in der Henrietta Street gegangen war. »Sie mussten eine Wohnung anmieten und haben dabei wie die meisten ausländischen Geschäftsleute, die London besuchen, festgestellt, dass ihr Budget für eine Unterkunft in einer der besseren Gegenden nicht ausreichte.«

Child nickte. »Und dieses Geschenk, das du geholt hast, das hast du in den Safe gelegt?«

»Es ist ein fantastisches Kunstwerk. Ich wollte Therese damit überraschen.«

Erst allmählich begriff er, dass seine Frau nicht mehr im Haus war. Doch mit dem Begreifen wuchs auch sein Gefühl, verkannt worden zu sein, und die Wut, die in ihm aufstieg, war ein hartes Gefühl, das alle sanfteren Gefühle ausschloss. Er konnte die Tatsache nicht ertragen, dass sie ihm selbst nach seinem Geständnis vom Morgen nicht vertraute – nicht einmal genug, um ihm eine Chance zu geben, das zu erklären, was sie gesehen hatte.

Child hatte ihn aufmerksam gemustert. Devlin hatte keine Ahnung, was sein Jugendfreund in seinem Gesicht lesen konnte, aber nach einem weiteren Moment rührte sich Child.

»Ich gebe zu, ich kenne sie nicht gut, aber …« Er hielt inne und starrte in sein leeres Glas, als würde er im Bodensatz nach Rat suchen. »Als wir hierher zurückkamen, schien sie … in Eis eingeschlossen zu sein. Innerlich und äußerlich gefroren. Irgendwie ist es mir gelungen, sie für einen Moment allein zu erwischen, und ich habe versucht, ein gutes Wort für dich einzulegen.« Sein Mund verzog sich zu einer selbstironischen Grimasse. »Ich wollte sie dazu bringen, dass sie darüber nachdenkt, aber sie sagte, sie könne es nicht.« Child schaute auf und blickte Devlin in die Augen. »Sie könne nicht denken. Sie würde in Millionen Stücke zerspringen, wenn sie es täte.«

Child verzog das Gesicht.

»Du kennst mich – ich fand sie übertrieben dramatisch und habe ihr gut zugeredet. Ich habe ihr gesagt, dass du nicht gelogen hast, als du ihr sagtest, dass du sie liebst.« Child sah Devlin in die Augen. »Ich weiß nicht, wie ihr miteinander umgegangen seid oder warum es so lange gedauert hat, bis du zugegeben hast, dass du sie liebst, obwohl du es ganz offensichtlich tust. Aber was ich bei ihr gespürt habe …« Childs Miene verhärtete sich. Er setzte sich auf und stellte das leere Kristallglas vorsichtig auf den Tisch neben dem Stuhl. »Verdammt noch mal, Mann! Sie war so furchtbar *verletzt*.«

Das Kaleidoskop aus Fakten und Vermutungen, das in Devlins Kopf rotiert hatte, stoppte. Und er begriff …

Er spürte, wie das Blut aus seinem Gesicht wich, zusammen mit jeglichem Ausdruck.

»Was?«, fragte Child.

Devlins Verstand raste. In Windeseile führte er alle Fakten zusammen.

»Ich weiß nicht genau, warum, aber das Thema, dass ich sie liebe, ist … ein sehr empfindlicher Punkt für sie«, sagte er schließlich langsam. Er stockte, vergegenwärtigte sich diese Erkenntnis und tastete sich dann weiter vorwärts. »Ich wusste, dass es nicht leicht wird, sie davon zu überzeugen, dass ich sie liebe, selbst wenn ich meine Gefühle so weit wie möglich demonstriere und in unmissverständlichen Worten ausdrücke.« Er überlegte einen Moment. »Ich dachte, ich hätte es geschafft, aber …«

Sie war überraschend schnell zu dem Schluss gekommen, dass er sie trotz seines Verhaltens und entgegen all seinen Beteuerungen nicht wirklich liebte.

Weil ich meine Liebe zu ihr fünf Jahre lang verborgen habe?

Das musste es sein! Seine jahrelange Zurückhaltung und deren tief verwurzelte, nachhaltige Auswirkungen. Auswirkungen, die er unterschätzt hatte. Er hatte ihr noch nicht offenbart, dass er sie von Anfang an geliebt hatte, weshalb er die Schuld an ihrer gegenwärtigen Situation, ihrer beider Schmerz und Qualen trug.

»Es ist meine Schuld«, räumte er mit zusammengepresstem Kiefer und starrem Blick ein.

»Nun, ich kann nicht behaupten, dass mich das überrascht«, sagte Child scherzhaft. »Aber jetzt lautet die

Frage, was du tun kannst, um die Dinge wieder in Ordnung zu bringen, alter Knabe.«

Devlin hörte die Worte kaum. Der Schraubstock um seine Brust hatte sich auf ein fast unerträgliches Maß verengt. Wegen seiner Feigheit war nun alles, *alles*, was er gewollt und woran er gearbeitet hatte, so vieles, was ihm jetzt so lieb und teuer war, und vor allem die Zukunft, die er so gerne mit ihr geteilt hätte, in Gefahr.

Nein. Mit diesem Versagen wollte er sich nicht zufriedengeben. Er würde alles tun, was in seiner Macht stand, um seine – und ihre – Träume zu retten.

Er brauchte einen Plan.

Er fasste sich mühsam, versuchte, wieder klar zu denken, und dachte über das nach, was ihm Child über Thereses Reaktionen berichtet hatte.

»Sie liebt mich. Wenn sie mich nicht lieben würde, hätte sie sich nicht so verhalten.«

Child schnaubte. »Das begreifst du erst jetzt?«

Devlin ignorierte ihn, doch nach einem Moment konzentrierte er sich wieder auf Child.

»Hast du gesehen, welche Pferde vor die Kutsche gespannt wurden?«, erkundigte er sich.

Child runzelte die Stirn. »Füchse, glaube ich. Aber was tut das zur Sache? Sie sind doch nur zum Bahnhof gefahren.« Er warf einen Blick auf die Uhr. »Sie müssen jetzt fast da sein.«

»Zum Bahnhof?« Verblüfft starrte Devlin ihn an. »Sie nimmt den Zug?«

»Ja, habe ich das nicht gesagt? Sie hat Portland befohlen, ihr Fahrkarten zu besorgen.«

Devlin knurrte, drehte sich um und sah auf die Uhr.

»Verdammt noch mal!«, fluchte er, dann richtete er sich auf und ging zur Tür.

Child wandte den Kopf und sah ihm hinterher. Er hörte, wie Devlin in der Halle Befehle rief und sich das Personal eilig in Bewegung setzte.

Child lehnte sich in seinen Sessel zurück, betrachtete das Glas, das er beiseitegestellt hatte, nahm es dann erneut und trank die letzten Tropfen.

Er senkte das schwere Kristallglas und schüttelte den Kopf.

»Wenn so etwas geschieht, wenn man sich verliebt, dann bin ich überglücklich, dass mir solche Scherereien erspart geblieben sind.«

*

Devlin brachte sein Gespann vor dem Londoner Endbahnhof der Great Northern Railway zum Stehen. Noch während die Räder rollten, warf er die Zügel seinem Pferdeknecht Mitchell zu, sprang hinaus und stürmte in den Bahnhof.

Er wich den Trägern und Fahrgästen in der Haupthalle aus und machte sich auf den Weg zu dem einzigen Bahnsteig, von dem Züge abfuhren. Obwohl er förmlich auf die graue Plattform stürmte, sah er nur noch, wie der hintere Teil des Zuges in einer Dampfwolke verschwand.

»Verdammt!« Er wurde langsamer und richtete sich auf. Keuchend stützte er sich mit einer Hand auf einen Pfosten und rang nach Luft – eine Aufgabe, die durch das immer enger werdende Band aus Eisen, das seine Lunge umklammerte, erschwert wurde.

Der Bahnhofsvorsteher hatte seinen rasenden Lauf bemerkt und kam herbeigeeilt, als er ihn erkannte.

»Mylord, wenn wir gewusst hätten, dass Sie den Zug erreichen wollen, hätten wir ihn zurückgehalten.«

Devlin gab sich Mühe, nicht aus der Haut zu fahren. Er und Therese fuhren abwechselnd mit dem Zug und mit der Kutsche zum Priorat. Der Zug war schneller, aber nicht viel, da sie am Zielbahnhof eine Kutsche nehmen mussten. Doch das Bahnhofspersonal kannte ihn vor allem als einen der Hauptaktionäre der Eisenbahngesellschaft.

Er winkte ab und versuchte sich unbekümmert zu geben.

»Es ist alles in Ordnung. Ich wollte die Countess erwischen, um noch ein Wort mit ihr zu wechseln, aber …« Er blickte den Mann an. »Wann geht der nächste Zug?«

»Morgen früh um zehn Uhr, Mylord«, antwortete der Bahnhofsvorsteher beflissen und offensichtlich bemüht, ihn zufriedenzustellen. »Wenn Sie es wünschen, stellen wir sicher, dass er auf Sie wartet …«

Devlin überlegte. Portland hatte ihm mitgeteilt, dass Therese ihr übliches Personal für die Reise mitgenommen hatte. Sie und die Kinder waren also ausreichend geschützt und würden das Alverton-Priorat gegen zehn Uhr nachts erreichen.

Es war bereits dunkel. Wenn er jetzt die Great North Road hinauffuhr, würde er erst in den frühen Morgenstunden im Priorat eintreffen.

Am vernünftigsten wäre es, den Morgen abzuwarten und den nächsten Zug nach Norden zu nehmen. Dann wäre er am frühen Nachmittag im Priorat.

Zu spät, sagte ihm sein Gefühl. Er musste Therese noch heute Abend sehen oder wenigstens vor dem nächsten

Morgengrauen. Er durfte nicht zulassen, dass ihr Missverständnis und die Verletztheit, die ihm zugrunde lag, auch nur einen Moment länger als nötig bestehen blieb. Dessen war er sich absolut gewiss.

Und er hatte die modernsten Laternen an seiner Karosse installiert.

Er schüttelte den Kopf und wandte sich wieder zum Bahnhofsvorsteher.

»Nein, halten Sie den Zug nicht für mich auf.« Der Mann wirkte fast enttäuscht und Devlin brachte ein schwaches Lächeln zustande. »Zweifellos werden Sie mich und die Countess sehen, wenn wir das nächste Mal in den Norden fahren.«

Jetzt lächelte der Mann und verbeugte sich. »Es wird uns eine Ehre sein, Mylord.«

Devlin zügelte seine Ungeduld und erlaubte dem Mann, ihn höflich von der Plattform und durch die Halle zu begleiten, bevor er sich unter dem verschnörkelten Eingang entschlossen von ihm verabschiedete.

Als er endlich frei war, ging er zu Mitchell, der dort wartete, und unterhielt sich mit ein paar Strolchen, die, angelockt durch die Zurschaustellung erstklassiger Pferde, näher herangekommen waren, um den Knecht mit Fragen zu löchern.

Mitchell sah Devlin herannahen und salutierte.

Die Bengel warfen einen Blick auf sein versteinertes Gesicht und zerstreuten sich.

Er setzte sich auf den Kutschbock und nahm die Zügel, als Mitchell sie ihm anbot. Während der Knecht hinter ihm Platz nahm, sortierte er die Bänder in seinen Händen und ließ die Pferde in Richtung Straße traben.

»Begleiten Sie mich zum Priorat?«, rief Devlin über die Schulter, als er auf die Straße in Richtung Westen eingebogen war. »Oder soll ich Sie lieber unterwegs absetzen, damit Sie mit einer Droschke zurück nach Alverton House fahren können?«

Er brauchte nicht hinzusehen, um zu wissen, dass Mitchell überrascht blinzelte.

»Was? Jetzt, Mylord?«

Devlin nickte nur.

Mitchell schnaubte, er fühlte sich von Devlins Vorschlag offenbar etwas in seiner Ehre gekränkt.

»Wenn es Ihnen nichts ausmacht, Mylord, möchte ich Sie nicht dazu nötigen, diese Schönheiten in die Obhut eines Stallmeisters zu geben, wenn Sie eine Pause einlegen. Ich bleibe bei Ihnen.«

Devlin lächelte leise. Er hatte nichts anderes erwartet, es aber für besser gehalten zu fragen. Da er mit seinen geliebten Braunen unterwegs war, musste er sie behutsam über eine solche Entfernung händeln. Unter diesen Umständen würde es mindestens acht Stunden dauern, bis er sein Landhaus erreichte.

Aber das war einerlei. Er hatte die feste Absicht, noch vor dem Morgengrauen wieder mit seiner Frau vereint zu sein.

*

In ihrem Abteil im dritten Erste-Klasse-Waggon, der auf den Schienen nach Norden ratterte, lehnte sich Therese in den Sitz und versuchte sich zu entspannen.

Entgegen der Fahrtrichtung saßen ihr Spencer und Rupert gegenüber. Spencer lehnte sich neben Rupert nach vorne, um seine Nase an das Fenster zu drücken, wahrscheinlich in dem vergeblichen Versuch, die gewohnten Wegmarken zu erkennen, von denen die beiden wussten, dass sie die Schienenstrecke säumten, wenn der Zug aus London hinausfuhr.

Aus Gewohnheit machte Therese eine Bestandsaufnahme der kleinen Gruppe. Auf dem Sitz gegenüber nahm Sprocketts ausladende Figur den Platz neben Spencer ein, während Horry zwischen Sprockett und Gillian, der Schlankeren der beiden Kindermädchen, eingekeilt war. Gillian spielte ein Fingerspiel, das Horry faszinierte und das kleine Mädchen bei Laune hielt. Therese selbst saß am Fenster auf dem Sitz in Fahrtrichtung, Parker neben ihr, und das andere Kindermädchen – die rothaarige Patty – nahm den Platz nahe der Abteiltür ein. Morton und Dennis saßen im Wagen der zweiten Klasse direkt hinter dem von Therese.

Therese, die sich träge und niedergeschlagen fühlte, blickte zum Fenster und starrte über die Köpfe ihrer Söhne hinweg auf die Häuser, die im Dunkel der Nacht kaum zu erkennen waren. Im Abteil gab es keine Lampen – das einzige Licht im Zug stammte von winzigen Lampen im Gang nebenan –, und der gelegentliche Schimmer einer Laterne draußen erhellte nur wenig von der tristen Landschaft und bot ihr keine Ablenkung. Es gab nichts, was ihre Gedanken davon abhielt, sich nach innen zu kehren, und nichts, was verhinderte, dass sie sich ihres angeschlagenen und geschundenen Herzens bewusst wurde.

Der Schmerz, ein dumpfer, pochender Schmerz, war real. Sie hatte die Vorstellung, dass das Herz durch emotionale Ereignisse körperlich verletzt wurde, immer für eine melodramatische Metapher gehalten, aber jetzt konnte sie bezeugen, dass Herzschmerz ein sehr reales Leiden war.

Der Zug ratterte weiter, und die Jungen gaben es auf, in

die Nacht zu spähen. Stattdessen aßen sie das, was die Köchin ihnen als Abendessen eingepackt hatte: Brot, Obst und Käse. Schon während sie auf den Zug warteten, hatten sie die Pasteten verschlungen, die eigentlich als ihre Hauptmahlzeit vorgesehen gewesen waren. Dankbar für die Ablenkung setzte Therese Horry auf ihren Schoß und fütterte ihre Tochter im Halbdunkel mit Brot-, Apfel- und Käsestücken. Als die Kinder satt waren, wurden sie schläfrig, und Therese und Sprockett ließen die drei ein Nickerchen machen. Rupert und Spencer rollten sich gegenüber von Therese zusammen und Horry kuschelte sich auf Sprocketts breiten Schoß.

Therese lehnte sich zurück. Doch als es im Abteil still wurde, starrte sie mit leerem Blick ins Dunkel hinter dem Fenster, und unweigerlich geriet ihr innerer Tumult wieder ins Zentrum ihrer Aufmerksamkeit.

Es kostete sie einige Zeit und Willenskraft, um ihren Geist zu zwingen, sich auf das Geschehene zu konzentrieren – auf jenen einen Moment, der der Ursprung ihrer Angst, ihres emotionalen Aufruhrs war. Jedes Mal, wenn sie sich an die Szene erinnerte, sträubte sich ihr Verstand. Sie geriet aus der Fassung und wäre gern ausgewichen, doch sie hielt verbissen daran fest und kehrte wieder und wieder dorthin zurück.

Sie zwang sich, den brutalen Moment vor ihrem inneren Auge zu wiederholen, zu beobachten, zu erkennen und einzuordnen, was sie gesehen hatte. Die schöne, etwas üppige, dunkelhaarige Frau, deren Gesicht bei Devlins Anblick zur Begrüßung freudig aufleuchtete. Sie zwang sich, noch einmal das charmante Lächeln heraufzubeschwören, das er der Frau zugeworfen hatte.

Rücksichtslos zwang sie sich, alles zu rekapitulieren, jede Sekunde zu betrachten und zu analysieren, ganz gleich, wie schmerzhaft es auch sein mochte. Es war nun mal geschehen. Sie hatte es mit eigenen Augen gesehen, und nun musste sie einen Weg finden, mit dem Ergebnis umzugehen. Mit all dem, was sie empfand.

Sie atmete tief und emotional aufgewühlt ein.

Sie hatte Child die ungeschönte Wahrheit gesagt – dass sie wünschte, Devlin hätte nie behauptet, sie zu lieben. Hätte er es ihr nicht gesagt und sie nicht dazu gebracht, es zu glauben, wäre es zwar immer noch schmerzhaft gewesen zu erfahren, was sie an diesem Tag mit eigenen Augen gesehen hatte, aber der Schmerz wäre vergleichsweise klein gewesen. Nichts im Vergleich zu der rohen, klaffenden Wunde, die sie jetzt zeichnete.

Hätte er ihr nicht gesagt, dass er sie liebte, wäre die ganze Episode emotional längst nicht so katastrophal gewesen.

Der Zug ratterte und schwankte, während sie sich darüber den Kopf zerbrach ... bis ihr ein Gedanke kam, der sie zweifeln ließ.

Warum hatte Devlin ihr gesagt, dass er sie liebte?

Weshalb tat er das, wenn es nicht so war? Warum sollte er sich die Mühe machen, die er, wie sie im Rückblick auf die letzten Wochen feststellen konnte, aufgebracht hatte, um mehr Zeit mit ihr zu verbringen? Es waren Stunden gewesen, in denen er sie ermutigt hatte, sich ihm zu nähern und mehr in sein Leben einzutauchen, und in denen er umgekehrt jede Gelegenheit genutzt hatte, um ihr näherzukommen.

Sie zog die Stirn in Falten. Das ergab keinen Sinn – dabei war Devlin doch so ein höchst rationaler Mensch. Und er war auch nie ein grausamer Mensch gewesen. Niemals hätte sie gedacht oder gar behauptet, dass er zu so etwas imstande wäre.

Warum sollte er ihr also etwas sagen, von dem er wusste, dass es nicht der Wahrheit entsprach? Warum sollte er ihr etwas erzählen, was er selbst nicht glaubte?

Sie blinzelte und hob den Kopf, als sich ein anderer Gedanke aus dem Gebräu von Schmerz und Elend erhob, das ihr Begriffsvermögen vernebelte. Er hatte ihr nicht nur gesagt, dass er sie liebte, er hatte es ihr auch gezeigt. Und einige dieser Vorfälle – wie zum Beispiel, dass er Child geschlagen hatte – waren für ihn genauso überraschend gewesen wie für sie.

Hatte sie zu viel in sein Verhalten hineingelesen? War er bei diesen kleinen und großen Vorfällen eifersüchtig oder nur besitzergreifend gewesen? Sie wusste sehr wohl, dass Letzteres nicht unbedingt auf Liebe zurückzuführen sein musste, vor allem nicht in ihren Kreisen.

Und doch ... warum hatte er nach fünf Jahren ehelicher Harmonie alles darangesetzt, sie aus dem Konzept zu bringen und ihr Verständnis von der Grundlage ihrer Ehe zu verändern?

Soweit sie sehen konnte, hatte er keinen Grund dazu gehabt.

Sie fühlte sich immer noch zutiefst verletzt, aber jetzt war sie auch durcheinander und verwirrt. Seit über fünf Jahren lebte sie an Devlins Seite; da konnte sie seinen Charakter doch nicht so völlig falsch eingeschätzt haben. Oder etwa doch?

Dann erinnerte sie sich an ihr Liebesspiel in der vergangenen Nacht. Sie erinnerte sich an das Gefühl der wachsenden Nähe, der eskalierenden Intimität und der tieferen und intensiveren emotionalen Verbindung. Und an ihre Gewissheit, dass er auf seinen emotionalen Schutzschild verzichtet hatte.

Das hatte sie sich nicht eingebildet. Sie hatte weder missverstanden noch falsch interpretiert, was in diesen langen, berauschenden Momenten zwischen ihnen geschehen war.

Und *dann*, um dem Ganzen die Krone aufzusetzen, hatte er bewusst und in voller Absicht mit einer Gewohnheit gebrochen, die er in all den Jahren ihrer Ehe gepflegt hatte, und war an ihrer Seite geblieben, um sie im Morgengrauen zu wecken … mit Liebe. Mit einer intensiven Demonstration seiner Liebe zu ihr.

Warum, warum, warum?

Nichts ergab mehr einen Sinn.

Ein entsetzliches Kreischen durchbrach die Nacht, hoch und anhaltend.

Es krachte.

Sie wurde heftig nach vorne geschleudert. Instinktiv breitete sie die Arme aus, um die Kinder zu schützen. Die Koffer und Köfferchen, die sie in den Gepäckablagen verstaut hatten, prasselten auf Rücken und Köpfe.

Schreckliches Knirschen und Stöhnen vermischten sich mit einem lauten Knall und einer Folge von erschütternden, rüttelnden Schlägen.

Dann hörte alles auf.

Für einen Moment war das einzige Geräusch, das an ihre Ohren drang, das durchdringende Zischen entweichenden Dampfes.

Dann gellten Schreie durch die Nacht … und die Hölle brach los. Rufe und Schreie kamen von weiter vorn und hinten im Zug, Schritte polterten durch den Gang vor der Abteiltür.

Therese holte tief Luft und richtete sich langsam auf. Dann war Parker zur Stelle, nahm die Koffer und kleineren Taschen weg, die auf Thereses Rücken gelandet waren, und stapelte sie auf den Sitzen, die sie und Therese eingenommen hatten, bis Therese ungehindert die Kinder untersuchen konnte.

Sprockett hatte Horry an ihren wogenden Busen gedrückt. Die Augen des kleinen Mädchens waren weit aufgerissen und nahmen alles auf, was sie sehen konnte, aber da niemand in ihrem Abteil zu schreien begann, hatte sie es auch nicht getan.

Therese blickte zu Spencer und Rupert und hoffte, dass sie die beiden nicht verletzt hatte, als sie auf sie gestürzt war. Beide starrten sie an, mit ebenso großen Augen wie ihre Schwester, und waren – *Gott sei Dank!* – offensichtlich ebenfalls unverletzt. Therese fühlte sich unfassbar erleichtert.

Jemand rannte durch den Gang und hämmerte an jede Abteiltür.

»Alle raus! Alle raus!«

»Mama?«, flüsterte Spencer.

Therese lächelte ihm beruhigend zu, dann beugte sie sich vor und drückte ihm und Rupert einen Kuss auf die Stirn.

»Haltet euch fest, meine Lieblinge.«

Sie warf einen kurzen Blick auf ihr Personal. Parker stapelte mit ausdrucksloser Miene das heruntergefallene Gepäck auf den Sitz, während die Nanny den Kindermädchen einschärfte, was sie beim Verlassen des Zuges mitnehmen sollten.

»Wir sind alle wohlbehalten.« Therese blickte zu Spencer und Rupert und sah ihren Söhnen abwechselnd in die Augen. »Gleich steigen wir aus und ihr müsst unbedingt bei Nanny und Gillian und Patty bleiben. Könnt ihr tapfer sein und das tun?«

Beide machten große Augen, bissen sich auf die Lippen und nickten.

Vorsichtig richtete sich Therese auf und kam mit Parkers Hilfe auf die Beine.

»Hier, Mylady.« Parker reichte Therese ihre Haube. »Der sicherste Platz dafür ist auf Ihrem Kopf.«

»In der Tat.« Therese setzte die Haube auf und knotete die Bänder schnell unter ihrem Kinn zusammen, ohne den stechenden Schmerz am Hinterkopf zu beachten. Alle schlüpften eilig in ihre Mäntel und wickelten die Kinder in die ihren. »Jetzt.«

Therese musterte ihre Reisegesellschaft. Parker und die Kindermädchen hatten das Gepäck eingesammelt. Genau wie sie waren auch die anderen Frauen erschüttert, aber unverletzt geblieben.

Den Schreien und dem Jammern nach zu urteilen, das von außen hereindrang, hatten nicht alle so viel Glück gehabt.

Therese wollte ihre Kinder nicht dem Chaos draußen aussetzen, aber es gab keine andere Möglichkeit: Sie mussten den Zug räumen.

Sie nickte Gillian und Patty zu. »Lasst uns sehen, ob wir die Tür öffnen können.«

Ihre Formulierung erwies sich als prophetisch. Die Tür rutschte ein paar Zentimeter und blieb dann stecken.

Die Mädchen rüttelten und schoben sie mühsam auf, dann erschien eine dunkel gekleidete Gestalt in der Lücke.

»Mylady?«

»Morton.« Die Erleichterung der Frauen im Abteil war deutlich spürbar.

»Geht es allen gut?«, erkundigte sich Morton.

»Ja, wir sind alle unversehrt«, antwortete Therese. »Wie geht es Ihnen und Dennis?«

»Nur ein paar blaue Flecken, Mylady. Wenn Sie und die Ladys jetzt einfach abwarten, kümmern Dennis und ich uns um diese Tür. Die Schaffner holen alle aus dem Zug.«

Therese zögerte kurz, fragte dann aber doch: »Was ist passiert? Wissen Sie das?«

Morton und Dennis rüttelten am Fuß der Tür.

»Ich bin nicht sicher, Mylady«, brummte Morton. »So etwas wie ein Zusammenstoß. Die Wagen vor diesem hier sind zusammengedrückt worden, und ich habe gehört, wie einer der Schaffner sagte, dass die Lok entgleist sei.«

Die beiden bearbeiteten mit irgendetwas den Boden der Tür, dann ächzten und drückten sie. Mit einem knirschenden, schabenden Geräusch öffnete sich die Tür des Abteils schließlich so weit, dass sich die Insassen hinauszwängen konnten.

Menschen, meist Männer, von denen einige so aussahen, als hätten sie nicht in den Erste-Klasse-Wagen gehört, gingen suchend durch den schmalen Gang. Therese gab ihnen einen Vertrauensvorschuss. Vielleicht wollten sie ja anderen beim Aussteigen helfen.

Sie übernahm das Kommando und wies Morton an, mit seinem massigen Körper den Durchgang zum vorderen Teil des Zuges zu blockieren, dann schickte sie Parker mit mehreren kleinen Koffern und Taschen den Gang hinunter zur Außentür am Ende des Waggons. Therese selbst nahm

Spencer und Rupert bei den Händen und folgte Parker; Sprockett reihte sich hinter ihnen ein. Gillian, Patty, Dennis und Morton, die das restliche Gepäck trugen, bildeten das Schlusslicht.

Parker erreichte die Außentür und blickte auf den Boden unter der Eisentreppe. Dann stellte die erfahrene und unerschütterliche Zofe das Gepäck, das sie trug, ruhig auf den Boden, drehte sich um und stieg schnell die Treppe hinunter. Das letzte kurze Stück bis zum Boden ließ sie sich fallen.

Parker hob die Arme. »Wenn Sie mir die Koffer reichen würden, Mylady?«

Therese ließ die Hände der Jungen los und folgte der Aufforderung der Zofe. Dann befahl sie ihren Söhnen zu warten und stieg selbst die kurze Treppe hinunter. Wie Parker musste auch sie das letzte Stück bis zum Boden springen.

Sofort blickte sie auf, hob die Hände und winkte die Jungen zu sich. Tapfer setzten sie sich auf die Schwelle, stießen sich, auf ihr Zeichen hin, einer nach dem anderen ab und fielen ihr in die Arme. Sie fing erst Spencer und dann Rupert auf und setzte sie sicher auf den Boden ab.

Sprockett nahm ihren Platz ein. Die ältere Frau bückte sich und ließ Horry so weit nach unten sinken, dass Therese sie fast erreichen konnte. Als Therese bereit war, ließ Sprockett los, und Horry fiel die letzten paar Zentimeter. Therese ergriff den kleinen Körper ihrer Tochter und nahm das Mädchen schnell in ihre Arme. Horry umklammernd trat Therese zurück und stellte sich zu den Jungen. Beruhigt spürte sie, wie sich deren Hände in ihre Röcke krallten, während Parker Sprockett beim Aussteigen half.

Innerhalb kürzester Zeit verließ der Rest der Gruppe den Waggon. Sie sammelten das Gepäck ein und entfernten sich schnell von den Stufen des Waggons, damit die anderen hinuntersteigen konnten. Therese erinnerte sich, dass der Zug ziemlich voll gewesen war.

Sie trug Horry, die Jungen hielten sich immer noch an ihren Röcken fest und drückten sich auf beiden Seiten dicht an sie. Gemeinsam überquerten sie eine annähernd ebene Fläche bis zum Fuß einer ansteigenden Böschung. Dort, einige Meter von den Gleisen entfernt, blieb die kleine Gruppe stehen. Therese drehte sich um und verschaffte sich einen Überblick.

Vor ihren Augen erstreckte sich eine albtraumhafte Szene. Sie befanden sich auf dem Land, und der Himmel war bedeckt; es gab nicht einmal schwaches Mond- oder Sternenlicht, um die Schwärze der Nacht zu mildern.

Eine Kakofonie von Geräuschen umhüllte sie, Schreie, Befehle, Jammern und Weinen überlagerten das anhaltende Zischen des entweichenden Dampfes. Der Geruch von heißem Metall und der schweflige Gestank brennender Kohle wehten vom vorderen Teil des Zuges herüber.

Irgendjemand, vermutlich ein Zugbegleiter, hatte entlang der Waggons brennende Sturmlaternen auf den Boden gestellt. Die Menschen sammelten sich um diese Laternen und untersuchten in deren Licht ihre Verletzungen oder behandelten in einigen Fällen ihre Wunden. Doch diejenigen, die sich um die Laternen drängten, verdeckten das Licht immer wieder, was die Sicht der anderen Menschen beeinträchtigte.

Therese stellte sich mit dem Rücken zu den Waggons und schaute seitlich zum vorderen Teil des Zuges. Der

Lärm, der aus dieser Richtung kam, war zehnmal schlimmer. Immer mehr Menschen drängten dorthin und bildeten ein heilloses Durcheinander. Sie spähte an den sich bewegenden Körpern und den Flecken des Laternenlichts vorbei, und was sie sah, ließ ihr das Blut in den Adern gefrieren.

Ein Stück weiter vorne lag die gewaltige Lokomotive, die den langen Zug gezogen hatte, auf der Seite. Sie war schräg von den Schienen abgewandt und die Unterseite der Lokomotive zeigte zum Rest des Zuges. Der gewaltige Kessel zischte und stieß Dampf aus, der beißende Wolken bildete, die über der Szene hingen und ihr etwas Surreales verliehen.

Der Kohlewagen, der an der Lokomotive gehangen hatte, war in die andere Richtung von den Schienen gesprungen. Sie konnte nur eine hintere Ecke des Kohlenwagens sehen, aber der vordere Wagen der ersten Klasse war eindeutig in ihn hineingedrückt worden und hatte sich in ein zusammengestauchtes Durcheinander aus verbogenem und geknicktem Eisen und Stahl verwandelt, das zur Hälfte von den Schienen gekippt war.

Der zweite Passagierwaggon war geradewegs auf den ersten aufgefahren. Die Vorderseite des zweiten Wagens war eingekeilt, aber immerhin stand der Wagen mehr oder weniger auf den Schienen. Der dritte Wagen, in dem sie sich befunden hatten, war gegen das Heck des zweiten Wagens geprallt, dabei aber nicht so schwer beschädigt worden.

Die Zahl der Verletzten im ersten und selbst noch im zweiten Waggon musste beträchtlich sein.

»Wir hatten Glück«, murmelte sie.

Ein unglaubliches Glück. Nur weil sie die Reise in letzter Minute beschlossen hatte, hatten sie im dritten der drei Erste-Klasse-Waggons gesessen.

Sie warf einen Blick auf ihre Mitarbeiter und erkannte in ihren Mienen, dass eines für sie feststand: Es würde geraume Zeit dauern, bis einer von ihnen wieder einen Zug bestieg, um zum Priorat zu fahren.

»Mylady, ich glaube, es wäre das Beste, wenn wir auf den Damm gehen.« Morton zeigte den Hang hinauf.

Therese schaute hin und nickte. »Ja, Sie haben recht.« Sie wollte die Kinder aus dem Getümmel heraushalten.

Ihre Begleiter sammelten sich mit allem Gepäck, dann übergab Therese Horry an Nanny Sprockett und nahm Spencer und Rupert an den Händen.

»Bereit?« Sie lächelte aufmunternd, war aber nicht überrascht, dass die Jungen zwar nickten, aber nicht zurücklächelten.

Gemeinsam machten sie sich daran, den Hang zu erklimmen. Da sie von einem Haus zum anderen reisten, hatten sie nur die Dinge dabei, die sie für gewöhnlich jedes Mal von Ort zu Ort mitnahmen. Parker schleppte Thereses Garderobenkoffer sowie ihren eigenen kleineren Koffer. Die Kindermädchen trugen die Koffer der Kinder, während die Dienstboten die Taschen des Personals schleppten.

Die Böschung war teilweise zwar recht steil, aber nicht zu hoch und einigermaßen begrünt. So erreichten sie die Spitze ohne große Mühe und gelangten an einen schmalen, ausgetretenen Pfad, der sich rechts und links am Damm entlangschlängelte. Etwa hundert Meter weiter rechts traf der Weg auf eine Gasse, die über eine Steinbrücke führte, unter der die Bahnlinie verlief.

Therese sah sich um. Vor ihnen erstreckten sich Felder. Auf der anderen Seite des Bahndamms waren noch mehr dunkle Felder, doch in der Ferne schimmerten ein paar Lichter.

»Wo sind wir?« Sie warf einen Blick auf Morton. »Wissen Sie das?«

»Wir sind durch Potters Bar gefahren, Ma'am, also würde ich sagen, wir befinden uns ein Stück südlich von Hatfield. Ich habe gehört, wie einer der Schaffner sagte, dass es noch ein Dorf weiter oben gibt – Welham Green –, aber Potters Bar ist näher. Es ist auch größer. Da gibt es wahrscheinlich mehr Kutschen und Ärzte und so.«

»Haben sie jemanden geschickt, um Alarm zu schlagen?«

»Das haben sie, Mylady«, antwortete Dennis. »Anscheinend gibt es nicht allzu weit eine Farm. Sie haben einen Mann dorthin geschickt.«

Therese nickte. »Dann sollte bald Hilfe eintreffen.« Sie blickte in Richtung des Weges, aus der wahrscheinlich die Hilfe kommen würde. Andere, die sich wie sie die Böschung hinaufgequält hatten, waren bereits dahin unterwegs. »Eigentlich können wir auch zum Weg gehen und dort warten, bis Hilfe eintrifft.«

Die anderen stimmten zu. Sie sammelten das Gepäck und die Kinder ein und wollten gerade losgehen, als ein Schmerzensschrei aus der Menge um den ersten Wagen gellte. Wie alle anderen hielt auch Therese inne und schaute in diese Richtung.

Von der Böschung aus konnten sie eine wogende Menschenmasse sehen, die sich um die zerstörten Waggons schob und drängte. Den Schreien, Rufen und lautstarken

Auseinandersetzungen nach zu urteilen, die der Wind bis zu ihnen trug, war dort Panik ausgebrochen.

Therese war ein geborenes Organisationstalent – das sagten alle –, und die Autorität, die sie instinktiv ausstrahlte, hatte ihr in solchen Situationen immer gute Dienste geleistet.

Sie sah ihre Kinder an. Die drei waren in Sicherheit. Die Sprösslinge anderer Familien waren es vielleicht nicht, aber ihre waren es und würden es bleiben. Und sie konnte sich da unten nützlich machen, das wusste sie.

Umgehend gab sie Morton, Sprockett und den Kindermädchen den Befehl, die Kinder und das gesamte Gepäck in die Gasse zu bringen. Dann hockte sie sich neben Spencer und Rupert und sah ihnen in die Augen.

»Ich werde den Leuten da unten helfen. Sie haben Angst und sind verletzt; aber Parker, Dennis und ich wissen, was zu tun ist.« Sie erhob sich und drehte die Jungen zu Morton und den Kindermädchen. »Ich möchte, dass ihr mit eurer Nanny, Gillian und Patty geht und an der Straße wartet. Wenn Hilfe da ist, kommt Morton zurück und holt mich und die anderen.« Sie sah die Jungen mit großen, fragenden Augen an. »Seid ihr so mutig, dass ihr das für mich tun könnt?«

Sie blinzelten kurz.

»Ja, Mama«, sagten sie dann leise.

»Gut, Jungs«, lobte sie, führte sie zu den Kindermädchen und gab Horry einen Kuss auf die Locken. »Sei artig, Püppchen.«

Horry hatte Mühe, die Augen offen zu halten; schläfrig tätschelte sie Thereses Wange.

Therese wartete, während Parker und Dennis die Kisten,

die sie getragen hatten, auf die anderen verteilten, die Jungen jeweils die Hand eines der Kindermädchen nahmen und der kleine Tross sich in den Strom der anderen Fahrgäste einreihte, die langsam in diese Richtung zogen. Dann atmete sie einmal tief durch und wandte sich der Herausforderung unten an der Böschung zu. Mit geschürzten Lippen stieg sie hinunter.

»Kommt mit. Mal sehen, wie wir helfen können.«

Nachdem Therese den flachen Grund am Fuß der Böschung erreicht hatte, eilte sie zu dem Chaos bei den beiden schwer beschädigten Personenwagen.

Es wurde schnell klar, dass niemand das Kommando übernommen, geschweige denn Entscheidungen getroffen hatte. Dabei war es offensichtlich, dass klare Anweisungen nötig waren, damit sich die Menschen so weit beruhigten, dass diejenigen, die es am schwersten getroffen hatte, dorthin gebracht werden konnten, wo man ihre Verletzungen untersuchen konnte.

Therese blieb am Rande der drängelnden Menschenmenge stehen.

»Dennis, ich muss mit einem der Schaffner sprechen – und zwar so schnell, wie du einen holen kannst. Berufe dich auf meinen Titel und auch auf den Seiner Lordschaft.«

»Ja, Mylady.« Dennis stürzte sich ins Getümmel und war in Sekundenschnelle außer Sichtweite.

Eine Minute später tauchte er wieder auf, im Schlepptau einen Schaffner, der mit seinen Kräften am Ende zu sein schien.

Der Schaffner machte eine zittrige Verbeugung. »Countess, ich weiß nicht, ob ich helfen kann.« Er wies mit einer matten Geste auf das Gedränge. »Es ist das reinste Chaos.«

»In der Tat.« Aus Thereses Stimme sprach die Autorität, die von einer Familie herrührte, die es seit Jahrhunderten gewohnt war zu führen. »Genau deshalb bin ich hier. Wer ist der Zugführer?«

Der Mann reagierte auf ihren schneidenden Ton und richtete sich instinktiv auf.

»Das bin ich, Mylady.«

»Ausgezeichnet. Dann sind Sie genau der Mann, den wir brauchen, um die Lage unter Kontrolle zu bringen. Ich werde die nötigen Anweisungen erteilen und Sie und Ihre Schaffner werden sie ausführen.« Sie hielt inne, um dem Mann herausfordernd in die Augen zu sehen. »Mein Mann, der Earl von Alverton, ist ein Hauptaktionär der Eisenbahn«, das hatte sie in den letzten Wochen bei Devlins Geschäftsgesprächen erfahren, »und er würde nichts anderes erwarten.«

Ob von ihr oder von den Schaffnern, sagte sie nicht. Insgeheim aber dachte sie, von beiden.

Die Augen des Mannes weiteten sich und er wirkte etwas panisch.

»Ja, Mylady«, brachte er mühsam hervor.

Therese nickte aufmunternd. »Als Erstes müssen wir all diese Männer und Frauen in Reihen aufstellen, um den Verletzten aus dem zweiten Waggon zu helfen. Da fangen wir an. Dort wird es nicht so viele schwere Verletzungen geben. Dann gehen wir weiter.«

Auf ihre Anweisung hin rief der Zugführer so viele seiner Männer zusammen, wie er finden konnte. Therese wiederholte ihre Befehle und fügte weitere Einzelheiten hinzu. Zuerst zögerlich, dann mit größerer Zuversicht. Als die Menge auf ihre klaren Anweisungen reagierte und sich in eine Reihe stellte, flaute das Chaos ab, und die Schaffner brachten Ordnung in die Menge.

»Wir müssen Teams von Männern zusammenstellen, die in die Waggons gehen und den Verletzten helfen können«, sagte Therese zu dem Zugführer neben ihr, während sie die sich schnell bildenden Reihen entlangging. Sie selbst blieb an der Spitze einer Reihe stehen, nahe der hinteren Treppe des zweiten Waggons. »Stellen Sie sich hier hin.« Sie deutete auf den unteren Teil der Treppe. »Ich werde die am besten geeigneten Männer auswählen und zu Ihnen schicken. Teilen Sie sie in Viererteams ein, geben Sie einem von ihnen eine Laterne und schicken Sie sie hinein, um die erste verletzte Person, die sie sehen, zu befreien und hinauszutragen.«

Alle, die irgendwie noch gehen konnten, hatten den zertrümmerten Wagen wahrscheinlich schon verlassen.

Ohne auf Zustimmung zu warten, begann sie mit der Reihe. Die Männer und Frauen sahen sie neugierig an, aber ihre angeborene Souveränität kam ihr zugute.

»Sie. Und Sie.« Sie zupfte an den Ärmeln zweier junger Männer, die kräftig genug aussahen und Jacken trugen, die auf eine Bürotätigkeit schließen ließen. Sie suchte nach Männern mit sanften Händen. »Melden Sie sich beim Zugführer.« Sie deutete an der Reihe entlang. »Dort drüben.«

Therese ging weiter an der Reihe entlang und schickte noch mehr Männer los, um den Eingeschlossenen zu helfen. Dann bildete sie mithilfe von Parker, Dennis und den anderen Schaffnern, die sie unterstützten, aus den restlichen Männern Teams, die die Eingeschlossenen in Empfang nehmen und weiter nach hinten tragen sollten. Dort warteten zwei Ärzte, die in der zweiten Klasse gereist waren, am Rand des Zuges, um die Verletzten so gut wie möglich zu versorgen.

Die Aufgabe erwies sich für alle Beteiligten als Herausforderung, vor allem als sie sich um den ersten Waggon kümmerten.

Als sie immer häufiger Tote bergen mussten, achtete Therese bei den von ihr zwangsverpflichteten jungen Männern auf Anzeichen eines nahenden Zusammenbruchs. Wenn sie solche Symptome sah, wechselte sie die Helfer gegen andere aus, die sich dann dieser grausamen Aufgabe stellen mussten.

Flankiert von Dennis, der als ihr Bote fungierte, und unterstützt von Parker, die sich noch besser als Therese mit Verletzungen auskannte, untersuchte Therese jede Person, die aus dem Wrack geborgen wurde. Anschließend teilte sie denen, die die meist bewusstlosen Personen zu den Ärzten trugen, so viel wie möglich über deren Zustand mit. Obwohl sie wusste, dass einige eine höhere Überlebenschance hatten als andere, fühlte sie sich nicht befugt, ein finales Urteil zu fällen. Deshalb schickte sie alle zu den Ärzten, damit die sich um die Leichen kümmerten.

Die Minuten zogen sich hin. Allmählich lichteten sich die Reihen derer, die halfen, die Verletzten und die Leichen zurück auf den Weg zu tragen. Viele hatten nach Arbeitgebern, Freunden oder Familienmitgliedern gesucht und waren nicht mehr zurückgekehrt, sobald sie ihre Angehörigen in der provisorischen Klinik entdeckt hatten.

Als sie alle Toten aus den Waggons der ersten Klasse entfernt hatten, waren nur noch drei junge Männer und die Schaffner übrig.

Vorsichtig näherten sie sich der Lokomotive.

Sie waren noch zehn Meter entfernt, als der Zugführer stehen blieb und sich Therese zuwandte.

»Bitte, Ma'am, warten Sie hier, wenn es Ihnen recht ist.« Er warf einen Blick auf Parker und Dennis. »Sie und Ihre Leute waren eine unschätzbare Hilfe und ohne Sie wären wir nie so gut zurechtgekommen. Aber der Kessel ist noch heiß und steht unter Druck. Es kann jederzeit dazu kommen, dass Rohre platzen und Dampf austritt.« Der Zugführer schluckte, dann sah er zu den anderen Männern, die ein Stück weiter vorn stehen geblieben waren, und richtete sich auf. »Wir gehen rein, suchen sie und holen sie raus.«

»Wie viele Männer waren da drin?«, fragte Therese.

»Vier, Ma'am. Zwei Lokomotivführer und zwei Heizer.« Therese nickte. »Wir warten hier.«

Der Zugführer war sichtlich erleichtert. Offenbar fand er den Gedanken, dass unter seiner Aufsicht eine Countess zu Schaden kommen könnte, unerträglich. Jetzt versammelte er seine Leute und die drei jungen Passagiere boten bereitwillig ihre Hilfe an. In einer kleinen Gruppe kletterten sie vorsichtig um die immer noch zischende Lokomotive herum.

Therese, Parker und Dennis warteten. Letztendlich stellte sich heraus, dass von den vier Männern, die sich in der Lokomotive befunden hatten, nur einer der Heizer überlebt hatte, der ins Freie geschleudert worden war. Flankiert von Parker und Dennis folgte Therese der düsteren Reihe von Männern, die die Verwundeten und Toten zu den Ärzten trugen.

Dort angekommen blieb Therese einen Moment lang stehen. Ihr Blick wanderte über die vielen Verletzten, die am unteren Rand der Böschung lagen. Die Toten waren weiter weg gebracht worden. Sie lagen neben den Gleisen und aus dieser Entfernung konnte sie niemand mehr sehen. Die meisten Laternen waren näher herangeholt worden, um vor allem die Verwundeten zu beleuchten.

Die Kälte sickerte ihr allmählich in die Knochen und plötzlich überkam sie ein Schwächeanfall. Aber sie war gesund und wohlauf. Ihre Kinder und ihr Personal waren in Sicherheit, und es gab sicher noch mehr, was sie tun konnte. Mit durchgedrücktem Rücken ging sie, Parker und Dennis im Schlepptau, auf einen der Ärzte zu, der sich um eine junge Frau kümmerte, die ihren Arm umklammerte, der gebrochen aussah.

»Was können wir tun, um zu helfen?«

Kapitel 14

Devlin fuhr so schnell, wie sein Mut es zuließ, die Great North Road hinauf. Die neuen Lampen, die er an seiner Kutsche hatte anbringen lassen, hielten, was man ihm versprochen hatte. Sie beleuchteten den Weg so gut, dass er seine Pferde in einem halbwegs anständigen Tempo laufen lassen konnte.

Dennoch musste er seine Ungeduld zügeln und gegen den Drang ankämpfen, sich auf den guten Zustand der geschotterten Landstraße zu verlassen und seine Pferde anzutreiben. Er sagte sich immer wieder, dass es einfach zu dunkel und damit zu gefährlich war, um das zu riskieren.

Sie hatten die Außenbezirke von London vor mindestens einer halben Stunde verlassen. Jetzt, nach Einbruch der Nacht, gab es kaum noch Verkehr, sodass er die Kutsche auch in der Mitte der Straße rollen lassen konnte, während er ständig nach unerwarteten Hindernissen Ausschau hielt, wie zum Beispiel vorbeirollenden Bauernkarren.

Sie näherten sich der Stelle, an der die Bahnlinie in die Straße nach rechts abbog, als er vor sich auf den dunklen Feldern rechts etwas gewahrte, das wie langsam aufsteigende Nebelwolken aussah und von unten her seltsam orangefarben beleuchtet wurde.

Noch während er dorthin starrte, wackelte das Licht und verschob sich.

Mitchell, der hinter ihm stand, blickte in dieselbe Richtung, dann erstarrte er.

»Mylord, ich glaube, das ist die Bahnlinie.«

Devlin war zu demselben Schluss gekommen. Das Herz schlug ihm plötzlich bis zum Hals. Er biss die Zähne zusammen und trieb die Pferde schneller an.

»Halten Sie Ausschau nach einer Abzweigung nach rechts.«

Mitchell kannte die Straße besser als Devlin. »Vor uns müsste eine Gasse sein, die Hawkshead Lane. Soweit ich weiß, kreuzt sie die Bahnlinie.«

Ein paar Minuten später blinzelte Mitchell über Devlins Schulter. »Da ist es.«

Ein Wegweiser zeigte eine Gasse hinunter. Devlin bremste seine Pferde und vergewisserte sich, dass es sich tatsächlich um die Hawkshead Lane handelte. Mit grimmiger Miene bog er dann um die Kurve und trieb die Pferde zu einem schnellen Trab an.

Nach einer halben Meile sahen sie die ersten Passagiere des Zuges. Sie lagen am Wegesrand.

»Sie werden Hilfe aus Potters Bar angefordert haben«, sagte Mitchell. »Da kommen bestimmt noch Wagen.«

Devlin konnte jedoch nur noch an eins denken: Er musste seine Frau und seine Kinder finden. Angestrengt versuchte er in den Menschentrauben entlang der Gasse Gesichter und Gestalten auszumachen. Beim Klappern der Hufe blickten viele von ihnen auf, aber wenn sie merkten, dass es nur ein Zweispänner war, schauten die meisten wieder suchend die Gasse hinauf oder setzten ihre Gespräche fort.

»Da sind sie!« Mitchell zeigte über Devlins Schulter.

Als Devlin in die von Mitchell gewiesene Richtung

blickte, sah er die Gruppe, die geduldig am Wegesrand wartete. Spencer und Rupert – wo war Horry? Dann bemerkte er erleichtert das Bündel in der Decke, das die Nanny an ihren Busen drückte.

Doch die Erleichterung verpuffte, als er merkte, dass Therese nicht unter ihnen war. Auch Parker und Dennis fehlten.

Devlin verlangsamte die Pferde und stoppte die Kutsche gegenüber der Gruppe. Während der Zweispänner noch in den Federn schaukelte, warf er Mitchell die Zügel zu und sprang hinunter.

»Papa!« Spencer und Rupert stürmten zu ihm.

Devlin ging in die Hocke, breitete seine Arme aus und zog sie an sich. Er drückte sie fest, dann wich er zurück und blickte in Augen, die im diffusen Licht der Kutschenlampen zwar müde und aufgeregt, aber nicht verängstigt wirkten.

»Die Lokomotive ist kaputt!«, sagte Rupert.

Devlin schluckte und brachte ein Nicken zustande. »Das habe ich mir schon gedacht.« Er sah Spencer an. »Wo ist deine Mama?«

Spencer drehte sich um und zeigte auf die Böschung. »Sie ist los, um den Verletzten da unten zu helfen.«

»Sie wurde nicht verletzt?«

Als beide Jungen mit dem Kopf schüttelten, atmete Devlin endlich tief durch.

»Keinem von uns ist etwas passiert«, informierte Spencer ihn ziemlich stolz. »Mama hat uns gebeten, tapfer zu sein und hier bei unserer Nanny und den anderen zu bleiben, und das haben wir getan.«

Devlin ließ sie los, stand auf und zerzauste beiden Jungen das Haar.

»Brave Jungs«, lobte er und führte sie dorthin zurück, wo die Nanny, die Kindermädchen und Morton warteten. »Und jetzt müsst ihr tapfer bleiben und hier mit Horry und den anderen warten, während Mitchell ein paar Kutschen holt und ich eure Mama suche.«

Durch seine Anwesenheit und von seinem Plan sichtlich beruhigt, ließen sich die Jungen bereitwillig darauf ein, mit ihrer Nanny zu warten.

Morton bestätigte mit leiser Stimme, was Spencer Devlin erzählt hatte.

»Der erste und zweite Waggon sind ein einziges Chaos, Mylord. Glücklicherweise befand sich unsere Gruppe in einem Abteil in der Mitte des dritten Waggons und kam deshalb nicht ernsthaft zu Schaden. Mylady hat uns hergeschickt, um hier zu warten, und ist dann zurückgegangen, um zu helfen.« Hörbar stolz fuhr er fort: »Sie war unverletzt, aber erschüttert, wie wir alle. Sie hat Parker und Dennis mitgenommen, Mylord.«

Devlin nickte. Es überraschte ihn nicht, dass Therese sich entschlossen hatte, die Rettungsaktion zu unterstützen – das war die Art von Reaktion, wie sowohl die Öffentlichkeit als auch sie selbst von der Aristokratie erwartete. In Krisenzeiten war es für Therese ebenso wie für ihn eine Selbstverständlichkeit, andere zu führen. Sie hatte für die Sicherheit ihrer Kinder und ihrer Leute gesorgt und sich dann anderen zugewandt, um zu helfen, wo sie konnte. Auch wenn es einem Teil von ihm missfiel, konnte er ihr keinen Vorwurf daraus machen.

Er wandte sich an Mitchell, der bei den Pferden wartete. »Fahren Sie nach Potters Bar zurück und sorgen Sie dafür, dass Alarm ausgelöst wird. Sagen Sie ihnen«, er blickte sich um, »es gibt hier etwa hundert Passagiere sowie eine unbekannte Zahl von Verletzten und Toten. Sie sollen so schnell wie möglich Kutschen schicken – die Nacht ist bereits kühl und die Temperaturen sinken noch weiter. Wenn nötig berufen Sie sich auf meinen Titel. Dann mieten Sie die größte Kutsche, die Sie finden können, mit einem erfahrenen Fahrer und einem guten Gespann und kommen damit hierher zurück.«

»Ja, Mylord.« Mitchell salutierte, kletterte in die Kutsche, wendete schnell und fuhr den Weg zurück, den sie gekommen waren.

Devlin sprach kurz mit seinen Söhnen, dann drückte er seiner schlafenden Tochter einen Kuss auf die Locken und ließ sie in der sicheren Obhut von ihrer Nanny und Morton zurück. Anschließend ging er schnell den Weg an der Böschung entlang.

Unten konnte er gerade noch die dunkle Masse der entgleisten Lokomotive ausmachen. Sie war kurz vor der Brücke aus den Schienen gesprungen. Beim Anblick der zerstörten Waggons, der verbeulten Seiten und der verbogenen Rahmen krampfte sich sein Magen zusammen. Seine Familie hatte das Unglück mehr oder weniger unbeschadet überstanden, aber wie viele andere nicht?

Nur ein paar glimmende Laternen waren noch übrig geblieben, die den beschädigten Teil des Zuges schwach beleuchteten. In dem gespenstischen Licht sah Devlin, dass die Vorderseite des dritten Waggons zwar etwas eingedrückt war, aber die Wagen davor die meiste Wucht des Aufpralls abbekommen hatten. Vom vierten Wagen an schien der Zug weitgehend unbeschädigt zu sein. *Gott sei Dank!*

Im hinteren Teil des Zuges leuchteten offene Laternen und erhellten eine Szenerie, die eher an Auswirkungen des Krieges erinnerte als an Menschen, die in Friedenszeiten in ihrem eigenen Land unterwegs waren.

Devlin ging schnell die Böschung hinunter und trat in den Lichtkreis. Ein Schaffner bemühte sich, einen Mann mit einem gebrochenen Bein, das grob geschient und verbunden war, auf den Boden zu setzen. Devlin konnte nicht vorbeigehen. Er machte einen Umweg und half dem verletzten Mann zu Boden, schließlich war er viel kräftiger als der schmächtige Schaffner.

Mit schmerzverzerrtem Gesicht lehnte sich der Mann zurück und seufzte zittrig.

»Danke, Sir.«

Devlin klopfte dem Verletzten auf die Schulter, richtete sich auf und wandte sich an den Schaffner, der ihn verwirrt ansah.

»Ich bin Alverton«, stellte er sich vor. »Ich habe jemanden nach Potters Bar geschickt und darum gebeten, dass man so schnell wie möglich Kutschen schickt.«

Die Erleichterung des Schaffners war unübersehbar.

»Ich bin auf der Suche nach Lady Alverton«, fuhr Devlin hastig fort. »Haben Sie sie gesehen?«

Der Schaffner blinzelte. »Sie meinen die Lady, die uns geholfen hat?«

»Zumindest eine von ihnen.«

»Falls es die Lady ist, die hier das Kommando übernommen hat«, der Schaffner zeigte in Richtung Zugende, »ist sie dort drüben bei den Ärzten.« Devlin nickte dankend und wollte sich gerade abwenden, als der Schaffner in einem Tonfall, der sowohl von Ehrfurcht als auch von

Dankbarkeit geprägt war, hinzufügte: »Ich weiß gar nicht, wie wir es ohne sie geschafft hätten.«

Devlin merkte sich dieses Lob, um es Therese später zu übermitteln. Er ging weiter, vorbei an den Verwundeten, die auf der flachen Fläche zwischen den Gleisen und der Böschung lagen. Mehrere Male blieb er stehen, um denen zu helfen, die es offensichtlich nötig hatten. Er war noch nie im Krieg gewesen, aber hier sah es so aus, wie er sich ein Feldlazarett hinter der Front vorstellte. Ebenso wenig wie Therese konnte er sich von den Bedürftigen abwenden, die schwächer und weniger fähig waren als er.

Als er sich dem Zentrum des Geschehens weiter näherte, erkannte er in dieser Haltung eine weitere Eigenschaft, die er und sie gemeinsam hatten.

Er stieß auf einen Mann, bei dem es sich anscheinend um einen der Ärzte handelte. Er beugte sich gerade zu einer verwundeten Frau hinunter und sprach mit ihr.

Als der Mann, sichtlich erschöpft, die Hand der Frau tätschelte und sich aufrichtete, taumelte er unwillkürlich.

Devlin packte den Ellbogen des Mannes und stützte ihn.

Der Mann drehte sich um, weil er sich bedanken wollte, hielt dann aber inne und blinzelte Devlin an – vermutlich weil er in seiner Haltung eine Autorität wahrnahm, die vorher noch nicht zugegen gewesen war.

»Ich bin auf der Suche nach Lady Alverton«, erklärte Devlin.

Der Mann blinzelte noch einmal, dann blickte er weiter den Zug hinunter. »Die einzige Lady, die noch hier ist, hilft meinem Kollegen bei den letzten Verwundeten. Alle anderen Ladys sind entweder selbst verletzt oder zu schwach, um von großem Nutzen zu sein. Aber falls Sie diese Lady suchen – Lady Alverton war eine schier unermüdliche Helferin. Sie werden das sicher anders sehen, aber ich danke Gott dafür, dass sie in diesem Zug war. Sie hat die Schaffner und die kräftigen Männer organisiert, um die Verwundeten und die Toten hinauszutragen.« Er blickte sich um. »Das alles hier ist schon schlimm genug, aber ohne ihre Führung wäre es noch viel schlimmer gewesen.«

Devlin lächelte verhalten. »Sie ist sehr gut darin, Leute zu organisieren.«

Das war eine so ungeheure Untertreibung, dass ihre Brüder vor Lachen umgefallen wären, wenn sie das gehört hätten. Doch alles, was Devlin in Erfahrung brachte, deutete darauf hin, dass es Therese gut ging und sie sich jeder Herausforderung stellen konnte.

Der Arzt deutete mit dem Kopf zum Ende des Zuges. »Sehen Sie die Stelle, wo das Licht am hellsten ist? Dort habe ich sie zum letzten Mal gesehen.«

Devlin nickte. »Ich danke Ihnen. Ich habe meinen Bediensteten nach Potters Bar geschickt, damit er dafür sorgt, dass so schnell wie möglich Hilfe kommt.«

»Vielen Dank dafür.« Der Mann sah sich um und seufzte. »Trotzdem wird es eine lange Nacht werden.«

Devlin verabschiedete sich mit einem Nicken und ging weiter.

Er war noch einige Meter von dem hell erleuchteten Bereich entfernt, als sich Therese, die an der Seite eines verwundeten Jungen gehockt hatte, erhob und aufrichtete. Devlin betrachtete sie und stellte fest, dass sie völlig unverletzt zu sein schien.

Die Erleichterung, die ihn überkam, übertraf noch jene, die er beim Anblick der Kinder empfunden hatte. Sie war so intensiv, dass sie ihn zwang, das Tempo zu drosseln, kurz innezuhalten und durchzuatmen.

Er atmete in seine zusammengeschnürte Brust und machte sich klar, dass sie gesund und munter war und es ihr gut ging.

Auf einmal fühlte er sich von einer drückenden Last befreit und deutlich unbeschwerter als zuvor. Seine Miene entspannte sich, und er ging auf sie zu.

*

Therese warf einen Blick auf die Reihe der Verletzten, die an der Böschung lagen. Sie hatte, so glaubte sie, alles getan, was sie tun konnte. Ihr Herz fing an, auf eine seltsame Weise zu klopfen – nicht rasend, sondern eher das Gegenteil. Jeder Schlag schien ungewöhnlich tief und langsam zu sein.

Sie hob den Kopf und zwang sich, tief durchzuatmen, aber das half nicht. Zuletzt hatte sie die immer größer werdende Erschöpfung, die an ihren Gliedern zerrte, verdrängt – sie würde später noch genug Zeit haben, sich auszuruhen. Aber jetzt waren ihre Hände eiskalt. Sie blickte nach unten, spreizte ihre Finger und runzelte die Stirn, als sie feststellte, dass ihre Nägel ausgebleicht wirkten und keine Farbe mehr hatten.

Als sie jetzt darauf achtete, fühlte sich ihr ganzer Körper ausgekühlt an.

Sie wusste nicht, was sie dazu veranlasste, nach vorne zu sehen, aber sie tat es. Durch das allmähliche Licht dieser chaotischen Nacht sah sie Devlin auf sich zukommen.

Er war gekommen.

Ihr Herz, dieses dumme Organ, machte einen Sprung, zumindest so stark, wie es das noch vermochte. Vielleicht war es falsch, was sie dachte – sie war sich nicht sicher –, aber Child hatte Devlin wohl gesagt, warum sie Hals über Kopf weggelaufen war, und dennoch war er hier.

Unabhängig davon, ob er sie liebte oder nicht, war er ihr gefolgt, und jetzt, wo er da war, hatte sie nicht den geringsten Zweifel, dass alles ein gutes Ende nehmen würde.

Sie konnte sich entspannen, die Last, sich um all diese Menschen zu kümmern, ablegen und ihm die Arbeit überlassen. Sie wusste, dass er das tun würde.

Ein Lächeln umspielte ihre Lippen, das erste seit Stunden. Sie schlurfte zu ihm und wollte zur Begrüßung die Arme nach ihm ausstrecken, doch plötzlich verließ sie alle Energie, die sie bis dahin aufrecht gehalten hatte.

»Oh.« Sie schwankte.

Sie blinzelte und sah, wie Devlins Gesichtsausdruck, der zuvor liebevoll und beruhigend gewesen war, mit einem Mal besorgt wirkte. Er lief ihr entgegen.

Ihre Sicht wurde unscharf, dann verschwamm alles vor ihren Augen. Sie merkte nur noch, dass sie dort, wo sie stand, zusammenbrach und stürzte.

Die letzte Berührung, die sie wahrnahm, waren Devlins starke Arme, die sich um sie legten, dann zog er sie hoch.

Und das Letzte, was sie hörte, war seine Stimme, als er heiser und eindringlich sagte: »Ich hab dich.«

Dann verschwand die Welt um sie herum und undurchdringliche Schwärze verschlang sie.

*

Devlin musterte Chereses kreideweißes Gesicht und fluchte leise. Schock? Ein verzögerter Schock? War das das einzige Problem? Oder war etwas Schlimmeres die Ursache?

Er hielt sie in seinen Armen und fühlte sich völlig hilflos.

Parker kam herbeigeeilt, dicht gefolgt von Dennis.

»Oh, meine Güte.« Parker ergriff eine von Thereses schlaffen Händen und rieb sie behutsam. »Sie schien völlig unversehrt zu sein, Mylord. Zuerst war sie natürlich erschreckt, aber als sie dann anfing zu helfen, schien sie völlig in Ordnung zu sein.«

Dennis nickte. »Sie gab allen Befehle, als wäre alles normal.«

»Lassen Sie mich ihr die Haube abnehmen.« Parker löste geschickt die Bänder, die unter Thereses Kinn verknotet waren.

Devlin passte seinen Griff an, damit Parker die Haube mit der breiten Krempe, die Thereses Gesicht bis zu diesem Moment teilweise verdeckt hatte, abnehmen konnte.

Als Parker die Haube wegzog, starrte Devlin auf Gesichtszüge, die ihm schmerzlich vertraut waren, aber jetzt viel zu blass aussahen. Thereses Teint war normalerweise cremefarben, nicht alabasterweiß.

»Oh mein Gott!«

Parkers schockierter Ausruf ließ ihn zu der Zofe hinüberblicken. Sie starrte auf die Haube in ihren Händen, auf das Seidenfutter, das mit Blut getränkt war.

Thereses Blut.

Dennis erbleichte, und Devlin war sich sicher, dass er ebenfalls blass wurde. Er hob Thereses Schultern an und versuchte, ihren Hinterkopf zu untersuchen. Doch das Einzige, was er erkennen konnte, war, dass eine große Fläche ihres goldblonden Haars mit dunklem Blut verklebt war.

Parker riss sich aus ihrer Erstarrung und ging in die

Hocke, untersuchte Therese vorsichtig, berührte sie sanft und richtete sich dann auf.

»Es ist eine Platzwunde, Mylord«, teilte sie ihm mit. »Quer über den Hinterkopf. Es sieht nicht so aus, als ob sie noch blutet.«

Das war auch nicht wahrscheinlich, weil seit dem Unglück mindestens eine Stunde vergangen war.

»Wie ist das passiert?« Er sah sich um und versuchte, einen der Ärzte zu entdecken.

Parker runzelte die Stirn und dachte zurück. »Es muss direkt bei dem Unglück passiert sein, bevor sie die Haube wieder aufgesetzt hat, aber sie hat nichts gesagt ... bestimmt hat sie es nicht gemerkt.« Dann hellte sich ihre Miene auf. »Ich saß neben ihr, und beim Aufprall wurden wir nach vorne geschleudert, die Koffer fielen auf uns herunter – einige auf unseren Rücken, andere auf unsere Köpfe.« Parker hob den Blick und sah Devlin in die Augen. »Ihr Kleiderkoffer fiel ihr auf den Kopf. Ich erinnere mich, dass ich ihn von ihr heruntergezogen habe. Und er hat Metallecken. Eine davon muss sie am Hinterkopf getroffen haben.«

Devlin musste sich Mühe geben, die panische Verzweiflung zu zügeln, die sich mit stahlharten Krallen in seine Seele gebohrt hatte. Mit Therese in seinen Armen drehte er sich um.

»Suchen Sie einen der Ärzte. Sie hat ihnen geholfen, jetzt sollen sie ihr helfen.«

Parker und Dennis stürmten davon.

Devlin kämpfte mit aller Kraft darum, sich zu kontrollieren und einen kühlen Kopf zu bewahren. In Gedanken wiederholte er immer wieder, dass Therese nur leicht verletzt war, dass sie lebte und ihr Leben nicht in Gefahr war. Dass er sie nicht verloren hatte und sie nicht verlieren würde.

So verängstigt hatte er sich in seinem ganzen Leben noch nicht gefühlt.

Als ihn nach einigen Minuten die aufkeimende Angst fast zum Weinen gebracht hätte, rief er sich streng ins Gedächtnis, dass er sich eine solche Theatralik nicht leisten konnte. Sie brauchte ihn jetzt – sie, die Kinder und seine Leute.

Noch nie zuvor hatten ihn die Anforderungen, die eine Existenz als Earl mit sich brachte, so belastet.

Dann kamen Parker und Dennis mit einem älteren Mann zurück.

»Meine Güte«, sagte er nach einem Blick auf Thereses Gesicht.

Devlin biss die Zähne zusammen.

»Dann schauen wir mal.« Der Arzt kam näher und ging in die Hocke, wie Parker es getan hatte.

Neben ihm flüsterte die Zofe, was sie entdeckt hatte. Parker zeigte auf die Stelle, er besah sich die Wunde, nickte und richtete sich auf.

Der Mann sah Devlin in die Augen. »Das ist eine hässliche Wunde, Mylord, aber bedenken Sie bitte, dass Kopfwunden immer stark bluten.« Er blickte wieder in Thereses Gesicht. »Sie hat sich überanstrengt, und auch wenn ich bezweifle, dass sie viel Blut verloren hat, hat der Verlust doch seinen Tribut gefordert.« Er schaute sich um, dann senkte er die Stimme und sah Devlin wieder in die Augen. »Die Wunde muss gewaschen werden, aber wir haben kein sauberes Wasser, deshalb möchte ich lieber nicht versuchen, die Wunde Ihrer Ladyschaft hier zu versorgen. Das Risiko einer Infektion wäre zu groß. Meiner bescheidenen Meinung nach sollten Sie Ihre Frau an einen Ort bringen, an dem sie angemessen behandelt werden kann. Ich glaube nicht, dass sie sich in akuter Gefahr befindet.«

Devlin starrte den Mann an, bedachte seine Worte und zwang sich dann zu nicken.

»Ich danke Ihnen. Ich werde tun, was Sie vorschlagen.«

Der Mann verbeugte sich. »Mylord.« Er richtete sich auf und fügte hinzu: »Ihre Ladyschaft war für alle hier eine große Hilfe. Ich bete für eine rasche und unkomplizierte Genesung.«

Devlin neigte steif den Kopf, nahm Therese fester in seine Arme, drehte sich um und trug sie aus dem grellen Licht. Dann begann er, mit ihr die Böschung hinaufzusteigen.

Parker und Dennis flankierten ihn und kamen nah genug an ihn heran, um ihn stützen zu können, sollte er ins Straucheln geraten.

In einem Winkel seines Verstandes war er erleichtert und dankbar, dass Therese, die Kinder und das Personal den Absturz überstanden hatten, aber der größte Teil seines Bewusstseins war von Furcht erfüllt. Von einem dunklen Gefühl, das den Schraubstock um sein Herz unerbittlich enger zog. Ungeachtet dessen, was sein Verstand wiederholte, waren seine Gefühle in Aufruhr und weigerten sich, zur Ruhe zu kommen und zu hoffen.

Als er Therese auf dem Weg zur Gasse trug, konnte er sich nur noch darauf konzentrieren, dass er sie auf keinen Fall verlieren durfte. Denn wenn das geschähe, würde er sich selbst verlieren.

*

Londons Glocken läuteten bereits Mitternacht, als Devlin Thereses schlaffen Körper die Stufen von Alverton House hinauftrug.

Als er die Hawkshead Lane erreicht hatte, war Mitchell mit einer alten, aber gut erhaltenen Kutsche zurückgekehrt, die groß genug war, um den Großteil der Gruppe zu transportieren. Doch die Verzweiflung, die seine Söhne erfasste, als sie ihre Mutter leblos in Devlins Armen liegen sahen, hatte alle davon überzeugt, dass es für die Kinder und das Personal besser wäre, in der langsameren Kutsche nach London zurückzufahren. Indes hatte Mitchell den schnelleren Zweispänner in die Hauptstadt zurückgefahren und Devlin als Beifahrer Therese auf seinem Schoß festgehalten.

Während er darauf wartete, dass Portland auf Mitchells energisches Klopfen reagierte, betrachtete Devlin Thereses Gesicht im Licht des spät aufgegangenen Dreiviertelmonds. Ihre Züge waren noch immer so leblos wie während der anstrengenden Fahrt.

Er hatte sie den ganzen Weg über an seine Brust gedrückt und ihren verletzten Kopf, so gut es ging, vor den unvermeidlichen Stößen geschützt. Die Entscheidung, vorauszufahren, war ihm nicht schwergefallen. Je eher er sie in ihr eigenes Bett brachte und Sanderson, den Familienarzt, zu ihr rief, desto besser.

Schließlich öffnete sich die Tür und gab den Blick auf Portland frei, der selbst in seinem Morgenmantel noch wie ein Magistrat wirkte. Begleitet wurde er von zwei verschlafenen Lakaien, die sofort große Augen machten, als sie Devlin mit Therese im Arm erblickten.

»Mylord!« Erschrocken riss Portland die Tür auf.

Mit grimmiger Miene schritt Devlin hinein, und Mitchell folgte ihm.

Portland schloss schnell die Tür. »Ein Unfall, Mylord?«

»Das kann man sagen.« Devlin drehte sich um und blickte Mitchell an.

Sein Knecht kam ihm zuvor. »Dr. Sanderson in der Harley Street, Mylord?«

Devlin nickte. »So schnell Sie können. Es ist mir egal, wo er ist und was er tut. Wir brauchen ihn jetzt sofort hier.«

Mitchell nickte mit dem Kopf. »Ich werde ihn holen.«

Als Mitchell zur Tür zurücklief und hinauseilte, warf Devlin einen Blick auf Portland.

»Der Zug ist entgleist, und Ihre Ladyschaft hat eine tiefe Wunde am Hinterkopf davongetragen. Sie hat nicht gemerkt, dass sie blutete, und hat die nächste Stunde damit verbracht, Verantwortung zu übernehmen und allen anderen zu helfen, bevor sie schließlich zusammengebrochen ist.« Er holte tief Luft und sammelte jedes Quäntchen Beherrschung, das er noch aufbringen konnte. »Die anderen folgen in einer gemieteten Kutsche. Wir müssen den Kutscher bezahlen.«

»Ich werde mich um alles kümmern, Mylord.« Behutsam geleitete Portland Devlin zur Treppe. »Und ich schicke Mrs. Portland sowie einige Dienstmädchen hinauf, damit sie sich um Ihre Ladyschaft kümmern. Sie wollen doch bestimmt, dass sich jemand um sie kümmert, bis der Arzt eintrifft?«

Und ob er das wollte! Devlin erlaubte es Portland, ihn die Treppe hinauf und den Korridor entlang in Thereses Zimmer zu begleiten. Instinktiv hätte er sie am liebsten in sein Zimmer gebracht, weil es größer war, doch er unterdrückte den Impuls. In ihrem eigenen Zimmer und in ihrem eigenen Bett würde sie sich wohler fühlen.

Sie hatte nie bei ihm geschlafen. Eine weitere Facette der Idiotie, von der er sich viel zu lange hatte leiten lassen.

Er blieb neben dem Bett stehen und wartete, während Portland es umrundete und die Nachttischlampe auf der gegenüberliegenden Seite anzündete. Dann legte er Therese vorsichtig ab, wobei er seinen Arm so sanft wie möglich unter ihren Schultern hervorzog, damit er die Wunde nicht berührte, und richtete sich auf.

Portland, der zum ersten Mal in all den Jahren, die Devlin ihn kannte, leicht nervös klang, entschuldigte sich und ging, um seine Frau zu rufen.

Devlin stand auf und starrte im sanften Licht auf Thereses unbewegtes Gesicht. Inständig hoffte er, dass sie aufwachen oder sich wenigstens rühren würde, aber sie war den ganzen Heimweg über unbeweglich und stumm gewesen und blieb es auch jetzt. Mit jeder Minute, die verging, fühlte er sich hilfloser.

Dann stürmte Mrs. Portland herein, zusammen mit zwei erschrocken dreinblickenden Dienstmädchen.

Devlin spürte den Blick der mütterlichen Haushälterin auf seinem Gesicht, dann legte sie eine Hand auf seinen Ärmel und führte ihn sanft vom Bett weg.

»Portland wurde zur Tür gerufen, Mylord. Der Bedienstete sagte, soeben sei eine Kutsche eingetroffen.«

Die Dienstmädchen hatten die Tür einen Spalt offen gelassen und Devlin hörte leise Stimmen in der Eingangshalle.

»Vielleicht sollten Sie nach den Kindern sehen, Mylord. Auch wenn Ihre Ladyschaft morgen früh bestimmt wieder putzmunter ist, werden die armen Kleinen sicher verstört sein.« Mrs. Portland ließ ihre Hand von seinem Ärmel fallen und fügte hinzu: »Sie wissen, dass Sie Mylady getrost in unsere Hände geben können. Wir werden es ihr bequem machen, und ich bleibe bei ihr, bis Sie zurückkommen.«

Devlin wäre lieber nicht gegangen, aber er wusste, dass es Thereses Wunsch gewesen wäre. Außerdem hatte Mrs. Portland recht: Er musste Zuversicht demonstrieren, damit die Kinder sich nicht übermäßig ängstigten.

Also atmete er tief durch und nickte. Dann zwang er sich, vom Bett aufzustehen und zur Tür zu gehen.

Die Haushälterin folgte ihm. Nachdem er in den Korridor getreten war, hörte er, wie die Tür leise hinter ihm geschlossen wurde. Er drehte sich nicht um und zwang sich, ruhig zu atmen, während er zur Treppe schritt und sie schnell hinunterging.

Das war auch gut so, denn seine Söhne weigerten sich, die Eingangshalle zu verlassen, bevor sie nicht erfuhren, wie es ihrer Mutter ging. Angesichts seines eigenen Verhaltens konnte er es ihnen kaum vorwerfen.

Er kontrollierte seine Gesichtszüge, um eine Zuversicht auszustrahlen, die er nicht empfand. Dann lächelte er die Jungen an, legte seinen Übermantel ab und reichte ihn Portland, bevor er sich vor seine Söhne hockte.

»Eure Mama wird bald wieder gesund.« Er sah zuerst Spencer in die Augen, dann Rupert, während er im Stillen betete, dass sich seine Vorhersage bewahrheitete. »Ich habe Mitchell geschickt, damit er Dr. Sanderson holt. Wenn er kommt, wird er Mamas Kopf verbinden, und wenn sie sich ausgeruht hat, wird sie wieder ganz gesund sein.«

Die Jungen sahen ihn aufmerksam an.

»Sie war vorhin ganz still«, sagte Spencer dann leise. »Ist sie aufgewacht?«

Verdammt!

»Nein, aber das ist auch kein Wunder«, behauptete er, dabei war genau dieser Punkt die Quelle seiner eigenen zunehmenden Unruhe. »Sie hat sehr hart gearbeitet, um den Verletzten zu helfen, und hat sich dabei wahrscheinlich zu sehr verausgabt. Es könnte sein, dass sie noch eine Weile schläft, bevor sie aufwacht. Aber …« Er warf einen Blick auf Sprockett, die eine glücklicherweise schlafende Horry im Arm hielt, und sah dann wieder zu den Jungen. »… wenn sie aufwacht, wird sie euch sehen wollen, und da sie noch schläft, solltet ihr vielleicht auch schlafen – sonst gähnt ihr nachher nur, wenn sie euch besuchen kommt.«

Rupert war der Erste, der nickte und »In Ordnung« murmelte, dann folgte – etwas zögerlicher – Spencer.

»Gute Jungs.« Devlin stand auf und zerzauste ihnen das Haar. Normalerweise hätte er die beiden den wartenden Kindermädchen übergeben, aber heute war nichts normal. Also reichte er seinen Söhnen die Hand, mochte es nun ihr Bedürfnis oder sein eigenes sein. »Kommt mit.« Als sie ihre kleinen Hände in seine große Hand schoben, fügte er hinzu: »Wenn eure Mama schläft, bringe ich euch ins Bett.«

Sprockett warf ihm einen dankbaren Blick zu. Mit Horry im Arm folgte sie ihm und den Jungen die Treppe hinauf in die Kinderzimmer. Die Kindermädchen und Lakaien folgten mit den verschiedenen Koffern und Taschen.

Devlin unterdrückte sein aufkommendes Bedürfnis, zu Therese zurückzukehren, und zwang sich, für die nächsten zwanzig Minuten seine Sorge um sie hinter einer beruhigenden Fassade zu verbergen.

Schließlich lagen die Jungen in ihren Betten. Der Schlaf überkam sie fast augenblicklich, sie entspannten sich und schliefen ein.

Einen letzten Moment stand Devlin in der Tür ihres Zimmers und beobachtete, wie sich die Decken hoben und senkten, dann trat er auf den Korridor hinaus und schloss leise die Tür.

Anschließend schaute er bei Horry vorbei.

Ihre Nanny flüsterte, dass sich die Kleine nicht gerührt hatte.

Er nickte und drückte seiner Tochter einen Kuss auf die Stirn. Sie war Therese so ähnlich – nicht nur äußerlich, sondern auch charakterlich –, dass es ihm schon das Herz zuschnürte, wenn er sie nur ansah. Sie schlief friedlich weiter, aber als er das Kinderzimmer verließ, wusste er, dass Horry, sobald sie wach wurde, am lautesten nach ihrer Mutter verlangen würde.

Er betete, dass Therese bald aufwachte. Auch wenn sie dann sofort wieder in den Schlaf oder eine Bewusstlosigkeit zurückfiel? Er wusste es nicht, aber wenn er den Kindern sagen konnte, dass ihre geliebte Mutter ihre Augen geöffnet und mit ihm gesprochen hatte, würde das zumindest ihre Ängste lindern.

Endlich betrat er wieder Thereses Zimmer. Beide Nachttischlampen brannten, doch sie waren heruntergedreht und auf die weiter vom Bett entfernten Kommoden gestellt worden, sodass der größte Teil des Zimmers im Dunkeln lag.

Er näherte sich dem Bett, in dem Therese auf der Seite unter der Decke lag, mit dem Gesicht zu ihm. Sie war ausgekleidet worden und schlief jetzt in einem frischen weißen

Nachthemd mit weitem Ausschnitt. Unter ihrem Kopf und ihren Schultern war ein dickes weißes Handtuch auf den Kissen ausgebreitet worden, dessen makellose Farbe einen starken Kontrast zu den blutverschmierten Haaren an ihrem Hinterkopf bildete.

Hinter dem Bett, dicht an der Wand, erhob sich Mrs. Portland von dem Stuhl mit gerader Lehne, auf dem sie gesessen hatte.

»Mylord, da Dr. Sanderson herbeigerufen wurde, hielt ich es für das Beste, die Wunde nicht zu waschen. Ich möchte behaupten, dass der Doktor das wohl selbst tun will.«

Devlin erinnerte sich an die Bemerkung über das Infektionsrisiko, die der Arzt am Unfallort gemacht hatte, und nickte.

»In der Tat, das will er bestimmt.«

Mrs. Portland neigte den Kopf und wartete, offenbar unsicher, ob sie sich wieder setzen oder gehen sollte.

Devlin gelang es, eine sanftere Miene aufzusetzen, bevor er seine Haushälterin ansah.

»Ich danke Ihnen für Ihre Hilfe. Sie können jetzt gehen. Ich werde mich erst einmal zu Ihrer Ladyschaft setzen und Parker wird zweifellos in Kürze kommen.«

Beide wussten, dass Parker darauf bestehen würde, ihre Lady zu hüten, die sie sehr mochte. Was allerdings für den gesamten Haushalt galt.

»Mylord.« Mrs. Portland machte einen kurzen Knicks.

Devlin nickte vage und richtete seinen Blick dann wieder auf die stumme Gestalt im Bett. Einen Moment später schloss sich klickend die Tür.

Er hielt einen Moment inne, dann ging er langsam seitlich ans Bett und schaute in Thereses regungsloses Gesicht. Ein Gefühl – eine Angst, die er noch nie zuvor gespürt hatte – zerrte an seinem Herzen. Einmal mehr musste er sich daran erinnern, zu atmen.

Er füllte seine Lunge, dann atmete er aus und ließ den Blick abermals über ihre Züge wandern. Ihr Gesicht war so still, so unbewegt, so entseelt. Er vermisste die Sanftheit darin, das Leben, die Liebe, die für gewöhnlich durch jeden Ausdruck hindurchschimmerte.

Es war, als ob sie ihr Gesicht absichtlich mit einer ausdruckslosen Maske verdeckte, als ob sie selbst in ihrem jetzigen Zustand Schmerz empfand und ihn verbergen wollte.

Nach ungezählten Minuten holte er gequält Luft und sah sich um. Ins Dunkel gehüllt, stand – ein Stück vom Bett entfernt – ein Sessel. Er streckte die Hand aus und zog ihn zu sich heran, dann schob er ihn noch näher an das Bett und setzte sich. Anschließend beugte er sich vor und nahm eine von Thereses kalten Händen. Sanft rieb er ihre eiskalten Finger zwischen seinen Handflächen und betete zu allen Göttern, die er kannte, dass sie ihn nicht verlassen würde.

*

Er saß noch immer im Sessel und starrte auf Thereses Gesicht, als die Tür aufging und Sanderson eilig eintrat.

Mit einem Blick zur Uhr auf der Kommode erhob sich Devlin. Er war am ganzen Körper steif, doch obwohl es sich anfühlte, als seien bereits Stunden vergangen, war es in Wirklichkeit erst kurz nach ein Uhr nachts.

»Ich bin so schnell gekommen, wie ich konnte«, versicherte Sanderson, den Blick auf Therese gerichtet. Seine

Augen verengten sich zu schmalen Schlitzen, während er das Bett umrundete und auf die andere Seite ging. Dort angekommen stellte er seine schwarze Tasche auf die Decke am Fußende des Bettes und sagte: »Ich brauche mehr Licht.«

Devlin sah Parker an. Wie er es vorhergesehen hatte, war sie vor einigen Minuten ins Zimmer geschlüpft und hatte den Platz eingenommen, den Mrs. Portland freigegeben hatte.

Ohne auf seinen Befehl zu warten, ging Parker nun zu einer der Lampen, die in der Nähe auf einer Kommode standen, und drehte den Docht höher. Anschließend brachte sie die Lampe zum Nachttisch, neben dem Sanderson stand, den Blick auf Therese gerichtet. Parker stellte die Lampe so ab, dass ihr Licht über das Bett fiel und Thereses Hinterkopf beleuchtete.

Devlin regte sich und öffnete den Mund, aber Sanderson hob eine Hand.

»Moment«, bat er. »Lassen Sie mich erst die Wunde untersuchen.«

Er beugte sich vor, griff über das Bett und strich vorsichtig die verklebten Büschel blassgoldenen Haares beiseite, damit er die Verletzung untersuchen konnte.

Nach einem Moment blickte er zu Parker, die bei der Lampe geblieben war.

»Heben Sie die Lampe an«, forderte er sie auf. »Etwa auf Kopfhöhe.«

Parker tat, wie ihr geheißen. Kurz wackelten die Lampe und der Lichtkegel, aber dann hatte sie ihre Position gefunden, und das Licht beruhigte sich.

Sanderson beugte sich weiter über das Bett und musterte

Therese genau. Schließlich schnaufte er, richtete sich auf und ließ das blutige Haar aus seinen Fingern gleiten.

»Gut, ich habe die Verletzung gesehen. Also, was ist passiert?«

»Sie befand sich in einem Abteil des Zuges zum Alverton-Priorat, als die Lokomotive entgleiste und umkippte«, berichtete Devlin.

Sandersons Blick huschte zu seinem Gesicht. »Wie nahe war sie am Kollisionspunkt?«

»Drei Waggons von der Lokomotive aus – nein, es waren vier, wenn man den Kohlenwagen mitzählt.«

Sanderson blickte auf Therese hinunter und runzelte die Stirn.

»Wissen Sie, woher die Wunde stammt?«, erkundigte er sich.

Devlin sah Parker an.

»Ich habe neben ihr gesessen.« Die Zofe stellte die Lampe vorsichtig ab. »Sie und ich saßen auf der Sitzbank in Fahrtrichtung. Bei dem Aufprall wurden wir nach vorne geschleudert, auf die uns gegenübersitzenden Kinder und Sprockett. Das Gepäck, das in dem Gestell über uns verstaut war, kippte ebenfalls nach vorne und fiel auf unsere Köpfe und Schultern.«

Parker stockte, den Blick auf die Bewusstlose gerichtet.

»Der Kleiderkoffer Ihrer Ladyschaft ist auf ihrem Hinterkopf gelandet. Ich bin mir sicher, dass das der Grund für ihre Verletzung war, denn ich habe geholfen, ihn von ihr herunterzuheben. Dieser Koffer war der schwerste von allen und er hat Metallecken.« Sie richtete sich auf und rang die Hände. »Ich habe zu diesem Zeitpunkt nichts bemerkt. Wir standen auf und ich reichte ihr die Haube ... Ich sagte ihr, dass sie auf ihrem Kopf am besten aufgehoben sei, und sie setzte sie auf und knotete die Bänder zusammen.«

Parkers Stimme schwankte bei den letzten Worten, und Sanderson murmelte: »Vollkommen vernünftig.« Er blickte zu Devlin.

Parker knetete weiter ihre Hände. »Aber wenn ich ihr nicht die Haube gegeben und gesagt hätte, sie solle sie aufsetzen, dann hätten wir gesehen ...«

»Das können Sie nicht wissen.« Devlin zwang sich, in einem unbeirrbaren Ton zu sprechen. »Da es weder im Zug noch draußen Licht gab, ist es nicht sicher, dass jemand die Blutung bemerkt hätte – wenigstens nicht sofort.« Er sah Parkers besorgten Blick und fügte etwas sanfter hinzu: »Niemand hätte das vorhersehen können. Es ist nicht Ihre Schuld, Parker.«

Sanderson nickte. »So ist es.« Er richtete seinen Blick wieder auf die Patientin. »Und wann hat sie die Blutung bemerkt?«

»Das hat sie nicht.« Devlin erklärte nun mit Parkers Unterstützung, wie Therese geholfen hatte, die Verletzten und Toten aus dem Zugwrack zu bergen. »Erst ganz zum Schluss, als sie alles getan hatte, was sie konnte, und ich sie endlich fand, wurde sie ohnmächtig«, schloss er.

»Hmm. Also, nachdem sie sich gewissermaßen aus dem Geschehen zurückgezogen hat.« Sanderson nickte, als ob das irgendwie von Bedeutung wäre. »Gut.« Er sah sich um. »Ich brauche eine Schüssel mit heißem Wasser, außerdem saubere Tücher und Verbandsmaterial.«

Devlin sah Parker auffordernd an.

Mit ihrer üblichen streng kontrollierten Haltung nickte die Zofe und goss das heiße Wasser, das sie bereits in den

Raum gebracht hatte, in eine Schüssel. Nachdem sie verschiedene Handtücher und vorbereitete Verbände zum Bett gebracht hatte, trug sie die Schale an Sandersons Seite.

Der Arzt nahm ein dickes weißes Handtuch, faltete es zusammen und kniete sich dann hinter Therese auf das Bett.

»Wenn Sie sie ein wenig anheben könnten, Alverton?«

Devlin schob eine Hand unter Thereses Schulter, spreizte die andere Handfläche unter ihrem Kopf und richtete sie vorsichtig auf.

»Das ist genug.« Schnell schob Sanderson das dick gefaltete Handtuch unter ihren Kopf und ihre Schulter, zusätzlich zu dem bereits dort ausgebreiteten Tuch, und nickte. »Legen Sie sie wieder ab.«

Devlin gehorchte. Dann sah er zu, wie Sanderson – nachdem er etwas Tinktur in das Wasser gegeben und umgerührt hatte – ein Tuch eintauchte und anfing, damit vorsichtig das Blut von Thereses Kopf abzutupfen.

Der Arzt arbeitete langsam und methodisch.

Sanderson, Sohn eines Gentlemans, war etwa zehn Jahre älter als Devlin und hatte Eton besucht, wo er Lord Ryder Cavanaugh kennengelernt und sich mit ihm angefreundet hatte. Sanderson hatte Medizin studiert und sich schließlich in der Harley Street als Spezialist für Geburtshilfe und Frauenheilkunde niedergelassen. Neben seinem Fachgebiet war Sanderson auch als exzellenter, gelassener und vielseitiger Familienarzt bekannt geworden, dessen unkomplizierte Art sowohl bei Kindern als auch bei deren Eltern gut ankam. Er war ein enger Freund von Ryder, dem jetzigen Marquess von Raventhorne, geblieben, und dank Ryders Marquise Mary – eine geborene Cynster, die Sandersons

Dienste für ihre Entbindungen in Anspruch nahm – war er zu einem gefragten Arzt für die höhere Gesellschaft geworden.

Mittlerweile war er der Hausarzt aller Cynster-Ladys. Therese hatte darauf bestanden, Sanderson für ihre Entbindungen heranzuziehen, und Devlin war froh gewesen, dass er sich bereit erklärt hatte.

Und auch in diesem Fall bezweifelte er nicht, dass Therese in den besten Händen war.

Mit Parkers Hilfe wusch, trocknete und salbte Sanderson die Wunde an Thereses Kopf. Devlin musste nur helfen, sie anzuheben, als Sanderson das schmutzige Handtuch unter ihr wechselte.

Als sich Sanderson, offenbar endlich zufrieden mit seiner Arbeit, aufrichtete und nach dem Verband griff, den Parker bereithielt, sah er Devlin in die Augen.

»Ich habe so wenig wie möglich von ihrem Haar entfernt.« Er deutete auf Thereses lange Locken, die sich nun wie eine goldene Masse über ihre Schulter und das Kissen ergossen. »Da ihre Haarpracht so üppig ist, bezweifle ich ernsthaft, dass man es sieht.« Er warf einen Blick auf Parker und lächelte. »Und ich bin mir sicher, dass Parker weiß, wie sie das Haar ihrer Mistress frisieren muss, damit die kahle Stelle nicht zu sehen ist.« Sanderson rollte den Verband ab und beugte sich wieder zu seiner Aufgabe. »Natürlich wird es mit der Zeit wieder nachwachsen, aber sie wird es sicherlich bemerken und jammern – das tun sie immer.«

Devlin sah, wie Parker die Lippen schürzte, aber sie widersprach Sanderson nicht – wahrscheinlich, weil sie es besser wusste.

Schließlich richtete sich Sanderson auf und trat vom Bett zurück.

Er ging zu einer anderen Schüssel, die neben dem Krug mit warmem Wasser stand, und wusch sich die Hände.

Parker reichte ihm ein sauberes Handtuch. Sanderson nahm es, trocknete sich die Hände, gab es der Zofe zurück, ging wieder zum Bett und stellte sich neben Devlin.

Devlin beobachtete, wie der Arzt Thereses Gesicht betrachtete. Dann beugte er sich über sie, hob eines ihrer Augenlider ein wenig an und ließ es fallen.

Als Sanderson sich aufrichtete, stellte Devlin die Frage, mit der er seit der Ankunft des Arztes gewartet hatte.

»Wird sie wieder gesund?«

Sanderson warf einen Blick auf Parker.

Devlin erhob seine Stimme. »Parker, bringen Sie bitte die Schüssel und die schmutzigen Tücher weg. Ich läute, wenn Sie wieder hereinkommen können.«

Die Zofe warf ihm einen besorgten Blick zu, tat dann aber, worum er sie gebeten hatte. Nachdem sie die Tücher eingesammelt und in die Schüssel gelegt hatte, trug sie die Sachen zur Tür.

Als sich die Tür hinter ihr schloss, konzentrierte sich Devlin wieder auf Sanderson.

»Und?«

Den Blick auf Thereses Gesicht gerichtet, verschränkte der Arzt die Arme vor der Brust.

»Es stimmt mich nicht gerade froh, dass sie so lange bewusstlos geblieben ist«, räumte er ein. »Dafür weiß ich aber mit Sicherheit, dass sie sich insgesamt in einem ausgezeichneten Gesundheitszustand befindet.«

Er hielt kurz inne. Offenbar suchte er nach Worten, um

seine Gedanken auszudrücken, und Devlin ließ ihm die Zeit.

»Ich hätte nicht erwartet, dass eine solch oberflächliche Verletzung so eine tiefe Ohnmacht bei ihr auslösen könnte«, fuhr Sanderson schließlich mit leichtem Stirnrunzeln fort. »Nicht unter normalen Umständen. Ich kann nur zu dem Schluss kommen, dass die körperliche Anstrengung, die sie bei der Hilfe an der Absturzstelle auf sich genommen hat, und die Auswirkungen des Blutverlustes zusammenkamen. Obendrein muss es auch noch kalt gewesen sein und die Kälte hat nicht gerade geholfen. Das alles hat sie in einen, wie wir es nennen, Schockzustand versetzt. In ihrem Fall vermute ich, dass sie schon einige Zeit unter diesem Schock stand, bevor sie schließlich umkippte.« Sanderson nickte, als ob er mit dieser Erklärung zufrieden sei. »In dem Fall wäre die Bewusstlosigkeit die Art und Weise, wie ihr Körper dafür sorgt, dass sie sich lange genug ausruht, um sich richtig zu erholen.«

»Und wie lautet Ihre Prognose?«, hakte Devlin nach. »Wann wird sie aufwachen?«

Sanderson schürzte die Lippen, und Devlins Blut gefror.

»Die Wahrheit, bitte«, presste er hervor. »Ich würde lieber wissen …«

Sanderson sah Devlin kurz in die Augen, dann atmete er aus.

»Also gut, die schlimmste Möglichkeit zuerst. Ihr Schädel könnte sehr empfindlich sein, und wenn das so ist, ist es möglich, dass sie nie wieder aufwacht. Aber«, beeilte er sich hinzuzufügen, »ich halte das für sehr unwahrscheinlich.«

Er hielt inne und betrachtete Therese.

»Das ist die allerschlimmste Prognose, die ich mir vorstellen kann«, fuhr er dann fort. »Wenn ihr Schädel nur halb so hart ist, wie ich immer angenommen habe, wird sie in Bälde aufwachen und außer ein paar Tagen Kopfweh keine Schäden davontragen.« Er atmete aus und fügte dann, wie einen Nachgedanken, hinzu: »Manchmal liegt bei solchen Verletzungen ein Trauma zugrunde, das dazu führt, dass der Patient gar nicht mehr aufwachen und ins Leben zurückkehren will. Aber ...« Er blickte wieder zu Devlin. »... Therese hat alles, wofür sie lebt – ihre Kinder, ihre Ehe, ihren Haushalt und mehr. In dieser Hinsicht bin ich zuversichtlich, dass sie sich nicht dafür entscheiden würde, sich zu verabschieden.«

Sanderson betrachtete seine Patientin immer noch und ließ die Arme sinken.

»Damit bleiben meine ursprünglichen Prognosen, und ich habe Ihnen gesagt, welche davon ich stark favorisiere.« Der Arzt wandte sich vom Bett ab und sah Devlin mit einem schwachen Lächeln in die Augen. »Ich würde darauf wetten, dass sie im Laufe des Tages aufwacht – wenn auch möglicherweise nicht vor Mittag. Wahrscheinlicher ist, dass sie bis tief in den Nachmittag hinein schlafen wird.«

Devlin holte zum ersten Mal seit Stunden wieder tief Luft. »Und wenn sie wach wird?«

Sanderson grinste. »Wie ich sie kenne, werden Sie sich anstrengen müssen, damit sie liegen bleibt. Und sie wird hungrig sein, aber sie sollte zunächst nur Brühe zu sich nehmen. Parker und Ihre Haushälterin werden wissen, was sie ihr bringen sollen.«

»Sie soll also im Bett bleiben?«

»Ich würde es vorziehen, dass sie den Rest des Tages

ruhig verbringt, doch wie ich Therese kenne, ist das wohl zu viel verlangt. Aber tun Sie Ihr Bestes.« Sanderson ging zum Ende des Bettes, hob seine schwarze Tasche auf und sah Devlin dann fragend an. »Die Kinder?«

»Völlig unverletzt und im Tiefschlaf – hoffe ich. Wie Parker bereits sagte, befanden sie sich auf dem Sitz gegenüber von Therese, und dass sie nach vorne geschleudert wurde, hat die beiden Jungen geschützt. Ich habe nicht mal einen blauen Fleck gesehen.«

Sanderson schnaubte und hob seine Tasche. »Das wird sie freuen.«

Devlin nickte nur; er brauchte etwas Zeit, um sich darüber klar zu werden, was er von Sandersons Prognosen halten sollte.

Er deutete in Richtung Tür. »Ich begleite Sie hinaus.«

Bevor er Sanderson in den Korridor folgte, läutete er noch nach Parker. Sie kamen auf der Galerie an der Zofe vorbei, die sich beeilte, um wieder auf ihre Mistress aufzupassen.

Devlin, der seine übliche weltmännische Maske aufsetzte, begleitete den Arzt in die Eingangshalle.

Als Sanderson sich den Mantel überstreifte, blickte er Devlin in die Augen.

»Wenn Sie sich Sorgen um Thereses Genesung oder die der Kinder machen, zögern Sie nicht, mich zu rufen.« Er hielt inne, dann fügte er leiser hinzu: »Verletzungen zeigen sich manchmal nicht sofort.«

Devlin nickte.

Portland hatte eine Droschke warten lassen und Devlin begleitete Sanderson auf die vordere Veranda. Er schüttelte die Hand des Arztes und sagte ihm, er solle seine Rechnung schicken. Danach wartete er, bis die Droschke abfuhr, und hob die Hand zum Gruß. Anschließend drehte er sich um und ging hinein.

In der Halle hielt er kurz inne und versuchte sich alles, was Sanderson gesagt hatte, einzuprägen. Dann nickte er Portland zu und legte dem Butler nahe, ins Bett zurückzukehren.

Doch am Fuß der Treppe stockte er. Einen langen Moment lang starrte er ausdruckslos ins Leere, dann änderte er seine Laufrichtung und ging in sein Arbeitszimmer.

Kapitel 15

Fünfzehn Minuten später öffnete Devlin leise die Tür von Thereses Zimmer und ging hinein.

An der Wand saß Parker starr aufrecht auf dem Stuhl mit gerader Rückenlehne, den Blick auf Thereses reglose Gestalt gerichtet.

Devlin ließ die Tür einen Spalt offen und trat an die Seite des Bettes. Er blieb vor dem Sessel stehen, in dem er zuvor gesessen hatte, und vergewisserte sich, dass sich Therese keinen Deut bewegt hatte, seit er aus dem Zimmer gegangen war, dann sah er Parker an.

»Gehen Sie ins Bett, Parker. Der Arzt rechnet nicht damit, dass Ihre Ladyschaft vor Mittag aufwacht, und Sie werden ihr nicht helfen, wenn Sie erschöpft sind. Sie waren bei dem Unfall dabei. Auch wenn Sie es sich nicht eingestehen wollen, Ihre Nerven müssen sich erholen.« Er schaute Therese an. »Ich werde die ganze Nacht über auf sie aufpassen. Ich rufe Sie, sobald sie aufwacht.«

Aus dem Augenwinkel beobachtete er, wie Parker mit seinen Worten haderte, die im Grunde genommen ein Befehl gewesen waren, ganz gleich wie höflich er sie formuliert haben mochte.

Am Ende triumphierte die Ausbildung, die sie genossen hatte. Sie erhob sich und machte einen Knicks.

»Wenn Sie sich sicher sind, Mylord?«

Er nickte. Während Parker leise den Raum verließ und die Tür hinter sich zuzog, betrachtete er weiterhin Thereses Gesicht. Nach einem Moment atmete er aus, dann hob er die rechte Hand, die Parker nicht hatte sehen können, als er hereingekommen war, und stellte die Figur, die er aus dem Safe geholt hatte, vorsichtig auf den Nachttisch.

Sanderson hatte Therese auf der Seite liegen lassen, um keinen Druck auf die sicherlich schmerzhafte Wunde auszuüben. Obwohl die Lampen wieder vom Nachttisch entfernt und heruntergedreht worden waren, konnte Devlin jede Linie ihres Gesichts erkennen. Er verbrachte einige Sekunden damit, die Figur so zu positionieren, dass Thereses Blick darauf fallen musste, sobald sie die Augen öffnete.

Zumindest hoffte er das.

Die Figur hatte die Form eines sich aufbäumenden Drachens, der zum Flug ansetzte. Eine glühende Beschützerin, genau wie Therese selbst. Er hatte sofort an sie gedacht, als er die Figur zum ersten Mal gesehen hatte, an jenem Eröffnungstag der Ausstellung am Stand des russischen Juweliers. Es hatte ihn fasziniert, dass auch Therese von der fein gearbeiteten Statue begeistert gewesen war. Zu wissen, dass sie sich zu dem Kunstwerk hingezogen fühlte, hatte es zum perfekten Geschenk für sie gemacht.

Es war Ironie des Schicksals, dass die Suche nach dem perfekten Geschenk für seine Frau so viel Herzeleid und Schmerz verursacht hatte. Wäre er nicht losgegangen, um die Figur zu holen, hätte sie ihn nicht gesehen und gedacht ... und sie wäre nicht im Zug gewesen, als er verunglückte.

Er hatte darüber nachgedacht, ob er ihr die Figur mitbringen, ja ob er sie ihr überhaupt schenken sollte. Inständig hoffte er, dass sie als sichtbarer Beweis für seine Erklärung dessen dienen konnte, was Therese in Covent Garden gesehen hatte. Aber er befürchtete auch, dass es sie stattdessen brutal an das erinnern könnte, was sie sich vorgestellt hatte, als sie ihn in die Unterkunft der Russen gehen sah.

Würde sie die Figur so betrachten, wie er es sich erhofft hatte, als ein von Herzen kommendes Geschenk? Oder wäre sie für Therese nur eine Erinnerung an einen Moment des Unglücks? Würde der Drache in ihrer Vorstellung Liebe oder Schmerz symbolisieren?

Er starrte die Figur an. Selbst in dem schwachen Licht schimmerte das Gold des Körpers und die Farben der emaillierten Flächen schienen zu leben; die Edelsteine, mit denen der Drache besetzt war, blinkten und funkelten. Die kleine Kreatur war zweifellos exquisit und wirkte fast lebendig. Am Ende hatte er deshalb auf sein Bauchgefühl gehört und den Drachen zu ihr mitgenommen.

Langsam ließ er sich in den Sessel sinken. Er lehnte sich zurück, sein Blick ruhte auf ihrem Gesicht.

Der Umgang mit den Kindern und Sanderson hatte ihn gezwungen, sich zu konzentrieren und nach außen hin gefasst zu wirken. Doch jetzt hatte er keinen Grund, keinen Ansporn mehr und nur noch wenig Kraft, um den Deckel auf den Kessel der Gefühle zu drücken, die in ihm brodelten.

Als er dasaß und sie anstarrte, flammten diese Gefühle von Neuem auf. Sie schwollen an und wuchsen, dann brachen sie aus ihm heraus. Brennend heiß und kraftvoll strömten sie durch ihn hindurch und überwanden alles Gekünstelte, bis sein Innerstes ungeschützt zutage lag.

Angst, Schuldgefühle und verzweifelte Sorgen überfluteten ihn, bis er das Gefühl hatte, zu ertrinken.

Er keuchte, atmete aus und wieder ein, tiefer und länger diesmal, bevor er wieder ausatmete. Er wiederholte die Übung, bis sich der tosende Ozean zu einer schwer wogenden See beruhigt hatte.

Es hatte keinen Sinn, sich in Schuldgefühlen über das Spiel zu suhlen, das er mit ihrem Leben gespielt hatte – mit ihrer Ehe, mit ihrer Liebe. Es hatte keinen Sinn, die Anstrengungen zu bedauern, die er unternommen hatte, um die Fiktion aufrechtzuerhalten, dass er nicht in sie verliebt sei. Seinen vergeblichen, aber standhaften Versuch, die Realität zu verleugnen. Es hatte keinen Sinn, sich darüber zu beklagen, dass er sich geweigert hatte, das anzuerkennen, was er schon immer gewusst hatte.

Den Blick fest auf Thereses unbewegliche Züge gerichtet, schwor er sich, dass er, wenn sie erwachte, nicht zögern würde. Er wollte sich nicht erlauben, den Moment hinauszuschieben – ganz gleich, welche Rechtfertigung ihm einfiel –, sondern ihr gleich alles sagen. Er würde alles bekennen – die Weite, die Tiefe und die überwältigende Kraft seiner Liebe zu ihr.

Seine Lippen spitzten sich zu, als er sich an die letzten Stunden erinnerte. In Wahrheit wusste er alles über die Breite, Tiefe und Kraft seiner Gefühle für sie. Die Emotionen, die ihn überwältigt hatten, waren stärker, intensiver und erschütternder als alles, was er je zuvor empfunden hatte.

Als er sich darangemacht hatte, ihr seine Liebe zu gestehen, hatte er den Geist aus der Flasche gelassen, und nun gab es keine Möglichkeit mehr, ihn wieder hineinzustopfen.

Es war nicht etwa so, dass er sich wünschte, die Dinge

zwischen ihnen wären wieder so wie früher. Vielmehr hatten die letzten Wochen ein so verheißungsvolles, kostbares Versprechen gegeben, dass er sich nicht vorstellen konnte, darauf zu verzichten. Alles in ihm wollte diese goldene Zukunft für ihn, für sie und ihre Familie.

Wenn er Therese offen liebte, war er vielleicht anfälliger für furchtbaren Kummer und Elend, für Schmerz, Angst, Furcht und den Schrecken drohenden Verlustes. Aber diese negativen Aspekte wurden ausgeglichen und die Waage neigte sich stark zum Positiven. In der Waagschale lagen die unbändige Freude, der Sonnenschein des Glücks, das Glühen warmer Hochstimmung und eine tiefere, reichere, glorreichere Zufriedenheit, die es ohne das Liebesgeständnis einfach nicht gab.

Die Liebe in all ihren vielen Facetten war nicht zu unterschätzen. Sie war ein wesentlicher Bestandteil des menschlichen Daseins, davon war er überzeugt. Ohne sie konnte und würde man nicht alles erleben, was das Leben zu bieten hatte.

Unwillkürlich wanderte sein Blick zu Therese, genoss die Schönheit ihres Gesichts – ein geliebter Anblick.

Sandersons Worte kamen ihm in den Kopf.

»*Manchmal liegt bei solchen Verletzungen ein Trauma zugrunde, das dazu führt, dass der Patient gar nicht mehr aufwachen und sozusagen ins Leben zurückkehren will. Aber ...*«

Er sagte sich, dass es, wie auch Sanderson es bestätigt hatte, auf Therese wahrscheinlich nicht zutraf. Sie war jemand, der Probleme anging und sie bewältigte. Doch leider war die Sorge ein unvernünftiges Untier und sie hatte sich in seinem Kopf eingenistet.

Um sich dagegen zu wehren, erinnerte er sich an ihr Temperament. Es brach zwar nicht oft aus, aber wenn, dann mit elementarer Kraft. Im Laufe der Jahre hatte er sie bereits mehrmals von einer unbedachten Handlung abhalten müssen ...

Hatte sie sich deshalb ins Priorat flüchten wollen? Hatte sie in ihrer Wut vielleicht den Schluss gezogen, dass er ihre Hoffnungen auf Liebe nur aus einer Laune heraus geweckt hatte, um sie dann grausam zu zerstören, indem er mit einer anderen Frau verkehrte?

Er zwang sich, die Möglichkeit zu akzeptieren, dass sie beschlossen haben könnte, ihn aus ihrem Leben zu streichen.

Es war ein Kampf, sich von dem Abgrund loszureißen, den dieser Gedanke heraufbeschwor. Er schaffte es nur, indem er sich abermals ins Gedächtnis rief, dass Therese sich viel eher den Dämonen entgegenwerfen würde, die es wagten, sich ihr in den Weg zu stellen, als schreiend vor ihnen davonzulaufen.

Er ließ den Blick über ihr Gesicht schweifen und lenkte seine Gedanken absichtlich in eine, wie er hoffte, erfolgversprechendere Richtung, indem er darüber nachdachte, wie er am besten vorgehen sollte, wenn sie erwachte. Dann überlegte er, was er erreichen wollte, wenn er offen bekannte, dass ihre Ehe auf Liebe basierte. Er hatte ihr seine Liebe schlicht und einfach deshalb gestanden, weil er mehr wollte. Er wollte einfordern, was dazu da war, um eingefordert zu werden – denn das hatte er inzwischen begriffen. Er wollte all die Vorteile, die andere Cynster-Paare für sich in Anspruch nahmen, indem sie ihre Liebe füreinander offen bekannten, sowohl die Männer als auch die Frauen.

Dieses anfängliche Motiv mochte egoistisch gewesen sein, aber er hatte schon damals gewusst, dass Therese, sobald sie begriffen hatte, dass diese Möglichkeit bestand, diesen Triumph ebenso eifrig beanspruchen würde wie er. Mehr zu wollen – darauf lief es hinaus. Wenn er auf die vergangenen Wochen zurückblickte und ihre ermutigenden Reaktionen Revue passieren ließ, war er davon überzeugt, dass sie sich nach dem gleichen, absolut verführerischen Ziel sehnte. Sie hatten also das gemeinsame Ziel, ihre Verbindung von dem, was sie gewesen war, zu dem zu machen, was sie sein könnte. Zu etwas, was so viel mehr umfasste und versprach.

Wenn sie erwachte, würde er sie davon überzeugen müssen – von ihrem gemeinsamen Ziel und allen Aspekten dieses »Mehr«. Dazu müsste er ihr alles offenbaren – die vollständige und unverhüllte Wahrheit über ihre Ehe.

Unter seinem unerschütterlichen Blick flatterten ihre Wimpern, und ihre Lider zogen sich zusammen, als würde sie gleich ihre Augen öffnen.

Hoffnungsvoll setzte er sich auf, doch noch bevor er ihre Hand ergreifen konnte, entspannten sich ihre Augenlider. Ihre Wimpern beruhigten sich und Therese sank wieder in einen tiefen Schlummer.

Den Blick auf ihr Gesicht gerichtet, wartete er, aber sie rührte sich nicht mehr.

Seufzend ließ er sich in den Sessel zurückfallen.

Keine Ausflüchte mehr, keine verrätselten und zweideutigen Äußerungen. Wenn er seine Seele entblößen musste, um sie von der Wahrheit zu überzeugen, nämlich dass er sie schon immer so geliebt hatte wie sie ihn, wollte er es tun. Das war der einzige Plan, den er brauchte.

Das Bewusstsein kehrte in einem langen, langsamen Rutsch zu Therese zurück, als würde sie, ihr Geist, nach längerer Abwesenheit wieder zu sich finden.

Sie lag warm und bequem; lange Zeit bewegte sie sich nicht, dann hob sie langsam ihre Lider.

Das Erste, was sie sah, war etwas völlig Unerwartetes: eine Drachenstatue. Vielmehr war es genau die Figur, die sie am ersten Tag der Ausstellung gesehen hatte!

Sie blinzelte und konzentrierte sich auf den Drachen, der sich in die Lüfte erhob, Flammen aus seinen Nasenlöchern züngelnd, die Flügel weit ausgebreitet. Sie schwelgte in der hervorragenden Handwerkskunst, die sich nicht nur in der goldenen Form zeigte, sondern auch in der außergewöhnlichen Färbung der schillernden Schuppen aus Emaille und den glitzernden Juwelen, die hier und da kunstvoll eingelassen waren und das Licht streuten.

Vorsichtig nahm sie eine Hand unter der Decke hervor und drehte die Figur so, dass sie die Farben auf dem Rücken des Drachen bewundern konnte. Die Farben leuchteten wie lebendiges Feuer – in Gelb, Orange und allen Schattierungen von Rot.

Lächelnd fuhr sie mit einer Fingerspitze über das Rückgrat des Drachen. Dann fragte sie sich, wie er dort hingekommen war. Sie wusste, dass Victoria den kleinen Drachen bemerkt hatte, noch bevor Therese es tat; sie hatte gesehen, wie sie die Statue begutachtete, und sie hatte angenommen, dass Prinz Albert den Drachen für die Königin kaufen würde. Er hatte es wohl nicht getan, und schließlich waren viele exquisite Gegenstände ausgestellt worden, die die Aufmerksamkeit der Königin erregen sollten.

Immer noch lächelnd, erinnerte sich Therese an das Gespräch mit dem russischen Juwelier. Er hatte ihr unter anderem versichert, dass die Figur ein Unikat sei. Und nun war sie da …

Sie streichelte den Drachen erneut, um sich zu vergewissern, dass er keineswegs ihrer Fantasie entsprungen war. Während sie in der Ausstellung die Statue bewundert hatte, hatte Devlin ein paar Meter entfernt auf sie gewartet und sie beobachtet. Da die Figur auf dem Tisch neben ihrem Bett stand, hatte er sie vermutlich für sie gekauft.

Ihr Lächeln vertiefte sich. Ihr Geburtstag rückte näher und er musste sich erinnert haben …

Aber warum sollte er ihr den Drachen dann schon jetzt geben?

Sie blinzelte einmal und dann noch einmal, als Erinnerungen aus der jüngeren Vergangenheit in ihr Gehirn strömten. Die Ereignisse überschlugen sich und wurden zu einem Sturzbach.

Sie erinnerte sich an das Zugunglück und an das, was danach geschehen war. Vor ihrem geistigen Auge sah sie, wie Devlin durch die Trümmer auf sie zuging, und erlebte noch einmal die große Erleichterung … bevor sie geschwächelt hatte und gefallen war.

Das letzte Bild, an das sie sich erinnern konnte, war Devlins Gesicht. Seine Erleichterung, die beim ersten Anblick so tief und ungetrübt gewesen war, wurde von der Sorge um sie erst überholt und dann ausgelöscht.

Ihre letzte körperliche Erinnerung war, wie seine starken Arme sie auffingen, als sie zu Boden sank.

Sie runzelte die Stirn. Warum war sie in dem Zug gewesen? Waren sie zum Priorat gefahren? Sie konnte sich nicht erinnern. Dann lichtete sich der Nebel, der ihr Gedächtnis trübte, und sie wusste es wieder.

Sie erinnerte sich an alles. Daran, wie sie und Devlin sich nähergekommen waren. Daran, wie glücklich sie über das gewesen war, was er am frühen Morgen gesagt und was sie darauf geantwortet hatte ... und daran, wie sie ihn dann mit der Frau in Covent Garden gesehen hatte. Die Emotionen, die in diesem Moment aus ihr herausgebrochen waren, blieben scharf und klar, aber jetzt fehlte ihnen die Kraft, die sie zuvor noch besessen hatten. Die Unmittelbarkeit und Dringlichkeit und der schiere *Schmerz*, die ihren Verstand entgleisen ließen und sie dazu gebracht hatten, Hals über Kopf zu flüchten.

Im Nachhinein waren ihre Beweggründe, den Zug zum Priorat zu nehmen, nicht mehr ganz so naheliegend, so überzeugend und zwingend, wie sie gedacht hatte.

Sie blinzelte und konzentrierte sich wieder auf den Drachen. Die Wirbelsäule hatte sich dort erwärmt, wo ihr Finger darüber gestrichen war.

Warum stand er dort?

Sie blickte sich um und stellte fest, dass sie, wie sie angenommen hatte, in ihrem eigenen Bett lag. Das Zimmer war schummrig, die Vorhänge fest zugezogen, aber die Art Licht, die hindurchsickerte, sagte ihr, dass es draußen taghell sein musste.

Stirnrunzelnd wandte sie ihren Blick wieder der Figur zu und schaute dann an ihr vorbei. In Dunkelheit gehüllt, saß Devlin zusammengesunken in einem Sessel. Die Augen waren geschlossen und das Kinn ruhte auf dem Halstuch. Die Hände waren in der Taille verschränkt und die Brust hob und senkte sich in einem langsamen, regelmäßigen Rhythmus. Er schlief tief und fest, aber das war nicht der Grund, warum sie ihn anstarrte …

Sein Gehrock war zerknittert und verschmiert, das Leinenhemd sah schlaff aus, seine Frisur ließ darauf schließen, dass er mehrmals mit der Hand hindurchgefahren war, und am Kinn hatte er einen dunklen Bartschatten. Er sah so abgekämpft aus, wie sie ihn noch nie gesehen hatte. Als hätte er den Raum nicht mehr verlassen, seit er sie hierhergetragen hatte.

Sie streckte ihre Beine aus und wollte sich in die andere Richtung drehen, um nachzusehen, ob dort noch jemand war, aber da spürte sie einen stechenden Schmerz am Hinterkopf. Als sie ihre andere Hand hob, fühlte sie einen Verband. Vorsichtig strich sie über die Stoffbahnen, tastete dann vorsichtig nach der Wunde, die sie bedeckten, und überlegte es sich schnell anders. Behutsam legte sie sich auf die Seite und nahm ihre vorherige, schmerzfreie Position wieder ein.

Ihr Blick kehrte zu Devlin zurück, und sie sah, dass er die Augen geöffnet hatte. Er hatte nur den Kopf gehoben, um sie anzusehen, sich aber sonst nicht bewegt.

Ihre Blicke begegneten sich.

»Wir glauben, dass dich dein Kleiderkoffer getroffen hat, als er bei dem Unglück auf dich heruntergefallen ist.«

»Oh. Ja.« Sie klang heiser. Sie schluckte, und es kostete sie Mühe zu fragen: »Die Kinder? Das Personal?«

»Es geht allen gut.« Im Schatten sahen seine haselnussbraunen Augen dunkel aus. »Abgesehen von ein paar blauen Flecken wurde außer dir niemand verletzt.« Er hielt inne, dann fügte er hinzu: »Wir glauben, dass der Blutverlust und die Anstrengung, allen zu helfen und alles zu organisieren, dazu geführt haben, dass du ohnmächtig geworden bist und so lange nicht bei Bewusstsein warst.«

Ohne den Blick von ihm abzuwenden, streckte sie die Hand nach dem Drachen aus und strich erneut mit einer Fingerspitze über die Linie zwischen den aufflackernden Flügeln.

»Und das hier?«, wollte sie wissen.

Sein Blick wanderte zu der Figur.

Ihre Stimme wurde fester. »Wie kommt es, dass das hier steht?«

Einen Moment lang sah Devlin zu, wie sie den Drachen streichelte. Dann holte er tief Luft, setzte sich auf und wischte sich mit den Händen über das Gesicht. Anschließend ließ er die Hände zwischen seinen Knien baumeln und begegnete ihrem Blick.

»Ich hoffe, er gefällt dir. Ich habe gesehen, wie du ihn bei der Ausstellungseröffnung bewundert hast, und …« Er verzog den Mund. »Vielleicht hat mich die Figur ein bisschen an dich erinnert. Als ich letzte Woche gesehen habe, dass sie noch nicht verkauft worden ist, habe ich dem Juwelier ein Angebot gemacht. Er wartete für den Fall, dass jemand bereit sein würde, mehr zu zahlen, bis gestern, dem letzten Tag der Ausstellung. Dann schickte er mir morgens eine Nachricht, und am Nachmittag – nach einem Besuch bei der Bank – ging ich zu seiner Wohnung, um die gebotene Summe zu zahlen und die Figur abzuholen.«

Sie starrte ihn an. In ihrer Vorstellung sah sie ihn das Haus in der Nähe von Covent Garden betreten …

Sie war verwirrt und verlor den Mut. Dann wurde ihr Herz plötzlich wieder warm – und schwindlig.

»Wo hatte der Juwelier sein Quartier?«

»Er, seine Frau und seine Assistenten hatten Zimmer in einem Haus in der Henrietta Street gemietet.« Als sie blinzelte, ergänzte er: »Gleich westlich des Covent-Garden-Marktes.« Als ob er sich erst jetzt daran erinnerte, griff er in seine Manteltasche und holte ein zerknittertes Blatt heraus. Er warf einen Blick darauf, dann hielt er es ihr hin. »Hier ist sein Brief, in dem er mein Angebot annimmt. Da steht die Adresse.«

Ihre Gedanken überschlugen sich, ihre Gefühle waren in Aufruhr und ihre Nerven lagen blank. Sie hörte auf, den Drachen zu berühren, und nahm das Schreiben.

Das Stechen in ihrem Kopf ignorierend, richtete sie sich auf, lehnte sich an die Kissen, hob den Brief hoch und las ihn.

Anschließend sah sie Devlin an.

»*Das* hast du in Covent Garden gemacht. Du hast mir den Drachen gekauft.« Es war keine Frage, sondern eine Feststellung.

Ihr Blick wanderte zu dem Drachen, kehrte aber sofort wieder zu ihrem Mann zurück. Sie sah, wie er sich wand.

»Zu dem Zeitpunkt hielt ich es für eine gute Idee.«

Devlin fühlte sich hilflos und litt, weil er keine Ahnung hatte, wie er dieses Gespräch führen sollte. Er lehnte sich im Sessel zurück und sah ihr in die Augen. Das Einzige, was er tun konnte, war, ihr die Wahrheit zu sagen, die ganze Wahrheit.

»Ich wollte zum Ausdruck bringen, dass ich dich liebe. Als ich sah, dass der Drache noch nicht verkauft war, kam es mir irgendwie … wie ein Wink des Schicksals vor. Ich war nicht überrascht, dass Monsieur Fabergé bis zum letzten Tag gewartet hat, bis er auf mein Angebot eingegangen ist, aber ich hatte nicht erwartet, dass er so bald abreisen würde.« Er deutete mit dem Kopf auf das Schreiben, das sie immer noch in der Hand hielt. »Wie du siehst, wollten sie heute bei Tagesanbruch abreisen. Ich glaube, die Kosten für die Unterbringung in London waren höher, als sie erwartet hatten, deshalb sind sie in Covent Garden geblieben.«

Er stockte kurz, dann wurde seine Miene härter.

»Die Frau, die du gesehen hast, als sie mich begrüßte, war Madame Fabergé«, fuhr er fort. »Und in Anbetracht des Preises, den ich für die Figur zu zahlen bereit war, ist es wohl nicht überraschend, dass sie mich so freudig angelächelt hat. Ich nehme an, dass sie sehr erleichtert war, einen angemessenen Preis für den Drachen zu erzielen, statt ihn wieder mit nach Hause zu nehmen, ohne zu wissen, ob sie ihn woanders verkaufen können. Fabergé hatte die Figur in der Hoffnung, sie an die Königin zu verkaufen, eigens für die Ausstellung angefertigt, aber sie war mehr an Diamanten interessiert.«

Therese hatte den Brief sinken lassen. Als sie das Blatt Papier weiterhin anstarrte, als ob sie es gar nicht sehen würde, atmete er langsam ein. Er wartete, bis sie sich wieder auf ihn konzentrierte, und schaute ihr dann tief in die Augen.

»Ich habe dir gesagt, dass ich dich liebe, und das tue ich. Vollkommen, vorbehaltlos und unwiderruflich, von ganzem Herzen. Ich weiß – und habe es immer gewusst –, dass du mich liebst, und ich schätze deine Liebe mehr, als ich es mit Worten ausdrücken kann. Wenn du nichts anderes glaubst, dann verstehe bitte, dass ich nie, niemals etwas tun würde, was das, was wir haben und miteinander teilen, in irgendeiner Weise gefährden könnte.« Er hielt inne, dann senkte er seine Stimme und fügte hinzu: »Wovon ich inständig hoffe, dass wir es immer noch teilen.«

Eine tief empfundene, dringende und unverkennbar aufrichtige Reue überzog ihre Miene und ihren Blick. Sie ließ den Brief fallen und streckte die Hand nach ihm aus. Ohne zu überlegen, ergriff er die angebotene Hand, und Therese umklammerte seine Finger.

»Es tut mir *so leid,* dass ich an dir gezweifelt habe.«

Sie blinzelte, und er bemerkte, dass ihr Tränen in die Augen stiegen; er hatte sie selten weinen sehen.

»Ich hätte es besser wissen müssen – *dich* besser kennen müssen«, fuhr sie fort, bevor er mehr tun konnte, als ihre Hand fester zu greifen. Sie erwiderte den Druck. »Ich hätte dir vertrauen sollen, besonders nachdem du mir gesagt hast, dass du mich liebst. Ich weiß, dass du nie lügst, nicht bei mir. Mein Verstand wusste, dass es eine vernünftige, akzeptable Erklärung geben musste. Child hat versucht, mich davon zu überzeugen, aber ich wollte nicht auf ihn oder meinen gesunden Menschenverstand hören.« Ihr Blick löste sich von seinem, und sie schüttelte den Kopf, als ob sie sich im Nachhinein über sich selbst wunderte. »Ich konnte nicht mehr klar denken – überhaupt nicht.«

Sie richtete die Augen wieder auf sein Gesicht und suchte flehend in seinem Blick. Dann hob sie die andere Hand und nahm seine zwischen ihre Hände, als ob sie ihn nur durch ihre Berührung dazu bringen wollte, zu verstehen.

»In diesem Moment war schon der Gedanke, dass du dort eine Kurtisane aufsuchen könntest … Etwas in mir zerbrach, und meine Gefühle überwältigten mich. Ich habe so viel *gefühlt*, so schmerzhaft und kraftvoll, dass ich einfach nicht klar denken konnte.« Sie sah ihm in die Augen. »Es war das schrecklichste, furchtbarste Gefühl. Ich habe mich noch nie so unkontrolliert erlebt, völlig meinen Emotionen ausgeliefert. Ich war so *verletzt*.« Sie drückte eine Hand auf ihre Brust. »Fühlte mich so zerschmettert und geschlagen.« Sie suchte in seinem Blick und wiederholte dann einfach: »Es tut mir *sehr* leid.«

Er spürte die Aufrichtigkeit in ihren Worten und zugleich die darin verborgene Liebeserklärung, die ihn förmlich überflutete. Er ließ das alles auf sich wirken und schließlich wurden seine Gesichtszüge weicher. Seine Mundwinkel hoben sich leicht.

»Seit ich dich am Rande eines verunglückten Zuges gefunden habe und seit ich gesehen habe, wie du zusammengebrochen bist ...«, sagte er leise und rang unwillkürlich nach Luft, »... seitdem weiß ich, wie einen die Gefühle überwältigen können. Ich weiß, dass Gefühle wie Liebe oder Angst den Verstand zu verwirren vermögen. Ich hatte so etwas auch noch nie empfunden.«

Er verschränkte seine Finger mit ihren und verband ihre Hände fester miteinander.

»Wenn ich mich nicht um die Kinder und das Personal kümmern müsste, wenn ich nur an dich denken dürfte und daran, was du mir bedeutest ...« Er brach ab, fuhr sich mit der freien Hand durch die Haare, sah ihr wieder in die Augen und gestand: »Gott allein weiß, was ich getan hätte. Ich war bestimmt nicht in der Lage, klar zu urteilen, über nichts, was mit dir zu tun hat.«

Sie brachte ein schwaches Lächeln zustande. »Wir sind schon ein Paar. Wie Child sagte: Wir verdienen einander.«

Er hielt den Blickkontakt und studierte ihre Augen. Dann rutschte er auf dem Stuhl nach vorne und trennte ihre Finger. Anschließend nahm er ihre Hände zurück, eine in jeder seiner Hände, und hielt sie fest. Ihre Finger krümmten sich um seine und ihr Griff wurde fester.

»Zweifle nie daran.« Er schaute ihr tief in die silbrig-blauen Augen. »Ich liebe dich. Daran hat sich in den letzten fünf und mehr Jahren nichts geändert und das wird sich auch in Zukunft nicht ändern. Du bist meine Welt. Du hast es vielleicht nicht gewusst, aber vom ersten Augenblick an, als ich dich gesehen habe, hältst du mein Herz in deinen Händen.«

Diese Worte – unverkennbar wahr und mit einer solchen Überzeugung ausgesprochen, dass sie unmöglich daran zweifeln konnte – klangen in Thereses Ohren wie Glockengeläut. Sie sanken in sie ein, in ihr Herz und in ihre Seele, ließen sie schweben und verankerten sie zugleich. Sie erdeten sie. Nun erst fand sie ganz zu sich selbst …

Aber dann dämmerte ihr, was er damit sagen wollte. Sie blinzelte, und der Drang, zu weinen, verschwand. *Was war das?* Erschrocken suchte sie seinen Blick, aber sie sah nichts außer seiner üblichen gefassten Ernsthaftigkeit und seiner nackten Ehrlichkeit.

Seine Bemerkung auf Christophers Hochzeit kam ihr in den Sinn.

»*Vielleicht hat dein lieber Christopher endlich die Augen aufgemacht und ist meinem Beispiel gefolgt.*« Als sie ihn dafür zur Rede gestellt hatte, hatte er gesagt: »*Hoppla.*«

Hoppla, weil er ihr versehentlich gestanden hatte, was eigentlich in ihm vorging?

Sie starrte ihn an, während sich die vielen kleinen Teile des Puzzles, zu dem er geworden war, neu ordneten und an ihren Platz fielen. War das, was er gerade gesagt hatte, das gewesen, worauf er mit seinen verschiedenen, irritierend nebulösen Bemerkungen hingearbeitet hatte?

Sie kam zu dem Schluss, dass sie seine Erklärung noch einmal hören musste – und dieses Mal in aller Deutlichkeit, ohne auch nur die geringste Chance eines Missverständnisses. Kurz leckte sie sich die Lippen.

»Was willst du mir eigentlich sagen?«, fragte sie dann, den Blick immer noch in seine Augen gerichtet.

Obwohl er leicht den Mundwinkel verzog, sah er ihr unverwandt in die Augen. »Ich hätte nie gedacht, dass ich dieses Geständnis machen würde, aber die Wahrheit ist, dass ich dich immer geliebt habe – wahnsinnig, tief, unwiderruflich –, von Anfang an. Ich habe es verheimlicht, vor der Welt, aber vor allem vor dir, weil ...« Er drückte ihre Hand fester. »... weil ich Angst vor der Liebe hatte. Ich fürchtete die Macht, die die Liebe über mich haben könnte. Ich habe mich vor dem gefürchtet, was die Liebe mir antun könnte oder, genauer gesagt, was ich aus Liebe tun würde.«

Er schwieg für einen kurzen Moment.

»Ich glaubte, dass mich die Liebe verändern würde, und damit lag ich nicht falsch. Aber ich fürchtete, sie würde mich zu einem schlechteren Menschen machen, obwohl das Gegenteil der Fall ist«, fuhr er dann fort. »Dich zu lieben, hat so viel mehr aus mir gemacht. Den Mann, der ich sein kann und sein soll. Die Liebe zu dir hat mich wachsen lassen.«

Gebannt von der rückhaltlosen Ehrlichkeit seiner Offenbarungen, beobachtete sie, wie sein Blick für einen Moment ins Leere schweifte. Offenbar suchte er nach Worten.

»Der Grund, warum ich fälschlicherweise glaubte, dass die Liebe zu meiner Frau etwas sei, auf das ich mich niemals einlassen sollte, war die Ehe meiner Eltern«, erklärte er schließlich. »Ich habe sie beobachtet und sie mir zum Vorbild genommen. Ich wusste, dass mein Vater meine Mutter maßlos liebte und dass sie diese Liebe erwiderte, aber es kam mir immer so vor, als ob ihn seine Liebe zu ihr schwächte. Herabsetzte. Dass die Liebe zu seiner Frau ihn dazu veranlasste, sich auf eine Weise zu verhalten, die ihn kleiner machte. In meinen Augen und, wie ich annahm, auch in den Augen aller anderen.«

Er verzog das Gesicht.

»In letzter Zeit hat mich die Tatsache, dass alle anderen, die sie kannten, ihre Beziehung in einem viel positiveren Licht zu sehen schienen, an meinen Schlussfolgerungen zweifeln lassen«, gestand er. »Ich war noch ein Kind, als ich zu diesen vermeintlichen Erkenntnissen gekommen bin, dann verbrachte ich ein Jahrzehnt im Internat, und als ich aus Oxford nach Hause kam, waren sie beide bereits gestorben. Von Kindheit an habe ich weder mit meinem Vater noch mit meiner Mutter viel Zeit verbracht, und mit ihnen beiden zusammen so gut wie gar nicht. Vielleicht hatte mein älteres, reiferes Ich nicht genug Zeit, um die Augen zu öffnen, zu begreifen und mein Denken der Wirklichkeit anzupassen.«

Etwas reumütig richtete er seinen Blick wieder auf sie.

»All das soll heißen, dass ich inzwischen verstanden habe, dass meine kindliche Einschätzung der Ehe meiner Eltern falsch war und dass der Fehler allein bei mir lag.« Er stockte kurz und fügte dann hinzu: »Leider hat die stürmische Vereinigung von James und Veronica meine zu jenem Zeitpunkt tief verwurzelte Abneigung gegen Liebeserklärungen an den Ehepartner nur verstärkt.«

Sie drückte seine Hand. »Aber du hast dich in ihnen geirrt. Oder zumindest hattest du nicht recht.«

»Das sehe ich jetzt ein«, erwiderte er und blickte auf ihre verschränkten Hände. »Aber zu dem Zeitpunkt, als ich dich kennengelernt habe, war meine Abscheu tief verwurzelt. Ich ließ sie zur Richtschnur meines Verhaltens dir gegenüber werden und fühlte mich in meiner Überheblichkeit völlig im Reinen mit mir. Ich war davon überzeugt, dass ich die Dinge vollkommen klar sah und dass ich alles richtig machte.«

Sie musterte seine offene, völlig ungeschützte Miene und erkannte seine Wut auf sich selbst, die sich mit Abscheu und Selbstanklagen vermischte. Immer stärker spürte sie den Drang, ihn von diesen Selbstbezichtigungen zu befreien.

»Kinder neigen dazu, die Dinge in Schwarz und Weiß zu sehen«, sagte sie deshalb behutsam. »Deine Söhne tun das mit Sicherheit und deine Tochter wird noch schlimmer sein. Kinder bilden sich ihre Meinung danach, wie sie das, was sie zu sehen und zu hören glauben, interpretieren, und sie sind sich immer sehr sicher, dass sie richtigliegen. Aber Kinder sind keine Erwachsenen, sie hören nicht die Nuancen und begreifen nicht die Zwischentöne, die Erwachsene regelmäßig im Umgang miteinander verwenden.«

Er sah ihr in die Augen. Ihm war anzusehen, wie erleichtert er darüber war, dass sie ihn verstand.

»Ich dachte immer, dass mein Vater meiner Mutter viel zu oft nachgegeben und ihren Wünschen mehr Beachtung geschenkt hat als seinen eigenen. Mir ist nie in den Sinn gekommen, dass er dazu bereit gewesen sein könnte, weil er ihre Wünsche und Bedürfnisse für höher erachtete als seine.« Er verzog das Gesicht. »Und mein eigener Charakter hat wahrscheinlich mein Urteil beeinflusst. Nach allem, was man hört, war ich ein hedonistischer kleiner Lord. Es gefiel mir nie, wenn ich meinen Willen nicht bekam, also bin ich nicht auf die Idee gekommen, dass mein Vater die Dinge anders sehen könnte.«

Sie lächelte sanft und verzichtete auf die Andeutung, dass er noch immer wenig erbaut war, wenn er seinen Willen nicht bekam.

Er schaute wieder auf ihre Hände, holte tief Luft und atmete dann geräuschvoll aus.

»Das ist also der Grund, warum ich unsere Ehe so angegangen bin, wie ich es getan habe.« Er sah sie flüchtig an. »Du dachtest, ich sei nur peripher interessiert – angezogen von dir, ja, aber nicht auf der Suche nach einer Ehefrau. Ich habe mich so verhalten, damit du es darauf anlegen musstest, mir zu beweisen, wie perfekt du in der Rolle wärst, und mich so lange bedrängst und mir hinterherläufst, bis ich zustimme, vor den Altar zu treten.«

Sie legte den Kopf schief und studierte seine Augen.

»Und das war ... nicht so?« Unwillkürlich wurde ihre Stimme lauter. Sie wusste nicht recht, ob sie entsetzt oder amüsiert sein sollte. Wie viele Geheimnisse hütete er noch?

Er schüttelte den Kopf und richtete seinen Blick wieder auf ihre Hände.

»So habe ich dich manipuliert.« Er spielte zerstreut mit ihren Fingern. »Von dem Moment an, als ich dich sah, wusste ich, dass du die Richtige für mich bist. Aber mit meiner ach so tief verwurzelten Einstellung, nicht auf die

Liebe zu bauen, musste ich einen Weg finden, dich zum Altar zu führen, ohne zuzugeben, dass ich dich liebe. Du warst eine Cynster – ich nahm an, du würdest eine Liebeserklärung verlangen, die ich nicht zu geben bereit war, also …« Er warf ihr einen verlegenen Blick zu, den sie eher von seinen Söhnen kannte. »Ich musste einen Weg finden, das zu umgehen. Ich habe mich nach dir erkundigt und dich aus der Ferne beobachtet, bis ich das Gefühl hatte, dich und deine Reaktionen gut genug zu verstehen, um den Versuch zu wagen, das zu bekommen, was ich wollte. Ich hatte gehört und gesehen, wie du jeden Verehrer, der sich dir auf die übliche Weise näherte, kurzerhand zurückgewiesen hast. Tatsächlich hast du jedem Gentleman, der dir nachstellte, die kalte Schulter gezeigt. Also beschloss ich, mich mit dir einzulassen, aber dir nicht hinterherzulaufen und abzuwarten, ob dich das neugierig macht.«

»Und das tat es.« Sie betrachtete ihn mit faszinierter Ehrfurcht, während ihr Ereignisse aus ihrer Kennenlernzeit durch den Kopf gingen. Ihre Sicht darauf veränderte sich mit dem Wissen, dass es sein Wille gewesen war, der sie gelenkt hatte, und nicht, wie sie immer geglaubt hatte, ihr eigener. Die schiere Kühnheit dieses Plans raubte ihr den Atem. Doch dann konzentrierte sie sich wieder auf ihn und den wirklich wichtigen Punkt. »Also, die ganze Zeit …?«

Er verstand, was sie fragte, und sah ihr tief in die Augen.

»Die ganze Zeit über war ich in dich verliebt«, gestand er, »Hals über Kopf, war dir völlig verfallen. Es war beängstigend und, um die Wahrheit zu sagen, mächtig und berauschend und absolut unwiderstehlich. So hatte ich noch nie empfunden, und es bewies natürlich nur, wie gefährlich die Liebe und wie richtig meine Einstellung zur Ehe war. Ich war fest davon überzeugt, dass ich ein Narr wäre, mehr noch, dass ich eine Katastrophe heraufbeschwören würde, wenn ich dir irgendetwas von dem, was ich fühlte, gestehen würde. Oder sonst jemandem davon erzählte.«

»Du hast es also verheimlicht.« Keine Frage, das hatte er, und zwar äußerst effektiv. Als sie ihn jetzt betrachtete, hatte sie das Gefühl, ihn zum ersten Mal richtig zu sehen. »Ich habe nie Verdacht geschöpft, nicht einmal ein bisschen.«

»Ich weiß.« Er kniff die Lippen zusammen und drückte entschuldigend ihre Finger. »Ich habe darauf geachtet, dass du von Anfang an nur das zu sehen bekamst, was ich dich sehen lassen wollte, damit du felsenfest davon überzeugt sein konntest, genau zu wissen, was die Basis unserer Ehe ist. Ich war überglücklich und sehr dankbar, als ich spürte, dass du mich liebst. Es schien, als ob sogar das Schicksal beschlossen hatte, meine Pläne zu unterstützen.«

»Ich habe die Worte nie ausgesprochen«, erinnerte sie ihn behutsam.

»Ich habe alles getan, was ich konnte, damit du es nicht tust. Das wollte ich nicht riskieren. Ich fürchtete, wenn du jemals diese drei kleinen Worte sagen würdest, könnte etwas in mir nicht widerstehen, sie zu erwidern.«

Sie betrachtete ihn, spürte etwas von dem, was er all die Jahre zurückgehalten hatte.

»Ich habe die jüngsten Veränderungen zwischen uns auf eine Reifung unserer Beziehung zurückgeführt«, gestand sie und legte den Kopf schief, den Blick fest auf seine Augen gerichtet. »Das war nicht ganz falsch, oder? Ich hatte nur nicht richtig erkannt, was unser Ausgangspunkt gewesen war.«

Seine Lippen verzogen sich zu einer leichten Grimasse und er nickte.

»Du dachtest, ich würde mich in dich verlieben, dabei habe ich dich schon immer geliebt.« Nach einem Moment schüttelte er den Kopf. »Wo war ich? Oh ja. Von Anfang an und in den ersten Jahren unserer Ehe habe ich fleißig daran gearbeitet, die Fiktion, die ich dich und alle anderen glauben machen wollte, in deinen Kopf zu pflanzen, zu nähren und zu verfestigen.« Er verzog das Gesicht. »Und du kannst mir glauben, wenn ich dir sage, ich war dabei so erfolgreich, dass es mich schon seit Monaten verfolgt. Seit ich erkannt habe, dass ich nie wirklich glücklich sein kann – dass wir beide nie so glücklich sein können, wie wir es sein könnten –, bevor ich dir klargemacht habe, wie es wirklich um unsere Ehe bestellt ist und dass ich dich ebenso liebe, wie du mich liebst. Mit einem Mal wusste ich, wenn ich dich von dieser Wahrheit überzeugt hätte, könnten wir die Art von Ehe führen, der ich vor fünf Jahren dummerweise den Rücken zugekehrt hatte.«

Ihr Herz schlug wie wild, doch sie war von seinen Enthüllungen völlig fasziniert.

»Was hat deine Meinung geändert?«, wollte sie wissen.

»Musst du das wirklich noch fragen?« Er sah sie resigniert und liebevoll an. »Die Cynsters natürlich.«

Sie schaute ihn verblüfft an.

»Deine Cousins und Cousinen und ihre Ehen«, erklärte er. »Wir haben so viele Hochzeiten und Familienfeiern besucht, und dort habe ich mit eigenen Augen gesehen, was Liebespaare wirklich sein können und sein sollten. Wie stark und glücklich und aufbauend solche Ehen sind.«

Er machte eine kurze Pause.

»Ich habe mich wegen dem, was ich uns und unserer Ehe angetan hatte, wie ein Feigling gefühlt«, fuhr er dann leiser fort. »Alle hatten den Mut besessen, sich auf die Liebe einzulassen, mit all den Freuden und möglichen Sorgen, die sie mit sich bringen kann, aber ich ... ich hatte meine Liebe verheimlicht und mich nicht der Herausforderung gestellt. Und das bedeutete auch, dass ich dich daran hinderte, das zu bekommen, was du verdient hast.«

Ihr Herz schlug fast einen Purzelbaum.

»Ich weiß nicht mehr genau, wann es geschah, dass sich der Drang, unsere Ehe neu zu definieren, nicht mehr bändigen ließ«, fuhr er fort, bevor sie etwas erwidern konnte. »Auf jeden Fall war es vor Christophers und Ellens Hochzeit, obwohl das der letzte Tropfen war, der das Fass zum Überlaufen brachte.«

»Deshalb hast du beim Hochzeitsfrühstück diese seltsame Bemerkung gemacht.«

»Ich wollte das gar nicht sagen; ich wollte nicht mit diesen speziellen Worten herausplatzen. Ich ...« Verlegen zuckte er mit den Schultern, blickte zu Boden und gab dann zu: »In den letzten Wochen, als ich versucht habe, einen Weg zu meinem – zu unserem – neuen Ziel zu bahnen, war es manchmal, als ob eine Kraft in mir ungeduldig wurde und mich bei passender Gelegenheit dazu drängte, einfach zu reden und es dir zu sagen. Doch ein anderer Teil von mir kam mir dabei immer wieder in die Quere, und anstatt deutlich zu sein, war ich ...«

»Verwirrend, undurchsichtig, elliptisch?«

»Ja«, gab er zu und verzog das Gesicht. »Das alles.«

Ehrlich verwirrt schüttelte sie den Kopf. »Warum hast du es mir nicht einfach gesagt?«

Er löste den Blick von ihren Händen und sah ihr in die Augen. »Hättest du mir geglaubt? Oder hättest du gedacht, dass ich etwas im Schilde führe, wenn ich versuche, dich etwas glauben zu lassen, von dem du absolut überzeugt warst, dass es nicht der Wahrheit entspricht?«

Sie blinzelte ihn an und er wartete. Devlin war offen und ehrlich gewesen, nun musste sie es auch sein.

»Ich ... weiß es nicht.« Nach einem Moment verzog sie den Mund. »Wahrscheinlich nicht«, gab sie dann zu.

Er nickte. »Und wenn du mir nicht geglaubt hättest, wäre es nicht leicht gewesen, das Vertrauen zurückzugewinnen, das ich durch den Versuch verloren hätte.« Er holte tief Luft und fuhr fort: »Da ich also davon ausging, dass Taten lauter und überzeugender sind als Worte, habe ich versucht, dir zu zeigen, dass ich dich liebe.« Er wölbte eine Braue und sah sie an. »Bin ich damit erfolgreich gewesen? Ich meine, vor meiner Erklärung von gestern Morgen?«

Die Ereignisse der letzten Wochen gingen ihr durch den Kopf.

»Ja«, bestätigte sie lächelnd. »Bevor du mir gesagt hast, dass du mich liebst, hatte ich schon den Verdacht, dass sich an deiner Meinung über mich etwas geändert hat.«

»Gott sei Dank. Wenigstens das habe ich richtig gemacht.«

Sie lächelte schwach. Die Ereignisse des gestrigen Tages und all die starken, aufwühlenden Emotionen, die sie durchlebt hatte, hatten eine mentale Tür aufgestoßen, die sie vor mehr als einem Jahrzehnt fest verschlossen hatte. Seine Geständnisse, seine Ehrlichkeit und sein Drängen, die vereinbarte Basis ihrer Ehe zu ändern, damit sie das widerspiegelte, was Therese jetzt als deren wahren Kern akzeptierte ... all das verlangte, dass sie sich ihren eigenen Dämonen stellte.

Er beobachtete ihr Gesicht. Zweifellos machte er sich Sorgen darum, was sie denken mochte. Als sie sich durchrang, ihm in die Augen zu sehen, runzelte er leicht die Stirn.

»Da heute anscheinend der Tag der Geständnisse ist ...« Therese atmete tief durch. »Du bist nicht der Einzige, der etwas vorgetäuscht hat, was nicht der Wahrheit entsprach, und du bist auch nicht der Einzige, der eine falsche Fassade aufrechterhielt.«

Erschüttert von dem, was ihr gerade über sich selbst klar geworden war, schloss sie für eine Sekunde die Augen und genoss die beruhigende Wirkung seiner Berührung. Dann blickte sie ihm tief in die Augen.

»Vor langer Zeit – lange bevor wir uns begegneten – habe ich mir nach dem Ende meiner zweiten Debütantensaison überlegt, wie meine Ehe einmal aussehen sollte. Das Ergebnis war keine typische Cynster-Liebesheirat. Zu diesem Zeitpunkt war ich fest davon überzeugt, dass mir das nie passieren würde. Zu jenem Zeitpunkt wusste ich, wie andere, vor allem aber die Männer, mich wahrnahmen. In den Augen der meisten war ich zu herrisch, zu entschlossen, zu eigensinnig, zu willensstark. Zu vieles zu sehr, weshalb nicht zu erwarten war, dass mich jemals ein Mann lieben würde – jedenfalls nicht so, wie ich geliebt werden wollte.«

Während sie gesprochen hatte, war er näher an sie herangerückt. Jetzt riss er protestierend die Augen auf, hob ihre Hand und drückte ihr einen Kuss auf die Knöchel.

»Ebenso wie du hatte auch ich eine feste Überzeugung«,

kam sie seiner Erwiderung zuvor. »Bei all den Beweisen in meiner Umgebung musste ich akzeptieren, dass das Sprichwort *Alle Cynster heiraten aus Liebe* der Wahrheit entspricht. Allerdings hatte ich noch nie gehört, dass wir im Gegenzug geliebt werden müssen, sondern nur, dass *wir* lieben. Also ...« Sie holte tief Luft. »... also habe ich mich in der besseren Gesellschaft umgesehen, um den Mann zu finden, den ich lieben könnte und würde, und habe dich gefunden.« Sie lächelte ihn etwas reumütig an. »Du hast in so vielen Dingen genau meinen Vorstellungen entsprochen.«

Er sah sie unentwegt an und jetzt weiteten sich seine Augen verständnisvoll.

»Mein Ansatz, so zu tun, als ob ich dich nicht liebe, obwohl du mich liebst, passte zu der Vorstellung, die du von deinem zukünftigen Ehemann entwickelt hattest«, schloss er.

Sie nickte. »Du warst in *jeder Hinsicht* perfekt. Siehst du, so wie du hatte auch ich der Liebe den Rücken gekehrt – der Liebe, die wir hätten haben können – und habe dich so akzeptiert, wie du zu sein vorgabst. Ich habe mir eingeredet, dass ich mich damit zufriedengeben könnte und dass eine so einseitige Liebesbeziehung ...« Ihre Stimme brach, aber sie schluckte und zwang sich fortzufahren. »... genau das war, was ich verdiente.«

»*Nein*, Darling.« Seine Stimme war tief und eindringlich. »Da irrst du dich – so sehr, wie ich mich immer geirrt habe. Du verdienst es, so geliebt zu werden, wie ich dich liebe.« Er drückte ihr einen glühenden Kuss auf die Finger. »Bis zum Wahnsinn und darüber hinaus.«

»Wie dem auch sei ...« Ein Lächeln wollte ihre Ernsthaftigkeit durchbrechen, doch sie sprach entschlossen weiter. »Da ich die unsere einseitige Liebesbeziehung – wie sich herausstellt, irrtümlich – hinnahm, habe ich in unserer Ehe nie nach mehr verlangt. Ich habe nie nach deiner Liebe gesucht oder irgendetwas getan, um sie zu fördern. Denn damit hätte ich zugegeben, dass ich hinter meinem Hochmut, hinter dem Versuch, meine eigenen Erwartungen zu steuern, in Wahrheit eine echte Cynster-Liebesehe wollte. Eine Ehe, die auf gegenseitiger Liebe basiert.«

Sie schloss ihre andere Hand über die verschränkten Finger und sah ihm in die Augen.

»Du hast mir gezeigt, dass du mich liebst. Du hast es mir erklärt und mich davon überzeugt, dass du es wirklich tust. Du hast eine Tür in meinem Denken geöffnet und das, wonach ich mich wirklich gesehnt habe, ans Licht gebracht. In den letzten Tagen seit deinem Liebesgeständnis und durch meine Annahme, dass du mich betrogen hast, – durch meine überstürzte Flucht und wegen allem, was daraus resultierte – ist mir klar geworden, dass ich mich im Grunde immer nach der ganzen Cynster-Erfahrung gesehnt habe. Ich wollte lieben und geliebt werden, ganz gleich, wie oft ich mir gesagt habe, dass ich mit unserer Ehe glücklich bin.«

Er suchte ihren Blick. »Das war der Grund, warum es dich so stark berührt hat, mich mit Madame Fabergé zu sehen. Du glaubtest, ich hätte dir das Beste angeboten – das, wonach sich dein Herz immer so gesehnt hatte –, nur um es dir dann grausam wieder zu entreißen.«

Sie nickte bestätigend, drehte ihre Hand in seinem Griff und drückte seine Finger. »Du hast mir deine Wahrheit anvertraut. Meine Wahrheit – die, die ich endlich klar erkannt habe und zu der ich mich bekennen will – ist, dass ich von dir genauso geliebt werden möchte, wie ich dich liebe. Was du mir jetzt gibst, ist alles, was mein Herz wirklich begehrt.«

Sein Lächeln war alles, was sie brauchte. Er hob ihre verschränkten Hände und drückte ihr einen sanften Kuss auf die Finger.

»Es scheint, als ob wir in der Frage, ob wir uns lieben, Spiele gespielt haben. Zwei unterschiedliche, idiotische und unnötige Spiele.«

Sie nickte erneut. »So scheint es.«

In ihren Augen lag ein Leuchten, in ihren Zügen eine Weichheit und in ihrem Lächeln eine Wärme, die Devlin noch nie zuvor gesehen hatte. Es war, als ob durch den Austausch ihrer tiefsten Geheimnisse die wahre Therese befreit worden wäre. Nun war sie frei zu lieben – und frei, geliebt zu werden.

»Wir sind schon ein Paar – das stimmt«, erklärte er, fast verloren im Glanz ihrer Augen, und holte tief Luft. »Aber unsere Realität, mein Liebling, ist das Hier und Jetzt. Unabhängig von unseren Fehlern der Vergangenheit, unseren Schwächen und Unzulänglichkeiten, haben wir das Licht gesehen. Können wir von hier aus weitergehen?«

»Das wäre mein größter und sehnlichster Wunsch«, erwiderte sie, und ihr Lächeln schenkte ihm alle Freude und Zustimmung, die er sich wünschen konnte. Er sonnte sich in der Wärme ihres silberblauen Blicks.

»Es ist auch meiner, und ich glaube, damit ist es beschlossene Sache.« Er erhob sich vom Stuhl und stützte sich, ohne ihre Hand loszulassen, mit der Hüfte neben ihr auf dem Bett ab, dann beugte er sich über sie und küsste die Lippen, die sie ihm mit in den Nacken gelegtem Kopf darbot.

Es folgte ein langer, langsamer, unendlich schlichter Kuss. Es war ein Kuss voller Liebe, mit dem leuchtenden Versprechen einer glorreichen Zukunft, geprägt, gefestigt und genährt von der unwiderlegbaren Kraft gegenseitiger Liebe.

Die Liebkosung ging immer weiter. Jeder schenkte dem anderen, jeder war begierig und bedürftig, bis Devlin widerstrebend den Kopf hob.

Angestrengt holte er Luft, blickte auf das weiße Band, das ihren Kopf umgab, und verzog das Gesicht.

»Leider schließt deine Verletzung jede sofortige Demonstration unserer gegenseitigen Leidenschaft aus.«

»Wirklich?« Therese starrte ihn an, und als er versuchte, sich zurückzuziehen, hielt sie seine Hand fester. »So sehr tut es nicht weh«, versicherte sie. »Ehrlich.«

Er zögerte kurz, und sie begann schon zu hoffen, doch dann wurde seine Miene entschlossen und er schüttelte den Kopf.

»Sanderson wird zweifellos im Laufe des Tages vorbeischauen, um deine Genesung zu überprüfen. Und wenn er feststellt, dass seine Arbeit dramatisch in Unordnung geraten ist, wird er mich dafür zur Rechenschaft ziehen, Earl hin oder her.«

Sie schnaubte, ließ ihn los und ließ sich frustriert auf die Kissen sinken.

»Ich bleibe von seinen Belehrungen auch nicht verschont.«

Devlin grinste. »Macht nichts.« Er beugte sich wieder

über sie und drückte ihr einen Kuss auf die Nase. Als er sich zurücklehnte, begegnete er ihrem Blick. »Da wir bereits verheiratet sind, können wir keine weitere Hochzeit feiern, aber ich werde dir jeden Tag mehrmals sagen, dass ich dich liebe, nur damit du es nicht vergisst. Und ich werde mich bemühen, es dir auch zu zeigen – in allem, was ich tue, jeden einzelnen Tag, für den Rest unseres Lebens.«

Sie lächelte strahlend. Was Liebesschwüre anging, war sie mit diesem sehr zufrieden.

Sie streckte die Hand aus und streichelte sein stoppeliges Kinn. »Solange wir leben, werde ich deine Liebe schätzen und dich im Gegenzug von ganzem Herzen lieben.«

»Das ist alles, was wir tun können, und alles, worum wir bitten können.« Er ergriff ihre Hand und drückte ihr einen Kuss auf die Fingerspitzen.

Sie holte tief Luft und schaute dann zum Fenster. »Ich stehe besser auf, wasche mich und ziehe mich an – und du solltest dich auch waschen und umziehen.« Sie rümpfte die Nase. »Bevor du aufgewacht bist, habe ich gedacht, dass du ziemlich ungepflegt aussiehst.«

Er lachte. »Alles deine Schuld, Mylady.«

Dennoch erhob er sich gehorsam vom Bett und hielt ihre Hand fest, um ihr aufzuhelfen.

Sie nutzte die Stütze, schob die Decke zurück, schwang die Beine über die Kante und setzte sich auf den Rand.

»Wie geht es deinem Kopf?«

Sie blickte auf und sah, wie er ihr besorgt ins Gesicht schaute.

»Es tut ein bisschen weh«, räumte sie ein. »Aber es ist keineswegs unerträglich.«

Er sah nicht überzeugt aus.

Sie ignorierte es und tippte mit dem Finger auf den Verband.

»Was hat Sanderson gesagt?«, erkundigte sie sich.

Devlin beschrieb die Verletzung und berichtete ihr von Sandersons Vorhersagen.

»Er sagte, du würdest wahrscheinlich irgendwann am Nachmittag aufwachen«, schloss er seinen Bericht.

Sie öffnete ihre Augen weit. »Wie spät ist es?«

Er warf einen Blick zu der Uhr auf ihrer Kommode.

»Es ist fast halb zwölf«, stellte er fest.

»Großer Gott! Die Kinder werden sich fragen, was aus mir geworden ist.« Sie sah ihn an. »Aus uns.«

»Ich bin sicher, dass sie ausgeschlafen haben.« Trocken fügte er hinzu: »Sie hatten eine unruhige Nacht, falls du dich erinnerst.«

Sie schnaubte und bedeutete ihm mit einer Hand, zurückzutreten und ihr aufzuhelfen.

Seine Lippen verzogen sich, aber er ergriff ihre Hände und zog sie auf die Beine.

Dann wechselte er an ihre Seite und legte einen Arm um ihre Taille. Offenbar war er besorgt, dass sie wieder in Ohnmacht fallen könnte. Aber weil sie so viel von sich und ihm erfahren hatte, war sie voller Zuversicht, und ihre zuvor so aufgewühlten Gefühle hatten sich beruhigt. Sie fühlte sich stark und stabil.

Nachdem sie ihm ein beruhigendes Lächeln geschenkt hatte, löste sie die Hand sanft aus seinem Griff und ließ sich nicht mehr von ihm stützen.

»Könntest du nach Parker läuten?«, bat sie.

Er wirkte hinreißend unentschlossen, aber nachdem er einige Augenblicke gewartet hatte, um sich zu vergewissern, dass sie sicher auf den Beinen war, durchquerte er den Raum und steuerte auf den Klingelknopf zu.

»Sie wäre natürlich hier gewesen und hätte auf dich aufgepasst, aber ich habe sie weggeschickt. Ich wollte, dass wir allein sind, wenn du aufwachst.«

»Danke«, antwortete sie gefühlvoll.

Devlin zog am Klingelzug, dann schickte sie ihn mit einer Geste weg.

»Du solltest dich lieber etwas zurechtmachen, sonst erschreckst du noch das Personal«, riet sie ihm augenzwinkernd. »Ganz zu schweigen von den Kindern.«

Er zögerte, und sie konnte ihm ansehen, dass er überlegte, ob er bleiben sollte, bis Parker eintraf.

»Geh«, wiederholte sie ihre Aufforderung und verbarg ein Grinsen. »Sonst schockierst du am Ende Parker und das wird sie nicht gutheißen. Du weißt doch, wie sie ist.«

Er ärgerte sich, drehte sich aber schließlich um und ging auf die Tür zu seinen Gemächern zu.

»Ich warte auf der anderen Seite der Tür, bis sie kommt«, knurrte er. »Falls du stürzt, ruf mich, dann komme ich sofort zu dir.«

Sie lächelte.

Mit der Hand auf dem Türknauf blieb er stehen und blickte zurück.

»Warte auf mich«, bat er sie. »Wir gehen zusammen ins Kinderzimmer hoch.«

Jetzt war er wieder ganz der Earl.

Sie lächelte immer noch und neigte zustimmend den Kopf.

Als sich die Tür hinter ihm schloss, zog sie die Augenbrauen hoch.

»Von nun an werden wir vermutlich eine Menge Dinge zusammen unternehmen«, murmelte sie vor sich hin.

Sie freute sich darauf, mit ganzem Herzen ihre neue, verbesserte, auf Liebe basierende Ehe zu gestalten.

Eine halbe Stunde später betrat sie, ihre Hand in Devlins, das Kinderzimmer. Den trotzigen, geradezu mürrischen Blicken der Kinder nach zu urteilen, waren sie verunsichert, doch sobald sie ihre Mutter erblickten, verwandelte sich ihr Gesichtsausdruck in Freude und sie stürmten quer durch das Zimmer auf sie zu.

»Mama!«

»Du bist wach!«

Strahlend löste sie die Finger aus Devlins Händen, ging in die Hocke und breitete die Arme aus.

»Vorsicht«, warnte Devlin, und Spencer und Rupert, die schon fast bei ihr waren, verlangsamten ihr Tempo ein wenig, damit sie nicht gegen sie prallten.

Trotzdem stürzten sich die beiden in ihre Arme. Sie umschlangen sie und hielten sie fest, ohne ihren bandagierten Kopf zu berühren. Dann hielten sie inne und warteten zusammen mit Therese auf Horry, die – quietschend und so schnell sie konnte – zu ihnen watschelte.

Das kleine Lockenköpfchen warf sich ihr an den Hals, und lachend schloss Therese die Arme, um die drei kleinen Körper sanft an sich zu drücken.

Als Spencer und Rupert ihr Küsse auf die Wangen drückten, ließ Horry sich nicht lumpen und presste Therese einen schmatzenden Kuss auf die Lippen.

»Ja, ich bin wieder da«, bestätigte sie und lächelte ihre Kinder an.

Devlins Hand ruhte stützend auf ihrer Schulter. Sie schaute auf, begegnete seinem Blick und sah die Liebe, die dort unverhohlen loderte.

Die instinktive und kraftvolle Reaktion, die sie durchströmte, die in ihren Augen leuchtete und in ihren Zügen glühte, breitete sich in ihrer ganzen Pracht über sie beide aus. Dies war ihre neue Realität. Diese Freude, diese gemeinsame Verpflichtung, war das Fundament, auf dem sie ihre Zukunft aufbauen würden. Eine Zukunft, die von der größten Macht im Himmel und auf Erden gestärkt, geleitet und beschützt werden würde.

Therese drückte die Kinder an sich, lächelte in Devlins Augen und bildete mit den Lippen lautlos die Worte *Ich liebe dich*.

Sein Gesicht erhellte sich und seine Züge wurden weicher. »Und ich liebe dich.«

Es war wirklich so einfach. So tief.

Sie hatten ihren Weg durch das Labyrinth der Spiele gefunden, die sie miteinander – und vor allem mit sich selbst – gespielt hatten. Sie hatten sich durchgesetzt und waren stärker, selbstbewusster und sicherer geworden. Jetzt konnten und würden sie vorwärtsgehen und Hand in Hand die Zukunft gestalten, nach der sie sich beide sehnten. Sie würden in einer Ehe leben, in der sie liebten und geliebt wurden, offen, sichtbar und in jeder Weise, die zählte, in ihrer Liebe verankert.

*

Als neun Tage später ihr Geburtstag anstand, fühlte sich Therese in ihrem Glauben an die neue Richtung ihrer Ehe voll bestätigt.

Zwei Tage nach dem Unfall war ihr Haushalt mit der Kutsche zum Alverton-Priorat gereist, damit sie sich in der ländlichen Ruhe von ihrer Verletzung erholen konnte. Jetzt, nach einer Woche der Erholung und Verjüngung, als sie und Devlin Arm in Arm über die Rasenflächen des Priorats schlenderten und die Kinder beobachteten – begleitet von Gillian, Patty und Dennis, die sich alle darum bemühten, dass keiner der drei Wildfänge im See landete –, hätte Therese zugegeben, dass man tatsächlich so glücklich sein konnte, so erfüllt von Glück, dass einem das Herz buchstäblich zerspringen konnte. In diesem Moment konnte sie sich nicht vorstellen, dass ihr Leben noch perfekter sein könnte.

Im Laufe der letzten Woche hatten sie und Devlin ihr Leben immer weiter umgeschrieben und die einzelnen Stränge immer enger miteinander verwoben, sodass der Rahmen für ihr gemeinsames Leben deutlich fester und klarer wurde. Wie alle Cynsters ritt sie morgens nach dem Frühstück mit ihm aus. Sie liebte es, zu reiten, war aber nie gern allein geritten, sodass diese Gewohnheit in den Jahren seit ihrer Heirat verkümmert war. Jetzt machte sie an Devlins Seite weite Ausritte und nutzte die besten Reitmöglichkeiten in der Umgebung des Priorats.

Noch immer hatte jeder von ihnen unterschiedliche Aufgaben innerhalb und außerhalb des Haushalts und sie verbrachten ihre Tage weitestgehend getrennt voneinander, doch sie hatten ihre Abende zu schätzen gelernt. Vor allem zu dieser Jahreszeit fanden sie oft die Gelegenheit, im kleinsten Kreis zu speisen und die Abendstunden gemeinsam zu verbringen. Dann sprachen sie über die verschiedensten Ereignisse, diskutieren über Geschäftliches und

Politik und tauschten sich über die großen und kleinen, ernsten und albernen Ereignisse aus, die sie über den Tag beschäftigt hatten.

Und wenn die Nacht hereinbrach, zogen sie sich in das Schlafzimmer zurück, das sie nun offen miteinander teilten. Dort hielt der kleine emaillierte Drache Wache neben ihrem Bett, in dem sie zusammenkamen und alles miteinander teilten, was sie füreinander empfanden. Dort erforschten sie alles, wonach es sie verlangte, und ihre Leidenschaft war intensiver als je zuvor, eingehüllt in eine Nähe, die ihre Seelen erreichte und fesselte, während sie sich einer Intimität hingaben, die immer tiefer wurde.

Perfekt. Einfach perfekt.

Sie lächelte mit stiller Freude und hob ihr Gesicht in den schwachen Sonnenschein. Wie er es geschworen hatte, bewies ihr der Mann, der an ihrer Seite ging, in allem, was er tat, seine Liebe. Dieses Gefühl durchdrang nun jede Handlung, jedes Wort; es schien durch, ungefiltert, ungehemmt, ungehindert.

Sie dachte an diesen Morgen zurück, ihren Geburtstag – daran, wie er sie geweckt hatte –, und ihr Lächeln vertiefte sich. *Eindeutig entfesselt.*

Devlin wollte Therese gerade fragen, was der Grund für das besondere Lächeln war, das ihre Lippen umspielte, als Hufgetrappel auf der Kiesauffahrt seine Aufmerksamkeit erregte.

Eine Sekunde später erkannte er Child, der auf einem schweißglänzenden Fuchswallach heranritt.

»Bestimmt besucht er seine Eltern«, mutmaßte Therese, die ihn auch entdeckt hatte.

Devlin und Therese warfen einen Blick auf die Kinder und vergewisserten sich, dass mit ihrem Nachwuchs alles in Ordnung war, dann lenkten sie ihre Schritte auf den Vorplatz, wo Child sein Pferd gezügelt hatte.

Child stieg ab, hängte seine Zügel über den Schwanz von einer der steinernen Fischskulpturen, die den Brunnen auf dem Vorplatz zierten, und kam ihnen entgegen.

Devlin blieb mit Therese am Rande des Rasens stehen.

Mit einem charmanten Lächeln im Gesicht schritt Child auf Therese zu, blieb vor ihr stehen und machte eine elegante Verbeugung.

»Alles Gute zum Geburtstag, liebe Therese.« Er richtete sich auf und grinste. »Ich bin gekommen, um Ihnen meine Glückwünsche zu überbringen. Wie geht es Ihrem Kopf?«

»Ich bin völlig genesen, danke.« Therese lächelte Child mit strahlender Zuversicht an. »Wie ich hörte, habe ich es Ihnen zu verdanken, dass mir Devlin hinterhergaloppiert ist.«

Wie der Rest Englands hatte Child erst am Morgen von dem Zugunglück auf der Great Northern Line erfahren. Doch anders als der Rest des Landes hatte er gewusst, dass Therese beabsichtigt hatte, mit dem Zug zu fahren, und dass Devlin nicht zurückgekehrt war, nachdem er versucht hatte, sie und seine Familie am Bahnhof zu erwischen. Und so hatte Child an die Tür von Alverton House geklopft, um von Portland – der, wie Devlin später erfuhr, Mitleid mit Childs unübersehbarer Bestürzung gehabt hatte – zu erfahren, dass Therese verletzt worden war, sich aber wieder erholt hatte und dass die Kinder und Devlin selbst unbeschadet geblieben waren.

Child hatte später am Nachmittag noch einmal vorbeigeschaut, und diesmal war Devlin aus dem Kinderzimmer heruntergekommen, um seinem alten Freund zu versichern, dass Therese sich zwar erhole, aber noch niemanden empfangen könne.

Child war offenkundig erleichtert gewesen. In seiner üblichen scherzhaften Art hatte er Devlins herzlichen Dank für die Warnung abgetan, die Child hinterlassen hatte, nachdem Therese aus dem Haus geflohen war.

Jetzt, als Antwort auf Thereses Bemerkung, zog Child die Brauen hoch.

»Ich habe ihn auf Sie angesetzt, ja.« Child warf Devlin einen spöttischen Blick zu. »Aber hinterhergaloppiert ist er selbst.«

»Ja, ich weiß.« Beglückt packte Therese Devlins Arm fester und sah liebevoll zu ihm auf, dann richtete sie ihre Aufmerksamkeit wieder auf Child, noch immer mit einem glückseligen Lächeln auf den Lippen.

Devlin sah, wie Child blinzelte, als ob er von Thereses strahlender Miene geblendet wäre.

»Aber Ihre Hilfe war entscheidend und ich danke Ihnen sowohl persönlich als auch im Namen der Kinder und des Personals von ganzem Herzen«, fuhr sie fort, und ihr Lächeln wurde noch sonniger.

Child wirkte etwas verlegen und bemühte sich, seine übliche charmante Maske wieder aufzusetzen.

»Keine Ursache.« Er sah Devlin an. »Jeder alte Freund hätte das Gleiche getan.«

In dem Moment durchbrach Horrys wütender Schrei das ländliche Idyll. Sowohl Devlin als auch Therese wandten die Köpfe und sahen, wie die Kleine tränenüberströmt auf ein kleines Spielzeugboot zeigte, das vom Ufer wegtrieb, und Dennis mit einem Haken an einer langen Stange herbeieilte, um es einzufangen und zurückzuziehen.

Auf Thereses unausgesprochenes Bedürfnis, zu den Kindern zurückzukehren, trat Devlin zurück und drehte sich in diese Richtung, wobei er Child einen Blick zuwarf.

»Begleite uns«, forderte er seinen alten Rivalen auf.

Child ging gern an Thereses anderer Seite, und gemeinsam überquerten sie den Rasen, wobei sich Devlin und Child über die Entwicklungen in verschiedenen Geschäfts- und Investitionsbereichen austauschten. Trotz erheblicher heimlicher Nachforschungen hatte Devlin noch immer nicht herausgefunden, mit welchem Unternehmen oder welchen Branchen Child in Amerika zu tun gehabt hatte. Aus irgendeinem Grund hielt sich Child in dieser Angelegenheit sehr bedeckt. Warum er das tat, war der Punkt, der Devlin daran am meisten interessierte.

In einiger Entfernung von der Stelle, wo die drei Kinder am Ufer aufgereiht standen, hielten sie an, während die Kindermädchen und der Lakai sich wieder um Horry und ihre Brüder scharten. Mit der langen Schnur, die am Bug ihres Bootes befestigt war, in der pummeligen Hand lächelte Horry wieder und freute sich sehr. Die Jungen hatten eine kleine Flottille von Booten, die parallel zum Ufer dümpelten. Es freute Devlin zu sehen, dass seine Söhne sich bemühten, Horry beizubringen, wie sie ihr Boot zusammen mit ihren Booten zum Segeln bringen konnte, während sie gleichzeitig versuchten, ein kompliziertes Manöver auf dem Wasser durchzuführen.

Obwohl Therese nichts zu dem Gespräch beigetragen hatte, wusste Devlin, dass sie zugehört und jede Bemerkung aufgesogen hatte. Und sie war es auch, die Child schließlich unverblümt fragte: »Mit welchen Geschäften waren Sie denn in Übersee befasst? Sie waren doch anscheinend recht erfolgreich.«

Devlin entging nicht, dass Childs Gesichtszüge etwas Maskenartiges bekamen, und er war sich sicher, dass Therese es ebenfalls bemerkte.

Child schob die Hände in die Hosentaschen und zuckte leicht mit den Schultern.

»Dieses und jenes. Ich bin weit herumgekommen«, antwortete er ausweichend, und sein Blick wanderte zu den Kindern. »Eine Frage, Devlin, sind das die Boote, mit denen wir früher gespielt haben?«

Devlin wechselte einen kurzen Seitenblick mit Therese.

»Ich glaube schon«, antwortete er dann scheinbar unbeirrt.

Es überraschte ihn nicht, dass Therese das Gespräch anschließend auf soziale Fragen lenkte und sich nach Childs Eltern erkundigte.

»Die beiden müssen sich sehr gefreut haben, Sie zu sehen«, bemerkte sie.

Da Therese und Devlin am Vortag den Duke und die Duchess besucht hatten, wussten sie, dass Child nicht in Ancaster Park erwartet worden war und dass ihn seine Eltern zum ersten Mal seit über neun Jahren gesehen hatten, als er sie dort besuchte.

»Mama ist mir buchstäblich um den Hals gefallen, während Papa mir die Hand zerquetschte und mir so fest auf den Rücken klopfte, dass es mir fast zu viel geworden wäre.« Child schnaubte, aber es lag Zuneigung in seinem Ton. »Dann riefen sie, dass dieses Ereignis ausgiebig gefeiert werden müsse – man hätte denken können, dass ich nie ein Wort geschrieben habe, obwohl sie in Wirklichkeit alle paar Monate Briefe erhalten haben.«

»Was ist mit Roderick und Pamela?«, erkundigte sich Devlin nach Childs älterem Bruder und dessen Frau.

»Sie sind noch im Norden, Gott sei Dank, aber ich wurde schon vorgewarnt, dass sie jeden Tag nach Hause kommen werden.« Child seufzte und sah Devlin in die Augen. »Du weißt, dass Roddy mich belehren und über Themen sprechen wird, von denen er keine Ahnung hat. Meine Zunge wird grün und blau werden, während ich mir auf die Zunge beiße, um meine Zeit nicht mit fruchtlosen Diskussionen zu verschwenden.«

Devlin lächelte mitfühlend. Trotz Childs neunjähriger Abwesenheit bezweifelte er, dass sich irgendetwas zwischen den Brüdern geändert hatte.

»Leider kann ich nicht behaupten, dass Roddy über die Jahre weiser geworden wäre.«

»Das hatte ich befürchtet«, brummte Child. Er blickte Therese an. »Vielleicht muss ich dann hier Zuflucht suchen.«

Das hatte Child schon immer getan, wenn Roddys Wichtigtuerei unerträglich geworden war.

Therese lächelte strahlend, streckte eine Hand aus und drückte Childs Arm.

»Sie wissen, dass Sie hier immer willkommen sind«, versicherte sie.

Wieder spürte Devlin, dass Child, der zuerst Therese und dann Devlin ansah, sich zusehends unwohl fühlte.

Doch bevor sein Freund antworten konnte, fuhr Therese, immer noch lächelnd, fort: »Und da es bald Zeit für den Tee ist, bleiben Sie doch bitte.«

Das Lächeln, mit dem Child antwortete, war unübersehbar aufgesetzt.

»Danke, aber nein. Ich reite besser zurück nach Hause, sonst macht sich Mama noch Sorgen, ich könnte mich wegen Roddys bevorstehender Ankunft von der Leine losgerissen haben und nach London zurückgeritten sein.«

Anschließend tauschten sie ein paar lockere, harmlose Bemerkungen über die örtliche Jagd aus, während sie über den Rasen zurück zum Vorplatz und zu Childs wartendem Pferd gingen.

Dort erneuerte Therese ihre Einladung noch einmal, aber Child blieb standhaft.

Er schwang sich in den Sattel, nahm die Zügel auf und blickte mit einem leichten Lächeln auf sie herunter.

»Ich wage zu behaupten, dass wir Sie über Weihnachten hier antreffen werden«, sagte Therese und lächelte ihn heiter an. »Und wenn wir alle wieder in der Stadt sind und die Ballsaison beginnt, müssen Sie mir erlauben, Ihnen dabei zu helfen, eine geeignete Gemahlin zu finden. Ich weiß, dass Ihre Frau Mutter und Ihre Tanten sehr daran interessiert sind, dass Sie einen Hausstand gründen, und Sie müssen zugeben, dass Sie auch nicht jünger werden.«

Devlin grinste beim Anblick von Childs entsetztem Gesichtsausdruck. Er vermutete, dass ihn Therese für gespielt hielt, aber Devlin war sich ziemlich sicher, dass er das keineswegs war.

»Oh.« Child starrte Therese an, als ob er gerade erst bemerkt hätte, wie überaus gefährlich sie sein konnte. »Sie brauchen sich für mich bestimmt nicht ins Zeug zu legen. Immerhin hat Roddy zwei Söhne, also gibt es für mich wirklich keinen Grund, einen Fuß in die Schlinge des Pfarrers zu setzen.« Bevor Therese etwas erwidern konnte, wurde Childs Tonfall fester. »Ich will wirklich keine Gemahlin und ich brauche auch ganz gewiss keine.« Nachdem er sich verabschiedet und sein Pferd gewendet hatte, rief er, als wollte er seine Zurückweisung von Thereses Hilfsangebot abschwächen: »Ich werde Sie aber gewiss zu Weihnachten besuchen und wir sehen uns sicher nächstes Jahr in London.«

Mit einem letzten Winken trieb er sein Pferd die Einfahrt hinunter.

Therese sah ihm nach und schüttelte dann, immer noch lächelnd, aber jetzt etwas süffisant, den Kopf.

»Er hat vergessen, wie es in der Gesellschaft zugeht«, stellte sie fest.

Devlin sah Child hinterher, der kleiner wurde, als er sein Pferd durch die Bäume lenkte und durch den Park des Priorats in die Richtung des Stammsitzes seiner Familie ritt.

»Er macht sich etwas vor.« Er warf einen Blick auf Therese und hob die Brauen. »Aber wer bin ich schon, dass ich mit Steinen werfe?«

»Wenigstens hast du deinen Irrtum eingesehen.« Lachend drückte sie seinen Arm. »Außerdem hast du dafür gesorgt, dass ich es auch tue und obendrein meine eigenen falschen Ansichten revidiere.« Sie drehte ihn in Richtung des Hauses und sagte beim Hinüberschlendern: »Hoffentlich wird auch Child bald erhellt.«

Devlin legte den Kopf schief.

»Das kann noch dauern«, meinte er dann nachdenklich. »Er hält irgendetwas zurück, und ich habe nicht die geringste Ahnung, was es ist.«

Sie sah ihm in die Augen. »Das ist mir auch schon aufgefallen und ich habe ebenfalls keine Erklärung dafür.«

Devlin grinste durchtrieben. »Das ist eine gemeinsame Mission, auf die wir uns nächstes Jahr freuen können – Child sein Geheimnis zu entlocken.«

»In der Tat.« Therese warf einen Blick über den Rasen, wo die Kinder immer noch in ihr Spiel vertieft waren. »Wir sollten den Nachwuchs zum Tee rufen, sonst schimpft die Nanny.«

Sie hielten vor der Eingangstreppe und Devlin rief nach den Kindern. Die Jungen überließen ihre Boote Dennis und Patty und stürmten über den Rasen, während Horry Gillian an der Hand hielt und kreischend hinter ihnen her watschelte, so schnell ihre kleinen Beine sie trugen.

Die Jungen stürzten sich auf Therese, während Horry auf ihren Vater ging. Das Mädchen ließ Gillians Hand los, schlang die Arme um eines von Devlins Beinen und klammerte sich wie eine Klette an ihn. Er lachte und zerzauste ihr die goldblonden Locken.

Dann knirschten Stiefel auf Kies, und alle drehten sich zu Martin um, der vom Stall her um das Haus herumkam.

»Da seid ihr ja alle!«, stellte er erfreut fest.

Die Kinder verließen sofort ihre Eltern und rannten zu Martin, der bereits zu ihrem Lieblingsonkel auserkoren worden war.

Er war am Vormittag angekommen, nachdem er mit seiner neu erworbenen Kutsche aus London angereist war, die er Devlin, Therese und den Jungen stolz vorgeführt hatte. Er hatte Wünsche vom Rest ihrer Familie mitgebracht und dazu eine Menge Geschenke. Devlins und Thereses Einladung, ein paar Tage zu bleiben, hatte er gerne angenommen und schon gestanden, dass er darauf hoffte, von Devlin etwas über die Gründung eines Unternehmens zu erfahren.

Um die Hauptstadtluft aus der Lunge zu bekommen, war Martin nach dem Mittagessen ausgeritten.

Während sich die Jungen an seiner Jacke festhielten und ihn mit Fragen überschütteten, stürmte Horry heran und streckte ihre Arme hoch. Martin nahm das kleine Mädchen in den Arm und beantwortete die eifrigen Fragen seiner Neffen.

Nachdem sie einige Minuten lang liebevoll über den Anblick gelächelt hatte, scheuchte Therese die Kinder in Richtung Haus.

»Wenn ihr nicht bald ins Kinderzimmer kommt, wird euer Tee kalt. Dann ist Nanny Sprockett böse.«

Bei der Erwähnung von Essen jubelten die Jungen. Ohne zu zögern, ließen sie Martin allein und rannten die Treppe hinauf und ins Haus. Martin übergab Horry an die wartende Gillian, und nachdem sie, Horry, Patty und Dennis den Jungen ins Haus gefolgt waren, stiegen auch Therese, Devlin und Martin die Stufen hinauf und schlenderten in die mit Steinplatten ausgelegte Halle.

Das Alverton-Priorat war ein altes, weitläufiges Haus, das um einen aristokratischen Festsaal herum gebaut worden war, der wiederum von mehreren Generationen der Familie erweitert worden war, bis es sich zu dem weitläufigen, komfortablen Haus entwickelt hatte, das es jetzt war.

Die Stimmen der Kinder hallten die kunstvoll geschnitzte Holztreppe hinunter und zauberten Therese ein Lächeln auf die Lippen. Ein Lächeln, das sie mit Devlin teilte.

Dies war ihr Hauptwohnsitz, das Haus, in dem sie für den Rest ihrer Tage leben und lieben würden. Mehr als in jedem anderen Haus der Grafschaft waren ihre Herzen dort verankert. An diesem Ort fanden sie ihren größten

Frieden, und zu allem Überfluss erwarteten sie und Devlin im nächsten Jahr noch Familienzuwachs.

Sie spürte, wie sich ihr Lächeln vertiefte, als sie an Devlins Arm durch die riesige alte Halle schritt und überall um sich herum das kostbarste aller Güter spürte – offene und wahre Liebe, die sich in jeder Handlung, in jedem Ausdruck manifestierte. Dieses Gefühl verband sie jetzt viel enger als zuvor, es überflutete jede kleine Aufgabe und füllte jeden Augenblick.

Das war das Leben, das sie und Devlin nun teilten.

Sie warf ihm einen kurzen Blick zu. Obwohl er sich mit Martin unterhielt, war die Veränderung in seinem Gesicht für sie nicht zu übersehen. Er war jetzt, da sie sich zu ihrer Liebe bekannt hatten und in ihrem neuen Leben aufgegangen waren, wirklich glücklich.

Sie blickte nach vorn und lenkte ihren Mann und ihren Bruder zielstrebig in Richtung Salon, während sie im Geiste die unerschütterliche und absolute Gewissheit spürte, die nun in ihrem Herzen wohnte und tief in ihre Seele drang.

Für sie und Devlin war *dies* der Himmel auf Erden, und jetzt, nachdem sie ihn sich bereitet hatten, wollte keiner von ihnen ihn jemals wieder missen.

Epilog

Devlin lümmelte an der Wand des großen Kinderzimmers im zweiten Obergeschoss von Somersham Place, dem Hauptsitz der Dukes of St. Ives. Die Hüften an eine alte Anrichte gestützt, beobachtete er amüsiert, wie Therese, die auf einer ramponierten Liege saß, ihre drei Kinder beaufsichtigte, die sich auf dem Teppich vor ihr ausbreiteten. Alle drei, Horry eingeschlossen, versuchten, mit den Carrick-Mädchen zu spielen ... oder eher, sie in die Irre zu führen. Es handelte sich bei ihnen um zweijährige Zwillinge, die etwa vier Monate älter waren als Horry.

Thereses Cousine Lucilla, die Mutter der Zwillinge, saß neben Therese und beobachtete die Gruppe ebenfalls. Den Gesichtsausdrücken der beiden Frauen nach zu urteilen, erzählten sie einander Anekdoten und tauschten Vorhersagen aus, wie es liebevolle Mütter nun mal zu tun pflegten.

An anderer Stelle in dem großen, gemütlich eingerichteten Raum lagen nicht weniger als fünf Babys auf diverse Arme verteilt, obwohl der Älteste, Richard Cynster, das erste Kind von Marcus Cynster und seiner Frau Niniver, bereits entschlossen versuchte, aus eigener Kraft zu laufen. Marcus und Niniver sahen sich um und versuchten, nicht über Richards hartnäckigen Versuch zu lachen, die schwer zu erlernende Kunst des Balancierens auf seinen kräftigen Beinen zu meistern.

Der Nächste im Bunde war der Enkel des Dukes, Sylvester Gyles Cynster, der auf der Hüfte seiner Mutter Antonia hockte, sichtlich fasziniert von der Perlenkette, die sie um den Hals trug. Sein Vater Sebastian, der sich gerade mit seiner Frau und seiner hochschwangeren Cousine Prudence unterhielt, versuchte, seinen Sohn abzulenken, aber Sylvester ließ sich nicht beirren: Die Perlen waren eindeutig interessanter als sein Vater.

Thomas Carrick, der Vater der Zwillinge, saß in einem der großen Sessel und schaukelte seinen Sprössling Manachan Carrick, der nur wenige Tage jünger war als Sylvester, auf den Knien. Thomas unterhielt sich mit Cleo, der Frau von Michael Cynster, die neben dem Sessel stand und ihre schlafende Tochter Katherine Louise in den Armen wiegte. Katherine war noch keine drei Monate alt und dennoch nicht die Jüngste hier. Dieser Titel gebührte Andrew Royce Varisey, der nicht ganz zwei Monate alt war, gerade über der Schulter seiner Mutter Louisa hing und tief schlief. Da sich Andrews Lunge zuvor als außerordentlich kräftig erwiesen hatte, waren alle dankbar dafür.

Devlin hob den Blick und sah sich im Raum um. Eine Schar von Kindermädchen und Kinderfrauen war am anderen Ende des Raumes versammelt, um sich ihre Schützlinge übergeben zu lassen, wenn die Eltern zu dem großen Festessen nach unten gerufen wurden.

Das riesige, weitläufige Haus war bis unters Dach mit Familie und Verwandten gefüllt. Das Familien-Weihnachtstreffen der Cynsters in Somersham Place ließ man sich nicht entgehen, wenn man nicht die Gunst von Honoria, der Duchess von St. Ives, und ihren die vornehme Gesellschaft beherrschenden Grandes-Dames-Busenfreundinnen verlieren wollte ... zu denen nicht zuletzt Thereses Mutter Patience zählte.

Zu Devlins Linken unterhielt sich Thereses älterer Bruder Christopher mit Michael, dem zweiten Sohn des jetzigen Herzogs, während auf Devlins anderer Seite Deaglan Fitzgerald, der in jenem Jahr Prudence Cynster geheiratet hatte, mit Christophers neuer Ehefrau Ellen ausgerechnet über Ziegen plauderte.

1851 mochte für die Familie ein Jahr der Geburten gewesen sein, aber für das kommende Jahr standen bereits drei weitere glückliche Ereignisse an. Deaglan und Prudence bereiteten sich auf die Geburt ihres ersten Kindes im Februar vor, und Christopher und Ellen hofften, es ihnen Mitte des Jahres gleichtun zu können. Zusammen mit dem Sohn oder der Tochter, die Devlin und Therese zu erwarten hatten, und der Wahrscheinlichkeit, dass im Laufe der Monate noch weitere Kinder hinzukommen würden, sah es so aus, als würde das kommende Jahr den sich immer weiter ausdehnenden Kreis der Familie noch mehr vergrößern.

Drake Varisey, der Marquess of Winchelsea, kam auf sie zugeschlendert. Er nickte Devlin zu, stellte sich neben ihn, drehte sich um und betrachtete mit ihm den Raum. Devlin war nicht überrascht, als Drake, nachdem er sich vergewissert hatte, dass seine Frau Louisa in ein Gespräch mit Marcus und Niniver vertieft war, seinen Blick auf Devlin richtete und fragte: »Wie geht es Ihrem Bruder?«

Devlin lächelte. »Er genießt die übliche uneingeschränkte Gesundheit und sein ebenso gewohntes uneingeschränktes Leben. Im Moment entspannt er sich im Priorat. Zumindest war er dort, als wir abgereist sind.«

»Wie alt ist Melrose jetzt?«

»Neunundzwanzig.«

»Was sind seine Interessen?«

»Ich weiß nicht recht, ob er welche hat.« Devlin grinste. »Zumindest keine, die Ihnen von großem Nutzen sein könnten.«

Drake seufzte. »Mir wurde von mehreren Naturgewalten – mit denen ich mich lieber nicht anlegen möchte – zu verstehen gegeben, dass ich meine Rekrutierung von Augen und Ohren auf diejenigen unter uns beschränken sollte, die noch unverheiratet sind. Folglich bin ich gezwungen, meine Angel auszuwerfen.«

Devlin war ein paar Jahre älter als Drake, hatte aber vor seiner eigenen Heirat Drake geholfen, indem er ihm Informationen über bestimmte geheime Geschäfte und Geldbewegungen, die an Verrat grenzten, beschafft hatte. Er wusste, was Drake und seine Helfer – die »Söhne des Adels«, wie Louisa sie genannt hatte – taten, denn er war einer von ihnen gewesen.

Drake lehnte sich neben Devlin an die alte Anrichte.

»Ich habe schon Toby, aber da er bereits so viele Einsätze hinter sich hat, muss ich vorsichtig sein, in welchen Gefilden ich ihn einsetze«, fuhr er fort. »Es ist nicht hilfreich, wenn ihn diejenigen, über die ich Informationen haben möchte, auf den ersten Blick als einen meiner Informanten erkennen.«

»Ich hätte angenommen, dass Ihnen der Cynster-Familienkreis und Ihre eigenen Verwandten genügend Agenten liefern.«

»Bis zu einem gewissen Grad. Aber dann ist da noch die Sache mit den Nachnamen, und selbst wenn sie versuchen, diese zu verbergen, sind die meisten von ihnen doch als Angehörige der einen oder anderen Familie erkennbar.«

Devlin konnte sich ein Grinsen nicht verkneifen. »Die körperlichen Merkmale neigen dazu, vererbt zu werden, zumindest bei den männlichen Exemplaren.«

»Ganz genau. Also erweitere ich meinen Radius.« Drake sah Devlin ins Gesicht. »Ich habe gehört, dass Child zurückgekehrt ist.«

»Das ist er. Doch falls Sie sich in diesem Bereich etwas versprechen, sollten Sie schnell handeln, denn Therese hat bereits Pläne für Child in der nächsten Ballsaison. Und das bedeutet mit Sicherheit, dass Ihre entzückende Gemahlin dabei ebenfalls mitmischen wird.«

Drake warf seiner Frau einen strengen Blick zu. »Ich werde mit Louisa mal ein Wörtchen darüber reden müssen, dass sie mir vorschreibt, nur Junggesellen zu nehmen, und währenddessen ihr Bestes gibt, um sie alle unter die Haube zu bringen.«

»Haben Sie schon mit Martin gesprochen?«

»Noch nicht.« Drake warf Devlin einen forschenden Blick zu. »Sollte ich? Er ist gerade erst nach England zurückgekehrt – und wie alt ist er? Vierundzwanzig? Hat er sich schon eingelebt?«

»Ich glaube, er ist fünfundzwanzig, so alt wie Toby, aber ich würde Martin genauso wenig wie Toby nach seinen Lebensjahren beurteilen. In Martins Fall hat ihn die Zeit, die er außerhalb der besseren Gesellschaft verbracht hat, um seinen Lebensunterhalt zu verdienen, viel reifer gemacht, als wenn er diese Jahre in der vornehmen Gesellschaft verbracht hätte. Ich würde Martin noch eher als Melrose zutrauen, dass er sich in jeder Situation entschlossen und angemessen verhält. Noch wichtiger ist aber, dass Martin eine Metallmanufaktur gründen will. Er ist ziemlich gut über die aktuellen Entwicklungen in diesem Bereich informiert. Ich brauche Ihnen nicht zu sagen, wie viel in diesen Geschäftsfeldern vor sich geht, wie schnell sie expandieren und wie wichtig sie für unsere gemeinsame Zukunft sind – und Martin hat Kontakte in der Geschäftswelt, um die ich ihn ziemlich beneide.«

»So, hat er die?« Ein Lächeln machte sich auf Drakes Gesicht breit.

»Bei näherer Betrachtung sollten Sie unbedingt mit ihm sprechen. Martin hatte eine Auseinandersetzung mit einigen Deutschen wegen einer Erfindung, die im Rahmen der Ausstellung angeboten wurde und die sich Martin letztendlich sichern konnte.«

Drake schwieg einen Moment, dann nickte er entschlossen.

»Ich danke Ihnen. Ich werde ihn auf jeden Fall unter die Lupe nehmen.«

Der Haushofmeister erschien an der Tür des Kinderzimmers. Als einige der Erwachsenen in seine Richtung blickten, drückte er den Rücken durch.

»Die Duchess bittet Sie, sich im Speisesaal einzufinden«, verkündete er mit lauter Stimme.

Das war das Signal, auf das die Kindermädchen und Kinderfrauen gewartet hatten. Sie strömten nach vorne, um den Eltern ihre Wonneproppen abzunehmen, damit die Ladys ihre Röcke zurechtrücken, ihren Schmuck anbringen und ihre Haarsträhnen wieder zurechtrücken konnten.

Zusammen mit den anderen Ehemännern schlenderte Devlin zur Tür, wo alle auf ihre Frauen warteten.

Lächelnd beobachtete er, wie die Gruppe der schönen, lebhaften Frauen mit erwartungsvollen Gesichtern auf ihre jeweiligen Ehemänner zuging. Er begrüßte Therese mit einem Lächeln, das er nur für sie reserviert hatte, und sie strahlte zurück. Dann hakte sie sich bei ihm unter und gemeinsam folgten sie Drake und Louisa aus dem Kinderzimmer.

Aus anderen Teilen des Hauses hörten sie Schritte sowie Männer- und Frauenstimmen, als die anderen Gruppen, die in dem riesigen alten Herrenhaus verstreut waren, – die Junggesellen, die unverheirateten jungen Ladys, die kleinere Anzahl von Jugendlichen und Kindern der älteren Cynster-Ehepaare – herbeieilten, schlenderten oder sittsam schritten, um sich dem Strom der Familienmitglieder anzuschließen, die sich auf den formellen Speisesaal im Erdgeschoss zubewegten.

Als einige Paare aus dem Kinderzimmer den Korridor entlang zur Treppe gingen, drehte Louisa, die an Drakes Arm hing, den Kopf und richtete den Blick aus ihren großen, neugierigen und leicht amüsiert wirkenden, blassgrünen Augen auf Devlin. Er erwiderte ihn mit einem leichten Heben einer Augenbraue und einem sanften, völlig zuversichtlichen Lächeln. Er wusste, wonach sie suchte, und er wusste, was sie sehen würde. Was sie allerdings tun würde …

Zu seiner Erleichterung strahlte Louisa ihn freudig an. Dann richtete sie ihren Blick auf Therese, sagte: »Wunderbar!«, und drehte sich wieder nach vorne.

Devlin begegnete Thereses Blick aus lachenden Augen, lächelte zurück und hob resigniert die Brauen.

Soweit sie beide wussten, hatte von den anderen niemand von ihrem Glauben oder seiner Einstellung zu ihrer Ehe gewusst. Da sie in ihre eigenen, offen eingestandenen Liebesbeziehungen eingebunden waren, hatten die anderen die Grundlage von Devlins und Thereses Ehe nie hinterfragt, und sie beide hatten nie auch nur Andeutungen darüber verloren.

Obwohl die Veränderung zwischen ihnen für sie selbst unverkennbar war – sie merkten es an der Wärme des Lächelns, das sie einander schenkten, und an der selbstbewussteren und entspannteren Verbindung zwischen ihnen, die sich in so vielen kleinen Dingen zeigte –, bezweifelte er, dass die Mehrheit ihrer Angehörigen etwas Ungewöhnliches an ihnen bemerkt hatte oder bemerken würde. Da war nichts, was im Widerspruch zu dem stand, was sie die ganze Zeit über für bare Münze genommen hatten.

Dennoch war es unvermeidlich, dass denjenigen etwas auffiel, die die emotionalen Strömungen zwischen den Partnern besser wahrnahmen. Die Expertinnen im Lesen dieser Strömungen waren Louisa, ihre Schwägerin Cleo und Lucilla. Aber alle, so stellte Devlin fest, hatten, so wie Louisa es gerade getan hatte, lediglich ein katzenhaftes Lächeln aufgesetzt und unverkennbar ihren Segen gegeben, ohne tatsächlich etwas zu sagen. Darüber war er sehr erleichtert und es stimmte ihn zufrieden.

Sie erreichten den riesigen Speisesaal, der ursprünglich ein fürstlicher Thronsaal gewesen war, und traten ein. Die lange Tafel war vollständig gedeckt und bot an diesem Tag Platz für fast hundert hungrige Gäste. Der Dufte von Tannen- und Kiefernzweige hing in der Luft, und es war üppig dekoriert: Rote, grüne und goldene Bänder, Rosetten und Schleifen lagen großzügig über die Tafel verteilt.

Direkt vor der Tür hatte sich eine kleine Phalanx älterer Ladys so aufgestellt, dass sie alle Eintretenden mehr oder weniger zwangen, an ihren erfahrenen Blicken vorbei einen Spießrutenlauf zu absolvieren. Der wiederum erlaubte es den Müttern und Großmüttern, ihre Kinder und Enkelkinder anerkennend oder kritisch zu mustern, Küsse auszutauschen und Hände zu drücken, Revers zu zupfen und Spitzen zu glätten, zu loben oder zu belehren, ganz wie es ihnen angebracht zu sein schien.

Wie Devlin erwartet hatte, gab es auch hier einige, die nicht nur oberflächlich hinsahen. Thereses Großmutter Horatia warf einen langen Blick auf ihn und Therese, strahlte dann und beglückwünschte sie dazu, endlich zur Vernunft gekommen zu sein.

Nachdem er Horatia ordnungsgemäß auf die dargebotene Wange geküsst hatte und mit Therese weiterging, warf er seiner Frau einen scheinbar erschrockenen Blick zu, aber sie lachte nur und tätschelte seinen Arm.

»Du wusstest, dass es so weit kommen würde«, kommentierte sie lapidar.

Er hatte auch gewusst, dass sie an Thereses Großtante Helena und ihrer Busenfreundin Lady Osbaldestone niemals ungeschoren vorbeikommen würden. Beide waren uralt, und nach Devlins Meinung, die von allen anwesenden Männern geteilt wurde, entging dem Blick aus Helenas blassgrünen Augen nichts von Bedeutung – und den Lady Osbaldestones schwarzen Basiliskenaugen noch viel weniger. Die beiden waren die nervtötendsten und Furcht einflößendsten Grandes Dames der vornehmen Gesellschaft.

Doch heute lächelten und nickten die alten Ladys huldvoll, nachdem sie ihn und Therese begutachtet hatten, und reichten ihm mit nobler Geste die Hand zum Kuss. Er gab den Kuss mit der gebotenen Ehrerbietung und Therese küsste ihre faltigen Wangen.

»Wie ich höre, ist noch mehr Nachwuchs unterwegs.« Helenas Augen funkelten. »Ein wahres Fest, ja?«

Noch erschreckender war Lady Osbaldestones Kommentar. »Wir haben uns immer gefragt, ob ihr beide euch jemals zusammenraufen würdet – es ist lobenswert, dass ihr das ganz allein geschafft habt.«

Devlin behielt sein entspanntes Lächeln bei, aber ein Blick auf Thereses geweitete Augen bestätigte ihm, dass er diese Äußerung richtig verstanden hatte: Wenn sie sich nicht bald allein zusammengerauft hätten, wäre zweifellos etwas geschehen.

Ergeben neigte er den Kopf. »Vielen Dank, Ma'am.«

Bevor er Therese wegführen und den Damen entkommen konnte, klopfte Lady Osbaldestone herrisch mit ihrem Stock auf den Boden.

»Nun sag schon, wie geht es diesem vermaledeiten Child?«

Als er mit Jason, Henry und den anderen Junggesellen seines Alters den Speisesaal betrat, musste Martin eine besonders strenge Prüfung über sich ergehen lassen. Zu seiner Überraschung konzentrierten sich die älteren Ladys mehr auf seine gesellschaftlichen Pläne – wie seine Großmutter es formulierte: »Jetzt, da du wieder in der zivilisierten Gesellschaft bist ...« –, als ihn dafür zu tadeln, dass er sich für acht Jahre unerlaubt aus ihrem Einflussbereich entfernt hatte.

»Wir werden Sie im Auge behalten«, teilte Lady Osbaldestone ihm unnötigerweise mit, wobei ihr Blick auf seinem Gesicht haften blieb.

Seine Großtante Helena lächelte auf ihre gewohnt süße Art.

»Und natürlich erwarten wir Großes«, sagte sie beruhigend.

Martin hatte mehr Zurechtweisungen erwartet und war so froh darüber, dass sie sich mit Kritik zurückhielten, dass er auf Nachfrage hin zugab, dass es ihm recht gut ging und er in die Maschinenproduktion investieren wollte. Schließlich sagte er sogar die Worte, von denen er wusste, dass sie ihnen ein Lächeln ins Gesicht zaubern würden.

»Ich strebe an, mich in ein paar Jahren niederzulassen, wenn ich erst einmal wirtschaftlich Fuß gefasst habe.«

Nach diesem Zugeständnis wurde ihm die Flucht gestattet.

»Puh!« Er ließ sich in den Stuhl fallen, den Jason für ihn an der langen Tafel reserviert hatte. »Das lief besser, als ich gehofft hatte.«

Henry, der ihm gegenübersaß, grinste. »Sie haben beschlossen, dir zu verzeihen, weil sie dich wegen deiner langen Abwesenheit nicht mehr so genau kennen, und du hast ihr Interesse geweckt. Sie geiern förmlich danach, alles über dich zu erfahren, denn über uns wissen sie bereits alles.«

Jason nickte. »Du bist ein frischer neuer Anwärter, der beobachtet und analysiert und seziert werden muss.«

Toby ließ sich auf den freien Platz neben Henry fallen.

»Hei-ho, Martin, mein Junge. Wie geht's denn so?«

Martin grinste und lachte, und in diesem Augenblick wusste er, dass er nach Hause gekommen war.

Weiter hinten am Tisch saß Gregory, umgeben von seiner eigenen Gruppe von Cynster-Familienmitgliedern. Mit dreißig Jahren waren er, Justin und Aidan die ältesten unverheirateten Cynster-Männer, Nicholas und Evan folgten mit neunundzwanzig Jahren knapp dahinter. Bei Familienfesten wie diesem taten alle fünf ihr Bestes, um nicht aufzufallen und ihre Mütter, Tanten, Großmütter und Großtanten nicht auf sich aufmerksam zu machen. Unabhängig davon, wie erfolgreich sie dabei waren, hatten sie alle trotzdem das Gefühl, dass ihnen ihre Zeit nur gestundet wurde.

Justin warf schräge Seitenblicke über den Tisch. Die ältere Generation war an den Enden des Tisches versammelt: Eine Gruppe von Paaren saß an beiden Seiten von Duke Devil am Kopfende des Tisches und die anderen flankierten Honoria am gegenüberliegenden Ende.

»Was glauben Sie, wie lange wir noch haben? Ich meine, die werden sich doch sicherlich zurückhalten, bis wir mindestens dreiunddreißig sind?«

»Darauf würde ich nicht wetten«, erwiderte Aidan.

»Ich vermute«, sagte Nicholas, »dass es eher darauf ankommt, wie lange deren Geduld anhält, als darauf, wie alt wir sind.«

»Sagen Sie das nicht.« Evan warf Nicholas einen scheinbar entsetzten Blick zu. »Wenigstens hatte Ihre Mutter bereits eine Hochzeit, die sie genießen konnte.« Er sah Justin und Gregory an. »Und Ihre auch. Aber unsere liebe Mama«, er zeigte auf Aidan, seinen Bruder, »hat angefangen, uns anzusehen, als würden wir ihr absichtlich das Einzige vorenthalten, was sie jemals wieder glücklich machen könnte.«

Nüchtern nickte Aidan. »Man möchte fast losziehen und sich umsehen.«

»Fast«, stimmte Evan zu, »aber nicht unbedingt.«

Sie warfen sich alle mitleidige Blicke zu, dann schwenkte das Gespräch zu ihrem Lieblingsthema, den Pferden.

Gregory steuerte etwas dazu bei, wo es angebracht war, und versuchte zugleich, die innere Unruhe, die Unzufriedenheit mit seinem Leben, zu unterdrücken, die sich im Laufe des letzten Jahres immer weiter aufgebaut hatte. Sie wurde zu einer fast ständigen Ablenkung.

Nach einer ausgiebigen Gewissenserforschung – nicht gerade eine Tätigkeit, die ihm in die Wiege gelegt worden war – hatte er den Ursprung seines Unwohlseins ausgemacht. Einfach ausgedrückt: Ihm fehlte ein Ziel. Was sein eigenes Leben anbetraf, so hatte er kein Ziel, das ihn ansprach, keinen Ehrgeiz, etwas zu erreichen … irgendetwas.

Er brauchte sich nur umzusehen, zunächst einmal bei seinen drei Geschwistern, um zu verstehen, dass dieser Mangel etwas Eigenartiges war.

Christopher hatte immer vorgehabt, das Gut und die dazugehörigen Ländereien zu führen sowie das Familienvermögen zu verwalten und zu vergrößern. Darauf hatte er sich seit seinen frühen Jünglingsjahren konzentriert, und jetzt, mit Ellen an seiner Seite, hatte er die volle Kontrolle über seine Zukunft und war unendlich glücklich.

Therese hatte schon immer eine Ehe im Sinn gehabt und sich dieser Aufgabe verschrieben. Sie hatte sich Devlin an Land gezogen und besaß nun eine Grafschaft sowie einen Ehemann und eine Familie, um die sie sich kümmern musste. Das war schon immer ihr Traum gewesen und sie hatte ihn verwirklicht. Nun hatte sie ganz offensichtlich glänzende

Aussichten; sie und Devlin strahlten beide tiefste Zufriedenheit aus.

Was Martin betraf, so hatte Gregory gedacht, dass sein jüngerer Bruder nach seiner Rückkehr von den Totgeglaubten genauso ziellos sein würde wie er; doch weit gefehlt. Martin konzentrierte sich darauf, sich ein Leben als Fabrikant aufzubauen, und unternahm bereits erste Schritte, um seine Zukunftspläne in die Tat umzusetzen.

Gregory war der Einzige in seinem engeren Familienkreis, der keinen klaren Weg vor sich hatte. Er hatte sich nie zur Landwirtschaft hingezogen gefühlt und war auch nicht gut darin. Sicher, er hätte an Christophers Seite lernen und sein eigenes Land kaufen können, aber das hätte keinen Sinn gehabt, wenn sein Herz nicht dabei gewesen wäre.

Etwas unerwartet war er zu der Erkenntnis gelangt, dass der Besitz ausreichender finanzieller Mittel, um im Leben tun und lassen zu können, was immer er wollte, nicht der uneingeschränkte Segen war, für den ihn die meisten hielten. Seine komfortable finanzielle Lage förderte keinerlei Motivation, die Art von Unternehmen zu erkunden, die Martins Enthusiasmus entfacht hatten. Außerdem hegte er den heimlichen Verdacht, dass er nie ein guter Geschäftsmann oder Investor sein würde, wie es einige seiner Altersgenossen waren.

Was sollte also aus ihm werden?

Was konnte er tun?

Wie konnte er sich die Zeit vertreiben?

Er hatte in den letzten zwölf Monaten nach einer Antwort gesucht.

Was das Heiraten anbetraf, so war er der festen Überzeugung, dass er einer der seltenen Cynster-Männer sein würde, die Junggesellen blieben – ein alleinstehender Onkel für seine Neffen und Nichten. In der Tat verspürte er angesichts seiner bisher ergebnislosen Suche keinerlei Neigung, seine Zeit in der Gesellschaft zartbesaiteter Frauen zu vergeuden. Zu welchem Zweck? Die Ehe, da war er sich zunehmend sicher, würde nie etwas für ihn sein.

Abgesehen von allem anderen würde ihn keine Frau heiraten, die es wert wäre, sie zu heiraten, wenn er mit seinem ziellosen Herumtreiben weitermachte.

Als der erste Gang, eine reichhaltige Hummersuppe, an den Tisch gebracht wurde, konzentrierte er sich wieder auf die Gesellschaft. Das Lachen, der Jubel und die Kommentare am Tisch, das wirkliche Glück und die Freude, die ihn umgaben, lasteten schwer auf seinen Schultern.

Obwohl er sich wie ein Eindringling fühlte, setzte er ein Lächeln auf und plauderte und scherzte mit den anderen, während in seinem Inneren Versagensängste an ihm nagten und ihn dazu drängten, die erstbeste Gelegenheit zu ergreifen, um so schnell wie möglich zu fliehen.

*

27. Dezember 1851
Ancaster Park, Lincolnshire

Noch satt von einem weiteren ausgiebigen Familienessen, kehrte Lord Grayson Child am Nachmittag aus den Stallungen ins Haus zurück, nachdem er sich entschuldigt hatte, um nach seinem neu eingestellten Jäger zu sehen. Er betrat das, was er liebevoll »das alte Gemäuer« nannte, durch eine Seitentür, ging lautlos in die Eingangshalle, schnappte sich die letzten Zeitungen, die auf dem Dielentisch lagen, und verzog sich, statt sich in den Salon zu begeben, feige in die Bibliothek.

Gray wusste, dass sein Vater und sein Bruder, die sich inzwischen aus den Fängen ihrer Frauen und von Roddys Söhnen befreit hatten, im Rauchersalon Zuflucht gesucht hatten, um dort die von seinem Vater bevorzugten Zigarren zu genießen. Obwohl Gray selbst nicht rauchte, hatte er nichts gegen Zigarrenrauch einzuwenden, aber er hatte keine Lust, sich der üblichen albernen Konversation hinzugeben, die sein Vater bei solchen Zwischenspielen für angemessen hielt. Und erst recht nicht, noch mehr von Roddys großspurigem Gehabe ertragen zu müssen. Das drei Stunden während Mittagessen hatte ihm völlig gereicht, nun brauchte er eine Atempause.

Als er die Bibliothek erreicht hatte, öffnete er die Tür, vergewisserte sich, dass der Raum leer war, schlüpfte hinein und schloss die Tür wieder hinter sich. Dann ging er zu der Nische am anderen Ende des Raumes, wo die schwache Spätsommersonne durch das nahe gelegene Fenster fiel und ein diffuses Licht in die ansonsten düstere Kammer warf.

Gray zog sich einen der Ohrensessel heran, stellte ihn mit dem Rücken zur Tür und ließ sich dankbar in die Polsterung sinken.

»Na endlich!«

Er nahm die Zeitung und schlug sie auf – nur um festzustellen, dass es sich um das handelte, was man gemeinhin ein Klatschblatt nannte.

»Nicht gerade *The Times*«, murmelte er, als er die Titelseite überflog.

Sein Vater und sein Bruder mussten sich alle Exemplare der seriöseren Publikationen geschnappt haben.

»Na ja, in der Not frisst der Teufel Fliegen.«

Die nächsten Minuten verbrachte er damit, den Auf-
macher zu lesen – eine Geschichte über einen nicht näher
benannten Mann, der mit der Hand in der Kasse einer Ver-
sicherungsgesellschaft erwischt wurde.

Gray schnaubte. »Das ist doch keine Nachricht.«

Zugegeben, der Artikel war erstaunlich gut geschrieben,
eher eine moralisierende Erzählung als die reißerische und
sensationslüsterne Story, die er erwartet hatte. Er warf erneut einen Blick auf das Impressum. *Der London Crier.* Er
hob die Brauen.

»Wie in *Stadtausrufer,* nehme ich an.«

Das war, wie er fand, ein passender Name für eine Publikation, die sich laut Untertitel rühmte, »Die Stimme der
Enthüllung« zu sein.

Wie zur Untermauerung dieser Behauptung berichteten
die beiden anderen Artikel auf der Titelseite über eine
Reihe relativ harmloser, aber unterhaltsamer Missgeschi-
cke auf einem Ball in London und über die etwas skanda-
löseren Vorgänge auf einer Landhausparty irgendwo in
den Cotswolds. Natürlich wurden, wie es sich für Skandal-
blätter gehörte, keine Namen von Personen oder Anwesen
abgedruckt.

Keine der Enthüllungen war für Gray eine Überraschung,
und doch wurde er in das vom Autor kunstvoll gestaltete
Spiel hineingezogen, bei dem es darum ging, die verschiedenen Persönlichkeiten zu identifizieren, die mit Spitzna-
men wie »Hakennase« und »Fliederweste« bezeichnet
wurden. Ihm fielen zwar mehrere männliche Personen ein,
die »Hakennase« sein konnten, aber die erwähnte Person
war weiblich. Gray fragte sich, wer »Lady Hakennase«

sein mochte und ob sie sich in dem gedruckten Bericht wohl wiedererkennen würde.

Er war sich fast sicher, dass es sich bei »Fliederweste« um Lord Farquhar-Mallet handelte. Obwohl Gray erst seit ein paar Monaten wieder in England war, hatte er den Dandy schon in der Oxford Street und im Park flanieren sehen, wobei er stets eine ziemlich auffällige fliederfarbene Weste getragen hatte.

Gray grinste. Zweifellos hatte seine Mutter darum gebeten, dass *The London Crier* ins Haus geliefert wurde, und er konnte verstehen, warum. Als Mittel gegen die Publikation war das Machwerk bemerkenswert effektiv.

Er wollte gerade umblättern, als ihm eine kleine Spalte in der rechten unteren Ecke auffiel.

Vom Schreibtisch des Herausgebers:
Ein bevorstehendes Exposé
Welcher Spross eines Adelshauses ist nach
längerem Aufenthalt in fernen Ländern
kürzlich an diese Gestade zurückgekehrt und
ein wahrer Krösus, aber sehr sorgfältig
darauf bedacht, seinen beachtlichen Reichtum
vor den Augen der Welt zu verbergen?

Weitere Einzelheiten werden in den
nächsten Ausgaben bekannt gegeben.

Gray starrte auf die Kolumne und fluchte dann hemmungslos.

ENDE